CYNTHIA
HARROD-EAGLES

Les saisons d'Ashmore Castle

Tome 1 – Héritage

ROMAN

Traduit de l'anglais
par Frédéric Grellier

J'AI LU

TITRE ORIGINAL
The Secrets of Ashmore Castle

ÉDITEUR ORIGINAL
Sphere, Grande-Bretagne

Les saisons d'Ashmore Castle

Tome 1 – Héritage

1

3 décembre 1901

Ce ne fut pas facile de gravir la colline, surtout avec cette valise encombrante. Elle peinait à franchir les ornières boueuses, là où le sol avait été creusé par les roues et les sabots. Un temps doux et pluvieux avait succédé à une longue période de froid. Par chance, il ne tombait ce jour-là qu'une légère bruine. À un moment, elle dut s'écarter pour laisser passer deux palefreniers qui allaient au trot enlevé. Chacun montait un gris pommelé et en menait un autre à la longe. L'exercice quotidien d'un équipage d'attelage, déduisit-elle en constatant que les chevaux étaient assortis. Très vifs, ils levaient haut les pattes avant et agitaient la tête, leurs corps massifs déplaçant une masse d'air. Alors qu'elle s'apprêtait à saluer les hommes d'un geste et d'un sourire, ils ne lui adressèrent même pas un regard. En général, le personnel d'écurie était plutôt sympathique, mais les grooms d'un comte se croyaient supérieurs aux simples mortels.

L'imposante demeure blanche au sommet de la colline surplombait la vallée de l'Ash, et l'on ne voyait qu'elle depuis le village de Canons

Ashmore. Pompeusement baptisée Ashmore Castle, sans que la jeune femme sût pourquoi, tout le monde la désignait comme « le Château ». Il était prestigieux d'y travailler et, quand vous quittiez cette maison, une lettre de références à son nom valait de l'or.

Elle suivit l'étroite allée vers l'arrière, conformément aux instructions, et atteignit la cour de la cuisine où deux valets de pied en livrée fumaient sous l'avant-toit, à l'abri du crachin. En bras de chemise, ils portaient de longs tabliers verts par-dessus leurs gilets à rayures. L'un d'eux était un grand échalas aux yeux un rien globuleux, avec un visage dur et inquisiteur. Plus petit et replet, l'autre affichait une mine qui pouvait dénoter aussi bien de la bonne humeur que de la stupidité.

— Tiens, qui voilà ?

Le regard scrutateur du domestique longiligne s'arrêta sur la valise.

— Du sang frais ?

Il reposa par terre son pied qu'il avait négligemment appuyé sur le mur, se redressa et continua de détailler la jeune femme comme s'il la déshabillait.

— T'es qui ?

— Je suis la nouvelle couturière. Dory Spicer.

Elle se tourna, l'air interrogateur, vers le valet rondouillard.

— Moi, c'est William. William Sweeting.

— Ravie de faire ta connaissance, William.

L'autre lâcha un grognement moqueur.

— Très polie, la demoiselle ! railla-t-il. Écoute, Dory Spicer, dit-il en approchant vivement son visage du sien. D'ailleurs, c'est quoi ce prénom, Dory ?

Elle ne pipa mot. Elle détestait son vrai prénom, Dorcas, et préférait le taire.

— Moi, c'est James, poursuivit-il. Je suis premier valet de pied. Quelqu'un d'important avec qui mieux vaut s'entendre. Sois gentille avec moi, et tu pourras aller loin. Je dirige la maison.

— Il n'y a pas de majordome ? Je croyais que...

— Oh, M. Moss..., dit James, méprisant.

Il en resta là, comme s'il n'y avait rien à ajouter sur le personnage.

Dory regarda William, qui déglutit et balbutia :

— M. Moss est ici depuis toujours, ou presque. Des années et des années. Entre lui et M. le comte, c'est une longue histoire.

— Quel genre d'homme est le comte ? s'enquit-elle pour l'inciter à poursuivre.

— Ça ne te concerne pas, intervint James. Tu ne le verras jamais. Va donc te présenter à la gouvernante, Mme Webster. Sois sur tes gardes avec elle, un vrai dragon. T'es donc la nouvelle couturière ? Attention à ne pas finir comme la précédente !

Il la gratifia d'un sourire narquois. On pouvait voir les muscles se tendre et se relâcher sous ses traits émaciés. C'était troublant. Il croyait attiser sa curiosité mais, dans un sursaut de bravade, elle ne chercha pas à en savoir davantage.

— D'accord, dit-elle, feignant une humble soumission.

Alors qu'elle se dirigeait vers la porte la plus proche, James lui lança sèchement :

— Non, là c'est la cuisine. La porte là-bas, celle du hall de service. Traverse-le, puis à gauche. Le bureau de la gouvernante est au fond du couloir.

Elle changea de direction et, sans un regard en arrière, se contenta d'un « merci ».

— Je te déconseille de t'aventurer dans la cuisine sans y être invitée ! la mit-il en garde. Il y a beaucoup de couteaux affûtés !

Il essaye juste de t'intimider, se rassura-t-elle en s'éloignant prestement. En tout état de cause, les signes de division au sein du personnel n'étaient pas de bon augure. *Même si ce valet n'est qu'un nuisible,* pensa-t-elle en pénétrant dans le vestibule où flottait une odeur de chien mouillé et de bottes crottées, *méfie-toi.*

C'était une journée idéale pour la chasse à courre. À travers les rubans de brume s'élevait un délicieux parfum de terre humide, et la meute emportait la voie. Les chiens couraient avec entrain, en rangs serrés. Ils auraient pu tenir dans un mouchoir de poche, et leur concert se prolongeait d'échos lugubres dans le ciel d'hiver. En arrière galopait le cortège des veneurs qui s'étirait à mesure qu'augmentait l'allure. Le comte de Stainton figurait en bonne place parmi les hommes de tête. La chasse était sa passion. Son bonheur était surtout de chevaucher, plus que de tuer : la vitesse, le martèlement des sabots, le souffle des naseaux, la poussée des muscles puissants sous lui, la piqûre du vent sur son visage l'emplissaient d'une joie vive et enivrante, qui effaçait tous les soucis. Durant ce bref répit, il oubliait qui il était, ses ennuis et ses responsabilités, pour devenir un être voué aux seules sensations. À cet instant, lui et son cheval ne faisaient plus qu'un, un tout vigoureux, admirable de perfection.

Le vieux goupil les avait baladés, mais le comte chassait sur ces terres depuis ses huit ans et avait dans la tête une carte détaillant chaque bosquet et chaque sinuosité. Il était là sur son domaine et le connaissait aussi bien que le renard. D'instinct, il devinait que l'animal se rendait à la ferme de Shelloes où la grande soue brouillerait la piste sous la puanteur des cochons. Stainton choisissait sa propre trajectoire dès qu'il pouvait.

D'un simple mouvement du torse, il incita Jupiter à prendre la pente de biais, au galop, tout droit vers une haie de prunelliers fort haute. Un saut compliqué, d'autant que l'approche était délicate, mais Jupiter en avait largement les capacités. Quand le grand bai marqua une hésitation à quelques foulées de l'objectif, Stainton l'obligea à redresser la tête, le frappa sur la croupe et cria : « Allez ! » Le cheval grogna, prit son élan et releva superbement le défi. « Magnifique ! » s'extasia le comte alors qu'ils décollaient.

*
**

Dans le salon d'une petite maison de Ridgmount Street à Bloomsbury, quatre mains interprétaient au piano la *Sonate en ut majeur* de Schubert, les notes se détachant des cordes en une mélodie fluide et maîtrisée. Des grains de poussière voletaient dans les pâles rayons de soleil hivernal qui s'infiltraient par les voilages et déposaient leurs reflets sur les deux chevelures blondes, l'une en pleine maturité et l'autre jeune. Mme Sands releva soudain la tête et gémit :

— Mon Dieu…

La musique vacilla avant de s'interrompre.

— Qu'est-ce qu'il y a, maman ? s'enquit Chloé.

Molly Sands se tenait la tête à deux mains. Elle rouvrit ses grands yeux d'azur et inspira péniblement.

— Ce n'est rien. Tout va bien, dit-elle machinalement.

Chloé continuait de la dévisager, inquiète.

— Une migraine ?

— Non... C'est juste... Je ne sais pas... Je me suis sentie bizarre, comme si...

Elle avait eu l'impression de chuter, une sorte de vertige noir. Mais ce n'était qu'une sensation fugace, et elle ne voulait pas inquiéter sa fille.

— Peu importe, éluda-t-elle. C'est passé. Reprenons, tu veux ? À partir des triolets.

Chloé n'obéit pas immédiatement. N'ayant pas d'autre famille, elle était très proche de sa mère. Les cours de piano que donnaient Mme Sands leur assuraient une existence confortable bien que modeste. S'il arrivait quoi que ce fût à sa mère...

— Maman ?

— Ce n'est rien. Un étourdissement passager. Je me sens mieux. Allez, joue, ordonna Mme Sands d'une voix ferme.

La sonate s'égrena à nouveau.

*
**

Archer, le palefrenier du comte, suivait son maître sur Tonnant. Il vit Jupiter heurter de ses genoux le sommet touffu de la haie. Récemment taillés, les prunelliers formaient une masse compacte et piquante. Emporté par son élan, le cheval effectua un saut périlleux complet. Le comte fut éjecté de sa selle. Archer donna un coup de rênes et dirigea Tonnant vers la droite, pour ne pas risquer d'atterrir sur ce qui pourrait les attendre derrière la haie. Celle-ci étant plus basse à cet endroit, ils la franchirent sans peine. Sur sa lancée, Tonnant enchaîna plusieurs foulées avant qu'Archer ne parvînt à l'arrêter et à pivoter.

Jupiter avait eu le temps de se relever tant bien que mal. Sa selle pendant sous son ventre, il tremblait et gardait un paturon replié en l'air. Le comte gisait derrière lui, affaissé et immobile. En cavalier expérimenté qui chassait trois ou quatre fois par semaine, il avait essuyé des centaines de chutes au fil des ans. Il savait comment se réceptionner, il aurait dû se relever immédiatement. *Il doit avoir le souffle coupé,* songea Archer en se laissant glisser à terre. Pourtant, il savait déjà. À cause du corps inerte, de l'angle impossible du cou. L'effroi lui noua l'estomac.

Énervé, Tonnant renâclait et s'ébrouait, refusant d'approcher davantage. Deux autres cavaliers franchirent la haie au même endroit, M. Whitcroft, un fermier des environs, et son fils Tim.

— Nom d'un..., s'exclama Whitcroft.

Il s'arrêta si brusquement que la monture de Tim heurta la sienne. Les deux hommes se pressèrent de descendre. Whitcroft s'empara de la bride de Tonnant et enjoignit à Archer :

— Occupez-vous de M. le comte !

Le palefrenier s'agenouilla dans le pré bosselé avec une curieuse sensation de distanciation ; comme s'il observait le monde par une longue-vue tenue à l'envers. Le comte avait dû mal retomber. Sa tête était orientée anormalement, et une pupille inexpressive semblait fixer le ciel. On ne pouvait plus rien pour lui. Il était mort. Archer se releva sur des jambes flageolantes et secoua la tête à l'intention de Whitcroft. Tim les regarda à tour de rôle et bredouilla :

— Il n'est quand même pas...

— Paix à son âme, dit Archer.

Tim déglutit.

— Remonte en selle et file au Château aussi vite que tu peux, lui ordonna son père. Donne l'alerte et ramène de l'aide.

Archer sortit de sa torpeur.

— Prends Tonnant. Il est plus rapide que ton bourrin.

Blême et secoué, le garçon trouva la faculté d'obéir, de démêler les rênes et de plier le genou pour enfourcher l'étalon avec l'aide du palefrenier. Il n'avait pas encore enfilé l'étrier gauche que Tonnant partait au galop, toujours vif et désireux de bouger. Archer espérait que le gamin ne se laisserait pas désarçonner. Il aurait peut-être dû y aller lui-même. Non, sa place était au côté de son maître.

— On ne devrait pas l'allonger mieux ? suggéra Whitcroft d'une voix hachée.

En effet. On ne pouvait pas laisser le comte écroulé dans cette posture, par respect. Archer l'étendit du mieux qu'il put, puis se releva gauchement. Il imita Whitcroft quand celui-ci retira son chapeau. Son instinct de palefrenier lui soufflait de veiller sur le cheval, mais il fallait tout de même se recueillir un instant.

— Il aurait souhaité mourir ainsi, remarqua Whitcroft, hésitant.

— Oui, convint Archer.

Le fermier avait raison. Plutôt que dans son lit, vieux et malade, autant que ce fût à cheval avec la bise hivernale qui vous caressait les lèvres. Maintenant, il ne restait plus qu'à attendre.

Giddins, palefrenier en chef, prit les choses en main quand un Tonnant en sueur déboula dans la cour et que son cavalier manqua en tomber avant de bredouiller la nouvelle. Le temps qu'on prévînt Moss, le majordome, Giddins avait dépêché quatre hommes pour ramener le corps et deux autres pour s'occuper des chevaux. Face à la paralysie initiale du majordome, il se permit quelques suggestions urgentes et néanmoins respectueuses.

— Il faudrait convoquer le médecin, monsieur Moss.

— Oui, bien sûr.

— Et le croquemort.

Moss fut choqué.

— Nous ne savons même pas s'il est décédé.

Giddins le fixa d'un regard apaisant. Archer n'avait rien d'un imbécile. Il avait déjà vu des morts, hommes et chevaux. Jamais il ne commettrait pareille méprise.

— Mieux vaut que M. Folsham soit déjà là quand on aura besoin de lui. Ça évitera à la famille de le croiser.

— Oui, vous avez raison, convint Moss.

— Il y a aussi le révérend, continua Giddins. Sa présence sera requise. Et n'oublions pas de prévenir Markham.

Markham était le régisseur du domaine.

Moss se ressaisit. Il se devait de tenir son rang. Ce n'était pas à un palefrenier de lui dicter sa conduite.

— Je supervise tout, dit-il. Je vais prévenir immédiatement Mme la comtesse, avant que la rumeur ne lui parvienne... Le comte était si bon cavalier, ajouta-t-il, sidéré, les yeux dans le vide.

Giddins nota que l'on parlait déjà du comte au passé.

— Nul n'est à l'abri d'un accident, dit-il.

William George Louis Devereux Tallant, cinquième comte de Stainton, regagna Ashmore Castle pour la dernière fois sur un treillage en osier, les hommes du domaine se décoiffant au passage du convoi, et les femmes sortant à la porte de leur cottage pour regarder. On le transporta dans la cour à l'arriere, où des domestiques s'étaient rassemblés par petits groupes et murmuraient entre eux, curieux et inquiets. Dory en était, et la litière passa tout près d'elle, si proche qu'elle put distinguer la figure livide. *Comme quoi ce James avait tort,* pensa-t-elle. *Je l'aurai vu une fois*. Ça lui faisait une belle jambe ! Elle se demanda si elle garderait sa place, mais se rassura aussitôt. Il y aurait un tas de brassards à coudre, sans compter quelques tenues de deuil, à n'en pas douter. On aurait plus que jamais besoin d'une couturière.

L'épouse du comte accueillit son défunt mari avec une fureur sourde et incommensurable, sans que rien en transparût, grâce à une longue pratique. Il l'avait rendue veuve, une douairière ! Comment osait-il ? Elle ne prévoyait nullement d'entamer son veuvage à quarante-neuf ans. Stainton en avait seulement cinquante-deux et était en bonne santé. Elle s'attendait à ce qu'il vécût encore de longues années et, le moment venu, tirât sa révérence de manière ordonnée, avec le préavis suffisant. Elle avait imaginé une scène des plus dignes, la famille réunie dans un silence respectueux autour du lit du mourant pour entendre ses dernières paroles et assister à son dernier souffle. Mais pas ça ! Ce corps rompu et crotté, ramené par des rustres. Rien n'était préparé. Aucun plan n'avait été arrêté.

Comment pouvait-il lui faire ça ? Elle s'était toujours acquittée de ses devoirs envers lui, et voilà qu'il se défilait. Lady Stainton bouillait de rage.

— Il faut envoyer un télégramme au vicomte, dit-elle au majordome en parvenant à maîtriser sa voix.

Moss eût attribué tout tremblement au chagrin plutôt qu'à la colère, mais elle n'affichait jamais la moindre émotion, même compréhensible, devant les domestiques.

Le vicomte Ayton, son fils aîné, participait à des fouilles à Thèbes pour le compte du Service des antiquités de l'Égypte.

— Il doit rentrer immédiatement, ajouta-t-elle.

Elle devina les questions qui perçaient dans le regard du majordome. Combien de temps faudrait-il à Ayton pour regagner l'Angleterre ? Pouvait-on retarder les funérailles jusqu'à son retour ? Par chance, on était en hiver. Un déluge de préoccupations déferlait dans l'esprit de la comtesse : les personnes à prévenir, les visites de condoléances à endurer, les préparatifs en vue des obsèques, la lecture du testament avec ses dispositions financières, la succession aux divers titres nobiliaires... C'était sans fin. Maudit soit Stainton de lui infliger ça !

— Je m'en occupe immédiatement, madame la comtesse, dit Moss avec un trémolo dans la voix.

Lui pouvait se permettre de laisser paraître de l'émotion. C'était louable chez un serviteur.

Les deux filles mineures du comte, lady Alice, quinze ans, et lady Rachel, seize ans, participaient à la chasse ce jour-là. La cible avait été si rapide que lorsque les chiens avaient atteint la ferme de Shelloes – comme quoi, le comte avait bien deviné les intentions du goupil – personne n'était encore au courant de l'accident. Josh Brandom, palefrenier des jeunes filles, n'attendit pas de voir si l'on retrouvait sa trace. Il décréta que Pharaon et Comète avaient assez couru. Le moment était venu de rentrer. Les filles ne discutèrent pas. Brandom tenait son autorité d'Archer, qui tenait la sienne de leur père. Il leur imposa d'aller au trot tout du long, dans la fraîcheur croissante du jour déclinant. Le trot devenait vite un calvaire quand vous montiez en amazone, mais les deux sœurs savaient pertinemment que c'étaient là les consignes d'Archer. Après une journée de sortie, les montures étaient trop fatiguées pour aller au petit galop. Et au pas, elles risquaient de prendre froid.

— Pas question qu'une de nos bêtes attrape un rhume, déclara-t-il fermement quand Rachel se plaignit et qu'Alice l'implora. Lorsque vous serez grandes, vous serez libres d'agir à votre guise.

Il accompagna ces paroles d'un grognement des plus clairs : si elles n'en faisaient qu'à leur tête plus tard, elles ruineraient de belles montures, mais ça ne serait plus son problème.

À l'occasion des grandes parties de chasse, une collation était servie dans la salle des banquets, un anachronisme d'architecture médiévale ajouté par leur grand-père et fort utile pour se réunir en nombre. Cependant, en l'absence d'invités ce jour-là, les jeunes filles se sustenteraient dans l'ancienne salle de classe qui leur servait désormais de salon. Charitable, Josh les déposa à une porte secondaire et se chargea de ramener les chevaux à l'écurie.

Leurs premiers pas furent engourdis et douloureux.

— J'ai des couteaux plantés dans le dos ! gémit Rachel.

— Moi, j'ai mal à l'arrière-train, renchérit Alice.

— Ne sois pas vulgaire, la gourmanda son aînée par réflexe.

Elles commencèrent à gravir péniblement l'escalier. Il n'y avait pas âme qui vive.

— Inutile de compter sur un bain chaud dans l'immédiat. Ni sur des œufs ou des muffins, reprit Rachel.

Œufs à la coque et tartines était le goûter habituel après la chasse.

— Pourvu qu'il y ait du bouillon, soupira Alice en soulevant sa lourde jupe pour éviter qu'elle traînât sur les marches.

Ses bottes pesaient comme du plomb.

— N'y compte pas, dit Rachel. C'est seulement quand il y a des invités. Avec un peu de chance, on aura du cake.

— Pas si Mme Oxlea est encore pompette ! pouffa Alice.

Son aînée lui fit signe de se taire. Elles n'étaient pas censées savoir que la cuisinière avait ce point faible, et encore moins en parler. C'était inconvenant.

Bien qu'il fît bon dans la salle de classe, le feu était mourant faute d'avoir été entretenu. Alice versa dans l'âtre les derniers charbons du seau.

— Est-ce que je sonne pour qu'on vienne le remplir ?

— Surtout pas, dit son aînée. On nous apportera du charbon en même temps que le goûter.

Sonner sans permission leur était défendu, le recours aux domestiques étant un privilège strictement réservé aux adultes.

Le temps passa, et on ne leur avait toujours pas apporté à manger.

— On nous a oubliées, se lamenta Alice.

Rachel s'approcha de la porte, l'entrebâilla et tendit l'oreille.

— Tu ne trouves pas que c'est anormalement silencieux ?

Même si les étages supérieurs n'étaient jamais bruyants, il planait un calme inhabituel. Qui plus est, elles n'avaient croisé aucun domestique en montant.

— On devrait sonner, insista Alice. Je ne pourrai pas tenir jusqu'à l'heure du dîner. Je vais m'évanouir !

— Ce n'est pas normal, fit Rachel.

Elle referma la porte puis rejoignit sa sœur près du feu, lui communiquant son angoisse malgré elle. Elle prit les mains de sa cadette dans les siennes, et toutes deux patientèrent, en proie aux interrogations, à l'affût du moindre bruit.

La forge de Canons Ashmore était située au bout de la grand-rue du village. Axe Brandom, l'apprenti du maréchal-ferrant, se précipita dehors pour intercepter une voiture. Jouissant d'une belle situation, le révérend circulait dans un élégant coupé noir tiré par un bai vif au pas altier. Par chance, l'animal connaissait Axe, qui avait souvent eu à s'en approcher pour des motifs professionnels, et se contenta d'un grognement et d'un mouvement de tête avant de s'arrêter, alors même qu'il n'était plus très loin de son écurie. Le pasteur baissa sa vitre.

— On vous cherche, révérend. Au Château. Mon frère Josh est passé il y a un moment. Il revenait de chez vous et m'a demandé de vous guetter.

— Je rentre d'Ashmore Carr, l'informa le pasteur. Je visitais la vieille lady Bexley au manoir de La Grange.

— Je sais, monsieur. Votre domestique a expliqué qu'elle était souffrante. Me dites pas qu'elle est…

— Non, simplement une de ses phases. Je suis resté à son chevet un moment, elle va maintenant beaucoup mieux. Quelqu'un de malportant au Château ?

Le jeune homme afficha une mine solennelle. Solidement charpenté, il arborait une tignasse d'un blond vénitien, et les poils sur ses avant-bras nus semblaient des fils dorés. Ses yeux bleu clair ressortaient sur son visage crasseux.

— C'est monsieur le comte. Une mauvaise chute à la chasse. Il se serait même cassé le cou, à ce qui paraît.

— Mort ? fit le pasteur, abasourdi.

— C'est ce que Josh a entendu dire, monsieur…

— Bonté divine, murmura le pasteur.

Comme pour la comtesse, un déluge de conséquences et de répercussions engorgeait ses pensées. Le comte Stainton était mort ? Il se ressaisit.

— Je m'y rends sans tarder, annonça-t-il en se penchant pour s'adresser à son cocher. Au Château, Deering !

Celui-ci, qui n'avait bien évidemment rien perdu de la conversation, se tenait prêt. Il décocha un clin d'œil à Axe, qui jugea cela déplacé, puis donna un coup de fouet au bai. Alors que le cheval s'élançait, le révérend marmonna :

— Quelle affreuse nouvelle !

Et il dut s'y reprendre à deux fois pour remonter le carreau.

Affreuse et imprévue, pensa l'apprenti en retournant auprès du cheval de trait qui attendait d'être ferré.

Rachel prit enfin son courage à deux mains et sonna. Le cœur palpitant, les deux sœurs attendirent qu'on vînt. Elles n'avaient vu personne depuis leur retour et, chaque fois qu'elles s'approchaient de la porte, un silence pesant régnait dans la demeure. Elles étaient à présent certaines que quelque chose ne tournait pas rond.

— On devrait descendre pour voir ce qui se passe, suggéra Alice, toujours la plus intrépide.

Son aînée, Rachel, très obéissante et sensible, redoutait de commettre un impair, de se faire gronder.

— Il vaut mieux rester ici. Si notre présence était souhaitée, on serait venu nous chercher.

Quand quelqu'un se présenta enfin, ce ne fut pas Daisy, leur ancienne gouvernante devenue chambrière et qui veillait d'ordinaire à leurs besoins. Rose, première femme de chambre, arriva avec un plateau. Une femme grande et maigre, au nez crochu et à la mine intimidante. Elle les contempla de sa figure austère, toujours aussi peu souriante, mais avec un soupçon de compassion dans le regard qui avait de quoi les déconcerter.

— Votre goûter, mesdemoiselles. Je crains qu'on ne vous ait oubliées, avec toute cette agitation.

— Où est Daisy ? s'enquit Rachel.

— Je n'en sais rien, mademoiselle, et elle va m'entendre quand elle réapparaîtra.

— Quelle agitation ? demanda Alice à qui cette précision n'avait pas échappé. Qu'est-il arrivé ?

— Je suis désolée, mais j'ai une mauvaise nouvelle. M. le comte a eu un accident à la chasse.

— Père ? dit Rachel en prenant la main de sa sœur dans la sienne.

— Il a fait une mauvaise chute. Malheureusement, il est mort.

Rose leur tourna le dos tandis qu'elle disposait la nourriture sur la table basse devant le feu, pour que la nouvelle fît son chemin. Les deux sœurs restaient silencieuses.

— C'est la grande pagaille en cuisine, reprit-elle d'un ton banal qui, pensait-elle, les inciterait à rester fortes. J'ai dû m'occuper moi-même de votre goûter. Mme Webster aura son mot à dire, une fois que les choses se seront calmées. Ce n'est pas une raison pour déroger aux habitudes. Vous avez des œufs à la coque. Il n'y a pas de muffins, la cuisinière n'en a pas préparé, mais je vous ai mis des toasts en plus et la bonne confiture de fraises. Vous devez avoir une faim de loup.

Quand elle se retourna enfin, elle les vit qui la dévisageaient, immobiles. Sans doute ne savaient-elles pas comment elles devaient réagir.

— Allez, mangez. Ce n'est pas de vous affamer qui arrangera quoi que ce soit. Dites-moi, ce feu est bien faible. Je vais le relancer.

— Il n'y a plus de charbon, murmura Alice d'une voix qui peinait à s'extraire de sa gorge sèche.

— Vraiment, cette Daisy..., maugréa Rose avec un claquement de langue. Que dire... Bon, mangez vos œufs avant que ça refroidisse.

C'était un soulagement de recevoir une consigne. Elles vinrent s'asseoir et, dans un état d'hébétude, observèrent Rose qui versait le thé. Alice retrouva enfin sa voix, craignant que Rose ne repartît avant qu'elle ait pu la questionner.

— C'est arrivé comment ?

— Son cheval a chuté en sautant une grande haie, d'après ce que j'ai entendu. Jupiter, c'est bien ça ? M. le comte est mal tombé, il s'est cassé le cou.

Rachel laissa échapper un petit cri étranglé. La phrase de Rose semblait courir autour de la pièce en un murmure fantôme, un chuchotement de pas de souris ou de feuillage. *Cassé le cou... Cassé le cou...*

Rose réprima un frisson.

— Vous pensez qu'il... ? couina Alice.

Elle fixa la femme de chambre de ses grands yeux, écarquillés et implorants.

— Il a souffert ? C'est douloureux de mourir ?

À n'importe qui d'autre, Rose aurait répondu : « Qu'est-ce que vous voulez que j'en sache ? » Mais ces jeunes demoiselles lui inspiraient pitié, au fond. Elles avaient beau appartenir à une famille d'aristocrates, elles en étaient les membres les moins considérés. Toujours cloîtrées dans les étages pour qu'elles se tiennent tranquilles jusqu'à ce qu'on les offre en mariage, comme des fruits qu'ils faut garder intacts pour en obtenir un meilleur prix au marché.

— À mon avis, il n'a eu conscience de rien, mademoiselle. C'est rapide, un cou cassé. Une seconde vous êtes vivant, et la seconde d'après vous êtes mort. Aucune douleur.

Pour sa part, Rachel suivait un autre fil de pensée.

— Et maman ? Ne devrions-nous pas aller auprès d'elle ? Elle est sûrement...

« Contrariée » lui vint à l'esprit, mais ce terme lui paraissait inadéquat. Pas assez dramatique. Que ressentait une femme dont le mari disparaissait soudainement ?

— Votre mère a trop à faire pour s'occuper de vous, déclara Rose, catégorique. Vous risqueriez de gêner. Mieux vaut attendre ici qu'on vienne vous chercher.

Constatant que cette réponse les réconfortait, elle se dirigea vers la porte, soulagée d'être débarrassée de cette corvée. Au moment où elle l'ouvrait, Alice la retint avec une nouvelle question.

— Où est-il ?

— Dans la petite salle à manger, dévoila-t-elle à contrecœur.

Elle ne tenait pas à entrer dans les détails. M. Folsham, l'ordonnateur des pompes funèbres, avait apporté un cercueil temporaire en attendant d'en fabriquer un qui fût digne d'un comte. On l'avait installé sur la table, avec un drap pourpre en dessous et un par-dessus, également fournis par Folsham. Il reposait là, le temps de prendre certaines décisions.

— On peut le voir ? s'enquit Alice.

Décontenancée, Rose rétorqua sèchement :

— Bien sûr que non ! Quelle idée !

Elle les détailla, assises dans la posture qu'on leur avait inculquée, le dos droit et les mains sur les cuisses, avec une expression de profonde tristesse. Elle comprima ses lèvres. Ces jeunes filles n'étaient pas sous sa responsabilité. Elle avait déjà bien assez de tâches.

— Je vais demander à une des bonnes de vous monter du charbon, dit-elle avant de s'en aller.

*
**

Giles Tallant, vicomte Ayton, était sorti de la tente pour s'étirer un instant. Il s'attarda sous la marquise et admira le paysage. Une palette de bleus et de jaunes. Le bleu du ciel et le jaune du désert. Manière de blason azur et or, avec des touches d'argent, de fer et de brun.

On lui apporta un télégramme. Truffé de fautes comme toujours, visiblement rédigé par quelqu'un qui avait une maîtrise approximative de l'anglais et ne pratiquait l'écriture que rarement, même dans sa langue maternelle. Le message, cela dit, était clair : Ton père est mort. Rentre immédiatement.

Il fut saisi de stupeur à la lecture du texte lapidaire. Sa mère n'était pas du genre à gaspiller de l'argent sur une formulation plus douce. Et puis, ne se ménageant jamais elle-même, pourquoi ménagerait-elle les autres ? À la sidération succéda… Non, il ne se serait pas permis de céder à la colère, ce qui eût été inconvenant, mais une part de frustration se glissait dans la détresse que lui occasionnait cette nouvelle. Il avait su toute sa vie, bien évidemment, que ce jour viendrait, et cette certitude n'avait cessé de planer, telle une ombre, dans un coin de sa tête. Toutefois, son père était en bonne santé, un homme dans la force de l'âge, et Ayton avait escompté de nombreuses années de liberté. Sans doute avait-il eu un accident. On l'aurait averti d'une maladie. Son père était mort. Intérieurement, il maudit la fatalité qui en avait décidé ainsi. Extérieurement, il ferma les yeux à la façon d'un homme en proie au chagrin. Il sentait la chaleur sèche du soleil qui cognait ses paupières, le picotement du sable sur sa peau. Il entendait les bruits du chantier : le crissement des pelles, les tintements de métal sur la pierre, les grognements d'un chameau, les craquements des montants en bois et de la toile quand une rare brise agitait les pare-soleil. C'était là son univers : la sécheresse épurée du désert et l'excitation sous-jacente, omniprésente, à l'idée des découvertes potentielles. Il n'avait aucune envie de retourner chez lui. L'Angleterre, c'était la grisaille et la pluie, des journées monotones, des règles abrutissantes et des traditions immuables, la perspective d'une existence étouffée sous les responsabilités. Il ne voulait pas être comte. Il ne voulait pas rentrer au pays.

Il ne s'était jamais entendu avec son père ; ils étaient trop différents. Le comte avait une réelle affection pour son cadet, Richard, bien que celui-ci lui eût occasionné moult dépenses et embarras. Si Ayton avait été renvoyé d'Eton pour indiscipline, s'il avait passé ses années d'université à boire et à courir la gueuse, son père aurait fulminé. Mais sa colère aurait été empreinte d'une profonde complicité, et même d'une profonde tendresse. Si Ayton avait été un fainéant, un panier percé qui accumulait les ardoises chez les tailleurs et les marchands de vin, son père l'aurait puni et néanmoins aimé. Au contraire, il avait été un élève studieux à Eton puis, au lieu d'aller à Oxford comme tout Tallant digne de ce nom, il avait tenu à s'inscrire au University College de Londres pour y suivre l'enseignement de Flinders Petrie. Son sérieux et son approche méthodique avaient retenu l'attention du grand égyptologue qui l'avait recommandé à Percy Newberry. C'est ainsi qu'il avait pu participer à son premier chantier de fouilles, à seulement dix-neuf ans, sur le site d'el-Bersheh. La passion n'avait plus cessé de couler dans ses veines. Une vocation était née. Il avait décroché son diplôme dans cette discipline qui, sans être déshonorante, demeurait singulière. Il espérait pouvoir appliquer ses connaissances sur le terrain tant qu'il ne succéderait pas à son père. Lord Stainton jugeait cela incompréhensible. Son aîné aurait dû se comporter autrement. Pareil choix était inconvenant, inadmissible. Il avait fulminé de rage, essayant même dans un premier temps de s'y opposer. Mais Ayton était majeur et avait les moyens de lui résister. Son père ne put le menacer de lui couper les vivres, car une annuité était attachée au statut d'héritier du titre.

Quoique modeste, la rente était suffisante pour un jeune homme frugal et nullement intéressé par le jeu ou la bombance. Il ne dépensait pas grand-chose à l'étranger et, qui plus est, les expéditions archéologiques étaient financées par des familles riches comme les Stanhope ou les Cecil, voire par des sociétés savantes telles que la Société d'exploration de l'Égypte. Tant en Angleterre que sur le Nil, Ayton frayait avec des nobles de la meilleure extraction, au grand désespoir de son père qui avait tonné de plus belle, sans pouvoir dire ce qu'il lui reprochait au juste. Il savait simplement que c'était inadmissible. Ayton avait donc préféré se tenir à distance.

Lors de ses passages en Angleterre, il logeait chez des amis ou dans le modeste appartement qu'il louait à Londres. Il évitait autant que possible de se rendre à Ashmore Castle.

Je ne me sens pas prêt, songea Ayton. Le Château lui faisait l'effet d'une prison. Une fois la porte de la cage refermée derrière lui, plus jamais il ne pourrait s'échapper, jouir de l'anonymat et suivre sa vraie nature.

Un filet de sueur s'écoulait dans son dos. On risquait de le croire toqué s'il restait planté là sous un soleil de plomb, le visage exposé aux rayons pour mieux rôtir.

— Ça va, Ayton ? s'enquit une voix.

Il cessa de contempler le ciel et se retourna. C'était Howard Carter, l'inspecteur en chef du Service des antiquités égyptiennes qui supervisait les fouilles. Il fixait Ayton d'un air légèrement soucieux, son élégant visage scindé en deux par sa moustache foncée, impeccable en toutes circonstances. Il tenait à la main une figurine représentant un chat élancé à la longue queue, en position assise. La déesse Bastet. Une statuette de jade déterrée à peine une heure auparavant. Carter venait de la dessiner pour les archives. Ayton comprenait qu'il eût du mal à s'en séparer ; l'objet épousait parfaitement les courbes de la main, et la pierre polie était agréable au toucher.

— J'espère que vous n'avez pas attrapé une insolation, lança Carter d'un ton badin.

— Je viens de recevoir un télégramme, déclara Ayton sans ambages. Mon père est mort. Je dois rentrer immédiatement.

— Mes plus sincères condoléances, mon garçon.

À la vue des poings serrés du jeune homme, l'inspecteur en chef subodora que celui-ci n'était pas en proie seulement au chagrin. Il connaissait la passion d'Ayton pour l'archéologie, or tout laissait présager des découvertes intéressantes.

Le jeune homme était certainement déçu d'avoir à s'absenter.

— Le devoir vous appelle, bien évidemment, mais vous reviendrez une fois que les choses seront réglées. Il y a tant à faire ici.

L'intonation de Carter était celle d'une question.

— Je doute d'avoir la possibilité de revenir pour un long séjour, dit lentement Ayton. Peut-être même jamais.

— Eh bien, vous m'en voyez désolé, dit Carter, gêné. Le temps presse, ne perdez pas une seconde.

Il consulta sa montre de gousset. Le boîtier en argent était d'un blanc aveuglant sous les rayons du soleil.

— Si vous partez tout de suite, reprit-il, vous devriez atteindre Alexandrie au plus tard dimanche soir et pouvoir attraper *L'Imperator,* qui lève l'ancre lundi matin. C'est un navire confortable et la solution la plus rapide.

L'Imperator, qui assurait la liaison postale, mettait quatre jours pour rallier Trieste. De là, il prendrait le train, un express de luxe qui l'amènerait à Londres en quarante-huit heures.

— Vous serez chez vous dans à peine plus d'une semaine, conclut Carter.

— Il faut que j'envoie un câble, dit Ayton, l'air hébété.

Carter ne l'avait jamais vu à ce point indécis.

— Vous le ferez de l'hôtel, mon vieux. Filez tout de suite. N'attendez pas. Aucun temps à perdre. Les devoirs envers sa famille passent toujours en premier.

Tandis qu'Ayton se retournait, il ajouta :

— Toutes ces merveilles seront encore là. L'Égypte vous a attendu trois mille ans, elle peut attendre un peu plus.

Les fragments rocheux de mica étincelaient, éblouissants. Ayton tenta d'accélérer le pas, mais le sable s'accrochait à ses bottes souples, telles des mains refusant de le laisser partir.

2

Son valet Crooks était sans doute la personne la plus sincèrement attristée de la mort du comte. « Vingt ans », répétait l'homme grassouillet aux yeux humides dès que deux ou trois chefs domestiques étaient réunis.

Moss, le majordome, hochait la tête avec commisération, alors que Mlle Taylor, la femme de chambre de la comtesse, cheveux gris et traits violacés, s'agaçait de son apitoiement sur lui-même. Contrainte depuis des années de tenir sa méchante langue en présence de lady Stainton, elle se lâchait dès qu'elle s'adressait au commun des mortels.

— Peu importent vos vingt ans de service, lui décocha-t-elle, vous ne répondez plus aux besoins. Vous êtes comme une veuve en Inde : à la mort du mari, on jette sa femme sur le bûcher.

— Cela s'appelle une « sotie », murmura Moss.

Il aimait feuilleter des encyclopédies et étaler sa science.

— « Sati », le reprit Mme Webster, exaspérée.

Le majordome en revint au sujet de la conversation.

— Vous n'avez pas à tenir des propos si choquants, mademoiselle Taylor. Il n'y aura pas d'émulation.

— « D'immolation », corrigea Mme Webster.

— Quoi qu'il en soit, persista Mlle Taylor, un valet dont le maître meurt est bon pour être remercié. Il n'a plus aucune utilité. Et à votre âge, ajouta-t-elle avec une pitié malicieuse en se tournant vers Crooks, vous ne retrouverez jamais une place.

Le pauvre homme craignait la même chose, sans attendre qu'on abondât dans ce sens.

— Le nouveau comte aura besoin d'un valet, bredouilla-t-il.

— Il a certainement déjà quelqu'un, affirma Mlle Taylor. Ce n'est plus un enfant. Quel âge a-t-il ?

— Vingt-six ans, répondit Moss.

— Ce n'est peut-être pas un serviteur adéquat pour un comte, fit observer Crooks. Il faut connaître le protocole lié à son rang.

— Tout à fait, convint Moss, rassurant. Je crois savoir que le jeune homme mène une existence très simple. En plus, il est souvent à l'étranger.

Mme Webster interrogea le majordome :

— Vous qui connaissez lord Ayton depuis longtemps, comment le décririez-vous ?

Elle-même travaillait au Château depuis seulement six ans.

Moss réfléchit.

— Il avait une très bonne nature quand il était petit. C'était même singulier pour un futur héritier. Aucune arrogance chez lui. Cela dit, allez savoir comment il changera après avoir repris le flambeau, si je puis me permettre cette image poétique.

— Il y aura forcément du changement, nota Mme Webster. Il aura ses propres idées. Nous serons tous affectés.

— Je ne sais pas, objecta Crooks. C'est la comtesse qui dirige l'intérieur. Un gentleman ne se soucie pas des affaires domestiques.

— À condition qu'elle soit toujours présente, tempéra Mme Webster.

— Qu'entendez-vous par là ? fit Mlle Taylor. Mme la comtesse est en parfaite santé.

— Elle va s'installer dans la maison douairière, non ? insista Mme Webster.

Moss échangea un regard amusé avec la femme de chambre et demanda :

— Avez-vous déjà vu la demeure en question, madame Webster ?

— Bien sûr que je l'ai vue. Un joli petit pavillon carré au bout du village.

— « Petit » est le mot, dit Mlle Taylor. Jamais Mme la comtesse ne supportera d'y habiter.

— Et je crois savoir que c'est en mauvais état, renchérit Moss. Personne n'y a logé depuis... Ça doit bien remonter à cinquante ans. La mère de M. le comte, ou devrais-je plutôt dire de feu M. le comte, ne s'y plaisait pas.

Le quatrième comte avait provoqué un beau scandale en ramenant de ses voyages une épouse française, une sémillante jeune femme du nom de Victoire Ballancourt. Trouvant la campagne anglaise trop froide et les manoirs trop humides à son goût, à peine s'était-elle retrouvée veuve qu'elle avait décampé à Londres dans une confortable demeure de Bruton Street.

— Qui plus est, renchérit Mlle Taylor, le nouveau comte est célibataire. Il faudra qu'elle reste afin de diriger son intérieur pour lui.

— Je suis là pour gérer le quotidien, mademoiselle Taylor, riposta Mme Webster. La présence de Mme la comtesse n'est absolument pas nécessaire. Elle s'installera dans la maison douairière quand elle le souhaitera. Et vous l'y suivrez, naturellement. Une fois que l'on aura effectué quelques travaux, je suis certaine que vous vous y plairez.

Si la gouvernante n'avait aucun grief personnel contre la femme de chambre, elle tenait à maintenir un certain équilibre des pouvoirs parmi les domestiques, or Mlle Taylor n'avait cessé de houspiller le pauvre Crooks toute la journée.

— Nous verrons bien, dit Mlle Taylor en fronçant le nez. Et si je puis me permettre un avis, madame Webster, certains changements seraient les bienvenus au Château. Vous-même ne pouvez pas prétendre que tout s'y déroule parfaitement.

Mme Webster rougit, outrée plus qu'embarrassée.

— Je fais de mon mieux avec les moyens à ma disposition. Je n'ai cessé de réclamer davantage de personnel.

— Loin de moi l'idée de vous accuser, affirma Mlle Taylor en toute hypocrisie. Nous savons tous que cette sotte de cuisinière n'est pas à la hauteur. Encore hier soir, du porc à peine cuit. Je me refuse à manger de la viande crue, ce n'est pas possible.

— Certes, le porc doit toujours être cuit à point, convint Moss. De même que la volaille et le gibier. En revanche, il est acceptable de servir l'agneau rosé. Quant à la viande de bœuf, elle peut même être saignante. Les gentlemen l'apprécient souvent ainsi. Le père de M. le comte, il me semble... je devrais dire feu M. le comte, se reprit-il d'une voix tremblante, l'aimait bleue.

— Qu'on ne me serve pas une viande qui suinte le sang, insista Mlle Taylor. Je ne suis pas un vampire.

— Voyons, voyons, intervint Moss, froissé. Ce ne sont pas des choses à dire. Vous n'allez pas traiter le père de M. le comte de…

— Le fait est, le coupa Mlle Taylor, que ni le comte ni la comtesse ne se sont jamais intéressés à la nourriture, sans quoi ils auraient déjà remercié la cuisinière.

— Le jeune comte aura probablement de nouvelles idées en la matière, suggéra Mme Webster. Lui qui a tant voyagé. Peut-être a-t-il des goûts londoniens ? Allez savoir s'il n'exigera pas des recettes étrangères.

Avec un peu de chance, songea-t-elle, *Mme Oxlea en sera tellement incommodée qu'elle partira d'elle-même*. La cuisinière ne connaissait rien à la gastronomie moderne ; elle était tout juste capable de mettre à rôtir de grosses pièces de viande, à croire que l'on vivait encore à l'époque Tudor avec broches et chaudrons.

— De toute façon, ajouta-t-elle, nous aurons une nouvelle maîtresse quand il se mariera. Pour le coup, il y aura du changement.

— Je déteste le changement, geignit Crooks. Je préférerais que les choses se maintiennent comme avant. Vingt ans que j'étais au service de M. le comte. Vingt ans.

Mlle Taylor l'ignora. Crooks et Moss n'étant que des imbéciles à ses yeux, elle réserva ses cogitations à Mme Webster.

— Une idée me vient : il se pourrait même qu'il ne s'installe pas ici.

— Comment ça ? demanda la gouvernante, intriguée.

— Il n'a jamais témoigné le moindre attachement au Château et a saisi toutes les occasions de se rendre à l'étranger. Et s'il choisissait de fermer cette propriété ? Dans ce cas, lança-t-elle avec un sourire narquois, vous perdrez tous vos places.

— Vous aussi, releva Mme Webster.

— Mme la comtesse a besoin de moi. Même si ce doit être dans cette vilaine bâtisse, je garderai mon emploi.

— Je trouverai une autre place, fit Mme Webster avec un haussement d'épaules. Je suis encore assez jeune. La plupart des serviteurs s'en sortiront. M. Moss et M. Crooks sont les plus vulnérables.

Moss regardait les deux femmes à tour de rôle, s'efforçant de suivre la conversation.

— Vous ne pensez quand même pas que...

— On ne peut pas l'écarter, insista Mme Webster, impitoyable.

— Vingt ans, geignit Crooks.

*
**

Dans la grande salle à manger du manoir de Holme, à Frome Monkton dans le Dorset, lady Cordwell et son mari se faisaient face aux deux extrémités de la longue table. Même sans les rallonges, c'était loin d'être idéal pour un tête-à-tête. Qui plus est, la vaste pièce était difficile à chauffer. Mais le plafond de la petite salle à manger s'était affaissé au début de l'hiver à cause d'une fuite dans le toit, et il n'y avait pas d'argent pour le réparer. Or lord Cordwell refusait de manger dans le petit salon, même quand ils n'étaient que tous les deux. Ce qui était beaucoup trop fréquent, songea Linda Cordwell. Si vous ne receviez pas, personne ne vous invitait en retour.

Il faudrait absolument organiser un dîner. Entre vingt et trente convives, se dit-elle. Une grosse dépense, mais qui leur vaudrait des invitations pendant plusieurs mois. Un repas chez des relations, c'était autant d'économisé, et l'hiver était le moment idéal à cause des nombreux frais. Avec un peu de chance, ils seraient invités à une partie de chasse du samedi au lundi, l'occasion de fermer peu ou prou la maison durant trois jours. Si vous tombiez dans le bon cercle d'amis, les invitations pouvaient s'enchaîner jusqu'à la saison des bals.

Elle aurait volontiers partagé ces réflexions avec Cordwell, n'était la distance entre eux qui ne se prêtait qu'à des phrases courtes. Elle porta donc son attention sur le minuscule filet de poisson dans son assiette, agrémenté d'un soupçon de sauce. Comme sa mère, lady Stainton, Linda ne s'intéressait guère à la nourriture. Ces derniers temps, cela dit, elle avait toujours la faim au ventre et n'avait qu'à se regarder dans le miroir pour constater sa maigreur. Vraiment, quand ils étaient seuls, ils auraient mieux fait d'en revenir à des repas pour enfants peu coûteux et nourrissants, de copieuses assiettes de mouton et de pommes de terre, suivies d'un riz au lait. Sauf que Cordwell exigeait le raffinement dû à son rang de vicomte. Elle qui avait toujours trouvé admirable son refus d'abaisser ses prétentions en était venue à trouver cela plus ridicule que noble.

Elle et ses parents avaient ignoré avant le mariage qu'il était à la tête d'un domaine appauvri. Les temps étaient difficiles, en particulier dans le sud-ouest du pays. Les fermages effondrés, la rentabilité était au plus bas. Gerald Cordwell, fort jeune quand il était devenu prématurément vicomte, avait hérité également des dettes paternelles. Son père était mort accidentellement, d'une balle de fusil. Linda subodorait que le vieil homme s'était brûlé la cervelle, désespéré par ses déboires pécuniaires, et se demandait parfois si son mari ne l'avait pas deviné lui aussi. Sa dot avait permis de renflouer le navire mais, comme on continuait de dépenser plus d'argent qu'il n'en rentrait, un nouveau naufrage était inévitable.

Qui plus est, il y avait maintenant deux enfants à entretenir, Arabella et Arthur. Linda regrettait que son aînée fût une fille. Bella eût-elle été un garçon qu'on aurait pu en rester là et économiser la moitié du coût.

Gerald venait de dire quelque chose. Tirée de sa rêverie, elle lui demanda de répéter.

— Je disais que votre père a peut-être pensé à vous dans son testament. Savez-vous quand il doit être lu ?

— Aux obsèques. C'est la tradition. Dans la foulée de l'enterrement.

— Vous n'avez toujours pas reçu le faire-part ?

Le ton anxieux de son mari l'agaça.

— J'imagine qu'on ne peut pas fixer la date avant de savoir quand Giles sera de retour. Ça ne peut pas avoir lieu sans lui.

— Non, en effet.

Touchée par le ton abattu de Gerald, elle chercha à lui remonter le moral.

— En tout cas, nous resterons au Château au moins quinze jours. Maman comptera sur ma présence pour la soutenir dans cette épreuve. Il est même possible qu'elle ait besoin de moi davantage, peut-être un mois. Elle tiendra aussi à voir les enfants. Nous les amènerons.

— Un mois ? se réjouit Cordwell. On fermerait le manoir ! Y compris la nursery !

Quand ils étaient invités quelque part pour le week-end, ils étaient obligés de laisser les enfants, ce qui nécessitait du charbon, de l'eau chaude et de la nourriture pour leur progéniture et le personnel qui s'en occupait. Mais s'ils étaient les bienvenus au Château, la nurse serait du voyage, et tout ce petit monde vivrait aux dépens de leurs hôtes. Les autres domestiques auraient droit à un congé, que cela leur convînt ou non.

— Il y a longtemps que vous n'avez pas vu Giles, dit-il, pensif. Vous vous êtes toujours entendue avec lui, non ?

— Ce que papa a prévu pour moi dans son testament ne dépend nullement de Giles, lâcha-t-elle, irritée.

— Certes, mais il y a la question des invitations futures.

— Ne soyez pas inquiet. Giles, j'en fais mon affaire. J'évoquerai nos souvenirs d'enfance et je me rendrai indispensable à maman. Vous, montrez-vous affable. Je suis certaine que Giles vous a apprécié la dernière fois que nous nous sommes vus.

— Je n'arrive pas à me rappeler quand c'était.

— Peu importe. En général, les gens vous apprécient. Et si nos enfants trouvent grâce à ses yeux, nous tâcherons de le persuader de les accueillir de façon permanente. Ils ne sont pas à deux bouches près, et même quand il se mariera et aura des marmots à son tour, avoir des cousins comme compagnons de jeux est une bonne chose. Voilà qui laisse présager une période dorée pour nous.

Cordwell peinait à la rejoindre sur son nuage d'optimisme.

— Et votre pension ? demanda-t-il, si bas que sa femme faillit ne pas l'entendre.

— C'est-à-dire ? s'enquit-elle en plissant le front.

— Enfin... la pension figure-t-elle dans le testament de votre père ?

— Vous savez pertinemment que c'était un arrangement entre lui et moi, répondit-elle après une courte hésitation. Il aurait pu l'inclure dans son testament, sauf que...

Il acheva sa phrase pour elle :

— Sauf qu'il ne savait pas qu'il allait mourir si tôt. Et si elle n'y figure pas ?

— Chaque chose en son temps, dit-elle vivement.

Elle ne voulait pas laisser paraître son inquiétude. Sans cette pension...

— Même s'il n'y a rien d'écrit, reprit-elle, Giles est du genre à la maintenir. C'est un garçon très vertueux, qui agit toujours convenablement. Quoi qu'il en soit, je sais l'amadouer. Quand nous étions petits, je parvenais toujours à mes fins avec lui.

Cordwell n'était guère réconforté par les trop nombreuses certitudes de son épouse. Il avala son poisson distraitement, en une seule bouchée au lieu de faire durer le plaisir. Le majordome et le valet qui patientaient dans son dos – le vicomte tenait à maintenir les apparences, alors même que tout s'effondrait autour de lui – s'avancèrent pour débarrasser les assiettes et apporter le plat suivant. Il contempla avec incrédulité la cuisse de faisan dans l'assiette, sans illusion sur le peu de chair qui se trouvait entre les os et les tendons.

Ils avaient mangé les blancs la veille. Au moins, on aurait de la soupe de faisan le lendemain. Il se servit des pommes de terre et du chou. Il avait espéré avoir des carottes ; sans doute les gardait-on pour le potage.

Linda broyait du noir elle aussi. Ses projets de dîner étaient illusoires vu qu'elle serait obligée de porter le deuil pendant six mois. Quelle tuile ! Il devenait encore plus crucial d'être conviés à rester au Château après les obsèques. Une fois dans la place, elle se débrouillerait pour prolonger leur séjour.

*
**

Le voyage lui avait paru interminable. Le confort à bord de *L'Imperator* et la suite de luxe n'y avaient rien changé ; Giles se serait volontiers contenté d'une simple cabine, mais toutes étaient déjà louées. Il avait néanmoins apprécié de pouvoir paresser dans la baignoire de sa salle de bains privée et avait même accepté, un peu honteux, d'être rasé par le barbier de bord. L'homme avait eu un sifflement admiratif en découvrant le coupe-chou de Giles : une lame d'exception à manche d'ébène de Trueffit & Hill, offerte pour ses dix-huit ans par son père, qui n'était pas coutumier du fait. Le barbier avait inspecté la lame émoussée en secouant la tête, avant de s'absenter pour l'aiguiser. Giles aurait pu expliquer qu'il était compliqué de conserver sa souplesse à un cuir d'affûtage sous un climat désertique, mais se justifier n'aurait fait qu'aggraver son cas.

Le steward et l'équipage avaient eu la délicatesse de ne pas relever l'absence de valet à son service. Les multiples prévenances étaient tout de même une manière de lui signifier qu'un gentleman de son rang méritait les attentions de personnes qualifiées. Le steward se chargea d'épousseter, laver et repasser ses vêtements, ce qui n'était pas désagréable. Giles refusa toutefois son aide pour enfiler son pantalon et ses chaussettes. « Je m'habille tout seul depuis que j'ai quatre ans », dit-il d'un ton aimable et ferme. L'homme le gratifia d'un de ses sourires réservés aux interlocuteurs toqués. Giles comprit qu'on le prenait pour un Anglais excentrique.

Peu habitué à rester confiné, il s'imposait comme exercice quotidien de marcher autour du pont, cinquante fois le matin et autant le soir. Il se tenait à l'écart des autres passagers. Libre aux étrangers de se montrer extravertis, mais pourquoi la réserve britannique devrait-elle se muer en sociabilité excessive parce qu'on était à bord d'un navire ? S'il s'accoudait un instant au bastingage, on venait le supplier d'être le quatrième pour une partie de whist ou de biritch[1], de jouer au palet ou d'accepter l'invitation à dîner de telle ou telle tablée. Les gens avaient eu vent de son deuil, ce qui lui valait bien des regards chaleureux et attendris, en particulier d'une Mme Cadwallader qui voyageait avec sa fille célibataire de vingt ans. Plusieurs fois, il craignit de subir une étreinte compatissante.

Par chance, il avait quelques livres avec lui et pouvait se réfugier dans sa cabine pour lire. Une bonne partie de la traversée, il fut absorbé par une étude récemment publiée par le professeur Montalcini de la prestigieuse université de Sienne. Le savant étudiait les similitudes entre les

1. Il s'agit de la première forme du bridge. *(N.d.T.)*

fresques étrusques et minoennes, citant le mentor et vieil ami de Giles, Flavio Lombardi. Montalcini avançait que ces deux civilisations puisaient à une source commune, celle de l'Égypte ancienne. *Des civilisations qui ont été en contact durant des siècles,* écrivait-il, *peuvent susciter des expressions artistiques voisines dont l'origine se perd dans un passé lointain.* Il comparait des fragments de fresques à Cnossos et celles du tombeau étrusque des lions rugissants. Les Égyptiens pratiquaient la peinture murale sur chaux... Asie mineure... Lydie... Hérodote... la région égéenne... l'île de Théra... D'après Thucydide, les Étrusques avaient habité l'île de Lemnos dans des temps anciens...

Plongé dans un univers où il se sentait chez lui, il en oubliait la lenteur des heures. Quand il émergeait de son cocon, il constatait que les conditions météorologiques se dégradaient à mesure que le paquebot progressait vers l'ouest et que s'éloignait le doux climat de la Méditerranée orientale. Les sorties sur le pont devenaient plus mouvementées, et il était parfois projeté contre le garde-corps, obligé de se retenir n'importe comment. C'était le rappel de ce qui l'attendait à destination : le ciel de plomb de l'hiver anglais, le carcan de plomb des responsabilités.

Ayant toujours été le vicomte Ayton, il était habitué à certains égards. Néanmoins, le dernier matin, il perçut pleinement l'aura de sa nouvelle position quand un Américain qui était presque aussi assidu que lui pour arpenter le pont l'arrêta, effleura son chapeau et dit :

— Bonjour, mon cher comte. L'air est vif ce matin, n'est-ce-pas ? J'apprécie un peu de fraîcheur. Ma femme, elle, refuse de mettre le nez dehors sous prétexte qu'une tempête menacerait.

Étonné, Giles se contenta d'un vague murmure.

— Je veux bien croire que vous serez soulagé de retrouver cette chère Angleterre ! insista l'importun avec un sourire désolé. Moi, je n'ai jamais eu le pied marin. Croyez-moi, je ne suis pas du tout joyeux à l'idée de devoir traverser de nouveau l'Atlantique ! Vous serez rentré chez vous longtemps avant moi, mon cher comte, il en va ainsi.

— Oui, convint Giles. En effet.

Situé dans la vallée de l'Ash, le village de Canons Ashmore s'étirait de part et d'autre d'une grand-rue qui avait figuré sur le parcours des diligences avant l'arrivée du chemin de fer. Le deuxième comte avait consacré une partie de sa fortune à embellir la bourgade en agrémentant de façades en pierre les vieilles demeures de l'époque Tudor et du Moyen Âge ; seules les toitures non alignées et le méli-mélo de cheminées laissaient deviner les horreurs disparates d'autrefois.

C'était le même comte qui avait fait construire la maison douairière quand il avait succédé à son père à l'âge de trente ans, son épouse et sa mère ne s'entendant pas. Quant à son petit-fils, quatrième comte du nom, il avait compris l'importance du rail. Il avait vendu les terrains nécessaires et s'était employé pour qu'une loi fût adoptée par le Parlement, à l'encontre de ce que souhaitaient la plupart de ses voisins. Le chemin de fer passait sur les hauteurs au nord du village, alors que le Château se dressait sur le flanc opposé de la vallée. Autant dire que lui n'en était nullement incommodé au quotidien. Mieux, il adorait voyager, et ce moyen de transport lui permettait de s'échapper plus vite vers le continent. De quoi se plaindre ?

Giles était sur le point de s'endormir quand il arriva enfin au terme de son périple, en gare de Canons Ashmore. Il se dépêcha de rassembler ses affaires pour descendre sur le quai, inquiet à l'idée que le train pouvait repartir avant qu'il ait eu le temps de récupérer ses malles dans le wagon des bagages. Angoisse inutile, car le télégramme qu'il avait adressé à sa mère pour l'informer de son heure d'arrivée n'était pas passé inaperçu au bureau de poste du village. Un comité d'accueil l'attendait, dont le chef de gare, Persons, flanqué de ses deux porteurs et de quelques notables que Giles s'en voulut de ne pas reconnaître. Si les mines étaient graves car il rentrait pour enterrer son père, les gens s'efforçaient de lui montrer combien ils se réjouissaient de le revoir parmi eux. Des paroles balbutiées lui parvenaient. « Circonstances tragiques... », « funeste accident », « notre noble protecteur... », « la vaillance de Mme la comtesse... », « en des circonstances moins tristes... », « retrouvailles... ».

N'était le deuil qui l'affligeait, peut-être eût-on pavoisé le village et prévu une fanfare.

— Mes bagages, se permit d'évoquer Giles.

— Il y sera veillé, soyez-en assuré. Le break du Château est là. M. le comte n'a aucun souci à se faire. Une voiture vous attend.

— Hossey, occupe-toi du porte-manteau de monsieur, dit-il avant de s'adresser de nouveau à Giles :

— Par ici, monsieur le comte. Voyons, je n'ai pas besoin de votre billet. Merci tout de même.

Persons était tiraillé entre la honte d'attendre du seigneur d'Ashmore Castle le même comportement que le commun des mortels et la conscience que le Bureau central contrôlerait l'exactitude de son total de passagers journaliers.

On avait dépêché un cabriolet tiré par deux gris pommelés appartenant à sa mère. Le harnachement en cuir noir contrastait magnifiquement avec les courbes tachetées et luisantes des flancs et de l'encolure. Impatientes d'y aller, les deux bêtes agitaient la tête et expiraient par leurs naseaux des bouffées de buée dans la fraîcheur hivernale. Giles avait oublié la beauté des chevaux anglais bien nourris, avec leur poil brillant et leur tête élégante. Rien à voir avec les canassons efflanqués des pays chauds.

La foule des villageois se fendit pour lui permettre d'accéder à la portière. On le lorgnait avec une curiosité non dissimulée et l'on échangeait des messes basses. Certaines personnes cherchaient à croiser son regard et lui adressaient des sourires mielleux. Il aperçut Millet, propriétaire du pub local, le Crown, et Mme Albright qui gérait l'épicerie du bureau de poste. Il les salua d'un hochement de tête hébété et se pressa de monter dans le cabriolet. Il n'en revenait pas de cet accueil. Sans doute était-ce la vie qui l'attendait dorénavant. Être en permanence sous le regard des autres. La tristesse s'abattit sur lui.

Les gris pommelés partirent d'un bon trot, enfilèrent la grand-rue et tournèrent sèchement à gauche dans Ash Lane. Quelques instants plus tard, après le pont en dos d'âne, on franchissait le portail pour se retrouver sur les terres des Stainton. Giles contemplait le paysage verdoyant et humide. Même au cœur de l'hiver, l'Angleterre demeurait verte, et le Buckinghamshire était le plus luxuriant des comtés. Cela dit, le ciel bas et gris était gorgé d'humidité, et la faible luminosité donnait l'impression que la nuit tombait déjà. Giles s'était habitué en Égypte au ciel d'un bleu limpide et au soleil chauffé à blanc, à la quête incessante de l'ombre. Toute cette verdure, c'était déprimant. Plus que jamais, il se sentait étranger en ce pays.

Du temps où il n'était que vicomte, Giles se contentait d'être déposé dans la cour des écuries et d'emprunter la porte de service. Ce jour-là, le cocher, agissant certainement sur ordre, dirigea les chevaux sur la gauche au sommet de la côte, puis vira à droite où une courte pente menait à l'espace pavé devant l'entrée principale. Quelqu'un avait décrété – probablement sa mère ou Moss – que le retour du nouveau comte se ferait en grande pompe. Les domestiques formaient deux rangs en éventail sur les marches basses du perron. On aurait dit le piège tendu à un cerf, sans possibilité d'y échapper. Giles reconnut un ou deux visages. Il chercha à se rappeler leur nom, mais le personnel n'avait jamais retenu son attention. Ces gens n'avaient rien à voir avec lui. Maintenant, il en était responsable. On le saluait d'une courbette ou d'une révérence sur son passage. Quelques-uns le fixèrent d'un regard insistant, comme s'il avait des réponses à leurs problèmes. *Je ne sais rien ! Laissez-moi tranquille !* En tête de rang près de la porte se tenaient la gouvernante, qui s'inclina respectueusement – il put l'appeler par son nom qui lui revint, Webster –, et Moss, le majordome en poste depuis presque toujours. Giles jugea convenable de lui serrer la main. L'homme parut touché.

— J'espère que monsieur a fait bon voyage, dit-il, les yeux humides. Bien que l'occasion soit fort triste.

— Très triste, convint Giles, qui ne l'entendait pas de la même manière que le majordome.

— Malgré tout, nous sommes heureux que monsieur le comte soit de retour. Ashmore Castle vous accueille chaleureusement.

Moss esquissa un vague geste de la main, façon de rappeler à Giles que tout le domaine lui appartenait désormais. *Mais je n'en veux pas*, songea Giles. Il contempla le ciel crépusculaire. Même les cieux semblaient verser des larmes pour lui. Il n'avait d'autre choix que d'entrer.

Dans la grande salle, une belle flambée brûlait dans les deux cheminées, et les lampes étaient allumées. Sa sœur Linda fut la première à se précipiter vers lui. Dieu ce qu'elle avait maigri ! Elle l'étreignit, exercice inhabituel dans lequel elle était tout sauf à l'aise. On aurait dit qu'elle serrait une gerbe de maïs à moyetter. Elle n'avait que la peau sur les os. Une odeur âcre s'échappait de ses cheveux, ses joues creuses étaient froides.

— Très cher Giles. Petit frère. C'est merveilleux de se revoir. Il y avait une éternité. Tu nous as beaucoup manqué. Il ne faut plus jamais t'absenter si longtemps.

Linda n'avait jamais été du genre exubérant. « Petit frère » ? Il n'avait qu'un an de moins qu'elle. Il parvint à s'extraire de l'embrassade, méfiant. Si Linda se montrait si aimable, c'est qu'elle voulait quelque chose. Quoi donc ? Il n'avait rien qui pût l'intéresser. Il était si facile à lui d'oublier qu'il possédait tout, désormais.

— Content de te revoir, ma sœur, dit-il, mal à l'aise.

Elle le gratifia d'un sourire radieux. On aurait tout vu. Elle claqua ses doigts dans son dos, et son mari s'approcha, l'air penaud.

— Mon cher Stainton, marmonna-t-il d'un ton gêné en lui serrant la main.

— Bonjour, Cordwell.

Giles ne perdit rien de la scène qui se joua entre les deux époux – le regard noir de Linda qui ne trouvait pas son mari à la hauteur et la petite moue de celui-ci qui estimait faire ce qu'il pouvait.

D'autres personnes attendaient d'être saluées. Giles passa de main en main. Cet étalage de tenues noires le déconcertait, surtout après les couleurs de Thèbes. Sa grand-mère, toujours aussi élégante bien que vêtue à la mode d'il y a vingt ans, portait des diamants aux oreilles. Il huma sa poudre parfumée quand elle déposa un baiser sur sa joue. Elle s'adressa à lui en français.

— Mon pauvre garçon. Ne les laisse pas te dévorer.

Puis ce fut oncle Sebastian, en fait l'oncle de son père, précédé de sa forte bedaine. De la cendre de cigare souillait son plastron, et son haleine fleurait le brandy. Il lui empoigna l'épaule d'une main chaleureuse et étonnamment puissante. Oncle Sebastian résidait le plus souvent au Château, n'occupant sa petite maison de Henley qu'à l'époque des régates sur la Tamise.

Tante Caroline était également présente. Très chic comme à son habitude, elle arborait une multitude de perles de jais. Son regard exprimait une peine sincère. Elle avait toujours été gentille avec lui dans son enfance.

Oncle Glouton – surnom de lord Leak, frère benjamin de sa mère – était tiré à quatre épingles, élégance qui détonnait un peu. Deux jeunes enfants de six ou sept ans se présentèrent ensuite. Linda, qui semblait être partout, les poussa vers lui. Elle avait l'expression mielleuse de celle qui vous gâte en vous présentant sa progéniture. Il y eut aussi des cousins dont il n'avait qu'un vague souvenir. Enfin, il remarqua ses deux sœurs cadettes, qui se tenaient en retrait comme toujours et l'observaient avec curiosité. Elle sourirent timidement, sans rien dire. Dans leur robe de deuil, on aurait dit des gamines abandonnées.

Giles se laissa ainsi mener jusqu'à l'endroit où se tenait sa mère, en grand deuil, le dos droit et la mine sombre. Les lèvres serrées, elle paraissait vouée à rester muette plusieurs années.

— Mère...

En l'absence d'une réaction, il se pencha en avant et l'embrassa respectueusement sur la joue. Il se sentait tenu de prononcer quelques paroles à son intention, sans savoir lesquelles.

Elle le détaillait d'un œil perçant et critique.

— Tu aurais besoin d'une bonne coupe de cheveux. Et comment se fait-il que tu ne portes pas le deuil ?

— Je me suis mis en route dès que j'ai reçu votre télégramme. Je n'ai pas eu l'occasion de...

— Tu aurais dû être présent, le coupa-t-elle.

Il n'en revint pas. Le jugeait-elle responsable de la mort de son père ? Estimait-elle qu'il aurait pu l'empêcher ?

— J'ai cru comprendre qu'il s'agissait d'un accident.

Il s'en voulait de son ton soumis. Elle avait toujours cet effet-là sur lui, induire un sentiment de culpabilité en le présupposant coupable. Pourquoi aurait-il à se justifier ?

— Je suis rentré dès que j'ai reçu votre télégramme, répéta-t-il.

Il avait failli dire « convocation ».

— Tu aurais dû te trouver ici pour gérer la situation.

— Personne ne pouvait prévoir..., commença-t-il à objecter.

Elle l'interrompit d'un geste de la main :

— Tes excuses ne m'intéressent pas. Ta place était ici, à ses côtés, sur les terres dont tu devais hériter, afin de mieux comprendre tes devoirs, de te préparer à ton futur rôle. Au lieu de quoi, tu as cultivé ta passion de façon purement égoïste.

— Mère...

Elle ne le laissa pas parler.

— Nous avons été contraints de retarder les obsèques, suspendues au bon plaisir de monsieur. Tout est en suspens. Je serais tentée de dire que tu m'as déçue, si ce n'est que je n'attendais guère mieux de toi. Tu as toujours été égoïste, Ayton. Égoïste et entêté.

L'oncle Sebastian intervint :

— Voyons, Maud, dit-il d'un ton affable. Laisse ce pauvre garçon reprendre son souffle. J'imagine que son périple a dû être éprouvant, il a besoin de se décrasser et de se changer avant de pouvoir réfléchir posément. Giles, tu n'as qu'à passer dans ta chambre pour te rafraîchir. Le thé peut attendre une demi-heure, n'est-ce pas, Maud ? Giles ne va pas disparaître.

Si seulement je pouvais tourner les talons ! songea le jeune homme. Sa mère était sur le point de réagir, mais tante Caroline renchérit :

— C'est une bonne idée. Nous pouvons patienter une demi-heure avant de te cribler de questions. Nous sommes pressés d'entendre tes aventures, Giles. Allez, file.

Il fut soulagé de s'échapper. Sa mère, il en était certain, se fichait de ses aventures. Jamais à l'écoute, elle ne pensait qu'à lui dicter son comportement. Si seulement Richard était là. Lui savait l'amadouer.

Mme Webster le guettait dans l'escalier. Sans vraiment la connaître, il appréciait son allure. Elle avait une tête intelligente, avec une chevelure noire de bohémienne et un regard perspicace.

— Mme la comtesse souhaitait vous mettre dans la chambre de la reine, monsieur, déclara-t-elle de but en blanc, mais nous n'avons pas eu le temps de retirer les vêtements de feu votre père. J'ai donc fait préparer la chambre bleue.

— Merci, dit-il avec reconnaissance.

Son père avait toujours occupé la chambre d'apparat où plusieurs monarques avaient, paraît-il, dormi. Giles s'apprêtait à monter au deuxième étage, comme autrefois. Il n'avait pas anticipé qu'en devenant comte il se retrouverait non seulement dans les chaussures de son père, au sens figuré, mais aussi dans son lit, au sens propre. La gouvernante le devança avant qu'il pût exiger son ancienne chambre.

— La chambre bleue est un compromis, monsieur. En attendant de connaître vos souhaits.

— Très bien.

Il comprenait. La chambre bleue était le fruit d'un compromis avec sa mère, une simple chambre de célibataire n'étant pas envisageable. Pour l'instant, c'était toujours Mme la comtesse qui régentait.

— J'ai demandé qu'on vous monte de l'eau chaude, l'informa Mme Webster. J'ai cru comprendre que vous n'avez pas de serviteur, monsieur. Dois-je vous envoyer un valet ? James est accoutumé à servir les gentlemen, il s'occupe de M. Sebastian.

Sur ce point, Giles était résolu à tenir tête.

— Non merci. J'ai l'habitude de m'habiller moi-même.

Il n'était pas d'humeur à ce qu'un inconnu manipulât ses affaires. Mme Webster s'inclina respectueusement et s'écarta. Il gravit les marches de la dernière volée quatre à quatre, pressé de s'enfuir.

La pièce était joliment décorée, avec du papier peint à motifs de porcelaines chinoises et un tapis bleu roi. Si on y logeait les invités de marque, le matelas de l'imposant lit à baldaquin devait être l'un des plus confortables de la maison. La chambre disposait de son propre dressing-room. Giles s'en accommoderait un jour ou deux. Quant à être seul un instant, ce n'était pas gagné. Bon sang, le vieux Crooks l'y attendait ! Les joues rosies et le front perlé de sueur, le valet de son père avait l'air nerveux. Giles se figea et s'emporta :

— Qu'est-ce que vous fabriquez ici ?

— Pardonnez-moi si je m'avance, monsieur, mais je crois savoir que vous n'avez pas de valet de chambre et je peux vous proposer mes services dans l'immédiat. N'ayant pas d'autres responsabilités, à vrai dire...

La deuxième phrase resta en suspens, ajoutée par impulsion, mais elle expliquait la première. Nullement enclin à la commisération, Giles ne souhaitait pas se départir de son agacement. Malgré lui, dans un éclair de lucidité, il perçut que le vieil homme s'inquiétait parce que la mort de son père le privait de sa place. À son âge, que pouvait espérer Crooks ? Facteur supplémentaire, le vieux domestique était peut-être réellement affecté par la disparition d'un homme auquel il était sincèrement attaché. Et même s'il ne pouvait pas concevoir que ses sous-vêtements fussent dépliés par le valet qui avait déplié ceux de son père, Giles conservait une petite part de son cœur d'enfant qui n'avait jamais torturé de créature sans défense. *Merde, quand va-t-on me ficher la paix ?* Crooks avait la lèvre inférieure qui tremblait légèrement, de même que ses mains crayeuses jointes devant lui.

— Je n'ai vraiment pas besoin qu'on s'occupe de moi, dit Giles avec plus de gentillesse qu'il n'en eût manifesté en d'autres circonstances sous le coup de pareille irritation. Je préfère m'habiller seul.

— Naturellement, monsieur. Toutefois, maintenant que vous êtes comte, il y aura certaines attentes... et en mettant mon expérience à votre service... Je ne peux m'empêcher de remarquer que monsieur le comte, ajouta Crooks après avoir dégluti, n'est pas en tenue de deuil.

— Je n'ai pas eu le temps, le coupa Giles, exaspéré.

— Bien entendu, monsieur. Puis-je me permettre de suggérer un brassard noir pour ce soir ? proposa le valet en en sortant un de sa poche à la manière d'un magicien. Quant aux obsèques demain...

— Demain ? Pourquoi tant de hâte ?

Giles avait supposé qu'il disposerait au minimum d'un jour de grâce.

— Mme la comtesse souhaitait ne pas attendre plus que nécessaire, dit Crooks, contrit. Si je puis me permettre, cela risquerait de détonner si monsieur le comte n'était pas en tenue de deuil. J'ai pris la liberté de fouiller dans votre ancienne chambre, il y a dans l'armoire un pantalon noir qui devrait convenir. Et, si monsieur le permet, je puis ajuster à votre taille la redingote de deuil de feu votre père, à titre temporaire. Il suffira de reprendre les côtés. Vous faites à peu près la même taille, mais votre père était plus fort. On y ajoutera une de ses cravates. Et si monsieur ne possède pas de haut-de-forme...

— Non.

— Je peux resserrer l'un de ceux de feu votre père et l'orner de crêpe. Tout sera prêt demain matin.

C'est ainsi que le piège, plus délicat que les précédents, referma sur lui ses dents de velours.

— Merci, Crooks. C'est très prévenant de votre part, se sentit-il obligé d'ajouter.

La rougeur qui teinta les joues du valet tenait vraisemblablement autant du soulagement que de la satisfaction. En tout cas, l'homme était radieux.

— Je suis ravi de pouvoir rendre service, monsieur. Puis-je vous sortir une tenue propre, pendant que vous vous rafraîchissez ? J'ai rangé vos affaires dans le dressing-room. Et monsieur le comte souhaite-t-il que je le rase ?

— Monsieur le comte ne souhaite rien de la sorte, grogna Giles. Je suis capable de me raser moi-même, merci.

— Certes. Bien, monsieur.

Crooks battit en retraite, fort de ce qu'il considérait être un acquiescement partiel. Abattu, Giles l'observa qui disparaissait dans le dressing. Non seulement il héritait du titre de comte, mais aussi du domestique personnel de son père. C'en était trop. Il était au bord des larmes. Malgré tout, Crooks lui avait rendu un fier service pour la tenue de deuil, lui épargnant des remontrances maternelles le lendemain. Il pouvait supporter le vieux serviteur quelque temps. On verrait plus tard comment s'en débarrasser. Très las, il commença à enlever sa veste. Il avait l'impression d'avoir mille ans.

3

Il plut toute la journée des obsèques. Le ciel était si bas au-dessus de Canons Ashmore qu'on avait l'illusion de pouvoir s'y cogner. Les arbres gouttaient, les toits et les pavés luisaient, les gouttières et les caniveaux gargouillaient sans discontinuer. Dans l'enfilade de carrosses stationnés devant l'église St Peter et jusque dans Church Lane, les chevaux d'équipage courbaient la tête, l'oreille basse. De petits moutons de buée s'échappaient de leurs naseaux, et des gouttes d'eau s'accrochaient, vacillantes, à leurs poils de moustache.

À l'intérieur de l'église, les relents de laine humide se mêlaient à l'odeur un peu fétide des chrysanthèmes. Les reniflements et quelques toussotements fournissaient un contrepoint aux paroles familières de l'office funèbre. Tout le voisinage était venu dire adieu au comte. Giles se savait observé de près. Il sentait les regards rivés sur sa nuque. Quel genre de propriétaire terrien serait-il ? Avait-il l'étoffe nécessaire ?

Autour de la tombe s'assemblèrent quantité de parapluies noirs, comme une soudaine poussée de champignons provoquée par la pluie. La tombe était grise et lisse ; plaie indécente ; exposition de ce qui aurait dû rester caché. Giles éprouvait une légère nausée, peut-être due à la faim. Il avait été incapable d'avaler quoi que ce fût au petit-déjeuner. Il manquait d'appétit depuis son départ de Thèbes.

À l'invitation du pasteur qui lui fit un signe de tête, il s'avança et lança une motte de terre qui résonna sur le cercueil. Il s'évertua, par décence, à penser à son père et à éprouver de la tristesse. Rien ne vint. Il n'avait aucun souvenir de cet homme s'adressant à lui avec naturel ou affection. Un comte était sans doute tenu de jouer un rôle. Une idée déprimante.

Ce matin-là, quand ils avaient franchi les grilles, le gardien était sorti avec son jeune fils dans les bras ; il s'occupait probablement de lui au moment où passait le carrosse. Le bambin se retenait à son cou et appuyait sa joue contre la sienne avec abandon, visiblement habitué à être perché là-haut. Les gens se comportaient ainsi, dans la vraie vie. Ils se touchaient, ils souriaient, ils s'exprimaient librement, du fond du cœur. Jamais Giles n'aurait pu imaginer son père le prenant dans ses bras.

Il s'écarta de la tombe. Remarquant une tache de boue sur un doigt, il la frotta distraitement de son autre main, de sorte que les deux gants furent salis. *Je ne ressens rien pour vous, père,* songea-t-il. *Cela dit, vous n'avez jamais rien partagé avec moi.*

Sa mère affichait un visage de marbre. Tante Caroline la tenait par le coude, sans doute préventivement. Giles nota que ses deux sœurs cadettes pleuraient. Alice versait quelques larmes éparses, la lèvre tremblante, alors que Rachel sanglotait convulsivement. D'abord surpris, il se souvint que Rachel avait toujours été un cœur excessivement sensible. Elle ne supportait pas de voir une souris prise au piège ou un papillon se cognant à une fenêtre. Elle fondait en larmes à la moindre chanson ou histoire triste. Par exemple *Le Petit Soldat de plomb* ou *Le Sapin*. Quand ils étaient enfants, Richard s'amusait à la taquiner en citant des phrases de *La Petite Fille aux allumettes*... « Morte de froid la nuit du réveillon. L'enfant gisait, recroquevillée, les allumettes à la main. » Parfois, il n'avait qu'à sortir une boîte de sa poche, le regard narquois. Giles supposait que Rachel n'avait pas été plus proche que lui de leur père, mais l'idée de sa mort suffisait à la plonger dans un profond chagrin. Au moins, pensa-t-il, il y a quelqu'un pour le pleurer. Personne ne devrait rejoindre sa tombe sans qu'une larme fût versée. Le cinquième comte de Stainton avait Rachel et les cieux. Cela suffisait bien.

De retour au Château après l'enterrement, Giles s'étonna de découvrir deux chiens – des lurchers, un gris et l'autre à robe tachetée – couchés devant la cheminée. Les voyant se lever à l'arrivée des humains, la comtesse douairière eut un claquement de langue agacé. Les deux bêtes la contournèrent pour s'approcher de Giles, tête basse, agitant la queue d'une manière hésitante.

— Que font ces chiens à l'intérieur, Moss ? demanda sèchement lady Stainton.

— Ils ont dû profiter de ce que la porte était ouverte, madame. Je n'ai reçu aucune consigne de leur interdire la maison.

Alice s'approcha de Giles.

— Ce sont les chiens de papa, dit-elle. Tigre et Isaac. Ils doivent être tristes. Vous ne comprenez pas, hein, mes pauvres ?

Elle se pencha pour caresser leur tête hirsute. Tigre se laissa faire tandis qu'Isaac frissonnait et se frottait contre la jambe de Giles. Ce dernier se surprit à dire :

— Ils peuvent rester.

Encore plus surprenant était son ton d'autorité. Il vit sa mère ouvrir la bouche pour le contredire, puis la refermer en affichant une expression à moitié étonnée.

— À toi de voir, finit-elle par dire en se détournant.

Alice, toujours accroupie, eut un regard de tendresse pour son frère. Puis ils durent libérer le passage pour laisser entrer les autres. Les chiens suivirent Giles, comme retenus par une laisse invisible. Il pouvait donc compter sur deux alliés, voire trois avec Alice.

*
**

Arrivée au bas de l'escalier de service, Dory fut obligée de s'arrêter derrière des bonnes qui chuchotaient entre elles et bloquaient l'accès au couloir.

— Qu'est-ce qui se passe ? s'enquit-elle.

La plus proche, vêtue d'un tablier rose de fille de cuisine, se retourna. Une certaine Ida, croyait se souvenir Dory.

— C'est madame Oxlea. Elle s'est enfermée à clé dans sa chambre et refuse d'en sortir.

— Encore saoule ! lâcha une femme de chambre.

— Pas du tout ! s'insurgea Ida. Ne va pas répandre des mensonges, Doris Clavering ! Madame Oxlea est affreusement triste. Elle verse toutes les larmes de son corps.

— Pourquoi ? s'étonna Dory.

— La mort de monsieur le comte, pour sûr, répondit Ida.

Dory était touchée que quelqu'un pleurât l'ancien maître.

— Pourquoi vous ne la laissez pas tranquille ? demanda-t-elle.

— Parce que la famille sera de retour d'une seconde à l'autre, dit Ida.

— Il y a le repas, vois-tu, précisa Doris. Ils voudront à boire et à manger, sauf que rien n'a été préparé.

Le brouhaha enfla alors que chacune y allait de son explication, mais cessa brusquement quand James apparut et fendit le groupe impérieusement.

— Pourquoi tant d'agitation ? On se croirait dans un poulailler !

Une fois qu'on lui eut expliqué la situation, il agrippa Ida par l'épaule, d'une poigne qui devait être douloureuse. Ida était la première fille de cuisine, et James n'eut qu'à lui poser quelques questions lapidaires pour savoir ce qu'il y avait à faire. Bien que James lui fût antipathique, Dory ne pouvait qu'être admirative. Les plats pour le buffet étaient prêts. Il ne restait qu'à réchauffer le bouillon, ce dont il chargea Ida et Brigid. Il dépêcha les autres à l'étage pour tout installer, laissa William aux commandes en cuisine et désigna le troisième valet, Cyril, pour veiller avec lui à l'installation du buffet.

— Allez, on se dépêche ! les pressa-t-il avec la même efficacité qu'un coup de fouet.

Dory se tenant derrière lui, il lui attrapa le poignet – en effet, sa poigne n'avait rien de doux ! – et commanda :

— Va chercher M. Moss, dis-lui qu'il devrait être présent. La famille sera là d'un instant à l'autre, il faudra leur servir à boire. Préviens-moi dès que tu l'auras trouvé. J'aurai besoin de toi pour transmettre les commissions.

— Et Mme Oxlea ?

— Nous nous passerons d'elle, dit-il avec un rictus. Laisse-la cuver. Allez, on ne perd pas de temps, ma cocotte !

M. Moss était dans sa chambre. Affalé dans un fauteuil, il examinait un verre de vin à la lueur d'une chandelle. Il ne parut nullement surpris de la voir. Dory lui trouva un air légèrement hébété, ou peut-être éméché.

— Son vin de Bordeaux préféré, déclara-t-il d'un ton lugubre en aérant le breuvage. Un Château Talbot. Mme la comtesse l'ignorait et voulait que je serve un Margaux. Elle ne fait pas la différence. Feu monsieur le comte, si. Il n'appréciait guère le Margaux. Trop léger à son goût. Ce sont ses obsèques, à lui de choisir. « C'est ce que monsieur aurait souhaité, madame la comtesse », lui ai-je expliqué.

— Je suis sûre que vous avez raison, convint Dory, apaisante. Il a de la chance que vous soyez là pour lui. La famille doit revenir d'un instant à l'autre, monsieur Moss. Ne faudrait-il pas déboucher les bouteilles pour que tout soit prêt à leur arrivée ?

— Le vin est déjà mis à chambrer, rétorqua-t-il. Vous pensez que je ne connais pas mon métier ? D'ailleurs, vous êtes qui ?

Il fixa sur elle un regard brumeux.

— Je suis Dory, la couturière. Voyez-vous, monsieur Moss, Mme Oxlea est souffrante, et rien n'est prêt. James pense que vous devriez venir. Il a pris les choses en main, et...

Moss se leva péniblement, ses traits crispés d'inquiétude ou d'agacement, voire les deux. Il vacilla un peu et se ressaisit immédiatement. *S'il a bu,* pensa Dory, *il sait se tenir.*

— James n'est pas payé pour tout régenter, ni me donner des ordres. Voilà ce que vous pouvez lui dire. Je vais superviser les choses, tout sera prêt à leur arrivée. Non mais ! M. le comte se retournerait dans sa tombe s'il savait qu'un valet me rappelle à mes devoirs.

Il continua de marmonner, tout en se dirigeant dans la bonne direction.

Dory se précipita dans l'escalier de service pour aller trouver James. Il était à la manœuvre, tel le chef d'un orchestre symphonique. Le buffet prenait forme sur la table agrémentée d'une nappe blanche, au fond de la grande salle. Il reçut la commission d'un air impassible, avec à peine un regard pour elle.

— Retourne au sous-sol, dis à William qu'il aide M. Moss à monter les bouteilles dans l'antichambre. Ensuite, demande à Mme Webster des serviettes et des bols pour le bouillon. Elle saura lesquels. Vite !

Dory courut et trouva Mme Webster dans la pièce de la vaisselle, déjà occupée à empiler des bols sur des plateaux. Elle accueillit le message de James avec un léger froncement de sourcils et se contenta de dire :

— Je m'occupe déjà des bols, vous voyez bien. Rose veille aux serviettes. Vraiment, il veut tout régenter, ajouta-t-elle à mi-voix.

Comme si elle remarquait seulement maintenant la présence de Dory, elle ajouta :

— Dépêche-toi d'aller aider Rose. Elle est dans la remise à linge.

Dory ne se le fit pas dire deux fois. Elle pensait que ce n'était pas une si mauvaise chose que James voulût tout régenter, sans quoi il y aurait eu des désagréments. Si ce garçon ne lui était pas sympathique, au moins, quand il s'affairait, il n'avait le temps ni de la déshabiller du regard ni de lui envoyer des piques.

*
**

« Les plats du festin funèbre ont pu être resservis froids au banquet nuptial »... Ce vers de *Hamlet* surgit inopinément dans la tête de Giles. Curieux, ce qui restait en mémoire. Étaient-ce les Irlandais qui avaient pour coutume de disposer des victuailles sur le torse du cadavre, à l'intention d'un « mangeur de péchés » qui engloutissait la nourriture ainsi que tous les péchés du défunt ? Bien qu'il n'eût rien avalé de la journée, la seule idée de manger lui retournait l'estomac. On avait préparé un buffet avec la nourriture disponible en plein hiver – viandes froides, feuilletés, gâteaux – accompagnée de vin et de porto. Après la température glaciale au cimetière, Giles songea que les gens auraient sans doute préféré du thé. On apporta à cet instant, sur une table roulante, une grande soupière remplie d'un bouillon fumant. Giles tira son chapeau, mentalement, à la cuisinière ou à quiconque en avait eu l'idée. Moss vint le trouver.

— Maître Moresby vous attend dans la bibliothèque, monsieur.

— Qui ça ?

— Du cabinet d'avocats Moresby, Tuke & Moresby, monsieur.

— Ah, fit Giles. L'ouverture du testament.

— Maître Moresby a demandé expressément à vous voir d'abord, monsieur. Seul. Pour une question urgente.

— D'accord. Allons-y.

Moss fit une sortie solennelle – il émanait de lui encore plus de solennité que d'ordinaire, comme pour maîtriser une démarche mal assurée –, et Giles lui emboîta le pas en s'efforçant de rester discret. Les deux chiens se levèrent et suivirent le mouvement. Le cliquetis de leurs griffes sur le sol en marbre était réconfortant, semblable au tic-tac d'une horloge.

James et William, postés près du buffet, n'avaient rien perdu de la scène. La bouche en coin, bougeant à peine les lèvres, le premier valet murmura à l'autre :

— C'est mauvais signe.

Bel homme d'une quarantaine d'années, Moresby avait des cheveux poivre et sel rappelant la fourrure d'un blaireau, et une moustache fournie. Un regard franc et un rien ausculteur émanait de ses yeux bleus intelligents. Giles, dont la première impression fut favorable, lui tendit la main. L'avocat la serra, l'air surpris de cet accueil cordial.

— Moresby, Tuke & Moresby, dit Giles. Quel Moresby êtes-vous ?

— Le second, monsieur. Mon père a été désigné pour s'occuper des affaires de feu M. le comte, mais il est pour ainsi dire à la retraite, et sa santé a été fragile ces derniers temps. Que monsieur le comte soit rassuré : je maîtrise parfaitement tout ce qui touche au domaine et aux finances de feu votre père.

Giles s'assit et invita Moresby à en faire autant.

— Bon, dites ce que vous avez à dire. Si je comprends bien, vous êtes ici pour la lecture du testament.

L'avocat ouvrit la bouche, mais Giles ajouta :

— Je vous saurai gré de vous adresser à moi comme à un autre être humain, avec un minimum de « monsieur le comte » ou « mon cher comte ». Je ne suis pas en verre, je ne vais pas voler en éclats sous le choc parce que vous employez un simple pronom.

Moresby eut un sourire prudent.

— C'est fort aimable à vous, monsieur le... enfin, je tâcherai de respecter vos souhaits.

— J'espère bien, dit Giles en souriant à son tour. Sinon, je m'adresse à Tuke. Bon, quelle est cette question urgente qui vous amène ?

Moresby prit le temps de choisir ses mots, ce qui ne fut pas pour déplaire à Giles. En bon universitaire, il appréciait la précision.

— Il est de coutume que le testament soit lu immédiatement après l'enterrement, généralement en présence de la famille réunie. Toutefois, je ne pense pas que cela soit judicieux aujourd'hui. Il y a environ un an, voyez-vous, mon père est venu voir le vôtre pour lui dire, ou plutôt lui rappeler, car le sujet avait déjà été abordé, que la situation financière du domaine était mauvaise.

Giles pencha le torse en avant.

— Mauvaise à quel point ?

Moresby marqua une nouvelle hésitation.

— Pour vous dire les choses sans ambages, il n'y a plus d'argent. Rien que des dettes.

Giles se cala contre son dossier, accusant le coup. Il s'attendait à tout sauf à ça. Cela n'avait jamais figuré au cœur de ses préoccupations, vu qu'il disposait déjà d'une rente suffisante, mais il avait toujours supposé qu'il hériterait de certains moyens.

— Poursuivez, finit-il par dire.

— Mon père a insisté pour que le vôtre opère certaines réductions, ce qu'il a accepté, quoique sans grand enthousiasme. Pour l'inciter à agir, mon père lui a dit : « Si les choses devaient rester en l'état et qu'il vous arrivait quoi que ce fût, il ne servirait à rien de lire votre testament. Il n'y aurait aucun argent pour honorer les legs. »

— Voilà qui est dit clairement, nota Giles distraitement.

— Je ne suis pas certain que ce soient les mots exacts de mon père, monsieur le comte.

— Bon. Continuez. Y a-t-il eu des réductions dans les dépenses ?

— Je crains que non. Le seul changement, c'est que votre père a convoqué le mien quelques jours plus tard afin de modifier son testament.

— Ah, fit Giles, sentant que l'on arrivait au vif du sujet.

Moresby le regardait avec une profonde empathie.

— Le nouveau testament est très concis. Toutes les dispositions antérieures ont été écartées. Il est simplement dit que le comte lègue la totalité de sa succession à son fils aîné, Giles. Mon père a tenté de l'en dissuader, mais il était décidé. En le signant, il a déclaré... Je suis vraiment navré, monsieur le comte... : « Que le garçon s'en débrouille. Moi, je n'ai pas le temps. »

Giles resta silencieux un moment, l'information faisant son chemin.

— Il s'est contenté de me refiler ses problèmes ? Il a continué comme si de rien n'était ?

— Oui, en substance.

— Et il n'y a plus d'argent ?

— Les revenus du domaine couvrent tout juste les coûts de fonctionnement du Château. J'ignore si vous le saviez, mais l'inaliénabilité s'est éteinte avec votre père. Il n'y a aucune autre contrainte juridique, si ce n'est le douaire de votre mère qu'il faudra financer d'une manière ou d'une autre.

Giles se frotta les tempes, pensif, et contempla les deux chiens couchés à ses pieds. Ils le fixaient, en attente d'un ordre.

— Que dois-je faire ? finit-il par dire.

L'avocat semblant y voir une question purement théorique, Giles releva la tête et répéta :

— Que dois-je faire, maître ?

— Rien dans l'immédiat, si vous m'autorisez à vous donner un conseil. Ce n'est ni le lieu ni le moment. Je reste à votre disposition, quand vous le souhaiterez, pour étudier la situation en détail et mettre au point une stratégie. Pour aujourd'hui, je pense qu'il vous suffit d'informer votre famille que la lecture du testament est inutile, l'unique clause vous léguant la totalité de la succession.

— Il y aura des mécontents. On va penser que...

Qu'allait-on penser au juste ? Certains membres de la famille devaient s'attendre à un geste, ne serait-ce qu'un souvenir symbolique. D'autres misaient sur beaucoup plus. Quelle situation des plus désagréables, franchement gênante ! Comment son père avait-il pu se comporter de la sorte ? Lui qui redoutait le fardeau des responsabilités, voilà qu'il devait l'assumer, et armé seulement de dettes.

— Je serai obligé de leur fournir quelques explications.

— Si je puis me permettre, ne pas s'en tenir à une simple annonce factuelle risquerait d'entraîner des questions supplémentaires. Or il n'est pas du tout souhaitable que quiconque, en dehors de cette pièce, ait vent du véritable état des finances. À la moindre crainte concernant la solvabilité, les créanciers sont prompts à s'inquiéter et à exiger d'être remboursés. Vous pourriez être englouti par une avalanche de demandes. La confiance est capitale. Personne ne doit se douter de rien. Je me permets d'insister, monsieur le comte.

— Je comprends. Je dois me montrer froid et arrogant, refuser d'en discuter.

— Ce qui n'aura rien d'incongru, monsieur. Un comte est maître en son château.

Sauf que ce n'est pas moi, pensa Giles. *Je vais devoir jouer un rôle. Mon père, lui, s'en accommodait...* Il se demanda soudain si la superbe et la distance de son père étaient dans sa nature, ou si lui aussi s'était plié au rôle. Question de survie.

Il convoqua la famille dans la bibliothèque et attendit, debout devant la cheminée, que tout le monde fût installé. Les gens le fixaient et chuchotaient entre eux. Un silence attentif se fit quand il prit la parole.

— Il n'y aura pas de lecture du testament. Mon père l'a modifié il y a un an. Le nouveau document est succinct, ne comprenant plus qu'une seule clause. Qui dit en gros : « Je laisse tout à mon fils aîné, Giles. »

Un véritable brouhaha s'ensuivit, une volée de phrases qui semblaient toutes débuter par : « Mais qu'en sera-t-il de... » Il brandit la main pour les faire taire.

— Il me faut étudier le testament précédent et ses dispositions précises. Je vais me pencher sur la situation du domaine et la manière dont sont employés les divers actifs. J'imagine que tout cela prendra un certain temps.

Les yeux de sa mère le scrutaient. Était-elle informée ? Soupçonnait-elle quelque chose ? Les murmures reprirent. Linda esquissa un pas et déclara, d'un air déterminé :

— Voyons, Giles, tu dois...

— Avant d'agir, la coupa-t-il, j'ai besoin de m'informer en profondeur. Toute autre attitude serait irresponsable, et je n'ai rien à ajouter aujourd'hui.

La clameur repartit de plus belle, chacun voulant obtenir une réponse à sa question. Seules ses petites sœurs, isolées près de la porte, l'observaient silencieusement et passivement, comme si rien de tout cela ne les concernait. Pourtant, c'était tout sauf le cas. Il leur faudrait une dot. Leur père aurait dû mettre de l'argent de côté pour elles. Ce n'était pas une obligation légale, contrairement au douaire de sa mère, mais une obligation morale. Une responsabilité de plus dont son père s'était défaussé sur lui. Giles songea à un point qui méritait d'être précisé. Il eut un nouveau geste pour obtenir l'attention.

— Autre chose. Ce sujet ne doit pas être évoqué au-delà de ces quatre murs. Vous n'en discuterez avec personne qui ne soit présent dans cette pièce.

Des protestations indignées retentirent, auxquelles sa mère coupa court :

— Voulez-vous qu'on jase sur nos affaires dans le voisinage, qu'elles soient l'objet de vulgaires ragots et de supputations grossières ?

Les mines se firent plus hésitantes.

— Je refuse que des étrangers ignorants décortiquent le comportement de feu mon mari, reprit-elle. Vous garderez le silence. Et mon fils Giles, conclut-elle en le regardant droit dans les yeux, saura régler ces histoires. En temps voulu.

Le léger accent mis sur « saura » exprimait une menace plus qu'un soutien loyal. Giles sonda le regard de sa mère, sans parvenir à deviner son jeu. Toute sa vie, elle avait peaufiné l'art de l'impénétrabilité. Sans pouvoir se l'expliquer, il n'était pas rassuré qu'elle l'eût appelé « mon fils » et non Giles ou Ayton, ce qui s'était produit à plusieurs reprises depuis son retour. Cela dit, comment voulait-il qu'elle le désignât ? Le « nouveau comte » ?

Il pivota prestement pour couper court à la discussion, si vite qu'il marcha sur la queue de l'un des chiens, qui ne le lâchaient plus d'une semelle. La pauvre bête glapit.

— Ne restez pas dans mes pattes, maudits cabots ! maugréa-t-il.

Avant qu'il pût franchir la porte, Alice lui décocha un regard de reproche. Il la dévisagea, interdit.

— Ne sois pas méchant avec eux, dit-elle. Ces pauvres bêtes ne comprennent pas.

Voilà qu'il avait entre ses mains le pouvoir de façonner l'avenir de deux frêles créatures, deux demoiselles au bord de l'âge adulte. Un poids supplémentaire, quoique léger, sur ses épaules.

Tout le monde voulait être rassuré. Et lui, qui le réconforterait ?

*
**

Dory aidait à débarrasser. Lors des grandes occasions, tout le monde devait mettre la main à la pâte. Portant un plateau chargé de vaisselle, elle suivait Rose quand la voix de Mme Webster leur parvint, en provenance du salon des chefs domestiques.

— Il se passe quelque chose, disait la gouvernante. Il y a de la tension dans l'air. Certainement à cause de ce qui a été dit dans la bibliothèque.

— Inutile de me regarder ainsi, dit M. Moss.

Rose se figea pour écouter, et Dory se fit la plus discrète possible derrière elle.

— Pourquoi ne les avez-vous pas suivis dans la bibliothèque ? insistait Mme Webster. Nous saurions tout.

— Je n'ai pas été appelé, objecta dignement le majordome.

— Vous leur avez ouvert la porte. Vous auriez dû entrer avant de la refermer.

— Je n'ai pas à m'immiscer dans les réunions familiales en privé.

— Voyons, personne n'aurait remarqué votre présence. Pour eux, nous faisons partie du mobilier. Vous leur tirez un siège, et ils s'assoient comme si vous n'existiez pas.

Rose laissa échapper un grognement d'approbation.

— Cela pourrait nous concerner, poursuivait Mme Webster. S'il doit y avoir des problèmes, je préfère le savoir.

Rose se montra dans l'embrasure et dit :

— Moi, je sais.

— Ce n'est pas bien d'écouter aux portes, la tança Mme Webster.

— Vous n'avez qu'à pas bavarder quand il y a des oreilles indiscrètes, rétorqua Rose.

— Quelle impertinence ! s'offusqua Moss.

Mme Webster lui fit signe de garder pour lui ses remontrances.

— Pas maintenant, monsieur Moss. Comment êtes-vous dans le secret, Rose ?

— À votre avis ?

— Lady Cordwell ?

Rose lui servait de femme de chambre chaque fois qu'elle était de passage. Lady Cordwell décrétait qu'il ne servait à rien d'amener la sienne quand nombre de domestiques étaient désœuvrés au Château. Rose subodorait, comme Mme Webster, qu'elle n'en avait pas chez elle. Par faute de moyens ? Pingrerie ? L'un ou l'autre.

— Elle me confie tout, dit Rose. Une vraie pipelette.

— Ne médisez pas de vos supérieurs ! l'admonesta Moss.

— Je me contente de dire les choses telles qu'elles sont, monsieur Moss. Elle a demandé un verre de lait et m'a tout raconté quand je le lui ai monté. Mais vous ne prêtez jamais l'oreille aux commérages, n'est-ce-pas ?

Après une seconde d'hésitation douloureuse, le majordome répliqua avec morgue :

— Exactement ! Allez, filez !

Rose s'en alla, un sourire narquois aux lèvres. Dory la suivit tandis que Mme Webster promettait :

— Je lui tirerai les vers du nez plus tard.

— Ne le faites pas pour moi, protesta Moss sans grande conviction.

Avant d'atteindre l'arrière-cuisine, Rose et Dory croisèrent Crooks qui arrivait dans l'autre sens, une paire de bottes à la main.

— Une empreinte de pouce sur un talon, marmonna-t-il. Pas le mien.

— Bien sûr que non, monsieur Crooks, lança Rose, ironique.

Le vieux valet y vit une invite à bavarder.

— Je dois dire qu'il règne une curieuse ambiance à l'étage, confia-t-il à voix basse. J'ai l'impression qu'il s'est dit quelque chose d'inattendu quand la famille s'est réunie pour l'ouverture du testament. C'est grave, vous pensez ? Mon Dieu, pourvu qu'on n'ait pas égaré les dernières volontés du comte ! Maître Moresby a très bonne réputation. Certes, nous n'avons jamais eu affaire au fils qui s'est déplacé aujourd'hui. Mais il n'y a pas de cabinet plus réputé à Ashmore, de l'avis général.

— Il y a effectivement eu une surprise, convint Rose avec un plaisir non dissimulé, mais ce n'est pas ça.

— Vous en savez davantage ? s'enquit Crooks, curieux.

— Je n'en dirai pas plus, répondit Rose. Allez, Dory, on a du pain sur la planche.

Elles laissèrent là le pauvre Crooks, plus anxieux que jamais.

*
**

Giles s'enfermait tous les jours dans la bibliothèque, où il ne recevait que les personnes expressément conviées. Il s'entretint avec le régisseur,

Markham, l'intendant, Adeane, le garde-chasse, Saddler, et le premier palefrenier, Giddins. Vogel, de la banque Martin, vint muni des registres et affichant une mine soucieuse. Moss et Mme Webster furent également interrogés. Surtout, il consulta beaucoup Moresby.

Il prenait son petit-déjeuner de bonne heure, ne s'arrêtait pas à midi et ne se présentait le soir qu'une fois le dîner annoncé. Il s'en tenait à un silence sévère à table et priait la compagnie de l'excuser dès qu'on apportait le dessert. Ainsi, il évitait ses proches.

Un jour, Linda se débrouilla pour l'intercepter. Lasse d'espérer une entrevue, elle le guettait aux abords de la bibliothèque. Alors qu'il revenait des commodités, elle surgit d'un renfoncement.

— Il faut que je te parle, Giles.

Elle n'hésita pas à écarter les bras pour lui barrer la route.

— Pas maintenant, Linda. Laisse-moi passer.

Elle soutint son regard. Leur mère était forte à ce jeu, les paupières mi-closes, la mine glaciale et menaçante. Linda avait hérité de ce talent, sauf que ses yeux demeuraient grands ouverts et vous transperçaient douloureusement : de véritables vrilles.

— Tu dois m'écouter, Giles. Tu ne peux pas continuer à fuir tes responsabilités en t'enfermant dans la bibliothèque.

Il se rembrunit.

— Ce sont mes responsabilités qui m'y tiennent enfermé. Et puis, tant pis... Qu'est-ce qu'il y a, Linda ? Que veux-tu ?

— Ma pension, c'est tout. Père me versait une annuité. Je veux savoir si cela figure dans le testament.

— Comme je l'ai expliqué, le testament ne contient qu'une seule clause, me transmettant la totalité de la succession. Crois-tu que je mente ?

— Je suppose que non.

— Tu supposes ?

— Ne change pas de sujet ! s'agaça Linda. Contente-toi de me répondre : vas-tu maintenir ma pension ?

— Pourquoi père te donnait-il de l'argent ? C'est à Cordwell de t'entretenir, non ?

Elle détourna le regard un instant.

— Les temps sont durs, surtout dans les comtés de l'Ouest. Tu n'as pas idée...

Elle marqua une hésitation, puis lâcha tout ce qu'elle avait sur le cœur :

— Mon Dieu, je ne supporte plus de vivre là-bas ! Un manoir en ruines, humide et froid ! Aux alentours, rien que des champs ! Partout du vert, du vert et encore du vert !

Il éprouva malgré lui une pointe de commisération, même s'il savait qu'elle se languissait des boutiques, des théâtres, des rues pavées et des lumières de la ville, quand lui se languissait du désert. Il lui répondit plus gentiment qu'il ne l'eût fait autrement.

— Linda, je ne peux pas t'aider en ce moment. J'en suis toujours à me renseigner sur le domaine, à tenter de clarifier...

Sur le point de dire « l'embrouillamini », il se reprit à temps.

— Tu dois patienter, ajouta-t-il. Comme tout le monde. Maintenant, laisse-moi passer. Plus tu m'empêches de me replonger dans les comptes, plus longtemps tu attendras ta réponse.

Elle s'écarta à contrecœur. Alors qu'il ouvrait la porte, elle lui lança :

— Je suis ta sœur, Giles. Ne l'oublie pas. Ta sœur.

Il eut l'impression qu'elle avait failli dire « ta seule sœur », se rappelant à temps l'existence des deux demoiselles silencieuses que tous semblaient si prompts à oublier.

Il y avait tant d'informations à ingurgiter. Des chiffres et des sommes à n'en plus finir. Des discussions interminables. La bibliothèque s'emplissait de fumée de cigare, de registres, de livres de comptes et d'hommes sincères qui s'évertuaient à lui expliquer des questions simples et évidentes pour eux. Dehors, le ciel demeurait bas et gris, toujours triste et pluvieux. Couchés à ses pieds, les chiens soupiraient de temps à autre. Il leur accordait une promenade rapide de bonne heure et tard le soir. Ces sorties n'avaient rien d'agréable, dans l'obscurité et le froid, souvent sous des trombes d'eau. Les chiens ne se plaignaient pas. Quant à Giles, des soucis plus pressants occupaient son esprit.

Le vieux Frewing, portier principal, avait toujours une lanterne à lui tendre et ne laissait jamais paraître le moindre signe d'agacement, que son maître rentrât tout crotté ou le fît veiller. Frewing avait sa petite idée quant à la situation du domaine. C'était étonnant ce que les gens osaient dire devant le portier, comme s'il n'existait pas. Il avait passé toute sa vie au Château, depuis ses débuts à huit ans comme porteur d'eau. Il avait vu feu M. le comte grandir, puis hériter de son titre beaucoup trop tôt... Pour sûr, Frewing savait une ou deux choses, mais ce n'était pas à lui de donner son avis. Chaque fois qu'il saluait son jeune maître, il lui souhaitait bonne chance en son for intérieur. Lui aussi était devenu comte prématurément. « Voudrais pas être dans ses chaussures », se répétait souvent le vieux serviteur.

Giles lui adressait également un petit signe de tête, politesse purement machinale. Il ne prêtait pas vraiment attention au portier. Il avait l'esprit ailleurs. À eux deux, Adeane et Markham lui avaient permis de comprendre que le problème était d'une double nature. Sur un plan général, l'agriculture traversait une crise, les prix ayant chuté à cause d'importations massives d'aliments bon marché. Et sur un plan plus spécifique, le domaine était mal géré.

— Les sols sont appauvris, expliqua Markham au cours d'une de leurs nombreuses réunions, et on les exploite de manière inefficace. Les rendements seraient supérieurs si l'on effectuait des améliorations.

— Il y a quatre ans, renchérit Adeane, j'ai soumis un plan de marnage et de canaux de drainage à feu M. le comte, mais rien n'a été entrepris.

— On a aussi négligé les travaux d'entretien, compléta Markham. De nombreux cottages sont en mauvais état. Des rénovations sont nécessaires. Routes défoncées, fossés engorgés, haies à tailler.

— On devrait mettre en place des solutions modernes, proposa Adeane. Par exemple, des races de bétail mieux adaptées à l'élevage. Suffit pas de mener la vache au premier mâle bien membré, si monsieur le comte veut bien me passer l'expression. Améliorez le cheptel et vous obtiendrez de meilleures marges.

— On ne peut pas exiger des fermiers qu'ils acquièrent des reproducteurs de concours, objecta Markham. Le domaine devrait avancer le capital pour démarrer, or le domaine n'a pas d'argent. Les fermages sont trop bas.

— Pourrait-on les augmenter ? suggéra Giles.

Le régisseur et l'intendant échangèrent un regard exaspéré. N'avait-il rien compris ?

— Les fermages sont liés à la production. Augmentez la production et vous pouvez augmenter les fermages. Une hausse immédiate condamnerait les fermiers. Vous vous retrouveriez avec leurs terres sur les bras et donc dans une situation encore pire, dit le régisseur.

Giles plissa le front.

— Vous êtes en train de me dire qu'on ne peut pas monter les loyers avant d'avoir amélioré les fermes ? Impossible d'accroître les revenus sans commencer par dépenser de l'argent ?

— C'est ça, grosso modo, confirma Markham.

— Mais il n'y a pas un sou à investir, résuma Giles.

Il consulta donc Moresby encore une fois.

— Où est passé l'argent ?

L'avocat lui expliqua que le problème ne datait pas d'hier. Un domaine était certes source de revenus, mais une grosse partie des sommes devait être réinvestie. Qui plus est, il fallait veiller aux réparations promptement, car les dégradations entraînaient des dépenses croissantes. Changer une tuile maintenant ou refaire la toiture plus tard.

— On a laissé les choses se détériorer, conclut-il précautionneusement.

Ce n'était pas à lui de désigner les responsables.

— Il y a quand même des revenus. Je réitère ma question. Où est passé tout l'argent ?

Moresby souligna que l'entretien de la demeure et de la famille coûtait cher. Il ajouta, mal à l'aise, que le dernier comte s'était montré dépensier.

— Mon père ? s'étonna Giles.

Il avait toujours supposé, les rares fois où il y pensait, que son père consacrait la majorité de son temps à pêcher et à chasser. Durant la saison de la chasse à courre, il sortait trois ou quatre fois par semaine. Giles savait, pour s'y être lui-même livré un certain nombre de fois, qu'après une journée à suivre la meute il vous restait tout juste l'énergie de somnoler en chaussettes devant une bonne flambée. Voilà qu'il découvrait que son père avait mené une autre existence, à Londres. Il cotisait à plusieurs clubs, dont des cercles de jeu, avec les frais qui en découlaient. Son père n'avait pas accumulé de dettes de jeu – « jouer et payer », telle était sa devise –, mais ces établissements ne survivraient pas si leurs membres n'étaient pas perdants à l'arrivée. S'y ajoutaient les factures des artisans : tailleurs, chapeliers, bottiers. C'était étonnant les sommes qu'il consacrait à ses tenues. Giles n'avait pas vu son père comme un dandy. Il y avait aussi plusieurs biens immobiliers dans la capitale, qui ne rapportaient rien et généraient des frais, dont un hôtel particulier à Bloomsbury et un appartement à St John's Wood dont les loyers étaient réglés par le domaine.

— De quel fait ? s'enquit Giles.

Moresby répondit qu'il n'en savait rien, laissant entendre qu'il ne lui appartenait pas de poser des questions.

Enfin, son père avait englouti de fortes sommes en espèces. Giles ne comprenait pas à quoi avait pu servir l'argent. Les dépenses habituelles – théâtre, restaurants, taxis, cigares – ne suffisaient pas à expliquer les montants. Vogel ne s'autorisa aucune remarque quand il permit à Giles de consulter, entre autres traites, des comptes ouverts chez des modistes et des bijoutiers. *Mon père aurait-il entretenu des maîtresses ?* se demanda Giles, sidéré. Il est toujours difficile d'admettre que ses parents ont une sexualité. Contemplant la miniature dans le renfoncement à côté de la cheminée, il devait convenir que son père avait été très bel homme dans sa jeunesse. Et, quoi que pût en penser Giles à vingt-six ans, peut-être pouvait-on encore séduire passé la cinquantaine. Néanmoins, n'avait-on pas le devoir de résister à la tentation ?

Cela ne servait à rien de conjecturer. Une seule question importait : Que faire ? Comment agir ?

— Il faut réduire les dépenses, monsieur le comte, dit Moresby. Mon père a tenté en vain de convaincre le vôtre. Si cela avait été mis en place il y a dix ans, vous auriez sans doute hérité d'un domaine très différent. Plus on repousse la chose, et plus elle est difficile. Je ne vous cache pas que le chemin sera long et ardu. Mais l'autre voie mènerait à la banqueroute.

— N'y a-t-il rien à vendre ? demanda Giles.

— Malheureusement, les tableaux de maître ont déjà été vendus. L'argenterie aussi.

— Et les bijoux de famille ?

— Je ne sais pas combien cela rapporterait, nous pourrions nous pencher sur la question si...

— Si quoi ?

— Mme la comtesse sera la première affectée…

— Une banqueroute l'affecterait davantage.

— Effectivement, monsieur le comte. Mais je doute que les bijoux nous procurent plus qu'un répit temporaire.

— Ce sera mieux que rien. Et faudrait-il envisager de céder une partie des terres ?

— Déjà hypothéquées.

Le regard dans le vide, Giles encaissa le coup. Il se résolut à démanteler la vie londonienne de son père.

— Nous allons donc réduire les dépenses. Résiliez les adhésions et les souscriptions. Mettez un terme aux locations. Cédez les baux emphytéotiques. J'imagine qu'on en tirera quelque chose ?

— Oui, monsieur le comte. Mais souhaitez-vous au préalable que je me renseigne sur…

— Je vous demande d'élaguer tout ce qui concerne Londres, le coupa Giles, en colère. On y a gaspillé bien assez. On arrête les frais. Seul m'importe Ashmore. Mettez fin immédiatement à toutes les dépenses londoniennes. Si quelqu'un du Château veut se rendre à Londres, qu'il se fasse héberger par ma tante ou ma grand-mère.

— Entendu, monsieur le comte.

— Et nous allons réduire le train de vie au Château. Je suis certain qu'il y a de la gabegie.

— Je vous déconseille des économies généralisées. Il en résulterait des commérages néfastes, or, comme je vous l'ai déjà expliqué, la confiance est capitale. Par chance, si je puis dire, vos obligations mondaines seront minimes durant plusieurs mois en raison du deuil : c'est l'occasion d'instaurer une certaine austérité sans attirer l'attention.

— En effet, convint sobrement Giles.

— Les écuries sont un gros poste de dépenses. Vous pourriez certainement y effectuer des coupes appréciables.

L'avocat fit le décompte. Feu le comte avait six chevaux hunters, et deux plus jeunes en cours de dressage. S'y ajoutaient les montures de la comtesse et de ses filles, six bêtes de trait pour les voitures, deux bêtes de selle pour les trajets, quatre pour les palefreniers et deux poneys. Au total, vingt-cinq têtes dotées d'un bel appétit. Et pour s'en occuper, outre Giddins, Archer et Josh Brandom, il y avait sept palefreniers, quatre garçons et deux cochers.

— Je peux vendre les hunters, dit Giles. Même si je devais chasser cette saison, ce qui ne sera bien sûr pas le cas, ils ne me conviendraient pas.

— Je vous conseille alors de vous en séparer sans attendre, monsieur le comte. La saison n'étant pas terminée, vous en obtiendrez un meilleur prix. Bon, quoi d'autre...

Moresby brassait des papiers, en signe d'embarras ou d'une réticence à poursuivre.

— Allez, dites. Plus rien ne peut me choquer.

— Ce n'est rien de choquant, je vous assure, dit Moresby en le fixant. Plutôt une question délicate.

— Mon Dieu. Quoi encore ?

— Le douaire de votre mère, dit l'avocat. Si on vous le réclame, vous serez contraint de le verser, et je ne vois pas d'autre solution qu'un emprunt pour réunir pareille somme. Alors même que je ne veux surtout pas vous inciter à aggraver la charge des intérêts.

— Si on me le réclame ? interrogea Giles.

— Comme vous le savez, le douaire est destiné à pourvoir aux besoins de la veuve. Toutefois, si la comtesse continuait de résider au Château, avec le même train de vie, elle n'en aurait pas besoin dans l'immédiat. La question serait repoussée de quelques mois précieux, voire quelques années.

Malgré son amertume, Giles ne pouvait que s'amuser des finasseries de l'avocat.

— Autrement dit, si je l'installe dans la maison douairière, il me faudra payer alors que, si elle reste ici, elle pourrait ne pas songer à l'exiger ?

Ce franc-parler fit grimacer l'avocat.

— Juridiquement…

— Que sait ma mère ? le coupa Giles.

— C'est-à-dire ? monsieur le comte.

— Est-elle consciente de la situation financière ?

— Je ne saurais dire. Il vous appartient entièrement de décider ce que vous souhaitez lui confier, mais si elle ne se doute de rien… moins il y aura de gens au courant et mieux ce sera.

Le jour où sa mère réclamerait son douaire, il n'aurait d'autre choix qu'aggraver l'endettement du domaine. Et *quid* de ses sœurs ? Aucune provision n'avait été constituée pour leurs dots ; son père avait dû décréter qu'on aviserait le moment venu. Maintenant, la responsabilité reposait sur les épaules de Giles. À lui de trouver une solution.

— Je me sens comme un lièvre pris au collet, avoua-t-il. La situation est désastreuse, sans autre issue que des années d'austérité ou davantage d'emprunts irresponsables, voire les deux.

Moresby marqua une hésitation avant de s'exprimer :

— Il existe une autre possibilité, monsieur le comte. Une solution à laquelle vous rechignerez peut-être, mais qui a derrière elle, si j'ose dire, des précédents tout à fait respectables.

— Je vous écoute, fit Giles.

4

C'était le dernier jour du semestre à l'école de jeunes filles de Mlle Thornton, un établissement des beaux quartiers de Kensington. Assise sur la banquette d'un bow-window du séjour, Kitty Bayfield tenait ses genoux serrés contre sa poitrine, seule à l'ombre des rideaux. Les autres filles allaient et venaient, par groupes de deux ou trois ou plus encore, sans lui prêter attention. Des bruits de cavalcade résonnaient à travers les étages. Dehors en contrebas, sous le ciel laiteux et humide, le gris de la chaussée et du trottoir avait quasiment entièrement disparu sous un tohu-bohu coloré. Voitures de louage et calèches allaient et venaient, valises et malles s'entassaient devant le perron. C'était un ballet ininterrompu de domestiques encombrés de sacs et de paquets. Des valets et des mères, ainsi que de rares pères, tentaient de récupérer les demoiselles dans la tourmente des étreintes et embrassades, des nattes qui volaient, des affaires oubliées, des gants perdus et de bien des larmes versées. L'année scolaire s'achevait.

Le séjour était une pièce moderne et lumineuse, avec de grandes fenêtres et des fauteuils de chintz très confortables. *C'est tellement mieux qu'à la maison !* songeait Kitty. Bayfield Court, sur les hauteurs de Hampstead, était une demeure de style Tudor, avec ses fenêtres à petits carreaux et son dédale de pièces sombres où flottait toujours une légère odeur de moisi. Il y avait des boiseries et du parquet foncés, du mobilier de style très inconfortable comme des chaises à dos rigide et des bancs tapissés. Chez elle, Kitty avait l'impression d'être à l'église : un lieu froid et humide, temple de la bienséance. Surtout, elle s'y sentait seule. Toute sa vie, elle avait souffert de la solitude. Sir John, son père, était baronnet et de bonne famille, un homme aux manières irréprochables. Son unique passion était la généalogie : il y consacrait plusieurs heures par jour dans son cabinet de travail et avait publié quelques monographies, accueillies favorablement, sur les lignées des grandes familles d'Angleterre. Kitty se souvenait encore de l'appréhension et du sentiment d'étrangeté qui s'emparaient d'elle dans son enfance, quand sa nurse l'amenait chez son père pour le bonsoir au moment du coucher. Sans être un méchant homme, sir John faisait rarement preuve de souplesse, ayant grandi dans une époque austère et exigeante. Aux yeux de Kitty, c'était une figure impressionnante, source d'interdits : *Papa ne doit pas être dérangé… Papa l'exige… Papa ne serait pas content… Papa l'a défendu…*

La mère de Kitty, Catherine Harvey, était l'héritière des confitures du même nom. Originaire du Cambridgeshire, elle avait apporté une fortune considérable à son mari. Chaque fois qu'elle voyait un pot de confiture Harvey's, Kitty ressentait un léger frisson de fierté. Dommage qu'on ne servît que de la Chivers à l'école de Mlle Thornton. Sa mère était morte des complications de l'accouchement, quelques jours après sa naissance. On avait donné son prénom à Kitty, qui avait souvent observé son portrait réalisé par Sargent, tableau accroché au-dessus de la cheminée du salon. Sa mère y portait une robe du soir de satin blanc et une étole rose en mousseline de soie. La jeune femme y affichait une expression aimable quoique légèrement tendue, les paupières gonflées, peut-être au bord des larmes. Kitty avait souvent scruté cette figure, à la recherche de traits auxquels s'identifier. La première lady Bayfield avait le visage en cœur et le menton pointu, comme elle, et les mêmes sourcils arrondis et délicats. En revanche, sa chevelure châtain clair ondulée ne ressemblait en rien aux boucles noires de l'enfant, et elle avait des yeux noisette quand ceux de la fille étaient bleus.

Sa nurse lui avait dit que sa mère était mieux là où elle se trouvait maintenant. « Elle est au paradis et ne s'en porte pas plus mal, si vous voulez mon avis ! » répétait-elle amèrement.

Sous ses rondeurs, sa nurse était une femme sévère, sa poitrine opulente et son embonpoint d'une dureté de granit dans sa gaine et son corset. Elle avait le visage dur, la main plus dure encore, et elle était très dure au mal. Elle passait son temps à lire la Bible, et le Dieu qu'elle citait souvent à Kitty n'était pas moins dur qu'elle. Un Dieu qui vous surveillait, le regard critique. Sa nurse voyait la vie comme une tâche difficile et déplaisante à accomplir avant l'ultime coucher de la mort. Ensuite, ce serait le paradis ou l'enfer, selon la manière dont on s'était comporté.

— Est-ce que j'irai moi aussi au paradis, avec maman ? demandait Kitty.

— Si tu es sage.

Être sage, cela voulait dire principalement ne pas faire de bruit, rester calme et ne pas salir ses vêtements. Mais la petite fille avait toujours eu le sentiment, sans que cela fût formulé, qu'on attendait aussi autre chose de sa part. Un secret jamais divulgué. Kitty craignait de faillir, ne sachant pas en quoi elle devait s'améliorer.

Sir John s'était remarié quand Kitty avait six ans. Sa nurse n'approuvait pas cette nouvelle union. Elle expliqua à l'enfant, d'une voix dédaigneuse, que son père avait besoin d'un fils qui pût hériter de son titre, car une fille ne le pouvait pas. À en juger d'après son ton, Kitty subodorait que ce n'était là, selon sa nurse, qu'un prétexte pour poursuivre des desseins plus frivoles.

— Deux fois plus jeune, fustigea-t-elle un soir alors qu'elle reprisait du linge. Une coquette, une petite élégante qui le mène par le bout du nez.

— Je l'ai vue, dit la bonne qui arrivait avec une pile de draps. Elle est belle.

— L'habit ne fait pas le moine, lâcha amèrement la nurse. Il va y avoir du raffut, moi je vous le dis.

Kitty, qui lisait à l'autre bout de la pièce et n'était pas censée écouter, était enchantée à l'idée d'avoir une nouvelle mère jeune et jolie. Quant au raffut, sa nurse utilisait ce terme pour tout ce qui lui déplaisait, comme chanter, danser ou rire. Quand le joueur d'orgue de Barbarie s'arrêtait devant chez eux, elle se plaignait de son « fichu raffut » et priait le valet de le chasser. Kitty se disait qu'un peu de raffut ne serait pas désagréable. Et sa belle-mère lui prodiguerait peut-être l'amour que sa propre mère n'avait pas eu le temps de lui donner.

Quand Jayne d'Arcy se présenta enfin, la première impression de Kitty fut qu'elle serait plus au goût de sa nurse qu'au sien. Svelte et élégante, dotée d'un nez pointu et d'une fine bouche, elle avait la remarque cinglante et ne souffrait aucune désobéissance. Ses pas secs et rapides résonnaient sur les lattes du parquet, avertissement utile qui annonçait son arrivée. Elle reprit en main l'intérieur, y chamboula tout et le réarrangea à sa convenance : nouveau mobilier, nouvelles tentures, nouvelle cuisinière, nouvelles routines, davantage de valets. Le ménage y était fait plus régulièrement que sous l'Ancien Régime sans maîtresse de maison, le parfum de cire à la lavande venant cacher en partie les relents de moisi. Quand tous les changements eurent pris effet, Kitty l'entendit remarquer que Bayfield Court était désormais une demeure digne d'un baronnet et de sa dame.

Les deux époux menaient une vie mondaine très remplie, recevaient à dîner ou étaient invités la plupart des soirs, se rendaient au concert ou au théâtre à Londres, s'absentaient du samedi au lundi pour des parties de campagne. La nouvelle lady Bayfield ne montait jamais dans la nursery, ce qui n'était pas pour déplaire à la nurse, qui ne souffrait aucune ingérence. Kitty était tout de même convoquée chaque soir devant sa belle-mère pour inspection. L'examen était des plus brefs, et la petite fille comprit vite, avec tristesse, que cette nouvelle mère ne lui prodiguerait pas plus de sourires et de tendresse que la précédente. Elle reçut pour consigne de l'appeler « Mère », ce qui lui convenait. Pourtant, cette femme lui évoquait davantage le Dieu censeur et critique de sa nurse, toujours à l'affût de ce qui, dans le comportement de Kitty, pourrait décevoir son père.

Cela dit, la nouvelle lady Bayfield offrit un merveilleux cadeau à sa belle-fille. Kitty avait alors sept ans, et une excitation contenue régnait dans la maison. Durant plusieurs semaines, les uns et les autres échangèrent des regards entendus. Quand Kitty demanda ce qui se passait, elle s'entendit répondre : « Rien qui concerne les petites filles. » C'était faux, car un matin sa nurse l'habilla dans un silence lugubre, puis lui commanda de la suivre pour faire la connaissance de son nouveau petit frère.

Sir John le nomma Peter, en hommage à son propre père. Kitty avait l'âge parfait pour voir en Peter un cadeau qui lui était tout particulièrement destiné. Dès la première fois qu'elle se pencha sur son berceau, elle tomba en admiration, émerveillée par ce visage et ces doigts miniatures. Elle qui avait toujours aimé jouer à la poupée – il faut bien qu'une enfant s'attache à quelque chose –, voilà qu'elle recevait un baigneur vivant, en chair et en os.

Lady Bayfield le confia aux employées de la nursery et put reprendre ses mondanités, se contentant qu'on le lui amenât une fois par jour, propre et joliment vêtu. Kitty l'entendit expliquer que les nourrissons étaient laids et que son fils l'intéresserait davantage quand il aurait grandi. Elle s'en étonna. Peter était un beau bébé, même pas rouge ni fripé au début, lisse et lumineux comme une perle.

Son père parlait beaucoup de l'avenir du garçon. Peter irait au même collège (Eton), rejoindrait le même club (White's), fréquenterait le même tailleur (Poole's). Il excellerait au cricket et à l'aviron, visiterait l'Europe à sa majorité. Papa avait l'air très heureux quand il évoquait cet avenir, d'une voix chaleureuse fort inhabituelle chez lui. Cependant, lui non plus ne mettait jamais les pieds dans la nursery. Quand la fillette interrogea timidement sa nurse, celle-ci rétorqua que les hommes ne prêtaient attention à leurs fils qu'à partir du moment où ceux-ci portaient des pantalons.

Plus que jamais, Kitty considérait Peter comme son bébé à elle. Ce fut elle qui lui apprit à marcher, s'émerveilla de ses premiers mots, lui montra comment se servir d'une cuillère, joua avec lui, développa son langage. En retour, il lui vouait une adoration sans bornes. Son visage s'illuminait chaque fois qu'elle apparaissait. Quand elle quittait sa chambre, il fixait la porte en attendant son retour. Dès qu'il en fut capable, il la suivit partout à quatre pattes, en l'appelant : « Kitty ! Kitty ! Kitty ! » Le soir, après que la nurse l'avait bordé dans son lit, c'était elle qui lui lisait une histoire pour l'endormir, la menotte du garçonnet agrippée à l'un de ses doigts.

À l'âge de quatre ans, Peter contracta une diphtérie et en mourut. Des mois qui avaient suivi, Kitty gardait le souvenir d'une longue période sans intérêt. Les routines quotidiennes se poursuivaient, mais plus rien n'avait de sens. Au bout d'un certain temps, sir John et lady Bayfield avaient repris leur vie sociale. Son père était vieilli et plus grave, sa belle-mère avait gagné en élégance, en chic et en éclat. Toutefois, leur attitude envers Kitty n'avait pas changé. Son existence demeurait vide et désœuvrée. Elle se sentait plus seule que jamais. Après l'éblouissement de Peter, ses poupées ne l'intéressaient plus. Elle se languissait de quelqu'un à aimer, n'importe qui. Une fois, elle s'approcha d'un chat errant dans le jardin, mais l'animal se recroquevilla, méfiant, et la griffa quand elle tenta de le caresser.

Un jour, lady Bayfield la convoqua dans son boudoir.

— Avez-vous songé, Catherine, que votre père a des projets pour vous ?

— Non, Mère, répondit Kitty, stupéfaite.

Elle était persuadée qu'il ne pensait jamais à elle.

— Vous avez quatorze ans. Le jour approche où vous ferez votre entrée dans le monde.

— Oui, Mère, convint Kitty, incertaine.

Elle ne comprenait pas trop de quoi il était question.

— Quand ce moment viendra, Catherine, il vous faudra briller. Briller ! Vous triompherez en société et vous ferez un beau mariage... ou plutôt un mariage magnifique. N'oubliez jamais que vous êtes la fille de sir John Bayfield et que la moindre de vos actions rejaillit sur lui. Et sur moi. Nous tenons à être fiers de vous. Nous le serons.

Ce n'était pas le genre de phrase à laquelle vous pouviez répondre d'un simple « merci ». Sa belle-mère avait exprimé une volonté plus qu'un espoir. Kitty ne devait pas décevoir. Cela dit, la moue avec laquelle lady Bayfield la détaillait semblait indiquer qu'elle risquait fort de ne pas être à la hauteur. Elle resta silencieuse, attendant la suite.

— Vous êtes presque jolie, finit par affirmer sa belle-mère, et j'ai assez de goût et de savoir-faire pour en tirer le maximum. Je veillerai à ce que vous soyez introduite auprès des bonnes personnes. Ce qu'il vous manque, c'est du polissage.

Kitty se mordit la lèvre et fixa le parquet. Lady Bayfield inspira vivement, exaspérée.

— Gardez la tête droite, Catherine, et ne pleurez surtout pas. Maintenez un regard posé et clair quand on vous adresse la parole, et adoptez une démarche légère et confiante. Défaites-vous de cette allure traînante et de cet air de chien battu.

Kitty voulait demander pardon, mais savait qu'il lui suffirait d'ouvrir la bouche pour fondre en larmes.

— Il y a aussi votre timidité ridicule. Vous ne pouvez pas paraître à votre avantage si la peur vous empêche de desserrer les lèvres. Sans doute vous a-t-on laissée trop souvent seule, admit-elle à contrecœur. Vous ne voyez pas assez de monde à l'extérieur. J'ai donc décidé… Sir John et moi avons décidé… de vous envoyer en pension. Qu'en dites-vous ?

Kitty fut saisie d'angoisse face à la perspective de l'inconnu, à l'idée de se retrouver dans un monde étranger parsemé d'embûches. Pourtant, y succéda immédiatement une bouffée d'espoir. L'école, c'était la possibilité de rencontrer des filles de son âge, de quitter cette maison sinistre, de découvrir un lieu nouveau et des activités différentes. Peut-être s'y ferait-elle une amie. Quelqu'un à aimer et qui l'aimerait en retour. Au minimum, cela romprait l'ennui et la douloureuse solitude de sa vie. Nulle part elle ne se sentirait plus isolée qu'ici.

— Je serais heureuse d'aller en pension, Mère.

Elle se risqua même à adresser un regard gauche et un sourire timide à lady Bayfield. Très étonnée, celle-ci en parut néanmoins ravie.

Kitty se plut effectivement beaucoup en pension. Trois années merveilleuses. Elle y trouva même une amie.

Il existait une phase délicate dans la vie d'une jeune fille quand elle cessait d'être une enfant mais n'était pas encore en âge d'être mariée. Dénicher une bonne gouvernante était notoirement compliqué, et la plupart des mères fortunées n'avaient ni le temps ni le goût de s'occuper de leur progéniture à longueur de journée. En réponse à ce problème, les grandes capitales avaient toutes connu une éclosion d'écoles pour jeunes filles, où celles-ci pouvaient parfaire leur éducation pendant quelques années, tout en étant maintenues dans le droit chemin. L'établissement de Mlle Thornton était l'un des plus réputés. Les demoiselles y apprenaient les bonnes manières : se déplacer et s'asseoir, manipuler une traîne, monter et descendre d'une calèche, danser, jouer aux cartes, verser le thé et distribuer les tasses, dresser le couvert, établir un plan de table, s'adresser à un monarque aussi bien qu'à un pasteur de campagne. Les « élèves choisies » de Mlle Thornton sortaient du lot. Elles suivaient des cours sur l'actualité, les beaux-arts, la musique et la littérature classique. Elles connaissaient quelques mots de français et d'italien, et celles qui en avaient le talent jouaient d'un instrument, dessinaient ou peignaient. Toutes maîtrisaient l'art de la conversation. De l'avis général, les élèves choisies de Mlle Thornton, qui les formait elle-même, jouissaient d'un vernis unique. Cependant, vous ne pouviez pas l'obliger à sélectionner votre fille. Elle évaluait soigneusement ce mérite, et ce n'était pas une question d'argent.

Il lui arrivait même de baisser les frais d'inscription pour certaines de ses préférées.

Nina rejoignit Kitty dans le séjour et la tira de ses pensées.

— Ah, tu es là. Je te cherchais dans les étages.

Elle s'approcha de la fenêtre.

— Si seulement il pouvait neiger ! Cette grisaille est franchement monotone. Tiens, Nancy Brevoorte s'apprête à partir. Mon Dieu, quelle quantité de bagages ! Ce monsieur doit être son papa. Il porte un manteau de fourrure qui lui descend jusqu'aux pieds. Curieux, non ?

— C'est probablement une mode américaine, dit Kitty. En tout cas, il a l'air élimé.

— En effet, dit Nina. De toute façon, je ne vois pas pourquoi les hommes ne porteraient pas des fourrures comme les femmes. J'imagine que c'est le cas en Russie.

Les chevaux qui stationnaient devant l'école relevèrent brusquement la tête quand se produisit une explosion, suivie d'une pétarade qui leur donna envie de détaler.

— Qu'est-ce que c'est ? s'exclama Nina. Oh, une voiture automobile ! Il faut que tu voies ça !

Kitty se mit à genoux sur la banquette et tendit le cou.

— Ce doit être l'automobile de M. Brevoorte. Une Packard. J'ai entendu Nancy qui en parlait à Cora Van Dycke. Cora passe les fêtes chez les Brevoorte, sa famille étant à New York.

D'un rouge terne, l'automobile était munie de roues jaunes et de sièges capitonnés de cuir carmin. Une capote fixée sur quatre montants protégeait les passagers des intempéries. Il y avait quatre places, deux à l'avant et deux à l'arrière. Un chauffeur en livrée était au volant.

— Les bagages de Nancy ne tiendront jamais, fit remarquer Nina. Et je ne te parle pas de ceux de Cora.

Quand M. Brevoorte eut placé les deux filles à l'arrière et se fut installé à l'avant, le véhicule s'éloigna dans un prodigieux vacarme. Un break tiré par des chevaux s'approcha alors, et l'on y chargea les valises.

— Tout s'explique, dit Nina. Une voiture automobile ne me semble pas très pratique s'il faut en plus une carriole pour les bagages. Un fiacre aurait suffi.

— Mais les filles étaient tout excitées à l'idée d'un tour en automobile, nota Kitty. Je n'en ai jamais vu de près. Ma belle-mère trouve ça vulgaire.

— Certes, c'est bruyant. Moi, j'aimerais essayer. Cora a de la chance. Les Américaines se serrent toujours les coudes.

— Elles doivent se sentir seules, si loin de leur pays. Et puis, je les ai entendues dire que leurs frères étaient dans la même école. C'est normal qu'elles soient amies.

Nina délaissa la fenêtre pour venir s'asseoir à côté de Kitty.

— Je n'arrive pas à croire que ça se termine aujourd'hui, soupira-t-elle. Nous ne serons plus jamais pensionnaires.

Ce n'était pas simplement la fin du semestre. Leur séjour à l'école de Mlle Thornton s'achevait. Kitty venait d'avoir dix-sept ans, et Nina les aurait en janvier. Elles étaient désormais des jeunes filles. Nina scruta les traits de son amie.

— Voyons, Kitty, ne sois pas triste. Ce n'est pas une tragédie. Imagine, c'est le début de la vraie vie.

— Je n'ai pas envie de la vraie vie, gémit Kitty. Je préférerais qu'on reste toujours ici.

— Voyons, tu as toutes les raisons d'espérer un bel avenir.

Nina avait été son fidèle soutien pendant trois ans. Le premier jour, alors que les élèves étaient toutes réunies dans le salon et attendaient les consignes, elle s'était rapprochée de Kitty, sans savoir ce qui l'avait attirée précisément. Peut-être le contraste entre elles. Kitty était une petite chose délicate et, sans être belle au sens strict, elle donnait l'impression de l'être. Elle avait des allures de chaton, avec son menton pointu, ses grands yeux et son auréole de boucles noires. Les gens, qui fondent toujours devant les chatons, la jugeaient jolie sans vraiment analyser ses traits. Kitty était maladivement timide, quasiment au point de se sentir mal dès qu'il lui fallait adresser la parole à des inconnus. Rien que d'être observée la contrariait. Nina, qui n'arrivait pas à le comprendre, l'avait prise en pitié et était devenue son plus fervent soutien. Inséparables, les deux filles avaient partagé la même chambre et vécu ces années ensemble.

Nina appartenait à un milieu très différent de celui de Kitty. Sa famille n'était ni noble ni riche. Elle n'était même pas issue du beau monde. Son père était officier, et sa mère, la fille d'un pasteur de campagne peu fortuné. Cultivés l'un et l'autre, ils appréciaient les livres et l'art de la conversation. Prénommée Antonia, la mère de Nina avait suggéré que sa fille fût baptisée Antonina, un diminutif à la façon des Romains.

Son père avait accepté en s'en amusant. Comme il s'agissait d'un mariage d'amour, Antonia suivait le capitaine Sanderton dans ses affectations à l'étranger. Nina était née aux Indes, où elle avait passé les premières années de sa vie. Bien assortis, ses parents formaient un couple uni. Nina avait connu une enfance heureuse, remplie d'amour, de rires, de discussions, d'encouragements et d'activités de toutes sortes. Tout ce dont Kitty avait été privée. Leur seul point commun était d'être fille unique. Les Sanderton souhaitaient d'autres enfants, mais cela ne s'était pas produit.

Cette période radieuse avait pris fin quand Nina avait neuf ans. Sa mère souffrait du climat et, sa santé en étant gravement atteinte, le nouvellement promu commandant Sanderton avait décidé de la rapatrier en Angleterre avec leur fille.

— Abandonner papa a été horrible, avait confié Nina à Kitty. Ainsi que mon poney adoré et nos serviteurs. C'est surtout pour maman que ça a été difficile. Ils n'avaient jamais été séparés. Elle pleurait sans cesse sur le bateau qui nous ramenait en Angleterre. Elle avait beau se cacher, je m'en rendais compte.

Elles s'étaient installées chez la sœur aînée du commandant Sanderton. Veuve d'un universitaire, celle-ci avait toute la place nécessaire dans sa grande demeure de brique rouge de Draycott Place pour accueillir l'épouse et la fille d'un frère auquel elle était très attachée, sous ses dehors réservés. La santé d'Antonia s'était un peu améliorée, mais son mari lui manquait épouvantablement. Nina avait davantage profité du changement, même si elle aussi était triste d'avoir quitté son père et les Indes, le seul pays qu'elle eût jamais connu. Dotée d'un esprit curieux et d'une énergie inépuisable, elle avait vite trouvé des motifs de satisfaction. Elle avait pu se cultiver et se divertir grâce à sa tante. Cette dernière n'avait pas eu d'enfants, par choix. Lettrée comme son frère, chose fort rare chez une femme à l'époque, elle avait épousé un universitaire empathique qui lui avait permis d'accéder aux joies de la vie de l'esprit et de la curiosité intellectuelle. À cause de la grande différence d'âge entre eux, ils avaient pris en compte la possibilité d'un long veuvage pour elle. Titulaire d'une pension et d'un bail emphytéotique sur la maison, dotée d'un cercle d'amis érudits, tante Schofield avait abordé sereinement cette nouvelle phase de sa vie. La solitude ne lui avait jamais déplu, et elle la préférait même. Ce qui ne l'avait nullement empêchée de s'acquitter de son devoir envers son frère et les siens. Comment résister à cette jeune nièce qui la fixait de ses yeux marron, avec la conviction flatteuse que sa tante connaissait la réponse à tout ?

En dépit du mieux initial, la santé d'Antonia s'était de nouveau dégradée, et elle était morte un an seulement après son retour. Si Kitty avait perdu sa mère sans jamais l'avoir connue, Nina avait perdu l'amour, la tendresse et la complicité de la sienne, cette chaleur maternelle dont son amie avait toujours rêvé.

— Ma tante a écrit à papa pour l'informer qu'elle s'occuperait de moi aussi longtemps que nécessaire, avait confié Nina à Kitty. Je ne pense pas qu'elle imaginait que ce serait pour toujours.

Obtenant enfin une permission, le commandant avait entamé le long voyage pour regagner l'Angleterre. Comble du sort, il avait contracté la fièvre sur le canal de Suez et succombé avant que le navire atteignît Marseille. Quand Nina lui livra cette partie de son histoire, Kitty resta sans voix face à ce destin cruel qui avait rendu son amie orpheline.

D'après ce que Kitty lui avait raconté de son enfance, Nina jugeait qu'elle avait toujours été orpheline, bien qu'ayant deux parents. Au moins, elle-même avait reçu de l'amour, et continuait d'en recevoir, même si sa tante n'était pas portée sur les câlins.

Esprit pratique et sans chichis, tante Schofield avait exprimé son amour en cultivant l'intellect de Nina à la manière d'un jardin chéri. Elle entreprit de faire l'éducation de sa nièce, lui fit lire des ouvrages que l'on ne mettait pas d'ordinaire entre les mains des jeunes filles et impliqua divers amis universitaires dans le projet. Nina reçut l'enseignement de certains des meilleurs spécialistes dans chaque discipline. Le caractère de sa tante déteignit en partie sur elle. D'un tempérament raisonnable, Nina avait le sens des réalités. Elle n'était pas du genre à se plaindre ni à broyer du noir. La mort de ses parents était un chapitre sombre de sa vie, mais elle avait tourné la page, résolument.

Un jour, Nina s'étonna quand sa tante interrompit une leçon pour annoncer, sans préambule comme souvent :

— Je vais t'inscrire dans une école.

— À quoi bon ? s'enquit Nina, interloquée. Leur seul objectif est de former de futures épouses. Moi, je veux être enseignante.

— Peu importe, insista sa tante, indifférente à cet argument. Je t'ai inscrite. Ici, tu passes trop de temps en compagnie de vieilles personnes. Il te faut des amies de ton âge, ajouta-t-elle en levant la main pour couper court aux objections de sa nièce. J'ai choisi une école où je pense qu'on t'offrira toutes les possibilités d'approfondir tes connaissances.

Sceptique, Nina était néanmoins toujours partante pour de nouvelles expériences et se dit que ça pourrait être amusant.

— Je serai pensionnaire ?

— C'est un aspect essentiel de l'apprentissage, mais tu rentreras pour les vacances, naturellement.

Ce seront seulement des périodes de quelques semaines, je devrais y arriver, pensa Nina.

Dès le premier jour, elle avait sympathisé avec Kitty et l'avait prise sous son aile. Cela lui avait procuré une amie et un projet : aider Kitty à sortir de sa coquille. Forte de la devise de sa tante – « Ne jamais laisser passer l'occasion d'apprendre quelque chose de nouveau » –, elle s'était jetée à corps perdu dans la vie scolaire et y avait pris beaucoup de plaisir. Elle était triste d'en avoir terminé.

— Qu'allons-nous devenir ? lui demanda Kitty avec un trémolo dans la voix.

— Je sais précisément quel sort t'attend. Tu feras une entrée remarquée dans le monde, tu rayonneras sur la saison des bals, tu tomberas amoureuse et tu épouseras ton prince charmant.

Kitty resta muette. Elle rêvait d'amour et de mariage, mais avec une certaine appréhension.

— Mlle Thornton dit que nous avons de la chance de terminer l'école maintenant, comparé à l'an dernier, poursuivit Nina. Le deuil royal a assombri la saison passée. Celle à venir s'annonce merveilleuse.

La reine Victoria, depuis si longtemps sur le trône, était décédée en janvier. Tout le monde avait été peiné de sa disparition, c'était un peu comme perdre sa grand-mère. Bien que le deuil officiel eût pris fin en avril, la morosité avait persisté. La guerre continuait d'apporter son lot de mauvaises nouvelles, ce qui n'aidait pas. Après la prise des principales villes d'Afrique du Sud en 1903, on avait cru que le conflit touchait à sa fin. Pourtant, les combats s'éternisaient douloureusement sans que l'on en vît le bout. Les journaux s'indignaient de ce qu'une armée de deux cent cinquante mille soldats anglais disciplinés se montrât incapable de mater à peine vingt mille Boers indociles.

Malgré ce contexte, tout le monde espérait que la nouvelle année marquerait le début d'un renouveau. On prédisait un regain de dynamisme, car le roi Teddy serait un monarque très différent de la vieille reine Vicky. Les règles seraient assouplies. Il aimait la bonne chère, il appréciait les conversations à table, il allait aux courses et au théâtre, il lui arrivait de dîner chez l'un de ses sujets. Il comptait même des roturiers parmi ses amis proches. Nina ne comprenait pas en quoi les préférences d'un être aussi éloigné qu'un roi ou une reine pouvaient affecter les gens simples, mais Mlle Thornton soutenait que le pays adoptait toujours la personnalité de son souverain.

Kitty était davantage concernée puisque son père était baronnet. Très fortuné, il prévoyait certainement pour sa fille une entrée dans le monde des plus distinguées.

— J'ai peur de ce qui m'attend, soupira Kitty. Je suis très différente de toi. Je déteste être observée et devoir adresser la parole aux hommes.

— Ce ne sera pas nécessaire, la rassura Nina, amusée. Tu n'auras qu'à sourire. Les hommes se chargeront de parler. Mlle Thornton assure qu'il suffit d'être jolie ou intéressante. Pas besoin d'être les deux.

— Toi, tu es les deux. Tu es beaucoup plus jolie que moi.

Nina était consciente que la nature l'avait dotée d'un physique avenant. Son visage était d'une beauté classique : un nez droit, un menton décidé et des yeux marron qui contrastaient avec son épaisse chevelure d'un blond de blé mûr. Cela dit, elle n'en tirait aucune vanité. Sa tante ne prisait que les choses de l'esprit, attitude que la nièce avait faite sienne. Qui plus est, Nina avait découvert au cours de ses années de pensionnat que, si la beauté avait son importance pour les femmes, d'autres facteurs comptaient davantage en matière de mariage : la richesse et la lignée.

— Tu sais, dit-elle d'un ton léger, que, contrairement à toi, je ne vais pas faire mon entrée dans le monde. Nous n'appartenons pas à la haute société. Et je n'ai aucune fortune.

— Tu n'assisteras pas à des fêtes ? Tu ne danseras pas ? Tu ne connaîtras rien de tout ça ?

— Ma tante m'emmènera peut-être à un ou deux bals publics, mais je ne vois pas qui m'inviterait à une soirée privée. Aucune de ses relations n'a de fille à marier.

— Je demanderai à ma belle-mère de t'inviter à mon bal.

— Merci, mon ange. Je doute qu'elle ait très envie de m'y voir. Ne sois pas inquiète pour moi, je m'en passe volontiers. Je serai enseignante.

— Tu n'as que ce mot à la bouche, mais seras-tu heureuse ?

— Regarde Mlle Thornton. N'a-t-elle pas l'air épanouie ?

Kitty n'était pas convaincue. Elle-même aspirait à l'amour, à un mari et à des bébés – surtout des bébés ! – pour combler le vide en elle. Incapable de concevoir une vie réussie sans tout cela, elle souhaitait la même chose pour Nina.

— Nous resterons toujours amies ? demanda-t-elle d'une petite voix.

— Toujours, répondit Nina.

*
**

Lady Bayfield, qui ne prévoyait pas de venir chercher elle-même sa belle-fille, reçut une lettre soigneusement rédigée de Mlle Thornton, l'informant qu'elle souhaiterait profiter de l'occasion pour s'entretenir brièvement avec elle au sujet de l'avenir de Kitty. Prête à écarter cette requête qu'elle jugeait impertinente, lady Bayfield se ravisa en songeant que l'avis de cette femme méritait peut-être son attention, son école étant la plus réputée de Londres et l'une des plus chères. Elle griffonna une réponse et se présenta le jour dit, dans son carrosse et d'humeur acerbe, prête à s'estimer offensée si nécessaire.

Dans le salon confortable – et même élégant, n'était la présence excessive de livres – Mlle Thornton proposa un rafraîchissement qui fut décliné et entama :

— Ce fut un privilège pour nous de compter Kitty au nombre de nos élèves, et je me suis attachée à elle. J'imagine que vous comptez la présenter lors de la nouvelle saison des débutantes ?

Lady Bayfield acquiesça.

— Kitty a beaucoup de dons et elle est fort jolie, si je puis me permettre, mais...

Le front de lady Bayfield se fronça dès que ce « mais » fut prononcé, poussant Mlle Thornton à enchaîner.

— Elle est timide... et elle a tendance à se replier sur elle-même. Surtout en présence d'inconnus...

— Voulez-vous insinuer qu'elle ne trouvera pas preneur ? la coupa sèchement lady Bayfield, guettant l'affront.

— Je dis qu'une entrée fastueuse dans le monde et une saison entière de bals risquent de peser considérablement à une jeune fille d'une sensibilité si délicate. J'ose espérer que tout sera entrepris pour lui rendre cette étape agréable, et qu'elle soit couronnée de succès.

— Ayez l'obligeance d'en arriver au but, exigea froidement lady Bayfield.

Méfiante, elle ne devinait pas où cette femme voulait en venir.

— Mlle Bayfield a ici une amie très proche, et j'ai remarqué qu'elle est toujours plus confiante en sa compagnie. Il peut être d'un grand réconfort, pour une demoiselle timide, de faire son entrée dans le monde avec une amie.

L'esprit de lady Bayfield fut prompt à analyser la situation. Il n'était pas rare que deux filles, deux amies, fissent leur entrée ensemble. Si Mlle Thornton s'était permis d'évoquer la timidité de Kitty, c'était que le risque ne pouvait être négligé. Se montrer mal à l'aise en société pourrait certes nuire à ses chances. En même temps, lady Bayfield voulait à tout prix éviter que Kitty fût éclipsée par une rivale. Si pareil arrangement devait être mis en place, il était impératif que l'autre fille lui fût inférieure sur tous les plans et que ses parents le comprissent parfaitement.

— Qui est cette personne ? s'enquit-elle avec une indifférence hautaine.

— Mlle Sanderton. Une fille gentille, bien élevée. Quelqu'un de raffiné, à l'élocution soignée, d'une famille on ne peut plus respectable. Malheureusement, l'absence de dot lui interdit de prétendre à un aussi beau mariage que celui auquel Mlle Bayfield nous semble promise. Elles sont très proches l'une de l'autre, et j'estime qu'elle serait très utile pour faire ressortir les belles qualités de Mlle Bayfield et lui permettre de briller autant qu'elle le doit.

Lady Bayfield réfléchit. Cette Mlle Sanderton semblait venir d'un milieu des plus communs. Il était hors de question qu'une pauvrette s'incrustât et ternît l'entrée dans le monde de Kitty. Pour autant, si elle amenait sa belle-fille à paraître sous son meilleur jour, comme le suggérait Mlle Thornton… à condition qu'elle sût se tenir et recevoir des instructions…

L'idée d'une Kitty toute tremblante à son premier bal, ayant perdu sa langue, était plus qu'il n'en fallait pour épouvanter lady Bayfield.

— Dites-m'en davantage sur sa famille, exigea-t-elle sèchement.

— Son père, un officier militaire, venait d'une bonne famille du Northamptonshire. Sa mère était la fille d'un pasteur de campagne. Tous deux sont décédés, elle a été élevée par sa tante paternelle, une veuve sans enfants disposant de revenus personnels.

Ce dernier détail plut à lady Bayfield. La perspective d'un héritage du côté Sanderton aurait rendu la fille plus acceptable. Tout relent de pauvreté serait rédhibitoire, quelle que fût la respectabilité.

— Très bien, dit-elle. Je vais considérer la chose et, si sir John et moi décidons que cela serait dans l'intérêt de Mlle Bayfield, je convoquerai la tante en question.

Mlle Thornton inclina la tête respectueusement et sonna pour que l'on raccompagnât lady Bayfield. Elle avait fait ce qu'elle pouvait pour ces deux jeunes filles. Nina était l'une de ses « élèves choisies » à qui elle avait accordé un tarif préférentiel, appartenant à une famille qui prisait visiblement l'intellect, bien que désargentée. Dès leur premier entretien, la jeune fille l'avait tant séduite par son intelligence qu'elle l'aurait acceptée gratuitement. Quant à Kitty, quoique dans la moyenne, elle était capable de gros efforts, surtout quand l'affection s'en mêlait. Par chance, Nina l'avait prise sous son aile dès le début. Kitty n'avait bénéficié d'aucune réduction. De toute façon, aux yeux d'une lady Bayfield, payer cher était un gage de qualité supérieure.

Les deux jeunes filles avaient donc suivi le même enseignement, délivré par ses soins. Elle les appréciait l'une et l'autre, convaincue que chacune avait, avec ses qualités propres, la possibilité de réussir. Ensemble, elles devraient mieux s'en sortir que séparément. Mlle Thornton espérait que lady Bayfield suivrait son conseil et que Mme Schofield, un esprit vif et indépendant, considérerait l'intérêt de sa nièce sans s'arrêter au comportement arrogant de la belle-mère de Kitty et à ses toilettes à la mode.

5

Dory prenait peu à peu ses marques dans sa nouvelle maison. Le local à couture était situé au premier étage à côté de la remise à linge, un emplacement stratégique d'où observer qui empruntait l'escalier de service et qui venait chercher des draps propres ou des serviettes. Les gens qui lui apportaient une bricole – un bouton ou un cordon de tablier à recoudre – s'attardaient en général pour bavarder. On l'envoyait aussi ici et là dans la demeure effectuer des réparations courantes. Ainsi, elle était idéalement placée pour apprendre les derniers potins.

Elle découvrait peu à peu sa nouvelle famille. La passion de M. Moss pour sa collection de timbres, à laquelle il se consacrait avec une loupe et une pince dès qu'il en avait l'occasion. La vive intelligence de James, un ambitieux pressé de s'élever. L'énigme qu'était Mme Webster. Personne ne connaissait ses centres d'intérêt car la gouvernante avait rejoint le Château depuis peu ; toujours est-il que rien ne lui échappait et il ne fallait pas s'aviser de lui raconter des salades. Quant à Mlle Taylor, on ne devait pas lui adresser la parole à moins d'y avoir été invité. La cuisinière, Mme Oxlea, avait un secret qui induisait des phases de mélancolie avec crises de larmes et, plus embêtant, des moments de saoulerie où elle délaissait ses fourneaux. Rose, la première femme de chambre, n'était tendre avec personne mais pouvait se le permettre parce qu'elle était irréprochable dans son travail. Daisy, qui s'occupait des deux jeunes demoiselles, était une cancanière de première dont les ragots s'appuyaient rarement sur des faits.

Deux sujets dominaient les conversations : quels changements entraînerait la mort du comte et comment Noël allait-il s'organiser ? On savait déjà qu'il n'y aurait pas d'invités extérieurs et que le bal traditionnel des serviteurs était annulé.

— Moi, je dis que c'est injuste, fit Ellen, une jolie chambrière. Déjà qu'on s'amuse pas beaucoup !

— J'ai entendu dire qu'il y en aurait un au manoir de La Grange en remplacement, dit Daisy.

— Bobard ! objecta Rose. Arrête de fabuler, Daisy. Ta langue va finir par noircir et tomber.

— Je ne fabule pas, rétorqua Daisy avec un geste d'impatience. C'est quelqu'un qui me l'a dit.

— Quelqu'un ? se gaussa Rose. Le jeune postillon, tu veux dire ? Il serait capable de te raconter n'importe quoi pour s'insinuer dans ton corsage.

— Voyons, Rose, ne sois pas vulgaire ! s'exclama Mabel, une bonne rondelette et disgracieuse.

— C'est quoi, le bal des serviteurs ? s'enquit Dory.

— Y en avait pas où tu étais employée avant ? s'étonna Mabel. C'est une fête organisée à Noël. Les domestiques des grandes familles des environs y participent, et les nobles doivent danser avec nous. L'an dernier, Rose a eu l'honneur d'une valse avec M. le comte. N'est-ce-pas, Rose ?

— Pas franchement une aubaine, lâcha cette dernière avec une grimace énigmatique. Mais bon, il n'y aura rien cette année. Pas d'invités, même pas de cadeaux, j'ai l'impression.

— J'imagine que c'est à cause du deuil, dit Daisy. C'est quand même dommage.

— Moi, je dis que c'est injuste, répéta Ellen.

— Faudra que tu trouves une autre occasion pour courir après ce valet d'Ashmore Court, lui envoya Rose.

Aucune riposte ne lui venant, Ellen lui tira la langue.

Dory y repensait, penchée sur son ouvrage, quand William, le second valet, se présenta. Et resta sur le seuil, l'air empoté, jusqu'à ce qu'elle relevât la tête.

— J'ai... euh... un bouton qu'est parti. Est-ce que tu... euh...

— Montre-moi ça, dit-elle gentiment.

Elle avait presque un faible pour lui. Comparé à James, franchement sinistre, et au troisième valet, Cyril, un garçon vantard et sournois qui prenait exemple sur James, William était agréable. Bien que trop porté sur la nourriture, dépourvu d'ambition, lent d'esprit et paresseux, il ne disait jamais du mal de personne et n'avait rien d'un fauteur de troubles.

Il s'avança d'un pas hésitant, lui tendit un bouton – tiède et moite d'avoir été serré dans son poing – et retira d'un mouvement d'épaules son gilet à rayures.

— Tu es le troisième ce matin, fit-elle remarquer. Il doit y avoir une malédiction sur les boutons dans cette maison.

Elle inspecta le vêtement et fronça les sourcils.

— On dirait que le fil a été coupé. Quelqu'un t'a joué une mauvaise farce ?

Quand elle le fixa, il devint rouge comme une pivoine et fuit son regard. La vérité lui apparut soudain : c'était lui qui l'avait coupé, prétexte pour monter la voir. Ce n'était pas la première fois de sa vie qu'un domestique en pinçait pour elle. Maladivement timide, ce pauvre William semblait tirer de ses sentiments plus de souffrance que de bonheur. Par pure pitié, elle chercha à le mettre à l'aise.

— Je vais te recoudre ça en un rien de temps. Que penses-tu de l'annulation du bal de Noël ? Au sous-sol, les gens sont déçus. Tu t'es bien amusé à celui de l'an dernier ?

— Oui, plutôt. Le buffet était incroyable. Et on pouvait discuter avec les serviteurs des autres domaines.

— Et aussi danser, dit-elle en restant concentrée sur son aiguille. J'adore danser. Je suis sûre que tu es bon danseur. Tu as le pas très léger.

Il marmonna une réponse indistincte.

— Pardon ?

— S'il y avait un bal, je danserais avec toi, bafouilla-t-il en fixant ses pieds. En tout cas, je te demanderais. Pas sûr que tu…

Il fut incapable d'achever sa phrase. Alors que son visage semblait déjà avoir été plongé dans l'eau bouillante, il rougit encore plus.

— T'es un gentil garçon, William.

— Ma maman me répète toujours d'être gentil.

Il ravala sa pomme d'Adam qui avait doublé de taille.

— « Traite les autres comme tu voudrais être traité », qu'elle dit.

— Je parie qu'elle est fière de toi.

Dory coupa le fil avec ses dents, secoua le gilet et le lui tendit.

— Voilà, c'est recousu.

— Merci. Vraiment merci.

Il resta planté là, à la fixer de ses yeux de merlan frit, jusqu'à ce qu'elle le congédiât sans méchanceté, en agitant les doigts. Il s'éloigna d'un pas titubant, incapable d'oublier l'image des dents blanches entre les lèvres roses de Dory, mordant le fil. Son fil ! Il était pressé de tourner à l'angle pour embrasser l'endroit où sa bouche s'était posée, avant que le charme ne s'estompât.

*
**

Forte de l'avis de Mlle Thornton, lady Bayfield décida d'exposer Kitty à toutes les mondanités acceptables pour une jeune fille qui n'avait pas encore fait son entrée dans le monde, occasion pour elle de l'observer. Elle organisa de nombreuses réceptions à Bayfield Court pendant les fêtes, d'autant que les familles aristocratiques ne manquaient pas à Hampstead, quartier fort respectable. Sir John s'étonna de pareilles festivités.

— C'est pour Catherine, expliqua son épouse. Afin de l'habituer à être en société.

— Je pensais que c'était l'objectif de la pension.

— L'école ne peut pas tout, sir John. Qui plus est, elle n'y a fréquenté que des filles. Il faut qu'elle se sente à l'aise en compagnie masculine.

Il s'autorisa le plus léger des soupirs.

— Je vous laisse juge de ce qui est nécessaire, très chère.

— Vous souhaitez qu'elle fasse un beau mariage, insista lady Bayfield.

— Naturellement, mais rien ne presse. Cela peut attendre un an ou deux.

Lady Bayfield retint sa langue. En son for intérieur, elle était déterminée à ce que Kitty ne restât pas longtemps sur les rangs. La marier dès la première année ferait honneur à lady Bayfield. Une fille dans sa deuxième ou troisième saison, c'était à la limite de la honte !

Kitty fut enchantée de ses premières robes longues et de sa coiffure avec épingles. Sa belle-mère lui ayant caché qu'il s'agissait d'une épreuve, elle participa aux fêtes de Noël avec un plaisir discret. Toutefois, elle s'y montra trop timorée au goût de lady Bayfield. Avec les invités de l'âge de ses parents, elle était douce et polie, n'exprimant jamais un avis personnel. C'était d'ailleurs l'attitude convenable. Les gens de cette génération jugèrent que c'était là une jeune fille avenante et bien élevée. En revanche, Kitty se comportait exactement de la même façon avec les jeunes personnes que lady Bayfield s'était donné beaucoup de mal à réunir. Elle se contentait d'écouter, souriante, sans participer à la conversation. Face aux garçons, elle perdait même son sourire et paraissait presque craintive, comme devant un chien inconnu susceptible de la mordre. Lady Bayfield en fut exaspérée.

— Comment pouvez-vous vous montrer si stupide en société ? gourmanda-t-elle sa belle-fille après une réception. Vous avez à peine ouvert la bouche de toute la soirée.

— Je suis sûre que j'ai parlé à plusieurs personnes, Mère, bredouilla Kitty, qui perdait ses moyens dès qu'on la grondait.

— Le fils Woods est resté assis à côté de vous près d'un quart d'heure sans parvenir à vous arracher un seul mot.

— Il est très...

Kitty se tut, ne sachant quoi dire. *Très quoi ? Très masculin.*

— C'est le genre de jeune homme que vous rencontrerez lors de votre entrée dans le monde. Qu'allez-vous devenir si vous n'êtes pas capable de vous montrer sociable comme les autres jeunes filles ? J'ose espérer qu'on vous a appris, dans votre école, à faire la conversation.

Kitty baissa la tête. Lady Bayfield constata qu'elle avait les yeux chargés de larmes.

— Bonté divine, s'agaça-t-elle, vous n'allez pas vous mettre à pleurer ! Nous en resterons là pour l'instant. Mais j'attends davantage d'efforts. Allez vous coucher. Vous êtes fatiguée.

Kitty disparut aussi vite qu'elle put. Restée seule, lady Bayfield s'assit pour réfléchir. Quelques raouts supplémentaires suffiraient peut-être à endurcir sa belle-fille, sans quoi il lui faudrait surmonter ses réticences et considérer la suggestion de Mlle Thornton.

Tante Schofield ne croyait pas en Dieu. C'était un esprit rationnel, disciple de Bentham. Cela dit, l'Angleterre étant un pays chrétien, elle estimait important d'élever Nina dans la tradition anglicane. Elle l'avait souvent emmenée à l'église pour l'initier aux conventions de l'office, et avait étudié avec elle la Bible et le Livre de la prière commune. Outre leur beauté littéraire, ces textes constituaient le socle d'une grande partie de la culture anglaise, si bien qu'une jeune femme cultivée se devait de les avoir fréquentés autant que Shakespeare.

Noël était une occasion festive dans la maison de Draycott Place, à la manière de la célébration païenne du solstice d'hiver. Si le sapin était banni – tante Schofield désapprouvait cette coutume allemande importée par le prince Albert –, les cheminées étaient décorées avec du houx et du lierre. L'étoile du berger, la mangeoire, les Rois mages et tout le toutim n'avaient pas droit de cité, mais du vin chaud accompagnait le pain d'épices devant de belles flambées.

Mme Schofield se contentait d'un personnel réduit : la cuisinière, la bonne Minny et Haydock, ancien valet et majordome du regretté professeur Schofield, qui prenait très au sérieux son rôle d'homme de la maisonnée. Avec en appoint une femme de ménage extérieure pour le gros entretien, l'on menait une existence confortable et économe durant la majeure partie de l'année. Le jour de Noël, cependant, on ne regardait pas à la dépense. Toutes les rallonges étaient ajoutées à la table, et un fastueux repas de sept plats était servi aux plus anciens et plus, chers amis de la tante Schofield. Professeurs célibataires et vieilles filles lettrées, sans obligations familiales ce jour-là. Les domestiques travaillaient dur mais recevaient de généreuses étrennes de la part des invités et se régalaient des restes copieux. Nina était enchantée elle aussi. En compagnie de personnes aussi cultivées, la conversation était toujours animée et variée. Ces gens-là n'ayant pas d'enfants, ils s'adressaient à elle d'égal à égal. On l'écoutait attentivement, on la contredisait courtoisement et l'on corrigeait ses erreurs d'un air gêné. Les idées nouvelles qu'elle avançait timidement, ces érudits s'en emparaient et lui permettaient d'entrevoir leur pleine portée dans un contexte élargi. Après le dessert, les femmes et les hommes ne se retiraient pas chacun de leur côté. Tout le monde restait à table car il était plus aisé de discuter ainsi, plutôt que disséminé dans un salon. On veillait tard, mais venait un moment où les invités finissaient par se lever, péniblement et à contrecœur, pour prendre congé. Aux yeux de Nina, c'était la manière idéale de célébrer Noël. Seule ombre au tableau cette année-là, elle se demanda où elle passerait les prochaines fêtes.

*
**

Par une triste journée de janvier, Giles poussa à l'écart les registres qu'il s'efforçait d'éplucher. Soudain las de rester enfermé dans l'air confiné de la bibliothèque, il décida de s'autoriser une sortie à cheval. Aux écuries, averti de sa présence par un garçon, Giddins se précipita à sa rencontre, ravi de pouvoir discuter avec quelqu'un.

— Qu'avez-vous comme monture pour moi ? demanda sèchement Giles, d'humeur peu loquace.

Le regard du palefrenier s'illumina. Le nouveau comte, qui n'avait pas monté depuis son retour, s'était intéressé aux écuries uniquement pour vendre les hunters de feu son père. Après quelques mois pessimistes autour des box, peut-être une période plus favorable s'annonçait-elle.

— Eh bien, monsieur le comte, dit-il chaleureusement, il est temps d'envisager quelles montures acquérir. C'est encore trop tôt pour la chasse, mais il vous en faudrait deux pour la promenade, et je connais un bel alezan...

— Je souhaite sortir maintenant, le coupa Giles. N'importe quelle bête de selle fera l'affaire. Vous devez en avoir une sous la main.

Giddins ravala sa déception et le détailla d'un œil averti.

— Monsieur le comte représente quelle charge ? Dans les soixante-cinq kilos ? Voyons. Dexter a le gabarit adéquat. Une monture tranquille. Si vous souhaitez un cheval plus vif, il y a Abélard, celui d'Archer. Il ne compte pas sortir ce matin.

— Je ne veux pas priver Archer. Dexter, c'est parfait. Ce n'est pas pour aller loin.

— Je comprends monsieur le comte. Il fait plutôt mauvais.

Giddins semblant tenté de bavarder un instant, Giles s'éloigna au bout de la cour pour attendre sa monture.

Dexter était un étalon chocolat d'un mètre soixante-dix, docile et malgré tout alerte. Les chiens, qui avaient suivi Giles dans l'espoir d'une balade, furent distancés dans la montée et ne tardèrent pas à rebrousser chemin. Sur le versant de la colline, Dexter manifesta l'envie de partir au galop. Rien de tel qu'une bonne chevauchée pour se vider la tête. Il faisait sombre et un froid à donner la chair de poule. Les nuages bas formaient une nappe de brume qui vous trempait autant qu'une bonne averse. Giles n'était pas surpris d'avoir la colline pour lui seul. Le temps ne se prêtait pas à la balade. Après s'être défoulé, il s'enfonça dans la forêt pour échapper à la bruine et, ressortant de l'autre côté, s'aperçut qu'il n'était pas seul tout compte fait. Des silhouettes émergèrent peu à peu de la grisaille, Alice qui parcourait la crête sur Pharaon, son hongre bai, suivie du palefrenier Brandom. Dexter les salua d'un hennissement. Apercevant son frère, Alice l'attendit. Quand il la rejoignit, elle affichait un air penaud, comme si elle redoutait des remontrances.

— Je ne pensais pas croiser quelqu'un, s'étonna-t-il. Le temps est vraiment moche.

— Je sors tous les jours, l'informa Alice en le détaillant nerveusement. Maman m'a donné la permission, mais on ne doit pas chasser tant que dure le deuil.

— En effet. Tu es seule ? Où est Rachel ?

— Je ne suis pas seule, il y a Josh. Rachel couve quelque chose.

— Je ne cherche pas des motifs pour te gourmander, soupira-t-il. Ne sois pas si nerveuse. Puis-je chevaucher avec toi ?

Elle se détendit un peu, visiblement touchée qu'on se souciât de son avis.

— Oui, bien sûr. Josh n'est pas de bonne compagnie aujourd'hui, ajouta-t-elle en baissant la voix. Il est de fort mauvaise humeur.

Giles se retourna. Blotti dans son manteau, le palefrenier avait le visage rougi par le froid, et même le nez violet.

— J'imagine que le temps n'est pas à son goût, dit-il.

— Où sont les chiens ?

— Au Château. Eux aussi sont frileux.

Alice prit son courage à deux mains pour engager la conversation.

— On te voit à peine depuis ton retour. Tu restes enfermé dans la bibliothèque.

— Il y a beaucoup de problèmes à régler.

Elle lui glissa un regard en coin.

— La situation est si mauvaise que ça ?

— Qui t'a dit ça ?

— C'est le bruit qui court. Daisy, notre femme de chambre, dit que beaucoup d'employés craignent d'être renvoyés. Selon elle, Mme Webster est furieuse parce qu'elle aurait besoin de davantage de bonnes, et non pas qu'on lui en supprime. Certains domestiques cherchent une place ailleurs.

Comment diable ces choses pouvaient-elles s'ébruiter ? Il avait veillé à désamorcer les craintes. Preuve qu'il était illusoire de vouloir empêcher le personnel de jaser.

— Tu ne devrais pas prêter attention aux ragots, lança-t-il machinalement.

Il s'en voulut immédiatement de cette rebuffade en voyant sa sœur serrer les lèvres et se rembrunir. Il chercha le moyen de la mettre de nouveau à l'aise.

— Tu montes un joli hongre. Un pur-sang ?

C'était la bonne approche. Elle le regarda, radieuse.

— Un trois quarts sang. Père l'a acheté pour moi. Je pensais que je devrais monter un poney encore un an, mais il a jugé que j'étais bonne cavalière et que je méritais une monture capable de suivre le rythme à la chasse. Pharaon est rapide comme l'éclair. Chasser me manque. Pas toi ? Noël, c'était pas vraiment « fab ».

— Pas quoi ? fit-il, interloqué.

— Pas fabuleux. Pas de visites, pas de bal, pas de chasse. Désolée, j'imagine que je devrais penser seulement à ce pauvre père, plutôt qu'à tout ça. Ce n'est pas que je l'oublie, mais c'est tellement barbant d'être en deuil ! D'ailleurs, Giles : n'est-ce pas curieux que maman soit allée chez tante Vicky ? Je croyais que les visites étaient interdites, ainsi que les divertissements et presque tout.

Chaque année, lady Stainton avait pour habitude de passer janvier et février en Allemagne dans le palais d'hiver de sa sœur, la princesse de Wittenstein-Glücksburg. Elle était partie l'avant-veille en grande pompe : malles, valises, boîtes à chapeaux, fourrures, tapis, sa chambrière et un messager.

— Il me semble que la famille fait exception, dit Giles. Et un séjour au Wachturm n'a rien de divertissant. Le terme « déprimant » serait encore trop positif pour décrire Wachturm en hiver.

— Voyons, Giles ! s'amusa Alice en dissimulant son sourire sous une main gantée. Est-il inconvenant de rire en période de deuil ? s'enquit-elle en posant sur lui de grands yeux interrogateurs.

— Pas quand on a quinze ans, la rassura-t-il. À condition que ce ne soit pas en public.

— C'est étonnant d'avoir eu un père si majestueux, dit-elle en rajustant des poils de la crinière de Pharaon éparpillés par le vent. Si différent des autres pères. Nos amies Ina et Clara Brinklow, par exemple. Leur papa plaisante tout le temps, et elles peuvent discuter avec lui. S'il mourait, elles seraient folles de tristesse. C'est mal que je n'aie pas envie de pleurer notre père ?

— Tu n'arrêtes pas de me questionner sur ce qui est bien ou mal, objecta-t-il aimablement.

— Tu as de l'expérience. Tu es un adulte. Je n'ai personne d'autre avec qui en parler.

— Tu n'as pas de gouvernante ?

— Pas depuis des années. Il y en avait une quand on était petites. Nous n'en avons plus besoin. L'an prochain, Rachel sera en âge de faire son entrée dans le monde.

— Vous n'avez pas de leçons ? À quoi occupez-vous vos journées ?

— On monte à cheval, on chasse, on va chez des amies... On rend visite aux pauvres du village, ajouta-t-elle après s'être creusé la tête. Maman nous y oblige.

— Et quand vous restez au Château ?

— Oh, je ne sais pas. Parfois, on discute. Ça nous arrive de jouer aux cartes.

— Vous lisez ?

— Hum... pas trop. J'aime dessiner. Parfois, je copie les illustrations de *L'Histoire des oiseaux de Grande-Bretagne* de Bewick. Ou je prends Rachel comme modèle. Elle, son passe-temps, c'est la couture. À Noël dernier, elle a offert à tout le monde des mouchoirs brodés.

Tandis qu'il l'écoutait, Giles s'émut du vide de leur existence et résolut d'agir pour elles.

— L'an dernier, c'était différent, se lamenta-t-elle en faisant la lippe. Tu étais absent pour les fêtes, mais Richard était là. Il a même neigé le jour de Noël. As-tu des nouvelles de Richard ? Va-t-il rentrer ?

— Il est soldat, et c'est la guerre. Il ne peut pas tout laisser tomber juste parce qu'il en a envie.

— En a-t-il vraiment envie ?

Elle ne lui laissa pas le temps de répondre.

— Cette satanée guerre dure depuis une éternité. Après le siège de Ladysmith et la prise de Blum...

— Bloemfontein.

— On a cru que c'était la fin de la guerre. Des années plus tard, ça dure toujours.

— La guerre est entrée dans une nouvelle phase.

Giles la détailla pour jauger son degré de curiosité réelle, et ne jugea pas opportun de lui expliquer par le menu la tactique de la guérilla. Elle s'intéressait principalement à leur frère.

Richard, un garçon expansif, avait toujours été le préféré. Giles, sérieux et studieux, et qui plus est délaissé par leur père, n'était pas d'un tempérament à distraire ses petites sœurs pour gagner leur affection.

— Richard devrait bientôt avoir une permission. Ainsi, tu auras le plaisir de le voir.

Alice, qui avait scruté ses traits autant que lui les siens, passa du coq à l'âne.

— Tu es vraiment inquiet, n'est-ce-pas ? C'est au sujet du domaine ?

Il hésita. Que lui dire ?

— La situation est assez compliquée, admit-il.

— On est pauvres ?

Cela le fit sourire.

— Non.

— Sera-t-on obligés de quitter le Château ?

— On ne va pas en arriver là. Tu serais triste de partir ?

— C'est notre maison, dit-elle simplement.

— Il faudra bien t'en aller un jour. Quand tu te marieras.

— Je ne me marierai jamais, déclara-t-elle fermement. Ce serait horrible.

— N'as-tu pas envie d'avoir des bébés ?

— Jamais de la vie ! On est bien obligées de se pâmer devant les enfants de Linda quand elle nous rend visite mais, honnêtement, Giles, c'étaient des bébés d'une laideur épouvantable, tout nus et fripés comme des souriceaux répugnants. Et ça ne s'est guère amélioré. Des gamins pleurnichards et capricieux. Je préfère les chiens et les chevaux. Rachel, elle, est pressée de se marier. Elle ne parle que de ça. Mais j'ai entendu des bonnes prétendre que personne ne voudra nous épouser s'il n'y a plus d'argent. Dis-moi, père a vraiment fait n'importe quoi ?

Elle le regarda droit dans les yeux.

— Non, ce n'est pas ça. Les choses sont compliquées. C'est trop difficile à expliquer. Tu ne peux pas comprendre.

— Je parie que si. Je comprends beaucoup de choses.

Il secoua la tête.

— Je te demande juste de ne pas répéter que papa faisait n'importe quoi et qu'il n'y a plus d'argent. Ce n'est pas convenable, et tu me compliquerais la tâche.

— D'accord. Je n'en parlerai à personne, sauf à toi. Et... Giles, si je peux t'aider d'une manière ou d'une autre... Rachel soutenait que tu étais renfrogné et strict, mais c'est faux. C'est juste une apparence. Tu sais, je suis douée pour écouter.

— Je n'en doute pas, lâcha-t-il en souriant. Mais ne sois pas inquiète. Tout finit par s'arranger. Si on allait au petit galop ? Le terrain n'est pas trop boueux.

Il n'en fallait pas plus pour détourner l'attention d'Alice.

— Faisons la course ! le défia-t-elle, espiègle.

Pharaon s'élança, Giles fut pris de vitesse, et Josh secoua la tête d'un air désapprobateur.

*
**

Victoire, la grand-mère paternelle de Giles, habitait une étroite demeure dans Bruton Street, avec à son service une femme de chambre, un majordome, un cuisinier et deux bonnes. Bien que ce fût là un effectif un peu restreint, le cuisinier, Durand, avait été l'apprenti d'Escoffier, et Chaplin était la quintessence du majordome anglais, à telle enseigne qu'un voisin, le comte de Strathmore, tentait régulièrement de le débaucher. Âgée de soixante-dix ans, Victoire menait encore une vie sociale très active et se couchait rarement avant minuit. Malgré son impatience, Giles attendit midi pour se présenter à sa porte. Au nombre des intimes, il fut admis et conduit au deuxième étage dans le boudoir attenant à sa chambre où il la trouva en train de siroter une tasse de tilleul dans laquelle elle trempait les macarons pour lesquels son chef était réputé, tout en parcourant le courrier et les invitations du jour. À son arrivée, elle posa tout et se leva avec une aisance gracieuse – jamais elle n'aurait laissé paraître qu'il lui en coûtait le moindre effort – pour l'embrasser.

— Bonne-maman, dit-il en déposant un baiser sur sa joue parfumée, vous êtes resplendissante.

— Toi, *mon chéri*[1], tu as les traits tirés, dit-elle en lui tapotant la joue. Tu sembles épuisé. Ce n'est pas surprenant. Assieds-toi, Chaplin va t'apporter du café. Je ne vais pas t'infliger un reste de tisane tiédasse.

— Vous êtes la meilleure réclame pour ce breuvage. Personne ne vous donnerait plus de quarante ans.

— Tu n'as pas idée des efforts nécessaires chaque matin pour obtenir ne serait-ce que ce résultat. Si Simone me quittait, elle pourrait

1. Dans les dialogues avec Bonne-maman, les mots en italique sont en français dans le texte original. *(N.d.T.)*

postuler comme conservatrice dans un musée pour réparer de vieux vases fêlés.

— Vous n'êtes ni vieille ni fêlée.

— Toi, en revanche ! lui renvoya-t-elle. Pauvre garçon ! Mon fils t'a-t-il légué autre chose que des soucis ? On t'a arraché à ton cher désert où j'ose croire que tu étais sur le point de faire de merveilleuses découvertes ?

Il sourit et secoua la tête.

— À ce propos, je me permets de te signaler qu'il n'y a pas pire pour le teint que l'air sec du désert. Tu n'as pas encore subi de dégâts, mais ce n'est pas plus mal que tu retrouves la douceur humide de l'Angleterre avant de ressembler au cuir de ta malle-penderie !

— Je suis ravi de vous entendre dire des bêtises, s'amusa-t-il. Je craignais de vous trouver...

— Plongée dans le chagrin ?

— Vous avez perdu votre fils unique, dit-il gravement.

— À mon âge, on s'attend à vivre des deuils. Il y a longtemps que toute affection avait disparu entre Willy et moi. Ce n'était pas le genre d'homme qui inspire de la *tendresse*. Sa mort a été un choc, bien évidemment. Cela remue de perdre un enfant, à tout âge. Mais je ne suis pas brisée, très cher. Je suis surtout inquiète pour toi.

— La situation est très compliquée, soupira-t-il. J'en découvre tous les jours.

La veille, il avait subi une nouvelle désillusion. Après consultation de la joaillerie Garrard, il avait appris que les plus beaux bijoux avaient été copiés au fil des ans, et les originaux, vendus. Sa mère ne portait que des pièces en pâte de verre et en métal non précieux. Giles se voyait mal lui demander si elle était dans le secret.

La conversation s'interrompit quand Chaplin apporta sur un plateau du café et une assiette de pâtisseries préparées par Durand, dont Giles raffolait.

— Vous vous attendiez à ma visite, Bonne-maman ?

Victoire était d'une franchise incorrigible.

— Je suis enchantée de te voir, mais non. Sir Thomas m'emmène déjeuner et il apprécie que nous prenions d'abord un verre ici. Les *petits-fours* vont à merveille avec le champagne.

— Comment se porte sir Thomas ?

De vingt ans le cadet de Victoire, sir Thomas était l'héritier d'une famille d'industriels de la pharmacie ; tout le monde avait chez soi un flacon des « petites pilules Burton pour le foie ». Pianiste, il avait étudié au Conservatoire de Paris où il avait connu Victoire, à l'occasion d'un des séjours qu'elle y effectuait deux fois par an. Quand ils s'étaient retrouvés beaucoup plus tard à Londres, sir Thomas était devenu chef d'orchestre et mettait à profit sa fortune personnelle pour monter des concerts et des opéras. Elle était veuve, et lui, marié. Au début, on avait beaucoup jasé sur leur liaison dans la bonne société, mais elle durait depuis si longtemps qu'on l'évoquait désormais ouvertement. Lady Violet, l'épouse de sir Thomas, était une petite nature, et l'on supposait tacitement qu'elle était soulagée d'être débarrassée d'un mari vigoureux et entreprenant.

— Tommy se porte comme un charme. Son seul problème, c'est qu'il ne sait comment évacuer son trop-plein d'énergie. Il envisage de créer son propre orchestre pour avoir toujours l'occasion de diriger.

— C'est une bonne idée. La vie musicale est assez pauvre à Londres.

— Les salles de concerts sont déplorables, renchérit Victoire. Le Queen's Hall est inintéressant, l'Albert Hall a une acoustique épouvantable. Tommy prévoit de faire construire sa propre salle où il pourra jouer à sa guise.

— On dirait que vous parlez d'un enfant dans son bac à sable, fit remarquer Giles d'un ton plaisant.

— Oui, Tommy a un côté très enfantin. Ça me rajeunit. Mais assez parlé de ta grand-mère. Raconte-moi où tu en es. J'ai appris que Maud était en Allemagne. Tu as choisi à dessein ce moment pour venir me voir, à son insu ?

— Vous êtes très perspicace. Le problème, c'est que j'ignore à quel point maman est au courant des choses.

— Très peu, j'imagine. Elle a toujours été du genre à regarder droit devant elle, sans se soucier de ce qui se passe sur les côtés. Tu savais que ton père avait des *aventures* ?

— Non.

Giles nourrissait quelques soupçons au vu des dépenses londoniennes de son père, mais soupçonner était différent que de se l'entendre dire en termes explicites. Il était choqué, réaction irrationnelle. C'était une chose pour sa grand-mère d'avoir un amant d'un certain âge – sir Thomas avait la cinquantaine, comme son père –, et Giles ne pouvait pas concevoir que lui et Victoire fissent autre chose ensemble que se tenir compagnie. Mais l'idée que son père trompât sa mère l'affectait différemment.

— Je l'ignorais, reprit-il.

— Ce qui ne me surprend pas, dit-elle, pensive. Maud a toujours eu pour ligne de conduite : pas de questions, pas d'explications. C'est très anglais.

Maud était l'aînée des trois sœurs Forrest, les filles du huitième comte de Leake. Elle était aussi la plus quelconque, ce qui ne l'affligeait nullement. Être une Forrest, c'était avoir atteint le pinacle de la civilisation. Gravée dans la pierre abîmée du linteau à l'entrée de leur manoir du Northumberland, la devise familiale proclamait : « Les manières sont la mesure de l'homme. » Autrement dit, il fallait se comporter pareillement envers tous – principe appliqué à la lettre, un Forrest se devant de mépriser l'humanité entière, y compris la famille royale. Après tout, ces gens-là n'étaient que des parvenus. Pour un Forrest, le prince de Galles et un cocher étaient d'égale insignifiance, l'un et l'autre ne méritant pas mieux qu'une courtoisie glaciale. Les trois filles avaient fait de beaux mariages. Victoria, la plus jolie, avait épousé le prince de Wittenstein-Glücksburg, avec ses palais d'hiver et d'été, et son vaste réseau de cousinage lui ouvrant les portes de toutes les cours royales d'Europe. Caroline, la benjamine, s'était mariée avec sir James Manningtree, simple chevalier mais fort riche. Veuve très jeune et sans enfants, elle menait une existence fastueuse dans sa vaste demeure de Berkeley Square. Alors que Maud rêvait d'un duc, le comte de Stainton avait demandé sa main, et l'on avait estimé que c'était un bon parti. Le titre était ancien – la baronnie remontait au XVIe siècle et le comté à la fin du XVIIIe –, et le domaine avait de la valeur. Peut-être un mari différent aurait-il su atténuer la froideur congénitale de Maud, songeait Victoire.

Caroline, par exemple, était une femme on ne peut plus charmante. Force était de reconnaître que Willy, arrogant et suffisant, n'était pas le mari idéal pour adoucir une épouse méprisante.

— On dit que les enfants de parents amoureux n'ont pas la partie facile, confia-t-elle à Giles. Nous étions tellement épris l'un de l'autre, mon William et moi, que nous avons malheureusement négligé ce pauvre Willy. Il a été confié à des gouvernantes et des précepteurs qui ont nourri sa vanité. Il a grandi en croyant qu'il pouvait tout avoir, qu'il n'avait qu'à se servir. Lui et Maud... Enfin, ils ont accompli leur devoir, mais il n'y avait aucune *complicité* entre eux. On aurait dit que l'un habitait la Lune, et l'autre...

Elle n'acheva pas sa phrase, ne sachant quel corps céleste citer.

— Jupiter ? suggéra Giles.

— Par exemple. Et vous, les enfants, viviez sur Terre en orphelins. Mon pauvre Giles. En résumé, ton père a toujours cultivé son plaisir, et je doute qu'il se soit confié à ta mère.

— Il y a aussi la question du douaire de maman, dit Giles, hésitant.

Sa grand-mère comprit immédiatement.

— Tout l'argent a été dépensé ?

Il acquiesça.

— Hum, fit Victoire. Eh bien, si elle le réclame, il faudra trouver une solution. Mais, à moins que sa sœur, la princesse, n'aborde le sujet – Victoria a toujours été intéressée par l'argent, tu sais –, je serais étonnée que Maud y songe avant un certain temps. C'est ça qui te tracasse ?

— Pas seulement.

Il marqua une nouvelle hésitation.

— Allons, mon petit, ne sois pas si anglais. Dis-moi tout, sans détours. Plus rien ne peut me choquer. Et à mon âge vénérable, j'espère avoir un minimum de sagesse. Peut-être saurai-je t'aider.

Il lui décrivit la situation. Elle l'écouta attentivement, sans intervenir, et il déballa tout.

— Je m'arrache les cheveux pour trouver une solution, mais la seule qui m'ait été suggérée me répugne.

— Vendre les terres ?

— Non, j'exclus d'en arriver là. Ce serait trahir la famille. De toute manière, les prix du foncier ont chuté, et elles sont déjà hypothéquées. Non, il me faut une source d'argent entièrement neuve.

— Dans ce cas, ce qu'il te reste à faire est parfaitement clair, dit-elle d'un ton égal.

— Vraiment ? Markham me conseille d'épouser une héritière.

— *Naturellement*, lança-t-elle d'un air d'impatience. J'allais te soumettre la même idée. Qu'est-ce qu'il y a ? Quelle objection y vois-tu ?

— Épouser une femme pour son argent... commença-t-il à dire.

— Ce n'est pas à toi de faire des manières. La chose est entendue. Tu as un titre, tu descends d'une vieille famille, tu possèdes un domaine. Trouve-toi une fille dont le père est riche et convoite ces choses pour elle. Où est le mal ? Le marché est équitable pour les deux parties. Et, crois-moi, la fille sera du même avis que son papa.

— Ça me paraît d'une froideur calculatrice et insensible.

— Ne me dis pas que tu es un sentimental, Giles. J'attends mieux de toi. Le monde fonctionne ainsi. Les mariages d'amour ne sont pas pour les gens de notre monde. Nous avons des devoirs.

— Vous aimiez mon grand-père.

— Je l'aurais épousé même si ça n'avait pas été le cas. Caroline est tombée amoureuse de son James après s'être mariée. S'unir par amour peut sembler une belle idée, mais à moins qu'il n'y ait autre chose, ça se termine rarement bien. Allons, oublie ces sottises et réfléchis en homme sensé.

Elle éclata de rire en voyant sa mine dépitée.

— *Chéri*, ne prend pas cet air *triste*. Nous te trouverons une gentille fille qui non seulement t'apportera sa fortune, mais t'adorera par-dessus le marché. *Pourquoi pas ?* Un séduisant jeune homme comme toi, elles vont se battre pour t'épouser. Nous consulterons ta tante Caroline. Elle saura quelles demoiselles sont sur les rangs cette année.

— Sur les rangs ? gémit-il.

— Suffit, trêve de réticences. Caroline et moi allons y réfléchir à deux. Je peux lui demander…

Elle fut interrompue par un coup frappé sur la porte d'entrée au rez-de-chaussée, un coup si puissant et impérieux qu'on l'entendit distinctement au deuxième étage.

— *Tiens*, j'avais complètement oublié Tommy. Ce doit être lui. *Chéri*, je vais t'écrire un mot à l'attention de Caroline, chez qui tu vas te rendre de ce pas. Il n'est pas question de rester les bras croisés. Donne-moi mon écritoire.

Étant aussi rapide à rédiger un mot que Chaplin était lent à gravir les marches, elle glissait la feuille dans l'enveloppe quand son majordome se présenta et annonça

— Sir Thomas Burton, madame.

Sans être grand, Burton avait une silhouette imposante, un maintien impeccable et des yeux foncés assez perçants. Ses cheveux, coiffés en arrière avec la raie au milieu, étaient d'un noir uniforme comme sa belle moustache et son collier de barbe, peut-être grâce à de la teinture. Il avait une forte présence, ce qui allait sans doute de soi chez un chef d'orchestre, un imprésario et un homme d'une telle envergure. Malgré tout, Giles fut attendri de le voir réserver un sourire de jeune homme à sa grand-mère, prendre sa main dans les siennes et se pencher pour l'embrasser sur la joue. Si leur histoire durait depuis vingt ans, c'est qu'il devait exister une forme d'amour entre eux.

— Regarde qui est là, Tommy chéri. Tu te souviens de Giles ? N'est-il pas incroyable que je puisse avoir un petit-fils déjà adulte et tellement impressionnant ?

— Je crois savoir que vous étiez en Orient ? dit Burton en échangeant une poignée de main cordiale avec Giles.

— Oui, monsieur. Avec Carter, à Thèbes.

— Ah, le découvreur de temples. Ça a dû être un coup dur pour vous, d'être rappelé ainsi. Une tragédie, l'accident de votre père. Toutes mes condoléances. J'imagine que vous allez maintenant vous fixer en Angleterre ?

— En effet.

Les yeux foncés le scrutèrent.

— Une foule de tracas, sans doute. Une mort subite donne beaucoup de travail à l'entourage. Ne vous laissez pas submerger, mon garçon. Cela aussi passera, nous expliquent les philosophes. J'ose croire qu'à fréquenter les antiquités vous avez appris la fugacité des besognes humaines. Moi, c'est la musique qui me l'a enseignée. La musique dure, elle. Mais c'est le cas de peu de choses.

— En effet, convint Giles.

Ce n'étaient pas là des paroles réconfortantes, d'où sans doute la réaction de sa grand-mère.

— Voyons, Tommy, combien de temps vas-tu rester là à énoncer des sottises ? Sonne Simone. Tu vois bien que je ne suis pas encore prête. Giles était sur le point de partir. File remettre ce mot à ta tante, dit-elle à son petit-fils en l'embrassant en même temps qu'elle lui remettait l'enveloppe. Tommy, tu n'as qu'à jouer au piano pendant que je m'habille. Je laisserai la porte entrouverte pour t'écouter.

— Que veux-tu que je joue ? s'enquit Burton en se dirigeant vers l'instrument, l'air enchanté.

— Du Schumann. Tu sais que c'est mon compositeur préféré, lança Victoire en s'éclipsant.

Giles prit congé, amusé. Elle-même pianiste, sa grand-mère soutenait depuis toujours que les compositions de Schumann étaient les plus ardues à jouer. Voilà qui occuperait pleinement son amant le temps qu'elle se préparât.

Berkeley Square était à deux pas. Quand Giles se présenta chez sa tante, celle-ci s'apprêtait à sortir déjeuner avec lady Vaine. Son carrosse l'attendait devant sa porte. Mais les lignes griffonnées par sa grand-mère eurent un tel impact que lady Manningtree renvoya la voiture et rédigea un mot pour s'excuser auprès de lady Vaine. Puis elle s'installa sur une banquette dans l'élégant salon et fit asseoir Giles à côté d'elle.

— Qu'est-ce que c'est que cette histoire, Giles ? Victoire m'écrit qu'il faut te persuader de te marier. Tu devais te douter que le moment viendrait. Tu as dû y réfléchir, non ?

— Non, pas vraiment, admit-il, contrit. Je me disais qu'un jour je finirais par rencontrer une fille bien et que…

— Tu tomberais amoureux ? Je t'en prie, je ne veux plus entendre d'idée aussi vulgaire franchir tes lèvres !

— Ce n'est pas tout à fait ça. Je supposais que…

Il hésita. Qu'avait-il supposé, au juste ?

— Je pensais que mon mariage relèverait de ma seule décision. En tout cas, que le problème ne se poserait pas avant très longtemps.

— La faute à William, dit-elle en secouant la tête. Et à Maud. Tes parents auraient dû veiller à ce que tu te maries dès ta majorité, au lieu d'attendre que tu te mettes des idées fantaisistes en tête. Et il a fallu que William aille se tuer.

— Je ne pense pas que l'idée soit venue de lui, objecta doucement Giles.

— Le domaine est aux abois ?

Il fit oui de la tête.

— Dans ce cas, mon chéri, Victoire a raison. Tu dois épouser une héritière. Nous allons te trouver quelqu'un. Une gentille fille qui te plaira, et réciproquement, avec qui tu formeras un joli petit couple.

Prise d'un doute soudain, elle braqua sur lui un regard sévère.

— Dis-moi, tu n'as pas déjà des attaches sentimentales ?

L'idée le fit sourire.

— J'étais au fin fond du désert, tante Caroline. Les seules femmes présentes sur place ont quatre mille ans et sont taillées dans la pierre.

— Tu m'en vois rassurée. Quelle joie ! s'enthousiasma-t-elle. Moi qui m'attendais à vivre de loin la saison des bals, me voici partie prenante. Je vais visiter toutes les hôtesses et découvrir qui sont les débutantes. Tu auras le choix. Je te dresserai une liste, tu feras leur connaissance et tu danseras avec elles.

— Je suis en deuil, lui rappela-t-il.

— Je ne pense pas que cela entre en ligne de compte. Les règles sont moins suivies qu'autrefois. Et il a toujours existé des exceptions en fonction de la nécessité. Le temps que débute la saison, tu auras porté le grand deuil depuis quatre mois. Personne ne trouvera rien à redire si tu assistes à des bals respectables. On en sera à six mois fin mai, tu pourras te marier en juin avec décence.

— En juin ? fit-il, sidéré.

Elle eut un regard compatissant.

— Inutile de repousser l'échéance, mon chéri. Chaque mois qui passe, les intérêts de la dette augmentent.

C'était une manière d'envisager la chose, songea Giles.

6

Par le passé, le comte profitait des séjours de lady Stainton en Allemagne pour organiser des parties de chasse. Linda venait jouer les hôtesses, s'installant au Château pendant plusieurs semaines alors que son mari et ses enfants continuaient de mener une existence frugale dans le Dorset. Toutefois, en raison du deuil, aucune fête n'eut lieu cette année-là, et lady Cordwell ne put prolonger son séjour.

— On se croirait à la morgue, se plaignait Rose.

— C'est l'occasion de rattraper le ménage en retard, rétorqua Mme Webster.

May, une des bonnes, était partie – « Elle est certainement plus heureuse là où elle est maintenant » avait noté Moss, comme si la pauvre fille était morte –, et la gouvernante hésitait à recruter sa remplaçante sans l'autorisation expresse de Mme la comtesse. En fin de compte, elle n'avait pas osé. De toute façon, la charge de travail était allégée car il n'y avait plus à servir que le nouveau comte, M. Sebastian et les deux demoiselles. Avec délectation, Mme Webster initia le grand nettoyage auquel elle aspirait.

Dory avait souvent entendu qu'on jouait au piano quelque part dans la maison, sans y prêter grande attention. Un jour, alors qu'elle rapportait dans la chambre jade une courtepointe en soie raccommodée, les notes lui parvinrent plus distinctement. Sa curiosité piquée, elle se dirigea vers la musique qui provenait du petit salon. « Petit » était un terme relatif : la pièce était moins vaste que le salon d'apparat. Elle s'arrêta sur le seuil, glissa un regard à l'intérieur et aperçut M. Sebastian au piano. Elle resta immobile un moment, captivée par la mélodie ondoyante. Soudain, les doigts du musicien butèrent sur les touches et se figèrent. Dory voulut reculer, craignant de l'avoir dérangé. Il la regarda d'un air calme, nullement surpris de sa présence, et dit :

— Je manque d'entraînement. À mon âge, les vieilles articulations s'engourdissent dès qu'on ne pratique pas. Entrez, n'ayez crainte.

Il prit le cigare posé dans un cendrier sur le piano et le coinça entre ses lèvres. Dory s'avança de quelques pas.

— Mince, il s'est éteint, marmonna-t-il en tâtant ses poches.

Elle repéra une boîte d'allumettes en argent sur un guéridon et la lui apporta.

— Merci.

Elle resta en place, obéissant à son invite, pendant qu'il grattait une allumette et portait la flamme à son cigare. Il l'observait attentivement, alors que le plus souvent les maîtres ne semblaient pas vraiment vous voir.

— Vous appréciez la musique ?

Sa voix était agréable, précieuse et profonde, comme patinée par des années de vins fins et de havanes.

— Je ne sais pas, dit-elle. Je n'ai pas souvent entendu ce genre de musique. Mais je pense que ça pourrait me plaire.

— Bien répondu. Scarlatti.

— Je vous demande pardon, monsieur ?

— C'est le nom du compositeur. Scarlatti. Il a beaucoup écrit pour le piano. Parfait pour se dégourdir les doigts.

Il se remit à jouer, de mémoire puisqu'il continuait de la regarder. Dory ne se sentait pas en danger. Elle se détendit.

— Quel genre de musique avez-vous déjà entendue ?

— Oh, rien à voir avec la vôtre, monsieur. De la musique médiocre, celle qu'on joue dans les pubs ou dans la rue. De l'accordéon ou de l'orgue de Barbarie. Des airs dansants et des chansons de music-hall.

Il hocha la tête en recrachant une volute, et un nouveau morceau s'égrena sous ses doigts. Dory reconnut *A Bird in a Guilded Cage* et ne put s'empêcher d'en fredonner les paroles. Cette ritournelle avait été la plus populaire de l'année 1900. Il chanta avec elle le dernier vers, malgré le cigare fiché dans sa bouche, et conclut par quelques arpèges et fioritures. Elle mima le geste d'applaudir.

— Toute musique est bonne, dit-il en reposant le havane dans le cendrier, si elle procure du bonheur aux gens. Une joyeuse mélodie est toujours plaisante. Qu'est-ce que vous avez là ? s'enquit-il en pointant la courtepointe du menton.

Le soudain changement de sujet ne la déconcerta pas. C'était typique des maîtres.

— Un dessus de lit que j'ai réparé, monsieur.

— Montrez-moi.

S'agissant d'un ordre, Dory ne put qu'obéir. M. Sebastian se leva et l'aida à le déplier en partie sur le coffre du piano. De près, il était plus grand qu'elle n'imaginait. Malgré sa mise négligée – cheveux foncés en bataille, une tache de nourriture au poignet et de la cendre sur sa chemise qu'elle aurait volontiers époussetée –, il fleurait bon le savon et le linge propre. Elle pointa l'accroc qu'elle avait recousu, un paon brodé dont la queue avait été séparée du corps par la déchirure.

— C'est du très beau travail, dit-il. Vous êtes une artiste.

— Pas du tout, monsieur, protesta-t-elle automatiquement.

— Comment vous appelez-vous ?

— Dory, monsieur.

— Eh bien, Dory, d'un artiste à un autre, je vous conseille d'accepter les compliments qui vous sont adressés. À condition que ce soit mérité et non de la flatterie. Vos points sont d'une finesse remarquable. Ce paon dit que vous êtes une artiste, et moi aussi.

— Merci, monsieur.

Quand il souriait, on devinait le jeune homme séduisant qu'il avait dû être.

— Vous jouez bien du piano, ajouta-t-elle.

— Dans ce cas, dit-il en s'installant de nouveau au clavier, restez pour m'écouter.

— Je ne peux pas, monsieur. J'ai du travail. Mme Webster...

— Je comprends. Filez. Mais sentez-vous libre de venir me prêter l'oreille quand vous voulez. J'adore avoir un public !

Il lui adressa un sourire espiègle.

Depuis le départ de sa mère, Giles se faisait monter son dîner sur un plateau pour continuer à travailler tout en mangeant. Étant donné que les deux demoiselles prenaient le leur dans l'ancienne nursery en dehors des occasions particulières, l'oncle Sebastian se retrouvait seul, et on le servait sur une modeste table dans le petit salon. Cela arrangeait Mme Webster de ne pas devoir organiser un repas assis, les serviteurs pouvant consacrer leur énergie ailleurs. Elle fut fort surprise quand M. Sebastian lui donna d'autres consignes, comme le furent Giles, Rachel et Alice en recevant une invitation manuscrite pour un souper dans la grande salle à manger, avec au bas du carton la précision « tenue correcte exigée ».

L'oncle Sebastian les accueillit, les cheveux coiffés pour une fois, la redingote brossée et le visage paré d'un sourire avenant.

— Il est intéressant, nota Giles quand il lui serra la main cérémonieusement, d'être invité chez soi.

— Je ne voyais pas d'autre recours pour t'attirer à un repas civilisé, expliqua Sebastian. Je te sers un sherry ?

Rachel et Alice arrivèrent un peu en retard, essoufflées mais enthousiastes.

— C'est un jeu ? s'enquit Alice.

— Un simple souper, répondit Sebastian.

— Il est si tard ! fit Alice, pas peu fière.

— On ne savait pas quoi porter, s'excusa Rachel. Nous n'avons pas de robes du soir.

— Daisy a dit que nos robes de velours conviendraient, expliqua Alice. C'est ce qu'on a de mieux.

— Seulement, dit Rachel, inquiète, celle d'Alice est marron.

Sebastian leur fit un baisemain à tour de rôle.

— Vous êtes ravissantes, mesdemoiselles. Puis-je vous offrir un sirop d'orgeat ?

— Qu'est-ce que c'est ? fit Alice.

— Vous allez adorer, promit Sebastian.

À observer ses petites sœurs toutes pomponnées, avec des rubans noués dans les cheveux et du bonheur plein les yeux, Giles éprouva une pointe de culpabilité. Si lui se contentait de manger sur le pouce et préférait rester seul, il s'en voulut de ne pas avoir songé que pour elles, dont la vie n'était que solitude, s'habiller chic et dîner en un lieu inhabituel représentait un changement bienvenu à la monotonie.

— Une belle leçon à mon intention, dit-il en se tournant vers Sebastian. Je ne pense pas assez aux autres.

Sebastian eut un sourire bienveillant.

— Personne ne fait la leçon à quiconque. Nous avons tous besoin de compagnie de temps à autre, même toi. Il y a des années que je n'ai pas reçu à dîner. Il était grand temps de m'y remettre !

La soirée fut un succès. Charmant, l'oncle Sebastian sut mettre les filles à l'aise. Elles participèrent à la conversation et rirent beaucoup. Les plats furent un peu moins ratés que d'habitude, grâce aux instructions précises de Sebastian, et en tout cas nettement meilleurs que la nourriture de nursery infligée d'ordinaire aux deux sœurs. Après le repas, l'oncle Sebastian décréta qu'on ne séparerait pas les hommes des femmes, et l'on passa au salon. On joua à des jeux de société, puis Sebastian se mit au piano et interpréta quelques chansons douces et sentimentales que ses nièces étaient capables de chanter. Il finit par se lever et frapper dans ses mains.

— Allez, mes poulettes, maintenant on va se coucher !

— On n'est pas des poulettes, s'insurgea Alice en affichant une mine des plus sérieuses. Rachel aura dix-sept ans l'an prochain.

— Tu as raison de me le rappeler, dit-il en inclinant le torse. Alors, bonsoir, mesdemoiselles ! Belle soirée à vous, mesdemoiselles ! Bonsoir ! Bonsoir !

Après leur départ, il tendit à Giles la boîte à cigares.

— Non, merci. J'ai des cigarettes.

— Tu n'aimes pas le cigare ? s'étonna Sebastian en tirant une longue bouffée.

— Je n'ai pas pris l'habitude d'en fumer.

— Tu devrais. Beaucoup de conversations importantes ont lieu après le départ des femmes. Et entre hommes, c'est plus difficile de sympathiser quand on ne partage pas les mêmes vices.

— Je n'ai pas...

Giles n'acheva pas sa phrase. À vrai dire, s'entendre avec des personnages du type de son grand-oncle allait sans doute devenir primordial dans sa nouvelle vie. Il savait comment se comporter avec les universitaires. En revanche, il avait toujours fui les aristocrates propriétaires terriens.

Sebastian l'observa un instant, puis déclara :

— Ainsi, tu es le nouveau maître des lieux. Un univers déroutant, j'imagine.

Giles n'en revenait pas. À croire que Sebastian pouvait lire dans ses pensées.

— Je vais devoir m'habituer, dit-il.

— Moi aussi, dit Sebastian d'un ton badin. Je dois me souvenir de t'appeler Stainton.

— Maman oublie. La plupart du temps, elle m'appelle Ayton.

— Oui, enfin, c'est compliqué pour elle. Les femmes n'aiment pas devenir veuves, tu sais. Cela contrarie leurs plans.

Aucune répartie adéquate ne vint à Giles.

— Ta mère se demande forcément ce qui arrivera quand tu te marieras, enchaîna Sebastian. Il ne peut pas y avoir deux maîtresses de maison, n'est-ce-pas ? Tu vas bientôt te marier, j'imagine ?

— J'ai effectué les premières démarches, reconnut Giles à contrecœur. J'ai consulté ma grand-mère et ma tante. Pour moi, il n'y avait pas urgence, mais des considérations… Enfin, la question est plus urgente qu'il n'y paraissait.

Sebastian l'observait attentivement.

— Tu ne t'es jamais demandé pourquoi je suis resté célibataire ?

— Euh, non. Je dois reconnaître que je ne me suis jamais posé la question, répondit Giles, un peu gêné.

— Je devine ce que tu penses mais, tu sais, je n'ai pas toujours été un vieil énergumène qui passe son temps à rôtir devant la cheminée. Je n'étais pas trop vilain dans ma jeunesse, je disposais d'une demeure agréable et d'une pension confortable attribuée par ma mère. Il n'y avait aucun obstacle à ce que je me marie.

Il inspecta l'extrémité de son cigare, jugea que la cendre pouvait encore tenir un moment et poursuivit :

— D'ailleurs, mon père… ton arrière-grand-père, souhaitait vivement me voir casé. Bien qu'ayant déjà un fils aîné à qui transmettre le titre, il préférait assurer ses arrières. Il m'avait même trouvé une prétendante. Famille respectable, dot convenable, de belles hanches de reproductrice.

Giles se rembrunit.

— L'expression te déplaît, mon garçon ? Elle est pourtant courante. À l'époque, je voyais les choses du même œil que toi. Il y avait une demoiselle pour laquelle j'avais des sentiments, dans le village voisin. La fille d'un militaire qui s'était illustré à Sébastopol, à la tête d'un régiment d'infanterie. Pas de fortune, malheureusement, et roturière. Mon père était contre. J'ai eu droit à un sermon. Tu imagines le dilemme pour moi. D'un côté mon devoir, de l'autre la petite Phyllis. J'ai tergiversé. Et tandis que je tergiversais, elle a attrapé la fièvre putride et en est morte.

— Je suis désolé, dit Giles.

Peu accoutumé à ce genre de confidence, il se sentait gêné.

— Oui, c'est malheureux. Je m'en veux encore. Si je l'avais épousée, elle aurait quitté son village et ne serait pas tombée malade. Elle m'apparaît souvent en rêve, les yeux pleins de reproches. Des yeux gris comme un ciel pluvieux.

— Donc, vous ne vous êtes jamais marié.

— Jamais pu. J'aurais eu le sentiment de me trahir. Au bout du compte, le plus important est d'être honnête envers soi-même.

Giles soupira.

— Voyez-vous, c'est différent pour moi. Vous n'étiez pas appelé à devenir comte. Moi, je n'ai pas vraiment le choix. Mon père...

— Je sais comment le monde est fait, dit Sebastian en tapotant son cigare pour en détacher la cendre. Ton père était un vrai campagnard, d'une intelligence toute bovine. Tu es différent. Tu nourris des idées et des sentiments que ne peut pas se permettre quelqu'un dans ta position. Étant moi-même un original, j'en reconnais les traits chez toi. Tu auras des remords si tu agis contre ta conscience, or je te sens mal à l'aise à la perspective de cette course à la dot...

D'un geste, il s'excusa de cette expression.

— Je me permets de t'en parler tant que tu peux encore changer d'avis.

Giles réfléchit longuement.

— Je crains de ne pouvoir me raviser. Le temps presse.

— La situation est si grave que ça ?

— Oui.

— Dans ce cas, mon garçon, il faut accomplir ton devoir, mais mets-y tout ton cœur. Ne te plains pas. Ne boude pas.

— Moi, bouder ? protesta Giles.

— Sinon, tu empoisonnerais non seulement ton existence, mais aussi celle de ton entourage.

Giles comprima ses lèvres pour se retenir. Il n'appréciait guère qu'on lui dictât son comportement.

Son grand-oncle l'étudiait, devinant ses pensées. *Compliqué de faire boire un âne qui n'a pas soif*, songea Sebastian. Le moment était venu de détendre l'atmosphère.

— J'ai un dernier conseil à te donner en matière de vie conjugale. Un détail bigrement important qui t'aura peut-être échappé.

— Oui, mon oncle ? laissa tomber Giles, à bout de patience.

Sebastian se pencha en avant et planta ses coudes sur ses genoux pour mieux souligner l'importance de ce qui allait suivre. Ses yeux bleus se vrillèrent dans ceux du jeune homme.

— Il faut impérativement changer de cuisinière. Un homme doit pouvoir compter sur de bons repas, surtout quand, comme toi, il n'est pas du genre à s'impliquer. J'ai pu observer que tu capitulais depuis ton retour. Désavoue ta mère et recrute une nouvelle cuisinière, avant de ramener ici une jeune épouse. Ce serait dommage qu'elle meure intoxiquée avant d'avoir eu sa première portée !

*
**

Crooks, qui appréciait la musique, aimait s'attarder dans l'église après l'office dominical pour écouter l'air de clôture, contrairement aux autres domestiques pressés de partir. Quand l'orgue se tut enfin, il sortit, chapeau et psautier dans une main, gants et canne dans l'autre. C'était une journée douce et couverte de février. Sur les pavés usés et inégaux du porche, alors qu'il peinait à enfiler ses gants tant il était encombré, il laissa échapper sa canne et, voulant la rattraper, trébucha sur une arête saillante et bascula en avant. L'espace d'une seconde angoissante, il crut qu'il allait s'étaler par terre, humilié et blessé. Mais une main puissante lui saisit le coude, et lui-même agrippa une manche sous laquelle était perceptible un avant-bras musclé et dur comme un roc. Abasourdi, il releva les yeux pour découvrir un visage de dieu grec. Une épaisse toison de boucles cuivrées, des sourcils d'or, des yeux d'un bleu céruléen, des lèvres ciselées et un menton décidé. Le teint était légèrement hâlé, et les pommettes luisaient avec l'éclat de la jeunesse.

— Euh... euh..., balbutia Crooks. Merci. Merci.

— Vous n'êtes pas blessé, monsieur ? s'enquit le jeune apollon avec un léger accent campagnard.

— J'ai l'impression que ça va. Merci infiniment. Vous m'avez épargné une très mauvaise chute.

— Tant mieux si j'ai pu être utile.

La solide poigne se desserra autour du coude du valet de chambre, qui relâcha à contrecœur le bras de l'inconnu.

— Puis-je savoir de qui je suis l'obligé ?

Devant la mine interdite du jeune homme, Crooks reformula sa question :

— Puis-je savoir votre nom ?

— Axe Brandom, monsieur. Je suis l'apprenti du maréchal-ferrant, celui qu'a son atelier au bout de la grand-rue.

— Brandom ? Vous avez un lien de parenté avec... ?

— Josh est mon frère. L'est palefrenier au Château.

— J'y réside.

Le jeune homme sourit, un sourire de toute beauté, et dit timidement :

— Je sais qui vous êtes, le valet de M. le comte. Un jour que j'étais dans la cour des écuries, vous cherchiez votre maître... c'est-à-dire feu M. le comte. Je passe de temps en temps au Château pour m'occuper des chevaux.

Crooks n'y avait pas prêté attention. Les écuries n'étaient pas son domaine. Maintenant qu'il y pensait, c'est vrai que le Château, comme beaucoup de grandes maisons, disposait de sa propre forge dans la cour des écuries. En revanche, il n'y avait pas d'artisan à demeure. La charge de travail ne justifiait pas l'emploi à plein temps d'un maréchal-ferrant, et l'on pouvait facilement en convoquer un en cas de besoin.

Crooks se baissa pour récupérer son chapeau, sa canne et ses gants qui avaient volé dans sa presque chute. Brandom se pencha en même temps et ramassa le psautier qu'il caressa délicatement du bout de l'index avant de le lui rendre.

— C'est un magnifique objet, monsieur.

C'était en effet du bel ouvrage, avec une reliure en cuir à cabochons en laiton. Crooks y tenait beaucoup.

— Il a appartenu à mon père, et avant lui à mon grand-père.

— Vous avez de la chance d'être instruit. Moi, j'ai appris à lire et à compter à l'école, mais je suis pas un érudit. Ça doit être merveilleux de pouvoir…

Il n'acheva pas sa phrase, les mots lui manquant pour exprimer son idée.

— Lire pour le plaisir ? suggéra Crooks. Oui, c'est la plus belle occupation qui soit. Cela ouvre des perspectives fabuleuses, la possibilité de parcourir le monde entier sans quitter son fauteuil. Toutes les idées et les théories de l'humanité sont exposées devant vous, à portée de main.

Brandom le fixait, subjugué par ses paroles.

Deux retardataires sortirent de l'église et s'excusèrent en passant près d'eux. Le charme fut rompu. Crooks se ressaisit, conscient de l'heure qui tournait et de ses devoirs. Les mains de nouveau encombrées, il parvint malgré tout à mettre son chapeau.

— Eh bien, je dois y aller. Merci encore une fois d'être intervenu à point nommé. Je suis votre obligé.

— Mais non. C'est bien normal.

Crooks fixa une dernière fois les grands yeux bleus, s'y arrachant avec peine.

— Je vous souhaite un bon dimanche.

— Moi aussi, monsieur.

Le valet enfila prestement l'allée, conscient du regard qui l'accompagnait. Quand il se retourna après un moment, Brandom avait disparu. Sans doute avait-il contourné l'église dans l'autre sens pour emprunter le portail côté ouest.

*
**

Kitty savait que sa belle-mère avait loué un hôtel particulier dans Berkeley Street et redoutait le jour où elle-même devrait s'y installer, ce qui annoncerait le commencement de l'effroyable saison des débutantes. Au départ, rien ne changea. Lady Bayfield y prit ses quartiers seule, tandis que Kitty poursuivait sa paisible routine à Hampstead. Elle devinait qu'il fallait d'abord préparer la nouvelle demeure et recruter le personnel adéquat. Sa belle-mère déposerait ensuite sa carte ici et là et entamerait les visites matinales de courtoisie, ce qui permettrait à Kitty de recevoir des invitations, car les organisatrices des bals connaîtraient son existence. Sa présence serait seulement requise pour constituer sa garde-robe. Une fois n'est pas coutume, lady Bayfield l'en informa expressément :

— Je vous ferai venir à Berkeley Street au moment des essayages, et vous m'accompagnerez aux visites.

Kitty parut tellement angoissée à cette idée que lady Bayfield faillit s'emporter. Elle se contint, de peur d'aggraver le problème. Cette enfant semblait de plus en plus nerveuse, alors que ç'aurait dû être l'inverse. À la vérité, lady Bayfield n'en était plus à craindre que Catherine ne trouvât pas preneur, mais qu'elle ne perdît carrément tous ses moyens. La saison pourrait tourner au désastre coûteux.

La suggestion de Mlle Thornton lui revint en tête. L'idée lui répugnait. Cette fille qui avait été proposée, en quoi ferait-elle honneur à Catherine ? Pourtant, il fallait tenter quelque chose. Anxieuse, lady Bayfield soupesa soigneusement l'idée et décida qu'elle devait tout du moins se renseigner sur la tante de la fille afin de savoir à qui elle avait affaire. Ayant obtenu l'adresse par Mlle Thornton, elle envoya un billet à cette femme, la priant de lui rendre visite.

Mme Schofield se présenta et, bien qu'elle fût certainement intriguée, refusa à son hôtesse le plaisir de lui demander pourquoi on l'avait conviée, une indépendance d'esprit que lady Bayfield jugea déplacée de la part d'une vulgaire roturière. Cette Mme Schofield n'avait aucun chic, quoique ses vêtements fussent de belle qualité. Un élégant manteau de fourrure et de magnifiques perles. Son accent était impeccable et ses propos raisonnables. Cela dit, lady Bayfield eût préféré quelques marques de déférence, un signe indiquant qu'elle mesurait la distance sociale qui les séparait. Ses manières étaient certes respectueuses, mais ne recelaient aucune flatterie. Cela faisait surgir le spectre d'une nièce qui se révélerait excessivement confiante, sûre d'elle ou, pire que tout, effrontée. Catherine avait besoin d'une compagne confiante, mais pas au point d'avoir un avis sur toute chose et d'oser l'exprimer. Contredire un gentleman était inconvenant.

Après le départ de Mme Schofield, lady Bayfield était décidée à en rester là quand une autre visite fut annoncée. Une surprise des plus agréables. Caroline Manningtree, une femme très fortunée et élégante qui fréquentait la société la plus choisie, n'était qu'une simple connaissance. Qu'est-ce qui pouvait l'amener ? Elle n'avait pas de fille en âge d'être mariée, les Manningtree n'ayant pas eu d'enfant. Aurait-elle une nièce à parrainer ?

À peine pénétra-t-elle dans le salon, que lady Manningtree s'enquit :

— Pardonnez-moi, mais ne serait-ce pas une Mlle Sanderton que je viens de croiser ? Elle descendait les marches de votre perron alors que ma voiture s'arrêtait.

— C'est une Mme Schofield qui me rendait visite, la détrompa lady Bayfield, surprise par cette question.

— Oui, bien sûr. C'est son nom de femme mariée. Elle a épousé un gentleman lettré, un choix intéressant. Nous étions à l'école ensemble, vous savez. Pas dans la même classe, elle était dans l'année au-dessus de moi et admirée de nous toutes, je dois dire. De loin la fille la plus populaire. Très belle, et dotée d'une intelligence remarquable.

Ne sachant pas à quoi s'en tenir, lady Bayfield nota prudemment :

— Les demoiselles les plus instruites ne sont pas toujours celles qui décrochent les plus beaux partis.

— Certes ! lâcha lady Manningtree en riant. Vous devriez entendre la comtesse Stainton, ma sœur, sur le sujet. Nous sommes trois sœurs, et je suis la seule à être allée à l'école. Mes deux sœurs ont épousé un comte et un prince.

Quand j'ai dû me contenter d'un chevalier, elles ont mis ça sur le compte de mon éducation. Cela dit, j'ai été heureuse en ménage et je ne crois pas qu'une bonne culture générale ait changé ma nature. Avec ou sans, je serais devenue la même.

— Je suis certaine que vous avez raison. À de rares exceptions près, l'instruction a très peu d'impact sur les femmes. Cela leur glisse dessus…

— Comme l'eau sur un canard ? suggéra lady Manningtree.

En compagnie de cette femme charmante, le quart d'heure d'usage passa en un clin d'œil. Malgré tout, lady Bayfield tenait à comprendre le pourquoi de sa visite. En ces occasions, la conversation s'apparentait à une partie de whist, le but étant de deviner la main de l'adversaire sans dévoiler la sienne. Lady Bayfield excellait aux jeux de cartes, une passion chez elle. Lady Manningtree n'étant pas moins douée, ce fut un élégant ballet d'allusions et d'invites à mots couverts, chacune se soustrayant habilement à la curiosité de l'autre.

Au lieu d'une reine, c'était en fait un roi que lady Manningtree gardait dans sa manche. Au bout du compte, lady Bayfield comprit qu'elle n'avait pas eu le dessus, que l'autre avait abattu son jeu par choix. Un neveu et non une nièce. Le nouveau comte de Stainton cherchait une épouse. Lady Bayfield dut inspirer profondément à plusieurs reprises. Ce serait un beau parti pour Catherine. Un titre ancien, un château, un vaste domaine. La compétition serait rude. Lady Manningtree cherchait certainement à susciter l'intérêt afin que, le moment venu, les enchères fussent les plus lucratives possible. Des mères déterminées pousseraient leurs filles en avant pour démontrer leurs qualités, pendant que Catherine resterait en arrière, recroquevillée comme une souris affolée.

Lady Bayfield repensa à Mme Schofield. Cette visite inattendue modifiait la donne. En plus de la connaître, lady Manningtree l'admirait. Si Mme Schofield fréquentait du beau monde, elle n'avait aucunement besoin de chercher à plaire. Elle pouvait même se permettre une légère excentricité sans paraître vulgaire. Sa nièce, cette Mlle Sanderton, pourrait retenir l'attention d'un meilleur cercle que ne l'avait supposé lady Bayfield. Bref, c'était une relation à cultiver. Après y avoir mûrement réfléchi, elle s'installa à son secrétaire en noyer pour rédiger une lettre.

Tante Schofield ne supportait pas l'oisiveté. Pour occuper Nina, elle l'impliqua dans son dernier projet, l'ouverture d'une bibliothèque pour tous dans l'East End. Elle lui dictait son courrier, l'emmenait avec elle pour recruter des soutiens et lever des fonds, l'envoyait chez les imprimeurs et les agents immobiliers. En plus, Nina devait étudier et lire plusieurs heures par jour, sans compter la pratique du dessin et de la musique. La possibilité qu'elle devînt enseignante n'avait pas encore été évoquée. Nina supposait que des dispositions seraient prises une fois la bibliothèque en bonne voie, quand on pourrait se passer d'elle. Dans l'immédiat, elle ne voyait pas d'inconvénient à rester à la maison.

Un matin, alors qu'elle était confortablement installée avec un livre sur la banquette du bow-window du petit salon, sa tante vint la trouver, une lettre à la main.

— Interromps ta lecture un instant, Nina. J'ai besoin de te parler.

Nina obéit et patienta tandis que sa tante l'observait attentivement.

— J'imagine, reprit-elle, que tu ne verrais aucune objection à faire ton entrée dans le monde cette saison ?

La jeune fille ne put dissimuler le frisson d'excitation qui la parcourut.

— Je n'y ai pas vraiment songé. Je pensais qu'autre chose était prévu pour moi.

Son enthousiasme n'avait pas échappé à sa tante. Elle tenait sa réponse.

— Cela coûterait une somme d'argent considérable, dit-elle d'un ton neutre. J'ai toujours pensé que tu n'en tirerais pas un bénéfice justifiant la dépense. Toutefois, voilà que se présente la possibilité d'y participer à moindre frais et, si cela te tente, je suis prête à l'envisager. Après tout, ce n'est que l'affaire de quelques semaines, ajouta-t-elle, comme si elle réfléchissait à voix haute.

Nina scrutait son expression, ne sachant quoi répondre. Malgré son goût pour l'instruction, elle n'en restait pas moins une jeune fille de dix-sept ans, attirée par les tenues de soirée, les bals et les fêtes. Elle pensait néanmoins que sa tante jugeait sévèrement la bonne société et ses mœurs. Était-ce un test ?

— J'ai ici une proposition de lady Bayfield, poursuivit sa tante alors qu'elle hésitait à s'exprimer. Je lui ai rendu visite hier à sa demande, sans qu'elle y fasse allusion. Je subodore que l'on m'a convoquée pour m'évaluer, lâcha-t-elle avec dédain. Elle semble avoir décidé que j'étais digne de sa condescendance. Cela dit, sa proposition n'a rien de déplaisant. Elle y exprime beaucoup de tendresse pour sa belle-fille, Catherine.

— Kitty, dit Nina dont le visage s'illumina d'un sourire radieux. Ma meilleure amie à l'école. Une personne adorable, tellement gentille ! Elle vous plairait beaucoup, ma tante.

— Je suis ravie de t'entendre confirmer les affirmations de lady Bayfield concernant ton affection pour sa belle-fille. Elle explique que Kitty est très timide et nerveuse, qu'elle bénéficierait d'avoir une amie plus confiante à ses côtés pour affronter l'épreuve d'une entrée dans le monde qui promet d'être des plus distinguées. À cette fin, elle propose que tu y participes avec sa fille et qu'elle te chaperonne aux mêmes bals et fêtes. Aimerais-tu cela ? Y prendrais-tu plaisir ?

— Oh que oui, ma tante ! dit Nina avec enthousiasme. Si cela ne vous déplaît pas trop.

— Ma chérie, je n'y serai nullement mêlée. Une fois que nous aurons constitué ton trousseau, tu iras vivre chez eux et tu les suivras partout. Je ne te verrai guère jusqu'à la fin de la saison.

— Mais vous n'y êtes pas favorable, dit Nina d'une voix angoissée.

— Je n'ai jamais souhaité cela pour toi. Nous ne frayons pas avec ce monde-là. Mais je n'y suis pas défavorable. Cependant, poursuivit-elle en retrouvant son regard perçant, je veux m'assurer que cela ne te fera pas tourner la tête. N'oublie jamais que ces quelques semaines sont une parenthèse dans la réalité, et non la réalité. Après, tu reprendras la vie que tu as toujours vécue. Tu dois bien comprendre cela, être prête à le vivre comme une expédition lointaine.

— Pour observer et noter toutes les coutumes étranges ? lança Nina, mutine. Et veiller à ne pas être mangée par les cannibales !

— Surtout ça, convint sa tante en souriant. Quantité de jeunes filles qui n'ont pas su garder la tête froide ont été dévorées par le beau monde.

— Je ne me laisserai pas éblouir, je vous le promets, déclara Nina.

— Ne prends pas cet avertissement à la légère, Nina. Tu pourrais être soumise à des tentations douloureuses. Mais je sais que tu es une fille raisonnable, très mûre pour ton âge.

— Je tiens à accepter pour Kitty, même si je suis certaine que cela me plaira. Cette pauvre Kitty est tellement timide qu'elle redoute vraiment la saison. Je l'aime tant ! Je voudrais l'aider à traverser cette épreuve, peut-être même réussir à lui montrer qu'elle n'a rien à craindre. C'est l'attitude charitable, non ? Ce serait une bonne action.

— Très charitable, admit sa tante, solennelle. D'accord, je vais répondre à lady Bayfield. Ensuite, il faudra songer à tes tenues.

Elle allait quitter le salon mais se ravisa.

— Nina, tu risques de te retrouver dans une situation où des hommes te témoigneront énormément d'attentions et, vu que vous n'êtes pas du même milieu et que tu n'auras pas de dot, ces attentions ne seront pas toujours bien intentionnées. Très souvent, les pires des hommes sont les plus charmeurs et les plus convaincants.

— Je comprends, ma tante. Promis, je ne me laisserai pas enjôler.

7

Giles ne fut pas surpris que sa mère prolongeât son séjour en Allemagne. Elle n'avait aucune raison pressante de hâter son retour et ne pourrait pas compter au Château sur le baume d'une sœur compatissante. Giles avait commencé à faire le ménage dans les affaires de son père. On avait résilié les baux londoniens et les adhésions. Après réflexion, il avait conservé son pied-à-terre ; cela revenait nettement moins cher qu'un club ou une chambre d'hôtel et, bien que sa tante pût l'héberger, c'était un endroit à lui, où séjourner anonymement et sans rendre de comptes à personne. Pour un homme qui avait joui jusque-là d'un grand degré de liberté, ce n'était pas négligeable. Grâce à la vente des biens londoniens et des hunters, quelques dettes pressantes avaient été remboursées. Tante Caroline incita fermement Giles à renouveler sa garde-robe en vue de la saison, et Crooks abonda dans son sens, avec davantage de courtoisie mais le regard insistant. Alors que sa tante présupposait qu'il s'habillerait dans les boutiques les plus chics de Londres, il avait préféré s'en remettre à des artisans locaux, le tailleur Frean et le bottier Silverson, par souci d'économiser du temps et de l'argent. Crooks les ayant pris à part pour les menacer, Giles serait correctement vêtu et à un prix très raisonnable.

Quand sa mère rentra enfin à la mi-mars, elle était d'une humeur exécrable. Mlle Taylor s'empressa de lui rapporter les derniers potins, glanés au sous-sol où elle était descendue cirer les chaussures de sa maîtresse. Lady Stainton se précipita alors dans la bibliothèque pour fustiger son fils.

— Qu'est-ce que j'apprends ? Tu as l'intention de te marier ?

— Ah, vous êtes au courant ? fit-il, sur ses gardes.

— C'est la première chose qu'a entendue Taylor quand elle est descendue. Comment se fait-il que tu ne m'en aies rien dit ?

— Je n'ai pas eu le...

— Tu es rentré d'Égypte depuis trop peu de temps pour avoir déjà noué une relation. Il doit donc s'agir d'une attache sentimentale de longue date, dont tu aurais dû me parler si tu étais un fils respectueux. Dire que mon propre fils songe à se marier sans avoir la courtoisie de m'indiquer le nom de la jeune femme, sans parler de me la présenter. À croire que tu as honte.

Giles s'obligea à réagir pour endiguer le flot.

— Il n'y a pas de nom, aucun attachement, récent ou ancien. Je n'ai personne en vue. Malgré tout, il me faut chercher une épouse. Ce qui ne doit nullement vous étonner. Vous n'êtes certainement pas la dernière à me souhaiter un héritier à qui transmettre le titre.

Elle n'était pas prête à renoncer, portée par la colère.

— Voilà que tu te soucies de l'avenir de notre famille et du titre ?

— Les circonstances ont changé, lança-t-il sèchement. S'il vous plaît, Mère. Je suis très occupé.

— Quelles circonstances ? Qu'est-ce qui peut t'inciter à chercher une épouse avec un empressement indécent ? Le deuil n'est même pas terminé. Tu donneras l'impression de n'avoir aucun respect pour ton père, de te moquer des convenances. Tu nous feras honte.

N'en pouvant plus, il s'emporta :

— Si quelqu'un nous a couverts de honte, c'est mon...

Il se ressaisit, mais trop tard.

Sa mère bouillait de rage.

— Maintenant, tu vas m'expliquer clairement de quoi il retourne. Trêve de sous-entendus.

Il n'eut d'autre choix que de lui décrire la situation véritable. À mesure qu'il s'exprimait, calmement et posément, la fureur s'effaçait des traits de sa mère. Incrédule dans un premier temps, elle en vint à blêmir. Elle attrapa une chaise derrière elle et s'y laissa tomber.

— Nous en sommes vraiment là ? murmura-t-elle.

C'était plus une protestation qu'une question.

— Vous n'en aviez pas idée ? s'enquit Giles d'un ton adouci.

— Je connaissais les extravagances de ton père, sans me douter pour autant que nous vivions au-dessus de nos moyens. Sommes-nous ruinés ? demanda-t-elle en relevant la tête.

— Pas encore, mais il y a péril en la demeure.

— Pourquoi ne m'en as-tu pas parlé avant ?

Il marqua une hésitation.

— Je suis en train d'éplucher les comptes pour évaluer précisément... Il y a, entre autres, la question de votre douaire...

— Entièrement dépensé ?

Il opina du chef.

— Mais qu'est-ce à dire ? Tu as gardé le secret de crainte que je ne réclame mon argent ? Quelle image as-tu de moi ?

Giles eut honte.

— Je vous demande pardon… Toutes ces histoires… Moi aussi, je suis tombé de haut.

Elle resta songeuse un moment, puis évoqua un souvenir.

— Nous avons traversé une période difficile il y a quelques années. Stainton a été obligé de m'en parler car j'avais remarqué l'absence des plus beaux tableaux dont il avait dû se séparer. Je pensais que les difficultés avaient été surmontées. Nous avons énormément de bijoux, dit-elle en prenant un air décidé. Les miens et des pièces de famille. Tu peux les avoir. Vends-les.

Il osait à peine lui avouer la vérité.

— Des copies, Mère. Les originaux ont été vendus depuis belle lurette. Je suis navré.

Elle accusa le coup, serra les poings. À voir son expression, ses pensées n'étaient pas plaisantes. Elle finit par sortir de son mutisme.

— Bon. Que proposes-tu de faire ?

Inutile d'enrober les choses.

— Épouser une riche héritière. Dès que possible.

— Je vois. Eh bien, tu ne seras pas le premier. Ce genre de mariage peut réussir autant qu'un mariage d'amour. As-tu quelqu'un en tête ?

— Tante Caroline prépare une liste, dit Giles en grimaçant. Maintenant que vous êtes informée, je tiens à souligner qu'il nous faut réaliser des économies partout où c'est possible.

— Ce serait une erreur fatale, le contredit-elle. Laisser entendre à tout le monde que nous connaissons des difficultés ? On exigera le remboursement de la moindre dette, et plus aucun commerçant ne nous fera crédit.

— Markham est du même avis.

— Consulte-moi avant toute réduction des dépenses.

Giles ne réagissant pas, elle ajouta, d'une voix d'une douceur qu'il ne lui avait pas connu depuis des années :

— Je t'aiderai, Ayton. Je suis ta mère.

Il eut un sourire penaud et gêné.

— Je vous saurais gré de penser à ne plus m'appeler ainsi.

Le regard de la comtesse se durcit à nouveau.

— J'ai du mal à t'appeler Stainton.

— Je sais, Mère, mais j'ai un prénom.

— Tu veux que je t'appelle Giles ?

Elle y réfléchit, légèrement surprise.

— Très bien. Dans l'intimité, peut-être.

L'élan de chaleur qu'il croyait percevoir entre elle et lui se dissipa quand elle précisa :

— C'est ton père qui a choisi ton prénom. Il ne m'a jamais plu.

Mars fut aussi doux que février, et à peine moins humide.

— On n'a même pas eu d'hiver ! se plaignit Rachel alors qu'elle et sa sœur se promenaient en carriole sur une petite route de campagne tortueuse, à proximité du hameau d'Ashmore Carr. Pas la moindre chute de neige.

— Je n'aime pas la neige, dit Alice.

— C'est tellement joli ! Tout scintille !

— Je préfère le givre. Un bon gel, rien de tel pour éliminer les vermines.

— Éliminer les vermines ? Ce que tu peux être terre à terre !

Alice n'en démordit pas.

— La neige est source de malheurs, surtout quand ça dure. Les pauvres gens souffrent. Les animaux aussi, les moutons pris dans les congères, les oiseaux qui chutent des branches.

— Je n'ai plus le droit de rêver à un paysage enneigé sans que tu viennes tout gâcher ! La neige ne te dérangeait pas l'an dernier quand tu as peint cette jolie scène.

— Oh, ça c'était... Attention !

Un cycliste venait de débouler du virage dont elles s'approchaient et faillit heurter Biscuit, le poney louvet qui rêvassait jusque-là, les paupières mi-closes. Surpris, l'animal redressa la tête, s'ébroua et recula. Le véhicule pencha dangereusement, et la roue droite s'enfonça dans le fossé de drainage. Par chance, cette bête intelligente flaira immédiatement le péril et se figea au lieu de détaler, les oreilles dressées et les yeux révulsés. Alice descendit comme elle put, obligée de sauter dans le fossé sans se soucier de ses bottes, et se précipita vers le poney. Le cycliste, qui avait freiné en catastrophe quelques mètres plus loin, descendit de son engin, l'appuya contre la haie et revint au pas de course, retirant sa casquette.

— Je suis désolé ! C'est entièrement ma faute. À cause de la végétation, je ne vous ai pas vues venir. Tout va bien, mesdemoiselles ? Dites, vous n'êtes pas blessées ?

— Pas du tout, dit résolument Alice.

Rachel n'avait pas bougé et agrippait la barre, sous le choc.

Le cycliste était un jeune homme chaudement vêtu d'une veste Norfolk en tweed, avec culottes assorties, d'épaisses chaussettes en laine vert-gris et de solides bottines soigneusement cirées. La casquette qu'il venait de retirer et une écharpe verte nouée autour de son cou complétaient la tenue. D'une carrure plutôt fluette, il avait le visage fin et un nez proéminent. Malgré tout, avec ses grands yeux bleus et ses boucles châtaines, il était plutôt mignon. Il s'exprimait à la façon d'un gentleman. Alice n'avait eu droit qu'à un regard en passant. C'était Rachel qui retenait toute son attention. *Il doit me prendre pour une enfant*, songea Alice. Cela dit, Rachel avait vraiment jolie mine, avec ses joues roses et son béret en laine légèrement de travers, dévoilant ses longues mèches soyeuses aux reflets fauves. « Rachel est la plus jolie des deux » était le refrain qu'Alice avait toujours entendu, et elle n'en concevait aucun dépit. Jusque-là, le monde des hommes et de l'amour lui semblait une contrée distante et inintéressante. De toute manière, elle préférait les animaux à la plupart des humains, masculins en particulier. Rachel, en revanche, qui était presque en âge de faire son entrée dans le monde, risquait à tout moment de perdre ses moyens. Alice observa le cycliste d'un regard critique, puis s'aperçut avec consternation que sa sœur lui faisait les yeux doux.

— Je ne suis pas blessée, parvint-elle à murmurer.

— Voilà qui me rassure, dit le jeune homme d'une voix chaleureuse.

— Vous alliez beaucoup trop vite, l'admonesta Alice.

Le visage souriant se tourna vers elle.

— Je sais. Je suis sincèrement désolé. Heureusement que ce poney a eu l'intelligence de ne pas s'enfuir.

— Il s'appelle Biscuit, l'informa Alice, apaisée. Josh, notre palefrenier, dit que c'est un vieux père tranquille. Sauf qu'il n'est pas vieux du tout. Il n'a que neuf ans.

— Son nom lui va parfaitement.

— C'est moi qui l'ai choisi, se vanta Alice.

— Jeune dame, si vous pouviez continuer de lui tenir la tête, je vais inspecter votre carriole.

Il contourna le véhicule.

— Je vois où est le problème, lança Alice, pas peu fière qu'on lui donnât du « jeune dame ». La roue est dans le fossé.

Quand il réapparut, il déclara :

— J'ai l'impression qu'il n'y a rien d'endommagé. Si votre amie pouvait descendre...

— Ma sœur, le reprit Alice.

Rachel lui décocha un regard menaçant.

— La carriole ne m'a pas l'air trop lourde. Si je la soulève un peu, je pense que votre poney arrivera à sortir la roue du fossé.

Alice jugea que c'était une bonne idée.

— Descends, Rachel, la pressa-t-elle. Il faut alléger le poids.

— Me permettez-vous de vous aider ? proposa le jeune homme en s'approchant.

Rachel, qui montait et descendait de la carriole sans la moindre assistance depuis des années, afficha un air adorablement désemparé et posa des mains hésitantes sur les épaules du garçon, rougissant sous son regard. Il l'attrapa fermement par la taille et la posa à terre. Rachel lâchée, il regarda à l'intérieur du véhicule.

— Autre chose de lourd ? s'enquit-il en remarquant un grand panier.

Sa sœur étant occupée à se remettre de ses émotions, Alice répondit :

— Le panier est vide. Nous avons rendu visite à la vieille Mme Clay à Ashmore Carr, pour lui apporter de la graisse d'oie, du potage et des couvertures en laine. La pauvre, elle a la grippe.

— Bien, dit-il. On va faire une tentative. Quand je vous dis « Allez-y », vous avancez doucement.

Alice fut prise d'un scrupule.

— J'espère que vous n'allez pas salir vos bottines…

Sa réponse lui parvint, étouffée par la caisse de la carriole.

— Je suis prêt à cette éventualité. Un cycliste s'attend à rentrer crotté. Prête ? Un, deux, trois… Allez-y !

À en juger d'après ses grognements, Alice supputait que le véhicule devait peser plus que le jeune homme ne l'avait escompté. Malgré tout, le fossé n'était pas très profond, et il suffisait de le soulever de quelques centimètres pour que la jante de la roue atteignît le rebord. Obéissant, Biscuit avança quand elle lui parla et tira sur les rênes. La roue reprit appui, et la carriole se redressa. Puis Alice mena le poney un peu plus loin, au centre du chemin où il ne risquait rien. Le jeune homme grimpa hors du fossé en se frottant les mains. Ses bottines ne reluisaient plus.

— On dirait que tout fonctionne comme il faut, se félicita-t-il en s'approchant de Rachel.

Je suis invisible pour lui, songea Alice.

— Si je puis me permettre un conseil, ajouta-t-il, vous feriez mieux de montrer la roue à un charron pour s'assurer qu'elle n'est pas abîmée.

Rachel, toujours rouge comme une pivoine, sortit la question qu'elle se répétait depuis quelques minutes.

— Pourrions-nous savoir à qui nous sommes redevables ?

— Je m'appelle Lattery. Victor Lattery. Je suis arrivé depuis peu à Canons Ashmore où je loge chez ma tante, Mlle Eddowes. Elle habite dans Weldon House, la maison de pierre à côté de l'église. Ma tante est une philanthrope.

Il attendit la présentation réciproque et, vu que Rachel semblait avoir perdu à nouveau sa langue, Alice prit l'initiative :

— Je suis Alice Tallant, et Rachel est ma sœur. Nous habitons au Château. Ravies de faire votre connaissance.

— Ravi également. Si notre rencontre a été moins heureuse pour vous que pour moi, j'espère que vous avez eu plus de peur que de mal. Puis-je vous aider à vous installer ?

— Nous sommes très capables de remonter seules, objecta Alice qui grimpa du côté droit.

Rachel, toutefois, laissa Lattery la prendre par la main et l'assister, sans que cela fût nécessaire.

— Je prends les rênes, décida fermement Alice en s'en emparant.

Le jeune homme demeurait de l'autre côté, la main posée sur la caisse et le regard aimanté par Rachel.

— N'oubliez pas de vérifier la roue, rappela-t-il d'un air sérieux.

— Nous n'y manquerons pas, dit Alice. Au revoir.

Tandis qu'elle adressait un claquement de langue à Biscuit et démarrait résolument, elle murmura à sa sœur :

— Surtout, ne te retourne pas !

Trop tard, c'était déjà fait.

— Que va-t-il s'imaginer ?

— Il s'est montré très serviable, se justifia Rachel en se remettant de face. Sans lui, ç'aurait été compliqué.

— Quelqu'un d'autre aurait fini par passer. En plus, c'était sa faute.

— Voyons, Alice, ne sois pas si dure.

— Malgré tout, il a l'air sympathique. Tu ne trouves pas ?

Rachel éluda la question.

— Je me demande combien de temps il va rester par ici. Peut-être rend-il simplement une courte visite à sa tante. C'est quoi, une philanthrope ?

— Ce n'est pas quelqu'un qui collectionne les timbres ? suggéra Alice, hésitante. Je me demande si Giles la connaît, ou Richard.

— Richard, ça paraît plus probable. Giles était trop rarement ici pour y avoir des connaissances. Richard me manque. Si seulement cette satanée guerre pouvait prendre fin !

— Giles est plus du genre à s'intéresser aux timbres que Richard, nota Alice. À ton avis, mieux vaut s'arrêter à la forge ? Ce serait horrible si la roue nous lâchait.

Le maréchal-ferrant, Eli Rowse, s'occupait d'un cheval de gros trait attaché à l'extérieur quand Alice immobilisa la carriole devant l'atelier. Il les salua d'un hochement de tête sans lâcher le gros sabot qu'il parait. L'animal placide somnolait, les oreilles détendues, la peau flasque de sa lèvre inférieure oscillant au rythme de sa respiration.

— Bonjour, monsieur Rowse, dit Alice. Votre cheval est sur le point de s'endormir. Attention qu'il ne tombe pas !

— Une bête tranquille, convint l'artisan. L'aime bien s'appuyer sur ma main de tout son poids.

Attiré par les voix, Axe Brandom sortit de la forge, essuyant la sueur sur son front avec un chiffon crasseux. Il plissa ses yeux bleus à cause d'un rayon de soleil qui fendait la couverture nuageuse.

— Qu'est-ce qu'on peut faire pour vous, mesdemoiselles ? s'enquit Rowse en se redressant après avoir relâché la patte.

— Nous avons eu un petit accident, expliqua Alice. La roue est partie dans le fossé. Pourriez-vous l'inspecter pour vérifier que rien n'est cassé ?

Les deux sœurs descendirent tandis que les deux hommes se rapprochaient.

— Côté droit, indiqua Alice.

Elle alla vers Biscuit, qui tourna la tête en arrière pour voir ce qui se passait.

— C'est arrivé comment ? s'enquit Rowse.

— Oh, ce pauvre Biscuit a été surpris par un cycliste qui allait trop vite dans un virage. Mais le garçon nous a aidées à redresser la carriole.

Rowse s'agenouilla pour examiner la roue. Axe, penché au-dessus de lui, se tourna vers Alice et demanda :

— Un cycliste, vous dites ?

— Un jeune homme en culottes de tweed. Du nom de Victor Lattery.

— Ah, je l'ai aperçu tout à l'heure, dit Axe. D'après ce que j'ai entendu, il est venu s'installer chez sa tante, Mlle Eddowes.

Les deux sœurs échangèrent un regard. « S'installer » paraissait indiquer une situation permanente. Son examen terminé, Rowse se redressa.

— L'essieu est légèrement fendu ici.

— C'est grave ? demanda Alice, craignant des remontrances à leur retour.

— Faut le réparer, dit Rowse. Ça pourrait céder à tout moment, surtout si une grosse pierre provoque un sérieux cahot.

— On peut quand même rentrer chez nous ?

Il secoua la tête.

— Trop risqué. La route qui monte au Château est en mauvais état. Je voudrais pas que ces demoiselles dégringolent. Pour le coup, ce serait ma réputation qui dégringolerait !

Il afficha un léger sourire, lueur blanche sur son visage hâlé.

— Comment allons-nous faire pour rentrer ? demanda Rachel, trop anxieuse pour rire de sa plaisanterie.

Les deux hommes échangèrent un de ces regards qui épargnent de formuler une question et sa réponse.

— On a une petite charrette dans la cour. Axe va vous raccompagner.

L'apprenti déploya une couverture sur le siège du véhicule vieillot.

— Faudrait pas salir vos jolies robes, dit-il timidement.

Il attela un poulain marron assez âgé, puis attacha Biscuit à l'arrière au moyen d'une corde et invita les filles à monter. Rachel s'installa et, alors qu'Alice s'apprêtait à la rejoindre, un Jack Russell dodu jaillit de l'atelier et accapara son attention.

— Comme il est mignon ! s'exclama-t-elle en se penchant pour lui gratter les oreilles. Comment s'appelle-t-il ?

— Dolly, répondit Axe. C'est ma chienne et elle attend des petits.

— Merveilleux !

— Cette brave bête supporte pas que je m'éloigne, dit-il en souriant à la chienne.

— Elle n'a qu'à venir avec nous ! proposa Alice.

— Ça vous dérange pas ? Elle doit avoir les pattes sales.

— J'ai déjà de la boue partout à cause du fossé. Mon manteau n'est plus à ça près.

Ils se mirent donc en route, Axe tenant les rênes et Dolly perchée sur les genoux d'Alice, le museau pointé en avant avec un vif intérêt. À l'étroit dans la charrette, l'apprenti semblait perché sur un jouet d'enfant. Les courroies disparaissaient dans ses poings massifs. Pourtant, il était très doux et n'exerçait qu'une pression légère sur le mors, contrairement à certains hommes qu'Alice avait vu tirer des coups secs. La forge avait toujours suscité la curiosité des sœurs, et tout particulièrement celle d'Alice. Toutes deux avaient souvent de longues conversations avec M. Rowse pendant qu'on ferrait un cheval. Axe Brandom leur était donc connu de vue, bien qu'elles n'eussent jamais eu l'occasion de lui adresser la parole. Il était issu d'une famille nombreuse des environs, et son frère Josh était le palefrenier des demoiselles. Alice profita de cette occasion pour le détailler entre deux battements de cils, impressionnée par sa carrure et sa présence. Elle nota le fin duvet blond sur ses pommettes qu'illuminait le soleil rasant, son nez à la ligne d'une pureté architecturale, l'incurvation parfaite de ses lèvres. Elle fut soudain prise d'un frisson.

— Ça va, mademoiselle ? demanda Axe en se tournant vers elle. J'espère que vous avez pas pris froid en patientant.

— Non, pas du tout.

Alice ne voulait pas qu'il s'arrêtât de parler.

— Vous connaissez Mlle Eddowes ? interrogea-t-elle.

— Je la vois à l'église. On se dit juste bonjour. Une fois, j'ai réparé son portail. Fallait remplacer les gonds.

— Oh, je vois de quel portail il s'agit, très haut et raffiné, avec une sorte d'oiseau au centre.

— Un phénix, précisa-t-il.

— Pardon ?

— L'oiseau qui renaît de ses cendres.

Il rougit, peu habitué à étaler son savoir et encore moins avec quelqu'un de la haute société.

— Le pasteur a employé ce mot dans un sermon, et j'ai demandé à M. Arden de m'expliquer, précisa-t-il.

M. Arden dirigeait les chœurs.

— Vous chantez dans la chorale ?

Il hocha la tête, toujours gêné.

— Je suis ténor.

— Je vous chercherai dimanche prochain.

Alice n'avait jamais prêté beaucoup d'attention à la chorale. Ainsi, Axe Brandom chantait. Bizarrement, cela lui correspondait assez bien, et même en raison plutôt qu'en dépit de sa carrure. Un souvenir lointain lui revint, une remarque entendue, peut-être dans la bouche de leur gouvernante. Comme quoi le chant innocent des oiseaux était un chant adressé à Dieu. C'était une idée plaisante, Axe Brandom, un innocent à sa manière, chantant pour le Créateur. Restait à élucider la question du phénix.

— Comment peut-il renaître de ses cendres ? Et pourquoi a-t-il été réduit en cendres ?

Elle aimait aller au fond des choses.

Axe secoua la tête ; soit il ne le savait pas, soit il ne voulait pas le lui dire.

Rachel donna un léger coup de coude à sa sœur et fronça les sourcils. Alice supposa qu'elle lui signifiait de ne pas converser avec un inconnu. Après s'être permis de demander son nom au cycliste, elle était mal placée pour lui faire la leçon.

— Vous habitez dans le village ? lui demanda ensuite Alice.

Elle espérait l'amener à parler de lui.

— Non, j'ai un cottage au-delà d'Ashmore Carr.

— C'est joli, par là-bas ? Je suis sûre qu'il y a beaucoup d'oiseaux.

Elle avait choisi le bon sujet. Il osa même la regarder.

— Toutes sortes, dit-il. Canards, poules d'eau, foulques. Piverts, sittelles, pinsons. L'an passé, j'ai recueilli un sansonnet. Un renard l'avait blessé à une aile. L'est resté un mois dans ma souillarde, le temps de guérir. Il s'est laissé apprivoiser. Il se posait sur ma main pour picorer des miettes.

— J'aurais tellement aimé voir ça ! s'enthousiasma Alice. Vous l'avez encore chez vous ?

— Je l'ai laissé partir quand il a été guéri. Faut pas garder les animaux sauvages. C'est pas une bonne chose. Aaron Cutmore avait une renarde depuis qu'elle était bébé.

— C'est qui ?

— Un forestier.

Il porte bien son nom[1], songea Alice.

---

1. *Cutmore* pourrait se traduire par « coupe davantage ». *(N.d.T.)*

— Comme animal domestique ? s'enquit-elle.

— Entièrement apprivoisée. Il la gardait dans le vieux chenil derrière chez lui. Sauf qu'une nuit, l'a brisé sa chaîne et elle a tué une vingtaine de faisandeaux dans l'éleveuse. M. Saddler était fou furieux, il a ordonné qu'on l'abatte quand elle reviendrait chez Cutmore. Mais personne l'a jamais revue. Elle a dû mourir quelque part. Pouvait pas chasser, vous comprenez, avec la chaîne qui traînait derrière elle.

— La pauvre ! lâcha Alice, compatissante.

— Faut pas garder les animaux sauvages, répéta-t-il. Surtout les renards. Finissent toujours par retourner à l'état sauvage.

— Vous avez d'autres animaux, à part Dolly ?

Alice caressa les oreilles douces de la chienne, qui éternua.

— Quelques-uns. Deux chats. Un lièvre avec une patte cassée qu'est presque réparée. Deux petits hérissons que j'ai recueillis l'été dernier, des orphelins. Je vais bientôt les remettre en liberté. Et j'ai un choucas. Depuis trois ans.

— Vous disiez qu'il ne fallait pas garder des animaux sauvages...

Il secoua la tête en souriant.

— Impossible de me débarrasser de lui. L'est même pas en cage, libre d'aller et venir comme bon lui semble. Apparemment, il choisit de rester.

— Je le comprends, dit Alice. À sa place, je ferais pareil. Il s'appelle comment ?

— Capitaine.

— Est-ce qu'il parle ?

— Qu'il croit ! C'est surtout du charabia. Il est tout de même très futé. Il sait ouvrir des boîtes et apporter des choses.

— J'aimerais tant le voir !

Alice était certaine que le jeune homme était sur le point de l'inviter, mais sans doute se ravisa-t-il au dernier moment, car il se contenta d'indiquer au poney par un claquement de langue qu'il devait accélérer.

Rachel pinça la main de sa sœur et lui décocha un regard noir. Le trajet s'acheva en silence.

À leur arrivée dans la cour des écuries du Château, les filles fournirent des explications à Josh et à Giddins et, une fois Biscuit détaché de sa corde et le panier récupéré, Axe repartit sans un regard en arrière. Sa silhouette imposante sur la trop petite carriole produisait un effet des plus comiques. Mais Alice n'était pas d'humeur à rire en le regardant s'éloigner.

Il fallut encore raconter l'épisode au dîner. À défaut d'invités, lady Stainton avait convié ses filles dans la grande salle à manger. Contrairement à Giles, la douairière ne se contenterait jamais d'un simple plateau-repas. L'oncle Sebastian passant quelques jours dans sa maison, elle préférait encore la compagnie de ses filles à la perspective d'un nouveau tête-à-tête avec Giles, ce qui signifiait le plus souvent de longs silences, vu que son fils semblait toujours aussi inapte à faire la conversation. Heureusement que Pâques approchait, c'était l'occasion de visites familiales qui rompraient la monotonie.

Les filles commencèrent par expliquer que la carriole était endommagée. Giles songea immédiatement aux frais occasionnés.

— Comment vous êtes-vous débrouillées pour terminer dans le fossé ? voulut-il savoir, mécontent.

— Seulement une roue, précisa Alice. Rachel n'y est pour rien. Biscuit a pris peur quand le cycliste est sorti du virage.

Le reste du récit suivit. Lady Stainton y prêta seulement une oreille distraite, jusqu'à ce qu'il fût question de Victor Lattery qui était hébergé par sa tante.

— Qu'est-ce qu'une philanthrope ? s'enquit Rachel.

— Quelqu'un qui s'occupe de bonnes œuvres, répondit Giles.

— Alors ce doit être quelqu'un de très respectable, nota Alice en lançant un regard en coin à sa sœur. Et le jeune homme aussi. Sa tante est une certaine Mlle Eddowes.

Les traits de la douairière se crispèrent.

— Nous ne connaissons pas cette personne, décocha-t-elle, glaciale.

— Il nous a dit qu'elle habitait...

Alice se tut devant l'expression inflexible de sa mère.

— Nous ne la connaissons pas, répéta la douairière.

Il y eut un silence embarrassé. Les deux sœurs échangèrent un regard et paraissaient tentées d'insister quand une interruption leur épargna cette funeste obstination. William, deuxième valet, se présenta avec un télégramme sur un plateau en argent, qu'il remit à Moss. Le majordome inspecta le document avec superbe, puis traversa la salle d'un pas altier et s'arrêta devant Giles.

— Un télégramme est arrivé pour monsieur le comte.

Comme si on ne le savait pas déjà ! songea Alice.

Giles le lut, releva la tête.

— C'est de Richard. Il arrive demain et demande qu'on vienne le chercher à la gare. Le train de 9 h 50.

— Richard ! Chouette ! Tu veux bien que nous y allions, Rachel et moi ?

— Je n'y vois pas d'objection.

— Moss, dites à Mme Webster de préparer la chambre de Richard, ordonna la douairière.

Malgré son ton neutre, elle se réjouissait de cette nouvelle.

— Et prévenez les écuries afin qu'on attelle le carrosse demain matin, dit Giles. J'imagine qu'on lui a accordé une permission pour motif familial, ajouta-t-il à l'intention de sa mère.

— C'est inhumain d'avoir attendu plusieurs mois, fit remarquer Rachel.

Victor Lattery et Mlle Eddowes étaient oubliés.

Un peu moins grand que Giles et légèrement plus trapu, Richard Tallant était fort bel homme et doté d'un charme fou. Lui n'était que la « doublure », le cadet dont l'existence avait pour seul but de garantir la transmission du titre au cas où son aîné mourrait prématurément. Richard s'en accommodait parfaitement. Il avait hérité de son père, outre ses traits avantageux, une absence totale d'introspection, là où Giles avait la nature circonspecte de leur mère. Ne pas être tenu de se montrer sérieux, fiable et responsable, voilà qui convenait à Richard. Lui pouvait profiter de la vie tandis que Giles perdait son temps à des sottises. La tradition voulait que le cadet embrassât la carrière militaire, ce qui lui allait également. Il aimait la camaraderie et monter à cheval. De plus, il avait débuté comme officier à une époque où l'armée n'était impliquée dans aucune opération d'envergure. Il avait déchanté quand avait éclaté la deuxième guerre des Boers, sans imaginer pour autant que cette mission à l'étranger l'exposerait à des dangers ou à des épreuves. Quoi qu'il eût connu les deux, sa conviction farouche que tout finirait bien n'avait en rien été entamée. Le monde, estimait-il sans en avoir conscience, était conçu spécifiquement pour garantir son bonheur. Somme toute, la vie lui avait donné raison.

Quand le train entra en gare, il eut le plaisir d'apercevoir ses petites sœurs qui le guettaient sur le quai. Rachel était de plus en plus belle – elle briserait bien des cœurs –, et Alice avait beaucoup grandi. Il descendit, laissant son serviteur, Speen, s'occuper des bagages, et eut droit à un accueil enthousiaste, tempéré de gémissements inquiets à la découverte de son bras gauche en écharpe.

— Ce n'est rien, juste une égratignure.

Il grimaça quand Alice l'étreignit.

— Un peu plus qu'un simple bobo, tout de même. Attention à mon aile, ma vieille.

— Désolée, dit Alice. Je suis tellement contente de te revoir ! Tu n'as quasiment pas changé.

— Mis à part le visage bronzé, nota Rachel.

— Le climat est très chaud en Afrique du Sud, expliqua-t-il doctement. Tu ne le savais pas ?

Ils se dirigèrent vers la sortie où Giles les attendait. Richard lui trouva un air vieilli et encore plus sombre que lors de leur dernière rencontre. À croire que le titre de comte n'était pas source de félicité. Ils échangèrent une poignée de main.

— Blessé ? demanda Giles en scrutant les traits de son frère avec inquiétude.

— Une estafilade de rien du tout. Quasiment guérie.

— Tu es donc en permission pour motif médical ? Tu devras y retourner ?

— Pas question, dit Richard avec un large sourire. Mon séjour est terminé, et j'ai décliné la proposition de rempiler. Je suis libre pour de bon.

— Mais…

Giles se demanda comment son frère espérait subvenir à ses besoins. S'imaginait-il que le domaine allait l'entretenir ?

Richard devança ses interrogations.

— J'ai supputé que tu aurais besoin de moi ici. Il doit y avoir beaucoup à faire. Je suis à vos ordres, mon frère. Là pour t'aider.

Giles se rembrunit, mais ce n'était pas le lieu où engager la discussion. Richard avança vers le carrosse, entouré de personnes qui lui souriaient, le saluaient et voulaient lui serrer la main. Cela rappela à Giles son propre retour, à cela près que leur attitude n'était pas dictée par l'obligation envers un comte. Ces gens étaient simplement heureux de revoir Richard, pour qui ils avaient de l'affection. De quoi être envieux. Quand une jeune femme tendit son bébé vers lui, Richard embrassa le bambin sur la joue, puis la mère, déclenchant rires et sifflets.

*
**

— Tu ne trouves pas que M. Richard est très beau ? dit Dory à Rose alors qu'elles enfilaient le long couloir, surnommé Piccadilly, conduisant à la salle à manger des domestiques, au sous-sol.

— Oui, convint Rose. Et très aimable.

James, qui venait de les dépasser de son pas pressé et nerveux, lâcha :

— Tu as déjà William qui te suit comme un petit chien. Ça ne te suffit donc pas ?

— Toi, on ne t'a pas sonné ! lui renvoya Rose.

— C'était pas à toi que je m'adressais.Mlle Dory estime que tous les hommes de la maison devraient baver d'admiration devant elle.

— T'es juste vexé qu'elle n'en pince pas pour toi ! lui balança Rose.

Il renifla avec dédain et revint sur ses pas pour se planter devant Dory.

— Ne t'avise pas de fricoter avec M. Richard. Il a piégé un tas de colombes au fil des ans, et toutes sont mortes.

— Qu'est-ce que tu racontes ? dit Dory.

James avait déjà tourné les talons et filé.

— Ne prête pas attention à ces ragots, dit Rose. C'est vrai que t'es la douce de William ? ajouta-t-elle, sa curiosité piquée.

— Non. J'ai juste pitié de lui.

Elles ne remarquèrent pas que la porte de l'office était entrouverte, ni que William s'apprêtait à en sortir avec une soupière.

Le dîner fut enjoué ce soir-là. Les filles se montrèrent d'une loquacité inhabituelle en présence de leur mère, et Richard les divertit avec ses anecdotes, dont certaines étaient même peut-être véridiques. Ce fut un interlude agréable. Plus tard, quand les dames se furent retirées, les deux frères s'assirent devant une bonne flambée, avec une carafe de brandy et les cigarillos affectionnés par Richard. Giles, qui fumait peu, en essaya un et y prit goût. Couchés à ses pieds devant la cheminée, les chiens glapissaient de temps à autre, comblés à plus d'un titre.

— Je vois que tu as récupéré les limiers de père, dit Richard. Je ne me souviens pas, aimes-tu les chiens ?

— Bien sûr. J'ai eu un épagneul quand j'étais petit. Tu ne te souviens pas de Buffy ?

— Si, maintenant que tu le dis. Il avait la frousse des tirs de fusil, père voulait lui régler son compte.

— En plaidant la cause de cet animal, je ne suis pas monté dans l'estime de père. La compassion n'était pas une qualité qu'il souhaitait encourager chez son héritier.

— Tout ça semble si loin, fit Richard, pensif.

Les contours de son visage se dévoilaient à la lueur des flammes, notamment des rides récentes.

— Tu as changé, dit Giles. Quand tu racontais à table ces histoires extravagantes, je me suis dit que tu étais le même Richard qu'autrefois, toujours là pour amuser la galerie.

— Pas un mot qui ne soit véridique, je t'assure.

— Mais sous cette façade, tu es plus sérieux. Je suppose que tu en as vu de belles.

— Trop de morts, dit Richard en contractant ses mâchoires. À la guerre, personne ne meurt en douceur. Et trop de femmes et d'enfants parmi les victimes.

— Ce n'est toujours pas terminé ? s'enquit Giles.

— C'est tout comme. Les Boers sont battus, même s'ils refusent de l'admettre. Ils se décrivent comme des jusqu'au-boutistes, et ce n'est pas usurpé. La fin promet d'être amère. Ils ne pourront pas résister beaucoup plus longtemps. Ils ne tiennent qu'en se déplaçant continuellement pour nous échapper. Mais ça ne mène à rien. Si tu es joueur, mise sur un traité de paix avant la fin du mois prochain. Cette petite mésaventure, dit-il en soulevant son bras en écharpe, est tombée à point nommé. Un bon prétexte pour partir. Cela dit, ajouta-t-il avec un sourire bravache, on s'amusait drôlement la plupart du temps. De longues chevauchées sur le veld. L'occasion d'élargir ses horizons. De bonnes montures, de bons camarades.

Il se tut et tira sur son cigarillo d'un air pensif.

Les chiens poussèrent un soupir et se retournèrent pour rôtir l'autre flanc.

— Maintenant que tu es de retour, comment comptes-tu t'occuper ?

Tiré de sa rêverie, Richard haussa les épaules.

— Comme je disais, je veux t'aider.

— Mais de quoi vivras-tu ? J'espère que tu ne te figures pas que le domaine a les moyens de t'entretenir. Notre père l'a laissé dans une situation précaire.

— Tout se réglera, lança Richard avec un sourire narquois, quand tu auras mis le grappin sur ta riche héritière, mon vieux ! Épouser une fille pour son argent, sacré filou !

Giles était furieux.

— Qui t'a raconté ça ?

— Pas la peine de monter sur tes grands chevaux ! Speen a appris du vieux Crooks que tu cherchais une épouse en urgence et, ayant une idée assez claire de la façon dont père gérait ses affaires, j'en ai déduit le reste. Vu ta réaction, je comprends que j'ai touché un point sensible. Au fait, comment en es-tu venu à prendre Crooks comme valet ? Je suis étonné qu'il te convienne.

— Je n'avais personne à mon retour de Thèbes. Il était désœuvré, et je n'ai pas le temps de chercher quelqu'un d'autre. Il s'acquitte bien de son travail. En revanche, s'il jase de moi avec le premier venu…

— Oh, Speen est doué pour tirer les vers du nez de n'importe qui. C'est son unique talent. Sois tranquille, le vieux Crooks s'est contenté de dire que tu cherchais une épouse. Encore une fois, c'est moi qui ai deviné que tu courais la dot. Forcément, hein ? Tu n'as jamais été un homme à femmes.

Giles ne desserrait pas les lèvres, bouillant de rage.

— L'idée me paraît excellente. Je suis moi-même tenté de m'y mettre.

— Tu n'as pas de titre à troquer contre une fortune, souligna Giles avec mesquinerie.

— Ah, mais j'ai tant d'autres choses à offrir ! rétorqua son frère, badin. Mon physique, mon charme, et mes entrées dans la bonne société. Je connais tous les gens qui comptent et, surtout, tous m'apprécient. Toi, tu n'as jamais cherché à plaire et tu pouvais te le permettre, naturellement, étant destiné à devenir comte. Cependant, la situation n'est plus la même. Tu ne perdrais pas à m'avoir à tes côtés pour que je t'explique comment t'y prendre. Mieux encore, poursuivit-il avec un sourire élargi, je te montrerai le chemin. Je dénicherai un riche industriel qui aspire à ce que sa fille s'élève dans le monde et je promettrai de l'introduire partout. Comme elle tombera folle amoureuse de moi, le papa s'en contentera, tout petit noble que je sois.

— Tu es sérieux ? demanda Giles, consterné.

— Pourquoi pas ? Sois tranquille, je serai un bon mari. Je ne suis pas un monstre. Elle sera heureuse, moi riche. Et si tu devais disparaître avant d'avoir enfanté un héritier, de maladie ou d'un accident, à moi le titre. Tout le monde sera gagnant.

Giles en resta bouche bée un instant, outré, avant de comprendre que son frère se moquait.

— Ne fais pas ça, dit-il avec un petit rire nerveux.

— Quoi donc ? Te taquiner ? Je sais, tu es une proie trop facile. Mais je suis sérieux quand je parle de t'aider. Les gens me trouvent sympathique, et cela rejaillira en partie sur toi. Et mettons que deux héritières se présentent : tu ne me refuseras quand même pas les miettes de ton festin ? Promis, je te laisserai choisir en premier.

— Tu es incorrigible ! s'exclama Giles, riant malgré lui.

— Ah, mais tu m'aimes quand même, dit Richard avec assurance.

8

Quand elle se présenta à l'hôtel particulier de Berkeley Street, Nina fut accueillie par un majordome qui la précéda dans un grand vestibule avec sol en marbre, lustre magnifique et escalier imposant. Alors qu'à l'école Nina n'avait jamais vu en Kitty la riche héritière, la splendide demeure et le domestique la ramenaient à cette réalité. Elle se sentit soudain toute petite et très jeune. Néanmoins, elle était visiblement attendue.

— Par ici, je vous prie, dit le majordome.

Il ne l'amena pas à Kitty, mais dans un petit salon à la décoration sévère où elle patienta seule. Elle grelottait quand lady Bayfield l'y rejoignit enfin. Grande et svelte, la belle-mère de Kitty portait une tenue superbe et huit rangs de perles – Nina eut tout loisir de les compter tandis qu'elle la détaillait froidement.

— Soyez attentive, mademoiselle Sanderton, finit par déclarer lady Bayfield. Avant de gagner votre chambre, je tiens à ce que vous compreniez les conditions de votre présence ici.

Le ton était strict, le regard inamical. Nina avait une boule dans le ventre.

— Vous tirerez, poursuivit lady Bayfield, de grands privilèges de votre séjour chez nous. Vous participiperez à toutes les mondanités auxquelles sera conviée Mlle Bayfield, qu'il s'agisse de bals, de réceptions ou d'autres fêtes. Peu de filles de votre rang social ont cette chance. J'espère que vous êtes reconnaissante.

— Oui, madame, répondit humblement Nina.

— Et j'espère que vous vous souviendrez à tout moment que vous vous trouvez ici dans l'intérêt de Catherine. Vous serez à ses côtés et à son service. Vous la soutiendrez moralement, vous l'encouragerez et la rassurerez. Elle est Mlle Bayfield, elle doit toujours passer en premier. Vous, mademoiselle Sanderton, n'êtes rien. Vous n'êtes personne. Vous ne chercherez pas à vous mettre en avant, ni à usurper la moindre parcelle de ses privilèges. Suis-je claire ?

— Oui, madame.

— Parfait. Sonnez la cloche afin d'être conduite à votre chambre.

C'était une grande chambre, et la salle de bains attenante ne ressemblait en rien à celle dont Nina avait l'habitude : un espace gigantesque, un tapis d'Orient fané au sol, deux fauteuils confortables devant une grande cheminée et une deuxième porte donnant accès à la chambre de Kitty. Les filles étaient enchantées de cette disposition qui leur permettait de se voir à leur guise.

— Je suis tellement contente que tu sois enfin là ! s'écria Kitty. J'ai les nerfs en capilotade.

— Tu n'as aucune raison d'être nerveuse. Nous nous entraînerons avant chaque réception, comme chez Mlle Thornton. J'imagine que tu as une fabuleuse garde-robe remplie de tenues magnifiques ?

Kitty acquiesça en riant.

— Un certain nombre ! Mère a même engagé une vraie femme de chambre pour nous habiller et nous coiffer. Une Française du nom de Marie. Qu'en dis-tu ?

Pour une fois, Nina resta sans voix.

*
**

— J'ai dressé une liste, expliqua tante Caroline, un carnet dans une main et un petit crayon doré dans l'autre. Quelques grandes familles regagnent Londres au lendemain de Pâques, mais les bals et les soirées de prestige ne débutent qu'en mai, à l'exception du bal de Wansborough qui se tient fin avril. Il marque toujours le début de la saison. Attends-toi à une cohue indescriptible. Au moins, discrètement fondu dans la foule, tu pourras examiner à loisir les demoiselles que j'ai sélectionnées.

— Cela ressemble épouvantablement à…

— Si tu oses comparer la saison à un marché à bestiaux, je te gifle ! Je suis sérieuse, Giles. Si je me donne tout ce mal, c'est que ta mère ne peut rien entreprendre pendant son grand deuil, à l'évidence. Il n'est pas question que tu gâches tout en faisant bêtement le délicat.

— Le délicat ? protesta-t-il.

— Comment crois-tu que les jeunes filles trouvent un mari convenable ? Tout le monde accepte les règles du jeu. Allons, trêve de sottises. J'ai ici une liste de dix noms, expliqua-t-elle en posant son carnet devant elle. Peut-être serait-il préférable que tu te concentres initialement sur les cinq premières, car je doute que tu puisses en mémoriser davantage.

Elle le gratifia d'un regard circonspect par-dessus ses lunettes.

— Je connais par cœur tous les empereurs romains et leurs dates à partir de Caracalla et Geta, souligna-t-il posément.

— Parce que tu l'as décidé, rétorqua tante Caroline. Bien. Il y a deux jeunes Américaines intéressantes qui font leur entrée cette année. Le père de Nancy Brevoorte est dans l'hôtellerie et les chemins de fer. Très riche. Je subodore néanmoins qu'il vise mieux qu'un comte. Il me semble que Rockport cherche une épouse, tu serais donc en compétition avec le fils d'un duc. Ensuite, Cora Van Dycke. Je crois que la famille vend de la conserve. Les jeunes Américaines débordent de vitalité. Il faudra te donner du mal pour capter leur attention, mon garçon. Elles aiment qu'on les distraie. Et elles sont beaucoup moins soumises que les Anglaises. Leurs pères les gâtent à un point qui serait jugé déraisonnable ici.

— Afficher sa vitalité, répéta Giles à la manière d'un élève besogneux. Les intéresser avec d'astucieux épigrammes et des badineries.

— Tu ironises, Giles ? fit lady Manningtree.

— Veuillez m'excuser, ma tante.

— Venons-en aux Anglaises. D'abord Honoria Everingham, la fille de lord Rayleigh. Elle a participé à la saison dernière, sans trouver preneur. Plutôt terne et discrète, elle te conviendrait sans doute mieux qu'une Américaine. Assez quelconque, mais là n'est pas la question. Toutefois, je ne suis pas fixée quant à la fortune. Rayleigh cache bien son jeu, peut-être est-ce une stratégie pour susciter l'intérêt. Je vais poursuivre mon enquête, même si le sujet est délicat.

— Certes, convint Giles.

— Cela dit, il tient à s'en débarrasser car il en a une autre sur les bancs de l'école. Donc, si tu faisais une offre, elle serait accueillie favorablement. Ensuite, Toria Scott-Mackenzie. Des propriétaires terriens, un vaste domaine dans le Perthshire. Ils ont une lande à grouses, tu pourrais chasser à loisir. Et pêcher le saumon ou la truite à demeure, dans la Tay.

Giles, qui n'avait jamais eu le moindre intérêt pour la chasse ou la pêche, s'efforça de sourire avec conviction.

— J'ai aussi retenu Catherine Bayfield, poursuivit tante Caroline. Vieille famille respectable, père baronnet, mère riche héritière d'une confiturerie. Très grosse fortune. Catherine étant fille unique, elle héritera de tout. Je ne l'ai pas encore rencontrée, elle sort à peine de l'école, et sa belle-mère l'introduit en douceur. Je me dois de mentionner également Sofie Uffenheirn-Bartstein. Famille apparentée à ta tante Vicky, richissime, mais je pense qu'on espère lui obtenir un membre de la famille royale. En remontant deux générations en arrière, ils ont un peu de sang impérial russe. Sinon, je l'aurais mise en tête de liste. Les demoiselles des États princiers allemands, même mineures, savent ce qu'on attend d'elles. Voilà. Qu'en penses-tu ?

— Je n'en connais aucune, répondit Giles d'un air absent.

— Forcément, s'énerva tante Caroline. Mise à part la fille de Rayleigh, ce sont toutes des débutantes. Personne ne les connaît. Allons bon, Giles ! Tu aurais voulu que je fasse peindre leurs portraits pour te les soumettre ?

— Cette méthode n'a pas vraiment donné satisfaction à Henri VIII, dit-il, contrit.

— Ah bon ?

— Son choix s'est porté sur Anne de Clèves. Seulement, le portrait était trop flatteur. Il n'a pas pu se résoudre à consommer le mariage.

Elle retira ses lunettes, la mine sévère.

— Henri VIII n'était qu'un gros et affreux vieillard, si ma mémoire est bonne. Il n'était digne d'aucune épouse.

— En effet. La pauvre Anne n'en a pas moins été déçue.

— Mais toi, mon cher, tu es bel homme. Et quand tu t'en donnes la peine, tu sais être très charmant. Agis selon mes conseils, et tu t'en sortiras à merveille. Nous allons t'assortir à une fille convenable disposant d'une belle dot. Je dois dire que ta mise est des plus chics, Crooks sait y faire. Tu as eu entièrement raison de le garder.

— Je n'ai pas eu le cœur de me séparer de lui, reconnut-il.

Elle sourit et lui tapota la main.

— Tu es un bon garçon. Je n'ai jamais compris ce que ton père te reprochait. Richard a toujours été son préféré, alors qu'il ne lui a causé que des soucis.

Un cigarillo aux lèvres, Richard effectuait des essayages chez le tailleur Henry Poole. Batty marquait à la craie les ajustements à réaliser sur la veste. Richard pivota d'un côté puis de l'autre pour se regarder dans la glace.

— Pas si mal, hein, Batty ? se félicita-t-il en se touchant le ventre.

— Monsieur est très svelte, le complimenta Batty. Si je puis me permettre, vous autres officiers de cavalerie avez toujours une posture droite et élégante. De quoi sortir du lot.

— C'est exactement ce que je recherche, sortir du lot… honorablement.

— Monsieur a les atouts nécessaires. Un autre gentleman d'une belle prestance, c'est votre frère. Un rien mince, sans être filiforme non plus. De solides jambes et une belle carrure d'épaules. Un plaisir que de l'habiller. Nous nous félicitons tous que vous soyez l'un et l'autre rentrés de l'étranger, sains et saufs. Si l'on excepte les malheureuses circonstances.

— Certes, certes…

Richard préférait éluder le sujet de son père, de crainte qu'on n'en vînt à évoquer l'ardoise considérable que celui-ci avait laissée chez le tailleur. En l'occurrence, ce pauvre Giles avait renoncé à effectuer ici de nouveaux achats. Richard, pour sa part, avait épousé le raisonnement de Markham : le meilleur moyen pour éviter que Poole ne réclamât de solder le compte était de lui passer de nouvelles commandes. « Ce n'est pas comme si tu avais l'intention de te défausser, avait soutenu Richard à Giles. Tu rembourseras dès que tu seras en fonds. Cela dit, si tu veux mon avis, ne règle pas tout d'un coup. Conserve une petite dette afin d'entretenir la motivation. »

Pour détourner Batty des questions qui fâchent, il se contenta de dire :

— J'ai le projet de me marier, vous savez.

— Vraiment ? Qui est l'heureuse élue ?

— Je n'ai pas encore décidé. Je me suis laissé dire qu'il y avait cette année une fournée prometteuse de débutantes. Tout le monde nous annonce une saison magnifique.

— Très certainement, monsieur. Avec un nouveau roi, les festivités ne devraient pas manquer d'entrain.

— Il s'habille chez vous, n'est-ce pas ?

— Sa Majesté est un client estimé de notre établissement depuis de nombreuses années. M. Cundey s'occupe de lui personnellement, bien évidemment. J'ai eu l'honneur de travailler sur quelques pièces destinées au roi, de temps à autre.

— Le couronnement sera certainement une belle fête, dit Richard.

La date était fixée au 26 juin.

— Assurément, monsieur. Sa Majesté veillera à ce que la cérémonie soit somptueuse, à n'en pas douter. Le revers convient-il à monsieur ?

Richard était avant tout soulagé d'avoir éloigné de l'esprit de Batty les dettes de feu son père.

— Si vous en êtes satisfait, alors moi aussi. Vous ne trouvez pas les manches un rien longues ?

Quand il ressortit dans Saville Row, il prit le temps d'allumer un nouveau cigarillo. C'était une journée agréable. Le temps était sec, et quelques beaux rayons de soleil apparaissaient entre les nuages qui défilaient dans le ciel. Après consultation de sa montre de gousset, il décida de se rendre à pied chez tante Caroline. Personne ne serait présent à cette heure, mais il était certain d'y trouver quelque chose à grignoter et n'avait rien de prévu pour le déjeuner. Arrivé dans Berkeley Square, il ne prêta pas attention aux deux silhouettes féminines qui discutaient devant l'hôtel particulier de sa tante. Au moment où il atteignait le perron, elles se tournèrent vers lui, et il eut le réflexe de porter la main à son chapeau. Ce geste parut rassurer la plus âgée des deux, qui afficha un sourire hésitant et gêné, avant de dire :

— Pardon, monsieur…

Il s'arrêta, supposant qu'elle cherchait son chemin. La quarantaine, elle avait de beaux restes et était élégamment vêtue, bien que sa tenue ne fût pas de la dernière mode. La jeune femme qui l'accompagnait devait avoir dix-huit ou dix-neuf ans et était d'une beauté singulière, avec des cheveux d'or, des yeux aigue-marine et des lèvres charnues dont il eût été prêt à parier qu'elles n'avaient pas connu leur premier baiser. Il la détailla d'un regard de connaisseur.

— Puis-je vous parler un instant ? s'enquit la quadragénaire.

Ce n'était pas la première fois qu'une inconnue l'accostait dans la rue. Toutefois, ces deux-là n'avaient ni les manières ni l'accoutrement d'une maquerelle flanquée de sa belle de nuit. Maintenant qu'il les observait plus attentivement, il nota leur mise légèrement défraîchie, signe que les temps étaient peut-être difficiles. Intrigué, il resta malgré tout sur ses gardes.

— Je ne pense pas avoir eu le plaisir de…

La femme rougit légèrement.

— Nous n'avons pas été présentés, mais je devine qui vous êtes. Ne seriez-vous pas le fils de lord Stainton ? Vous lui ressemblez beaucoup, et je crois savoir que son fils loge présentement à cette adresse.

— Vous connaissiez mon père ?

Elle parut encore plus troublée, et cette gêne rassura Richard. Rien à voir avec le va-tout audacieux d'une femme qui chercherait à lui soutirer de l'argent.

— Euh, oui. Êtes-vous le nouveau lord Stainton ? parvint-elle à s'enquérir.

— Je suis son frère. Richard Tallant. En quoi puis-je vous être utile ?

— Je suis Mme Sands et voici ma fille, Chloé. Il… il n'y a aucune raison que vous ayez entendu parler de nous, mais je connaissais effectivement votre père. Mon Dieu, ce que c'est compliqué, une situation des plus délicates.

Il fut pris d'un affreux soupçon.

— Dans ce cas, il est préférable que vous entriez.

— C'est à votre frère que j'espérais parler.

— Il est sorti. Tout le monde est sorti. Voulez-vous m'expliquer ce qui vous amène ? Je vous promets que je suis quelqu'un de discret, et personne d'autre ne sera présent pour ajouter à votre embarras.

— Vous êtes trop bon. J'éprouve en effet un certain embarras, reconnut-elle, mais je pense qu'une erreur a été commise et je suis bien obligée de voir si on peut y remédier… Enfin, je n'arrive plus… Si je pouvais simplement vous expliquer…

— Pas ici, la coupa Richard en levant la main. À l'intérieur.

Le majordome se tournait visiblement les pouces car ce fut un valet qui vint ouvrir, et sa surprise à cette visite inopinée ne fit que s'accroître quand Richard déclara :

— Je monte au salon avec mesdames. Je sonnerai si j'ai besoin de quoi que ce soit.

À l'étage, il s'excusa de l'absence de feu dans la cheminée et les invita à s'asseoir.

— Je vous en prie, dites-moi en toute simplicité pourquoi vous êtes ici. Je suis plus facile d'accès que mon frère. Comment avez-vous connu mon père, madame ?

La femme fixa le parquet, très mal à l'aise.

— Ou m'autorisez-vous à le deviner ? ajouta-t-il d'une voix douce.

Elle releva la tête et soupira.

— J'imagine que vous avez compris, murmura-t-elle. Je suis quelqu'un de très réservé, monsieur Tallant. Je vivais dans l'ombre et m'en contentais. Jamais, au grand jamais, je ne me serais permis d'aborder qui que ce fût de votre famille, si je n'étais certaine qu'on s'est trompé. Jamais il ne m'aurait laissé affronter pareilles difficultés.

— Vous étiez la maîtresse de mon père.

— Oui, admit-elle en se redressant avec un rien de fierté. Je suis navrée si cela vous choque.

— Nullement. Je sais qui était mon père. Et puis, ce genre de chose arrive tout le temps. J'aurais été davantage surpris d'apprendre que mon père n'avait aucune maîtresse.

Cette remarque parut lui déplaire.

— Notre relation était pleine d'amour, déclara-t-elle d'un ton de reproche. Au bout de si longtemps, nous naviguions en eaux paisibles. Nous étions comme un vieux couple marié. Désolée si je manque de tact. Je ne devrais pas m'ouvrir ainsi à vous.

— Ne vous excusez pas, dit Richard en balayant l'air d'un geste. Vous pouvez me parler franchement, rien ne m'offensera. Mon père et moi n'étions pas proches, j'étais à l'étranger depuis plusieurs années. Sa mort doit vous toucher plus que moi.

— Je l'aimais et je crois que c'était réciproque. Et maintenant… me voici veuve. N'allez pas vous méprendre, monsieur Tallant : je n'étais pas une femme entretenue. J'enseignais le piano, je gagnais de quoi subvenir à mes besoins et à ceux de ma fille. Votre père nous aidait à l'occasion, par des présents. Surtout, il nous avait trouvé une petite maison très pratique où mener une existence respectable et accueillir mes élèves. Dont ma fille. Elle a un talent extraordinaire, monsieur, et tout pour devenir une grande interprète. Mais notre vie tranquille a pris fin le jour où j'ai appris la mort soudaine de votre père par un avis publié dans le journal. Puis on est venu nous annoncer que nous devions quitter notre logement, qu'il avait été vendu à notre insu sans que nous puissions plaider notre cause.

— Ah, fit Richard. Je comprends.

Giles lui avait confié qu'il avait dû réaliser certaines économies, dont la vente des biens immobiliers londoniens de leur père. Peut-être n'avait-il pas su que cette demeure était occupée. Le plus probable était même qu'il ne s'en fût pas soucié.

— Vous croyez ? lâcha la femme avec une pointe d'amertume. Nous nous sommes retrouvées à la rue, monsieur Tallant. Nous vivons aujourd'hui dans une simple chambre. Je n'ai pas les moyens de nous offrir mieux. Un lit, un lavabo et des toilettes communes. Il n'est pas facile de maintenir sa dignité dans ce genre d'endroit. Faute de piano, je ne peux plus donner de leçons. Mes modestes économies se sont envolées. J'en suis réduite à gagner quelques sous comme je peux.

Il se pencha en avant, nullement insensible.

— Que voulez-vous, au juste ?

— Être respectée, répondit-elle d'une voix tremblante.

Il se cala contre son dossier et réfléchit. Les bien-pensants soutiendraient que cette femme méritait son sort car elle avait péché. Cela dit, lui-même avait beaucoup péché sans s'attendre à en subir les conséquences. Il songea à son train de vie, aux costumes à façon chez Poole, aux chemises commandées chez Turnbull, sans compter les chaussures et les cigarillos, le tout acheté à crédit. Le domaine réglerait les factures dès que Giles aurait déniché une riche héritière. Richard ne se retrouverait jamais sans un toit ni sans ressources. Il y aurait toujours le domaine comme solution de secours. Il était relié au monde civilisé par une solide corde qui lui permettait de flotter assez librement au vent sans risquer d'être emporté. Dans un éclair de lucidité, il comprit ce que cela représentait pour cette femme de devoir partager des toilettes communes avec des inconnus. Quant à savoir comment elle gagnait sa vie... Il sortit machinalement son portefeuille.

— Je n'ai pas beaucoup d'argent sur moi...

— Je ne suis pas venue ici pour mendier ! s'offusqua-t-elle.

— Je sais, mais ce petit quelque chose vous dépannera.

Il lui tendit un billet, plié par discrétion.

— Tout ce que j'ai me vient du domaine. Voyez-y un cadeau de mon père.

Après une hésitation, elle le prit.

— Vous êtes trop bon, murmura-t-elle d'une voix angoissée.

Puis une salve de mots s'échappa d'elle sans qu'elle pût les retenir.

— Le problème, voyez-vous, c'est le logement. Sans toit décent, sans piano, je ne peux pas travailler, je suis privée de mes moyens de subsistance. Et ma fille ne peut pas s'entraîner. Son don, son talent extraordinaire, va dépérir. Il nous faut un lieu où habiter. Nous nous contenterons de peu, pourvu que l'endroit soit suffisamment respectable pour y recevoir mes élèves. Dites-moi que vous comprenez ! Jamais il ne m'aurait laissée dans une situation difficile. Il m'a promis de toujours veiller sur nous. Je ne vous demande pas la charité. Je demande simplement… mon indépendance.

Son débit s'était ralenti, comme si elle percevait la contradiction de sa position.

— Je suis désolée, je n'aurais pas dû vous importuner. Nous allons vous laisser.

Richard se leva en même temps qu'elle et la retint d'un geste.

— Je suis navré de ce qui vous arrive, sincèrement. Mais je vous déconseille d'approcher mon frère directement. Il… comment dire ? Mettons qu'il est moins indulgent que moi face à certaines réalités de la vie. Qui plus est, il a beaucoup de soucis en ce moment. Sa patience est limitée. Si vous lui parliez, il risquerait de réagir durement.

La femme resta silencieuse. Sa fille soupira et fixa ses mains jointes. Richard se faisait l'effet d'un bourreau.

— Merci pour votre gentillesse, finit par dire la mère avant de se retourner.

Des mots jaillirent spontanément de la bouche de Richard :

— Je parlerai pour vous à mon frère.

Devant la mine interloquée de la femme, il ajouta :

— Je saurai choisir le moment opportun, lui présenter les choses comme il faut. Une injustice a été commise, il ne pourra que le constater. Je… je ferai tout mon possible. Dites-moi où vous logez.

Il ne pouvait pas promettre davantage. Mme Sands lui indiqua son adresse. Afin de ménager leur amour-propre, il se chargea de les raccompagner à la porte. Le majordome, probablement prévenu par le valet intrigué, arriva au moment où il refermait derrière elles et le toisa d'un air de reproche. Richard haussa un sourcil, le défiant de se permettre la moindre remarque. L'homme eut la sagesse de se taire.

— Qu'on me monte un déjeuner léger, Forbes, ordonna Richard. Et les journaux.

— Ils sont déjà dans le petit salon, monsieur.

— Dans ce cas, c'est là que je déjeunerai.

Tandis qu'il s'engageait dans l'escalier, Richard réprima un fou rire inconvenant. Juste ciel, dire que la maîtresse de son père s'était présentée chez la tante Caroline pour réclamer son dû à Giles ! La situation était aussi comique que dramatique. Cela dit, de nombreux drames comiques commençaient par une douche froide. La fille était d'une beauté stupéfiante. Quel gâchis si elle devait croupir dans les bas-fonds et, qui sait, mal terminer. N'ayant pas la fibre musicale, il ne voyait pas quoi penser de son potentiel de concertiste. Quant à savoir si Giles donnerait suite, c'était difficile à dire. Il existait des pensionnaires à la charge du domaine, d'anciens employés que l'on entretenait quand ils n'étaient plus en état de travailler. Les gouvernantes et les valets, les domestiques avec lesquels existait un lien personnel étaient souvent traités fort généreusement. Bien qu'il n'eût aucune expérience en la matière, Richard supposait également que les hommes fortunés veillaient d'une manière ou d'une autre aux besoins de leurs maîtresses éconduites. Mais un legs dans leur testament ? Tout de même, cela provoquerait un scandale. D'une chose, il était à peu près sûr : d'ordinaire, ce n'était certainement pas au fils de payer les catins de son père. « Bigre ! pouffa-t-il. Bigre ! » Cinq livres, ce n'était pas cher payé pour pareille distraction !

*
**

— De quoi vous discutiez, Adam Grisedale et toi ? demanda Kitty quand Nina et elle furent couchées.

C'était son moment préféré, l'occasion de passer en revue la soirée écoulée.

— De nos animaux de compagnie. Il m'a raconté qu'il avait eu un perroquet, et je lui ai parlé de mon singe.

— Tu as eu un singe ?

— Oui, mais pas longtemps. Il est vite mort de maladie. Il n'était pas du tout propre. Les domestiques se plaignaient sans arrêt.

— Moi, soupira Kitty, je n'ai jamais eu d'animal. Ma belle-mère ne voulait pas en entendre parler.

— Ma pauvre Kitty ! Tu sais, quand tu seras mariée, tu pourras avoir tous les animaux que tu voudras. Tu choisirais quoi ?

— Peut-être un chien, répondit Kitty après un temps de réflexion. Mais tout m'irait, pourvu que mon animal m'aime.

Comme Nina ne réagissait pas, elle ajouta :

— Tu me trouves bête de vouloir à ce point être aimée ?

Tirée de sa songerie, Nina dit :

— Pas du tout. Tout le monde est pareil.

— Sauf toi. Tu es très forte, capable d'affronter la vie toute seule.

— Sans doute, si je n'ai pas le choix. Ce qui ne veut pas dire que j'en ai envie. Toi, tu progresses. Je suis sûre que tu as gagné en confiance. Tu prends plus de plaisir à ces mondanités que tu ne t'y attendais. N'est-ce-pas ?

Elles n'avaient pas encore pris part à des bals ou à des dîners formels, simplement des déjeuners et des goûters, quelques pièces de théâtre et des visites d'expositions, ainsi que deux ou trois soirées. Lady Bayfield acclimatait sa belle-fille par étapes.

— Oui, reconnut Kitty. J'aime en particulier les jeux de société et les goûters. Chez moi, je n'avais jamais personne avec qui m'amuser.

— Quand j'étais petite, on jouait toujours au billard indien. C'est très populaire aux Indes. Nous avions un magnifique plateau laqué et des pions de carrom en ivoire. Je me demande ce qu'il est devenu.

— Avec qui jouais-tu ?

— Maman et papa.

— Quelle chance tu as eue d'avoir des parents qui jouaient avec toi ! dit Kitty.

— C'est vrai, dit Nina. Mais j'étais d'une famille moins distinguée que la tienne.

Et des parents comme les miens, songea-t-elle, *c'est encore pire de les perdre.*

— Moi, quand j'aurai des enfants, je ne serai jamais trop distinguée pour avoir le temps de m'occuper d'eux.

— Parmi les jeunes gens que nous avons rencontrés, y en a-t-il qui te plaisent ? s'enquit Nina.

Elle sentit son amie se crisper.

— Je les trouve très bruyants et brusques. Gigantesques, aussi. Quand un de ces colosses se dresse devant moi, j'ai l'impression qu'il va m'écraser !

— Je t'ai vue parler avec Jock Galbraith. Tu semblais l'apprécier.

— Oui, il est gentil, admit Kitty.

Nina avait remarqué que de nombreuses filles n'avaient pas la patience d'écouter ce garçon qui bégayait. Kitty était toujours plus à l'aise pour écouter que pour parler.

— Et lord Hornsea ? J'ai eu l'impression qu'il s'intéressait à toi. Il est tellement beau !

— Il est surtout...

Kitty ne savait comment formuler la chose. Vernon Hornsea ne manquait pas de charme, seulement il en était trop conscient. Quand il lui adressait la parole, chaque mot semblait chargé d'une exigence. Elle se sentait prise au piège, tel un papillon épinglé sur un carton.

— Il occupe toute la place ! finit-elle par lâcher.

— Ce que tu peux être drôle ! s'esclaffa Nina. Si seulement tu savais l'être en société !

— Ce n'est pas demain la veille.

— Dans ce cas, il nous faudra trouver quelqu'un qui le comprenne et sache faire ressortir ton meilleur côté.

— Je doute que ce soit une caractéristique masculine.

— Il doit bien exister certains hommes comme ça, insista Nina.

9

Les Cordwell passèrent Pâques au Château, et Linda décida qu'elle et ses enfants prolongeraient leur séjour pour tenir compagnie à sa mère. N'employant pas de gouvernante par souci d'économie, elle demandait souvent à ses sœurs de s'occuper d'Arabella et d'Arthur.

— Ça ne me dérange pas une fois de temps en temps, chuchota Alice alors qu'elle et Rachel s'échappaient un matin par l'escalier, mais pas tous les jours.

— Pauvres petits anges ! soupira Rachel au cœur tendre. Rejetés de tous. Ils sont pourtant assez mignons.

— Assez ennuyants, tu veux dire. Daisy peut les surveiller. Ça ne la dérange pas.

— Elle est suffisamment occupée.

— Eh bien, je ne vois pas pourquoi Linda se débarrasse d'eux sans arrêt. Elle n'a rien d'autre à faire.

— Elle doit réconforter maman, suggéra Rachel.

— Mère n'a pas envie d'être réconfortée. Elle déteste que quiconque traîne dans ses pattes. Hier, je l'ai entendue dire à Linda qu'elle était plus agaçante qu'une mouche. Enfin, nous sommes tranquilles dans l'immédiat. Allons voir le maréchal-ferrant.

Toutes les six semaines, Eli Rowse montait au Château pour les remplacements courants de fers. Cela n'avait rien d'exceptionnel pour Rachel et Alice, qui avaient souvent l'occasion de voir ferrer un cheval, mais c'était une distraction dans leur existence qui en comptait peu. Le visage d'Alice s'illumina quand elle vit qu'Axe Brandom s'était déplacé pour le compte de son maître.

— Voyons, lady Rachel, protesta Josh alors qu'elles se dirigeaient vers la forge. Je vous ai expliqué que vous ne pouvez pas monter ce matin. Le maréchal-ferrant est là.

— Ce n'est pas M. Rowse ? s'étonna Alice.

— Il a pris un coup de sabot au poignet hier, expliqua Josh. Rien de cassé, mais pas simple de se débrouiller avec une seule main. Vos montures doivent être ferrées ce matin, vous pourrez sortir cet après-midi si vous voulez.

— Oui, nous le savons, dit Rachel.

— Nous sommes simplement venues regarder, précisa Alice.

— Faut pas gêner Axe. Mettez-vous ici et n'allez pas lui poser un tas de questions bêtes.

— Mes questions ne sont jamais bêtes, protesta dignement Alice.

Axe avait retiré le fer de l'antérieur droit d'un gris pommelé d'attelage. Il râpait et égalisait la corne, le sabot confortablement posé sur son tablier en cuir. Il releva la tête à l'arrivée des filles et rougit légèrement en découvrant une Alice souriante. La jument renifla pensivement la tignasse blonde du jeune homme, se demandant si c'était bon à brouter.

— Bonjour, dit Alice en lançant un regard à la ronde. Dolly n'est pas là ?

— Je l'ai laissée à la forge, répondit-il en la saluant d'un hochement timide. Encombrée comme elle est, elle peut plus marcher bien loin.

— Ça doit vous faire bizarre de ne pas l'avoir avec vous.

— Vrai, admit-il. Va pas tarder à mettre bas.

Il s'empara du fer et le plaça sur le sabot pour évaluer l'ajustement, le reposa et reprit la râpe. Il lima ici et là, vérifia que le fer était correctement positionné et le cloua. La jument somnolait, ses cils d'un blanc magnifique tranquillement refermés sur ses yeux noirs.

Quelle confiance ! pensa Alice. Axe avait cet effet sur tous les animaux.

— Que devient le lièvre ? s'enquit Rachel.

— L'est mort.

— Mon Dieu, comme c'est triste.

Les yeux de la jeune fille s'emplirent de larmes. Axe la dévisagea, navré.

— Sous l'coup de l'émotion, probablement, dit-il. Les lièvres, faut pas trop les manipuler.

— À mon avis, il savait que vous vouliez l'aider, conjectura Alice pour consoler sa sœur.

Rachel se détourna pour se moucher.

— Et les petits hérissons ? osa demander Alice après une longue hésitation.

— Partis. Retournés dans les bois. Dès qu'ils ont pu se nourrir d'insectes, comme des scarabées, je les ai relâchés.

Ayant terminé le premier sabot, il souleva le postérieur droit, le laissa reposer sur sa cuisse et retira les clous avec une pince. La jument en profita pour lui balayer le visage avec sa queue.

— Vous voulez que je la tienne ? proposa Alice en s'avançant.

Ce fut à elle de rougir car il la regarda droit dans les yeux pour la première fois.

— Très aimable à vous, miss, mais vous risquez de vous salir les mains.

— Je les laverai après, répliqua-t-elle avec bon sens.

Se tenant tout près du jeune homme, elle sentait sa transpiration, le cuir de son tablier et l'odeur âcre de fumée caractéristique de la forge, qui lui rappelait celle de la gare. Rachel s'étant éloignée pour susurrer des gentillesses à un chat des écuries, Alice avait Axe pour elle toute seule. C'était agréable et un rien palpitant. Après l'avoir observé en silence un certain temps, elle ressentit le besoin de relancer la conversation. Une question lui brûlait les lèvres depuis un bon moment.

— D'où vient votre prénom ?

Il réfléchit ; sans doute cherchait-il ses mots. Alice se fit soudain la réflexion que, vivant seul et travaillant à la forge, il était peu habitué à converser. Pour autant, ni sa présence ni sa curiosité ne semblaient le contrarier. Elle ne sentait aucune réticence chez lui.

— Ma mère aimait donner des prénoms bibliques à ses enfants, finit-il par dire. Mon frère aîné s'appelle Seth. J'ai aussi deux sœurs, Ruth et Esther, et puis Job, mon autre frère, celui qu'on surnomme Josh. À ma naissance, elle était trop fatiguée pour me choisir un prénom. Elle a dit à mon père qu'il s'en occupe. Il savait pas trop comment s'y prendre, un vrai casse-tête pour lui.

Il ajusta le positionnement du fer.

— Et alors ? insista-t-elle, impatiente de savoir la suite.

Il lui lança un regard en coin dans lequel elle crut déceler le soupçon d'un sourire.

— Mon père savait pas lire. Connaissait seulement ce qu'il entendait. Le dimanche d'avant, le pasteur avait dit dans son sermon qu'il fallait donner un axe à sa foi. Il a trouvé que ça sonnait bien comme prénom, que ça donnait l'impression de quelqu'un de solide.

— Un prénom plein de force et de stabilité ? dit Alice.

— C'est ça. Les gens ont fini par s'y habituer. Moi, j'aime bien.

— C'est un beau prénom qui vous va à merveille.

— Ça, je sais pas trop, bafouilla-t-il timidement. Voilà, terminé. Merci pour la queue.

Il libéra la patte, se redressa et tapota affectueusement la croupe luisante. Il fixa Alice, disposé à poursuivre la conversation. Elle chercha désespérément un sujet et repensa soudain au choucas.

— Comment va Capitaine ?

— Égal à lui-même.

— Il continue à dire du charabia ?

— Ouais. Je lui ai appris un nouveau truc.

— Quoi donc ?

— Il va chercher une cuillère pour remuer mon thé. Quand je lui dis « cuillère », il vole jusqu'au buffet et m'en rapporte une. Faut juste laisser le tiroir entrouvert.

— Comme il est intelligent ! J'aimerais tant voir ça !

— Passez au cottage à l'occasion, quand vous serez dans le coin. Capitaine vous fera une démonstration. Il adore la compagnie. Je lui ai appris plus d'un tour.

Josh vint les interrompre.

— Voyons, mademoiselle Alice, vous allez vous salir. Et puis, vous dérangez le maréchal-ferrant. Laissez-le travailler. Il n'est pas payé pour bavarder.

Axe avait beau être son frère, Josh le tança du regard. Alice, qui ne souhaitait pas attirer d'ennuis à l'apprenti, le salua d'un sourire tendre et s'écarta. Elle et sa sœur obéissaient volontiers à Josh, qui avait beaucoup d'autorité et était leur palefrenier attitré depuis leur premier poney. Alice se fit la réflexion, en rejoignant Rachel, qu'il était vraiment différent de son frère. Josh avait beau être plus volubile, il s'exprimait sans la moindre chaleur. Elle avait entièrement confiance en lui pour veiller à leur sécurité, mais il ne leur témoignait aucune affection.

*
**

Comme le temps s'améliorait et que la brise d'avril séchait les chemins, il était possible de consacrer son après-midi de congé hebdomadaire à descendre au village. Dory remontait la grand-rue de Canons Ashmore, admirant distraitement les vitrines des boutiques, quand James apparut soudain à ses côtés.

— Voilà qu'on a de nouvelles servantes, dit-il en ralentissant le pas pour se caler sur le sien, tout en gardant le regard rivé droit devant.

Mme Webster avait profité du retour de la douairière pour demander le remplacement de May, une soubrette qui avait trouvé une meilleure place. « Tant que vous y êtes, avait répondu lady

Stainton, recrutez-en une deuxième. Je suis certaine que le ménage de printemps est loin d'être achevé. » Rose, dont Dory se sentait de plus en plus proche, lui avait confié que la gouvernante n'en était pas revenue. « Elle est tentée d'exiger d'autres embauches, tant que la comtesse est bien lunée ! »

Les deux nouvelles s'appelaient Tilda et Milly. Tilda, une solide rouquine aux mains puissantes et rougies, n'était pas une grande causeuse. Quant à Milly, elle était pâle comme un linge et avait des cheveux tout fins et plats, d'un blond presque translucide. Elle était affublée d'un long nez pointu aux narines toujours rosies, donnant l'impression qu'elle avait pleuré ou était enrhumée. Dory et Rose lui trouvaient des allures de souris blanche, mais elle avait l'air de bonne composition.

— Et alors ? fit Dory qui se doutait où James voulait en venir.

— William en pince pour Milly. Fou amoureux, le garçon. T'as pas été en faveur longtemps, hein ? À peine deux mois. Elle te l'a piqué sous ton nez ! railla-t-il.

— Il s'était déjà lassé de moi, dit-elle, indifférente.

— Ma pauvre, tu dois avoir le cœur brisé.

— Ne dis pas de bêtises, le rabroua-t-elle. Je cherchais juste à me montrer gentille.

— Et pourquoi t'es jamais gentille avec moi ?

Il lui décocha une œillade.

— Parce que tu n'es pas sympathique.

Devant sa mine sidérée, elle fut prise d'un bref remords.

— Mais je suis sympathique ! Enfin, je pourrais l'être si on l'était avec moi.

— Vois-tu, dit-elle avec patience, ça ne marche pas ainsi. Ce n'est pas donnant-donnant. Tout ne s'achète pas.

James, convaincu du contraire, y réfléchit. Voilà une ruse à laquelle il n'avait jamais songé : tromper les gens en se montrant gentil avec eux. Y avait-il un avantage à en tirer ? Quelle était la probabilité d'en sortir gagnant ? Être gentil lui en coûterait-il trop ?

Ils avaient atteint la mercerie.

— Je dois acheter de la laine et de la soie, dit-elle. À plus tard.

James prit une décision sur-le-champ. À côté se trouvait un café, The Three Corners.

— Ça te dit une tasse de thé ? C'est moi qui régale. Allez, insista-t-il en parvenant à mettre une note de pathos dans sa voix. J'essaye d'être gentil. Il faut me donner ma chance.

Peu enthousiaste, elle ravala le refus prêt à franchir ses lèvres. Elle pouvait se montrer indulgente.

— Bon, d'accord.

Il commanda du thé et deux parts de cake. En fin de compte, Dory passa un moment agréable. Employé depuis belle lurette au Château, James connaissait bien son histoire et celle de la famille. Il tenta de l'interroger sur son enfance et ses emplois précédents, mais elle ne tenait pas à voir sa vie auscultée et détourna le sujet en le questionnant. Lui était un bavard. Après, il l'accompagna dans la mercerie et s'acheta d'élégants fixe-chaussettes. En ressortant du magasin, elle se demanda comment s'y prendre pour se débarrasser de lui. Elle ne tenait pas du tout à subir sa compagnie pendant tout le chemin du retour. Par chance, une autre fille attira son attention.

— C'est pas Rose, là-bas ?

Même vêtue d'un manteau, il savait la reconnaître de dos. Voilà des années qu'il la lorgnait discrètement, appréciant fort le spectacle d'un joli derrière féminin surmonté d'un beau nœud de tablier. Dory était sur le point de le détromper car Rose lui avait confié ses plans pour l'après-midi : prendre un bain de pieds, puis rester allongée pour reposer ses jambes fourbues. Mais c'était bien elle. Avant qu'elle eût le temps de dire quoi que ce fût, James lui lança :

— À plus tard !

Il s'éloigna à grands pas, la silhouette de Rose en ligne de mire.

— Merci pour le thé ! cria Dory avec un haussement d'épaules.

C'était la moindre des politesses, mais le valet n'eut aucun geste pour indiquer qu'il l'avait entendue.

*
**

À en croire lady Manningtree, la cohue au bal de Wansborough House était encore pire que d'habitude. Giles constatait effectivement qu'il était impossible d'observer les demoiselles à une distance discrète. Sa tante se contentait de lui indiquer quelques-unes des organisatrices ; avec leurs multiples bijoux et leurs tenues aux couleurs éclatantes, on les distinguait aisément des débutantes dans leurs robes aux tons pastel. Alors qu'ils se frayaient un chemin parmi la foule, tante Caroline s'arrêta pour saluer une connaissance, et Giles fut entraîné plus loin. Quand il put enfin se retourner, elle avait disparu. Inutile de chercher à la retrouver. Son unique souci était de repérer un endroit un peu plus respirable. Pour un homme épris de solitude, tout ce manège était éprouvant. Petit à petit, il parvint à se déplacer autour de la salle de bal longeant les murs en observant l'assemblée. Tant de lumière, d'agitation bigarrée, de musique, il y avait de quoi saturer les sens. Par moments, on ne voyait plus des danseurs que les plumes des chapeaux féminins, oscillant au rythme de leurs mouvements. Un couple émergeait parfois du mur des spectateurs, à la manière de loutres remontant à la surface pour respirer. Partout on agitait des éventails, comme pour chasser des pigeons. Au bout de la pièce, c'était moins serré. Il remarqua une jeune fille qui semblait seule, circonstance surprenante quand chaque débutante était étroitement chaperonnée. Elle portait une robe abricot toute simple et un seul rang de perles. Son air détaché plut immédiatement à Giles. Cette expression légèrement amusée était étonnante chez une demoiselle. Celles qu'il avait rencontrées jusqu'à présent n'étaient pas à l'aise. Elles étaient soit trop timides, soit trop exubérantes, les deux par excès de nervosité. Giles la reconnut soudain. Tante Caroline lui avait montré lady Bayfield, belle-mère d'un des partis pressentis, et cette jeune fille se tenait alors à côté d'elle. Il en déduisit qu'elle devait être sa fille. Son nom lui échappait, il se souvenait seulement que sa tante avait parlé d'une très riche héritière. Il reprit espoir. Lui qui supposait que le mariage ne serait qu'un devoir peu réjouissant – pour lui assurément et sans doute pour sa femme aussi –, voilà qu'il tombait sur une jeune fille dont il pressentait qu'elle pourrait lui plaire.

Consciente d'être observée, elle porta sur lui un regard interrogateur. Honteux, il se sentit obligé de lui adresser la parole.

— Vous ne dansez pas ?

Il geignit intérieurement de cette question idiote, qui fut malgré tout accueillie par un sourire affable.

— J'ai dansé tout à l'heure. Maintenant, je cherche mon amie. Elle doit se trouver quelque part dans cette foule, mais je ne la vois pas.

— C'est une cohue effroyable, n'est-ce-pas ?

Cette expression lui était venue parce que c'était celle qu'avait employée sa tante Caroline et qu'il ne savait pas quoi dire d'autre. S'agissant de faire la conversation à une jeune fille dans la perspective du mariage, il manquait d'expérience.

— Vous pensez ? dit-elle. C'est la cohue, à n'en pas douter, et on a certes du mal à se déplacer, mais je ne la qualifierais pas d'effroyable.

— Que diriez-vous, alors ?

— Je parlerais d'un kaléidoscope. C'est vraiment magnifique, les différentes couleurs des robes qui virevoltent et se déplacent. Ou bien… Comment appelle-t-on, déjà, une œuvre picturale composée de petits fragments de couleur ?

C'était vraiment une expérience singulière que d'échanger autre chose que des banalités avec une inconnue. Qu'elle prît au sérieux sa question anodine et y répondît comme s'il avait mûrement réfléchi son propos. Même s'il ne connaissait presque rien aux jeunes filles, à en croire les dires des uns et des autres, et en particulier de Richard, elles ne se comportaient pas ainsi. Il se devait maintenant de lui témoigner la même attention.

— Le pointillisme ? suggéra-t-il après un temps de réflexion.

— À la manière de Seurat, vous voulez dire ? Non, ce n'est pas à ça que je pensais... Voilà, ça me revient : une mosaïque. Une mosaïque magique dont les motifs ne cessent de changer.

Il sourit. Décidément, cette Mlle Bayfield méritait son attention.

— Vous en avez déjà vu ? s'enquit-il.

— Une mosaïque ? Seulement dans les livres. Et vous ?

— Oui, de nombreuses. Notamment à Pompéi et à Herculanum. Et aussi des fresques. Celle de Cnossos, en Crète, les voltigeurs au-dessus du taureau, est vraiment magnifique.

— Vous avez voyagé là-bas ? Quelle chance !

— Oui, c'est vrai. Vous n'êtes jamais allée à l'étranger ?

— Pas depuis mon retour en Angleterre. Je suis née aux Indes. J'y ai vécu jusqu'à l'âge de dix ans.

Tante Caroline avait omis ce détail. C'était peut-être ce qui expliquait l'originalité de cette jeune fille.

— Je ne connais pas les Indes. Comment est-ce ?

— Je n'ai pas beaucoup de souvenirs, dit-elle avec regret. Je me souviens de la pluie. Mon Dieu, il pleuvait tellement ! Le vacarme de la pluie qui martelait le toit, la folle végétation trempée et dégoulinante. C'était bruyant pendant la mousson, mais tout devenait silencieux au moment des grosses chaleurs. Plus un bruit mis à part les cigales et le chuintement du ventilateur sur la véranda.

— Oui, je connais ce silence. Le silence de la chaleur.

Elle venait d'en raviver la sensation.

— Quand je suis arrivée en Angleterre, j'avais très peur des gros souliers qui résonnaient si fort à l'intérieur de la maison. Aux Indes, les serviteurs se déplaçaient pieds nus, on entendait simplement un frottement étouffé.

— En Égypte, dit-il en souriant, c'est le claquement des sandales.

— Vous connaissez aussi l'Égypte ?

— Oui, ainsi que l'Italie et la Grèce. Racontez-moi d'autres souvenirs que vous avez des Indes.

Giles préférait l'écouter plutôt que parler. Il était sous le charme de cette demoiselle dont la confiance n'avait rien d'effronté. Elle aimait simplement converser, comme si c'était là une activité naturelle. Lui n'envisagea pas une seconde qu'il pût être inconvenant de discuter avec une jeune fille sans chaperon qui ne lui avait pas été présentée.

— Mon Dieu, par où commencer ? Il y avait des chevaux. J'adorais les regarder. Les poneys de polo sont tellement doux et intelligents.

— Vous montez ?

— Dès l'âge de deux ans, j'ai été placée dans une selle-panier et promenée par notre *sais*[1]. Ce cher Namgay. Il était originaire du Bhoutan, où les bébés naissent quasiment à cheval ! Les chevaux du Bhoutan sont petits, mais très puissants et intelligents, et de merveilleux compagnons. J'imagine qu'il y a de magnifiques montures en Égypte, les pur sang arabes.

---

1. En Inde, palefrenier qui accompagne son maître lors des sorties à cheval. *(N.d.T.)*

La valse avait pris fin, et la foule se dispersait sur la piste.

— M'accorderiez-vous cette danse ? demanda-t-il de but en blanc.

Pour la première fois, elle se montra hésitante.

— Ce serait avec plaisir, mais je pense qu'il serait préférable que vous demandiez d'abord à lady Bayfield.

— Oui, bien sûr. Veuillez m'excuser, nous n'avons pas été présentés.

Elle sourit, avec un naturel délicieux.

— Je sais ! Jamais je n'aurais dû vous adresser la parole. Promis, je tiendrai ma langue si vous tenez la vôtre ! Bon, il faut immédiatement que je retrouve mon amie. Voyez-vous, je me suis engagée à veiller sur elle.

Giles inclina le buste et la laissa partir, certain de la retrouver. Il pivota et se fraya un chemin dans l'autre sens, jusqu'à tomber sur tante Caroline qui le cherchait visiblement.

— Ah, te voilà ! Quelle cohue infernale ! Ce n'est pas ce soir que tu pourras jauger quiconque.

— Si, j'en ai rencontré une. La fille de lady Bayfield. Elle me plaît beaucoup.

— Tu m'en vois ravie, Giles. Une famille irréprochable et une belle fortune. Si possible, je préférerais pour toi que tu épouses quelqu'un qui te convienne.

— Nous avons simplement échangé quelques mots, elle m'a paru très aimable. Et jolie.

— En effet, elle est considérée comme fort jolie. De plus, grâce à sa belle-mère, elle est très élégante. Lady Bayfield a bon goût. Cela dit, si la demoiselle te plaît, tu devrais danser avec elle pour lui être agréable. Place tes pions tout de suite. Je pense que Mlle Bayfield suscitera un vif intérêt. L'héritage est considérable. Quel dommage que le titre ne puisse pas lui revenir.

— Je n'ai pas besoin d'un titre de plus.

— Je sais, mais il s'agit d'un vieux titre, et c'est désolant de les voir s'éteindre. Allez, qu'attends-tu ? dit-elle en lui tapotant le bras avec son éventail alors que la musique reprenait. Allons trouver lady Bayfield afin que tu demandes cette danse. Va savoir si les loups n'ont pas déjà encerclé la brebis...

Lady Bayfield fut enchantée de voir lord Stainton s'approcher. Elle aussi avait mené sa petite enquête. Le titre était d'une ancienneté respectable, la famille ne souffrait d'aucune mésalliance, ces gens disposaient d'un vieux château et de vastes terres. Elle savait également que le comte était en quête d'une épouse riche, un point favorable. Un homme en quête de dot serait moins rebuté par la timidité de Catherine.

— Lady Bayfield, permettez-moi de vous présenter mon neveu Giles Tallant, comte de Stainton.

— Madame, je suis honoré de faire votre connaissance, déclara Giles en s'inclinant.

Lady Bayfield jugea qu'il avait une belle voix, chaleureuse et profonde. La femme en elle ne pouvait qu'être sensible à ses traits plaisants et à son sourire charmeur. Elle souhaitait des petits-enfants pour la satisfaction de son mari, et qu'ils fussent beaux pour la sienne. Elle le gratifia d'un demi-sourire et dit :

— Enchantée, lord Stainton. Je connais bien votre tante, naturellement.

— Je viens solliciter l'honneur d'une danse avec votre fille.

Voilà qui plut à lady Bayfield. La bienséance voulait qu'il lui en fît la demande en premier. Avec les gens qui respectaient les convenances, vous saviez à quoi vous en tenir. Cela vous épargnait les mauvaises surprises. Des manières relâchées pouvaient conduire à toutes sortes de complications. Ce n'était pas sans raison que les mères devaient assurer les présentations au préalable.

— Elle danse en ce moment avec lord Lansleigh, l'informa-t-elle avec un détachement destiné à impressionner.

Lady Manningtree se retint de pouffer. Lansleigh était un leurre bien connu, un célibataire endurci prêt à flirter mais qui ne se laisserait jamais mettre la corde au cou. À cause de son long séjour à l'étranger, Giles ignorait tout de ses rivaux.

— Après cette danse, reprit lady Bayfield, la suivante vous sera accordée.

— Je vous remercie, madame.

En attendant, il fallait alimenter la conversation.

— Je crois savoir que votre mère n'est pas à Londres, dit lady Bayfield à Giles. Elle porte le deuil, évidemment. Un funeste accident de cheval, m'a-t-on appris. Vous chassez ?

— Pas récemment. Ces dernières années, j'ai beaucoup voyagé à l'étranger.

— Mais vous voici rentré pour de bon ?

Giles espérait que non, mais il devinait le sens de cette question : s'il épousait sa fille, ce n'était pas pour la cloîtrer à la campagne et repartir à l'aventure.

— Je n'ai pas le projet de m'absenter, dit-il sincèrement.

Pas de projet précis, rien que l'envie.

Lady Bayfield en resta là avec lui et échangea quelques propos anodins avec sa tante.

— Les voici, dit-elle quand les danseurs s'éparpillèrent à la fin du morceau.

Giles connaissait Lansleigh de vue, un séduisant trentenaire à la silhouette élancée qui menait une fille aux cheveux noirs et bouclés vers eux. Il en fut déconcerté. Lady Bayfield n'avait-elle pas indiqué que sa fille dansait avec Lansleigh ? Cette demoiselle, plutôt menue, avait les yeux bleus et un joli minois. Elle portait une élégante robe en mousseline de soie blanche agrémentée de taffetas rose. Elle s'approcha de lady Bayfield, l'air craintif. Une de ses protégées, pensa Giles. Lady Bayfield substitua ses mains à celles de Lansleigh et fit pivoter la nouvelle venue vers Giles.

— Catherine, voici le comte de Stainton. Il souhaiterait danser avec vous. Lord Stainton, je vous présente ma fille, Mlle Bayfield.

Giles s'obligea à plaquer un sourire sur sa mine interdite. Comment était-ce possible ? Voyons, lady Bayfield savait forcément qui était sa propre fille. Pourtant, la demoiselle de tout à l'heure lui avait assurément conseillé de demander à lady Bayfield la permission de danser avec elle. En était-il certain ? N'avait-il pas mal entendu, dans le brouhaha ? Aurait-elle prononcé un autre nom, comme Mayfield ou Hayford ou Baynton ou... Ses spéculations intérieures cessèrent brusquement quand apparut la fille à la robe abricot, au bras d'un très jeune homme en uniforme bleu de militaire. Elle rougit en apercevant Giles. Lady Bayfield suivit son regard et dit, d'un ton de légère impatience :

— Lord Stainton, voici Mlle Sanderton, une amie de ma fille que je chaperonne.

À en juger d'après cette présentation sommaire, lady Bayfield ne lui accordait que peu d'importance.

— Je..., commença à dire Giles.

L'expression anxieuse de la demoiselle lui fit comprendre qu'il ne devait pas dévoiler leur conversation. Il devina que lady Bayfield verrait d'un mauvais œil que Mlle Sanderton lui eût adressé la parole avant de lui avoir été présentée.

— Enchanté, mademoiselle Sanderton, se reprit-il en esquissant un salut.

L'orchestre se remit à jouer tandis qu'il se redressait et, quand la main de Mlle Bayfield se retrouva accrochée à son bras, il eut la présence d'esprit de la mener vers la piste. Jetant un regard en arrière, il vit la blonde qui les observait d'un air résigné. Giles se sentait mal à l'aise. Voilà qu'il dansait d'abord avec son amie. Pourvu que Mlle Sanderton n'aille pas imaginer qu'il s'était servi d'elle pour avoir accès à Mlle Bayfield. Qui était-elle ? Quel était son contexte familial ? Il ne voyait aucune façon polie et décente d'interroger Mlle Bayfield à son sujet. Après cette danse, peut-être pourrait-il inviter Mlle Sanderton. Maintenant qu'on les avait présentés, cela ne paraîtrait pas déplacé. Giles se rappela alors que seule Mlle Bayfield figurait sur la liste des cinq prétendantes établie par sa tante. Il n'était pas là pour son plaisir, il était là pour trouver une riche épouse. Quel idiot il faisait ! Et quel mufle !

Maintenant, Giles devait s'intéresser à sa partenaire. Il lui sourit et dit :

— Il y a foule ce soir, n'est-ce-pas ?

C'était une entrée en matière classique. *Il y a bien du monde aujourd'hui à Versailles*. Avancer le pion du roi de deux cases. Une manière d'engager la partie. Les yeux de Mlle Bayfield se levèrent vers lui, d'un bleu d'une intensité sidérante, puis se dissimulèrent derrière de longs cils noirs. Giles comprit qu'il n'y avait là aucune coquetterie, simplement de la nervosité, presque même de la panique. La frêle main tremblait dans la sienne.

— Oui, murmura-t-elle.

Et la conversation en resta là.

*
**

— Tu parles d'un quiproquo ! s'esclaffa Richard. Il faut vraiment que je t'aie à l'œil.

— Compliqué quand tu ne te donnes même pas la peine d'assister au bal de Wansborough.

— Je n'y vais jamais. C'est toujours l'horreur. Quelle délicieuse histoire, Giles ! Discuter et marquer des points avec la mauvaise fille ! J'aurais voulu être là pour voir ta tête quand la véritable Mlle Bayfield est apparue.

— Je n'ai pas pu lui arracher un mot pendant que nous dansions, dit sombrement Giles. Nerveuse comme elle était, je redoutais qu'elle ne s'évanouisse. La seule fois où elle a osé me regarder, elle affichait la mine d'un agneau devant un boucher muni d'un couteau affûté.

Richard se cala contre son dossier, tendit son étui à cigarillos à Giles, qui déclina la proposition.

— Il s'agit bel et bien d'un sacrifice, dit-il. Apparemment, Mlle Bayfield est atrocement timide, si bien qu'on l'a flanquée d'une amie pour lui donner confiance durant la saison des débutantes.

— Comment es-tu au courant ?

— Je l'ai soutiré à tante Caroline. Mlle Bayfield et Mlle Sanderton se sont connues à l'école où des liens forts se sont créés. Tu sais comment sont les filles.

— Non, lâcha sèchement Giles. À l'évidence, je n'y comprends rien.

— Ah bon ? fit Richard en recrachant une volute odorante. Écoute, mon vieux, nous nous sommes si peu croisés ces dernières années que j'ignore… quelle expérience au juste tu as des femmes.

Giles resta muet, fixant le mur derrière son frère.

— As-tu la moindre expérience ? insista Richard d'une voix plus douce.

— Bien sûr que oui. Mais pas…

Giles se rembrunit et détourna les yeux. Richard cessa de tourner autour du pot.

— As-tu déjà embrassé une fille ? Allons, je cherche à t'aider. Sois franc avec moi.

— Il y a eu la fille de mon préfet à Eton. Je l'ai embrassée une fois, dans le jardin.

— Une seule fois ?

Giles fut piqué au vif.

— Plusieurs fois, lors de fêtes étudiantes, j'ai failli… La sœur d'un camarade à Oxford, et la fille du tenancier du Royal George…

— Je vois parfaitement, dit Richard. Ainsi, tu as embrassé deux filles et tu as fricoté une fois à l'arrière d'un pub. Ça t'a plu ?

— Que sous-entends-tu ? grommela Giles en rougissant.

— Rien, cher frère. Ne te vexe pas. As-tu eu des aventures à l'étranger ? Quelque beauté florentine ou déesse athénienne ? Une Cléopâtre lascive au regard ténébreux en Égypte ?

Devant le silence de Giles, Richard poursuivit :

— Bref, tu ignores tout des femmes.

— J'ai quelques connaissances grâce à ma culture classique.

Conscient de la faiblesse de cet argument, Giles se pressa d'ajouter :

— J'ai été très occupé. Je n'avais pas de temps pour des histoires de cœur. J'imagine que tu...

— Nous ne sommes pas là pour parler de moi, le coupa Richard en levant les mains. Quoique j'aie une expérience considérable de la chose. Il me paraît évident que tu dois être cornaqué, sans quoi tu te retrouveras enchaîné à la mauvaise personne, ce qui ne serait souhaitable ni pour toi ni pour moi. À partir de maintenant, nous opérerons de concert. Je serai toujours à tes côtés pour te guider, t'indiquer la voie à suivre, te souffler quoi dire, rabattre des candidates convenables et te protéger des femelles prédatrices. Les femmes n'ont qu'une idée en tête, se marier, et elles traquent le mari comme les lionnes leur proie.

— Allons, tu dis n'importe quoi.

— Non, et c'est même pire que ça, insista Richard, solennel. En fait, les femmes sont comme ces insectes qui dévorent leur partenaire, nous autres hommes n'étant que des victimes sans défense.

Giles éclata de rire, comprenant enfin que Richard le taquinait.

— Petit plaisantin !

Richard rit de bon cœur, puis se ressaisit.

— Sérieusement, Giles, tu as besoin de mon aide.

— Très sérieusement, je l'accepte.

— Voilà une bonne nouvelle. Écoute-moi. Même sans être d'une timidité maladive comme Mlle Bayfield, les filles préfèrent toujours être deux. Qui plus est, les mères s'inquiètent moins d'un groupe de quatre que d'un tête-à-tête. Nous allons donc chasser ensemble, afin que je puisse m'occuper de celle dont tu ne veux pas, tandis que tu courtiseras une demoiselle plus détendue et réceptive, comme par miracle. Et quant au quiproquo de l'autre jour, tu pourras avancer tes pions avec Bayfield puisque je serai là pour m'occuper de Sanderton. Si tu dis vrai, ce ne sera pas une souffrance.

— Nullement, admit Giles sans enthousiasme. Mlle Sanderton est d'un commerce fort agréable.

*
**

Crooks était à son aise parmi la domesticité de Berkeley Square, ayant souvent séjourné chez lady Manningtree avec l'ancien comte. Il était réconfortant de se trouver dans une maison où l'on respectait la bienséance, avec un personnel en nombre suffisant et bien formé. La seule note discordante était la présence de Speen, le valet de M. Richard. Engagé récemment, il restait une énigme. C'était un Londonien fluet et de taille moyenne, avec des cheveux noirs gominés, coiffés en arrière. Il semblait bien connaître son métier, mais lorsque Crooks l'interrogea amicalement sur les places qu'il avait occupées auparavant, il se contenta de tapoter son nez et de répondre d'un air mystérieux : « Luc 8, 17. » Il s'éloigna sans en dire davantage. Crooks dut chercher la référence dans la Bible : « Il n'y a rien de caché qui ne doive être découvert, ni de secret qui ne doive être connu. »

Soit, mais on ne pouvait rien en déduire, si ce n'est que Speen connaissait les Saintes Écritures. C'était rassurant, dans une certaine mesure ; nul ne souhaitait travailler avec des personnes impies. D'un autre côté, Crooks estimait qu'il était peu convenable de se cacher derrière la Bible pour éviter de répondre à ce qui était, somme toute, une question courtoise.

Quand M. le comte fut sorti pour les mondanités de la soirée, Crooks descendit les bottines que son maître avait portées ce jour-là pour les cirer. Il était occupé à les lustrer, moment de détente où il pouvait ne penser à rien, quand Speen vint le trouver dans le local à chaussures.

— Quelle tâche ingrate, Crooks ! C'est dommage de se morfondre ici alors que Londres tout entier nous promet tant de plaisirs.

— Hein ? fit Crooks, tiré de sa rêverie.

— « Sa beauté est suspendue à la face de la nuit comme un riche joyau à l'oreille d'une Éthiopienne ! »

— Qu'est-ce que vous racontez ?

— Notre plus grand barde, Crooks. Shakespeare, *Roméo et Juliette*.

Sans avoir lu cette pièce, Crooks avait dans l'idée qu'elle n'était pas entièrement convenable. Une histoire d'amours interdites ? Preuve supplémentaire que Speen avait des lettres, trait qui pouvait être fâcheux chez un serviteur qui en ferait mauvais usage. Il amena la conversation sur un terrain moins incertain.

— Vous n'avez pas à m'appeler Crooks. Sous un autre toit que le nôtre, je suis M. Stainton, et vous êtes M. Tallant.

Speen eut un geste d'impatience.

— Oh, je connais ces sottises. Soyez tranquille, je ne commettrai pas d'impair en présence d'oreilles indiscrètes. Croyez-moi, j'adapte l'étoffe selon le client. Nous sommes seuls en ce moment, deux expatriés du Château. Nous devrions nous serrer les coudes. Et si nous faisions équipe ?

— Dans quel but ? demanda Crooks, noyé sous tant de palabres.

La Bible, Shakespeare, l'étoffe… Contemplant le tissu de son gilet, il sentit sa confusion s'accroître.

Speen se rapprocha et s'exprima d'une tout autre voix. L'expression flûtée du domestique avait cédé la place à des accents populaires.

— Nos patrons sont sortis et ne rentreront pas avant l'aube. C'est l'occasion pour vous et moi de goûter aux plaisirs de la ville la plus extraordinaire du monde. Vous en dites quoi ?

— Euh… mais… c'est que j'ai du travail. Des bottines à cirer. Un costume à brosser.

— Vous aurez tout le temps demain matin. Eux sont en train de s'amuser. Pourquoi pas nous ? Allez, mon vieux, accompagnez-moi. Deux valets du Château, ensemble. Seul, ce n'est pas pareil. Soyez un chic type.

Bizarrement, Crooks était tenté. Il ne sortait jamais le soir à Londres, ayant la curieuse idée que ce n'était pas son territoire. Quand il avait terminé ses corvées habituelles et s'en était inventé d'autres en s'attardant dans le dressing-room, il se retirait le plus souvent dans sa chambre pour lire.

Il avait apporté deux livres, *Histoire de la décadence et de la chute de l'Empire romain* de Gibbon, et *Cranford* d'Elizabeth Gaskell. Ni l'un ni l'autre ne le passionnait, mais c'étaient des lectures efficaces pour sombrer dans le sommeil.

Des tâches ingrates, en effet. Speen avait le regard implorant, or Crooks s'efforçait toujours de rendre service aux collègues. Sortir seul ne devait pas être follement amusant, en effet.

— Qu'aviez-vous en tête, au juste ?

— Je connais une petite taverne à deux pas, le Coach and Horses.

— Un débit de boissons ?

Il arrivait à Crooks, les soirs d'été, de siroter une pinte d'ale au Dog and Gun à Ashmore Carr. Les pubs londoniens, en revanche, lui paraissaient être des endroits malfamés et dangereux, repaires de tous les vices.

— Une maison respectable, précisa Speen. Plus vertueuse qu'une chanoinesse. Il y a une salle à l'arrière où se retrouvent les domestiques expérimentés des hôtels particuliers du quartier. D'honnêtes gens comme vous et moi. On discute autour d'un verre, on y propose même un excellent menu du jour. Nous pourrions boire une pinte ou deux, rencontrer des gars sympathiques, peut-être même jouer aux cartes. Un moment de détente convenable pour des hommes raffinés de notre espèce.

— C'est… assez tentant, admit Crooks, hésitant.

— Merveilleux ! s'exclama Speen en lui flanquant une tape amicale. Dépêchez-vous de vous préparer, mon vieux, qu'on file au plus vite. Je vais prévenir M. Forbes que nous ne dînerons pas ici. Et lui rappeler de ne pas verrouiller la porte avant notre retour !

Il gratifia Crooks d'une œillade narquoise.

Ce fut ainsi que Crooks se retrouva pour la première fois de sa vie dans un pub londonien, serré avec six autres serviteurs autour d'une table en bois. Une pièce bruyante et enfumée où flottaient des relents de mouton grillé et de bière renversée. S'il y avait peu de monde à leur arrivée, ça s'était rempli peu à peu. Speen lui avait présenté les autres, premiers valets de pied ou de chambre dans telle ou telle maison. Tous l'apostrophaient avec familiarité :

— Salut, Edwin ! Te voilà donc de retour, mon coquin !

Il n'y avait plus une table de libre, et une foule d'hommes debout occupait le reste de l'espace, « sifflant des bières » – Crooks était à peu près certain d'avoir entendu l'expression – et jacassant comme des pies. Tout le monde semblait se connaître, des gens ne cessaient de se pencher vers leur groupe pour échanger quelques plaisanteries avec Speen et ses compagnons, avant ou après être allés se faire servir un verre au guichet. Crooks ne comprenait pas en quoi sa présence était nécessaire. Il avait cru que Speen serait seul sans lui. En fait, il tutoyait Londres tout entier. Le plat du jour – mouton grillé, choux et purée de pois cassés – était délicieux et bon marché, mais si copieux qu'il n'avait plus de place pour le pudding qui vint ensuite.

Alors que Crooks avait demandé une demi-pinte, Speen lui avait rapporté une pinte et, à peine eut-il réussi à terminer difficilement son verre, qu'un autre apparut devant lui. Il se sentait ballonné, angoissé et mal à l'aise. Un valet se pencha par-dessus la table et lui serra affectueusement le bras.

— Pas de bile, mon vieux ! Tu ne risques pas la potence !

Puis ce fut Speen qui lui cria à l'oreille :

— C'est gentil d'être venu. Sans vous, j'en aurais moins profité. Un endroit authentique, n'est-ce-pas ?

Soudain, et sans pouvoir s'en expliquer la raison, Crooks commença à passer un moment agréable. La deuxième pinte descendit plus facilement que la première. Ce n'étaient que mines enjouées autour de lui. *De braves garçons,* songea-t-il avec émotion, *des compagnons d'armes.* Il fallait être serviteur soi-même pour comprendre les difficultés et les sacrifices d'une vie de domestique. Sans compter la solitude, l'isolement. Emprisonné dans une grande demeure, loin de la camaraderie des siens. Sans jamais... sans jamais...

— De chics types, bafouilla-t-il. Vous êtes tous de chics types.

L'homme en face de lui sourit.

— L'a un coup dans le nez ! Crooky a un coup dans le nez !

— Crooky, c'est moi ! pouffa Crooks.

Il n'avait jamais eu le moindre ami. Fils unique, il avait toujours été solitaire à l'école. Ayant débuté très jeune comme domestique, il n'avait pas eu l'occasion de nouer une seule amitié. Quel bonheur que d'avoir un sobriquet !

— Crooky ! s'écria-t-il.

— Crooky ! répondirent-ils en chœur.

Il était entouré de visages gais. Lui-même avait l'impression que sa figure était une pleine lune, ronde, souriante et chaleureuse. Mais pas argentée. Une lune rouge et souriante. Speen passa le bras autour de son épaule.

— Vous vous amusez bien ?

— Oh oui ! répondit Crooks, enthousiaste.

On posa une nouvelle pinte devant lui.

— Faut que j'aille... au petit endroit.

Il chuchota, ou crut chuchoter, cela à l'oreille de Speen.

— À l'arrière, indiqua celui-ci. Sur la gauche après la porte. Tiens, je vais vous accompagner. Vous risquez de vous perdre.

— C'est très aimable à vous, dit Crooks quand il eut réussi à se lever et à trouver l'équilibre. Vraiment très aimable.

Speen le tenait de nouveau par l'épaule.

— C'est à ça que servent les amis ! Et ce n'est pas terminé, Crooky ! La nuit est encore jeune !

— Un riche joyau ! renchérit Crooks avec sérieux.

Le chemin jusqu'aux toilettes lui parut long à l'aller et encore plus au retour. Après l'obscurité de la cour, il fut sonné en regagnant la lumière, la fumée et le tohu-bohu. Sans le soutien de Speen, il se serait affalé par terre. De retour à leur table, il eut la surprise de constater que des femmes s'étaient jointes aux valets.

— Studs, laisse ta chaise à Crooks, ordonna Speen. Il est plus âgé que toi, et plus distingué.

Crooks se retrouva assis en bout de table, Speen à côté de lui, leurs sièges retournés vers la salle. Il y avait là deux femmes en robe du soir – du moins, des robes au décolleté plongeant. Elles avaient l'air assez jeunes, avec les joues roses et des lèvres d'un rouge étincelant. L'une prit place sur les genoux de Speen. Crooks écarquilla les yeux devant ce spectacle. Speen lui empoigna l'épaule et le secoua doucement.

— Ce n'est pas le moment de s'endormir, Crooky ! Je vous présente Susie. Elle est à vous. Donnez-vous-en à cœur joie, on ne vit qu'une fois !

Quelle ne fut pas la stupeur de Crooks quand la demoiselle s'assit sur ses genoux, l'enlaça de ses deux bras et susurra :

— C'est quoi, ton nom, chéri ? Je ne vais quand même pas t'appeler Crooky !

Une poitrine généreuse et moelleuse se pressait contre son torse. Il avait le nez quasiment enfoui entre les deux seins. Les émanations de parfum et de poudre ne parvenaient pas à dissimuler entièrement les relents de sueur. Et Crooks n'était pas au bout de ses surprises. La dame se mit à gigoter sur lui et s'exclama :

— Tiens donc, qu'est-ce que c'est que ça ? Que caches-tu dans ta poche ? Petit canaillou ! Faut toujours se méfier des garçons discrets !

Les lèvres rouges se plaquèrent sur les siennes. Elles avaient un goût de cire et de brandy. Une poitrine opulente et une bouche pulpeuse... un parfum bon marché... une étreinte lascive et des paroles aguicheuses... Un bras se détacha de son cou, et une main fouilla entre ses cuisses. Crooks paniqua, n'arrivant plus à respirer. Il repoussa la dame, le souffle court. À côté de lui, Speen était tout à son affaire. Son visage était collé à celui de l'autre femme, produisant un son comme un cheval de trait cherchant à libérer son sabot d'une boue épaisse. La main de Speen retroussait délibérément le jupon, dévoilant une cheville, puis un genou...

— Mais non ! Mais non ! glapit Crooks.

— Qu'est-ce qu'il y a, mon chéri ? s'enquit Susie, vaguement soucieuse.

— Je ne peux pas, protesta-t-il en la repoussant avec des gestes de plus en plus incontrôlés. Vraiment, je ne peux pas. Arrêtez, s'il vous plaît ! Laissez-moi !

Elle se releva, outrée.

— C'est bon, pas la peine de s'énerver. Je comprends quand je suis pas désirée. Sympa, ton ami, Eddy. Merci pour rien.

Speen s'était décollé de l'autre femme à temps pour le voir congédier Susie.

— Qu'est-ce qui se passe, Crooky ? soupira-t-il. Vous aimez pas les filles ?

Crooks se leva, suffisamment dégrisé par l'effarement pour tenir debout sur ses jambes flageolantes.

— Toute ma vie..., balbutia-t-il. Ma vie entière a été vouée à la beauté, à la maîtrise et à l'élégance. Pas... pas à ça.

L'amie de Speen prit la mouche.

— C'est qui que tu traites de « ça » ? Tu nous trouves pas assez élégantes à ton goût ?

Speen ne paraissait guère contrarié.

— T'en fais pas, mon ange. Crooky est un enfant de chœur. Vaut mieux que je le raccompagne. Ne bouge surtout pas ! dit-il en se dégageant de la fille et en lui flanquant une tape sur les fesses. Je serai de retour d'ici une demi-heure.

— Et moi ? se plaignit Susie.

Speen lui adressa un clin d'œil.

— Je m'occuperai de vous deux. Restez ici. Je reviens de suite. Suivez-moi, mon ami, dit-il en attrapant Crooks par le coude.

— Je n'ai pas besoin qu'on m'aide, protesta Crooks en se libérant. Je suis capable de rentrer seul.

Speen le détailla, jaugeant son état.

— Si vous le dites. Je préfère autant ne pas quitter la fête. Vous connaissez le chemin ?

— Bien sûr. Merci pour tout, ajouta Crooks, pris d'un remords.

Speen avait cherché à lui être agréable, à lui faire passer une bonne soirée. Malgré ses penchants déplorables, le garçon était bien intentionné.

Crooks s'éloigna, sa dignité à peine entamée quand il trébucha sur la marche à l'entrée et dut se retenir à un inconnu pour ne pas s'étaler.

10

Par une belle soirée de mai, Richard et Giles rentrèrent à pied du bal que les Uppingham avaient organisé dans leur demeure de Bedford Square. Giles souhaitait prendre l'air, et Richard accepta, nullement fatigué. Cette soirée leur avait fourni l'occasion de mettre en pratique la tactique du quatuor avec les deux héritières américaines qui, d'ailleurs, restaient toujours collées l'une à l'autre. Cela semblait avoir très bien fonctionné. Ils les avaient escortées au souper et, en se plaçant stratégiquement en bout de table, avaient pu converser sans être trop dérangés.

— Alors, laquelle as-tu préférée ? demanda Richard. En ce qui me concerne, Van Dycke est légèrement plus jolie, même si ça tient à pas grand-chose. En revanche, tout le monde s'accorde pour dire que la fortune Brevoorte est plus importante. Deux filles sympathiques.

Devant le mutisme de son frère, il insista :

— As-tu une préférence ?

Giles sortit de sa rêverie.

— La question n'est-elle pas plutôt : ai-je plu à l'une d'elles ? La réponse est non, pour autant que je puisse en juger. Toutes deux sont tombées sous ton charme.

— Oh, n'aie crainte. Elles sont à la recherche d'un titre. Que tu sois un peu rasoir n'y change rien. Laquelle te plaît davantage ?

— Aucune. Enfin, elles sont plutôt plaisantes, dans leur genre. Mais elles parlent sans arrêt, j'en ai mal au crâne.

— Tu as apprécié chez la jeune Sanderton qu'elle t'ait parlé.

— J'ai pu avoir une conversation avec elle. Ces deux Américaines, ce ne sont que de vains bavardages, comme des pépiements dans une volière.

Richard le dévisagea, soucieux.

— Mince, ça n'a pas l'air d'aller fort. Je sais d'où vient le problème : tu n'as pas assez bu. C'est à peine si tu as pris un verre pendant toute la soirée. Il doit bien y avoir un pub dans le coin pour s'enfiler un brandy ? dit-il en jetant un regard à la ronde. Où sommes-nous ?

— À Golden Square, dit Giles. Le Crown est le plus proche, mais il est fermé à cette heure-ci.

Richard sourit, intrigué.

— Comment connais-tu le quartier ?

— Mon appartement est à deux pas. Il m'arrivait de manger au Crown.

— Je ne savais pas que tu avais eu un pied-à-terre.

— Je le loue encore.

— Pourtant, tu t'es séparé des biens de papa pour réaliser des économies.

Richard se rappela avec une pointe de culpabilité qu'il n'avait toujours pas honoré sa promesse d'évoquer avec son frère la situation délicate de Mme Sands.

Giles lui lança un regard distrait.

— J'ai toujours payé moi-même mon appartement. Il est tellement bon marché que j'ai préféré le garder, au cas où.

— Au cas où quoi ? s'enquit Richard en haussant un sourcil, l'air narquois.

Giles s'empourpra.

— Pourquoi faut-il que tu voies le scabreux partout ? J'ai l'habitude d'aller et venir sans prévenir quiconque. On peut avoir envie de solitude.

Richard leva les mains.

— Je n'ai rien contre, mon vieux. Juste pour savoir, c'est dans quel immeuble ?

— Celui-là. J'ai le premier étage. Rien de luxueux, une chambre et un séjour.

Richard contempla la demeure proprette, un bâtiment de brique marron aux huisseries blanches.

— On peut entrer ? Je suis curieux et prêt à parier que tu y gardes une bouteille de quelque chose.

— Je dois avoir du sherry… Il est quand même tard.

— La gardienne sera couchée, tu veux dire ?

— J'ai la clé, admit Giles.

— Pas d'excuse, alors ! insista Richard en souriant. Montre-moi ta garçonnière, sinon je dévoile ton secret !

— J'imagine que tu en serais capable. Mais c'est avec plaisir.

Situé au premier étage, l'appartement jouissait de hauts plafonds et de belles et grandes fenêtres, typiques des demeures de style georgien. Chaque pièce était agrémentée d'une élégante cheminée. Le mobilier, quelconque et ancien, était malgré tout solide et convenable. Tandis que Giles prenait la bouteille et les verres dans le renfoncement aménagé à côté de l'âtre, Richard se laissa tomber dans un fauteuil.

— C'est très cosy chez toi.

— Oui, je me suis toujours plu ici. Ça me suffisait largement quand j'étais de passage à Londres. Assez proche de l'université sans être non plus trop excentré.

— Je vois qu'il y a l'éclairage au gaz. Très pratique. Et pour se laver ?

Giles lui tendit un verre de sherry, interloqué.

— Il y a un placard derrière la chambre, avec un baquet en métal. La fille de la maison monte de l'eau et l'évacue après.

— Et pour se nourrir ?

— Mme Gateshill, la gardienne, prépare des repas si on la prévient à l'avance. Le plus souvent, je mangeais à l'extérieur.

Richard embrassa les lieux d'un regard évaluateur.

— Il y a même la place pour un piano.

— Un piano ? De quoi tu parles ? Pourquoi toutes ces questions ?

Richard fixa son frère, qui avala d'un coup la moitié de son verre. Le jugeant suffisamment détendu, il lui raconta la triste histoire de Mme Sands. Giles l'écouta en silence, diverses émotions se succédant sur son visage : suspicion, désapprobation, colère et, enfin, une légère honte.

— Je n'avais pas idée, dit-il quand Richard se tut. À l'évidence.

— Bien sûr. Personne ne peut t'en vouloir.

Giles réfléchissait.

— J'aurais dû m'assurer que les logements étaient inoccupés. Je me demande pour les autres.

— Ne te torture pas l'esprit. C'était à Markham de vérifier. Tu as donné un ordre, à lui de l'exécuter. Mais s'agissant des détails, il aurait dû te conseiller.

— Tu dis que c'est une femme respectable ? s'enquit Giles, le front plissé.

— On ne peut plus respectable.

Richard eut un haussement d'épaules.

— Bon, d'accord, elle a fauté et péché avec notre père, mais toi et moi savons parfaitement que c'est chose courante. Notre cher souverain entretient lui-même une maîtresse des plus respectables qui l'accompagne à des dîners en ville, sans que personne y trouve rien à redire. Enfin, presque personne.

Giles balaya ces considérations d'un revers de la main.

— De toute manière, je ne vois pas pourquoi j'aurais à subvenir à ses besoins.

Au contraire, Richard décelait à son ton qu'il se sentait concerné. Au décès soudain de leur père, son frère avait hérité de toute la succession, y compris les dettes, financières et morales.

— D'après ce qu'elle m'a confié, dit Richard d'un ton détaché, elle compte gagner sa vie…

— En donnant des leçons de piano ?

— C'est un moyen de subsistance. Modeste mais suffisant. Elle ne demande pas une pension, simplement un endroit où vivre et travailler. Ce que père lui procurait.

— Mais je l'ai vendu, se lamenta Giles. Je ne peux pas revenir en arrière.

— Certes. Elle se contenterait d'un appartement plus simple.

Giles comprit enfin le sens de sa remarque à propos d'un piano. Il écarquilla les yeux.

— Tu veux que je l'installe ici ?

— Pourquoi pas ? Le loyer est déjà réglé. Et je doute que tu aies souvent l'occasion d'en profiter. J'ai l'impression que tu le gardes pour des raisons sentimentales.

— Quand même, une mère et sa fille logeant ici ? Chez moi... Que penseraient les gens ?

— Qu'est-ce que ça peut te faire ?

— Au moment où je suis à l'affût d'une épouse ? Non, non, ce n'est pas envisageable.

— Écoute-moi. Tu n'as même pas besoin de la rencontrer. Je m'occupe de tout. J'en toucherai un mot à la gardienne, Mme Gateshill, j'inventerai une jolie fable. À condition que tu ne mettes plus les pieds ici, elle comprendra qu'il n'y a rien de louche. Cette Mme Sands présente très bien. Pour les affaires que tu as laissées, je les ferai empaqueter et livrer au Château. Confie-moi juste la clé. Ah, il me faut aussi de quoi acheter un piano. Combien ça peut coûter, un bon piano droit d'étude ?

— Que veux-tu que j'en sache ? grommela Giles.

Il était contrarié de perdre son refuge, un pied-à-terre auquel il s'était attaché. Cela dit, le sort de la maîtresse de son père le tracassait comme un bout de viande coincé entre deux dents et, maintenant qu'il en avait parlé avec Richard, il ne voyait pas comment se défiler. Après tout, si l'on considérait la situation froidement, c'était une solution honorable.

— Fais envoyer la facture à Vogel, reprit-il. Réclame-lui l'argent nécessaire pour couvrir toutes les dépenses et informe-le que le loyer doit être réglé automatiquement. Et j'espère, conclut-il en fronçant les sourcils, ne plus jamais en entendre parler.

— Tu pourrais me remercier, lâcha Richard, amusé. Je me donne beaucoup de mal pour toi, et tu sais à quel point je déteste faire des efforts.

— Si tu ne t'en étais pas mêlé, je n'aurais jamais rien su et je m'en serais mieux porté, rétorqua Giles sans conviction.

— Ressers-nous du sherry, suggéra Richard. Inutile de transporter une bouteille à moitié vide au Château.

*
**

Lord et lady Leven étaient de bons amis du roi, de ces nouveaux visages dont il s'était entouré quand il était simplement prince de Galles. Très riches et cultivés, ils organisaient chaque année une exposition dans leur hôtel particulier de Portman Square. Celle-ci ayant lieu avant le salon estival de la Royal Academy, bien des grands noms de la peinture y présentaient leurs œuvres en avant-première, d'autant qu'ils savaient que la crème de la société serait présente. Pour l'occasion, la longue galerie au dernier étage voyait ses murs agrémentés de tableaux et de dessins. Au son discret d'un quatuor installé à une extrémité, des serveurs élancés proposaient du champagne et de délicieux canapés. Lady Manningtree, que la peinture n'intéressait nullement, jugeait qu'il fallait être bien près de ses sous pour donner une réception où l'on se contentait de servir un apéritif sans jamais en arriver au repas. Malgré tout, l'événement était fort couru, et les invitations étaient très prisées.

— C'est l'idéal pour toi, confia-t-elle à Giles. Lors d'un dîner assis, on ne peut adresser la parole qu'aux demoiselles à sa droite et à sa gauche, choisies par la maîtresse de maison. Chez les Leven, tu seras libre de te déplacer et de discuter avec qui tu voudras.

Ce fut effectivement le cas. L'atmosphère était plus détendue que dans les bals, et le chaperonnage moins strict que d'ordinaire. Les gens se déplaçaient à leur rythme et à leur guise d'un tableau à l'autre, une conversation sur l'art étant le subterfuge parfait pour flirter. Giles avait pour consigne de s'intéresser à deux filles figurant un peu plus bas dans la liste de sa tante. Celle-ci avait rayé à regret les deux Américaines, car le marquis de Rockport courtisait ardemment l'une d'elles, tandis que l'autre semblait pencher pour lord Hornsea. Toutefois, Richard flanqua un coup de coude à son frère et le mena vers Mlles Bayfield et Sanderton. Elles observaient attentivement un tableau d'Alma-Tadema. L'œuvre représentait des demoiselles qui saluaient un vieillard barbu, vêtu d'une toge rouge et dorée, et répandaient des pétales de rose à ses pieds. Les deux amies se retournèrent à leur approche.

— Que vous inspire cette peinture magnifique ? demanda Richard.

La question s'adressait à l'une comme à l'autre. Ce fut Mlle Sanderton qui répondit en se tournant vers Giles. Mlle Bayfield se contenta d'un regard furtif, en partie dissimulé sous ses longs cils, également en direction de Giles.

— Je trouve ça magnifique. J'adore tout ce qu'il fait. C'est toujours attrayant et appétissant. On aurait envie de croquer dedans, comme dans les pâtisseries françaises en vitrine chez Gunter.

— Je vois exactement ce que vous voulez dire, convint Giles.

Comparé aux autres débutantes, c'était un bonheur de discuter avec elle. Chaque fois qu'ils se rencontraient, il avait l'impression de poursuivre une conversation entamée depuis des années, entre des amis de toujours.

— Malgré tout, j'ai cru déceler une réserve dans votre réponse...

— Ce n'est pas le tableau en tant que tel, dit-elle. Plutôt le sujet. Des femmes qui tapissent de pétales le sol que foule un homme. Toujours la même histoire, n'est-ce-pas ?

— Je n'ai pas le souvenir qu'une demoiselle ait jamais lancé des pétales pour moi, nota Giles, amusé.

— Je ne disais pas ça au sens propre.

— Quel homme ne rêve pas de se prélasser comme un sultan ? intervint Richard. Avec une dizaine de servantes pour assouvir ses moindres caprices !

— Voilà que tu as choqué Mlle Bayfield, le sermonna Giles.

Étonnamment, celle-ci releva la tête, les joues roses de sa propre audace, et dit :

— Je ne suis pas choquée. Je sais que les hommes apprécient ce genre de choses. En plus, une femme aime prendre soin d'un homme qui tient vraiment à elle.

Giles lui trouvait un certain charme quand elle rougissait. Un bienfait, vu qu'elle rougissait souvent. Il avait pu constater qu'elle était plus réceptive quand on lui parlait doucement. Un ton railleur et animé lui ôtait ses moyens.

— Ce n'est pas pour rien que l'on vante la douceur féminine. Les femmes sont gentilles par nature, et les hommes ne devraient pas en faire fi.

Bien qu'elle baissât modestement les paupières, il lui sembla que sa remarque avait été appréciée.

— Et vous, aimez-vous cette peinture ? lui demanda-t-il.

— Elle est très jolie…

Giles dut lui soutirer la suite et fut surpris de l'avis qu'elle exprima.

— Je la trouve trop facile à aimer, reprit-elle. Comme un gâteau très riche, pour reprendre la comparaison de Nina.

— Quel genre de peinture appréciez-vous ? s'enquit-il.

— La peinture impressionniste, je dirais. C'est… c'est plus exigeant à regarder.

Giles, qui la prenait pour un petit chaton effrayé, était persuadé que ses goûts tendraient vers « le mignon » et « le joli ». Cet avis artistique ne collait pas avec l'image qu'il avait d'elle. Quant à Kitty, sidérée de sa propre audace, elle se réfugia de nouveau dans le mutisme. Il adressa donc la remarque suivante à Mlle Sanderton.

— Je me souviens que nous avons évoqué ensemble le pointillisme. Il semblerait que Mlle Bayfield et vous ayez un intérêt pour les beaux-arts.

— Nous avons étudié beaucoup d'œuvres au pensionnat de Mlle Thornton. Elle estimait qu'une femme éduquée doit avoir une solide culture artistique. Elle nous demandait d'analyser ce qui nous plaisait ou non dans un tableau.

— Une femme très éclairée, approuva Giles.

— Je m'étonne qu'on ne l'ait pas bannie d'Angleterre ! pouffa Richard. Donner de l'instruction aux femmes ? La vieille garde n'acceptera jamais !

Mlle Sanderton se pencha pour lire le cartouche du tableau.

— *Caracalla*, dit-elle. Je ne sais pas de qui ou de quoi il s'agit.

— Un empereur romain, dit Giles.

Curieuse coïncidence, il se souvint d'avoir cité son nom à sa tante récemment.

— Je n'ai jamais entendu parler de lui, dit Mlle Sanderton. Nous avons seulement étudié Jules César, Auguste, Tibère et... qui d'autre, déjà ?

— Caligula et Claude, intervint Mlle Bayfield sans relever les yeux.

— Caracalla est un empereur tardif, expliqua Giles. Fils de Sévère, frère de Geta...

Il marqua une hésitation quand Richard fronça les sourcils, l'air de penser qu'il pourrait trouver un sujet plus intéressant pour ces demoiselles. Mlle Sanderton semblait sincèrement captivée.

— Quand j'étais petit, confia-t-il, penaud, on m'obligeait à apprendre les noms des empereurs avec leurs dates, par ordre chronologique. Je n'ai jamais pu aller au-delà de Caracalla.

— Moi, dit Mlle Sanderton, c'étaient les rois et reines d'Angleterre, y compris les Edwy, Eadred et Edgar des premiers temps.

— Alors que vous viviez aux Indes ?

— Vous vous en souvenez ? fit-elle avec un beau sourire.

Ses yeux noisette le fascinaient. Tout le monde avait les yeux foncés en Égypte, mais c'était la première fois qu'il voyait ce coloris associé à des cheveux blonds.

— Je n'ai oublié aucune de vos paroles.

L'air s'était chargé d'une intensité palpable, comme si un champ électrique les reliait. Giles reprit soudain ses esprits, se rappelant le motif de sa présence à Londres. Retour sur terre des plus violents.

Richard s'immisça au sens propre, s'intercalant entre eux, et dit :

— Je vois que vous vous y connaissez plus que moi en peinture, mademoiselle Sanderton. Venez et livrez-moi vos impressions sur le tableau suivant, le *Portrait de Mme Leopold Hirsch* par Sargent. Je connais la réputation inégalée de l'artiste, à vous de m'expliquer en quoi je dois admirer cette œuvre en particulier.

Elle le suivit avec un sourire poli tandis que Giles prenait Mlle Bayfield par le bras. Le principe demeurait le même, rester un groupe de quatre pour ne pas subir l'intervention des chaperons.

— Nina est tellement cultivée, dit Mlle Bayfield.

— Ainsi, vous aimez les impressionnistes ? s'enquit Giles. C'est la première fois que je rencontre une jeune fille qui ait un avis sur le sujet.

— Nous avons beaucoup appris chez Mlle Thornton. Sans vraiment en avoir conscience sur le moment.

On aurait dit qu'elle venait de s'en faire la réflexion.

— Lisiez-vous de la poésie ?

— Nous avons récité *Le Joueur de flûte* de Hamelin, mais je pense que c'était surtout pour travailler la diction et la mémoire. Ce n'est pas un très bon poème, ajouta-t-elle à voix basse.

— Moi, j'ai dû apprendre *Casabianca* et *Hiawatha*.

Elle opina, comme si ces textes lui étaient familiers.

— L'un des avantages quand on grandit, reprit-il, c'est de ne plus être obligé de lire des choses qui vous tombent des mains.

Il espérait l'amuser par cette remarque, mais elle resta impassible. Alors que les deux autres continuaient d'avancer, Mlle Bayfield semblait vouloir s'attarder devant le Sargent. Giles se creusa la cervelle pour relancer la conversation.

— Et Shakespeare ? Vous avez certainement étudié quelques-unes de ses pièces chez votre Mlle Thornton ?

Discuter avec cette Catherine, c'était comme lui arracher une dent.

Arrêtés devant le tableau suivant, Richard et Nina conversaient plaisamment. Il lança un regard en arrière pour voir comment se débrouillait Giles.

— Votre amie est vraiment très timide, dit-il.

Mlle Sanderton se rembrunit, y voyant peut-être une critique.

— Kitty est adorable. Et très intelligente. Seulement, elle l'ignore. Il faut lui permettre de s'éclore.

— Elle a de la chance d'avoir une amie aussi loyale.

Détaillant Mlle Sanderton, Richard la trouva franchement ravissante. Des yeux remarquables, une belle chevelure, un teint superbe. Elle le fixa avec une perspicacité amusée, comme si elle lisait dans ses pensées.

— Je ne suis personne, dit-elle brusquement. Ne perdez pas votre temps avec moi.

— N'ayez crainte, je ne suis que le cadet. Pas de titre, pas de domaine. Nous n'avons pas le droit de tomber amoureux.

— J'ai juré de ne pas tomber amoureuse, lui confia-t-elle.

Il sourit.

— Est-ce un engagement tenable ? Je pensais que la gent féminine croyait exclusivement au coup de foudre indépendant de la volonté.

— J'ai été élevée par ma tante qui croit au pouvoir de la pensée. Tout peut se contrôler avec l'esprit, y compris les émotions, soutiendrait-elle à ce propos. Surtout les émotions.

— « Dis-moi où naît l'amour, dans le cœur ou dans la tête ? » se surprit-il à réciter.

Il avait lu son Shakespeare, en bon gentleman, mais c'était la première fois qu'il en citait à une demoiselle.

— Ma tante rétorquerait que le cœur n'est rien d'autre qu'un organe chargé de pomper le sang, fit-elle observer avec une lueur malicieuse dans le regard.

— Votre tante m'a l'air d'être un sacré personnage ! Et vous, ajouta-t-il, très sérieux, une jeune demoiselle des plus dangereuses.

— Mais non, riposta-t-elle avec dédain. Je vous le répète, je ne suis personne.

*
**

Par son éducation, Richard ne pensait qu'à lui-même. Le désintéressement et la philanthropie lui étaient des notions étrangères. Parce qu'on ne l'avait pas incité à les cultiver. Pourtant, il éprouva de la satisfaction à aider Mme Sands et sa fille, et un réel plaisir à épargner ce souci à Giles. Il expliqua à la gardienne que Mme Sands était une veuve respectable bénéficiant de la générosité du domaine Stainton. Mme Gateshill l'écouta avec un air méfiant et les lèvres pincées, avant de se détendre quand il lui rendit la clé de Giles en précisant que le comte n'aurait jamais le temps de visiter ses protégées. Sa coopération lui fut entièrement acquise dès qu'elle sut que le loyer serait réglé par la banque du comte. La bonne nouvelle leur ayant été annoncée par Richard, la reconnaissance débordante de Mme Sands et de sa fille se porta sur lui. Une sensation tellement gratifiante qu'il décida sur-le-champ de les assister dans leur déménagement. Assuré d'être remboursé des frais par Vogel, il loua un fiacre, vint les chercher avec leurs affaires et supervisa leur accueil par Mme Gateshill. Après leur avoir montré leur nouvelle demeure, il se sentait encore plus investi et se chargea personnellement de l'acquisition du piano. Des amis musiciens lui conseillèrent la maison Morley et Cie. Il s'en remit à l'avis d'Edgar Morley et n'eut plus qu'à être présent le jour de la livraison pour jouir pleinement de l'accomplissement de son dévouement.

— Vous êtes si bon ! le remercia Mme Sands, les yeux remplis de larmes.

Par honnêteté, il se sentit obligé de murmurer que c'était le domaine qui payait.

— Mais je sais qui s'est donné tout le mal, dit-elle. Vous vous êtes démené pour nous, et nous vous en sommes profondément reconnaissantes.

Ça, il n'avait pas ménagé ses efforts. Il ne put que sourire.

— Vous ne voulez pas essayer l'instrument ? suggéra-t-il à Mlle Sands.

Elle ne se fit pas prier, prenant place aussitôt sur le banc comme si la seule convenance l'en avait retenue jusque-là. Émerveillé, Richard observa les doigts qui filaient sur les touches, si rapides qu'il pouvait à peine les suivre, libérant un flot sonore auquel il n'était pas préparé. C'était la première fois que la musique captivait son attention. Il n'allait pas au concert et, même s'il lui arrivait d'assister à des soirées musicales, les hôtesses n'attendaient pas de leurs invités une écoute attentive ; les gens flirtaient et conversaient à voix basse pour passer le temps, sortaient fumer quand ils s'ennuyaient trop. Ses sœurs avaient appris à pianoter quelques morceaux, passage obligatoire dans l'éducation en vue du mariage. Mais jamais ses oreilles n'avaient rien entendu de comparable. C'était un air – « air » était le seul terme qui lui venait à l'esprit, alors que cette œuvre complexe eut mérité mieux – vif et scintillant, qui jaillissait comme une cascade de montagne. Quand elle cessa de jouer, il s'aperçut qu'il retenait son souffle.

Mme Sands scruta ses traits.

— Ma fille est douée, n'est-ce-pas ?

Richard chercha le qualificatif approprié.

— Miraculeux, lâcha-t-il.

La mère sourit, satisfaite.

— C'est un bel instrument. Notre gratitude va bien au-delà de ce qui peut s'exprimer. Je vais reprendre mes leçons, et Chloé pourra s'entraîner. Quel dommage que vous ne puissiez l'entendre sur un piano à queue de concert. Vous verriez vraiment à quel point elle est talentueuse.

Richard ne savait quoi dire. Au cours de sa vie, il ne comptait plus les pianos à queue auxquels il avait à peine prêté attention dans les belles demeures de sa famille et de ses relations. À ses yeux, ce n'étaient que des meubles imposants, sans plus d'intérêt qu'une console en marbre où poser son chapeau et, à en juger d'après la quantité de photos dans des cadres en argent et de coupelles à pot-pourri qui trônaient souvent dessus, leurs propriétaires les considéraient pareillement. Rêve insensé, il aurait voulu récupérer un instrument oublié au fond d'un grand salon pour permettre à Mlle Sands d'opérer sa magie avec. Quand bien même aurait-il eu ce pouvoir, il n'y avait pas la place ici.

La jeune fille se leva et se tourna vers lui, un sourire timide aux lèvres.

— Merci, monsieur. De tout cœur.

— Oh, ce n'est rien, bafouilla-t-il. Rien du tout. Bon, il faut que j'y aille.

Il éprouvait un étrange désappointement que leur accointance en restât là. Mme Sands le retint d'un geste.

— Serait-ce trop demander... monsieur Tallant, nous feriez-vous l'honneur de dîner avec nous à l'occasion ?

Il hésita à cause de Giles. La plupart des soirs, il l'accompagnait dans le monde.

— Un repas simple et de bonne heure, reprit-elle. En général, nous mangeons à 18 heures.

Ce qui lui permettrait de rejoindre Giles vers 21 heures. Les bals ou les soirées débutaient rarement avant.

— Ce serait avec plaisir, répondit-il.

*
**

Le mois de mai apporta le beau temps et des jours qui rallongeaient, ce qui valait une plus grande liberté à Rachel et Alice, autorisées à passer la journée dehors à condition de se présenter ponctuellement au repas du soir, propres et bien habillées. Il était plus simple de distraire les enfants de Linda au grand air. Entreprendre de longues promenades, pêcher des épinoches, cueillir des fleurs sauvages, observer les oiseaux et les papillons, barboter dans l'Ash. Distraits et sainement fatigués par ces activités variées, ils étaient moins agités et moins geignards, et des compagnons de jeux plus aimables. Rachel décida de leur apprendre à monter à cheval sur Biscuit, le poney de la carriole, et sur Froussard, le poney gris piqué par les puces qui servait à tirer la tondeuse et le rouleau à gazon, des bêtes tranquilles. Sa sœur lui prêtait souvent main-forte.

Un dimanche, prise d'une envie de se dépenser après l'office, Alice la laissa se débrouiller seule et sortit sur Pharaon. C'était le jour de congé de Josh et il n'y avait aucun palefrenier dans les parages. *Ils doivent tous piquer un somme quelque part*, songea-t-elle en arrivant dans la cour des écuries. Elle dit au garçon en faction qu'elle n'avait pas besoin d'être accompagnée. Si elle devait mettre pied à terre pour une raison ou une autre, elle trouverait une clôture ou un échalier pour se remettre en selle.

Quel bonheur de chevaucher seule ! Reposé, Pharaon avait envie de galoper. Alice le laissa faire, jubilant d'être soustraite à la surveillance de Josh, qui la bridait par ses interdits, secs comme un coup de trique. Sur une selle d'amazone, il était plus aisé d'aller au galop qu'au petit galop. Elle se régalait du vent sur son visage, du martèlement des sabots et du souffle recraché par les naseaux. De lui-même, le cheval ralentit l'allure au bout d'un moment et poursuivit tranquillement, au pas. Alice goûtait à l'air pur, au parfum de l'herbe et du feuillage, au chant des oiseaux. Sans but précis en tête, à l'approche du hameau d'Ashmore Carr, elle pensa soudain à Axe Brandom et se demanda où pouvait être situé son cottage. Il lui avait dit qu'il habitait au-delà du hameau, soit de ce côté-ci, et lui avait proposé de passer à l'occasion pour voir ses animaux. Un dimanche, il serait certainement chez lui. Elle interpella un garçon qui s'enfonçait dans les bois avec une canne à pêche de fortune et un bocal. Il s'approcha à contrecœur, et elle lui demanda s'il savait où habitait Axe Brandom.

— L'apprenti du maréchal-ferrant ? Par là-bas, dit-il en pointant le doigt. Un peu plus loin, y a un gros buisson avec un chemin sur le côté, qui mène droit chez lui.

— Merci.

— Il a pas de forge à demeure, dit-il, dubitatif. Z'avez perdu un fer ?

— Non, je me demandais simplement où il habitait. Je savais que c'était dans les environs. C'est bon, je n'ai plus besoin de vous.

Dès qu'il eut disparu dans le bosquet, Alice repartit. Elle repéra facilement le buisson et le chemin, hésita un instant avant de s'y engager. Après tout, c'était Axe qui l'avait proposé. Il ne se froisserait pas.

On aboutissait effectivement à la cour en terre battue d'un cottage. C'était une maisonnette en pierre avec un toit en ardoise. Il y avait aussi plusieurs dépendances en bois. La porte d'entrée était ouverte. À peine fut-elle arrivée que Dolly sortit en courant et se mit à aboyer avec zèle.

— C'est moi, Dolly.

Axe apparut à son tour, s'essuyant la bouche avec une serviette.

— Je suis désolée. Je vous dérange en plein repas ?

— J'ai terminé. Une part de tourte.

Il vint s'emparer des rênes de Pharaon. Alice crut déceler de la réserve dans son expression.

— Vous aviez dit que je pouvais passer voir vos animaux, dit-elle, penaude. Si vous êtes occupé, je peux m'en aller.

— Non, c'est bon. Juste un peu surpris. Vous voulez descendre ?

Pas besoin de le lui dire deux fois. Alice libéra ses jambes et laissa Axe l'attraper. La sensation de ses grosses mains sur sa taille lui fut très agréable. Elle s'en étonna même car cela ne lui faisait rien quand c'était Josh. Sans un mot, Axe mena le cheval vers un des murs du cottage où il l'attacha avec une corde à un anneau de fer et il desserra sa selle. Il pénétra ensuite dans une dépendance et en émergea avec une brassée de foin qu'il déposa devant l'animal, lui tapotant l'encolure comme il y mordait à pleines dents. Alice l'épiait, accroupie pour caresser Dolly qui se tenait serrée contre elle, les yeux clos de contentement. Quand Axe eut terminé de s'occuper de Pharaon, il se retourna vers elle.

— Pour des caresses, dit-il, elle serait capable de rester là toute la journée.

— Elle a retrouvé la ligne, nota Alice. Elle a mis bas ?

Il acquiesça.

— Dans la souillarde. S'est fait un nid sous l'évier. L'a eu quatre chiots.

— Oh, je peux les voir ?

— Faudra entrer.

Il avait dit cela à la manière d'un avertissement.

— Ça vous dérange ? demanda-t-elle franchement.

— Non, mais vous attendez pas à quelque chose de chic.

— Le chic, ce n'est pas trop mon genre.

Il grogna et pivota. Elle le suivit, précédée de Dolly qui bondit pour les devancer.

Les yeux d'Alice mirent un certain temps à s'habituer à la pénombre. Elle perçut différentes senteurs qui flottaient dans l'air : charbon, relents de chien, cuir et effluves de soude caustique. Elle reconnut même une légère odeur évoquant le champignon, celle de l'humidité toujours présente dans ce genre de cottage où les briques du sol reposaient à même la terre. Obligée par sa mère de rendre visite aux pauvres, Alice en avait vu un certain nombre. D'habitude, ça sentait nettement moins bon à cause des corps crasseux, des lieux d'aisance et des maladies. Chez Axe Brandom, rien n'empestait.

Elle distinguait maintenant qu'il s'agissait d'une pièce unique. Elle avait en face d'elle la cuisinière, allumée, naturellement en position basse, et flanquée de deux chaises. À gauche, une porte entrebâillée donnait sur la souillarde. Une grande table prenait presque toute la place au centre. Un lit étroit avec une courtepointe en patchwork occupait le mur de droite, un buffet celui de gauche. Devant chacune des deux fenêtres de part et d'autre de la porte d'entrée se trouvait un banc tapissé de tissu rouge, avec un meuble de rangement en dessous. C'était un intérieur propre et briqué, le logement dépouillé d'un homme qui était le plus souvent à l'extérieur. Sur la table se trouvaient l'assiette, le couteau et la chope en étain dont il s'était servi pour son repas. Sur une étagère étaient rangées d'autres chopes, une boîte à thé en métal (noire avec des motifs de fleurs roses) et une figurine d'une quinzaine de centimètres représentant une bergère. Pareil objet décoratif détonnait chez ce grand gaillard d'Axe. Tentée de lui demander une explication, Alice jugea qu'il ne serait pas convenable de laisser tout de suite libre cours à sa curiosité.

— Rien d'extraordinaire, dit Axe en voyant qu'elle observait les lieux.

— Vous êtes bien installé, dit-elle, honteuse à l'idée de paraître indiscrète.

— La souillarde est par ici.

Elle l'y suivit.

Dolly était couchée dans une boîte sous l'évier, ainsi que trois chiots qui gigotaient et suçaient avidement ses tétons. La chienne posa sur son maître un regard de martyre.

— Vous m'avez parlé d'une portée de quatre, nota Alice.

— Y en a un qu'est mort tout de suite. Trop chétif.

Alice s'accroupit devant la boîte.

— Mieux vaut pas y toucher, miss, la mit-il en garde. Elle défend jalousement ses petits.

— D'accord.

Dolly la considéra avec méfiance, puis se détourna et lécha sa progéniture. Alice s'empara d'une poupée de chiffon posée par terre, tout usée et mordillée.

— C'est quoi ? s'enquit-elle.

— La poupée de Dolly. Elle la laisse de côté maintenant qu'elle a ses chiots, mais elle la reprendra dès qu'elle se désintéressera d'eux.

— Où est Capitaine ? demanda Alice en se redressant.

— Dehors.

La porte de l'arrière donnait sur une cour en terre battue entourée de remises en bois. Au-delà s'étendait la forêt sombre. Axe siffla. Un battement d'ailes se fit aussitôt entendre, et un oiseau noir au cou gris vint se poser sur son bras tendu en poussant un cri aigu.

— Qu'il est beau ! s'exclama Alice alors que le choucas penchait la tête et la scrutait d'un œil pâle. Est-ce qu'il accepterait de venir sur moi ?

— Essayons, dit Axe.

Quand il voulut approcher Capitaine, celui-ci se réfugia d'abord sur son épaule et ensuite sur sa tête.

— C'est un timide. Il va s'habituer à vous.

— Vous pouvez me montrer des tours que vous lui avez appris ?

— Quand il sera rassuré. J'allais faire du thé. Vous voulez une tasse ?

— Oui, s'il vous plaît, répondit-elle timidement.

— Allez vous asseoir.

Elle prit place à table et l'observa qui s'affairait avec des gestes sûrs et posés, parfaitement dans son élément. L'oiseau redescendit sur son épaule et, au bout d'un moment, sauta sur le dossier de la chaise en face d'Alice. Il l'examina d'un œil, puis de l'autre, et finit par émettre tout un flot de mots. Elle ne put s'empêcher de rire, tant cela ressemblait à un langage humain. Quand Axe vint s'asseoir à son tour avec le thé, Capitaine retourna sur son épaule et se remit à jacasser, le bec tout proche de son oreille comme pour s'assurer qu'il entendait. Axe remplit une chope pour Alice.

— Mince, j'ai oublié le *su-cre*…

Il avait détaché et accentué le dernier mot. Le volatile inclina légèrement la tête, avant de voler jusqu'au buffet où se trouvait un sucrier avec quelques morceaux. Il en prit un dans son bec et le déposa sur la table, à côté d'Axe.

— Deux morceaux, exigea-t-il.

L'oiseau s'exécuta. Quand il demanda une cuillère, Capitaine alla en chercher une dans le tiroir entrouvert du buffet. Alice l'applaudissant, il la salua et débita une nouvelle volée de sons.

— Quelle intelligence ! s'écria-t-elle, émerveillée.

Axe était fier.

— Le thé vous convient... mademoiselle ?

Il rougit, confus d'avoir presque oublié de mettre les formes.

— Vous pouvez m'appeler Alice. Oui, merci. J'aime le thé comme ça, bien fort. Au Château, il n'a pas de goût. Mère prend du Earl Grey, c'est atroce. On dirait de l'eau de vaisselle.

— J'ai jamais bu d'eau de vaisselle, fit-il observer.

Comprenant qu'il plaisantait, elle rit de bon cœur.

— Vous préparez vous-même vos repas ? demanda-t-elle.

— La plupart du temps. Mais je suis pas franchement doué. Surtout des ragoûts, des trucs pas compliqués. On trouve tout ce qu'il faut dans la forêt. La part de tourte, c'est madame Rowse qui me l'a donnée. Elle me prépare des tartes et des gâteaux parce qu'elle croit que je me nourris mal. C'est pas de refus.

— Que mettez-vous dans vos ragoûts ?

— Du pigeon, du lapin, du gibier quand j'en ai. Des champignons que je ramasse dans les bois. Des herbes. Les légumes de mon potager.

— Ça doit être délicieux. Chez nous, la nourriture n'a pas de goût, sauf quand le plat a brûlé.

— J'aime ce qu'a du goût, admit-il.

Il la détailla un long moment, un peu à la façon du choucas, songea Alice. Manière de la jauger.

— J'ai des lapereaux, finit-il par reprendre. Des orphelins. Un renard a chopé leur mère. Vous voulez les voir, Alice ?

Il la mena dans une remise à l'arrière où les quatre rescapés occupaient une caisse de paille protégée par du grillage. Les chats les rejoignirent sur leurs pattes de velours. Capitaine était aussi là pour leur tenir compagnie et faire la conversation. Il finit par daigner se poser sur l'épaule d'Alice et même plaquer son bec, étonnamment tiède, contre son oreille. Tout du long, la jeune fille ne cessa d'observer Axe qui se déplaçait dans son univers familier, d'une grâce fabuleuse pour quelqu'un de trapu et, s'apercevait-elle, d'une beauté tout aussi fabuleuse. Quand ses yeux bleus se posaient sur elle, elle avait la sensation d'une boule de chaleur au creux de son ventre. Quand il lui adressait la parole, elle était prise de légers tremblements, comme si ses mots la touchaient physiquement, comme si des pieds minuscules couraient le long de sa colonne vertébrale. Lui semblait parfaitement à l'aise, heureux de sa présence. Personne d'autre ne se comportait ainsi avec elle, c'était très agréable. Elle aurait voulu rester ici pour toujours, ne jamais partir, mais fut prise d'une envie pressante et n'osa pas lui demander où était le petit endroit. Ça aurait été trop embarrassant.

— Je dois y aller, fut-elle obligée de dire.

D'abord décontenancé, il retrouva aussitôt une attitude plus formelle ; sans doute s'en voulait-il de s'être laissé aller. Elle aurait voulu l'implorer, « Non, surtout restez naturel, continuez à m'appeler par mon prénom ! », mais n'en eut pas tout à fait le courage. Ce fut donc avec une légère raideur qu'ils regagnèrent la souillarde où Dolly, qui se reposait dans son nid tandis que ses chiots dormaient, ne se leva pas pour la saluer et se contenta d'agiter sa courte queue. Dans la cour de devant, Pharaon somnolait après avoir terminé la paille. Axe le détacha, rajusta la selle et attendit pour aider Alice à monter. Elle s'approcha, fébrile de le sentir si proche, avec son odeur masculine – du savon, du cuir et une pointe de musc. Elle réprima un frisson quand leurs regards se croisèrent. Il entrouvrit les lèvres, mais se ravisa et garda son commentaire pour lui. Elle retroussa sa robe, plia le genou, et il la hissa prestement. Il retint Pharaon pendant qu'elle s'installait, le relâcha et s'écarta quand elle prit les rênes.

— Merci pour le thé. Et pour tout ce que vous m'avez montré.

— Merci d'être passée. Je reçois pas beaucoup de visites. Revenez quand vous voulez.

Leurs regards se croisèrent à nouveau, mais Alice baissa les yeux. Elle fixa ses mains et se sentit rougir. Relâchant les rênes, elle s'éloigna au plus vite.

*
**

La liste de tante Caroline était quelque peu défraîchie. On avait barré certains noms et on en avait ajouté d'autres, ainsi que quantité de points d'interrogation et d'annotations. Le papier était usé à force de manipulations.

— À quel jeu joues-tu, Giles ? lui demanda-t-elle un matin au petit-déjeuner. Prends-tu les choses au sérieux ?

— Bien sûr, ma tante, répondit-il machinalement. Je sais que l'avenir du domaine dépend de mon mariage.

— Pourtant, tu rejettes les filles les unes après les autres, sans raison valable que je puisse discerner. Crois-tu qu'il existe des réserves infinies ?

— Pas du tout.

— Tu m'as l'air décidé à n'en apprécier aucune. Des filles charmantes et bien élevées.

— Il est tellement compliqué de leur parler, avança-t-il en guise d'excuse. J'ai beau essayer, c'est à peine si elles réagissent...

— On ne te demande pas de leur parler, le coupa-t-elle sèchement. Seulement d'en épouser une.

— Pour passer le restant de mes jours avec quelqu'un qui m'ennuie ? Avec qui je ne pourrai avoir aucune discussion intéressante ?

Surmontant son exaspération, elle prit un ton compréhensif.

— Le problème, Giles, c'est que tu as très peu fréquenté les femmes. Après l'école, tu es parti à l'université et ensuite à l'étranger pour tes fouilles. Tout le temps en compagnie masculine, des maîtres, des professeurs, des archéologues et ainsi de suite. Il ne faut pas imaginer qu'une relation avec une femme puisse être similaire. Les hommes et les femmes mènent des existences très différentes. Vous avez vos centres d'intérêt, nous avons les nôtres. Il n'y a pas de terrain commun pour la conversation.

— Dans ce cas, à quoi bon se marier ? dit-il, abattu.

— C'est différent après le mariage. On peut discuter des affaires du foyer, des enfants, des mondanités. Des expériences partagées. Malgré tout, maris et femmes mènent leur vie séparément. Nous nous retrouvons dans la chambre et au dîner. Mon pauvre, dit-elle avec sympathie devant son air consterné, tu es bien le dernier dont je me serais attendue à ce qu'il soit fleur bleue. Tu n'es pas là pour jouer à *Roméo et Juliette* ou à *Antoine et Cléopâtre*. Il s'agit simplement de se soutenir mutuellement et de produire des héritiers. Choisis une fille en bonne santé, d'un bon tempérament, voilà tout.

— Et riche, ajouta-t-il.

— Quand te feras-tu à cette réalité ? soupira-t-elle. Oui, dans ton cas, elle échange sa fortune contre ton titre. Je t'assure qu'elle ne s'estimera nullement flouée. Cela dit, fais-moi le plaisir de ne plus être obnubilé par la conversation. Non mais, quelle idée ! Allez, il faut en choisir une. À force de trop y réfléchir, ajouta-t-elle d'un ton de sagesse, ça te semble de plus en plus compliqué. Ne te pose plus de questions, choisis. Qu'on puisse passer à autre chose.

— Merci pour vos conseils, ma tante, dit-il d'une voix inexpressive.

Elle n'aurait su dire s'il était ironique. Pourvu que ce ne fût pas le cas.

11

Le dîner chez les Sands fut simple, sans même une bouteille de vin. Il y avait belle lurette que Richard n'avait pas pris de repas sans alcool pour l'accompagner. Pas depuis la nursery, probablement. Ils prirent place autour d'une table à abattant dressée au centre de la pièce. Mme Sands descendait chercher les plats. Des œufs au curry avec de la laitue, une fricassée de veau accompagnée de champignons et de petit pois, et des œufs de hareng servis sur des toasts tièdes.

— C'est madame Gateshill qui a œuvré ? s'enquit-il.

— Non, ma fille et moi avons tout préparé ensemble.

Devant la mine épatée de Richard, elle précisa :

— Nous avions l'habitude de cuisiner dans notre ancien logement. En plus, l'appartement était équipé pour.

Captivé par la conversation, Richard nota à peine l'absence de dessert. Il découvrait une Mlle Sands plus réservée que timide. Sur bien des sujets, elle n'avait aucun avis et se contentait d'écouter, répondant par oui ou par non en détournant la tête s'il insistait. Mais elle était capable de s'exprimer avec éloquence, et en le regardant droit dans les yeux, sur ce qui l'intéressait. Ayant tout loisir de l'admirer au cours de la soirée, il fut de nouveau frappé par sa beauté. Ses longs doigts, si expressifs, le fascinaient particulièrement. Cependant, il discuta surtout avec la mère. Elle l'informa qu'elle avait pu reprendre ses leçons.

— Certains de mes anciens élèves n'avaient pas encore trouvé de professeur pour me remplacer. Je les ai prévenus dès que votre piano a été livré. J'ai aussi deux nouveaux élèves qui m'ont été recommandés par une connaissance. Quel soulagement de retrouver mon indépendance !

Ils parlèrent de la guerre. L'écoute intelligente de Mme Sands incita Richard à l'évoquer de manière réfléchie. Depuis début avril, l'évidence s'imposait que les Boers étaient contraints de négocier.

— Les conditions de vie dans le veld sont épouvantables pour les femmes et les enfants, ce qui entame l'ardeur des combattants, conscients des souffrances des leurs.

— Je croyais que les femmes et les enfants étaient placés dans des camps, dit Mme Sands. J'ai lu un reportage dans le *Times*...

— En effet, nous les avons rassemblés au début, mais en décembre Lord Kitchener a ordonné qu'on les abandonne à leur sort. Cela oblige les Boers à s'occuper d'eux, voyez-vous. Ça les ralentit. Et puis, nous avons appris à nous battre à leur façon : rester basés dans le veld et opérer des attaques coup de poing. Nous nous en sortons mieux qu'eux. Nos soldats sont plus durs au mal et se déplacent plus rapidement. Nous les traquons inlassablement, sans leur laisser un instant de répit. Ils ne savent plus où aller et n'ont aucun espoir de l'emporter.

Il garda pour lui un autre enseignement que l'on devait aux Boers : ne pas faire de prisonniers. Dans ce genre de conflit, retenir des captifs mobilisait de la main-d'œuvre et nuisait à l'efficacité des unités. La pratique courante était maintenant de les fusiller, à la façon des Boers, bien que cela ne pût devenir la consigne officielle. Ce n'était pas la manière britannique d'agir. En février, on avait organisé à grand renfort de publicité le procès de deux officiers, Handcock et Morant, pour avoir fait abattre des prisonniers. Ils avaient été condamnés à mort et exécutés pour l'exemple, non pas à l'intention de l'armée mais du monde entier qui observait.

Une guerre aussi impitoyable laissait des traces. Sous son attitude désinvolte et insouciante, Richard éprouvait une lassitude et une usure qu'il peinait à dissimuler à lui-même autant qu'aux autres. Les chefs des Boers étaient maintenant réunis à Pretoria où se déroulaient des pourparlers.

— La guerre est donc terminée ? dit Mme Sands.

— Elle le sera dès la signature d'un traité. Les discussions risquent de durer un certain temps. Les Boers sont très bavards. Mais les combats ont cessé. J'imagine qu'un accord sera trouvé d'ici la fin du mois.

— Tout le monde pourra ainsi fêter dignement le couronnement, dit Mme Sands.

Qu'elle changeât de sujet n'était pas pour déplaire à Richard. La sollicitude de Mme Sands l'avait conduit au bord de l'introspection, ce qui n'était ni naturel ni bien vécu chez un soldat.

— C'est étrange de penser que nous avons un roi, dit-il. Nous étions habitués depuis si longtemps à servir « ma reine et mon pays ».

Il se mit à chanter :

— « Ce sont les soldats de la reine, mes gars, qui ont été mes gars... Qui ont été mes gars. »

— Je pense que ce sera un bon roi, dit Mme Sands.

Quelque chose dans son intonation intrigua Richard.

— Vous l'avez rencontré ?

— Il m'arrivait de parler de lui avec...

Elle se tut subitement, rougissant. C'était le premier moment de malaise entre eux. Richard savait parfaitement à qui elle faisait allusion. Il avait complètement oublié que cette femme charmante avait été la maîtresse de son père.

— Mon père était un intime du prince de Galles, fit-il observer.

Chloé les dévisagea à tour de rôle, avec appréhension. Allait-on vivre des minutes déplaisantes ? Richard s'obligea à détendre l'atmosphère.

— En tout cas, ce devrait être un souverain plus jovial que la vieille reine. Il a le sens de l'humour. Vous connaissez l'histoire que lui a racontée Frederick Treves, le chirurgien ?

— Non. Je suis tout ouïe.

— Un de nos soldats, ayant reçu une balle dans le crâne en Afrique du Sud, a été rapatrié en Angleterre pour être opéré par Treves. Le chirurgien a été surpris qu'il survive à l'opération, tant la blessure était grave. Comme il avait dû lui enlever une partie du cerveau, il a expliqué au militaire qu'il ne pourrait sans doute plus exercer son métier. Celui-ci a rétorqué : « Dieu merci, je n'aurai plus besoin de mon cerveau, docteur ; je viens d'être muté au ministère de la Guerre ! » Le roi a tellement ri qu'il en avait les larmes aux yeux.

Mme Sands rit elle aussi, mais Chloé se contenta de sourire. Si belle et talentueuse que fût la fille, Richard se surprit à penser qu'il préférait la compagnie de la mère. Mme Sands avait encore fière allure, en plus d'être intelligente, drôle et cultivée. La tendresse bienveillante de son regard quand elle lui souriait la rendait follement séduisante. Ce fut presque à regret qu'il prit congé.

— J'ai un engagement ce soir, expliqua-t-il, désolé. J'aimerais pouvoir me libérer, mais je ne peux vraiment pas.

Chloé alla chercher son chapeau, ses gants et sa canne dans la pièce voisine.

— J'ai passé une soirée très agréable, dit-il en leur serrant la main. Accepteriez-vous que je vous emmène au restaurant un soir ? Je ne sais pas cuisiner, mais je vous promets de choisir un établissement honorable.

La mine grave de la fille ne lui échappa pas.

— Vous êtes trop bon, dit Mme Sands, hésitante. Il ne faut surtout pas que nous soyons un poids sur votre conscience. Ne vous souciez plus de nous.

D'abord piqué qu'elle osât lui résister, à lui, Richard Tallant, il se rappela qu'elle était dans une position délicate.

— Ce n'est pas par obligation. J'aurais grand plaisir à vous inviter, à condition que vous jugiez la chose convenable. C'est moi qui serais votre obligé.

— J'ai honte de me faire supplier quand vous nous proposez pareille réjouissance, se pressa-t-elle de dire. Nous acceptons volontiers. N'est-ce-pas, Chloé ?

La jeune pianiste le remercia. Sans véritable chaleur, lui sembla-t-il.

Belle mais froide, songea-t-il en traversant Golden Square. Il se reprit aussitôt. *Pas froide, précisément... Quoi, alors ?* Elle vivait carrément dans un autre monde, finit-il par trancher. Seule était présente la partie visible de Chloé. Le reste de sa personne était ailleurs.

*
**

Quand juin succéda à mai, la saison battait son plein. Au fil des nombreuses mondanités, Nina prit conscience d'une différence essentielle entre Kitty et elle. Alors que son amie disposait déjà d'une vaste garde-robe à laquelle Lady Bayfield ne cessait d'ajouter, elle-même en était réduite à toujours porter les mêmes tenues. Passé l'éblouissement initial, elle comprenait maintenant pourquoi une entrée dans le monde était si coûteuse. Elle avait beau adopter une attitude raisonnable, il lui arrivait par moments d'être un peu envieuse. Et puis Marie, la bonne française – du moins, elle prétendait l'être – lui réservait souvent une moue dédaigneuse. Kitty, si elle n'abordait jamais le sujet, se rendait compte de la situation et tentait d'y remédier en lui prêtant à l'occasion des accessoires, une paire de gants, une étole ou une pince à cheveux. Elle lui aurait même proposé ses robes, mais Nina était plus grande qu'elle, et Kitty redoutait la réaction de sa belle-mère. Lady Bayfield était satisfaite qu'une distinction fût maintenue entre sa fille et son amie démunie. Il devait en être ainsi. Au début, cela lui avait fortement déplu que cette Mlle Sanderton fût à ce point ravissante.

Cependant, quand les deux filles furent invitées par le comte et la comtesse Wroughton à passer un week-end à Dene Park, leur propriété de campagne dans le Hertfordshire, Nina surmonta sa réticence et écrivit à sa tante pour lui demander si l'achat d'une nouvelle robe était envisageable, la soirée du samedi promettant d'être des plus chics. On annonçait la présence du roi, dont le comte était un intime. Ayant une petite idée des exigences vestimentaires d'une saison, tante Schofield avait supposé que pareille requête lui parviendrait plus tôt. Elle emmena Nina chez Derry & Toms et lui offrit deux robes de jour en plus de celle de soirée.

— Mais c'est la dernière fois, déclara-t-elle avec une sévérité en partie feinte. J'espère que tu ne vas pas devenir une enfant gâtée, Nina. Même si je tiens à ce que tu en profites, tu sais que le beau monde n'est pas ton milieu et ne le sera jamais.

Nina, peu exigeante, était comblée de ses nouvelles tenues.

— Je ne crois pas que ça va me monter à la tête, dit-elle. Mais si vous saviez combien j'y prends plaisir ! J'aurai de beaux souvenirs quand...

Elle se tut, hésitante. Au-delà de s'amuser et de batifoler, elle prisait surtout ses nouveaux amis. Les autres débutantes, les joyeux drilles avec lesquels elles dansaient et flirtaient. Et cette chère Kitty. La reverrait-elle quand leurs existences se sépareraient ? Et Lord Stainton ? Ils étaient devenus si proches ces dernières semaines ! À chaque fête ou bal, il allait toujours droit vers Kitty et elle. Tels de vieux amis, ils parlaient de littérature, de musique, de peinture et de l'actualité. Ils avaient même des discussions sur l'archéologie et les anciennes civilisations. Nina appréciait d'être prise au sérieux. Tout cela prendrait fin quand la saison s'achèverait, quand Kitty et elle emprunteraient des chemins différents. Car Lord Stainton et elle ne vivaient pas sur la même planète. Elle ne le reverrait jamais et craignait qu'il ne lui manquât affreusement. Elle s'arracha à ses cogitations.

— Il y aura forcément un temps de réadaptation à la fin, disait sa tante. Quoi qu'il en soit, notre monde offre lui aussi de grandes satisfactions et tu sauras y goûter, avec le temps.

— Je sais, reconnut Nina, désireuse de la rassurer. J'en suis intimement convaincue.

— Tu es une bonne fille, dit sa tante en lui tapotant la main. Profite-bien de ton escapade tant qu'elle dure.

Dene Park était une demeure d'allure sévère, un édifice carré avec d'imposantes colonnes en façade. D'après le guide qu'elles avaient consulté en prévision de leur séjour, c'était le plus parfait exemple d'architecture georgienne dans le sud de l'Angleterre. Elle était située au cœur d'un parc verdoyant l'été, où il arrivait qu'on aperçoive un cerf parmi les arbres majestueux. La moyenne d'âge était plus élevée que lors des précédentes fêtes, car les Wroughton avaient surtout convié des amis, leurs deux fils et leur fille étant encore sur les bancs de l'école. On avait malgré tout invité des jeunes gens pour le bénéfice d'une nièce hébergée par la famille, laquelle avait fait son entrée en 1900 et n'avait toujours pas reçu de proposition acceptable. Un bal eut donc lieu le samedi soir, où Nina et Kitty retrouvèrent une bonne partie de leurs fréquentations londoniennes. Le roi fut effectivement présent, accompagné de quatre messieurs que les demoiselles jugèrent vieux et ennuyeux, bien que de prime abord ils eussent joui de l'éclat que leur conférait l'amitié royale. Quant au souverain, un grand homme corpulent à barbe grise, c'était déconcertant à quel point sa figure vous était familière pour l'avoir vue sur des centaines d'illustrations. Lui aussi faisait son âge, mais cela dérangeait moins chez un roi, *a fortiori* souriant et toujours de bonne humeur. Bien qu'elles ne se fussent jamais trouvées près de lui, les deux amies purent entendre bon nombre de ses propos car il avait une voix de stentor. Ayant déjeuné chez d'autres aristocrates des environs, lui et ses amis arrivèrent après le repas. Ils étaient venus en automobile, ce dont le monarque s'enthousiasmait.

— Soixante-dix kilomètres en deux heures, pas si mal, pas si mal ! En revanche, quelle poussière prodigieuse ! Je vous assure qu'à notre arrivée nous étions blancs comme des meuniers ! Heureusement que nous portions des houppelandes, sans quoi jamais on ne nous aurait permis d'entrer ici ! N'est-ce-pas, Wroughton ?

— De l'avis général, c'est l'inconvénient principal de l'automobile, convint son hôte avec circonspection.

— Je sais que vous êtes passionné de chevaux, lui dit le roi en lui flanquant une tape amicale. Moi également, l'ami, mais l'automobile est le transport de demain. Le cheval, c'est fini. Et c'était inévitable. Rothschild m'a raconté que, d'après les calculs d'un certain Américain, d'ici dix ans, la couche de crottin atteindra à New York les fenêtres du deuxième étage !

Nina se couvrit la bouche pour étouffer son rire, provoqué surtout par la mine outrée de lady Wroughton à l'évocation de pareil sujet. Elle croisa le regard de Lord Stainton, qui lui adressa un clin d'œil espiègle. La maîtresse de maison rattrapa la situation en demandant d'un ton appuyé si l'on avait la permission de Sa Majesté pour entamer le bal.

La musique commença. Le roi ne dansa pas. Il s'attarda quand même un moment, installé dans un canapé à une extrémité de la salle de bal, à s'entretenir avec diverses personnes. Puis il passa dans une autre pièce pour jouer au bridge, sa passion. Deux de ses amis se joignirent à lui, tandis que le prince Ludwig de Fürstenstein et M. Cowling préférèrent danser.

Au premier interlude, les demoiselles furent invitées à se rendre dans une chambre à l'étage pour remettre de la poudre sur leurs épaules et éventer leurs visages rougis. Kitty et Nina s'assirent sur une ottomane en attendant leur tour à la coiffeuse.

— L'orchestre est excellent, hein ? dit Nina.

Elle prit son éventail à Kitty et l'agita pour son amie, plus à son aise.

— Merci ! Mon corset est tellement serré que tout mon sang doit me monter au visage ! C'est ma belle-mère qui insiste pour…

Elle n'acheva pas sa phrase, mais Nina savait que Lady Bayfield tenait à ce que sa belle-fille fût la plus distinguée des débutantes, ce qui supposait d'avoir la taille la plus fine.

— J'ai beaucoup de chance de ne pas avoir raté une seule danse, dit Nina. Que d'élégance ici ce soir ! Qu'as-tu pensé du prince Ludwig ?

Lady Jane Harcourt, la nièce des Wroughton, avait ouvert le bal avec le prince, premier des danseurs par ordre de préséance. Et celui-ci avait choisi Kitty pour la deuxième danse.

— Il t'a fait un bel honneur, lui glissa Nina.

— Sans doute. Ma belle-mère avait l'air ravie, en tout cas. Moi, il ne me plaît guère. Il est trop vieux et il a une odeur bizarre.

— Tom Massingberd le compare à un lézard, dit Nina, citant un de ses partenaires. Avec sa peau fripée et son tic de sortir la langue et de s'humecter les lèvres, comme ça.

Elle mima le geste.

— Quelle horreur ! dit Kitty en réprimant un frisson. C'est exactement ça !

— Il m'a confié que le prince Ludwig est dans de beaux draps. Il a été obligé de vendre son château et fait maintenant la tournée des familles royales de sa parenté, dans l'espoir que quelqu'un lui accorde une pension.

Nina garda pour elle l'autre assertion de Massingberd, selon qui il cherchait une riche épouse. « Mademoiselle Bayfield a intérêt à rester sur ses gardes ! avait-il lancé d'un ton badin. Ce serait dommage qu'elle soit dévorée par ce vieux nécessiteux ! »

— Tes partenaires suivants étaient plus avenants, reprit-elle. Monsieur Freehampton, Lord Richborough et Lord Stainton.

Kitty acquiesça. Ayant désormais une certaine expérience des mondanités, elle se montrait plus à l'aise en compagnie, d'autant que les autres débutantes étaient sympathiques avec elle. Toutes avaient leurs admirateurs et il y avait pléthore de prétendants, donc aucune raison de la jalouser.

— J'ai eu l'impression que tu appréciais monsieur Freehampton ? dit Nina.

— Oui. Il est très doux et ne parle que très peu. Il a presque l'air triste.

— Triste parce qu'il voudrait bien t'épouser mais n'a pas la fortune requise.

Nina connaissait désormais la situation familiale de tous les jeunes gens. On aimait se confier à elle. C'était le grand avantage d'être une personne sans importance.

— Comme tu es gentille avec tout le monde, Kitty, je n'arrive pas à deviner s'il y a un garçon qui te plaît particulièrement. Y a-t-il déjà quelqu'un dont tu sois amoureuse ?

La mine sérieuse, Kitty resta silencieuse.

— Tu peux me le dire, tu sais. Jamais je ne le répéterai.

Kitty secoua la tête. Elle craignait confusément que ça lui portât malchance de prononcer le nom de son préféré. Elle n'aurait su dire si elle lui plaisait, encore moins s'il était susceptible de faire une offre. Néanmoins, quand elle se couchait le soir, c'était son visage auquel elle repensait dans l'obscurité avant de s'endormir. Elle préféra changer de sujet.

— Je t'ai vu danser avec un ami du roi. C'était qui ?

Nina se résigna.

— Monsieur Cowling. Ce qu'on appelle un industriel. Je crois qu'il est très riche. Le roi cherche toujours à s'entourer de personnes susceptibles de lui prêter de l'argent et d'investir dans ses projets.

— Vous étiez en pleine conversation.

— Il me parlait de son entreprise. Il fabrique des bottes et des chaussures.

Nina se remémora la scène, qui avait débuté de bien curieuse façon. Quand elle lui avait accordé une danse, M. Cowling l'avait menée sur la piste, où il avait longuement fixé ses pieds.

« Très seyantes, avait-il déclaré. Maroquin amarante, doublure rouan, boutons rosette imitation perle. Achetée chez Harding dans Sloane Street ?

— Incroyable ! s'était exclamée Nina, stupéfaite. Comment le savez-vous ?

— Elles sont aussi en vente chez Howell dans Endell Street, avait-il lâché avec un petit rire. J'avais une chance sur deux ! »

L'orchestre s'était mis à jouer et ils avaient commencé à danser. Danseur compétent quoiqu'un peu raide, il la tenait comme s'il craignait de la casser. Habituée à la souplesse de cavaliers plus jeunes, elle s'était adaptée et l'avait observé furtivement. Difficile de deviner son âge. De toute façon, elle n'était pas du tout douée dans cet exercice. Elle savait que le roi avait soixante ans. Contrairement au souverain, lui ne portait pas la barbe, ce qui rajeunissait un homme. Il conservait une épaisse chevelure, bien que grise, et avait les traits fermes, assez foncés mais dépourvus de rides. Il pouvait avoir entre quarante et quatre-vingts ans, avait-elle estimé généreusement. Après quelques instants, elle avait demandé :

« Dites-moi, comment avez-vous su pour mes chaussures ?

— Eh bien, disons que je suis dans le métier. C'est moi qui ai fabriqué vos ballerines. On ne les fournit qu'à deux boutiques de Londres. »

Il s'exprimait avec un léger accent, du Nord, avait-il semblé à Nina.

« Vous les avez fabriquées ?

— Pas de mes propres mains. Cela dit, si je voulais, j'en serais tout à fait capable. J'ai commencé avec une simple échoppe à Wigston, un petit village dont vous n'avez probablement jamais entendu parler. Je possède maintenant deux fabriques à Leicester et une à Northampton. Nous confectionnons toutes sortes de bottes et de chaussures. *Cowling & Kempson, le chausseur de la gentry*.

— Ce nom m'est familier. Je l'ai vu dans les magasins. »

Il n'avait pas dissimulé son plaisir.

« Je dois reconnaître que j'ai parcouru un sacré chemin depuis mes débuts. J'ai commencé tout jeune, comme apprenti du cordonnier de Wigston. À force de manipuler des chaussures, j'ai vu ce qui pourrait être amélioré et j'ai eu envie d'en fabriquer moi-même. Mon patron a accepté et s'est tordu de rire en voyant ma première paire. Mais j'apprends vite et il ne riait plus dès que j'eus confectionnée la deuxième. Quand j'ai terminé mon apprentissage, les gens parcouraient des kilomètres pour acheter mes chaussures. Vu que mon patron se satisfaisait de la cordonnerie, j'ai ouvert une boutique de chausseur de l'autre côté de la rue. J'étais lancé. J'ai fait fortune, puis j'ai racheté Kempson, le spécialiste des bottes militaires, et j'ai amassé une deuxième fortune ! Ce qui vous explique que le roi soit mon ami. Sa Majesté dépense beaucoup, il doit s'entourer d'hommes riches. »

Pareille franchise avait surpris Nina. En général, il était jugé vulgaire de parler d'argent dans le beau monde. Il avait paru lire dans ses pensées.

« Je vous choque ? Vous savez, un honnête labeur n'a rien de honteux. Je suis certain que bien des pieds ici portent mes chaussures. Quoi qu'en disent les détracteurs, si le cuir est de qualité et si elle a été bien conçue, une chaussure fabriquée par une machine n'est pas moins élégante que du cousu main, et à un prix nettement inférieur !

— C'est la discussion la plus étonnante que j'ai jamais eue en dansant ! s'était amusée Nina.

— Je veux bien le croire. Les personnes distinguées n'aiment pas reconnaître d'où viennent les choses, qu'une machine ou une paire de mains crasseuses soient impliquées. Comme si les robes, les escarpins, les meubles et la nourriture tombaient du ciel par magie.

— Je crains que vous ne fassiez erreur, avait dit Nina. Je ne suis pas une *personne distinguée*. J'accompagne simplement une amie. Maintenant que vous le savez, avait-elle ajouté, mutine, vous n'aurez sans doute plus envie de danser avec moi. »

Il l'avait observée attentivement.

« Vous tenez le même discours à tous les jeunes gens ? Si oui, vous ne vous marierez jamais.

— Je ne compte pas me marier, monsieur.

— Eh bien, moi, je suis heureux de danser avec vous. Vous m'avez l'air d'être une jeune fille charmante. Et j'apprécie votre franchise. Notre nouveau roi est quelqu'un de direct. Il prend les gens tels qu'ils sont, juge les hommes d'après ce qu'ils valent et non d'après leur titre. »

Nina, toujours attentionnée envers ses partenaires, lui avait demandé comment il avait été présenté au roi. M. Cowling avait fait sa connaissance au champ de courses de Leicester. Grand amateur, le monarque élevait ses propres pur-sang. Nina, qui adorait les chevaux, l'avait incité à lui en dire davantage et ils n'avaient pas épuisé le sujet quand la danse s'était achevée.

Nina s'arracha à ses pensées. La coiffeuse s'étant libérée, leur bonne les pria de venir. Toutes deux prirent place sur la large banquette. Kitty jeta un regard en coin à son amie, à son visage vif et confiant. Elle aurait voulu, de tout son cœur, échanger sa vie contre la sienne. À quoi bon disposer d'une grosse dot qui faisait d'elle un parti convoité si elle était incapable d'adresser la moindre parole intelligente à l'homme dont elle était amoureuse ? Elle avait épouvantablement besoin d'être aimée, en manque d'amour après une enfance étriquée et sévère. Aux yeux de Kitty, Nina avait grandi dans une profusion de couleurs, tandis qu'elle-même se morfondait dans la grisaille. Si elle ne trouvait pas l'amour, elle mourrait.

De retour dans la salle de bal, Nina dansa avec M. Courtland, qui devait patienter car Mlle Vesey n'était pas libre. Nina, qui adorait danser, acceptait volontiers de jouer les bouche-trous.

— Qui était ce vieil énergumène avec qui vous dansiez tout à l'heure ? lui demanda-t-il distraitement.

— Pas un énergumène. Un ami du roi.

— Le roi a beaucoup d'énergumènes dans son entourage, ce dont ma chère mère ne cesse de se plaindre. Qui était-ce, alors ? J'ai eu l'impression qu'il était sous le charme. Vous feriez bien de vous concentrer sur lui, mademoiselle Sanderton.

— Je doute fort qu'il s'intéresse à moi. Il est très riche, il n'a que l'embarras du choix.

— Comment savez-vous qu'il est riche ?

— C'est lui-même qui me l'a dit.

Courtland eut une moue désapprobatrice.

— Vraiment ? Mon Dieu, quel grossier personnage !

— Moi, j'ai trouvé ça plutôt délicieux, objecta-t-elle d'un ton plaisant. Je lui ai répondu que j'étais sans le sou. Sur le plan de la sincérité, nous étions donc sur un pied d'égalité !

Courtland rit de bon cœur et la gratifia d'un regard admiratif.

— Si je n'étais contraint de chercher ailleurs, mademoiselle Sanderton, il faudrait que je sois sur mes gardes, tant je vous trouve rafraîchissante.

— Je vous assure, monsieur Courtland, que vous ne courez absolument aucun danger avec moi.

Il ouvrit la bouche pour répondre, s'aperçut que cette remarque était ambiguë et sombra dans un silence pensif.

Au moment de la pause pour le souper, Nina ne parvint pas à retrouver Kitty dans la cohue aux abords de la salle à manger et fut accostée par M. Cowling, qui se proposa de l'escorter. Elle fut tentée de refuser, peu encline à subir un voisin qui risquait d'être ennuyeux, mais vu qu'elle était visiblement seule et ne savait comment l'éconduire poliment, elle se laissa prendre par le bras et mener à une chaise. Pendant qu'il allait lui chercher une assiette, elle aperçut Kitty en compagnie de Lord Stainton à une table de l'autre côté de la salle, où se trouvaient également M. Courtland et Mlle Vesey. Son amie était donc entre de bonnes mains, et Lady Bayfield ne pourrait lui reprocher d'avoir abandonné son poste.

Cowling rapporta deux flûtes et des petits-fours.

— Le champagne est de qualité, nota-t-il en s'asseyant. Je dois avouer que Lord Wroughton s'y connaît en vin, ou du moins qu'il sait s'approvisionner. Vous aimez le champagne, mademoiselle Sanderton ?

— Beaucoup.

Nina, éteinte et affamée d'avoir tant dansé, préférait lui laisser le soin de parler tandis qu'elle se restaurait. Une fois lancé grâce à quelques questions, il se montra très disert. C'était passionnant de l'écouter évoquer les difficultés auxquelles était confronté le nouveau souverain.

— Le roi trouve que c'est le grand n'importe quoi au palais de Buckingham, il a l'intention de donner un bon coup de balai. C'est la gabegie à tous les niveaux, il y a un tas de règles absurdes sur qui fait quoi. Impossible de faire allumer un feu dans la chambre royale sans en référer au maître de ci et au superviseur de ça. Le type qui apporte le charbon n'a pas le droit de toucher aux allumettes.

Il secoua la tête, sidéré par tant d'aberration. Nina émit un son pour lui signifier son intérêt et qu'il pouvait continuer.

— Sa Majesté voudrait tout moderniser, mais autant vouloir déplacer une montagne. Trop de gens ont un intérêt personnel à maintenir les choses en l'état. Prenez Osborne House. Le roi et la reine n'aiment pas cette résidence, ils n'y mettent jamais les pieds et n'ont pas les moyens de l'entretenir. Ils ont déjà Sandringham, alors à quoi bon la conserver ? Mais croyez-vous qu'ils puissent s'en séparer ? Jamais de la vie ! Les autres membres de la famille poussent des cris d'orfraie : « Quoi, vendre Osborne House à laquelle nous sommes si attachés, où nous avons tant de souvenirs ? »

Nina perçut le sarcasme.

— J'imagine, dit-elle prudemment, qu'ils y allaient tous quand ils étaient petits et que notre vieille reine...

— Oui, vous mettez le doigt dessus. Ses frères et ses sœurs veulent y loger gratuitement. Disons-le tout net, ils espèrent vivre à ses crochets autant que possible. Je lui ai conseillé de ne pas se laisser faire !

C'était grisant pour Nina d'avoir une conversation sur des membres influents de la famille royale. Cela lui procurait la même sensation que de se laisser tomber dans le vide, un mélange d'euphorie et d'appréhension.

— Ainsi, le roi sollicite votre avis ?

— Il apprécie que je m'exprime franchement. Ce que je fais. Malgré tout, je peux vous assurer qu'il n'est pas roi à moitié. Sa présence dégage autant de majesté que celle de la reine Victoria. Peut-être même davantage. Il ne s'agit pas de prendre la parole au hasard, il faut attendre qu'il vous interroge. Un très grand homme, notre roi. Et quelle énergie ! Il les épuise tous, ces conseillers en bas de soie. Ces gens-là se la coulent douce depuis trop longtemps. Lui, il joue au bridge jusqu'à 1 heure du matin et dès 8 heures il est à son bureau pour lire les dépêches. Dieu sait quand il dort ! Moi, mademoiselle Sanderton, je dois avouer que j'ai besoin d'une bonne nuit de sommeil. Huit heures. Mais je ne suis pas roi.

— Vous devez travailler beaucoup, avec vos entreprises à gérer.

— Vous avez raison, approuva-t-il. Travailler dur, telle est ma ligne de conduite. Et l'honnêteté et la loyauté dans les affaires. J'ai fait fortune de cette manière, pas en dupant les gens avec de piètres marchandises et des paroles trompeuses, comme certains dont je tairai le nom. Mais veuillez m'excuser, ce ne sont pas là des sujets propres à divertir les jeunes filles ! Je dois vous ennuyer à mourir avec mes histoires sans intérêt.

— Pas du tout, dit Nina sincèrement.

Il l'observa attentivement.

— Je dois reconnaître, mademoiselle, qu'il m'est très agréable d'échanger avec vous. Je vous ai remarquée dès notre arrivée, je ne saurais dire pourquoi. Pardonnez ma maladresse, le fait est que j'ai peu eu affaire à de jeunes personnes de votre âge. Voyez-vous, ma femme et moi nous connaissions depuis l'enfance. Elle était une amie de longue date, je n'ai pas vraiment eu à la courtiser. Nous nous sommes mariés très jeunes.

— Votre épouse est restée à Leicester ?

— En quelque sorte, oui. Au cimetière de Welford Road. Elle est morte il y a cinq ans.

— Je vous demande pardon, dit Nina, confuse.

— C'est un grand chagrin pour moi, mais vous n'avez pas à vous excuser. Non mais, quel nigaud je fais ! geignit-il en se frappant le front. Je devrais évoquer des choses plus captivantes pour une jeune fille. Vous devez me trouver bien niais. Après le souper, vous serez pressée de retrouver vos amis pour danser et leur confier que vous étiez coincée avec un gâteux !

— Mais non, pas du tout, protesta-t-elle poliment. Cela a dû être un drame épouvantable, perdre votre femme après tant d'années de mariage.

— En effet, admit il. Elle avait seize ans et moi vingt quand je l'ai épousée. Je la revois comme si c'était hier. Un petit bout de femme adorable. Elle ressemblait à cette demoiselle là-bas, celle avec les escarpins en chevreau glacé couleur chair.

— Mademoiselle Bayfield, dit Nina en se fondant davantage sur la direction indiquée que sur la description des chaussures.

— Oui, confirma-t-il, admiratif. Jolie et pleine de fraîcheur, pareille à un bouquet de violettes.

Il observa Kitty quelques instants, silencieux, puis lui parla de sa défunte épouse jusqu'à la fin du souper.

Quand les gens se levèrent, Kitty s'approcha d'eux, au bras de Lord Stainton.

— Nous y retournons, Nina. J'ai accordé la prochaine danse à monsieur Courtland.

Elle avait les joues rosies et les yeux pétillants. Nina en déduisit qu'elle aussi n'avait pas vu le temps passer durant la pause, sans doute pour des raisons très différentes.

— Il faut que je vous mène à votre premier partenaire, dit M. Cowling en se levant. À qui réservez-vous ce plaisir, mademoiselle Sanderton ?

Le dimanche matin, des voitures étaient à la disposition de quiconque souhaitait se rendre à l'église. Lady Wroughton ayant la réputation d'être très à cheval sur les principes, personne ne manqua à l'appel. L'office traîna en longueur, bien des jeunes filles peinèrent à garder les yeux ouverts et à retenir leurs bâillements après la soirée fatigante de la veille. À la sortie, quelques-uns s'attardèrent pour bavarder, profitant du soleil, tandis que d'autres prenaient place à bord des calèches, sans se soucier de voyager avec les mêmes passagers qu'à l'aller. Résultat, il n'y eut pas de places pour tout le monde. Plusieurs personnes émirent le souhait de rentrer à pied par le parc en cette belle matinée, au lieu d'attendre qu'on revînt les chercher. Nina en était. Engourdie, elle avait besoin de bouger et de s'aérer l'esprit. Elle se savait libre, car Kitty avait pris place dans une voiture avec ses parents, arrivés la veille ; ceux-ci l'avaient sans doute réquisitionnée pour qu'elle leur racontât comment s'était déroulé le bal.

Le groupe de huit s'était beaucoup étiré quand furent atteintes les grilles du parc. Bonne marcheuse, Nina était devant avec Lord Stainton. Ils s'étaient retrouvés côte à côte naturellement, tels de vieilles connaissances. M. de Grey et Mlle Courtland s'étaient peu à peu laissé distancer, absorbés dans leur tête-à-tête. Au début, Nina et Lord Stainton avançaient en silence. *Avec un ami,* songea Nina, *on ne se sent jamais obligé de dire quelque chose et c'est bien agréable.* Elle prenait plaisir à solliciter ses jambes, à admirer la verdure et à savourer les bruits et les odeurs de la nature. Des fleurs blanches ajoutaient une touche nuptiale à la végétation : aubépines et marronniers, marguerites et ombellifères.

— Qui était ce curieux personnage avec qui vous avez soupé hier soir, mademoiselle Sanderton ? finit par demander Stainton.

— Monsieur Cowling. Il est dans l'entourage du roi.

— J'ai vu. Un grand bavard, apparemment. Il vous a accaparée.

Le comte semblait presque s'en plaindre.

— Il m'a confié que sa femme, décédée il y a cinq ans, lui manquait encore.

— Vous êtes bien charitable de l'avoir écouté avec autant de patience, nota-t-il d'un ton adouci. Mais vous êtes une gentille.

— Personne n'est gentil en permanence, rétorqua-t-elle. Et puis, c'était intéressant de l'entendre parler de ses affaires.

— Devrais-je suivre l'exemple pour retenir votre attention ? Malheureusement, je n'en suis qu'à mes débuts.

— Vous parlez de la gestion de vos terres ? Cela doit vous plaire, non ? Enfin, c'est bien là que vous avez grandi ?

— Je n'ai jamais été impliqué dans les affaires du domaine. Mon père s'entendait mal avec moi, et c'est une des raisons qui m'ont poussé à partir à l'étranger.

— J'en suis navrée pour vous.

Il haussa les épaules.

— Selon moi, l'affinité entre un fils et son père tient du hasard. Il n'y a pas de règle. Le mien voyait d'un mauvais œil mes aspirations universitaires. Je découvre maintenant que le domaine se porte mal. Mon père a laissé une situation compliquée et je dois y mettre de l'ordre.

— On dirait que la tâche ne vous enchante pas, fit-elle remarquer.

Il marqua une hésitation.

— J'avoue que j'ai mal accepté de devoir rentrer pour assumer ce…

— Ce fardeau ? suggéra-t-elle.

— Oui. J'en étais même à détester l'Angleterre, toute cette verdure et cette pluie.

Il embrassa les lieux d'un regard.

— J'imagine que vous vous êtes habitué à des paysages très différents. Votre propriété – Ashmore, c'est bien ça ? – ressemble à celle-ci ?

— Pas du tout. Dene est un exemple classique de parc anglais, déployé tout autour de la demeure. C'est à peu près plat, celui qui l'a dessiné disposait d'une toile vierge.

— Humphry Repton.

Devant sa mine épatée, elle précisa :

— Je me suis renseignée avant de venir.

— Vous ne faites pas les choses à moitié !

— Repton n'est pas intervenu à Ashmore ? Ou peut-être Brown ou Ridgeman ?

— Non, personne. Le lieu a évolué au fil du temps. Notre histoire remonte à très loin. J'espère avoir le loisir de vous la raconter, un jour. Nous sommes situés sur une colline pentue, qui ne se prête pas aux embellissements dans le goût de Repton. Pas de parc au sens courant. Il y a un potager clos et un petit espace aménagé, que l'on pourrait qualifier de jardin d'agrément, de part et d'autre du Château. Sinon, la butte sauvage nous entoure entièrement.

— L'endroit doit avoir beaucoup de charme.

— Vous préférez donc l'école paysagère au style classique ? Emily Brontë à Jane Austen ?

— Décidément, vous aimez coller des étiquettes aux gens ! se moqua-t-elle. Les mettre dans telle ou telle case, que tout soit bien rangé à sa place.

Il afficha une mine faussement choquée.

— Oseriez-vous vous gausser de moi, mademoiselle Sanderton ?

— Nullement. Vous êtes le comte de Stainton quand je ne suis absolument personne.

— Moi, dit-il sérieusement, je trouve que vous êtes une jeune femme d'une grande valeur.

Quasiment pour la première fois, Nina se sentit gênée en sa présence. Elle ne pouvait pas le laisser persister sur ce terrain-là.

— Je ne suis que l'amie de Mlle Bayfield. Dites-m'en un peu plus sur votre domaine. Vous le haïssez toujours autant ?

— Ce n'est pas de la haine. Mettons que je subis les choses. C'est comme un gros rocher qu'il me faut pousser jusqu'au sommet de la montagne.

— Sauf que, contrairement à Sisyphe, vous ne l'avez pas mérité ?

— Allez savoir, dit-il d'un air songeur. Personne n'est irréprochable. J'aurais pu mieux m'acquitter de mes devoirs envers mon père et ma mère. J'étais déterminé à suivre ma voie, à agir comme je l'entendais. C'est pour cela que je suis resté à l'étranger aussi longtemps. J'ai deux jeunes sœurs que je connais à peine et dont je suis maintenant responsable. Peut-être est-ce là mon châtiment : hériter du rocher de mon père et le pousser pour le restant de mes jours.

Nina était malheureuse de le voir si mélancolique.

— Mais la vie n'est pas qu'affaire de rochers, objecta-t-elle. Sans pouvoir me mettre à votre place, je sais malgré tout que toute vie vient avec son lot de responsabilités, comme avec son lot de bonheurs et de plaisirs. Ashmore doit être un bel endroit, dans son genre ? Davantage *Wuthering Heights* que *Mansfield Park*, sans doute, mais d'une beauté qui mérite d'être préservée, non ?

— En effet. Ce qui m'indigne le plus, en fait, c'est de devoir prendre certaines mesures pour redresser la situation. Je me fais l'effet d'un mufle et d'un type horrible, obligé que je suis de rechercher une femme qui...

Il se tut, embarrassé.

— Et vous ne pensez pas que ce sera une grande satisfaction d'avoir bien administré Ashmore pour le transmettre à...

À son tour, elle n'acheva pas sa phrase. Lord Stainton la fixait d'un regard intense. Nina rougit et ses doigts s'engourdirent, si bien qu'elle laissa échapper son psautier. Alors qu'elle se baissait hâtivement pour le ramasser, son épaule heurta celle de Lord Stainton qui en faisait autant. Leurs mains se posèrent en même temps sur le livre, et celle du comte se referma sur la sienne. L'univers se figea. Ils se redressèrent doucement. Il était si proche ! Elle sentait sa respiration lui caresser la joue. Quelques centimètres à peine séparaient leurs deux visages. Angoissée et euphorique, Nina songea : *Que vient-il de se produire ?* Accoutumée à le regarder, elle connaissait son visage dans ses moindres détails. Ses yeux en avaient souvent parcouru les lignes, en une appréciation objective. Mais là c'était différent, et Nina sentit d'instinct que le changement était irréversible. Les traits familiers revêtaient désormais une dimension autre, les contempler devenait une joie douloureuse, une nourriture dont elle ne pourrait plus se passer. Il n'était plus simplement Lord Stainton, un homme avec qui elle prenait plaisir à converser. Il était devenu simplement *lui*, celui qui habitait son cœur, son esprit et son âme sans qu'elle eût à le nommer.

— Mon Dieu, murmura-t-il.

Les questions se bousculaient dans la tête de Nina. *Que m'arrive-t-il ? Est-ce l'amour ? Est-ce cela que l'on ressent ?* Ce n'était pas comme dans les livres, ni comme ce que décrivaient d'autres filles. On parlait de « tomber amoureux », mais elle n'avait pas du tout eu la sensation de tomber. Elle avait été frappée par quelque chose de puissant, une sorte de décharge, ou de tremblement de terre silencieux et indolore qui aurait déplacé toutes ses perceptions de quelques centimètres, dans une dimension nouvelle. Elle vivait désormais dans cette sensation autre. Un lieu entièrement différent dont elle ne pouvait pas revenir. Contrairement aux filles amoureuses qu'elle avait connues, elle n'éprouvait aucune envie de glousser, de piquer un fard ni d'échanger des messes basses avec sa meilleure amie. Le sentiment qui l'habitait était plus intime et plus grave. Avant tout, elle devait vérifier si elle parvenait toujours à respirer.

— Quoi ? parvint-elle à demander.

— Je vous demande pardon, je...

Nina observait sa bouche, prise du désir fou de l'embrasser, et devina mystérieusement que lui aussi.

Des voix leur parvinrent soudain, celles des retardataires qui les rattrapaient, et ils prirent conscience de l'image qu'ils donnaient. Elle jeta un coup d'œil en arrière. Fort heureusement, ce n'étaient que Mlle Courtland et M. de Grey, pleinement captivés l'un par l'autre. Le reste du groupe était encore loin.

— Il faut que nous avancions, dit-elle.

Sa voix lui parut distante, mais étonnamment maîtrisée.

— Oui, convint-il.

Quand il relâcha sa main, un vide glacial s'engouffra en elle, comme si la vie elle-même se dérobait. Il était Lord Stainton et elle n'était personne, avait-elle souligné plaisamment dans le monde d'avant. Cruel destin. S'il était toujours Lord Stainton, il était désormais *lui*. Nina se savait habitée par une passion dont elle craignait qu'elle ne la dévorât à la manière d'un parasite, ne pouvant se résoudre ni à l'alimenter ni à l'éradiquer.

12

La journée s'écoula comme dans un songe. Après le déjeuner, les dames eurent droit à la visite des jardins clos tandis que les messieurs découvraient les écuries. Des conversations, de la musique, des parties de cartes. Nina n'avait pas besoin d'être à proximité de lui pour savoir où il était. Elle bavardait avec les uns et les autres, semblait écouter et participer aux échanges comme à son habitude, mais les propos ne faisaient que l'effleurer. Sans le voir, elle devina qu'il quittait la pièce pour aller jouer au billard, puis qu'il revenait un peu plus tard. Elle sentait intuitivement quand son regard était posé sur elle. Ses yeux étaient une caresse sur son visage. Et s'il arrivait à leurs regards de se croiser, elle en avait l'estomac noué.

À l'heure du thé, elle se retrouva sur une banquette avec Kitty, une tasse et une assiette sur les genoux. Elles étaient seules.

— Je t'ai enviée de pouvoir rentrer à pied ce matin, dit Kitty.

— Tes parents ont été pénibles avec toi ?

Les mots semblaient sortir tout seuls de sa bouche, lâchés par une autre Nina, celle du monde d'avant.

— Ils m'ont demandé avec qui j'avais dansé hier soir, c'est tout. Comment mes cavaliers s'étaient comportés. En réalité, la seule chose qui les intéresse, c'est de savoir si quelqu'un souhaite m'épouser.

— Tu as fait beaucoup d'effet à M. Cowling. Tu lui rappelles sa défunte épouse dont il était très amoureux.

— Arrête, Nina, se rembrunit Kitty, blessée. Ne te moque pas.

— Mais pas du tout. Alors, as-tu des prétendants ?

— Si c'est le cas, je ne suis pas au courant. Je ne sais même pas si je plais à quelqu'un. Alors que, toi, tout le monde tombe sous ton charme. Qu'as-tu de si différent ?

— C'est parce que je suis insignifiante, dit Nina. Les hommes se sentent libres de me dire tout ce qui leur passe par la tête. Ils te trouvent sympathique, Kitty. Seulement, avec toi, ils doivent surveiller chaque parole parce que le mariage est très important pour les gens comme eux, et comme toi.

— Je déteste être de ces gens-là ! se lamenta Kitty. J'aimerais pouvoir échanger ma vie contre la tienne. Tu serais tellement plus à l'aise que moi dans la mienne. À quoi me sert tout cet argent si je suis incapable d'avoir celui que je désire, et même de lui parler ?

— Il y a donc quelqu'un qui te plaît ?

— Je me demande s'il sait que j'existe. Quand je danse avec lui, je n'ai absolument rien à lui dire. Nous tournons et tournons, en silence. Alors que je l'ai vu te parler. On dirait une personne différente. Annabel Courtland m'a raconté que toi et lui aviez discuté tout du long en rentrant de l'église.

Un frisson parcourut la nuque de Nina.

— Lord Stainton ? dit-elle d'une petite voix. Tu es amoureuse de Lord Stainton ?

— Tu vois ! lâcha Kitty avec dépit. À t'entendre, c'est la pire des absurdités.

— Non, non. C'est juste que tu ne m'en as jamais rien dit.

— À quoi bon ? soupira Kitty en se levant. Allez, je vais me changer.

— La cloche n'a pas encore sonné, dit Nina machinalement.

— J'ai besoin d'être seule un moment, dit Kitty en sortant.

Nina peinait à surmonter sa sidération. Qu'y avait-il de surprenant à ce que le choix de Kitty se portât sur Stainton ? Qui d'autre que lui était plus digne d'être aimé ? Ne s'était-il pas montré toujours bienveillant, gentil et prévenant avec elle quand ils étaient en groupe ? Kitty était amoureuse de Lord Stainton. Nina était déchirée intérieurement. Elle aurait pu savourer un moment l'amour qui venait d'éclore, bien qu'il fût sans espoir, rêver secrètement à l'élu, lui parler quand l'occasion se présenterait. Mais Kitty l'aimait elle aussi, et Nina se devait donc, par loyauté, de l'écarter de ses pensées, pour toujours. Elle se trouvait là exclusivement pour Kitty. Sinon, elle ne l'aurait jamais rencontré.

Nina ne pouvait rester assise là, de crainte qu'on ne vînt lui tenir compagnie. Dans l'immédiat, elle se sentait incapable de parler à qui que ce fût. Elle posa sa tasse et son assiette, s'éloigna sans but précis. L'orangerie était certainement déserte à cette heure-ci et, même si elle y croisait quelqu'un, on ne s'étonnerait pas de la voir s'y promener seule pour prendre l'air.

Par chance, il n'y avait personne. Elle déambula entre les pots et les plantations, s'imprégnant des puissantes odeurs de terreau, de mousse, de gardénias et de fleurs d'oranger. L'esprit en proie au tourment, elle ne parvenait pas à élaborer la moindre pensée. Elle ne savait même pas à quoi elle voulait réfléchir. Avant d'avoir pu s'éclaircir les idées, elle entendit des pas et eut presque les larmes aux yeux d'être si vite interrompue. Saisie d'une prémonition, elle se retourna pour découvrir Lord Stainton.

— Je vous ai vue sortir, dit-il. Vous aviez l'air contrariée. Je...

Il se tut, ne sachant quoi dire.

Elle s'enfonça un peu plus dans la végétation et il la suivit. Sous une tonnelle constituée de fougères et de palmiers, à l'abri des regards, elle se retourna pour lui faire face. Une vive émotion l'étreignit de se retrouver si proche de lui. Ils restèrent silencieux un long moment.

— Qu'attendez-vous de moi ? finit-elle par demander.

Il relâcha sa respiration par à-coups.

— Rien. Tout. Je n'aurais jamais cru... Je ne pensais pas que j'éprouverais un jour pareil sentiment. Vous l'éprouvez aussi, n'est-ce-pas ?

— Oui, murmura-t-elle, soulagée.

Avec tristesse, elle ajouta :

— Mais à quoi bon ?

Il grimaça de douleur, comme giflé.

— Je ne peux pas..., bafouilla-t-il avant de se ressaisir. Je suis dans une situation détestable. Je me sens affreux, ignoble.

— Ne dites pas ça, protesta-t-elle doucement.
— Je ne peux pas épouser qui je souhaite.
— Je sais.
— Si j'étais libre... Mais j'ai des devoirs. Envers le domaine, ma mère et mes sœurs. Tant de choses reposent sur mes épaules.
— Le rocher.
— Oui.
Il serra les poings, geste de frustration. Les mots jaillirent de son cœur.
— Je voudrais m'enfuir avec vous. Ne jamais revenir. Aller quelque part où personne ne nous connaît.
L'espace d'un instant, Nina se permit d'y rêver. Quel bonheur ! L'accompagner à l'étranger. Mais l'euphorie retomba aussitôt.
— Ça ne marcherait pas, dit-elle. Vous y penseriez en permanence. Le devoir que vous n'auriez pas accompli. Vous seriez malheureux.
— D'où vous vient votre sagesse ? dit-il d'une voix éteinte.
— Je ne suis pas sage ! s'insurgea-t-elle, effondrée qu'il abondât dans son sens.
« Ne me laissez pas prendre vos décisions à votre place ! voulait-elle hurler. Je n'ai aucune sagesse. Je ne suis même pas raisonnable. Vous êtes plus âgé que moi, vous êtes un homme. »
— Je dois faire un mariage d'argent, dit-il amèrement. Voilà quel mufle je suis.
— Vous n'êtes pas...
Les mots restèrent coincés dans sa gorge. Quand il l'avait rejointe dans l'orangerie, une petite partie de Nina avait espéré qu'il la choisirait en dépit de tout. Mais non, il allait renoncer à elle. Elle l'entrevoyait on ne peut plus clairement. Être amoureux ne comptait pas. Dans le monde

des adultes, d'autres facteurs importaient davantage. À elle de se montrer adulte. *Je ne suis que l'amie de Mlle Bayfield*, se rappela-t-elle.

— Kitty Bayfield est très riche, reprit-elle.

Sa propre voix semblait lui parvenir d'une distance prodigieuse.

— Je sais, dit-il, acerbe. Elle figurait sur la liste de bons partis établie par ma tante.

— Vous devriez l'épouser, alors.

Devant sa mine sidérée, elle insista :

— Vous lui plaisez. Je veux qu'elle soit heureuse et je sais que vous serez bon pour elle. Il y a d'autres hommes avec qui je ne lui souhaite pas de se retrouver. Elle serait piétinée, broyée. Épousez Kitty. Qu'il en sorte quelque chose de bon.

— Comment réussissez-vous à parler ainsi ? dit-il en secouant la tête.

Nina ne répondit pas. Elle n'en savait rien. Elle avait la sensation de se noyer. Il prit ses mains dans les siennes. Ce contact la bouleversa au-delà de ce qu'elle aurait pu imaginer. Une cloche sonna au loin.

— C'est l'heure de se changer, dit-il.

— Je dois y aller, murmura-t-elle.

Une fois encore, Nina espéra de tout son être qu'il braverait le monde et lui proposerait de s'enfuir avec lui. Elle ignorait toutefois ce que cela représentait d'avoir charge d'âmes. Peut-être voyait-on le monde très différemment depuis cette position. Il se rapprocha d'elle.

— Juste une fois, dit-il. Si je ne dois plus jamais partager de moment similaire avec vous, permettez-moi de vous embrasser, rien que cette fois.

Elle resta sans voix. À ce moment, elle désirait ce baiser plus fort que tout. Il se pencha vers elle, et leurs bouches s'unirent. Cela dura un instant qui parut l'éternité. Elle vacilla quand leurs lèvres se séparèrent. Il la soutint le temps qu'elle retrouvât l'équilibre, puis la relâcha. *Plus jamais*, pensa-t-elle. *Plus jamais je ne l'embrasserai.*

— Je sors le premier, dit-il. Attendez ici de vous sentir prête.

— Oui.

Elle ne put prononcer un autre mot.

— Oh, Nina, dit-il en guise d'adieu.

Elle demeura là, le regard dans le vide, à attendre que la vie reprît. Du moins ce qui serait sa vie dorénavant.

*
**

L'aube point tôt en mai. Après n'avoir quasiment pas fermé l'œil de la nuit, Giles se leva, enfila sa robe de chambre et s'assit devant la fenêtre pour contempler la lumière rasante qui gagnait la pelouse encore humide de rosée. Nina occupait entièrement ses pensées, une douce mélodie mêlée à un torrent de larmes. Quand le premier merle se mit à chanter résolument, après quelques notes hésitantes, Giles choisit la détermination. Il savait ce qu'il devait faire. Ses sentiments n'y changeaient rien. Il fallait la chasser de son esprit, à jamais.

Crooks se présenta, étonné de le trouver là.

— Tout va bien, monsieur ? s'enquit-il anxieusement.

— Et pourquoi ça irait bien ? rétorqua Giles amèrement. Quant à espérer un meilleur avenir…

— Euh, monsieur le comte…

— Comment s'y prend-on, Crooks, pour demander sa main à une très jeune fille, à peine sortie de l'école ?

Le valet assura ses appuis, comme s'il redoutait de voir son maître lui décocher une droite.

— Eh bien, monsieur le comte, il existe des formes et des usages.

— Je me doutais que vous sauriez, lâcha Giles d'un ton tout sauf flatteur.

Crooks cilla et poursuivit malgré tout.

— Étant donné le contexte financier, il serait sans doute préférable que monsieur le comte ait la délicatesse de s'adresser d'abord au père de la demoiselle afin de solliciter sa permission. Ce serait moins embarrassant que d'obtenir l'accord de celle-ci pour voir les parents s'opposer à l'union.

Plus d'un homme eût perdu ses moyens face au regard furieux que décocha Giles.

— Dites-moi, Crooks : ma situation financière est-elle de notoriété publique ? J'imagine que tout le monde à Londres en parle ?

— Certainement pas, monsieur, répondit Crooks, que la question parut surprendre. Il se pourrait que quelques amis proches de feu votre père l'aient subodoré, mais quand bien même, jamais ils n'en parleraient. Et personne d'autre n'est en mesure de savoir quoi que ce soit. Je suis sûr que la bonne société en ignore tout.

— Hum, fit Giles. Il s'agit de Mlle Bayfield, annonça-t-il soudain. Je suppose que je ne vous apprends rien ?

Crooks éluda la question.

— Une jeune fille charmante et discrète. Et jolie.

Giles écarta ces considérations d'un geste.

— Et riche, dit-il.

— Il me semble effectivement, monsieur.

— Ses parents... selon vous, peuvent-ils se douter que je suis dans de beaux draps ?

L'expression fit grimacer Crooks.

— J'en doute fort, monsieur. Sir John et lady Bayfield sont des personnes distinguées, reçues partout, mais ils n'appartiennent pas à ce que j'appellerais le premier cercle.

— Dans ce cas, s'étonna Giles, comment se fait-il qu'on les invite à Dene Park ? Pour un week-end exceptionnel au cours duquel la présence du roi était annoncée ?

Crooks s'éclaircit la gorge, nerveux.

— Je crois savoir, monsieur le comte, que Lady Manningtree n'y est pas étrangère.

— Juste ciel ! C'est ma tante qui a tout manigancé ?

— Comme monsieur le sait, lady Manningtree est une vieille amie de lady Wroughton, et sa bonne, Cécile, m'a confié qu'elles avaient pris le thé ensemble peu de temps avant l'envoi des invitations.

— Cela ne prouve rien, dit Giles, toujours songeur.

— Certes, monsieur le comte, convint Crooks.

La formule subtile des domestiques expérimentés pour exprimer un avis contraire à celui de leur maître.

— Comment pouvait-elle savoir ? marmonna Giles. Moi-même, je ne l'ai su que...

Crooks toussota et fixa un point au loin.

— Je suppute, monsieur, qu'il y a eu un processus d'élimination. Que d'autres possibilités ont été, en quelque sorte, écartées...

Giles le secourut.

— Merci, Crooks. Faites chauffer l'eau, je vous prie.

Ainsi, songea-t-il alors que son valet sortait, tante Caroline avait remarqué qu'il parlait souvent à Mlles Bayfield et Sanderton, elle avait jugé que la première était sa dernière chance et espéré conclure l'affaire en les réunissant pour un week-end à la campagne. Ironie du sort ! Elle ne pouvait pas prévoir, bien évidemment, que d'autres circonstances aggraveraient son dilemme insoluble face à une obligation qui lui répugnait toujours autant, quel que fût l'avis de ses proches. À supposer que Nina eût raison, qu'il plût à Mlle Bayfield et qu'elle fût disposée à l'épouser, cela rendait-il la chose plus acceptable ? Non, décida-t-il. Dans l'ensemble, c'était encore pire.

*
**

Richard n'avait pas été invité à Dene Park. Pour une fois, il n'avait rien de prévu pendant le week-end. Il aurait facilement pu trouver à s'occuper, un bal ou une soirée où les célibataires étaient toujours les bienvenus, un camarade de son club avec qui dîner et faire une partie de billard, mais rien de tout cela ne le tentait. Sans l'avoir vraiment décidé, il prit le chemin de Golden Square et prépara dans sa tête des prétextes pour justifier un passage à l'improviste. Mme Sands et sa fille étaient présentes, mais il n'eut pas à fournir d'explication. On le reçut avec la spontanéité des personnes qui mènent une existence confinée. Il était une distraction, un joyeux divertissement. Lui goûtait au plaisir inédit de la simple compagnie d'autrui, sans motif supplémentaire d'être ensemble. Cela l'enchanta de descendre au bout d'une heure pour acheter une bouteille de sherry au Crown, puisqu'il n'y avait rien à boire. D'improviser un dîner tout simple, du fromage, du pain et du rosbif froid. De jouer à des jeux enfantins, comme faire deviner un mot en le mimant ou écrire des bouts-rimés. En fin de soirée, on servit du chocolat chaud. Quand en avait-il bu pour la dernière fois ? Puis Chloé s'installa au piano et interpréta une œuvre complexe. En tout autre lieu et dans un contexte différent, Richard se serait éclipsé en réprimant un bâillement. Alors que là, il écouta attentivement, le cerveau émoustillé. Il avait la sensation de s'ouvrir à la manière d'une huître expertement écaillée, de goûter à quelque chose de nouveau et d'extraordinaire.

Au moment de prendre congé, il leur serra la main et les remercia chaleureusement. Le sourire de Mme Sands perça sa carapace pour lui aller droit au cœur.

— Nous avons passé une merveilleuse soirée, dit-elle. N'hésitez pas à revenir quand vous voulez. Vous serez toujours le bienvenu.

Le dimanche matin, il se réveilla beaucoup plus tôt qu'à son habitude, la sobriété de la veille aidant, et un bout de la mélodie lui revint en tête. Incapable de rester au lit, il sonna Speen. Pendant que son valet le rasait, il lui demanda :

— Vous qui êtes londonien, Speen, quel est l'église la plus proche de Golden Square ?

Speen réfléchit avant de répondre, ce qui était bon signe.

— Tout dépend de ce que monsieur recherche. Il y en a une sur la place, mais vu qu'il s'agit de Notre-Dame de quelque chose, ce doit être une église catholique. J'imagine que la bonne société fréquente St George, dans Hanover Square. Du beau monde.

— Y a-t-il de la musique pour accompagner l'office ?

— Oui, monsieur. L'église est réputée pour. Il y a un orgue magnifique avec des milliers de tuyaux. On dit que Haendel, le compositeur, était un fidèle paroissien, attiré par le bel instrument et l'acoustique remarquable.

— Comment savez-vous tout cela ? s'enquit Richard, impressionné.

Speen se pencha pour atteindre les poils derrière l'oreille.

— J'ai connu une femme, Dottie Hanks, qui jouait du piano dans un pub de Brewer Street. Passionnée de musique. Elle m'a raconté ça un jour...

Il se tut brusquement.

— Au lit ? devina Richard.

— Vous savez ce que c'est, monsieur.

— Oui, fort heureusement.

— Vous comptez assister à l'office ce matin ?

— J'y songeais. Un orgue imposant et magnifique, vous dites ? Je serais curieux de l'entendre.

Par précaution, il se rendit avant l'heure dans Regent Street. Dissimulé derrière un journal, il se posta en face de Beak Street, qu'elles emprunteraient certainement pour aller à St George. À quoi bon subir un office si elles n'y assistaient pas ? Il fut récompensé en les apercevant qui arrivaient d'un bon pas, vêtues de ce qui devaient être leurs chapeaux et manteaux du dimanche. Il les suivit discrètement. À la fin de l'office, il s'attarda sur son banc et attendit d'être aperçu, apparemment trop captivé par le chant de clôture pour les remarquer avant que Mme Sands ne lui adressât la parole.

— Monsieur Tallant ! J'ignorais que vous fréquentiez St George, dit-elle d'un air nullement soupçonneux. Nous venons tous les dimanches.

Il se leva, les salua d'une courbette et dit, en toute sincérité :

— Je ne suis pas un habitué. La musique est vraiment splendide ! Quel orgue ! Saviez-vous que Haendel était un fidèle de cette paroisse ?

— Oui, dit Chloé. L'acoustique est particulièrement bien adaptée à la musique baroque.

— J'ai cru le comprendre, dit Richard.

Avant d'être trahi par son ignorance, il préféra changer de sujet.

— Si vous êtes disponibles, puis-je avoir le plaisir de vous emmener déjeuner ?

Mme Sands parut embêtée.

— Vous faites déjà tellement pour nous. Je suis certaine que vous avez d'autres engagements.

— Justement, je suis libre comme l'air. Tous mes amis ont été conviés dans des propriétés de campagne ici et là, mais personne n'a songé à m'inviter.

— Quel tristesse ! s'exclama-t-elle. Dans ce cas, si notre compagnie pouvait adoucir...

— Vous me faites un immense plaisir. L'Imperial est à deux pas. Permettez-moi...

Il proposa un bras à chacune, serein car le domaine le rembourserait. Giles lui avait donné carte blanche concernant les Sands. Qu'il l'eût entendu ainsi ou non.

*
**

Giles n'était pas du genre à repousser les corvées désagréables comme une visite chez le dentiste. Dès son retour à Londres le lundi, il demanda à être reçu par sir John Bayfield. Il tint à être honnête, exercice des plus humiliants. Sir John l'écouta d'un air grave, tripotant un stylo-plume et fronçant les sourcils par moments. Il eut été en droit de s'estimer outragé, de couper court à son récit pathétique pour le mettre dehors, mais n'en fit rien. Vers la fin de son exposé, quand il en arriva aux perspectives d'avenir pour Ashmore, Giles se montra d'une éloquence qui le surprit lui-même. La propriété, une fois redressée, redeviendrait florissante et procurerait un retour sur investissement. Il décrivit avec un réel enthousiasme les améliorations qu'il envisageait pour transformer Ashmore en un domaine modèle. Jusque-là, il n'avait pas eu conscience de se sentir à ce point investi.

Quand il eut terminé, sir John se contenta de lui demander :

— Avez-vous parlé de vos aspirations à ma fille ?

— Non, il me semblait inconvenant, étant donné les circonstances, de m'adresser à elle sans votre permission.

Après un moment de réflexion, sir John dit :

— Lady Bayfield m'assure que vous êtes un parti... euh... acceptable. Je sais qu'elle souhaite que Catherine épouse un aristocrate.

Giles n'en revenait pas de pareille franchise. Sir John n'avait rien d'un joueur de cartes.

— Pour ma part, reprit-il, je ne souhaite que son bonheur.

— Bien entendu, monsieur.

— Je vous prie de m'excuser un instant, le temps d'en conférer avec Lady Bayfield. L'avis d'une mère... son point de vue...

— Naturellement, monsieur.

Giles se leva tandis que Sir John quittait la pièce. Il patienta en faisant les cent pas et en s'efforçant de ne pas chercher à imaginer ce qui pouvait se dire. L'approbation de la mère pourrait bien être pire à subir que ne l'eût été la désapprobation du père. Tout compte fait, il espérait à moitié être éconduit.

Le mari revint enfin avec sa femme. Lui affichait la même mine grave, teintée de stupeur, et elle un large sourire, ô combien terrifiant. Ce fut elle qui s'exprima.

— Sir John m'a confié que vous aviez été d'une franchise admirable, monsieur le comte. C'est tout à votre honneur. Pour ma part, je crois que ma fille éprouve de la tendresse pour vous, et lui dénier cette possibilité de bonheur serait contraire aux élans naturels d'une mère. Restez ici, je vous l'envoie.

Seule la dernière phrase, énoncée à la manière d'un commandement de général ne souffrant pas la contradiction, sonna vrai aux oreilles de Giles. *Mon Dieu, dans quoi me suis-je embarqué ?* songea-t-il. *Et comment demander la main d'une jeune fille en pareille circonstance ? « J'ai besoin de votre argent et votre mère souhaite que vous soyez comtesse. Voulez-vous m'épouser ? »*

Tiraillé entre espoir et accablement, il espérait qu'elle refuserait.

Après l'excitation du week-end, une certaine langueur s'était emparée de Nina et de Kitty. N'ayant rien de prévu avant le soir, elles feuilletaient des périodiques en réprimant des bâillements dans le petit salon qui leur était attribué. Chose inhabituelle, elles n'avaient presque pas échangé un seul mot. Pour une fois, Nina était incapable de s'acquitter de son devoir, trop préoccupée par ses propres tourments pour remonter le moral à son amie, dont l'humeur morose ne lui avait pas échappé. Toutes deux se levèrent par réflexe quand lady Bayfield entra. Intriguée par son expression, Nina comprit soudain que c'était censé être un sourire.

— Nous avons de la visite, annonça-t-elle. Le comte de Stainton est ici et souhaite vous parler.

Nina en eut le tournis, à deux doigts de chavirer littéralement. Elle porta les mains à sa poitrine. Mais non, c'était Kitty que lady Bayfield fixait. Nina lui était à peu près invisible. Kitty, elle, avait blêmi. Nina se rapprocha d'elle, de crainte qu'elle ne s'évanouît.

— Il souhaite vous épouser, annonça sèchement lady Bayfield. Sir John et moi-même avons donné notre consentement. Il nous a consultés en premier, comme voulu, et va maintenant vous demander votre main. Voyons, tenez-vous droite. Regardez-moi dans quel état vous êtes ! Défroissez votre robe et pincez-vous les joues, vous avez le teint livide.

— Que dois-je faire ? demanda Kitty d'une voix tremblante.

— Vous écouterez patiemment ce qu'il a à vous dire, répondit lady Bayfield d'un ton impatient. Ensuite, vous accepterez sa proposition. Vous pouvez le remercier si vous souhaitez, mais inutile de vous montrer trop reconnaissante. Une fortune aussi considérable que la vôtre n'est pas commune. Vous allez vous marier dès votre première saison, Catherine. Sir John et moi sommes très heureux. Vous serez lady Stainton. Votre fils sera comte. Venez, je vais vous conduire à lui. Allez, ne restez pas plantée là comme une sotte ! Il ne s'agit pas de le faire attendre.

Paralysée, la gorge sèche, Kitty murmura :

— Nina peut m'accompagner ?

Lady Bayfield accorda un premier regard à Nina, à la fois méprisant et victorieux.

— Bien sûr que non. Ne soyez pas ridicule. Allez, Catherine.

Lady Bayfield posa une dernière fois les yeux sur Nina, l'air de lui envoyer : « Kitty n'a plus besoin de vous ! Bon débarras ! »

Habituée à obéir, Kitty suivit sa belle-mère.

La scène se déroula dans le bureau de sir John Bayfield. Kitty y fut poussée de force, chaton précipité malgré lui dans la fosse aux loups. Elle perçut les effluves de livres poussiéreux, de tabac et de l'eau de Cologne paternelle. La porte se referma dans son dos et elle devina la silhouette sombre d'un homme, se détachant devant la fenêtre illuminée de soleil. Giles, qui mit un instant à comprendre qu'elle ne pouvait pas le voir là où il se tenait, se déplaça devant la bibliothèque en face du bureau. Kitty le suivit du regard, mais demeura où elle s'était figée, incapable de bouger davantage.

— Bonjour, mademoiselle Bayfield.

Elle ne le quittait pas de ses yeux écarquillés, telle une victime. Mlle Sanderton faisait-elle erreur ? Mlle Bayfield agissait-elle sous la contrainte de ses parents ? Il fut pris d'un élan de compassion, aussi inhabituel qu'agaçant. Le manège de se trouver une riche héritière lui répugnait tant qu'il avait considéré les jeunes filles sur la liste de tante Caroline comme des objets et non comme des personnes. Qui plus est, Richard, fin connaisseur des femmes, voyait en elles des rapaces dont l'idée fixe était de capturer un partenaire. Et si son frère avait tort ? Et si la société dans son ensemble avait tort ? Et si les femmes ne ressentaient pas les choses différemment des hommes ? L'amitié nouée depuis quelques semaines avec Nina Sanderton l'incitait à le croire. Ils parlaient – du moins, jusqu'à leur dernière rencontre – d'égal à égal. Mais cela tenait-il à Nina ? En irait-il de même avec les autres femmes ? Il devait la chasser de ses pensées.

Giles fit une nouvelle tentative.

— Mademoiselle Bayfield, vos parents semblent estimer que vous... que vous seriez prête à répondre favorablement à ma sollicitation. Soyez assurée que je ne souhaite nullement vous imposer quelque chose qui ne vous serait pas agréable. S'ils se trompent, vous n'avez qu'un seul mot à dire, et cet entretien s'arrêtera là.

Kitty restant pétrifiée, il insista :

— Préférez-vous que je m'en aille ?

Elle s'humecta les lèvres.

— Non...

Alors qu'il dressait un sourcil, elle parvint à ajouter :

— Je... je veux bien que vous poursuiviez.

Bon, songea-t-il. *Comment procéder ?* S'il se fiait aux rares romans qu'il avait lus, l'usage était de parler d'amour. *Je n'ai jamais cru à l'amour et, alors que j'entrevois aujourd'hui la possibilité qu'il existe, ce n'est pas vous que j'aime.* Bien que ce fût la vérité, il ne pouvait pas le lui dire comme ça. De toute manière, pensa-t-il en scrutant ses traits, il aurait beau mentir et prétendre qu'il l'aimait, elle n'y croirait sans doute pas. Il ne lui avait jamais adressé le moindre signe permettant de le supposer. Alors pourquoi voulait-elle l'épouser ? *Parce que,* lui souffla une petite voix, *elle doit épouser quelqu'un et autant que ce soit toi. Pourquoi moi ? Parce que tu lui plais, comme te l'a indiqué Mlle Sanderton*. Oui, il comprenait mieux d'où lui venait cet air de victime et en éprouva une immense pitié. Elle était contrainte de se marier. Et ce n'était surtout pas le moment de se demander pourquoi Mlle Sanderton, elle, n'avait pas l'air d'une victime. Il fallait s'atteler à la tâche qui se présentait à lui. Avec tact et honnêteté.

— Mademoiselle Bayfield, je me trouve ici pour vous demander en mariage. Mes finances sont un peu serrées dans l'immédiat, mais je pense qu'elles s'amélioreront. J'ai les moyens d'assurer votre confort, et l'espoir de vous rendre heureuse. Je peux vous promettre de m'évertuer à ce que vous le soyez. Je vous offrirai tout ce que vous souhaitez, dans la mesure de mes possibilités. Me ferez-vous l'immense honneur de m'accorder votre main ?

Les grands yeux bleus fixés sur lui s'emplirent de larmes. Il eut la lucidité de comprendre qu'elles ne devaient rien à la tristesse. Un sourire tremblant s'efforçait d'apparaître sur les lèvres de la demoiselle. Il sourit à son tour en lui soufflant avec douceur :

— Il me semble que la coutume veut que vous répondiez.

Le sourire avait fini par conquérir ses traits.

— Oui, s'il vous plaît.

Giles ressentit du soulagement, mêlé d'une sorte de tristesse. Il manquait encore un détail, se fit-il la réflexion, pour parachever le rituel. Il s'approcha d'elle, lui prit les mains et se baissa pour déposer un baiser rapide sur sa bouche. Il songea qu'il n'avait pas eu à tant se pencher la veille. Écœuré par lui-même, Giles bannit ce souvenir de son esprit. Il ne devait plus jamais y repenser.

— Que diriez-vous d'annoncer la nouvelle à vos parents ?

Elle acquiesça. Il n'aurait pas cru possible d'avoir l'air comblé et inquiet en même temps. Pourtant il en avait l'exemple devant lui. Giles la mena vers la porte. La main qu'il avait conservée gisait passivement dans la sienne, contrairement à une main qu'il avait tenue récemment et à laquelle il s'interdisait de penser, une main qui irradiait d'énergie vitale.

*
**

Richard savait pertinemment que sa grand-mère ne sortait jamais de sa chambre avant 11 heures, voire midi quand elle s'était couchée très tard la veille. Mais comme il était fort rare de percer la nuit un dimanche soir, il se présenta le lundi matin dès le onzième coup de 11 heures. Rasé de près et habillé on ne peut plus soigneusement, il était muni d'un bouquet d'iris, une des fleurs préférées de sa grand-mère. Quand on le fit entrer, elle devina immédiatement à ces signes qu'il avait une idée derrière la tête. Installée à la petite table du salon, elle trempait des carrés de pain toasté dans du tilleul servi dans une ravissante tasse en porcelaine de Limoges blanche et dorée.

— Je sens que tu vas me demander quelque chose, dit-elle en fronçant les sourcils.

Il prit l'air faussement outré.

— Un petit-fils n'a plus le droit d'offrir des fleurs à son aïeule préférée ?

— Tu n'as pas d'autre aïeule.

— Malgré tout, mon geste est mûrement réfléchi. Je n'ai pas choisi des roses.

— Je t'en sais gré. Seul un amant doit offrir des roses. Simone, mettez-les dans un vase.

Elle garda toutefois les fleurs et en caressa les courbes fermes.

— La fleur de Dieu, dit-elle plaisamment. Les pétales vont par trois. L'iris porte toujours la trinité en son cœur. C'est aussi la fleur de Marie. On la surnomme parfois même « Notre Dame des Douleurs ». Toute beauté a son revers de chagrin.

Richard opina d'un air pénétré, sa sensibilité religieuse accrue depuis l'office de la veille. Mais il garda pour lui sa visite à St George, qui risquait de rappeler à sa grand-mère qu'il était loin de pratiquer régulièrement. Il avait marqué un point avec les iris, inutile de pousser le bouchon.

— Tu es bien matinal, dit sa grand-mère après avoir confié le bouquet à la bonne. À moins que tu n'aies fait une nuit blanche ?

— *Au contraire*, dit-il. Je me suis montré extraordinairement vertueux samedi et dimanche. Giles était invité à Dene Park pour le week-end.

— Ah, chez les Wroughton. Des gens dont le raffinement laisse à désirer. Respectables, mais ternes.

— Vous ne pensez pas qu'on peut dire cela de tous les aristocrates anglais ?

— Certains ne sont même pas respectables. De toute façon, c'est préférable à l'aristocratie française, qui ne sait que se plaindre de ses richesses perdues. Personne, et ne l'oublie jamais, *mon petit*, personne n'apprécie l'apitoiement sur soi. Du moins, pas chez les autres. Pour soi-même, c'est différent, *bien entendu*. Tout le monde s'y complaît avec délectation.

— Vous êtes en verve ce matin, Bonne-maman.

— Viens-en au but, *mon enfant*, le pressa-t-elle. Giles est allé à Dene Park et pas toi. *Et alors ?*

— J'étais retenu par des œuvres philanthropiques et je suis venu vous demander un grand service.

— Je m'en doutais.

Il sentit que sa patience était limitée.

— Ce n'est pas pour moi, Bonne-maman. C'est pour une personne très méritante dont les préoccupations ne vous laisseront pas indifférente. Je connais une femme, une veuve tout à fait respectable mais sans le sou. Elle a une fille qui est dotée d'un prodigieux talent pour la musique. Je l'ai entendue au piano, Bonne-maman, et j'en ai eu le souffle coupé. Malheureusement, elle dispose seulement d'un piano droit et rêverait de pouvoir s'exercer sur un instrument de meilleure qualité. Son talent le mérite. Or vous possédez un piano à queue.

— Deux, le corrigea-t-elle par souci d'exactitude.

— En effet. Celui-ci et celui du séjour à l'étage d'en dessous, un instrument exceptionnel qui ne sert presque jamais.

— Il m'arrive de m'en servir, souligna-t-elle d'un ton incisif. Et sir Thomas joue parfois un morceau quand il passe.

— Mais pas sur celui du séjour.

Elle eut un haussement d'épaules dédaigneux.

— Tu ne peux pas exiger de moi que j'offre mon piano à une inconnue.

— Non, loin de moi cette idée. Quand bien même, il n'y aurait pas la place dans leur logis. Ce que je vous demande, c'est de lui permettre de venir s'entraîner ici, à votre convenance.

— Accueillir chez moi une inconnue ? Impossible. Tu ne peux pas me demander cela.

— Sachant votre passion pour la musique et l'engagement de sir Thomas en faveur des jeunes talents, je vous le demande. Pour cette jeune fille respectable qui adore la musique autant que vous.

Elle le fixa à nouveau d'un regard perçant.

— Serais-tu amoureux d'elle ?

— Pas du tout.

— Ce doit être ta maîtresse, alors. Certains hommes apprécient les danseuses. Sir Thomas a un faible pour les musiciennes. L'an passé, c'était une flûtiste.

— Ce n'est pas du tout ça, je vous assure.

— Voyons, toi qui ne penses qu'à toi et te fiches éperdument des autres ? lança-t-elle, soupçonneuse.

C'était la stricte vérité et il le savait parfaitement. Malgré tout, il fut blessé dans son amour-propre.

— Tout homme peut changer, non ? C'est différent, cette fois. Je ne sais pas pourquoi, reconnut-il, mais son talent me touche et je ne voudrais pas qu'il soit gâché. Je veux l'aider. Je vous en supplie, Bonne-maman : acceptez de l'écouter une fois et vous aussi souhaiterez l'aider.

Il eut la sagesse de se taire pendant qu'elle réfléchissait. Elle ne supportait pas d'être pressée.

— Tu sais que je ne quitte jamais ma chambre avant 11 heures, finit-elle par dire. La bonne en a terminé dans le séjour à 9 heures. Qu'elle vienne à ce moment-là. Elle pourra jouer jusqu'à 10 h 30. Elle laissera la porte du séjour ouverte, ce qui me permettra de l'entendre d'ici. Si elle est aussi douée que tu le dis, elle sera la bienvenue à ces horaires du lundi au vendredi. Dans le cas contraire, je t'adresserai un mot et ce sera à toi de l'informer qu'elle ne doit pas revenir.

— Merci, Bonne-maman ! Je vous jure qu'elle…

Elle le fit taire d'un geste.

— Inutile de jurer. Je l'écouterai, voilà tout. Je ne souhaite ni la voir ni lui parler. Qu'elle se présente à l'heure dite, on la laissera entrer. Personne ne la raccompagnera à la porte à la fin. Elle sera tranquille. Si c'est une vraie musicienne, cela lui conviendra. Comment s'appelle-t-elle ?

— Mademoiselle Sands.

En même temps qu'il répondait, Richard fut pris d'une angoisse atroce : et si ce nom lui était familier ? Mais elle ne marqua aucune réaction.

— Je préviendrai Chaplin de sa venue. Qu'elle vienne mercredi. Pas demain. Demain, je ferai accorder le piano. Il en a besoin. Elle passe mercredi et nous verrons.

Richard se leva prestement, serra ses mains dans les siennes et déposa un baiser sur sa joue. Elle le repoussa comme elle aurait chassé une mouche.

— Mais je ne comprends toujours pas ce qui te motive. Pourquoi le fais-tu ?

— Très honnêtement, Granny, je l'ignore moi-même.

Son ton déconcerté avait de quoi convaincre.

— Je te défends de m'appeler *Granny*.

*
**

Kitty eut préféré ne pas sortir le lundi soir, mais sa belle-mère ne lui laissa pas le choix. Elle tenait à parader dans le beau monde avec sa fille nouvellement fiancée. À l'insistance de son épouse, sir John s'était occupé de la petite annonce qui devait paraître le lendemain dans le *Times*. Cela dit, elle n'avait aucune crainte : à en croire son mari, lord Stainton comptait beaucoup sur la dot de Catherine. Lady Bayfield n'y trouvait rien à redire. De l'argent, elle n'en manquait pas. En revanche, elle aspirait à un meilleur rang social. Si elle-même resterait à jamais l'épouse d'un baronnet, son petit-fils serait comte, avec un siège au Parlement et des terres. Une propriété ancestrale. L'avidité des Anglais pour la terre, voilà ce qui animait Lady Bayfield au plus profond de son être, la même passion qui avait poussé au fil des siècles les explorateurs à conquérir de vastes étendues, si lointaines et désolées fussent-elles. Elle ignorait évidemment les réticences du comte, et les eût-elle connues qu'elle les aurait balayées d'un revers de main. Un domaine, ce n'était pas rien. La terre perdurait quand tout le reste s'effondrait. Pas un instant lady Bayfield ne prit en compte les sentiments de Catherine. Le devoir d'une mère était de permettre à sa fille de faire le plus beau mariage, celui d'une fille d'obéir. Elle aurait peut-être hésité si elle avait eu vent d'une vraie tare, par exemple une maladie affreuse ou des épouses précédentes décédées dans des circonstances mystérieuses. En l'occurrence, Stainton semblait bien portant et d'un commerce agréable. Catherine ne pouvait nourrir aucune réserve. Aussi était-il agaçant de la voir si peu enthousiaste dans le salon de lady Vaine. Peu importait : Lady Bayfield manifestait une joie triomphale suffisante pour elles deux.

Cette nuit-là, Nina contemplait le plafond et attendait l'aube, comme l'ont toujours fait les êtres que leurs tourments empêchent de trouver le sommeil. La porte de communication s'ouvrit soudain, et Kitty vint se glisser à côté d'elle dans son lit.

— Tu as les pieds gelés, s'étonna Nina. Et les mains. Ça va ?

— Oui, murmura Kitty.

Ce simple mot recelait une angoisse incommensurable. Nina serra son amie tremblotante dans ses bras pour la réchauffer.

— Tu me détestes ? demanda Kitty au bout d'un long moment.

— Bien sûr que non. Pourquoi voudrais-tu que je te déteste ?

— Parce que je vais épouser un homme qui ne m'aime pas.

— Voyons, Kitty.

— Je sais qu'il ne m'aime pas. Mère m'a expliqué qu'il a des difficultés financières et a besoin de ma dot.

Venant de lady Bayfield, pareille franchise n'étonnait pas Nina.

— Alors, tu penses que j'ai tort d'accepter ?

Nina était incapable de répondre. Était-elle responsable de la situation présente à cause de ses paroles à Stainton ? « Qu'il en sorte quelque chose de bon. » Cherchait-elle, à travers son amie, à le garder près d'elle ? Aurait-il demandé la main de Kitty si elle n'avait rien dit ?

— Mais, moi, je l'aime, reprit Kitty. Tu comprends ? Je l'aime à la folie ! Même si je n'arrive pas à le rendre heureux, je peux assurer son bien-être.

— Et toi, seras-tu heureuse ?

— Je rêve d'être toujours avec lui. D'être son épouse.

Nina pouvait le comprendre. Elle était tiraillée entre culpabilité et jalousie. Sans compter le désespoir. Sa tante l'avait mise en garde contre l'éclat séducteur du beau monde. Elle s'était crue suffisamment raisonnable pour ne pas y succomber, convaincue que l'esprit gouvernait le cœur. *Qu'il en aille ainsi à l'avenir*, décida-t-elle. Une fois cet accès passager surmonté, elle agirait raisonnablement pour le restant de ses jours. Il fallait à tout prix cacher ses sentiments à Kitty.

— Je suis heureuse pour toi, dit-elle avec toute la chaleur dont elle était capable. Ainsi que je te l'avais prédit chez Mlle Thornton, tu as rencontré le prince charmant et tu es tombée amoureuse.

— Et toi, il te plaît ? s'enquit Kitty, angoissée.

— Oui, parvint à répondre Nina. La date du mariage est-elle fixée ?

— Ma belle-mère m'a parlé du 28 juin.

— C'est très rapide.

— Elle dit qu'il n'y a aucune raison d'attendre. Apparemment, Lord Stainton souhaite que nous soyons mariés au plus vite. Le seul tracas, c'est ma robe. Avec le couronnement prévu pour le 26, il sera compliqué de faire réaliser toutes mes tenues à temps. Mère envisage d'acheter des vêtements de confection que l'on retouchera à la main pour que personne ne s'aperçoive de rien. Higgins et Marie pourront s'en occuper.

Le 28, songea Nina. Dans très peu de temps. Mieux valait en terminer rapidement, comme on arrache un pansement. Une fois marié, il serait hors de portée, envolé à jamais. Elle retournerait dans son monde où rien ne viendrait lui rappeler lord Stainton. Elle deviendrait enseignante, à l'image de Mlle Thornton, et forgerait l'esprit de jeunes filles pour leur permettre d'aspirer à de plus larges horizons que leurs mères. La gorge nouée, elle dit :

— Donc, ma Kitty, nous allons nous quitter demain. Je vais préparer mes bagages. Je penserai fort à toi quand viendra le grand jour.

— Qu'est-ce que tu racontes ? dit Kitty, stupéfaite. Tu ne peux pas partir !

— Tu n'as plus besoin de moi. J'étais là pour t'aider à faire ton entrée dans le monde et c'est fait.

— Mais je vais avoir besoin de toi plus que jamais ! Ne pars pas, je t'en supplie ! J'aurai atrocement peur, ma belle-mère sera excédée et pénible avec moi. Si je ne t'ai pas à mes côtés, jamais je ne m'en sortirai ! S'il te plaît, Nina, promets-moi de ne pas m'abandonner.

Kitty était en pleine panique.

— Je n'ai aucune envie d'être séparée de toi, la rassura Nina. Je serai ravie de rester jusqu'au mariage, si on m'y autorise.

— Et tu seras ma demoiselle d'honneur.

— Si on me le permet.

— Comment voudrais-tu que ta tante s'y oppose ?

Ta chère belle-mère aura son mot à dire, pensa Nina.

*
**

Ayant trop longtemps délaissé les affaires du Château, Giles saisit ce prétexte pour expliquer à sa tante qu'il ne pouvait s'attarder davantage à Londres.

— Tu as peu de temps pour veiller aux préparatifs, objecta-t-elle sévèrement.

— C'est la famille de la mariée qui a beaucoup à faire, répliqua-t-il. Vogel verra sir John à propos du contrat de mariage. Et Markham s'occupera d'organiser... le voyage de noces.

L'expression sonnait ridiculement à ses oreilles.

— Il te faudra un nombre considérable de tenues, insista tante Caroline.

— Pas tant que ça. Et au risque de vous sidérer, ma tante, sachez qu'il existe des tailleurs en dehors de Londres.

— Des tailleurs de province ? lâcha-t-elle avec mépris. Si tu tiens à être mal fagoté pour ton propre mariage.

— J'aurai une mise soignée de gentleman. Ne m'en demandez pas davantage.

Elle regrettait qu'il se contentât du strict minimum. Giles ne semblait ni heureux ni même concerné par son futur mariage. Bien qu'ayant toujours jugé excessifs les scrupules de son neveu, elle éprouvait un léger remords de lui avoir forcé la main pour qu'il se résignât à cette union imposée par les circonstances.

— Tu agis comme il faut, Giles, dit-elle d'une voix adoucie. Surtout, ne considère pas cela comme un abominable dévoiement de l'ordre naturel des choses. Ton devoir était de te marier et tu as choisi une fille parfaitement convenable et sympathique qui fera une bonne épouse. Cette histoire a pris des proportions injustifiées dans ta tête. Tout ira pour le mieux. C'est déjà le cas.

Il l'écouta patiemment, son expression était de marbre.

— Je sais, dit-il. N'ayez crainte, je reviendrai. Dans l'immédiat, quantité de tâches m'attendent à Ashmore, et moi seul puis m'en acquitter. Je dois vous laisser.

Ces propos en apparence si raisonnables, songea tante Caroline, n'étaient que du vent. Impossible de s'en satisfaire.

13

Le deuil de six mois étant terminé, Rachel et Alice pouvaient de nouveau accepter des invitations. La première fut celle des Brinklow, la famille qui habitait la « maison rouge » à Canons Ashmore. Du même âge qu'elles, Ina et Clara n'avaient pas encore fait leur entrée dans le monde.

— Une fête pour enfants, dit lady Stainton. Très curieux. Il y aura des jeux de salon et sans doute un goûter. Vous souhaitez y aller ?

— Oh oui, s'il vous plaît, Mère !

— J'imagine que vos amies vous manquent ? fit lady Stainton avec une moue dubitative. Vous porterez votre jupe de tarlatane écossaise, décida-t-elle après les avoir détaillées en plissant le front. Il faudra que Taylor vous coiffe. Vous êtes vraiment à un âge ingrat : vous n'êtes plus des enfants, mais trop jeunes pour être mariées.

Elle les congédia d'un geste.

Les deux sœurs se réjouissaient de cette sortie et, comble de bonheur, on prépara pour elles le carrosse, tiré par les deux bais et conduit par le cocher John Manley en livrée.

— Vous n'imaginiez tout de même pas que vous alliez vous y rendre à pied, dit Daisy en les installant.

Si, elles pensaient devoir marcher jusqu'à Canons Ashmore. Pour Alice, le carrosse était la touche finale. Mais pour Rachel, cela n'atténuait qu'en partie la honte de la robe écossaise marron et verte. Cette tenue de petite fille n'avait rien d'une toilette élégante : un vêtement simple retenu à la taille par une large ceinture de soie – fauve pour la sienne, vert pâle pour sa sœur –, sans tournure et qui se prolongeait jusqu'aux chevilles. Qui plus est, Mlle Taylor avait refusé de leur faire une coiffure relevée. « Inconvenant à votre âge », avait-elle décrété.

Elle les avait brossées sans ménagement avant de nouer deux couettes avec des rubans, laissant par ailleurs leurs mèches bouclées libres sur la nuque.

« Nous avons l'air d'enfants ! pestait Rachel.

— Nous sommes des enfants, riposta Alice.

— J'ai presque dix-sept ans et je ne supporte pas de devoir m'habiller comme toi.

— Allez, ne va pas tout gâcher ! la supplia Alice. Je veux en profiter. Nous sommes restées enfermées depuis des mois, sans voir personne. Je me demande qui sera là. »

Ina et Clara se précipitèrent pour les accueillir, ainsi que leur petit frère Leopold, gamin de douze ans indigne de leur attention.

— Devinez quoi ! s'écrièrent-elles. Ernie est là ! Formidable, hein ?

Ernie, dix-neuf ans, étudiait à Oxford. Lui méritait toute leur attention, d'autant qu'il était beau et charmant. En son honneur, Mme Brinklow avait invité plusieurs jeunes gens et demoiselles plus âgés. Ce n'était donc pas vraiment une fête pour enfants. *Si mère avait su,* songea Alice, ravie, *elle ne nous aurait peut-être pas donné la permission.*

Il y avait le cadet et la benjamine de lord Bexley, Sydney et Eveline, et Mary Baring-Gould d'Ashmore Court, tous de jeunes adultes ayant fait leur entrée dans le monde. Et en pénétrant dans le salon, la première personne qu'Alice vit fut le cycliste, Victor Lattery. Il vint immédiatement les saluer. Comme il n'avait d'yeux que pour sa sœur, Alice s'éloigna.

— J'ai bien cru ne jamais vous revoir ! confia-t-il. Des mois et des mois ont passé. Je vous ai cherchée partout ! Où étiez-vous cachée ?

Un garçon qui vous chuchotait pareille question, c'était tellement palpitant !

— Nulle part, répondit Rachel bêtement, inhabituée à ce genre de conversation. Vous auriez pu nous voir à l'église tous les dimanches.

— À l'église ? fit-il distraitement.

— Vous n'assistez pas à l'office le dimanche ?

Rachel était un rien choquée. Pour elle, tout le monde pratiquait.

— À St Peter, vous voulez dire ? C'est que ma tante est catholique, voyez-vous. Nous allons à St Aiden à New Ashmore.

Il s'agissait de la nouvelle commune qui s'était créée autour de la gare, au sommet de la colline.

— Ah, fit-elle.

C'était la première fois qu'elle rencontrait un catholique. Sa mère désapprouverait certainement. Peu importait. Seul comptait à cet instant le fait qu'il l'avait cherchée partout.

— J'espère que vous ne vous êtes pas blessée quand la carriole a versé dans le fossé, dit-il.

— Pas du tout. Il a quand même fallu réparer l'essieu qui était fendu.

— Et votre adorable poney ? C'est quoi son nom, déjà ?

— Biscuit. Oh, rien ne le perturbe jamais.

— Quand vous m'avez dit que vous habitiez au Château, vous vous êtes bien gardée de me dévoiler que vous étiez les sœurs du comte. Vous êtes une petite cachotière, lady Rachel. J'aurais pu me méprendre.

— Pourquoi ? Qui pensiez-vous que j'étais ? demanda-t-elle, interdite.

— N'oubliez pas que j'arrivais à peine dans la région. C'est seulement quand j'ai mentionné votre nom à ma tante que j'ai su la vérité.

Ina et Clara rassemblèrent tout le monde pour une partie de loto supervisée par leur gouvernante, Mlle Wylie, garante de la bienséance.

— Victor et Rachel, venez par ici ! les appela Ina. Nous allons jouer au loto.

Le jeune homme accompagna Rachel jusqu'à la table, lui tira une chaise et prit place à côté d'elle. N'ayant jamais eu droit à pareilles attentions, elle était flattée et aux anges. Victor la conseilla à chaque donne et tricha parfois pour la laisser gagner. Étonnamment, même les plus âgés d'entre eux prenaient plaisir aux jeux de société. On joua ensuite aux bouts-rimés et aux portraits chinois. Puis l'on servit le thé, accompagné de délicieux gâteaux. Ensuite, Ernie proposa de rouler le tapis, et Mlle Wylie accepta de se mettre au piano pour jouer quelques danses campagnardes. Rachel dansa avec Victor Lattery, Ernie Brinklow, Sydney Bexley et même, par gentillesse, avec le jeune Leo Brinklow. Elle eut droit, pour terminer, à une seconde danse avec Victor.

— Quand vous reverrai-je ? lui dit-il en serrant sa main dans les siennes. Je refuse de vous perdre à nouveau alors que je viens à peine de vous retrouver !

— Mais je n'ai pas bougé d'ici, balbutia-t-elle, abasourdie.

— Vous arrive-t-il de vous promener à bicyclette ?

— Je n'ai jamais eu l'occasion d'essayer.

— C'est une activité physique très agréable. Vivifiante et bénéfique. Je suis certain que votre mère n'y verrait aucune objection.

Rachel n'en était pas si sûre. Sa mère semblait toujours opposée à tout.

— Je n'ai pas de bicyclette, se contenta-t-elle de dire.

— Ce n'est pas un problème, on peut facilement en emprunter une. Écoutez, si j'organise une excursion un jour, seriez-vous partante ?

— J'aimerais beaucoup...

Elle comptait terminer sa phrase par « sauf que je ne pense pas qu'on m'accordera l'autorisation », mais il la coupa :

— Je vous adresserai un billet quand le jour sera fixé.

Rachel en resta là. Elle tenait à donner l'impression qu'elle pouvait elle aussi agir à sa guise, en grande personne. Elle ne croyait pas vraiment que ce projet pût aboutir et n'y pensa plus dès le lendemain, quand fut annoncée la nouvelle des fiançailles de Giles.

*
**

Dory venait de passer un moment en compagnie de M. Sebastian. Il appréciait sa présence quand il se mettait au piano. Elle n'avait rien à se reprocher car elle avait de la couture pour s'occuper. Elle tressaillit néanmoins tel un lièvre surpris, signe qu'elle se sentait un peu fautive, quand James surgit de nulle part alors qu'elle ressortait du salon.

— Arrête de faire le sournois, se plaignit-elle en se précipitant dans le couloir.

Il lui emboîta le pas.

— Ce vieillard te plaît, lâcha-t-il d'un ton de reproche. Qu'est-ce qu'il a de séduisant ? Il est moche et vieux, et sale par-dessus le marché. Je brosse ses vêtements, tu devrais voir dans quel état ils sont !

— Va-t'en.

— T'as pas à me parler sur ce ton. Je suis premier valet.

— Vous pouvez disposer, lança-t-elle d'un air moqueur.

— Réponds-moi : pourquoi t'es aimable avec lui mais pas avec moi ?

— Je te l'ai déjà dit : tu n'es pas sympathique.

— Je sais être gentil. Je t'ai même invitée une fois à prendre le thé. J'ai de l'argent. Tu veux un cadeau ? Qu'est-ce qui…

— Ça ne marche pas de cette façon, le coupa-t-elle avec une note de pitié involontaire.

James avait beau aspirer à être un homme comme les autres, c'était un être inachevé à qui manquaient certains aspects essentiels.

— Connais-tu l'histoire de Pinocchio ?

— Non, dit-il, dérouté. Où est le rapport ? Écoute, tu devrais te lier à moi. J'ai de l'ambition, je vais tracer ma route.

— Commence par me laisser passer. J'ai du travail.

— Je ne vais pas rester valet de pied toute ma vie. Je serai majordome ou valet de chambre. Je ne sais pas ce qui est mieux payé. Un majordome a droit à pas mal d'avantages, mais un valet de chambre voyage plus. Le nouveau comte...

— A déjà un valet de chambre, remarqua Dory.

James eut un rictus hideux.

— Ce vieil imbécile de Crooks ? J'en fais mon affaire ! Est-ce que je te plairais davantage si j'étais le valet de chambre de monsieur le comte ? insista-t-il en la regardant droit dans les yeux. Je pourrais te rendre service, t'obtenir une meilleure place. Tu mérites mieux que de rester couturière.

— Je ne l'ai pas toujours été, rétorqua-t-elle, espiègle. Mais je m'en contente parfaitement pour l'instant.

— Comment ça ? T'étais quoi ?

— Je suis une princesse étrangère, réfugiée pour échapper aux révolutionnaires. Je rentrerai un jour chez moi, quand mes fidèles sujets me rétabliront sur le trône.

Il en resta interloqué quelques secondes, l'occasion pour Dory de s'éclipser par l'escalier de service dont la porte se referma au nez de James.

Crooks était soulagé de retrouver le Château et d'échapper ainsi à Speen, resté à Londres, où M. Richard avait choisi de prolonger son séjour. Speen lui proposait sans cesse de nouvelles virées nocturnes, des invitations dont il devinait qu'elles visaient surtout à le taquiner. Crooks gardait un souvenir horrifié de la soirée au pub et de la jeune femme au décolleté plongeant. Il lui arrivait de rêver de poitrines opulentes qui le poursuivaient en gigotant et l'engloutissaient, cauchemars dont il se réveillait en sueur. Rien que l'odeur de la bière lui retournait le cœur.

Les serviteurs du Château le questionnaient sur la fiancée du comte, mais il avait peu de détails à livrer. Il parvint à la décrire :

— Toute frêle, presque une enfant. Des cheveux noirs. Une jeune femme charmante.

— Vous l'avez donc rencontrée ? s'enquit Rose au nom des autres domestiques présents à table.

— Disons du moins que je l'ai vue, à Dene Park. Nous étions autorisés à assister au bal depuis la galerie à l'étage. Je l'ai vue danser avec monsieur le comte. Il l'a également escortée pour le souper. J'imagine que c'est là que l'affaire s'est jouée, ajouta-t-il dans un grand effort d'imagination, car monsieur le comte m'a interrogé le lendemain matin sur la manière de demander sa main.

— C'est à vous qu'il a posé la question ? ironisa James.

— Voyons, James, le sermonna Moss. Je vous rappelle que monsieur Crooks est votre supérieur.

Cyril marmonna quelque chose dans sa barbe, du genre « supérieurs de mes deux ! » et Wilfrid, le garçon d'office, ne put se retenir de pouffer.

— Comme ça, il est fou amoureux ? interrogea Ellen.

— Forcément, dit Tilda. Sinon, il l'épouserait pas.

Mme Webster, jugeant le terrain glissant, préféra changer de sujet.

— Un mariage rapide, je crois. Une bonne chose. Personne n'a intérêt à de longues fiançailles. Cela se déroulera à Londres, si je ne m'abuse ?

— Il me semble que les Bayfield ont choisi de conserver l'hôtel particulier de Berkeley Street pour y organiser la réception.

— La cérémonie aura forcément lieu à St George, dans Hanover Square, déclara Mlle Taylor d'un ton d'autorité. C'est là que se marie toute la bonne société de Mayfair.

— Je suis certain que vous avez raison, mademoiselle Taylor, convint Crooks courtoisement, ravi de trouver une alliée.

— Dommage que ça ne soit pas ici, dit Moss. La dernière fois, c'était pour le mariage de lady Linda. Une fête mémorable. Pas une fausse note. Imaginez un gâteau dont l'étage inférieur mesurait un mètre vingt ! Et il a fallu six demoiselles d'honneur pour tenir la traîne.

— Je pensais que lady Cordwell serait toujours présente à notre retour, s'étonna Crooks. Sauriez-vous où elle est allée, monsieur Moss ?

— Sur l'île de Wight, l'informa le majordome.

Mme Webster fournit davantage de précisions.

— Lord Cordwell s'est débrouillé pour être invité chez des amis. Il faut dire que c'est calme sur l'île en ce moment. Rien à voir avec la foule en août à l'occasion de la régate de Cowes Week. Je doute qu'il aurait reçu une invitation en plein été.

— Tant mieux pour les enfants, dit Crooks. Ils pourront jouer sur la plage et se baigner. Bien que ce ne soit pas vraiment le style de lady Cordwell.

— Mais c'est gratuit ! lança Rose, caustique.

— A-t-on évoqué une destination pour le voyage de noces ? demanda Moss. Je suppose qu'il ne faut pas espérer un séjour ici ?

— Non, ce sera à l'étranger, répondit Crooks avec une pointe de tristesse. D'abord Paris, puis l'Italie, je crois.

— Pas l'Égypte ? dit Moss. Il n'a pas prévu de montrer les pyramides à sa jeune épouse ?

Cette éventualité inquiétante n'avait pas effleuré Crooks.

— Pas que je sache. Il m'en aurait certainement parlé s'il l'envisageait. L'Égypte ? Il me semble compliqué d'y maintenir certaines exigences. Tout ce sable, ça s'infiltre partout.

— Comme sur l'île de Wight, nota Rose.

*
**

Giles constata avec surprise que sa mère ne portait plus le grand deuil. Il s'y était habitué depuis son retour de Thèbes. Elle était malgré tout vêtue de sombre, une tunique violette et grise en twill de soie. Notant sa mine étonnée, elle déclara d'un ton agacé :

— Je suis en demi-deuil. Six mois ont passé et je ne vais pas assister à ton mariage en tenue de grand deuil. À ce sujet, ta tante Caroline estime que la petite Bayfield est un parti convenable, bien que son père ne soit que baronnet. Le titre est ancien. Tante Caroline a vérifié avant de l'inclure sur sa liste. Sa création remonte à 1661, à l'occasion du couronnement de Charles II. Comment se fait-il que tu sois déjà rentré ?

— J'ai des affaires à régler au Château.

— Il faut respecter les règles de la bienséance, décréta lady Stainton, sous peine de faire jaser. Le mariage sera jugé trop hâtif si les usages ne sont pas suivis. Tu dois les inviter, elle et ses parents. Le plus tôt sera le mieux. Ce samedi, par exemple. Autant s'en acquitter tout de suite. Ils arriveront pour le déjeuner, tu leur montreras le domaine dans l'après-midi, puis nous dînerons et ils passeront la nuit ici. Laisse-moi le soin de tout organiser. Ils nous rendront l'invitation et je crains que nous soyons obligés d'accepter. Quel présent prévois-tu pour ton épouse ?

— J'ignorais que j'étais censé lui en donner un.

— Tu n'as qu'à te renseigner sur ses goûts, avant le jour du mariage. Stainton m'a offert les quatre petits Corot qui étaient accrochés dans mon dressing-room. Tu ne t'en souviens probablement pas, ils ont été vendus au moment des difficultés. Je n'y étais guère attachée, je les ai toujours trouvés sans intérêt. J'aurais préféré un lévrier, mais Stainton ne m'a pas demandé mon avis.

Les chiens réservèrent à Giles un accueil respectueux autant que joyeux. Ses sœurs, en revanche, se mirent à sautiller autour de lui comme des chiots excités.

— Dis-nous tout, Giles ! s'écria Alice. Elle est jolie ?

— Et gentille ? renchérit Rachel.

— Tu es fou amoureux d'elle ? Est-ce qu'elle aime les chevaux ?

— Quand la verrons-nous ?

— Samedi, répondit Giles. Maman compte l'inviter avec ses parents. Oui, elle est jolie. Et très timide. Pour les chevaux, je ne sais pas. Elle est férue de peinture, ce qui vous fera un sujet de conversation.

La rencontre chez lord Leven lui avait fourni ce dernier détail, faute d'avoir grand-chose d'autre à leur confier sur Catherine Bayfield.

— Elle peint ? s'enquit Alice.

— Je ne sais pas, dut-il admettre.

Elle le dévisagea, interloquée. Par chance, Rachel avait une question plus pressante.

— Serons-nous demoiselles d'honneur ?

— Je crois que c'est à elle d'en décider, non ? dit-il. Elle a peut-être l'intention de proposer à des amies ou à des cousines.

— Ou à ses sœurs ?

— Elle n'en a pas, pour autant que je sache.

— Tant mieux, se réjouit Alice. Enfin, c'est triste pour elle, mais nous serons ses sœurs une fois que vous serez mariés, et elle va certainement nous proposer d'être ses demoiselles d'honneur. C'est fou de penser que tu vas te marier !

Elle étouffa un petit rire.

— Qu'est-ce que ça a de drôle ? demanda-t-il.

— Je ne sais pas. C'est juste que je ne t'imagine pas en mari.

Elle fut prise d'un fou rire en prononçant le mot.

*
**

James trouva Crooks dans le local à chaussures, occupé à cirer les bottines de M. le comte. Il s'appuya au chambranle et l'observa. Sa présence eut raison de la sérénité du vieux valet qui finit par le regarder, l'air nerveux.

— La période qui s'annonce risque d'être compliquée pour vous, monsieur Crooks, dit James, débordant de sollicitude.

— Pardon ? Pourquoi ?

Crooks éprouva un frisson de peur. James avait toujours cet effet-là sur lui.

— Eh bien, pour commencer, il y a le voyage de noces. Vous-même l'avez souligné, ce sera compliqué de maintenir certaines exigences dans des contrées étrangères.

— Oh, je crois que Paris est une ville tout à fait civilisée, objecta Crooks d'une voix incertaine.

— Civilisée ? se gaussa James. En France, ils n'ont même pas de toilettes convenables comme chez nous. Je vous laisse imaginer les odeurs épouvantables et les maladies qui vont avec.

— Ah bon ? Je pensais...

— Et c'est pire en Italie. Sans parler des *banditi* qui rôdent dans les rues, prêts à vous couper la gorge.

— On est certainement en sécurité dans son hôtel, dit Crooks.

James fit la moue.

— À Londres, oui, mais les employés d'hôtel à l'étranger... Je me suis laissé dire qu'ils ferment les yeux si on leur graisse la patte. Et si quiconque dérange les brigands pendant qu'ils pillent les chambres, ou se trouve là quand ils débarquent... Eh bien, les morts ne peuvent pas témoigner.

Il mima le geste de se trancher la gorge avec le pouce.

Le teint blême, Crooks tenta de faire bonne figure.

— J'imagine que les hôtels de standing sont sûrs, sans quoi on en entendrait parler.

— Ce ne sont pas les faits divers qui manquent, insista James d'un ton grave. Pas plus tard que la semaine dernière, il y a eu un article dans le journal.

— Ah bon, je n'ai rien vu.

— C'était dans un quotidien que vous ne lisez pas. Vous vous contentez du *Times*, auquel est abonné M. le comte. Un autre problème, c'est la nourriture. Rien que des trucs bizarres et affreusement gras. Vous qui avez l'estomac délicat, je vous plains, monsieur Crooks. Je vous plains sincèrement. Les porteurs insolents, les draps crasseux, les puces, les indigestions. Ça fait beaucoup, surtout à votre âge. Mais vous avez toujours été un homme de devoir, quoi qu'il en coûte.

James se redressa et s'en alla. Resté seul, Crooks garda longtemps les yeux dans le vide, l'élégante bottine oubliée dans sa main.

*
**

— Qu'y a-t-il, Nina ? Tu ne me réponds que par monosyllabes. Tu as visiblement la tête ailleurs.

Tante Schofield, qui s'évertuait en vain à faire la conversation depuis le retour de sa nièce, perdit patience durant le déjeuner.

Nina fut tirée de sa rêverie.

— Je pensais juste à Kitty. J'espère que tout se déroule bien.

Elle rendait visite à sa tante tandis que Kitty et ses parents passaient le week-end à Ashmore Castle. Comparée à l'hôtel particulier de Berkeley Street, la maison de Draycott Place lui paraissait exiguë et assoupie.

— C'est tout ? Tu n'as pas l'air dans ton assiette.

Nina tripota son couteau à beurre sans rien dire.

— J'espère que cette expérience ne t'a pas transformée en enfant gâtée.

— Où en est le projet de bibliothèque ? s'obligea à demander Nina.

— Je viens de t'en parler pendant une demiheure.

Après le repas, tante Schofield s'empressa d'inviter quelques amis pour le dîner. La soirée fut animée, riche en discussions érudites à bâtons rompus auxquelles Nina prit part, ayant retrouvé sa vivacité. *Elle réalise ce qui lui a manqué*, songea sa tante. *Elle a dû être sevrée de conversations stimulantes ces dernières semaines.*

Pourtant, sa nièce ouvrit à peine la bouche au petit-déjeuner le dimanche matin, la mine de nouveau cafardeuse.

— Il serait préférable que tu ne retournes pas chez les Bayfield, finit par déclarer tante Schofield. Je constate que ton séjour chez eux t'a rendue insatisfaite. C'était une de mes craintes avant d'accepter que tu ne participes à la saison des débutantes, mais je te croyais suffisamment raisonnable pour en sortir indemne.

Quand Nina releva brièvement la tête, sa tante fut prise de court en découvrant son expression de profond malheur. *C'est plus que de l'insatisfaction*, songea-t-elle.

Détournant le regard, Nina dit, avec un effort manifeste pour maîtriser sa voix :

— Je ne suis pas devenue une enfant gâtée, je vous assure. Et je sais que ce monde n'est pas le mien. Je n'ai aucune envie d'y rester, vraiment aucune. Un dîner comme celui d'hier soir, c'est un vrai bonheur. Mais j'ai promis à Kitty d'être là pour la soutenir à son mariage. Permettez-moi d'y retourner, s'il vous plaît. Seulement jusqu'au mariage. C'est simplement l'affaire de quelques semaines.

— Dans ce cas, il faut honorer ta promesse.

— Merci.

Nina ne semblait nullement soulagée d'avoir obtenu son accord. Il y avait manifestement autre chose qui la tracassait. La tante Schofield fut prise d'un soupçon.

— Nina, tu ne serais pas...

« Tombée amoureuse ? » voulait-elle demander, mais elle se retint au dernier moment, n'étant guère désireuse de connaître la réponse à cette question. Elle se contenta d'ajouter :

— Tu peux y retourner, mais il faut faire preuve d'un peu plus de nerf. Je ne veux plus te voir prostrée, pareille à une fleur fanée. Cela manque d'élégance et ne sert à rien. Garde le sourire et tu auras le sourire. Dès ton retour après le mariage, je veillerai à ce que tu sois bien occupée. Les bonnes œuvres ne manquent pas, seules manquent les bonnes volontés pour s'y atteler. Tous ces plaisirs oisifs, cela finit par saper ta force morale, ce qui n'est pas pour me plaire.

— Vous êtes un précieux soutien, dit Nina. J'aimerais vous avoir tout le temps à mes côtés.

— Tu dois apprendre à être forte seule. Je ne serai pas toujours là et tu as toute la vie devant toi.

À cet instant précis, le reste de sa vie semblait à Nina un désert infini. *Je dois malgré tout faire bonne figure pour Kitty*, décida-t-elle. Autant s'y exercer dès maintenant. Elle parvint à esquisser un sourire.

*
**

Le traité de paix avec les Boers fut signé à Pretoria le 31 mai. Les copains de régiment de Richard rentraient peu à peu à Londres, certains en permission et d'autres de façon permanente. Il ne leur était pas compliqué de le retrouver. Ses deux meilleurs amis, Bracegirdle et Keenswell, vinrent frapper à la porte de Berkeley Square dès leur premier soir en ville et l'entraînèrent dans une virée qui se prolongea jusqu'à l'aube. Autour d'une première bouteille, il nota l'expression dans leur regard, cet air absent des hommes qui ont connu de lointains horizons et peinent à revenir pleinement ici et maintenant. Cela s'estompa au fil des verres, ce qui avait sans doute été aussi le cas pour lui à son retour. Ils lui demandèrent à quoi il s'occupait.

— J'ai participé à la saison des débutantes. Le programme au grand complet : bals, raouts, parties de bridge, dîners. Épuisant. En comparaison, la chasse aux Boers dans le veld était un jeu d'enfant. J'aidais mon frère à dénicher une épouse.

— Ton frère ? bredouilla Bracegirdle. Le comte ?

Il ne cessait de tourner légèrement la tête, comme s'il peinait à distinguer clairement Richard.

— Oui. L'unique. J'ai un tas de sœurs, mais un seul frère. Et donc, je l'ai casé. Il se marie à la fin du mois. Ensuite, je serai libre... de faire ce que je veux.

Il avait marqué une légère hésitation car c'était la première fois qu'il se projetait dans l'avenir.

— Son frère se marie, confia Bracegirdle à Keenswell d'un ton docte.

— Un événement important, convint Keenswell. Tu seras son témoin, je suppose ?

— Les deux font la paire ! lança Richard.

— Ensuite, adieu, dit Keenswell. Un brave type de plus qui disparaît.

— On y passera tous, soupira Bracegirdle.

— Pas moi, s'insurgea Richard.

Bracegirdle le dévisagea avec une concentration exagérée.

— Tu disais que tu avais des sœurs ?

— Tout à fait.

— En nombre suffisant pour nous deux ? s'enquit Keenswell.

— Trop jeunes. Elles n'ont pas encore fait leur entrée dans le monde.

— Ah, fit Bracegirdle. Ce n'est pas plus mal. Les femmes, ça compromet la pêche. Elles font les dégoûtées, se plaignent que le poisson est visqueux. Et l'eau mouillée.

Il secoua la tête, sidéré du manque de logique du sexe faible.

— La pêche, prononça Keenswell comme s'il entendait le mot pour la première fois.

— Rien ne vaut l'Écosse, déclara Bracegirdle. Londres est insupportable à cette époque de l'année. Trop bruyant. Pêcher le saumon et la truite. Juillet est parfait pour la truite. Nous devrions partir ensemble en Écosse. Tu n'as pas un oncle par là-bas ? demanda-t-il à Richard en plissant les paupières pour dissiper le flou. Lord quelque chose ?

— Le frère de ma mère. Lord Leake. Sa propriété est dans le Northumberland, mais il a une maison sur la Spey pour la pêche.

— On devrait y aller, dit Bracegirdle.

— Oui, mais je dois d'abord marier mon frère.

— Exact. Marier le frère. Ensuite, on va tous rendre visite à l'oncle Leake.

— Au bord de la Spey, précisa Keenswell.

— Pour pêcher. Tu penses qu'il apprécierait notre visite ?

— Il sera ravi, à n'en pas douter, dit Richard.

Le lendemain matin, Speen vint tirer son maître d'un profond sommeil, muni d'une tasse de café, et l'informa :

— Il y a deux messieurs en bas qui demandent à vous voir.

— Quelle heure est-il ? s'enquit Richard en émergeant péniblement.

— 11 h 30. Votre tante est à l'église. J'ai jugé bon de vous laisser dormir.

— Deux messieurs ?

— Ils sont arrivés en automobile et ont beaucoup insisté pour vous voir. Il semblerait que vous en soyez convenus hier soir.

Bracegirdle et Keenswell l'attendaient au rez-de-chaussée, l'air étonnamment fringants. Richard en fit la remarque.

— Je crois que je suis encore ivre, reconnut Bracegirdle, mais ça ne fait rien.

— Qu'est-ce qui vous amène de si bonne heure ?

— Notre plan d'hier soir, dit Keenswell. Tu te souviens ? On a décidé d'emprunter l'auto de Farringdon pour une escapade.

— À Richmond, précisa Bracegirdle.

— J'ai vaguement le souvenir que Richmond a été évoqué, dit Richard en plissant le front, mais le contexte ne me revient pas.

— Une petite vadrouille, un déjeuner au bord de la Tamise, un bol d'air. Es-tu partant ?

— Pourquoi pas ! répondit Richard en souriant. Qui est Farringdon ? Peu importe. Je n'ai jamais conduit une automobile. J'en ai toujours eu envie. Ça ne doit pas être sorcier.

— C'est sûr, convint Keenswell. Farringdon y arrive et il n'a rien d'une flèche.

— En route ! dit Richard, enthousiaste.

Il s'agissait d'une Daimler 22 chevaux, de quatre places.

— Elle file à une belle allure, promit Keenswell.

Bracegirdle prit le volant au début et roula lentement dans les rues étroites. Richard s'impatientait, pressé de pouvoir essayer à son tour. Bracegirdle accepta de passer la main quand ils eurent atteint la chaussée plus large d'Oxford Street. Après quelques explications sommaires sur les divers instruments, Richard le remplaça en toute confiance. Le moteur toussota à plusieurs reprises, cala deux ou trois fois, et il y eut même un moment de frayeur quand le véhicule partit en marche arrière, mais le néophyte prit bientôt le coup dc main.

— Facile comme tout ! fanfaronna-t-il alors que la voiture avançait sans encombre. Vraiment pas compliqué. Allez, on va s'amuser un peu !

— Agrippez bien vos chapeaux, les gars ! s'amusa Bracegirdle.

— Les chapeaux et le reste ! renchérit Richard en donnant un coup d'accélérateur.

*
**

Le trajet en train jusqu'à Canons Ashmore n'était pas long. Pour passer le temps, Kitty relut la description d'Ashmore Castle dans son guide. Elle s'était plongée dedans dès que l'invitation leur était parvenue, conformément au précepte de Mlle Thornton : être toujours bien préparée.

Elle avait été déçue d'apprendre, dès la première phrase, qu'Ashmore Castle n'avait en fait rien d'un château, bien que le premier comte de Stainton eût ajouté un parapet crénelé à l'occasion du chantier de 1780, par souci de vraisemblance. Il y avait eu un château autrefois, une motte castrale édifiée en 1080 et abandonnée en 1202. Il n'en restait aucun vestige architectural à découvert, rien que la butte visible un peu au nord-ouest de la demeure actuelle. Les habitants des environs avaient réutilisé les pierres de l'édifice au fil des ans, une bonne partie ayant servi à bâtir en 1232 le prieuré augustin qui avait donné son nom au village de Canons Ashmore[1].

En 1248, les chanoines avaient obtenu l'autorisation de détourner l'Ash de son cours pour créer des viviers. Après la dissolution du prieuré par Henri VIII en 1536, des arbres avaient poussé à l'emplacement des viviers laissés à l'abandon, un lieu-dit qui avait pris pour nom Ashmore Carr ; précision utile fournie par le guide, *carr* désignait une forêt en milieu marécageux. Le monarque avait donné le prieuré dissous et ses terres à un proche courtisan, Henry Tallant. Celui-ci s'était fait construire une demeure en amont sur la colline, avec les pierres de l'ancien monastère. Les locaux l'avaient baptisée « Ashmore Castle », allusion à l'ambition conquérante de son propriétaire. Lui et son fils avaient prospéré, tant sous Marie Stuart que sous Elizabeth, preuve d'une grande souplesse. Le petit-fils s'était vu attribuer une baronnie par Jacques Ier en 1620.

Le quatrième baron avait entrepris de gros travaux de rénovation et d'agrandissement en 1710, avec l'aide financière de la reine Anne, dont il était devenu l'un des favoris après la disgrâce des Marlborough. La terre avait été érigée en comté en 1780 pour services rendus lors du siège de Charleston, et le premier comte, dès son retour,

1. *Canon* a ici le sens de « chanoine ». (*N.d.T.*)

avait presque entièrement refait la demeure dans le style georgien, ajoutant notamment le fameux parapet crénelé. Le troisième comte avait perdu la vie au combat pendant la guerre de Crimée...

À lire cette longue liste d'événements et de figures historiques, Kitty se sentait plus que jamais insignifiante et indigne. C'était l'histoire d'Angleterre qu'elle avait l'impression d'épouser. Si seulement Nina avait été là pour la soutenir ! Elle aurait voulu sauter du train pour s'enfuir le plus loin possible. Quand elle fut tirée de sa lecture par l'annonce « Canons Ashmore ! Canons Ashmore ! », son cœur se serra si fort qu'elle crut défaillir.

— Allez, Catherine ! Ce n'est pas le moment de tergiverser !

La voix puissante de sa belle-mère eut pour effet de la galvaniser. Comme Kitty se ressaisissait, elle nota que lady Bayfield avait les mains qui tremblaient. Au point de laisser échapper la revue qu'elle feuilletait. Était-elle nerveuse elle aussi ? Kitty ne savait si cela lui donnait du courage ou l'inverse.

Le chef de gare vint lui-même ouvrir la porte du wagon, les aida à descendre et les accompagna jusqu'à la sortie où les attendait un landau décapoté d'un noir étincelant avec filets d'or sur les roues, tiré par quatre magnifiques gris pommelés. Il y avait un cocher et deux valets en livrée qui s'inclinèrent et la firent monter. Aucun d'eux ne se permit un geste désinvolte ni une moue dédaigneuse, ni la moindre indication qu'elle ne méritait pas tant d'égards.

On traversa un charmant petit village, puis on emprunta un pont pour franchir une rivière qui devait être l'Ash et l'on gravit une colline bordée de verts pâturages où poussaient quelques arbres majestueux et paissaient des moutons. « Tout ceci sera à toi ! » lui susurrait Nina dans sa tête. C'était trop. Elle était au bord des larmes. Tôt ou tard, elle sortirait de son rêve.

Bientôt apparut Ashmore Castle, imposant édifice rectangulaire et symétrique aux multiples fenêtres. Au centre, un portique aux colonnes corinthiennes occupait un bon tiers de la façade. Le parapet crénelé cachait le toit.

— Une architecture de style palladien, fit remarquer Lady Bayfield. Voilà qui me plaît, sir John. Le style palladien est de bon goût.

— Oui, ma chère, convint sir John qui contempla la demeure, puis sa fille d'un air dubitatif. Vous vous êtes bien débrouillée, Kitty.

Ses parents ne l'appellaient que rarement par son diminutif. Comblée de gratitude, elle répondit à son père par un sourire mal assuré.

14

Par chance, Kitty avait eu l'expérience du week-end à Dene Park pour se préparer un peu à ce qui l'attendait. Dene Park était même une demeure plus imposante qu'Ashmore Castle, et les Wroughton étaient nettement plus raffinés que les Stainton. La première rencontre entre lady Stainton et lady Bayfield eut un aspect quasi comique, chacune se livrant à une surenchère d'amabilités avec force sourires crispés et compliments factices. Toutefois, Kitty était trop apeurée pour s'en amuser. On lui présenta un homme grand et fort qui avait un air de ressemblance avec le roi. Giles l'appela « oncle Sebastian ». Bien que Giles lui fût familier, elle se sentait encore plus timide avec lui maintenant qu'ils étaient fiancés. Il était flanqué de deux grands chiens qui la saluèrent poliment, agitèrent la queue et donnèrent de petits coups de tête à ses mains. En voilà deux avec qui elle n'aurait aucune peine à être à l'aise !

— C'étaient les chiens de mon père, expliqua Giles. À sa mort, ils m'ont adopté. Tigre et Isaac. Ils sont très doux.

— Oh, je n'ai pas peur. J'ai toujours rêvé d'avoir un chien.

Cela parut lui faire plaisir.

En plus des chiens, il y avait deux demoiselles enjouées et fort sympathiques, les petites sœurs de Giles. Habillées simplement, nullement pimbêches de prime abord. Leur accueil fut chaleureux, pas du tout intimidant.

— Nous sommes tellement heureuses que Giles se marie ! dit Alice. Nous serons vos sœurs.

— Vous avez de la chance d'être deux, dit Kitty.

Elles échangèrent un regard.

— On y est trop habituées pour s'en rendre compte, dit Rachel. Oui, c'est une chance. Vous êtes vraiment fille unique ?

— J'avais un frère, mais il est décédé.

— Comme c'est triste, dit Rachel, les larmes aux yeux.

— C'était il y a longtemps, bafouilla Kitty, émue elle aussi.

Le déjeuner fut servi immédiatement. La nourriture était infecte, au grand étonnement de Kitty. Alors que sir John et lady Bayfield se contentèrent de quelques bouchées polies, lady Stainton, oncle Sebastian et les demoiselles terminèrent leur assiette sans façon. Giles, lui, mangea très peu. Kitty fit de son mieux, avala ce qu'elle ne pouvait pas recracher discrètement et étala à la manière des enfants ce qui était immangeable.

Les seules personnes à converser furent d'une part lady Bayfield et lady Stainton, d'autre part sir John et oncle Sebastian. Il semblait y avoir davantage d'affinité entre les messieurs, qui discutèrent de politique et du domaine. Après le repas, oncle Sebastian se retira pendant que l'on faisait visiter le Château aux invités. Lady

Bayfield en récita l'histoire comme si elle l'avait apprise par cœur. Impossible d'échapper à son exposé, même les sœurs de Giles l'écoutèrent en silence sans échanger de messes basses. Mais quand on arriva dans la galerie des peintures, tandis que la maîtresse de maison entraînait ses hôtes vers les portraits pour les éblouir avec les accomplissements et amitiés royales de la famille, Giles emmena Kitty au bout de la salle où étaient exposés des paysages, des natures mortes et quantité de tableaux figurant chiens et chevaux.

— Je pense que ces œuvres seront plus à votre goût, dit-il. Je trouve que les aïeux des autres présentent un intérêt limité.

Les deux sœurs s'empressèrent de les rejoindre.

— Venez voir ! dit Alice en guidant Kitty vers un mur. Voici mon tableau préféré, le cheval de notre arrière-grand-père, celui qu'il montait en Crimée. Il s'appelait Buckingham. Il est magnifique, non ?

— Que lui est-il arrivé ? s'enquit Kitty.

— Buckingham ? Il est rentré en Angleterre après la guerre. Notre arrière-grand-père est mort là-bas, vous savez, et un de ses amis, lord Tilney, a récupéré son cheval parce que nos troupes en manquaient. Tous deux ont survécu et il a ramené Buckingham ici, au Château, se disant que notre arrière-grand-père l'aurait souhaité.

— Mon père m'a raconté que son père allait voir le cheval tous les jours, confia Giles. Il lui apportait une pomme ou une carotte et il lui parlait.

— Selon Bonne-maman, ajouta Alice, enthousiaste, grand-père soutenait que ce cheval avait plus de bon sens que tous les humains de sa connaissance.

— Il est mort de vieillesse à trente ans, précisa Rachel. Père l'a enterré et a fait ériger un monument sur sa tombe. On peut vous emmener la voir, si vous voulez.

— Avec grand plaisir, dit Kitty.

L'histoire familiale l'intéressait davantage vue sous cet angle.

Enfin lassée de la visite, lady Stainton suggéra que Giles montrât les jardins à sa fiancée pendant que les Bayfield et elle prenaient des rafraîchissements dans le séjour. Lady Bayfield faillit tout gâcher en décrétant que sa belle-fille ferait mieux de se reposer avec eux, mais Kitty protesta qu'elle n'était pas fatiguée, et Giles et ses sœurs se dépêchèrent de l'entraîner avant que d'autres objections pussent être formulées.

— Ce serait dommage de rester enfermé par une si belle journée, dit Giles tandis que le petit groupe descendait les escaliers quatre à quatre, accompagné par les chiens. Les jardins n'ont pas grand intérêt, personne ne s'est jamais donné la peine d'en faire quelque chose. Il y a tout de même une belle vue.

— Pourquoi on n'irait pas voir les écuries ? proposa Alice, enjôleuse. Je pourrais vous montrer mon cheval, Pharaon.

— J'aimerais beaucoup voir les écuries, dit Kitty.

Elle lança un regard anxieux à Giles, craignant qu'il fût mal vu d'exprimer une préférence.

— Dans ce cas, allons-y, dit-il d'un ton prévenant. Vous montez, mademoiselle Bayfield ?

— J'ai appris quand j'étais petite, mais je n'en ai pas souvent eu l'occasion. On monte peu à cheval à Hampstead.

— Ce doit être épouvantable d'habiter en ville, dit Rachel.

— Pour les Londoniens, souligna Giles, Hampstead est à la campagne. N'est-ce pas, mademoiselle Bayfield ?

Kitty rougit et fixa ses pieds. *Elle croit que je me moque d'elle*, pensa-t-il avec une pointe d'exaspération. *Ce n'était qu'une remarque amusante, voilà tout.* Désemparé, il songea qu'il était irrévocablement lié à cette très jeune personne qui ne comprenait rien à lui. Mlle Sanderton eut ri et sorti une répartie amusante. Non, il ne devait pas penser à Mlle Sanderton.

La visite des écuries fut un succès. D'emblée, Giddins prit Kitty en sympathie. Il s'exprima d'une voix plus douce que d'ordinaire, sans supposer à tort que sa timidité tenait à une peur des chevaux. Il s'en approcha avec elle, lui indiqua leur nom et sortit quelques châtaignes de sa poche qu'elle put leur donner. Elle les caressa, enchantée, et posa même quelques questions. C'était la première fois de la journée qu'elle semblait aussi détendue. Ils restèrent dans les écuries jusqu'à ce qu'un serviteur vînt les prévenir que le thé était servi.

Au lit ce soir-là, Kitty peina à trouver le sommeil. Le matelas était dur et plein de bosses, les couvertures imprégnées d'une odeur de moisi que ne parvenaient pas à cacher les draps parfumés à la lavande. Elle était épuisée par tant d'impressions nouvelles, de rencontres avec des personnes inconnues, et surtout par l'obligation d'être toujours vigilante pour ne pas commettre d'impair. Et ce n'était que le début. Une fois mariée, elle verrait un tas de gens du même acabit que les Stainton, tous susceptibles d'être déçus. Quels seraient ses devoirs en tant que comtesse ? Ignorant de quelle façon se conduire, elle enchaînerait les maladresses, à la traîne dans un monde dont elle ignorait tout. Elle pleura un peu, telle une enfant fatiguée. Maintenant qu'elle était fiancée avec lui, Giles lui paraissait non pas moins mais plus intimidant. Son moment d'agacement ne lui avait pas échappé. Elle ne le comprenait pas et ignorait comment lui être agréable, ce qui ne l'empêchait pas de l'aimer. D'un amour total, auquel elle n'aurait pas pu davantage résister qu'une fleur résiste au besoin de se tourner vers le soleil. Elle ne pouvait pas rompre ses fiançailles, autant par respect des convenances que parce qu'elle n'en avait aucunement envie. Elle pressentait néanmoins que le chemin serait tout sauf aisé, parsemé de tristesse.

En revanche, si on le lui permettait, elle apporterait bien des améliorations à la demeure. Des salles de bains, par exemple. Quand elle avait demandé à Marie de lui indiquer l'emplacement de la salle de bains, celle-ci l'avait dévisagée d'un air dédaigneux. Il n'y en avait pas à Ashmore Castle. Si vous souhaitiez prendre un bain, on plaçait un tub devant la cheminée de votre chambre et des serviteurs montaient des brocs d'eau par l'escalier de service. Entreprise des plus laborieuses, avec comme sous-entendu qu'il fallait vraiment en avoir grandement besoin pour l'initier. Il n'y avait pas davantage de toilettes à chasse d'eau. La cuisine laissait elle aussi à désirer. Giles était vraiment maigre, peut-être y avait-il un lien de cause à effet. Il faudrait y remédier. Quand sa belle-mère avait épousé son père, l'une de ses premières décisions avait été de changer de cuisinière. Autre défaut des lieux : l'absence d'éclairage électrique, ou même au gaz. Les lampes à huile n'étaient vraiment pas pratiques. Et que dire des tapis miteux et des rideaux, élimés et fanés pour la plupart ? Kitty sentait au fond d'elle les qualités d'une bonne maîtresse de maison, trait hérité de sa vraie mère. Dès lors que Giles l'épousait pour son argent, elle pouvait bien en dépenser une petite partie pour le confort de son mari, non ? Apaisée par ces projets de lustres électrifiés, de draperies de velours et de plomberie moderne, elle trouva enfin le sommeil.

Giles n'arrivait pas davantage à fermer l'œil, alors que les chantiers de fouilles l'avaient habitué à dormir dans les pires conditions. Il appréhendait vivement le mariage auquel il s'était engagé. La journée avait été épouvantable, à l'exception des instants passés aux écuries où Kitty avait paru plus heureuse, bien qu'elle ne lui eût pas davantage adressé la parole, parlant seulement à Giddins et aux chevaux. Giles avait été un enfant solitaire. Jeune adulte, il avait certes eu à collaborer avec des collègues, mais c'étaient là des relations strictement professionnelles, nullement personnelles. Il n'avait jamais eu d'ami, ne s'était jamais senti proche de quiconque. Sa solitude intérieure avait perduré. C'était chez lui un état naturel dont il ne souffrait absolument pas. Et voilà qu'il s'apprêtait à se lier intimement à une très jeune fille, presque une enfant, qui semblait avoir peur de lui et à laquelle il peinait à arracher le moindre mot, malgré ses multiples efforts.

Pour la première fois de sa vie, il ressentait différemment la solitude. Maintenant que les circonstances l'avaient placé dans une situation qui devait lui procurer un minimum de compagnie, il se rendait compte qu'il y aspirait. Au cours des courtes semaines où Mlle Sanderton et lui avaient pu partager des idées, des opinions et même une certaine complicité, il avait pris goût à pareille intimité. Se sentir seul quand on l'est vraiment était une chose, mais il entrevoyait à présent que c'était bien pire de se sentir seul à côté de quelqu'un.

Pourtant, il avait pitié de Kitty, étant capable d'imaginer combien la timidité était une souffrance pour celui ou celle qui la subissait. Il devait maîtriser son agacement. En tant que mari, il était tenu de lui donner le meilleur de lui-même, quelle que fût sa propre insatisfaction.

*
**

Richard rêvait qu'il était de retour dans le veld. Sa gorge était sèche comme un désert et le martèlement des sabots de sa monture lui vrillait le crâne. D'ailleurs, il avait mal partout à force de rester en selle seize heures par jour. C'était éprouvant physiquement, et encore plus pour les chevaux. Les pauvres bêtes tenaient le plus longtemps possible, puis s'effondraient d'un coup et mouraient. Dans le cauchemar de Richard, son canasson venait de s'écrouler, et lui-même était coincé en dessous. Il n'arrivait pas à bouger. Perclus de douleur, il chercha faiblement à se dégager et tenta en vain d'appeler à l'aide. Il geignit et émergea peu à peu. Il entrouvrit les paupières et distingua le ciel au-dessus de lui, parfaitement blanc. Non, ce n'était pas le ciel. Il ne se trouvait pas dans le veld, mais allongé sur un lit. Un lit qui ne lui était pas familier, dans une chambre qui ne l'était pas davantage. Le martèlement existait seulement dans sa tête. Sa bouche était tellement desséchée que sa langue restait collée au palais. Pour se taper une telle gueule de bois, il avait dû bien s'arsouiller la veille. Peinant à garder les yeux ouverts, il les ferma et se laissa glisser à nouveau dans l'inconscience.

*
**

Les Bayfield repartirent le dimanche en milieu de matinée. Alors que Giles et les siens se tenaient encore sur le perron à observer le landau qui s'éloignait en direction de la gare, Moss s'approcha, toussota discrètement et lui chuchota :

— Un policier souhaite parler à monsieur le comte.

Le constable du village, un jeune homme très grand et musclé, l'attendait dans le hall de service. Comment s'appelait-il, déjà ? Hollyhock ? Non, Holyoak. Beau ténébreux à la mine imperturbable, il patientait calmement, son casque retiré par respect. Ses cheveux bouclés évoquaient la toison d'un bélier. Libérées de la coiffe, deux mèches plus longues ressortaient sur les tempes, tels des embryons de cornes.

— Que puis-je faire pour vous, Holyoak ? demanda Giles, fier de s'être souvenu du nom à temps.

— Je suis navré de devoir déranger monsieur le comte un dimanche, mais il y a eu un accident. Votre frère Richard se trouvait à bord de l'automobile esquintée. Comme il n'est pas marié, nous avons jugé bon de vous prévenir, en tant que proche et chef de famille.

*
**

— Vous ne chercheriez pas votre brosse à chapeau, monsieur Crooks ? demanda James en brandissant l'objet.

À quatre pattes, le vieux serviteur fouillait pour la énième fois la pièce des valets dans ses moindres recoins. Il releva la tête, les traits plissés par l'inquiétude. James lui trouva un air de bouledogue. Apercevant le précieux ustensile, Crooks se releva maladroitement.

— Doucement, dit James en se précipitant pour le retenir par le coude. N'allez pas vous blesser. Vous n'êtes plus tout jeune.

Ignorant le conseil, Crooks tendit la main sans parvenir à attraper son bien.

— Où l'avez-vous trouvée ? s'écria-t-il. Je l'ai cherchée partout.

— Sur une étagère du local à chaussures, dit James en la lui tendant enfin. Posée à côté de votre boîte de cirage noir de luxe.

— C'est impossible ! glapit Crooks.

Il s'empara de la brosse et l'inspecta soigneusement pour s'assurer qu'elle n'était pas abîmée.

— Vous avez dû l'intervertir avec une de vos brosses à chaussure, suggéra James, compréhensif. C'est vite arrivé.

— Pas du tout ! Je n'ai jamais commis pareille méprise de toute ma vie. Et puis, j'ai regardé ce matin dans le local à chaussures et elle n'y était pas.

— En tout cas, fit James en haussant les épaules, c'est là que je l'ai trouvée. Vous n'avez pas dû bien regarder. Vous êtes sans doute perturbé par ce qui est arrivé à M. Richard. Comme nous tous.

— Je sais parfaitement que je n'ai pas laissé cette brosse à cet endroit, s'énerva Crooks. Quelqu'un a dû la prendre.

— Voyons, qui voudrait toucher à ce vieux machin ? dit James, jovial. Mon pauvre Crooky, vous devenez trop âgé pour ce métier !

Il lui flanqua une tape amicale dans le dos et tourna les talons.

— Je vous défends de m'appeler ainsi ! s'indigna Crooks d'une voix angoissée.

*
**

Richard émergea de nouveau, cette fois avec l'impression d'avoir été longtemps absent. Il ouvrit les yeux prudemment et constata avec soulagement que sa tête souffrait moins. En revanche, un léger mouvement du bras lui révéla qu'il avait mal un peu partout. Le plafond au-dessus de lui n'était pas celui de sa chambre au Château, ni celui de chez tante Caroline. Ce lit ne lui évoquait rien du tout. Sans tourner la tête, il pouvait distinguer sur sa droite une fenêtre munie de voilages et de lourds rideaux de velours. Devant se trouvait une coiffeuse avec un miroir en triptyque, sur laquelle était entreposée quantité de flacons et de boîtes. C'était donc la chambre d'une dame. *Mon Dieu, dans quels draps me suis-je fourré ?* Il n'en avait aucun souvenir. Vraiment aucun.

Il perçut du mouvement, et une silhouette pénétra dans son champ de vision. Une main passa un linge frais et humide sur son visage, sans tendresse, avec fermeté et métier. Une infirmière ? Puis la main se glissa sous sa nuque et inclina légèrement sa tête. Il but avidement au verre qu'on approcha de ses lèvres. Quand sa tête retrouva l'oreiller, il reconnut sa grand-mère à son chevet.

— Bonne-maman ? geignit-il. Je suis malade ?

— Tu ne te rappelles pas ?

— Je... non. Une beuverie ? J'ai cette sensation, mais ce lit m'est inconnu.

Il ressentit une violente douleur quand il voulut se redresser, constata qu'il avait le bras gauche plâtré et maintenu en écharpe.

— Qu'est-ce qui m'est arrivé ? demanda-t-il.

— Tu étais dans une automobile, l'informa-t-elle. Tu as heurté un arbre. Estime-toi heureux d'être encore en vie et de n'avoir tué personne.

— Je n'ai aucun souvenir d'une automobile, dit-il. À qui appartenait-elle ? Quelles sont mes blessures ?

Face à son silence, il insista, renfrogné :

— Pourquoi cette mine sévère ? Vous pourriez faire preuve d'un peu de tendresse et de compassion, vu mon état.

— Tu es un garçon irresponsable et insupportable, dit-elle en s'asseyant sur la chaise à côté du lit. D'après le policier, tu dévalais Richmond Hill beaucoup trop vite, mettant en danger tous ceux qui se trouvaient dans les parages. Quand tu seras en état de te rendre au tribunal, tu seras poursuivi pour conduite imprudente. Un Tallant devant la justice ! Tu es la honte de la famille. C'est un miracle que ni l'un de ces jeunes hommes ni personne d'autre n'ait été blessé. Imagine, si tu avais renversé un piéton, par exemple un enfant.

— Une seconde... Richmond Hill ? Richmond, ça me dit quelque chose.

Il plissa le front, mais cela ne lui revint pas.

— Quels jeunes hommes ?

— Un monsieur Keenswell et un capitaine Bracegirdle. Ils sont indemnes, mais tu aurais pu les tuer.

— Je me rappelle, maintenant, geignit Richard. Une virée à Richmond. Ils avaient emprunté une automobile. En revanche, je n'ai aucun souvenir de l'avoir conduite ni de l'accident.

— À cause du coup que tu as reçu à la tête, expliqua sa grand-mère. Cela s'appelle une commotion cérébrale. D'après le médecin, il se pourrait que tu n'aies aucun souvenir de l'accident.

— Je vous promets que je n'avais pas bu. L'automobile a dû avoir un problème. Les freins ont lâché, ou la direction.

Elle prit l'air sévère.

— À en croire le policier de Richmond Hill, vous rigoliez comme des bossus quand il vous a vus passer. Et quand il vous a conseillé de ralentir, vous lui avez répliqué quelque chose de fort peu courtois.

— C'est injuste, se plaignit-il. Comment voulez-vous que je me défende alors que je ne me souviens de rien ? Qu'est-ce que j'ai au bras ?

— Une fracture, ainsi qu'à l'épaule. Ajoutes-y une cheville foulée et des bleus partout. Sans compter le coup à la tête quand tu t'es cogné contre le tronc après avoir été projeté hors du véhicule. Tu es chanceux que ce soit arrivé devant la maison de braves gens qui t'ont secouru. Leur jardinier et leur fils t'ont porté jusqu'ici et leur fille t'a laissé sa chambre. Il était déconseillé de te déplacer avant que tu ne reprennes conscience. Ils ont appelé un médecin et ont veillé sur toi. Tu leur dois beaucoup. Nous tous leur devons beaucoup.

— Je ne manquerai pas de les remercier. Comment se fait-il que vous soyez à mon chevet ? Je m'étonne que ce ne soit pas mère ou tante Caroline…

— Elles sont venues. Giles aussi. Comme ils ont à faire, je prends mon tour de garde.

Voyant sa mine interdite, elle ajouta :

— Tu as perdu connaissance pendant quatre jours, *petit imbécile*. Nous sommes jeudi.

— Mon Dieu…

Il inspira, comprenant enfin la gravité de la situation. Il pâlit soudain et se mit à transpirer, le souffle court.

Sa grand-mère se leva immédiatement et porta une fiole à son nez.

— Renifle. Plus fort que ça, inspire un bon coup.

L'odeur lui sauta au visage, telle une grenade, et l'étourdissement se dissipa aussitôt. Elle lui redonna à boire, l'air inquiet. À l'armée, il avait connu des soldats qui, alors qu'ils semblaient remis d'un choc à la tête, mouraient subitement après quelques jours. Touché qu'elle se fît du souci pour lui, il en fut rasséréné. Elle posa une paume fraîche sur son front, puis se rassit. Avec une pointe de culpabilité, il s'aperçut que, pour une fois, elle paraissait son âge.

— Ne me fais pas des frayeurs, *méchant petit*.

Le recours au français était rassurant. Quand elle était vraiment fâchée, elle s'exprimait en anglais.

— Ce n'est pas bien d'avoir un préféré, poursuivit-elle, mais je n'ai pas pour Giles la même tendresse que pour toi. Alors qu'il est le gentil et toi le mauvais fils.

— Giles… flûte. Est-ce que je serai remis à temps pour le mariage ?

— Bien sûr que non. Peut-être pourras-tu y assister, nous verrons. Mais pas comme témoin. Il devra trouver quelqu'un d'autre. Oublie tout ça pour l'instant. J'ai autre chose à te dire. La jeune fille que tu m'as adressée pour qu'elle joue chez moi… Tu as raison, elle a un talent *éclatant*. Hors du commun. Je t'ai écrit pour t'informer qu'elle pouvait venir pratiquer quand elle voulait. J'imagine que le billet ne t'est pas parvenu. Comment s'appelle-t-elle, déjà ?

— Mademoiselle Sands. Mince alors, geignit-il. J'étais censé dîner avec elle et sa mère dimanche soir. Que vont-elles penser de moi ? Je leur ai fait faux bond, sans prévenir. Elles ont dû se dire que ça m'était sorti de la tête.

Ou pire encore, songea-t-il, *elles ont cru que je les snobais parce qu'elles ne me méritent pas*. L'idée d'avoir blessé Mme Sands lui était insupportable.

— Je leur enverrai un billet pour tout expliquer, promit sa grand-mère.

— Merci, murmura-t-il avec une profonde reconnaissance. Dites-leur combien je suis désolé, que j'irai les voir dès que je serai en état. Vous pensez que j'en ai pour longtemps ? Je peux me lever aujourd'hui ? Rien ne m'oblige à rester ici, n'est-ce pas ?

Cette Mlle Sands compte beaucoup pour lui, songea sa grand-mère. *Je crois qu'il est amoureux sans le savoir.*

— Tu dois garder le lit en attendant de revoir le médecin. Quand il donnera son accord, nous nous organiserons pour te déplacer à Berkeley Square. Nous ne devons pas abuser plus que nécessaire de l'hospitalité des Thatcher.

— Les Thatcher ? dit-il distraitement.
— La famille qui a la bonté de t'accueillir.
— Ah oui, je dois les remercier. Vous pouvez écrire à madame Sands le plus vite possible, dès aujourd'hui ? Je ne voudrais pas qu'elle ait une mauvaise opinion de moi.

*
**

Alors qu'il passait devant l'appartement de la gouvernante, James se figea quand Crooks en sortit et s'éloigna d'un pas pressé en marmonnant dans sa barbe. Il glissa la tête par l'embrasure et demanda :
— Crooky a un problème ? M'a paru au bord des larmes, non ?
Mme Webster comprima les lèvres. Sans craindre le jeune valet – elle ne craignait personne –, elle se méfiait. Elle tenait à tout maîtriser dans son petit monde, or James donnait l'impression de n'en faire qu'à sa tête. Ce n'était pas facile de prendre le dessus avec lui tant il avait la langue bien pendue. Il était quand même compétent et apprécié des maîtres.
— Ça doit être grave, insista-t-il. Je vois que vous êtes contrariée.
Mme Webster se détourna, s'empara d'une pile de factures posée sur son bureau. James ne la quittait pas du regard, tel le chat devant la souricière.
— Allez, vous pouvez me le dire. Quelqu'un a touché à ses affaires ? Je parie que c'est ça. Il tient à ses brosses et à son matériel comme à la prunelle de ses yeux. Dès qu'on a le malheur de déplacer un truc de quelques centimètres, il perd la tête. Enfin, ce qu'il lui en reste.

La gouvernante ne pouvait pas laisser passer pareille insolence.

— Monsieur Crooks est votre supérieur. Vous lui devez le respect.

— Respecter cette pauvre loque ? Allez, c'est quoi cette fois ? Je pourrai peut-être vous aider.

Elle se laissa fléchir.

— Les boutons de manchette en lapis-lazuli de M. le comte ont disparu.

— Volés ? Le vieux Crooky ne commettrait jamais un larcin.

— N'employez pas ce mot. Bien sûr qu'ils n'ont pas été volés, simplement égarés. Il est fort contrarié, naturellement.

— Si vous voulez mon avis, dit James d'un air pénétré, Crooks commence à perdre pied. M. le comte ne supportera pas ça longtemps. Je vais chercher pour lui, je suis plutôt doué pour retrouver les objets perdus.

— D'accord, admit Mme Webster à contrecœur. Mais gardez ça pour vous. Je ne veux pas d'histoires.

En son for intérieur, elle était soucieuse. Toujours un problème délicat : la disparition de bijoux parvenait tôt ou tard aux oreilles des maîtres. Elle trouvait Crooks pénible, mais elle était convaincue de son honnêteté. Une accusation de vol achèverait le pauvre homme, et l'affaire devait être élucidée pour éviter de semer la suspicion chez les domestiques. Elle fut donc soulagée quand James revint au bout d'une demi-heure et laissa tomber les boutons de manchette dans sa main.

— Où les avez-vous trouvés ?

— Par terre dans la buanderie, à côté du panier à chemises. Il devait les avoir à la main quand il a descendu le linge sale et les a laissés tomber. Je vous dis, il décline. À mon avis, il se tracasse à propos du voyage de noces. Il redoute d'y participer, mais n'ose pas demander à M. le comte de l'en dispenser. Normal, il craint que ça lui coûte sa place.

Mme Webster se garda de tout commentaire.

— Je lui retournerai les boutons, dit-elle. Merci.

Elle avait ajouté le remerciement à son corps défendant. Vraiment, cette situation était un champ de mines.

*
**

Richard était impatient de quitter sa chambre temporaire. Quand on le déplaça enfin, cela fut un tel calvaire qu'il comprit pourquoi on l'emmenait à Berkeley Square plutôt qu'à Ashmore. Il n'aurait pas cru que des fractures pussent être à ce point douloureuses. Le trajet prit presque une journée entière car il fallait rouler lentement. Il accusa le coup et ressentit de telles souffrances que Dangerfield, le médecin de tante Caroline, le mit sous morphine. Il resta plongé dans un état comateux plusieurs jours durant, en proie à des rêves déplaisants, les périodes d'éveil n'apportant que des pensées brumeuses, des suées, une grande faiblesse et, toujours, le retour de la douleur.

Dangerfield se pencha sur ses nombreuses blessures. Il lui plâtra le pied car, outre la cheville foulée, plusieurs petits os étaient fracturés. Pour l'épaule, il n'y avait pas grand-chose d'autre à faire que la maintenir immobilisée. Il diagnostiqua également une contusion de la colonne vertébrale, ce qui expliquait la douleur insoutenable quand on le retournait. De nombreuses semaines de convalescence l'attendaient. Assister au mariage était exclu. Après le départ du médecin, Richard versa quelques larmes de découragement. Jamais il ne s'était senti à ce point démuni.

Giles le visita. Sortant d'un dîner chez les Bayfield, qui lui avaient rendu son invitation, il était en tenue de soirée et son haleine fleurait le vin.

— Tu t'es bien barbé ? demanda Richard d'une petite voix.

— Moins que je le craignais. Comme tante Caroline était passée les féliciter pour les fiançailles, ils lui ont proposé de se joindre à nous. Elle est douée pour animer la conversation.

— Pourquoi s'est-elle sentie obligée de les féliciter ? s'enquit Richard.

— Apparemment, elle était à l'école avec la tante de Mlle Sanderton. Elle a dû estimer que c'était un lien suffisant.

Giles s'efforça de dissimuler sa gêne d'avoir mentionné Nina.

— Cette chère Mlle Sanderton, dit Richard. Elle était présente ?

— Oui.

Conscient de son ton un peu sec, Giles fit l'effort d'ajouter :

— Grâce à elle et à tante Caroline, la discussion n'a jamais manqué d'intérêt.

Il espérait qu'on en resterait là s'agissant de Nina.

Encore affaibli, Richard n'était pas en état de manifester la moindre curiosité. Il resta silencieux un moment, puis trouva l'énergie de dire :

— Mon accident… D'après le carabin, je ne pourrai pas assister au mariage.

Il prit l'air désolé.

— Je sais. La question a déjà été abordée. Ne t'en fais pas. Je suis déçu pour toi que tu ne puisses pas être présent, mais on ne peut rien y changer.

— Et qui… ?

— Qui sera mon témoin ? J'ai proposé à oncle Sebastian. Il se trouve trop vieux et soutient que les invités méritent mieux. « Si on leur infligeait ma respiration sifflante, m'a-t-il sorti, ils se plaindraient que l'orgue a besoin d'être restauré ! » Tu imagines un discours prononcé par lui ?

Richard sourit.

— Il m'a suggéré de demander à l'oncle Glouton.

— Oncle Glouton ? s'étonna Richard.

L'oncle Fergus, comte de Leake, frère cadet de leur mère, avait hérité de ce surnom à l'école du fait de son appétit légendaire, et ses proches continuaient de l'appeler ainsi affectueusement. Célibataire, il accusait le poids des ans à force de s'adonner aux plaisirs de la table.

— Tu crois qu'il accepterait ?

— Mère pensait que oui, alors je lui ai envoyé un télégramme. J'ai mis un certain temps avant de le localiser, tu sais qu'à cette époque de l'année il est toujours invité à droite et à gauche. Il a fini par me répondre qu'il serait ravi d'être mon témoin. Je dois dire que mère était très heureuse que je le choisisse. Je ne l'ai pas vue d'aussi bonne humeur depuis la mort de père. Je me suis gardé de lui avouer que l'idée venait d'oncle Sebastian.

— Tant mieux que tu aies trouvé une solution, dit Richard d'un filet de voix.

— Tu es fatigué. Je vais te laisser.

— Reviens vite. Je m'ennuie à mourir, cloué au lit.

Ce n'était qu'en partie vrai. Dans son état de faiblesse, il passait encore le plus clair de son temps à dormir, ce qui lui évitait de s'ennuyer.

— Je n'y manquerai pas, dit Giles.

Maître Camberwell, l'avocat de tante Caroline, vint voir Richard.

— Je crains que la situation ne soit sérieuse. Vos camarades seront poursuivis simplement pour trouble à l'ordre public. Pour vous qui étiez au volant, en revanche, c'est nettement plus grave. Le droit pénal n'étant pas ma spécialité, j'ai consulté un confrère pénaliste conformément aux instructions de Lady Manningtree. Selon lui, il ne sert à rien d'élaborer une stratégie de défense avant de connaître la date de votre procès et le nom du magistrat.

— Une stratégie de défense ?

— Pour conduite imprudente, vous encourez une amende et même une peine d'emprisonnement. À la discrétion du juge, en grande partie. Certains se montrent très sévères pour les infractions en matière de circulation automobile, ceux de la vieille génération qui estiment qu'il s'agit d'une invention du diable. D'autres sont plus souples. Un juge clément pourrait décider, étant donné que personne d'autre n'a été blessé et que vous avez déjà subi de lourdes conséquences, qu'aucune sanction supplémentaire ne soit nécessaire. Vous pourriez vous en sortir avec un simple avertissement.

— Que doit-on faire pour être jugé par un de ceux-là ? implora Richard.

— Malheureusement, ce n'est pas de notre ressort. Je le regrette vivement.

Il reçut aussi la visite de Linda.

— Ce que tu peux être irresponsable, Richard ! Par ta faute, nous nous retrouvons tous dans une situation impossible. J'ai été obligée de quitter l'île de Wight.

— Tu devais de toute façon rentrer pour le mariage.

— Certes, mais j'ai dû écourter mon séjour à cause des inquiétudes à ton sujet.

— Tu ne m'as pas l'air très inquiète.

— Je suis surtout furieuse pour le procès. Notre nom traîné dans la boue, à un moment si délicat pour Giles !

— Il n'y aura peut-être pas de suites. Si le juge estime que j'ai assez souffert comme ça.

— Parce que tu as souffert ! se gaussa-t-elle. Il faudra qu'on m'explique pourquoi Giles est si pressé de se marier, au mépris des convenances. Un mois supplémentaire de fiançailles ne serait pas une demande déraisonnable. A-t-il seulement idée des difficultés pour faire confectionner de nouvelles tenues ? Tout le monde est à Londres pour le couronnement, et les familles royales étrangères monopolisent les meilleurs couturiers. S'il avait attendu la fin juillet, ils auraient manqué de travail et on aurait pu obtenir des rabais. Quant aux chapeaux, les prix sont insensés et j'ai déjà dépensé toute ma pension. Je ne vais quand même pas me présenter au mariage de mon frère et dans l'église St George, où la bonne société sera réunie au grand complet, coiffée d'un vieux chapeau modifié. Tu ne pourrais pas lui demander une petite rallonge pour moi, puisqu'il s'agit d'une occasion particulière ?

— Je n'y assisterai même pas, objecta-t-il.

— Justement. Il aura pitié de toi et t'accordera tout ce que tu veux ! déclara-t-elle, triomphale.

*
**

— Bon sang ! pesta Giles. Crooks !

Le valet apparut dans l'embrasure du dressing-room, vit le filet de sang et s'empressa d'attraper une serviette.

— Monsieur le comte s'est coupé ?

— Qu'avez-vous fabriqué avec mon rasoir ? grommela Giles. La lame est émoussée. Autant se servir d'une faux rouillée !

— Je l'ai aiguisée et réglée comme d'habitude, monsieur, dit Crooks d'une voix tremblante. Voulez-vous la pierre d'alun ?

— Un instant.

Giles examina la serviette qu'il avait plaquée sur la coupure. Puis il rinça le rasoir dans le bassin et le tendit à la lumière.

— Nom de Dieu ! s'exclama-t-il. La lame est ébréchée. Ici, regardez. Carrément ébréchée.

Crooks avait dû se montrer fort maladroit pour l'abîmer à ce point. Soit le cuir d'affûtage était trop sec, soit il ne se souvenait pas qu'il avait laissé tomber le rasoir.

Le valet avait les mains qui tremblaient, et de la transpiration perlait sur sa lèvre supérieure.

— Je ne comprends pas comment ça a pu arriver, monsieur, balbutia-t-il. Jamais de ma vie... Feu votre père n'aurait pas toléré... Il y a trente ans que je manipule des rasoirs...

— Renvoyez-le chez Truefitt pour réparation, le coupa Giles. Immédiatement. Demandez à titre de faveur qu'on puisse le récupérer avant le mariage. L'autre est utilisable ?

— Je vais l'inspecter attentivement, monsieur, mais je ne doute pas qu'il le soit. Vraiment, je ne comprends pas...

— Oui, oui, c'est bon.

Crooks retourna dans la chambre où il continua de sortir les vêtements du jour. Le vieux serviteur était dépassé par les événements, cela ne faisait aucun doute pour Giles. Naturellement, la mort soudaine de son maître l'avait secoué. Quoi qu'il en fût, pas plus tard que la veille, un bouton s'était décousu alors que Giles enfilait son gilet. Et l'avant-veille, il y avait eu une tache de cirage sur le talon de sa bottine, l'empreinte d'un pouce. Sans rien avoir d'un dandy, Giles se devait, du fait de sa position, de soigner sa mise. Il fallait avoir un certain degré d'exigence avec les serviteurs. Si l'on ne pouvait même plus se raser sans que ça vire à la boucherie ! Il se rappela qu'il avait contrarié Crooks en préférant se raser lui-même. Avec un frisson, il s'imagina dans une mare de sang à cause d'une gorge tranchée, tandis que le valet tergiversait et se tripotait les mains inefficacement. Si seulement il avait existé une solution bienveillante pour se débarrasser de lui !

Giles passa voir Richard une nouvelle fois.

— Je suis attendu dans une heure au déjeuner des demoiselles d'honneur.

Durant la visite au Château, les deux mères étaient convenues que Rachel et Alice en seraient. C'était lady Bayfield qui l'avait proposé – deux filles Stainton, cela compenserait en partie la présence de la jeune Sanderton, qui n'était personne. Lady Stainton y avait consenti car le sujet l'intéressait trop peu pour qu'elle s'y opposât.

— En fait, expliqua Giles avec une moue peu enthousiaste, c'est mon témoin qui devrait y participer. Vu que tu es hors combat, j'ai préféré ne pas leur infliger l'oncle Glouton.

Richard trouva la force de sourire.

— N'est-ce pas la tradition pour le témoin d'épouser une demoiselle d'honneur ? Comme il ne peut pas se marier avec ses nièces, il ne lui reste que Mlle Sanderton. Crois-tu qu'elle le trouvera à son goût ?

— Ce n'est pas un sujet de plaisanterie, déclara sèchement Giles.

Richard eut le bonheur de recevoir la visite de Mme Sands.

— J'étais très inquiète pour vous. J'ai pris mon courage à deux mains pour écrire à votre grand-mère, elle qui s'est montrée si généreuse avec Chloé. Je lui ai demandé si je pouvais passer ici, elle n'a pas jugé cela déplacé et m'a remis un billet d'introduction à l'intention de votre tante. Après ce long préambule, me voici donc.

Elle eut un petit rire nerveux.

— Je suis heureux de vous voir.

Il eut le réflexe de tendre la main vers elle. Elle la prit dans la sienne. L'émotion l'étreignit au contact de cette peau douce et tiède, qui contrastait avec la vigueur de ses doigts de pianiste.

— Et que devient la jeune Mlle Sands ?

— Chloé est aux anges maintenant qu'elle peut s'exercer sur un piano à queue. À l'en croire, votre grand-mère dispose d'un très bel instrument.

— C'est sir Thomas Burton qui l'a choisi pour elle. Il était pianiste avant de devenir chef d'orchestre, il doit s'y connaître un peu.

— L'honneur fait à Chloé n'en est que plus formidable, pouvoir jouer sur un piano choisi par un musicien si talentueux. Sachez également que votre grand-mère laisse des partitions pour que Chloé puisse les déchiffrer. C'est vraiment très généreux de sa part, car les partitions sont hors de prix.

— Bonne-maman est d'un égoïsme à toute épreuve, la détrompa Richard en souriant. Elle laisse les morceaux qu'elle souhaite entendre, comptez-y. C'est le seul trait de caractère que nous partageons, ne penser qu'à soi.

— Je sais que ce n'est pas vrai, dit-elle en serrant sa main.

Prenant conscience qu'elle la tenait, elle la relâcha soudain et changea de sujet.

— Je suis désolée que vous ne puissiez assister au mariage de votre frère, le 28.

— Comment connaissez-vous la date ?

— Il se marie en l'église St George qui, comme vous le savez, est celle que Chloé et moi fréquentons. Nous avons eu droit à la lecture des bans. Selon votre grand-mère, vous allez rester alité encore trois ou quatre semaines. C'est douloureux ? demanda-t-elle avec empathie.

— Vous ne pensez quand même pas qu'un ancien militaire serait prêt à l'admettre !

— L'excès de courage n'est pas forcément une vertu, dit-elle en se levant. Bon, il vaut mieux que je vous laisse vous reposer.

— Mais vous reviendrez, dites ? la supplia Richard. Passez à l'occasion pour me distraire. À cause des préparatifs du mariage, personne n'a de temps à me consacrer. Vous me parlerez de vos élèves et de votre vie. D'accord ?

— Oui, je reviendrai si ça ne dérange pas votre tante. Y a-t-il quelque chose que je puisse vous apporter ? Il vous manque quoi que ce soit ?

— Non, merci. Je reçois régulièrement des fruits, des livres et d'autres gourmandises. Ma tante est très efficace. Seule me fait défaut la compagnie.

*
**

— Vous savez, dit Mme Webster en tendant une tasse de thé à Crooks, je suis certaine que vous ne baisseriez pas dans l'estime de M. le comte si vous demandiez à ne pas l'accompagner en voyage de noces.

La main du valet se mit à trembler si fort que la tasse vacilla dans la soucoupe. C'était donc pour ce motif que Mme Webster l'avait invité en tête à tête.

— La question a été évoquée ? demanda-t-il d'une voix fébrile.

— Non, bien sûr que non. Enfin, pas avec moi. J'ai remarqué que vous étiez un peu préoccupé ces derniers temps et je sais que l'idée de voyager à l'étranger ne vous enchante pas.

Il but une gorgée pour se redonner une contenance.

— C'est vrai. Je ne connais personne qui apprécie les voyages. Mais j'accomplirai mon devoir, comme je l'ai toujours fait. Le confort et l'agrément de M. le comte passent en premier.

— Enfin, dit la gouvernante d'un ton anodin, je suis certaine que James accepterait de vous remplacer. Vous pourriez rester ici, servir de valet à M. Sebastian pendant que lui accompagnerait M. le comte.

James lui avait bien précisé de faire comme si l'idée venait d'elle, pour que Crooks ne fût pas blessé en allant imaginer que James le prenait en pitié. Pareille prévenance l'avait surprise.

— James est jeune, insista-t-elle. Voyager sera moins éprouvant pour lui. Sans parler de votre estomac délicat. James, lui, pourrait manger des clous.

C'était James qui lui avait conseillé l'argument de l'épouvantable cuisine étrangère.

La tasse s'entrechoqua à nouveau avec la soucoupe.

— Je ne puis envisager d'abandonner mon poste, dit Crooks. Le comte de Stainton sera l'objet de tous les regards. Il lui faut les meilleures attentions et de chaque instant.

— Oui, en règle générale, je suis entièrement d'accord avec vous. À l'étranger, en revanche, le niveau d'exigence n'est pas le même, et James est fort bon valet dans son genre, tout à fait suffisant pour là-bas. Vous feriez mieux de ménager votre santé pour pouvoir vous occuper correctement de M. le comte à son retour, là où ça importe vraiment. Puis-je vous proposer une tranche de cake, monsieur Crooks ?

— Merci bien, madame Webster, répondit-il, pensif.

La perspective enchanteresse d'échapper au voyage était des plus tentantes – y échapper, et pour un motif valable qui ménageait sa fierté. Ajoutez-y l'idée que James, qu'il n'appréciait guère, serait contraint d'ingurgiter des aliments bizarres à sa place, et il devenait presque impossible d'y résister.

*
**

Alors que Londres était déjà décoré de rubans, que les boutiques et les étals débordaient de souvenirs, que des fêtes étaient prévues partout dans le pays et que les hôtels et demeures s'emplissaient d'invités venus des quatre coins du Royaume-Uni et d'Europe, il fut annoncé le 24 juin que le couronnement, prévu pour le jeudi 26, était reporté à une date qui serait fixée ultérieurement. Le roi avait subi une opération au palais de Buckingham. En proie à des douleurs abdominales aiguës depuis dix jours, il avait courageusement continué à s'acquitter de ses obligations. Ses chirurgiens étaient enfin parvenus à le convaincre que, à moins d'une intervention, sa vie était menacée. Aucune annonce n'avait été faite au préalable car une opération abdominale présentait elle-même un risque vital, mais on pouvait maintenant affirmer que les médecins étaient intervenus à temps et que l'extraction d'un gros abcès avait été un succès.

Le lendemain, le Dr Dangerfield passa voir Richard pour une visite de routine et ne cacha pas son admiration devant cette prouesse médicale. Richard, auditoire captif et ravi de toute occasion de rompre la monotonie, l'incita à lui en dire plus.

— C'est Treves qui l'a opéré, confia Dangerfield en s'appuyant à la cheminée et en balançant distraitement son stéthoscope. Il a la faveur du roi depuis qu'il lui a raconté une très bonne histoire drôle dans un dîner. Personnellement, je ne l'apprécie guère, il est trop imbu de lui-même, mais on doit lui reconnaître des nerfs d'acier.

Compliqué d'opérer un patient de soixante ans, en excès de poids, gros fumeur souffrant de bronchite chronique. Imaginez quand par-dessus le marché il s'agit du roi !

— C'était vraiment risqué ?

— Toute opération comporte des risques, encore plus une opération abdominale. Un tas d'organes susceptibles d'être endommagés, de multiples risques d'infection. Tout ça avec un patient qui pourrait même ne pas survivre à l'anesthésie. Qu'il meure sur le billard était sans doute l'issue la plus probable.

— Dans ce cas, pourquoi le roi a-t-il accepté ? s'étonna Richard.

Dangerfield haussa les épaules.

— D'après ce qu'on m'a rapporté, le monarque aurait dit qu'il préférait mourir dans l'abbaye de Westminster plutôt que sur la table d'opération, ce à quoi ses médecins, Laking et Barlow, ont rétorqué qu'il en prenait droit le chemin. Alors il s'est résigné. Apparemment, Treves a pu retirer l'abcès qui était près d'éclater. Sinon, c'était la péritonite et sans doute une issue fatale. Le pire dans tout ça, c'est que Treves s'en vantera *ad vitam æternam*. Il va devenir encore plus insupportable. Attendez-vous à le voir fréquenter les salons à la mode d'ici peu. Et vous, jeune homme ? dit-il en se redressant. Comment vous sentez-vous ?

— Affreusement mal.

— Bien, bien, dit Dangerfield jovialement. Maintenant que le couronnement est repoussé, le mariage de votre frère devient le principal événement de la semaine. Quel dommage que vous ne puissiez en être.

— Si c'est tout ce que vous avez à me dire…, lâcha sèchement Richard.

Dangerfield ne l'entendit pas, car il avait placé les embouts de son stéthoscope dans ses oreilles et s'approchait du lit.

— Chut, s'il vous plaît… hum, le cœur m'a l'air vaillant, les battements sont réguliers. Estimez-vous heureux d'être jeune et en bonne santé. Néanmoins, évitez si possible de vous esquinter comme ça trop souvent.

*
**

Posté dans l'embrasure de la pièce à couture, James se permit d'admirer un moment la coiffure de Dory, avant qu'elle ne daignât remarquer sa présence. Il ne comprenait pas pourquoi il avait cette fille dans la peau. Elle n'était pas particulièrement canon, assez jolie mais rien d'une Vénus. De toute manière, il ne s'arrêtait jamais à l'apparence physique. Tilda, la nouvelle femme de chambre, n'était franchement pas gâtée. Ce qui ne l'avait pas empêché de l'emmener dans les bois où elle s'était laissé peloter – tout le but de la promenade. Il l'avait épatée avec son bagou et son statut. Maintenant, forcément, elle rougissait et restait bouche bée dès qu'il lui adressait la parole, pareil que ce crétin de William avec les filles. James avait l'habitude. En revanche, il n'était pas accoutumé à l'attitude de Dory, qui ne semblait nullement impressionnée par ce qu'il pouvait dire ou faire. Parfois, il avait presque l'impression qu'elle se moquait de lui. C'était insupportable. Il fallait qu'elle l'admirât. Qu'à cela ne tienne. Non mais, pour qui elle se prenait, cette Dory, avec son prénom à la noix ?

— Tu as besoin de quelque chose ? demanda-t-elle quand elle releva enfin la tête.

— Tu sais que je vais accompagner M. le comte en voyage de noces à la place de Crooks ?

— J'ai entendu dire ça, répondit-elle avec aussi peu d'intérêt que s'il venait de lui annoncer qu'il pleuvait.

— Me voilà valet de chambre de M. le comte.

— Pour l'instant.

— Pour toujours. Fais-moi confiance. À son retour, monsieur ne se souviendra même pas d'avoir jamais employé quelqu'un d'autre, tellement il sera dépendant de moi.

Dory plaqua la main sur sa bouche, comme pour dissimuler poliment un bâillement.

— Félicitations, dit-elle en reprenant son ouvrage.

— Écoute. Je t'ai dit que je tracerais ma route. Valet de chambre d'un comte, ce n'est pas rien. Et ça rapporte gros. D'ici quelques années, je pourrai quitter le service, avoir ma propre affaire. Et si je te proposais de me suivre… T'as pas envie d'améliorer ton sort ? Tu pourrais t'installer comme couturière, confectionner des robes pour les dames de la haute. Je t'aiderais à démarrer. Je m'occuperais de gérer la boutique, d'acheter le tissu et de traiter avec les clients, toutes ces choses-là. À terme, on aurait vingt employés qui travailleraient pour nous.

Cette proposition alléchante semblait la laisser de marbre. Quand elle le regarda enfin et lui sourit, ce ne fut pas avec le sourire d'adulation et de gratitude qu'il désirait ardemment. C'était plutôt une expression d'indulgence.

— Des rêves grandioses, dit-elle. Tu me préviendras quand ça arrivera.

— Tu ne me crois pas ? dit-il en fronçant les sourcils.

— Oh, je suis sûre que tu es sincère. Allez, ça suffit. J'ai du travail. Toi aussi, tu dois avoir beaucoup à faire avec les malles de M. le comte à préparer avant le mariage.

Il tourna les talons avec une dignité affectée, comme s'il partait de son propre chef.

— Je te montrerai, marmonna-t-il dans sa barbe.

15

Dans l'après-midi du 28, Mme Sands rendit une nouvelle fois visite à Richard.

— Je suis venue vous raconter le mariage.

— Vous y avez assisté ?

— À l'extérieur. Il y avait foule. Nous avons vu l'arrivée des invités et entendu la musique. Nous étions encore là à la sortie de l'église. La mariée était ravissante, votre frère très distingué. Il y avait un nombre incroyable de photographes, on se serait cru en plein orage ! Il y aura des photos dans tous les journaux. Mais j'ai pensé qu'un témoignage de première main vous ferait plaisir.

— Racontez-moi tout depuis le début.

Elle ne se fit pas prier, s'attachant en particulier à lui décrire les morceaux d'orgue et – c'était bien une femme ! – les tenues des uns et des autres.

*
**

Nina savait que son séjour à Berkeley Street prendrait fin après le mariage. Malgré tout, elle ne s'attendait pas à être renvoyée si précipitamment. À peine le jeune couple fut-il parti pour la gare que Higgins, la bonne de lady Bayfield, vint la trouver et dit :

— Je vais vous aider à vous changer, mademoiselle.

Sans attendre, elle l'entraîna à l'étage. Dans sa chambre, Nina découvrit ses bagages déjà faits. Ses habits du dimanche étaient disposés sur le lit et il ne manquait plus que sa robe de demoiselle d'honneur pour fermer la malle, comme le lui indiqua Higgins.

— Je vois que vous n'avez pas perdu de temps, dit-elle en ravalant ses larmes.

— Madame m'a chargée de m'occuper de vos bagages pendant que vous étiez tous à l'église. Dès que vous serez prête, une calèche vous attend en bas.

Higgins restait de marbre. Si elle compatissait, elle n'en laissait rien paraître.

Nina lui présenta son dos pour qu'elle déboutonne sa robe et songea à Kitty. Alors qu'elle était sur le point de partir avec son nouveau mari, elle s'était précipitée vers Nina, l'avait prise dans ses bras et lui avait murmuré : « Merci pour tout, chère Nina ! Je suis tellement heureuse ! » Pardessus son épaule, Nina avait brièvement croisé le regard de Giles, avant qu'il ne se détournât avec un tressaillement de souffrance.

Voilà tout. Fin de l'interlude. C'était peu dire qu'elle se sentait éteinte. Vidée, transparente, perdue. Sans doute était-il préférable de ne pas s'attarder ici. Mieux valait retourner au plus vite à ce que serait sa vie dorénavant. La vraie vie, quelle qu'elle fût. Quant à Kitty, et malgré toute sa tendresse pour elle, Nina espérait à cet instant ne jamais la revoir car ce serait trop douloureux.

Higgins l'aida à se changer. Nina prit son chapeau, ses gants et dit :
— Merci. Je suis prête.

*
**

— Je ne savais pas trop quand tu rentrerais, dit tante Schofield. Je reçois à dîner ce soir, rien de plus simple qu'ajouter un couvert. Que t'as dit lady Bayfield quand vous vous êtes quittées ?
— Je ne l'ai pas vue. Elle a chargé sa bonne de m'aider et on m'a commandé une calèche.
Sa tante l'observa d'un regard perçant.
— Quelle femme étrange. N'importe, ces gens n'ont rien à voir avec nous. Dis-moi, tu ne vas pas passer ton temps à te morfondre ?
Nina parvint à sourire faiblement.
— Non. Je vais agir et aller de l'avant.
— Parfait, mon enfant. J'ai invité ce soir une charmante jeune femme avec qui tu devrais t'entendre : Lepida Morris. Elle est impliquée dans le projet de bibliothèque et j'aimerais que tu lui prêtes main-forte pour faire avancer les choses, avant que tout le monde ne déserte la ville pour l'été. Si possible, je souhaiterais que la bibliothèque ouvre cet hiver. Va te débarrasser, puis viens m'aider à dresser le plan de table.

Lors du repas, Nina s'étonna – avant de comprendre sa sottise – que personne n'évoquât le mariage du comte de Stainton, le principal sujet de conversation dans son entourage depuis un mois. On parla longuement de la maladie du roi et de son opération réussie, ainsi que du report du couronnement.

— On évoque désormais une appendicite et non plus une typhlite, déclara le Dr Broadbent, docteur en philosophie et non en médecine. Tout le monde n'a plus que ce mot à la bouche, « l'appendice ». Nous autres universitaires avons toujours pris ce terme comme désignant un supplément savant à un ouvrage. Il s'agit apparemment de quelque organe superflu dans la région de l'abdomen, énonça-t-il en embrassant la tablée d'un regard amusé. Un reliquat de l'évolution, comme le bras mort d'une rivière. Un cul-de-sac où les infections peuvent s'accumuler, invisibles et ignorées, jusqu'au jour où le malheur frappe.

— Je me demande dans quelle mesure ce mystérieux appendice, nota Quintin Caldecott, professeur d'histoire antique, n'expliquerait pas bien des morts soudaines. Avant le cas présent, quand des douleurs abdominales aiguës étaient suivies de convulsions et d'un décès, on était enclin à l'attribuer à un empoisonnement, et plus d'un pauvre diable a été envoyé à la potence de ce fait. Il serait intéressant de savoir s'il ne s'agissait pas, en fin de compte, d'une appendicite dans certains cas.

— Le risque, objecta son épouse, Mary, c'est que l'inverse devienne vrai à l'avenir. Les femmes bafouées qui empoisonnent leur mari persuaderont le médecin de conclure à une appendicite.

— Dorénavant, dit le professeur en la couvant d'un regard tendre, nous devrons tous nous montrer plus aimables avec nos épouses.

— D'aucuns prédisent, dit M. Carnoustie, qui enseignait l'histoire politique au University College, que l'ablation de l'appendice sera bientôt l'opération à la mode en ville. Ce Treves profite au mieux de sa soudaine célébrité. Ça se presse déjà dans la bonne société. Quiconque aura encore son appendice à la fin de l'année, déclara-t-il en se tournant vers tante Schofield avec un air espiègle, sera jugé comme à la traîne.

— Ce qui prouve combien il est insensé d'avoir trop d'argent et trop peu à faire, rétorqua-t-elle.

— Tout cela est certes divertissant, dit Henry Mawes Morris, mais le roi a réellement frôlé la mort.

— Et je crois savoir que de nombreuses personnes ont perdu beaucoup d'argent, renchérit M. Carnoustie. Les hôteliers, les fabricants de souvenirs qui se retrouvent avec des assiettes et des mugs marqués de la mauvaise date.

— Il a fallu envoyer au pilon des milliers d'exemplaires de ma revue, confia Henry Mawes Morris, qui était illustrateur. Ils contenaient un article intitulé « Le couronnement vu par la fille d'un lord ». Riez autant que vous voulez, mais quel gâchis !

— Vous pensez à cette noble personne qui a gâché son imagination ? ironisa tante Schofield.

— Gâcher son imagination pour les mirages de la gloire, murmura Quintin Caldecott.

— Mon anecdote préférée, dit Oswald Eagan, concerne le festin du couronnement. Un banquet exquis pour deux mille cinq cents invités qui vous reste sur les bras. Des montagnes de caviar, des forêts d'asperges, trois cents gigots de mouton, plusieurs tonnes de fraises et des lacs de crème fraîche.

— J'imagine que les serviteurs du palais ont eu droit à un paquet pour leur famille, dit Mme Morris.

— Bien sûr, mais les quantités étaient telles que ça n'a pas suffi à tout écouler. Il semblerait que le reste ait été distribué aux nécessiteux. Imaginez un peu, pendant que le roi se faisait charcuter, on servait du consommé de faisan dans les soupes populaires de l'East End ! Je dois avouer que l'idée me plaît, les mendiants dépenaillés de White Chapel dégustant de la sole pochée au chablis, accompagnée d'huîtres et de crevettes. Mawes, cela pourrait donner un fameux dessin.

— J'en parlerai à mon rédacteur en chef, promit Morris.

— Espérons que les pauvres ne deviennent pas difficiles après pareils fastes, dit le professeur Caldecott.

— S'ils rechignent à dormir à l'hospice, dit sa femme, ils n'ont qu'à se rendre au Savoy ou au Claridge qui sont vides maintenant que les princes et les rois étrangers se sont décommandés. Ce doit être un coup dur pour le personnel des hôtels qui misait sur de gros pourboires.

— Espérer être grassement récompensé par des princes étrangers, nota Mme Morris, c'est faire preuve d'un optimisme déraisonnable.

*
**

L'hôtel Lord Warden, l'établissement le plus prestigieux de Douvres où descendait la clientèle étrangère de choix, s'était également vidé soudainement quand étaient rentrés chez eux les invités aux cérémonies, déçus du report du couronnement. Aussi le comte de Stainton et sa jeune épouse eurent-ils droit à des attentions particulières. Leur chambre fut échangée gracieusement pour une suite luxueuse et il y avait presque plus de personnel qu'il n'en fallait pour veiller sur eux. La salle à manger était des plus impressionnantes : sept mètres sous plafond, moulures richement détaillées, miroirs muraux, colonnes corinthiennes, tentures écarlates à franges dorées, magnifiques lustres au gaz. La table à laquelle Giles et Kitty furent conduits comportait en son centre un compotier en argent accueillant une composition de fruits exotiques, au sommet de laquelle trônait un ananas qui les empêchait de se voir. Giles appela un serveur et exigea qu'on le retirât. Kitty en fut impressionnée. Elle n'aurait jamais imaginé qu'on pût modifier quoi que ce fût.

Elle était exténuée après une journée des plus éprouvantes : les longues heures à rester debout, la solennité de l'office religieux, la quantité effrayante de personnes à qui on l'avait présentée, le brouhaha des conversations, tous ces yeux braqués sur elle, certainement critiques, ne pouvait-elle s'empêcher de penser. Elle n'avait rien pu avaler au banquet, si ce n'est deux ou trois gorgées de champagne qui lui avaient tant fait tourner la tête qu'elle n'avait pas terminé sa coupe. Higgins l'avait ensuite aidée à se changer, expliquant que Marie s'occupait des bagages. Kitty craignait la bonne de sa belle-mère. À ce stade, elle était dans un tel état d'épuisement et de confusion qu'elle ne savait même plus ce qu'elle faisait. Dans la cohue d'invités qui les entraînait, elle et Giles, vers l'extérieur où attendait la calèche qui les conduirait à la gare, elle avait aperçu Nina à proximité ; durant le repas, elles étaient assises très loin l'une de l'autre. Kitty avait dégagé sa main du bras de son mari pour se précipiter vers son amie, comme elle se serait réfugiée sur un rocher face à la mer déchaînée.

Marie et James, le nouveau valet de Giles, voyageant dans le même wagon qu'eux, ils n'avaient pu se parler pendant le trajet jusqu'à Douvres. De toute manière, encore sous le coup de ses émotions, elle n'était pas en état de converser.

Ce fut seulement quand Kitty eut enfilé une robe de soirée et se trouva assise dans la salle à manger du lord Warden qu'elle eut le loisir d'observer attentivement son mari. Elle le gratifia d'un sourire hésitant et nerveux.

Giles, sur les rotules et un peu déprimé, s'efforçait de faire bonne figure pour sa jeune épouse.

— Après le banquet de cet après-midi, il peut paraître curieux de se mettre à table pour souper. Je dois avouer que je n'ai pas eu l'occasion de manger grand-chose tout à l'heure. Avez-vous faim ?

— Oui, admit-elle. J'ai un petit creux.

— Évidemment, vous n'avez pas dû profiter plus que moi de notre repas de mariage. Qu'est-ce qui vous ferait envie ? Voulez-vous que je choisisse pour vous ?

— Oh oui, s'il vous plaît, consentit-elle avec gratitude.

Elle reposa l'énorme carte reliée en cuir et ornée de glands dorés qui semblait l'intimider. Il fit signe à un garçon et commanda du foie gras sur pain toasté, des filets de sole pochés à la sauce mousseline, du faisan, une salade de tomates et d'endives, et une mousse à la fraise. Il espérait lui faire plaisir avec ces plats légers et délicats. Il choisit du champagne en accompagnement et remarqua qu'elle se contentait d'y tremper les lèvres. La conversation était poussive.

Il essaya de lui parler de la cérémonie et de la réception, mais elle acquiesçait à ses remarques sans rebondir.

— Vous êtes fatiguée, finit-il par dire. Nous pouvons nous dispenser de discuter.

Kitty se sentit coupable et s'obligea à demander :

— Vous voulez bien me dévoiler quelles villes nous allons visiter ? Je n'ai jamais voyagé à l'étranger.

Bien qu'il eût préféré manger en silence, il lui était impossible d'ignorer sa requête.

— D'abord Paris, puis l'Italie. Mais pas Venise, car ce n'est pas la bonne saison. L'odeur y est épouvantable par forte chaleur. Venise, ce sera pour une autre année.

— Une autre année, murmura-t-elle, enchantée.

Cela venait lui rappeler qu'il n'y aurait pas seulement ces instants, seulement ce voyage, qu'elle serait avec lui pendant des années et des années. C'était réconfortant.

— Nous nous rendrons à Florence où j'ai des connaissances. Peut-être à Rome et à Naples. J'aimerais vous montrer Pompéi.

— La cité perdue ?

— Oui, perdue sous une éruption volcanique.

— C'est là que se trouvent les superbes mosaïques dont vous m'avez parlé.

— Oui, dit-il, heureux qu'elle s'en souvînt. Ensuite, j'envisage de passer quelques jours à Sorrente, qui est situé à proximité. La côte amalfitaine est l'une des plus belles du monde. Lord Byron y séjournait fréquemment. Goethe et sir Walter Scott aussi.

— Sir Walter Scott ? Mlle Thornton nous a fait lire *La Fiancée de Lammermoor*.

— Avez-vous vu l'opéra qu'en a tiré Donizetti ? La scène de la folie est inouïe. Voudriez-vous assister à une représentation en Italie ?

— J'aimerais beaucoup, dit Kitty.

La conversation se poursuivit tant bien que mal entre ces deux êtres exténués qui faisaient de leur mieux, jusqu'à ce que l'heure tardive les autorisât à se retirer dans leur suite où les attendaient leurs domestiques.

Kitty se changea à nouveau, cette fois pour enfiler une chemise de nuit, se lava les mains et le visage, et laissa Marie défaire sa coiffure. Oubliée l'envie de dormir, elle se sentait à présent nerveuse et pleinement éveillée. Par bonheur, Marie était peu loquace, la mine presque boudeuse, et ne tarda pas à la laisser seule.

À peine fut-elle dans son lit que Kitty se retrouva en proie à des pensées angoissantes. L'avant-veille du mariage, sa belle-mère l'avait convoquée dans son boudoir, seule à seule. Après l'avoir longuement dévisagée, moment des plus déconcertants, elle avait déclaré : « Il y a certaines choses dont je dois vous entretenir, Catherine, à l'approche de votre mariage. » Un nouveau silence avait suivi, lady Bayfield fixant un point dans le vide tandis que Kitty se demandait quel impair elle avait bien pu commettre.

« Dans l'intimité de votre chambre, avait soudain repris sa belle-mère, votre mari souhaitera faire certaines choses. Cela vous paraîtra étrange, peut-être même désagréable, mais sachez que cela est nécessaire pour produire un enfant. Votre devoir est de vous y soumettre. Ne posez aucune question à votre mari, ne protestez pas. N'émettez aucun son, ce serait inconvenant. Et surtout, ne pleurez pas après. Cela insupporte les hommes plus que tout. »

Saisie d'une peur bleue, Kitty avait balbutié :

« Pourquoi devrais-je pleurer ? Qu'est-ce... ?

— Je ne compte pas entrer dans les détails, avait décrété sombrement lady Bayfield. Ce ne sont pas des choses dont on parle. Je vous dirai seulement que si vous éprouvez une douleur, celle-ci ne durera pas. En général, elle ne se manifeste que la première fois. »

Kitty avait quantité de questions qui lui brûlaient les lèvres. « Mais... ? » Sa belle-mère l'avait fait taire d'un geste. « Obéissez à votre mari. Tâchez de le satisfaire. C'est une corvée somme toute légère à subir, alors que les hommes y attachent une grande importance. Prenez donc la chose de bonne grâce et tâchez de n'afficher aucun dégoût. C'est tout. Vous pouvez disposer. »

Kitty n'avait pas jugé opportun d'aborder le sujet avec Nina. Celle-ci n'allait pas se marier dans l'immédiat et, apparemment, les femmes célibataires ne devaient pas être mises dans le secret.

Cela lui était en partie sorti de la tête dans la tourmente du mariage, mais voilà que l'angoisse resurgissait, alimentée par la mine grave de Marie.

Le rituel mystérieux, quel qu'il fût, allait sans doute se produire. Assise dans son lit, attendant elle ne savait quoi, Kitty se sentait comme l'agneau du sacrifice. Non, cette comparaison était idiote. Giles n'allait pas lui trancher la gorge. Elle supporterait bravement ce qu'il lui ferait subir, par dévouement pour lui.

La porte de communication s'ouvrit et il pénétra dans la chambre. Kitty en eut l'estomac noué et sentit la sueur qui dégoulinait dans son dos. Elle était incapable de le regarder. Elle fixa ses mains, toute tremblante.

— Voulez-vous que j'éteigne la lumière ? proposa-t-il.

Kitty sursauta au son de sa voix.

— Oui, s'il vous plaît, murmura-t-elle.

Elle pensait que ça serait moins pénible si elle ne le voyait pas. Pourtant, son anxiété s'accrut dès qu'elle se retrouva dans le noir. Plus possible d'anticiper quoi que ce fût. Le matelas pencha quand il se coucha sur le lit. Elle déglutit fort. C'était Giles, l'homme qu'elle aimait plus que tout au monde. Ses désirs seraient les siens. Elle sentit qu'il s'allongeait, puis il posa les mains sur ses épaules et l'attira vers lui. Kitty se laissa faire, paniquée mais consentante.

Quand Giles s'introduisit dans la chambre de sa femme, il aurait préféré se trouver n'importe où ailleurs. Kitty avait l'air d'une enfant totalement démunie, en chemise de nuit et les cheveux libérés sur les épaules. En comparaison, lui-même se faisait l'effet d'une brute, d'un barbare en maraude. Il avait maintenant pour devoir – certes, pas de la violenter à proprement parler, bien qu'on n'en fût pas si loin en la circonstance – d'infliger la chose à une jeune fille qui, il en était certain, n'avait aucune idée de ce qui l'attendait. Giles devait le faire, qu'il le voulût ou non. La responsabilité reposait entièrement sur ses épaules. Or lui non plus n'avait aucune expérience. Bon, il avait eu des élans naturels de temps à autre. Comme il l'avait confié à Richard, il avait embrassé quelques jeunettes et il avait fricoté une fois avec Ippy Cobham, la fille du propriétaire du Royal George. Toutefois, il n'avait pas tout expérimenté avec elle : ils s'étaient pelotés, avaient échangé quelques caresses avec un plaisir réciproque, et le but ultime avait été atteint, du moins dans son cas. En revanche, il n'y avait pas eu de pénétration.

Il connaissait le principe, bien entendu, mais n'avait jamais accompli l'acte. Avec une vie bien remplie, il n'avait pas trouvé le temps. Et puis, peu d'occasions s'étaient présentées à lui. Richard, en tant que militaire, avait certainement eu accès à différentes sortes de femmes qui accompagnaient les campements. Giles n'allait pas battre sa coulpe pour autant. Il avait toujours méprisé les hommes qui répandaient leur semence à tout bout de champ. Il s'était même senti sali après l'épisode dans la grange à foin derrière le Royal George.

Bref. Trop embarrassé pour la regarder, Giles lui proposa d'éteindre la lumière. Ce serait plus facile dans l'obscurité. Il retira sa robe de chambre, se glissa dans le lit et, au prix d'un effort de volonté, l'attira vers lui.

Kitty s'approcha d'un mouvement fluide et quelque chose se débloqua en lui quand elle l'enlaça de ses bras fluets et doux. Lentement, délicatement pour ne pas l'effrayer, il se mit à la caresser. Sa peau était soyeuse, tiède et agréable. Le désir montait en lui. Tout compte fait, ce n'était pas si éprouvant. Kitty se laissa placer dans la position adéquate, nullement réfractaire, semblant désireuse d'apprendre. Le moment de la pénétration fut difficile, puis cela devint aisé, et une sensation puissante l'envahit, sans commune mesure avec ce qu'il avait pu imaginer ou ressentir par le passé. L'espace d'un moment fort, Giles fut heureux que ce fût pour lui, comme pour elle, la première fois. Puis il n'y eut plus de pensées. Ce fut un déchaînement de plaisir quasi douloureux. Confusément, il avait l'impression de comprendre pourquoi les écrivains et les poètes en faisaient tant de cas.

Kitty n'avait émis aucun son. Quand ses sens chamboulés se furent suffisamment apaisés pour qu'il se dégageât prudemment d'elle, Giles entendit sa respiration accélérée et craignit qu'elle ne fût en train de pleurer.

— Je vous ai fait mal ? demanda-t-il en un chuchotement.

Il crut l'entendre répondre « non », mais d'une voix trop faible pour en être certain. Il s'allongea sur le dos et l'attira vers lui. Kitty se rapprocha, toujours avec la même fluidité consentante, son corps épousant les contours du sien, et il l'entendit pousser un léger soupir. Aucun doute possible, c'était là un soupir de contentement. Submergé de gratitude et de tendresse pour sa femme, Giles sombra dans un profond sommeil.

À son réveil, Kitty flottait dans un bonheur absolu comme elle n'en avait jamais connu. Elle resta un moment interdite, ne sachant pas où elle était. Elle sentit alors la présence inhabituelle d'un corps allongé à ses côtés dans le lit, et les souvenirs affluèrent.

Sa belle-mère avait raison, la douleur avait été passagère. Après... Oh, les mots n'existaient pas pour le décrire ! Elle n'aurait jamais pu imaginer pareille félicité. Ensuite, Giles l'avait prise dans ses bras, et elle s'était endormie, la tête sur son torse, en sécurité, lovée dans sa tiédeur protectrice, tellement heureuse qu'elle aurait pu mourir à cet instant avec le sentiment d'avoir eu une vie comblée.

À un changement dans sa respiration, Kitty sut qu'il était réveillé. Au bout d'un moment, Giles se dégagea légèrement pour pouvoir l'observer. Kitty soutint son regard. Elle sourit, s'estimant la femme la plus chanceuse du monde. Ce sourire parut le déconcerter brièvement.

— Vous vous sentez comment ? s'enquit-il.

Sans pouvoir se l'expliquer – peut-être grâce à une intuition féminine nouvellement acquise –, Kitty savait qu'il faisait allusion à ce qu'ils avaient fait la veille. À en croire lady Bayfield, le mari l'imposait à sa femme qui n'avait qu'à subir, mais ce n'était pas vrai. Ils l'avaient fait ensemble.

— Merveilleusement bien ! répondit-elle.

Interloqué, il écarta les mèches qui cachaient ses yeux.

— Vraiment ? fit-il.

— On peut recommencer ?

Passé la stupeur initiale, il eut un rire joyeux, nullement moqueur. La chemise de nuit de Kitty était tordue et bouchonnée.

— Et si on retirait ça ? suggéra-t-il d'un ton hardi.

Giles l'aida à s'en débarrasser et elle put éprouver le plaisir inédit du contact de sa peau nue sur la sienne. C'était incroyablement délicieux. Lui-même semblait y goûter car sa respiration s'accéléra et il ne tarda pas à se placer sur elle et...

Elle n'avait pas les mots.

Après, Kitty s'abandonna à un voluptueux assoupissement. Elle aurait voulu demander à Giles quelle heure il était, mais cela n'avait pas grande importance. *Je suis mariée,* songeait-elle.

Je suis mariée à Giles. Une idée à la fois inconcevable et extraordinaire.

*
**

— L'issue se jouera en grande partie sur votre attitude, déclara David Carson, l'avocat de Richard. C'est une chance d'être tombé sur le vieux Lewthwaite. Il a un faible pour les militaires.

— C'est déjà ça ! lança Richard.

Il appréhendait son procès, terrifié à la perspective d'aller en prison. Curieusement, l'optimisme résolu de Carson ne le rassurait pas. Cela donnait l'impression que le résultat lui importait peu, qu'il était simplement heureux de plaider.

— L'objectif, c'est de vous montrer modeste et viril. Ni bravache ni désinvolte. Soyez respectueux, mais pas obséquieux. Ne souriez pas, sans non plus paraître nerveux.

— Vous me prenez pour l'homme caoutchouc du champ de foire ? maugréa Richard.

— Et ne faites pas d'humour, le sermonna Carson. Quand on vous pose une question, répondez clairement et simplement. Ne pérorez pas. Ne donnez pas d'avis ni d'interprétation. D'ailleurs, ne parlez que quand on vous adresse la parole.

— Bien, maître, répondit Richard, facétieux. Dommage que personne ne soit venu me soutenir, dit-il en jetant un regard à la ronde. Cela ne risque pas de donner une mauvaise impression ? Enfin, ne faut-il pas des témoins de moralité ?

— Je ne pense pas que cela soit nécessaire, dit Carson. J'ai ma petite idée quant au déroulement de l'audience. Aujourd'hui se présente devant Lewthwaite un simple soldat qui a servi son pays, est rentré blessé de la guerre et a fait face courageusement à des accusations infondées, confiant que sa seule innocence suffira à laver son honneur. Cela plaira au juge.

— Innocence ? fit Richard.

L'avocat le fixa sévèrement.

— Est-ce vous qui conduisiez le véhicule au moment de l'accident ?

— Je ne me souviens pas, répondit Richard, désolé.

— Exactement. Vous n'avez aucun souvenir d'avoir conduit l'automobile. Répétez après moi : « Je n'ai aucun souvenir d'avoir conduit l'automobile. »

Richard s'exécuta. Carson lui flanqua une tape à l'épaule, par bonheur celle qui était indemne.

— Et faites-moi confiance !

Le constable avait les traits tirés et, privé de son casque, un air de vulnérabilité. Il livra son témoignage de ce ton cadencé que prennent toujours les policiers, son carnet sous les yeux. À la fin de son récit, Carson laissa s'écouler quelques secondes de silence durant lesquelles le regard du constable fit la navette entre lui et Richard, comme s'il se demandait si c'était tout.

— Vous dites que l'automobile circulait à vive allure dans une descente, releva enfin l'avocat.

— Oui, maître.

— Elle a donc dû passer devant vous en un éclair.

— Tout à fait. On aurait cru une chauve-souris s'échappant des Enfers.

— Si rapide, je pense, que vous n'avez pu qu'entrapercevoir les passagers à l'intérieur.

— J'ai vu les trois jeunes gentlemen, maître.

— J'avance que vous avez vu trois silhouettes masculines, mais que vous n'avez pas pu distinguer leurs traits. Pas suffisamment pour les reconnaître ultérieurement.

Le policier le fixa avec assurance.

— Ils étaient là quand j'ai atteint l'automobile accidentée, maître. Je les ai bel et bien vus, de tout près.

— Certes, constable. Décrivez-nous ce que vous avez vu en arrivant sur les lieux de l'accident. Que faisaient ces jeunes gens ?

— Eh bien, l'un d'eux se déplaçait ici et là en se tenant le coude, et il pestait…

Il consulta ses notes.

— … dans un langage assez vert, maître.

Il y eut des rires dans la salle.

— Je n'en doute pas, monsieur. Inutile de répéter ces propos ici. De simples jurons, je suppose ? Rien de substantiel ?

— En effet.

— Et les autres ?

— L'un vomissait et l'autre gisait dans l'herbe. Je me suis précipité vers ce dernier et j'ai constaté qu'il avait perdu connaissance mais était en vie.

— Le jeune homme en question est-il présent aujourd'hui ?

— C'est lui, indiqua le constable en désignant Richard.

Carson se cala confortablement contre son dossier.

— Nous avons donc une automobile accidentée et trois jeunes gentlemen à l'extérieur du véhicule, dans des postures différentes. L'un marche ici et là, un autre est inconscient et le dernier est malade. Comment avez-vous déduit, constable, que c'est le jeune homme ici présent qui conduisait ?

L'air perplexe, le policier ouvrit la bouche et la referma aussitôt. Il feuilleta son carnet et sa mine se détendit.

— Quand je les ai interrogés, les deux autres m'ont affirmé qu'ils n'étaient pas au volant.

— Pour que les choses soient claires, constable, vous avez demandé à chacun d'eux « Est-ce vous qui conduisiez ? » ou une question équivalente. C'est bien ça ?

— Oui, maître.

— Et quelle réponse vous ont-ils fait l'un et l'autre ?

Le constable se reporta à ses notes.

— M. Keenswell a déclaré : « Laissez-moi tranquille ! Je vais mourir ! Mon Dieu ! Fichtre non, ce n'était pas moi qui conduisais ! » C'était lui qui vomissait, maître. Quant à l'autre, le capitaine Bracegirdle, il a affirmé : « Non, pas moi. Ne restez pas planté là comme un imbécile, pauvre clown ! Faites quelque chose. Je n'y suis pour rien. »

— Et qu'a déclaré M. Tallant ?

— Il avait perdu connaissance, maître.

— Vous n'avez donc pas pu l'interroger, nota Carson d'un air serein. Dites-moi, constable, vous avez une certaine expérience, il me semble ?

— Je suis dans la police depuis vingt-trois ans et quatre mois.

— Bien. Il a dû vous arriver plus d'une fois d'interpeller quelqu'un sur les lieux d'un délit ou d'un crime. Mettons, par exemple, un homme en train de sortir par une fenêtre avec un sac rempli d'argenterie. Si vous l'accusiez et lui demandiez « Venez-vous de voler ce butin, mon brave ? », vous attendriez-vous à ce qu'il réponde : « Oui, constable. Bien évidemment. » Ou bien serait-il plus enclin à prétendre : « Non, ce n'est pas moi. »

Les rires fusèrent.

— Le constable n'est pas ici pour spéculer sur des questions hypothétiques, maître Carson, intervint le magistrat.

— Bien sûr, monsieur le juge. Je retire ma question. Constable, d'après votre expérience, les personnes que vous interrogez ont-elles plutôt tendance à se dire innocentes, qu'elles le soient ou non ?

— Oui, dans la majorité des cas, admit le policier.

— Donc, si M. Tallant avait été conscient, lui aussi aurait probablement affirmé « Ce n'était pas moi »...

— Encore des supputations, maître, objecta le magistrat.

Le constable répondit malgré tout :

— Les jeunes gentlemen prétendent toujours qu'ils n'y sont pour rien, confirma-t-il, amer. Surtout quand ils ont bu. Pas plus tard que la semaine dernière, il y en a un qui m'a arraché mon casque et soutenait qu'il ne l'avait pas, alors que je le voyais parfaitement dans sa main.

— Merci, dit Carson. Pour résumer, donc, vous avez conclu que le conducteur devait être monsieur Tallant du simple fait que les deux autres ont nié que c'était eux ?

— Oui, maître, reconnut le policier, renfrogné, conscient de la tournure que prenait l'interrogatoire.

— Mais vous n'avez pas eu l'occasion de questionner M. Tallant car il était inconscient ?

— En effet, maître.

— Et quand l'automobile est passée devant vous, elle allait trop vite pour que vous puissiez distinguer les visages.

— Je parie tout de même que c'était lui, maugréa le constable.

— Je vous demande pardon ? dit l'avocat d'un ton onctueux.

Comme le policier restait muet, il insista :

— Je vous prie de regarder M. Tallant attentivement et de me dire, sous serment, si vous pouvez affirmer catégoriquement qu'il était au volant du véhicule au moment où celui-ci vous a dépassé.

Écœuré, le constable contempla Richard et fut obligé de répondre :

— Non, maître. Je ne peux pas jurer que c'était lui.

Carson se tourna vers le magistrat.

— Monsieur le juge, nous avons tous entendu M. Tallant affirmer qu'il n'avait aucun souvenir d'avoir conduit l'automobile. D'ailleurs, n'ayant jamais conduit auparavant, il n'a aucun savoir-faire en la matière.

Quand il ressortit libre, Richard se délecta du soleil éclatant et remercia son avocat.

— Ce n'est vraiment rien, déclara Carson. Lewthwaite a eu raison de classer le dossier. C'est toujours satisfaisant quand un innocent échappe à une condamnation.

— Mais…

— Vous n'avez aucun souvenir d'avoir conduit ce véhicule, c'est bien ça ?

— Oui.

— Alors, voilà.

— Je suis quand même étonné, nota Richard avec amertume, que ni Keenswell ni Bracegirdle ne soient venus me voir depuis l'accident. Même pas un mot ou une boîte de chocolats. Ils auraient pu, tout du moins, venir aujourd'hui me soutenir au tribunal.

— Il était sans doute préférable pour vous qu'ils fussent absents ! lança Carson d'un air jovial avant de filer vers d'autres affaires.

*
**

À bord du train qui les emmenait vers Paris, James et Marie étaient seuls dans leur compartiment. Marie lisait un livre, au grand étonnement du valet. Il n'avait jamais vu un domestique, et encore moins une chambrière, s'adonner à la lecture. Cela arrivait sans doute à certains d'entre eux en privé. Désœuvré, James n'arrêtait pas de croiser et décroiser les jambes. Il finit par se maîtriser pour ne pas donner l'impression d'être mal à l'aise. Marie ne devait surtout pas deviner que c'était là son premier voyage à l'étranger. Il s'obligea à rester immobile et observa le paysage. Rien d'extraordinaire, cela ressemblait à l'Angleterre en un peu plus plat. Curieusement, on ne voyait presque personne. Il pensa au Château, se demanda à quoi s'occupaient les uns et les autres. Manquait-il déjà à Tilda ? Dory s'était-elle à nouveau introduite dans le salon pour écouter M. Sebastian au piano ? Le vieux Crooks était-il dans tous ses états ? James ne se culpabilisait nullement de lui avoir joué plus d'un tour pour donner l'impression qu'il commettait bévue sur bévue. Malgré tout, ce n'était pas de gaieté de cœur qu'il avait esquinté la lame du rasoir, un ustensile de qualité. Enfin, c'était la goutte d'eau qui avait fait déborder le vase aux yeux du comte. Et que manigançait Cyril, son protégé, en son absence ? Chercherait-il à être dans les petits papiers de M. Moss pour lui chiper son poste ? Il se raisonna : il était désormais le valet de chambre de M. le comte, non plus un vulgaire laquais. Libre à Cyril de doubler cet idiot de William, si ça lui chantait.

Les sujets de réflexion épuisés, James brûlait d'envie d'engager la conversation avec Marie. Il la fixa, priant pour qu'elle posât son livre. À bout de patience, il finit par dire :

— Eh bien, nous y voilà.

Aucune réaction. Nouvelle tentative :

— Les joies de la nuit de noces ! se gaussa-t-il. La pauvrette aura découvert hier soir de quoi il retourne. L'oie blanche est passée à la casserole.

Elle lui décocha un regard glacial, tourna une page.

— Il a dû lui apprendre un ou deux trucs, à mon avis, notre jeune comte.

Marie ne réagissant pas, il ajouta :

— Je parie que t'aimerais bien être à la place de la donzelle. Bel homme, le comte.

Elle détacha les yeux du livre et soupira.

— Tu ne peux pas te taire ?

— Allons, on va être souvent ensemble. Vaudrait mieux qu'on s'entende.

— Qu'est-ce que tu veux ?

Ce n'était pas une invite à proprement parler, mais elle referma son livre tout en gardant sa page avec son index.

— Euh..., dit-il, cherchant un sujet à aborder. Nous voici en France.

— Et alors ?

— Je m'attendais à quelque chose de différent... plus dépaysant.

— Comme quoi ? Des chameaux, des éléphants ? Les grandes pyramides, peut-être ?

— Je pensais que ça serait montagneux.

— Il y a des montagnes, mais ailleurs. La France est beaucoup plus grande que l'Angleterre.

Il jugea cela méprisant pour l'Angleterre.

— C'est toi qui le dis. Tu dois être contente d'être de retour.

Elle ne réagit pas.

— Dans ton pays, je veux dire. En tout cas, ce sera bien pratique pour nous. Que tu causes leur charabia. J'imagine que monsieur le comte se débrouille. Mais si on veut sortir le soir ou se balader, tu seras capable de baragouiner.

— Je ne parle pas français, l'interrompit-elle sèchement.

— Quoi ? Comment ça ?

— Je ne suis pas française, avoua-t-elle d'une voix très différente de celle qu'il lui connaissait habituellement. Je ne m'appelle pas Marie. Je suis originaire de Stepney, et mon nom est Mary Filmer. Et vu le temps que je vais rester confinée avec toi, va falloir que t'arrêtes de dire des bêtises et que tu agisses en garçon raisonnable ! Pas de galimatias avec moi !

James la dévisageait, admiratif.

— Pourquoi tu t'es fait passer pour française ?

— C'est évident, non ? Les rupins ne jurent que par les chambrières françaises. Si tu veux les meilleures places, faut répondre à leurs attentes. Accessoirement, si tu me dénonces, je te tue. Et ne va pas t'imaginer que je n'en serai pas capable.

Elle le fixa droit dans les yeux, sans ciller.

— Je te crois, dit-il, fasciné. Je garderai ça pour moi. C'est pas mon genre de balancer. Je suis comme toi. Je ne m'appelle pas James, mais Sid. Sid Hook, de High Wycombe. Mon père était tourneur sur bois dans une fabrique de chaises. Il voulait m'y faire entrer, mais j'avais pas envie de me retrouver à l'usine. Je voulais être mon propre patron.

— Tu es donc devenu domestique ? railla-t-elle.

— Non, écoute-moi. Un valet peut amasser un joli petit pécule. On n'a rien à dépenser, tout est fourni. J'ai toujours été ambitieux. En plus de ses gages, un valet de chambre peut tremper dans pas mal de combines. À trente ans, j'aurai de quoi ouvrir ma propre affaire. Je prouverai à mon père que j'avais raison ! lâcha-t-il hargneusement.

— Il s'appelle comment, ton père ?

— Sidney. Comme moi.

— Ça ne m'étonne pas, fit-elle en opinant. Je sens de l'hostilité entre vous. Tu supportes mal d'avoir le même prénom ?

— Ce n'est pas ça, bougonna James. Bon, d'accord, il n'a pas été tendre quand j'ai refusé de suivre son exemple. Mais bon, encore une fois, j'ai toujours eu de l'ambition. On ne peut pas espérer devenir domestique de haut rang, encore moins valet de chambre, en s'appelant Sid. J'ai donc changé de nom.

— Tu n'as pas tort, reconnut-elle.

Il y vit un signe encourageant.

— Toi et moi, on est pareils, n'est-ce-pas ? On devrait unir nos forces.

— Et pourquoi diable s'unirait-on ? rétorqua-t-elle avec dérision.

— Eh bien, on a tous les deux nos secrets. On est des ambitieux. Il doit y avoir un tas de façons de s'entraider, pour faire son beurre, dit-il en frottant son index et son pouce. Nos maîtres sont blindés, on a bien droit à notre part du gâteau, non ? Je sais une chose : deux cervelles valent mieux qu'une.

— Parce que t'en as une ? railla-t-elle.

— Inutile d'être méchante, fit-il, vexé. On est coincés l'un avec l'autre pour des semaines, mieux vaut s'entendre.

— Je ne sais pas, dit-elle en bâillant. Ce voyage me rase. Je ne suis pas certaine de rester jusqu'au bout.

— Quoi ?

— J'ai accepté seulement pour le billet gratuit. Si je me plais quelque part, je pourrais bien me tailler.

James en resta bouche bée d'admiration. Même lui n'avait pas eu l'idée.

— Incroyable ! T'es vraiment un sacré numéro !

— Et si tu tiens pas ta langue..., dit-elle en plissant les paupières.

— Je sais, tu me zigouilleras.

— Maintenant, déclara-t-elle en reprenant son accent français, je vais lire. Alors, la ferme.

16

La lettre de Victor Lattery ne parvint jamais à Rachel. Elle arriva avec le reste du courrier, et Moss, chargé du tri, fit la moue en la voyant et décida de la placer dans la pile destinée à la comtesse. Il ne pouvait cautionner que lady Rachel, une mineure qui n'avait même pas fait son entrée dans le monde, reçût des missives à l'insu de sa mère. Qui plus est, l'écriture sur l'enveloppe n'était visiblement pas féminine.

Lady Stainton la décacheta au petit-déjeuner et braqua un regard de basilic sur sa fille.

— Peux-tu m'expliquer ce que c'est que ça ? demanda-t-elle en lançant la lettre sur la table. Entretiens-tu une correspondance avec cet individu ?

Rachel rougit par réflexe, ce qui la fit paraître coupable.

— Qui ça ? Quoi ?

Oncle Sebastian, assis à côté de la douairière, lut la signature et dit :

— Victor Lattery ? Il n'y a pas une fille de l'avocat de Canons Ashmore qui a épousé un Lattery ? Une certaine Mildred ? Jolie femme, assez grande.

— Je l'ai vu à la fête des Brinklow, Mère, parvint à dire Rachel malgré son gosier asséché. Il veut organiser une excursion à bicyclette.

— À ce que je vois, dit sèchement la douairière. Et il a l'impudence de t'inviter. L'y as-tu incité, après que je te l'ai défendu ?

— Pas du tout, Mère. Et vous n'avez rien dit pour lui, juste pour sa tante..., balbutia Rachel.

— Cette personne n'existe pas pour nous ! tonna Lady Stainton. Il n'est pas question que vous ayez quoi que ce soit à faire avec elle et son entourage, et surtout pas avec ce jeune... blanc-bec !

Elle aurait tout aussi bien pu dire « dépravé ».

Oncle Sebastian tenta de s'interposer. Ça le peinait de voir les filles se faire sévèrement réprimander.

— Voyons, Maud. Une sortie à vélo, quoi de plus convenable ? Un groupe de jeunes gens qui prennent l'air, c'est bon pour la santé.

La douairière pivota vers lui.

— Ne vous en mêlez pas ! cracha-t-elle. Vous ne savez pas de quoi vous parlez. Rachel, dans ta chambre ! Tu as clairement voulu me désobéir. On ne peut pas te faire confiance. Tu ne quitteras pas la maison, sous aucun prétexte, pendant une semaine.

Rachel sortit précipitamment, en larmes. Linda, qui avait prolongé son séjour après le mariage et cherchait un prétexte pour ne pas rentrer dans le Dorset, ajouta son grain de sel :

— Vous avez entièrement raison, Mère. La bicyclette, ça fait mauvais genre. Porter des culottes courtes et dessiner en pleine nature, c'est bon pour les roturiers.

Elle aussi eut droit à un regard mauvais de lady Stainton, et le petit-déjeuner s'acheva en silence.

Peu après, Alice monta dans la nursery où Rachel ravalait ses derniers sanglots. Elle trempa un gant de toilette et le passa sur les traits bouffis de sa sœur.

— C'est trop injuste ! gémit Rachel. Je n'ai rien fait de mal. Je ne lui ai pas demandé de m'écrire.

— Tu ne lui as pas non plus dit de ne pas t'écrire, souligna Alice. Peu importe. Allez, sèche tes larmes.

— Si j'avais reçu la lettre, j'aurais demandé la permission.

— Là, tu aurais eu tort. Tu sais bien que mère refuse toujours. Inutile de lui demander quoi que ce soit. De toute manière, elle ne sait rien de ce que nous faisons. Si l'occasion se présente à nouveau, vas-y sans lui en parler.

— Voyons, Alice.

Rachel était tiraillée entre envie et désapprobation.

— Tu ne comptais rien faire de mal, poursuivit Alice. Pourquoi n'écris-tu pas un mot à Victor, que tu lui remettras dimanche à l'office ?

— Il ne fréquente pas la même église. Ils sont catholiques.

— Tu n'as qu'à donner un penny à un gamin pour qu'il glisse l'enveloppe par la fente à courrier de sa tante.

— C'est une idée, convint Rachel, rassérénée.

— Seulement, précise bien qu'il ne doit plus t'écrire ici, conseilla Alice qui se prenait au jeu. Voyons, à qui peut-on faire confiance pour recevoir tes lettres ? Pas Daisy, qui te dénoncerait tout de suite. Oncle Sebastian ?

— Non, je ne pense pas qu'il accepterait d'agir dans le dos de mère.

— En effet, tu as raison. Josh, n'y pensons même pas. Il est haineux. Et pourquoi pas Axe ? Victor pourrait déposer ses lettres à la forge. Axe les remettrait à celle d'entre nous qu'il verrait en premier.

Il leur arrivait souvent de s'arrêter à la forge quand elles allaient au village, en guise d'occupation. Et Alice rendait parfois visite à Axe chez lui, le dimanche.

— Tu crois qu'il accepterait ?

— Je ne vois pas pourquoi il refuserait, dit Alice. Il est vraiment gentil.

À la sortie de l'église le dimanche suivant, Alice s'apprêtait à chercher Axe quand elle aperçut Victor Lattery, adossé à la clôture d'une maison et les mains dans les poches. Elle flanqua un coup de coude à Rachel qui manqua de s'étrangler. Dès qu'il la vit, il se redressa et vint à leur rencontre. Rachel lui fit vivement signe de ne pas s'approcher. Alice se tourna vers leur mère qui venait d'échanger quelques mots avec le révérend.

— Mère, Rachel et moi préférons rentrer à pied plutôt qu'en calèche. Il fait tellement beau aujourd'hui.

C'était égal pour lady Stainton.

— Très bien. Ne traînez pas en chemin. Passez-moi vos psautiers.

Quand les deux sœurs rejoignirent Victor, il leur demanda gaiment :

— C'est quoi ce manège ?

Il n'avait d'yeux que pour Rachel. Une fois de plus, Alice se sentait invisible, une enfant.

— J'ai raté la messe exprès ce matin, reprit-il. Vous n'avez pas reçu ma lettre ?

— Non. Le majordome l'a remise à notre mère, qui m'a grondée. Voyez-vous, je n'ai pas fait mon entrée dans le monde, expliqua Rachel, honteuse de cet aveu. Il n'est pas convenable que des hommes m'écrivent. Vous ne devez plus m'adresser des lettres au Château.

— Mon Dieu, je suis désolé. Je ne cherchais pas à vous mettre dans l'embarras.

— Nous le savons, dit Alice. Le problème, c'est que notre mère déteste votre tante.

— Ah bon ? fit le garçon, sidéré. Pourquoi donc ? Tout le monde adore tante Violet.

— Nous n'en connaissons pas la raison, dit Alice. Et notre mère n'est pas le genre de personne à qui on peut poser la question.

— Je demanderai à tatie si elle a une idée. C'est forcément un malentendu ridicule. Honnêtement, c'est impossible de haïr tante Violet, même en faisant tous les efforts du monde !

— Oh, notre mère a la dent dure, dit Alice. Même nous, elle ne nous porte guère dans son cœur.

— Je suis sûr que ce n'est pas vrai, objecta galamment le garçon.

— Quand bien même, elle a interdit à Rachel d'avoir le moindre contact avec vous.

— Ah… Dans ce cas, mieux vaut nous dire adieu et que je disparaisse.

— Surtout pas ! implora Rachel.

— Je ne veux pas vous attirer d'ennuis.

— Il suffirait de prendre des précautions, suggéra Rachel.

— Des rencontres clandestines ? fit-il.

Alice n'aurait su dire d'après son ton s'il y était favorable ou non. Mais il se fendit d'un large sourire et ajouta :

— Quelle aventure !

— Ce n'est pas très clandestin de rester ici au vu et au su de tous, reprit Alice. Rachel et moi allons rentrer au Château à pied. Nous prendrons le chemin le plus long, par Cherry Lane et Mop End. Il n'y a jamais personne. Si vous deviez nous y croiser par hasard…

— Ce serait une heureuse coïncidence ! lança Victor Lattery en s'éloignant.

Les deux sœurs partirent dans l'autre direction.

— Tu penses que c'est mal de désobéir aux interdictions de notre mère ? demanda Rachel.

— Pas si ce sont des interdictions déraisonnables, affirma résolument Alice. Si elle est vraiment opposée à ce qu'on le voie, elle devrait nous expliquer pourquoi. Et quand bien même notre mère aurait une raison valable d'en vouloir à Mlle Eddowes, elle n'a pas à nous mêler, Victor et nous, à ces histoires.

— Je ne sais pas…

— Voyons, Rachel. Tu ne vas rien faire de bien grave, simplement marcher et bavarder avec un garçon. Où est le mal ?

— Oui, c'est vrai… Victor est un chouette garçon, n'est-ce-pas ?

Alice le trouvait un peu malingre, comparé par exemple à Axe Brandom.

— Oui, plutôt. Si tu estimes qu'il en vaut la peine, c'est tout ce qui compte.

— Il me plaît beaucoup. Dis, tu resteras avec moi, si on le croise ?

— Seulement jusqu'à Shelloes. Je veux passer voir la nouvelle portée d'Impératrice. Les cochonnets sont tellement craquants ! Ils sont tout mimi, on dirait des bonnes femmes rondelettes affublées de chaussures trop petites.

— Tu vas salir ta robe.

— Mais non. Je veux juste les regarder.

*
**

Crooks parvint à s'extraire des autres domestiques et s'attarda du côté de la porte côté nord jusqu'à la sortie de la chorale. Il se dirigea alors d'un pas nonchalant vers le porche du cimetière en se débrouillant pour l'atteindre en même temps que la silhouette reconnaissable d'Axe Brandom. Le jeune homme s'arrêta en l'apercevant et souleva son chapeau. Les autres choristes défilèrent sans leur prêter attention. Après l'office, la plupart étaient pressés de se mettre à table pour le déjeuner dominical, et quelques-uns de s'enfiler une ou deux pintes. En tout cas, la gourmandise l'emportait sur la curiosité.

— Une belle journée, monsieur, dit Axe timidement.

— En effet. Quel magnifique *Te Deum* vous nous avez offert aujourd'hui. Du Thomas Tallis, si je ne m'abuse ?

Parler musique, voilà qui sembla mettre Axe à l'aise.

— Tout à fait, monsieur. M. Arden est amateur de musique ancienne. C'est plus compliqué à apprendre, mais si vous voulez mon avis, les pièces contemporaines valent pas celles d'autrefois.

— Vous préférez la polyphonie à l'harmonie ? Moi aussi, je crois.

— Vous êtes plus savant que moi, monsieur, dit Axe, la mine perplexe. Je connais pas ces mots compliqués, je sais juste que ça plaît à mes oreilles. M. Evercreech, notre première basse, trouve le Tallis trop catholique. L'est contre. Pour moi, à partir du moment où on chante le Seigneur, peu importe si on est de l'Église d'Angleterre ou catholique romain.

— Bien dit ! approuva Crooks. Nous sommes trop prompts à créer des divisions là où elles ne sont pas justifiées. Voilà un certain temps que nous ne nous sommes pas vus. J'étais à Londres avec M. le comte.

— Oui. Pour son mariage, n'est-ce-pas ? Dommage que la cérémonie a pas eu lieu ici. L'aurait eu droit à une belle messe chantée. Vous l'accompagnez pas en France ? C'est là qu'il passe sa lune de miel avec son épouse, si j'ai bien compris ?

— Voyager à l'étranger ne me réussit guère. M. le comte a eu la bonté de me permettre de rester ici, ce qui me laisse un peu de temps libre. J'ai pensé que je pourrais vous aider à progresser en lecture…

— C'est trop aimable à vous, monsieur, dit Axe en rougissant. Vous embêtez pas pour moi. Je veux pas vous prendre votre temps.

— Pas du tout, pas du tout. Ce sera avec plaisir. Quel moment serait pratique ? Avez-vous une demi-journée de repos ?

— Pas vraiment. Le mardi, je finis tôt la plupart du temps. Monsieur Rowse me laisse partir vers 15 heures, sauf quand y a de la besogne.

— Le mardi, c'est idéal pour moi.

En vérité, Crooks était toujours libre en milieu d'après-midi. Il se trouvait souvent désœuvré car

M. Sebastian lui confiait peu de tâches et ne le sollicitait qu'au moment de s'habiller pour le souper.

— Il y aurait trop de regards indiscrets au Château, reprit-il. Je ne voudrais pas que vous vous sentiez mal à l'aise. Je propose de venir chez vous et nous verrons bien comment les choses avancent. Où habitez-vous ?

— J'ai un cottage de l'autre côté d'Ashmore Carr, monsieur. C'est très simple, pas le genre d'endroit pour recevoir des gens distingués, dit Axe, embêté.

— Je n'ai rien de distingué, le détrompa Crooks en souriant. Je ne suis qu'un simple travailleur, comme vous. Je passerai donc mardi, disons à 15 h 30 ? J'apporterai quelques livres, nous choisirons ce qui est le mieux adapté pour vous. D'ici peu, je suis certain que vous saurez lire parfaitement.

Il salua le jeune homme et se dépêcha de franchir le porche avant qu'il pût soulever la moindre objection. Crooks était de bonne humeur. Aider son prochain, rien de tel pour se remonter le moral. Il se mit à siffloter le *Te Deum* en marchant.

*
**

Ce n'étaient pas les musées et galeries d'art qui manquaient à Paris, de quoi s'occuper pendant les quinze jours, d'autant que Giles s'y adonnait sérieusement. Alors que Kitty appréciait la peinture à petite dose, lui s'arrêtait longuement devant chaque tableau, si bien qu'au bout de quelques heures elle avait mal aux pieds et au dos. Qui plus est, ayant vite épuisé les quelques remarques que pouvait lui inspirer une œuvre d'art, elle en était réduite à abonder dans son sens. Même si elle partageait sincèrement son avis, elle se sentait sotte à force de toujours acquiescer. À la longue, il se garda de tout commentaire, et les visites se poursuivirent en silence.

Un jour, ils se rendirent à Versailles pour voir le château où les rois de France avaient vécu dans la splendeur. Le trajet fut plaisant, le parc était magnifique, malheureusement les fontaines étaient à sec et, contrairement aux palais en Angleterre, il n'y avait aucun mobilier et donc pas grand-chose à voir, hormis les moulures élaborées et les dorures.

Kitty aurait volontiers fait les boutiques, mais Giles ne le proposa pas. Pour soulager ses pieds, il eût été agréable de s'asseoir dans un jardin pour observer les promeneurs ou de prévoir une sortie en bateau sur la Seine, mais cela n'était pas davantage au programme. Il l'emmena à la Sainte-Chapelle, plus belle que Notre-Dame selon lui. Incapable d'en juger, Kitty eût préféré déambuler dans le marché aux fleurs de l'île de la Cité qu'ils croisèrent sur le chemin.

Quoi qu'il en fût, Kitty s'estimait la fille la plus chanceuse du monde d'être mariée à Giles et de passer sa lune de miel dans la Ville lumière. Ils logeaient à l'hôtel Meurice, plus luxueux même que Dene Park. Le personnel était très attentionné et lui donnait du « milady », une touche sympathique. Et il y avait les nuits, merveilleuses.

Giles n'avait aucune connaissance à Paris et ce n'était pas la bonne période de l'année pour y rencontrer des touristes anglais. La chaleur était trop forte en juillet. Comme à Londres, la ville se vidait peu à peu. En août, il n'y aurait plus un chat et la plupart des magasins seraient fermés. Autrement dit, lui et sa jeune épouse étaient plus ou moins livrés à leur seule compagnie, sans doute pas l'idéal pour deux jeunes personnes qui se connaissaient à peine.

S'occuper la journée n'était pas compliqué. Le Louvre, avec ses belles collections étrusque et romaine, aurait suffi au bonheur de Giles. S'il tenta au début d'échanger ses impressions avec Kitty, il abandonna vite car elle se contentait d'être du même avis que lui. Habitué à vivre seul, il était tellement absorbé par les œuvres qu'il en oubliait souvent sa présence. Il prit soin de lui montrer surtout des peintures, ne pouvant exiger qu'elle se passionnât autant que lui pour un fragment de lampe étrusque. Il organisa même une journée à Versailles et lui parla du Roi-Soleil, de Le Nôtre et de Le Brun. Somme toute, il avait le sentiment de bien la distraire.

Les soirées étaient plus difficiles. Dîner en tête à tête et en silence constituait toujours un moment délicat. Le théâtre était exclu, ni l'un ni l'autre ne comprenant suffisamment le français. Il l'emmena voir un ballet, qui parut lui plaire, et un opéra pendant lequel elle s'endormit – lui-même devait reconnaître qu'il était de piètre qualité. Au total, un séjour de quinze jours à Paris était probablement trop long. Ce serait plus simple en Italie où il connaissait des gens.

Ce qui le réconciliait avec son mariage – outre le fait que, pendant qu'eux arpentaient les rues ensoleillées, son régisseur et son banquier mettaient à profit la dot pour apurer les dettes –, c'étaient leurs nuits ensemble. Jamais il n'aurait pu imaginer pareil enchantement. Nerveux au début, il avait gagné en confiance, découvrant avec Kitty et à travers elle une expérience si forte, si bouleversante qu'il en redemandait sans cesse. Giles débordait de gratitude et de tendresse pour son épouse. Alors qu'il redoutait tant la chose, elle l'avait rendue incroyablement facile. Le jour, Kitty était encore la jeune fille timide et presque réservée qu'il avait connue à Londres, pareille à une enfant obéissante. Mais la nuit venue, au lit, dans le noir, elle devenait la partenaire consentante d'une expédition en une contrée inconnue, au pays des sens assouvis. Elle semblait en avoir envie autant que lui, toujours partante et enthousiaste. Dans l'obscurité, il l'appelait « ma petite diablesse » et elle en riait, enchantée. De jour, c'est à peine si elle osait croiser son regard. Giles avait l'impression de vivre avec deux personnes différentes. Quand il parcourait une exposition, flanqué de son épouse sage et silencieuse, il lui arrivait souvent de penser à la nuit à venir, comme s'il avait une maîtresse cachée. Il se sentait presque coupable d'infidélité. Si, dans la journée, il lui demandait « Êtes-vous heureuse ? », elle répondait toujours oui. Elle le disait machinalement, du même ton qu'elle accepterait une tasse de café. Le soir, en revanche, cela devenait « Oh, oui ! » et Giles débordait d'affection. Un contraste des plus saisissants.

*
**

Nina appréciait Lepida Morris et n'en voulait donc pas à sa tante de les avoir présentées avec une idée derrière la tête. Mince et élancée, Lepida avait ce genre de visage empreint de bon sens que les gens moqueurs qualifient de « chevalin ».

Nina n'avait jamais compris le choix du cheval pour dénigrer, vu qu'il s'agissait pour elle du plus bel animal sur terre. D'ailleurs, Lepida lui évoquait davantage le lièvre, à qui elle devait son prénom, avec ses très grands yeux et son menton légèrement fuyant. Cela dit, même si elle ne répondait pas aux critères de beauté habituels, elle n'était pas du tout vilaine. Elle avait le teint pâle, des cheveux châtains, un long cou et des gestes très expressifs. Bien qu'elle eût vingt-six ans, leur écart d'âge était atténué par l'éducation qu'avait reçue Nina.

Elles rendaient visite ensemble à des dames fortunées pour solliciter des dons. Si cette activité déplaisait à Nina, Lepida s'y livrait sans états d'âme.

— Je commence à avoir l'habitude ! On s'endurcit avec le temps.

Il fallait décrire le projet de bibliothèque en détail, surtout sa nécessité et les bienfaits qui en résulteraient. De nombreux donateurs potentiels étaient réticents à l'idée d'œuvrer en faveur de personnes qui n'étaient pas invalides à proprement parler, et certains en étaient encore à diviser les pauvres entre méritants et indignes, estimant que la majorité d'entre eux tombaient dans la deuxième catégorie, sans quoi ils ne seraient pas pauvres.

La bibliothèque, ne cessaient d'expliquer les deux jeunes femmes, fournirait aux gens une éducation qui leur permettrait de se prendre en main, d'échapper à l'ignorance et, par voie de conséquence, à la pauvreté. Après une ou deux visites, elles s'offraient toujours une pause gourmande. Un jour, dans un salon de thé de Sloane Square, Lepida lui fit une proposition.

— J'ai ici le programme des conférences du soir au British Museum cet automne. Je me suis dit que ça pourrait t'intéresser d'y jeter un coup d'œil. J'assiste à une ou deux chaque année, peut-être voudrais-tu m'accompagner. C'est tellement plus agréable à deux.

Nina feuilleta la brochure en sirotant son thé, et un thème lui sauta aux yeux.

— L'égyptologie, voilà qui me tente.

Lepida lut le descriptif.

— Ah oui, Margaret Murray. Je l'avais repérée.

— Une femme conférencière ? s'exclama Nina, émerveillée.

— Elle a étudié au University College de Londres. Une faculté beaucoup plus ouverte sur la question de l'instruction des femmes que ne le sont ces vieilles institutions d'Oxford et de Cambridge. Voilà vingt ans que l'université de Londres décerne des diplômes aux femmes.

— Tu n'as pas envisagé de faire des études ? demanda Nina.

— J'y ai songé et mon père ne s'y serait pas opposé, mais j'ai décidé que ce n'était pas pour moi. Je n'ai pas l'état d'esprit qu'il faut. Comme dit maman, je suis aussi paresseuse que curieuse ! Je ne voyais pas l'utilité de travailler dur pour décrocher un diplôme si c'était pour ne rien en faire.

— Tu pourrais enseigner.

— Ce serait mon cauchemar ! Paresseuse, je te dis.

— Je ne te trouve pas paresseuse. Regarde, tu ne ménages pas tes efforts pour la bibliothèque.

— Paresseuse intellectuellement, je veux dire. Toi, tu as toujours le nez dans un bouquin. Moi, si j'ai une heure pour moi, je préfère sortir ma boîte d'aquarelles ou aller me promener et admirer la nature. J'aime bien apprendre, à condition que quelqu'un d'autre se donne tout le mal. D'où ces conférences. Il n'y a qu'à s'asseoir pour recevoir la becquée. Tu t'intéresses donc à l'égyptologie ? C'est récent ?

— Assez, répondit Nina, qui parvint à ne pas rougir. L'archéologie en général, et en particulier l'égyptologie.

— Eh bien, Margaret Murray est une pointure. Elle a été l'élève de Flinders Petrie.

— J'ai entendu parler de lui, dit Nina en cachant son embarras derrière sa tasse.

Giles Stainton lui avait confié qu'il avait eu Petrie comme professeur, dont il avait même été un des élèves préférés. Elle se demanda si Margaret Murray le connaissait. Recevoir son enseignement, même dans le cadre modeste d'une conférence, créerait un lien entre elle et lui.

Lepida l'observait discrètement, intriguée par sa mine pensive.

— Tu sais, finit-elle par dire, si le sujet te passionne, tu pourrais envisager de t'inscrire à l'université.

— Oh, je doute d'avoir le niveau.

— Moi je suis certaine que tu l'as. Aujourd'hui, il existe beaucoup plus de possibilités pour les femmes. Il y a aussi le Bedford College.

— J'imagine que ça coûterait cher, objecta Nina. Je ne veux pas demander à ma tante de m'entretenir tout ce temps. C'est pour cela que je vais devenir enseignante, soupira-t-elle. Il faudra que je commence après l'été, au début de l'année scolaire.

— Tu n'as pas l'air très enthousiaste, nota Lepida.

— Je pense que cela me plaira une fois que je m'y mettrai. Il faut bien faire quelque chose.

Lepida décida d'en rester là.

— Alors, ces conférences du soir ? demanda-t-elle en resservant du thé. Tu veux m'accompagner ?

— Oui, avec plaisir. Si ma tante est d'accord.

*
**

L'épais feuillage de juillet dispensait sous les arbres une ombre dense et profonde. Les chemins étaient secs, les ornières réduites en poussière, si bien qu'Alice n'avait plus besoin de surveiller où Pharaon mettait les sabots. Elle pouvait s'abandonner avec plaisir aux balancements du petit galop. Elle pensa à Giles et à sa belle-sœur, qui devaient maintenant être en Italie. C'était quand même dommage de quitter l'Angleterre à la saison la plus agréable. Alice se doutait qu'il y aurait du changement à leur retour. Rachel, qui allait fêter ses dix-sept ans le mois suivant, assisterait à ses premières fêtes, prélude à son entrée dans le monde au printemps. Serait-ce à Kitty de jouer les chaperons ? Leur mère ne s'était jamais intéressée à ses filles, nullement désireuse de passer du temps avec elles.

Pharaon quitta la piste de son propre chef ; l'itinéraire lui était maintenant familier. Elle ralentit l'allure et, quand ils atteignirent la cour, Dolly accourut et signala leur arrivée par un seul aboiement. Alice dégagea son pied de l'étrier, puis sa cuisse de la fourche et descendit. Elle se pencha pour caresser la chienne sur la tête.

— Ah, c'est vous, dit Axe en franchissant l'embrasure.

— Je vous dérange ?

— Pas du tout. Vous voulez que je m'occupe du cheval ?

— C'est bon, je peux le faire.

La corde était suspendue à l'anneau d'attache. Axe alla chercher une brassée de foin pendant qu'elle desserrait les sangles de la selle. Quand elle se retourna, elle découvrit les trois chiots, sortis à leur tour, qui se dirigeaient vers elle avec un enthousiasme balourd. Elle s'accroupit pour récompenser leurs efforts. Ils la reniflaient et lui donnaient de petits coups de patte, léchaient ses doigts, se disputaient la place et peinaient à garder l'équilibre. Dolly s'éloigna pour fureter dans les buissons.

— Elle ne s'intéresse plus à ses petits, nota-t-elle quand Axe revint.

— La pauvre, elle en peut plus. Ils la lâchent pas, toujours à vouloir téter. L'est grand temps de les sevrer.

Elle observa les chiots qui se grimpaient les uns sur les autres et se mordillaient par jeu.

— Puis vous allez vous en débarrasser, j'imagine ?

Il prit un air attendri.

— On leur trouvera de bonnes maisons. Dolly est réputée dans les environs. Tout le monde voudra avoir un de ses chiots.

— Tant mieux, dit Alice en se redressant et en défroissant sa jupe. Une fois, notre premier palefrenier, Giddins, a éliminé des chiots parce que l'épagneule de papa avait été montée par un bâtard.

— Vous me croyez capable d'assommer d'un coup de pelle les petits de ma Dolly ?

— Non, bien sûr que non.

— Vous voulez entrer ? Je vais mettre la bouilloire.

— Merci, accepta Alice en le suivant à l'intérieur où il faisait sombre et frais. Qu'est-ce que vous lisez ? s'enquit-elle en prenant le livre posé sur la table.

— C'est pas à moi, dit-il sèchement. On me l'a prêté.

Elle le dévisagea, surprise de son ton.

— Je ne l'abîmerai pas. Je sais comment manipuler les livres.

Axe rougit légèrement et détourna le regard.

— Oui, vous avez l'habitude.

— *Les Voyages de Gulliver*, lut-elle. C'est passionnant, non ? Où en êtes-vous ? Mon passage préféré, c'est chez les Houyhnhnms.

— J'en suis qu'au début, chez les Lilliputiens.

— Les Houyhnhnms, c'est une race de chevaux intelligents. Les chevaux sont les maîtres et les humains leurs esclaves. Ce sont des hommes primitifs, vraiment horribles. Méchants et violents. J'ai toujours pensé que Swift avait entièrement raison. Le cheval est tellement plus noble que l'être humain !

— Je sais pas trop, dit-il avec un léger sourire. Jamais un cheval vous viendra en aide, jamais il prendra soin de vous si vous êtes malade.

— Qui vous l'a prêté ? C'est un bel exemplaire.

Elle l'examina de plus près. Reliure en cuir, doré sur tranche, papier marbré.

— Nous avons le même au Château.

— Je m'entraîne à lire, expliqua-t-il en lui prenant le livre pour le poser sur la commode. J'ai appris à l'école, mais j'ai jamais su lire vite. Je voudrais progresser, lire des histoires pour mon plaisir.

— Bravo, dit Alice qui ne remarqua pas qu'il n'avait pas répondu à sa question. J'adore lire, mais la plupart des livres dans notre bibliothèque sont ennuyeux. Il y a quand même *Les Sept Voyages de Sindbad le marin*. Vous l'avez lu ? Je vous le prêterai quand vous aurez fini *Gulliver*. Personne ne s'en apercevra. Giles étant absent, je suis la seule à mettre les pieds dans la bibliothèque.

— Vous avez de ses nouvelles ? demanda Axe en versant l'eau dans la théière.

— Non, mais ça ne m'étonne pas. Les jeunes mariés écrivent rarement pendant leur lune de miel, non ?

— C'est pas moi qui pourrais vous répondre.

— J'imagine qu'ils ont autre chose à faire, dit Alice.

Il prit place en face d'elle et versa un peu de lait dans chaque tasse. Alice eut le regard attiré par la figurine sur l'étagère.

— Il y a une question que je voulais vous poser, dit-elle. Vous pourriez me raconter d'où vient votre bergère en porcelaine ?

— Qu'est-ce qui vous fait penser qu'elle a une histoire ?

— C'est le seul objet décoratif que vous possédez. Donc vous devez y tenir pour une raison particulière.

Il servit le thé avant de s'exprimer. Axe ne se laissait jamais presser, c'était une des qualités qu'Alice trouvait reposantes chez lui. Il agissait selon son propre rythme.

— J'étais encore tout mioche à l'époque. C'était avant mon apprentissage chez M. Rowse. J'étais entré au service de Mme Eddowes, la femme de l'avocat, comme garçon préposé aux chaussures.

— Celle qui habite encore au village ?

— La Mlle Eddowes d'aujourd'hui est sa fille. Il y avait deux sœurs, Mlles Violet et Mildred, et un garçon, le jeune Tom. C'était le benjamin et le petit chéri de la famille. Pourtant, quel garnement ! Méchant avec ses sœurs, toujours à abîmer leurs affaires. Il cassait un tas de choses. Une fois, il a donné un coup de pied dans un ballon en plein milieu du salon. Tout ce qui était sur la cheminée a valdingué. Un seul objet a survécu, une bergère en porcelaine, mais la base était ébréchée.

— Celle-ci ?

— Exactement. C'était une paire, mais le berger était en mille morceaux. Enfin, comme je disais, le jeune Tom faisait les quatre cents coups. Un jour, il a parié qu'il serait capable de traverser à la nage le bief du moulin. Celui qu'était au bout du village.

— Là où se trouve aujourd'hui la maison du moulin ?

— C'est ça. La meule a été retirée quand, déjà ? Ça doit bien faire dix ans. La rivière était en crue ce jour-là, il y avait beaucoup de courant dans le bief. Le jeune Tom plonge, seulement il arrive pas à avancer, il est emporté et sa tête heurte quelque chose, une racine d'arbre ou un truc du genre. Moi, je passais par là et, l'apercevant inconscient dans l'eau, j'ai plongé. J'étais grand pour mon âge, précisa-t-il, rassurant.

— Vous l'avez sauvé ?

— Je l'ai ramené vers la berge et d'autres gars l'ont sorti.

— Vivant ?

— Oui, sur le moment. Mais il a attrapé une pneumonie et il est mort en une semaine. Les

Eddowes s'en sont jamais remis. Je les ai quittés peu de temps après pour entrer en apprentissage chez le maréchal-ferrant. Mme Eddowes m'a offert la bergère en souvenir du jeune Tom. Mais c'est plutôt à elle qu'elle me fait penser. Mme Eddowes avait beaucoup de classe. C'était sûr que Tom allait mal terminer, d'une manière ou d'une autre.

— C'est une belle histoire, dit Alice. Enfin, triste, mais vous avez agi en héros.

— J'ai pas réfléchi. J'ai juste sauté.

— Et il vous arrive encore de travailler pour Mlle Eddowes ?

— De temps en temps, comme réparer son portail. À qui d'autre voulez-vous qu'elle s'adresse ? Et j'essaye de veiller sur elle, ajouta-t-il en marmonnant. L'a plus de famille dans le coin. Et personne d'autre sur qui compter.

— J'ai entendu dire qu'elle s'occupait d'œuvres philanthropiques, dit Alice. De quoi s'agit-il, au juste ?

— Sais pas. Je vous ressers du thé ?

— Pourquoi ma mère la déteste-t-elle ?

Axe la dévisagea.

— Mais non. C'est pas elle que votre mère déteste.

— Comment ça ? interrogea Alice d'un ton implorant.

Mais Axe refusa d'en dire davantage.

*
**

James trouvait le temps long. Il n'y avait pas grand-chose à faire en milieu de journée et ils étaient loin de se serrer les coudes avec Marie ; elle avait pris l'habitude de disparaître quand leurs services n'étaient pas requis. Il ne pouvait pas bavarder avec le personnel de l'hôtel, qui ne parlait pas un mot d'anglais. Ce qui semblait être la règle à Paris. Pour lui, qui était accoutumé à discuter avec une floppée de domestiques, la solitude était difficile à supporter. Il se mit à arpenter la ville. Il l'avait mauvaise, sans pouvoir s'en prendre à personne.

Un jour, il se retrouva dans un quartier minable, une succession de petits hangars et d'ateliers d'artisans. Il y avait un canal relié à la Seine, avec tout un réseau d'écluses et de quais. Il observa le va-et-vient des péniches un moment, puis repartit en vadrouille et aboutit à un petit marché de rue. On n'y vendait pas de produits alimentaires mais des vêtements, des ustensiles de cuisine et du mobilier. Un étal attira son attention. Entouré d'un fatras de meubles esquintés, un vieillard tout crasseux réparait une chaise. Le dossier était constitué de douze barreaux étroits qu'il insérait dans les trous de la partie supérieure. James le regarda faire. Puis, en manque d'interaction, il s'adressa à lui.

— Mon père était du métier. Tourneur sur bois. Il fabriquait des chaises.

L'homme le regarda d'un air indifférent.

— *Comment ?* répondit-il en français.

— Il faisait surtout des pieds. Vous comprenez, des pieds ?

James leva un pied qu'il frappa de sa paume.

Le vieillard haussa les épaules et reprit son travail. Une femme qui se tenait à quelques mètres s'approcha et dit :

— Tu parles pas français ?

— Non. Tu parlcs anglais ?

— Oui, pas trop mal. Mais pas mon père.

Elle indiqua le rempailleur.

James était ravi d'avoir quelqu'un avec qui papoter.

— Comme j'expliquais, mon père exerce le même métier. En Angleterre.

— Tu fabriques des chaises ?

— Non, pas moi. Ça ne m'a jamais tenté. Je suis le valet d'un comte anglais. Il est ici pour sa lune de miel.

Elle le dévisagea, interdite.

— Ah, en voyage de noces ! T'es son valet, alors ? Un poste important. Valet, ça paye bien, je crois.

James se rengorgea.

— Plutôt bien, oui. Il y a pas mal d'avantages, quand on sait y faire.

Le vieillard attira l'attention de la femme et débita une phrase rapide. Elle lui répondit du tac au tac, d'un ton agressif. Il émit un grognement et décocha expertement un crachat qui atterrit à un centimètre de la chaussure de James. La femme sourit.

— Mon père est bougon depuis qu'il voit plus que d'un œil.

Elle se rapprocha et papillonna des cils.

— Tu veux pas m'offrir un verre ? On pourrait parler.

— Où ça ? demanda James, un peu méfiant.

Sans être dans sa prime jeunesse, elle n'était pas vilaine, avec des formes généreuses comme il les aimait. Depuis qu'ils avaient quitté l'Angleterre, il n'avait rien eu à se mettre sous la dent. Elle pointa un doigt en direction du canal.

— Il y a un endroit par là-bas, pas loin. Je suis curieuse de connaître ton histoire. Moi, c'est Irène.

— Moi, James.
— James ? J'aime bien. Suis-moi, James !

C'était un estaminet miteux et mal éclairé, avec pour seuls clients deux hommes en salopette et casquette qui prenaient un verre au comptoir. Elle le fit asseoir à une table près de la porte, alla chercher deux verres de vin et dit en français :

— *À la tienne !*

Il répéta le toast du mieux qu'il put et elle rit.

— Très bien ! Tu parleras bientôt un français impeccable !

— Moi ? Jamais !

Elle sut le mettre en confiance, sans compter les trois verres de vin qui lui délièrent la langue. Elle se penchait en avant pour lui offrir une meilleure vue de son décolleté plongeant, quand elle ne le fixait pas d'un air fasciné en jouant avec une de ses mèches. James en était tout émoustillé. *Parfait*, songea-t-il. *Je ne vais pas refuser ce qui me tombe tout cuit !*

Un homme entra dans le bar, s'approcha de la femme et lui dit quelque chose d'un ton bourru. Elle lui répondit hargneusement, comme avec son père. Quand il fut reparti, elle expliqua :

— Un ami de mon père. Faut que je retourne travailler, soupira-t-elle. Bientôt. Ça te dit qu'on se trouve un coin tranquille ? Tu me plais beaucoup ! Je l'ai jamais fait avec un Anglais.

Il y avait un passage à l'arrière de l'établissement. James lança un regard à la ronde, mais ne vit personne. Adossée au mur, elle lui fit signe d'approcher. Avec un sourire suggestif, elle se saisit de ses mains et les posa sur ses seins. Elle l'enlaça à la taille pour l'attirer contre elle. Il était à la fête, les lèvres et les mains occupées, quand il perçut la présence d'autres mains. Des mains dans son dos, qui plongeaient dans ses poches. Il sursauta et se débattit pour échapper à l'étreinte de la femme. Elle lui agrippait la tête et l'embrassait à pleine bouche pour l'empêcher de crier. Quand il parvint enfin à se dégager, il fit volte-face et fut accueilli par un violent coup de poing. Un coup parfaitement ajusté au menton qui l'envoya en arrière. La femme ayant bondi sur le côté, James se cogna le crâne sur le mur. En même temps qu'il s'écroulait au sol, il entendit les fuyards qui détalaient. Le temps de se relever, ils avaient disparu. Il quitta le passage d'un pas mal assuré, furieux, vexé et même humilié. Il n'y avait pas grand-chose dans son portefeuille, mais c'était rageant de se laisser détrousser si bêtement. Conscient que ça ne servait à rien, il retourna malgré tout à l'étal du rempailleur.

— Votre fille m'a volé ! s'emporta-t-il. Elle et son copain. Je parie que vous êtes de mèche ! Je devrais vous dénoncer à la police, vieux grigou ! Ce n'est pas une façon de traiter les visiteurs étrangers !

Le vieil homme releva la tête et répondit en français, puis continua sa tâche. Le dossier était maintenant assemblé et il insérait les barreaux dans l'assise, entièrement absorbé par son travail.

James brandit les poings, l'air menaçant, et un attroupement se forma autour d'eux.

— Sa fille m'a dépouillé ! Elle m'a attiré dans un bar et elle m'a volé ! Je parie qu'elle fait ça tout le temps ! Le vieux est forcément au courant, interrogez-le !

Les badauds jacassaient en français et gesticulaient. Certains se prenaient à partie. Écœuré, James nota quelques sourires narquois à son endroit. Plusieurs gaillards baraqués au teint basané se tenaient en retrait et semblaient à la recherche d'une occasion de tromper l'ennui. James comprit qu'il était temps de battre en retraite. Il recula sans cesser ses invectives, pivota et s'en alla en résistant à l'envie de prendre ses jambes à son cou. Bon Dieu de bon sang ! C'était donc ça, Paris ? Il laissait cette fichue ville à d'autres, et même tous les voyages à l'étranger pour ce qui le concernait.

17

La chaleur était écrasante en Italie. Le train traversait de vastes étendues d'herbe jaunie parsemées de bosquets d'arbres sombres et rachitiques, et de temps à autre un village de maisonnettes aux toits de tuiles rouges et aux murs d'un blanc aveuglant. Épuisée quand ils atteignirent enfin Florence, Kitty n'était nullement en état de se laisser charmer par son architecture singulière. La calèche était tirée par une haridelle qui menaçait de s'écrouler avant d'arriver à bon port. Giles, pour sa part, tendait le cou et scrutait les rues avec un vif intérêt, ne sachant où donner de la tête. Kitty était certaine qu'il finirait par attraper un torticolis. Son humeur s'adoucit un peu quand le véhicule s'arrêta devant une grande demeure en pierre aux volets verts, où les accueillit une femme élégante qui étreignit Kitty avec une chaleur maternelle et l'embrassa sur les deux joues.

— Ma pauvre enfant, vous devez être très fatiguée ! Entrez, entrez. Je vais vous servir un verre de citronnade.

Elle la débarrassa de son chapeau et lança, par-dessus son épaule :

— Je t'embrasserai après m'être occupée de la petite comtesse, très cher Giles ! Vous allez vous poser une minute avant de monter dans votre chambre.

Elle les précéda à travers des pièces tellement sombres, après l'aveuglant soleil, que Kitty aurait trébuché si leur hôtesse ne l'avait menée d'une main ferme jusqu'à une cour intérieure. Une table et des chaises profitaient de l'ombre d'une pergola soutenant une vigne vierge. Des fougères et d'autres plantes poussaient dans les angles, une fontaine glougloutait quelque part et un rosier grimpait sur les hauts murs. La fraîcheur et les senteurs étaient un vrai bonheur. Sans vraiment comprendre comment, Kitty se retrouva assise à la table, une citronnade posée devant elle dans un verre constellé de gouttelettes de buée.

Leur charmante hôtesse était tout sourires.

— Vous vous sentez mieux ?

— Beaucoup mieux, dit Kitty, reconnaissante. Merci !

— Maintenant je suis à toi, Giles !

Lui aussi eut droit à une étreinte chaleureuse.

Ces manières démonstratives enchantaient Kitty. Elle se demandait si tous les Florentins se comportaient ainsi.

Après un échange en italien, Giles se tourna vers Kitty.

— Permettez-moi de vous présenter la *signora* Lombardi.

— Lucia, insista la femme. Appelez-moi Lucia. Moi, je vous appellerai Kitty. Giles m'a parlé de vous dans ses lettres. Et voici mon mari, Flavio.

Bel homme d'un certain âge, il avait le teint hâlé et des cheveux argentés coiffés en arrière.

— Le professeur Lombardi dirige le département des études étrusques à l'université de Florence, indiqua Giles.

— Et notre fille Giulia, poursuivit Lucia.

S'avança une jeune fille élancée à la beauté saisissante, avec une magnifique chevelure noire et une peau laiteuse, qui esquissa un sourire et inclina la tête.

— Et c'est tout pour l'instant ! Tant de noms à mémoriser, ma pauvre Kitty, alors que vous devez être exténuée et venez à peine d'arriver en un lieu inconnu ! Tenez, reprenez un peu de citronnade.

— Elle est délicieuse, dit Kitty.

Lucia rayonna comme si jamais elle n'avait reçu compliment plus élogieux.

— Je la prépare moi-même avec nos citrons. Vous sentez les fleurs de citronnier ?

— C'est ça qui embaume ? dit Kitty. Quelle merveille !

— Il existe un atelier en ville qui distille un parfum à base de fleurs de citronnier. Vous emporterez un flacon en souvenir.

Lucia prit place à côté d'elle et lui parla de la ville pendant qu'elle sirotait son deuxième verre. En même temps, Kitty prêtait une oreille distraite à la conversation animée, en italien, entre Giles, le professeur et la ravissante Giulia. Sans doute était-ce l'effet de la fatigue, mais elle se sentait exclue et un rien contrariée. *Ils pourraient s'abstenir de parler en italien quand ils savent parfaitement que je ne le comprends pas*, pensait-elle. Quand elle eut terminé son verre, Lucia l'accompagna à l'étage. La chambre était haute de plafond, avec de grandes fenêtres munies de stores de tissu blanc. Une courtepointe écrue recouvrait le lit imposant. C'était simple, avec un mobilier dépouillé. Dans un angle, une jarre en pierre était agrémentée d'un magnifique bouquet de fleurs bleues, blanches et écarlates. Émerveillée par ce lieu si accueillant, Kitty en avait presque les larmes aux yeux.

— Giles couche là, dit Lucia en indiquant une porte. Et voici la cloche.

Un long cordon pendait du plafond, près du lit.

— Je vous envoie votre bonne. Descendez quand vous serez prête, rien ne presse. Reposez-vous, chère Kitty. Vous pouvez même faire la sieste, si vous voulez. Nous sommes enchantés de vous recevoir chez nous.

Kitty n'avait jamais connu pareille gentillesse chez sa belle-mère. Elle aurait voulu tomber dans les bras de Lucia et appuyer sa tête sur son épaule. Et, pourquoi pas, s'y endormir.

Ce soir-là, comme Kitty et Giles gravissaient l'escalier escarpé pour gagner leurs chambres, elle lui dit :

— Je ne me doutais pas que vous connaissiez aussi bien les Lombardi.

— Ah bon, fit-il, vaguement surpris. Je ne vous avais pas dit que nous serions hébergés chez des amis ?

— Vous aviez parlé de connaissances.

— Le professeur Lombardi a été mon mentor. C'est le plus grand spécialiste des Étrusques. Il a dirigé les principaux chantiers de fouilles. J'ai tellement appris à ses côtés ! Et Lucia était aux petits soins avec le jeune homme que j'étais, loin des siens et de son pays.

— Elle est adorable.

— Elle a été une vraie mère pour moi, bien plus que ma propre mère.

Giulia semble être très intelligente, dit Kitty, l'air de rien.

— Oui, elle aurait pu être un garçon. Un esprit si puissant, c'est rare chez l'un ou l'autre sexe. Mais bon, quel gâchis si elle n'avait pas été femme !

Kitty se demanda comment interpréter cette dernière remarque.

— Vous lui avez beaucoup parlé pendant le dîner…

Giles ne réagit pas, lui ouvrit la porte de sa chambre.

— J'ignorais que vous vous débrouilliez si bien en italien.

— Je l'ai appris au cours de mes études. Qui s'intéresse aux Étrusques et aux Romains doit pratiquer l'italien. Loger chez les Lombardi m'a beaucoup aidé. L'immersion est la meilleure façon d'apprendre une langue.

— Vous avez habité ici longtemps ?

— De longs mois, dit-il en se dirigeant vers la porte de communication avec sa chambre. Et j'ai effectué de nombreux séjours par la suite.

— Je dois avouer, dit-elle prudemment, qu'on se sent un peu exclue quand on ne comprend pas la langue…

— Il était surtout question de travaux universitaires. Ça ne vous aurait pas passionnée. Je vous laisse vous préparer.

Marie, qui se tenait sans doute prête, entra à la seconde et l'aida à retirer ses vêtements, à l'exception de sa combinaison, puis défit sa coiffure.

— Je peux me débrouiller seule pour le reste, dit Kitty.

— Bien, madame, dit Marie avant de s'éclipser.

Kitty acheva de se dévêtir, se lava le visage au bassin et se glissa dans le lit. Les draps étaient d'une délicieuse fraîcheur sur sa peau.

À la longue journée avait succédé une longue soirée. Le repas s'était prolongé sous la tonnelle, un enchaînement de plats apportés par de robustes domestiques à la familiarité bon enfant. Rien à voir avec l'ambiance chez les Bayfield. Dans le cerveau de Kitty, c'était un méli-mélo d'images. Le chant des cigales et les reflets du vin rouge à la lueur des bougies, les étoiles si brillantes dans le petit rectangle de ciel de velours au-dessus de la cour, le parfum des fleurs nocturnes, les papillons de nuit au vol erratique, le flot incessant de paroles italiennes, les belles dents blanches du professeur quand il partait dans un éclat de rire et projetait la tête en arrière, la robe à perles rouge foncé de Giulia qui contrastait tant avec sa peau laiteuse, Giles souriant et loquace, comme s'il avait enfin trouvé l'endroit sur terre où il se sentait pleinement dans son élément.

Kitty dormait presque quand il la rejoignit, retira sa robe de chambre et s'allongea à côté d'elle, nu. Ils ne s'embêtaient plus à mettre une chemise de nuit ou un pyjama, une perte de temps. Il l'enlaça immédiatement, sans un mot, pressant son ardeur contre sa cuisse. Avec un soupir de contentement, elle s'ouvrit à lui et il la pénétra, fougueux comme jamais auparavant. Ils entamèrent la danse familière, extase partagée. Quand ce fut terminé, Giles la serra dans ses bras et elle le sentit gagné par le sommeil. Il était resté muet tout du long. Pour la première fois, Kitty éprouvait plus de solitude que de contentement. La fusion des corps ne lui suffisait pas, elle désirait aussi ses paroles.

— Giulia est vraiment très belle..., susurra-t-elle.

Mais Giles avait déjà sombré dans les bras de Morphée.

*
**

— J'ai l'impression que M. le comte en pince pour Giulia, dit James qui cirait des chaussures dans l'arrière-cuisine, dont la porte était ouverte pour laissait entrer la fraîcheur matinale.

Une odeur de café s'échappait de la cuisine où résonnaient déjà les bruits de casseroles et les voix. Ces Italiens ne plaisantaient pas avec la nourriture.

— Elle est pas mal, convint Marie qui brossait les escarpins de la jeune comtesse. Un peu prétentieuse, si tu veux mon avis. Et ses cheveux sont épais comme du crin de cheval. Rien de remarquable. Belle peau, tout de même.

— Ouaip, fit James. Elle peut me sonner quand elle veut.

Marie lui lança un regard méprisant.

— Rêve toujours ! Ils sont couche-tard, en Italie, fit-elle remarquer en bâillant.

— Oui, mais au moins y en a quelques-uns qui causent anglais. Ça change. Ce Stefano, par exemple.

— Un *maggiordomo*, ça s'appelle par ici.

— Si tu le dis. J'ai discuté avec lui. Apparemment, les serviteurs anglais sont très prisés en Italie. On se les arrache. Par snobisme, faut croire.

— Reste avec M. le comte, lui conseilla Marie. Tu ne tiendrais pas plus de cinq minutes ailleurs qu'en Angleterre.

— Ah bon ? fit-il, vexé. Et toi ?

— Oh, je pense que je pourrais m'en sortir ici. J'apprends vite et je me plais bien dans ce pays.

James fut pris d'angoisse. Il ne voulait pas se retrouver seul. Un bavard de son espèce ne saurait se contenter d'échanges avec des Italiens baragouinant quelques mots d'anglais.

— Tu ne vas quand même pas filer ?

— T'aimerais savoir, hein ?

*
**

Nina n'aborda pas le sujet de l'université avec sa tante. Cela lui paraissait un rêve inaccessible. La perspective d'accepter une place d'enseignante se rapprochait de plus en plus. Bien que sa tante n'y eût fait aucune allusion, Nina jugea utile de s'y préparer. Elle rendit visite à Mlle Thornton, expliqua son projet et lui demanda conseil pour ses recherches. Mlle Thornton lui assura qu'elle avait un bagage suffisant pour une école de filles et promit de se renseigner sur d'éventuels postes à pourvoir. Nina ayant évoqué son intérêt pour l'archéologie, Mlle Thornton sonda ses connaissances et lui suggéra quelques lectures.

— Vous savez tout sur tout ! dit Nina, admirative.

Mlle Thornton rit.

— J'en sais un peu sur la plupart des sujets. Juste assez pour donner l'illusion d'en savoir beaucoup plus. C'est le secret d'une bonne enseignante, ma chère Nina ! Toujours avoir un temps d'avance sur ses élèves… et sur leurs parents !

Nina n'était pas désœuvrée pour autant et profitait de ses dernières semaines de liberté. Quand le projet de bibliothèque ne l'occupait pas, elle se formait à l'égyptologie et passait deux matinées par semaine au British Museum. Elle aidait quotidiennement sa tante à traiter la correspondance relative à ses multiples œuvres charitables. L'amitié avec Lepida prenait aussi une place grandissante. Elles assistaient ensemble à des cours d'été à l'université, comparaient leurs notes et échangeaient des listes de lecture. Organisée et méthodique, Lepida était de bon conseil. Nina lui soumettait volontiers ses idées. Elles aimaient se promener au bord de la Tamise ou dans les parcs. Elles allaient parfois au concert. Nina était souvent invitée chez les Morris. En les comparant à la stricte discipline qu'elle-même avait connue, elle savourait les relations égalitaires entre la fille, le père et la mère. Isabel Morris avait la fibre maternelle. Quant à Henry Mawes Morris, c'était un homme exceptionnel. Peintre et illustrateur, il publiait des caricatures dans *Harlequinade*, un illustré satirique. Doté d'une intelligence singulière et d'un humour espiègle, il avait de multiples talents. Tante Schofield le décrivait comme un esprit universel. Peintre et dessinateur accompli, pianiste et compositeur de chansons, il avait participé à l'écriture d'une comédie qui avait obtenu un franc succès à Londres. Dans sa jeunesse, il s'était même distingué à la voile et au cricket. Le plus souvent d'humeur volubile et rieuse, il pouvait lui arriver toutefois de piquer une colère à cause d'une contrariété, ce qui effraya Nina au début. Mais ça ne durait jamais longtemps et personne de précis n'était visé, si ce n'est le sort pervers qui plaçait des objets sur son passage pour qu'il se cognât le gros orteil.

Nina se laissa vite convaincre de poser pour lui.

— Je suis toujours à la recherche de modèles consentants, lui expliqua-t-il. Isabel et Lepida n'en peuvent plus, bien qu'elles continuent de se laisser faire !

Ce qu'il lui demandait était extrêmement varié. Mimer le geste de frapper dans la balle, une raquette à la main. Faire mine de siroter un verre, à la manière d'une Parisienne à la terrasse d'un bistro. Chevaucher une bicyclette (la bonne s'était plainte des taches de cambouis sur le tapis du salon). Tenir un parapluie retourné, l'air de lutter avec le vent. Elle devait souvent revêtir un déguisement pour l'occasion. C'était follement amusant. Sa tante n'étant pas abonnée à *Harlequinade*, Nina devait se rendre en bibliothèque pour se voir capturée par magie dans un dessin. Ça l'enchantait de penser que, aux quatre coins du pays, des gens voyaient son image sans savoir que c'était elle. Elle était immortalisée, mais anonymement.

En plus des dessins à la commande, Mawes – il insistait pour qu'elle l'appellât ainsi, comme tout le monde – voulut réaliser son portrait. Il la peignait assise sur un tabouret haut, regardant par la fenêtre d'un air pensif.

— C'est ça, disait-il par moments. Cette expression mélancolique, voilà ce que je recherche.

Jamais il ne lui demandait pourquoi elle semblait triste. Rester assise lui donnait le temps de méditer, sans que rien vînt interrompre ses pensées. Elle se pliait toujours à ses souhaits, même si elle eût préféré s'occuper l'esprit. Il était optimiste quant au résultat final.

— Je pourrais bien le proposer au Salon de la Royal Academy l'an prochain.

Les Morris organisaient des dîners où la conversation n'était pas moins animée que chez sa tante, mais où l'on riait davantage. Mawes avait connu le futur roi du temps où il régatait, et le monarque était un fervent admirateur de son travail. À travers le journalisme, Mawes côtoyait de nombreuses personnalités influentes et dans les domaines les plus variés : politiciens, courtisans, banquiers, sportifs, acteurs, écrivains... Il semblait connaître tout le monde. Le plan de table réservait toujours des surprises.

Un jour, alors qu'elle posait pour lui, il lui dit :

— J'ai fait la connaissance de quelqu'un qui prétend t'avoir rencontrée, Nina. Il t'a reconnue dans le dessin de la bourrasque, tu vois lequel ? Il m'a demandé de tes nouvelles. C'était à un dîner entre gentlemen à Manchester Square. Un certain Cowling. Le nom t'évoque quelque chose ?

— Oui, bien sûr.

— Vraiment ? J'ai cru qu'il se trompait. Un industriel de la chaussure, une très, très grosse affaire. Je ne voyais pas où vous auriez pu vous croiser.

— À un bal à Dene Park, dit Nina. Il faisait partie d'un groupe d'amis qui accompagnaient le roi. J'ai dansé avec lui.

— Il appartient effectivement à l'entourage de notre souverain. Voilà qui explique tout. Cowling m'a chargé de te transmettre son meilleur souvenir. Apparemment, tu lui as fait forte impression.

— Je ne me souviens pas d'avoir dit grand-chose, fit-elle remarquer en souriant. Je l'ai surtout écouté me parler de lui.

— Ça marche à tous les coups, lança Mawes, espiègle. Si les femmes savaient le pouvoir de l'écoute, nous n'aurions plus aucune chance. Nous tomberions comme des quilles !

*
**

Giles ne semblait nullement pressé de quitter Florence. Il avait été happé par le monde universitaire, en particulier les archéologues. Kitty le voyait à peine. Heureusement que Lucia était là pour la sortir et lui montrer les plus beaux sites de l'illustre cité. Encore des musées et des galeries. Lucia était très cultivée mais ne s'éternisait pas – quelle chance ! – devant chaque tableau, contrairement à Giles. Néanmoins, la jeune mariée en avait plein les pieds et plein la tête. La prodigieuse quantité d'églises que comptait Florence n'était pas pour lui déplaire. Au moins, vous y étiez au frais et échappiez temporairement au soleil éblouissant. Elle pouvait même en profiter pour s'asseoir un moment et, si Lucia s'étonnait qu'on pût être à ce point captivée par une statue de la Vierge, elle n'en laissa rien paraître.

Un matin, Lucia s'enquit :

— Que souhaitez-vous faire aujourd'hui, ma jeune amie ?

— Comme vous voudrez, répondit Kitty avec un sourire respectueux. Avez-vous quelque chose de prévu ?

— Par cette chaleur, les jardins de Boboli ne me semblent pas une bonne idée. Nous ne sommes pas encore allées au palais Strozzi.

— Ce que vous choisirez sera merveilleux, je n'en doute pas.

— Mais vous, *cara* Kitty ? De quoi avez-vous envie ? insista Lucia en penchant la tête.

Kitty ne savait quoi répondre.

— Vous êtes tellement bien élevée, je suis sûre que pas une fois, de toute votre vie, vous ne vous êtes permis d'exprimer votre avis. Mais avec moi vous pouvez. Je jure sur tout ce qui m'est cher que je ne le prendrai pas mal. Si vous étiez entièrement libre, que choisiriez-vous ?

Kitty réfléchit. Rentrer en Angleterre n'était pas une possibilité, à l'évidence. Au bout du compte, elle dit, hésitante :

— J'aimerais faire les boutiques, mais je ne pense pas que…

— Parfait ! s'exclama Lucia en frappant dans ses mains. Pourquoi ne me l'avez-vous pas dit plus tôt ?

Elle glissa un bras autour de son coude.

— Vraiment, vos vêtements ne sont pas adaptés à nos étés toscans. Trop lourds et trop serrés.

— C'est ma mère qui les a sélectionnés. J'imagine qu'elle n'a jamais visité l'Italie.

— Eh bien, nous allons nous rendre de ce pas dans mes magasins préférés et je serai ravie de vous habiller à la manière d'une véritable *contessa di Firenze* !

— Mais je n'ai pas d'argent, protesta Kitty, tentée de retirer son bras.

— Cela n'a aucune importance ! s'amusa Lucia. Les factures seront envoyées ici, et Giles les réglera. C'est ainsi que l'on procède. Venez, nous allons follement nous amuser !

Ce fut le cas, et Kitty apprécia beaucoup ses nouvelles tenues, plus légères et confortables.

Août fut bientôt là, et Giles ne semblait toujours pas enclin à partir. En plus d'être privée de lui la journée, Kitty se languissait maintenant aussi de lui la nuit. Il avait cessé de la rejoindre dans son lit quand elle avait été indisposée, mais c'était terminé, la ceinture sanitaire était rangée pour un mois, et il n'était toujours pas revenu. Il lui fallut surmonter sa timidité et sa gêne pour se permettre une simple allusion. Un soir, alors qu'elle se retirait avant lui, elle osa demander :

— Vous pensez monter bientôt ?

Elle rougit de son audace, sans qu'il s'en aperçût. Ils avaient dîné dans la cour intérieure, comme la plupart du temps, et Giles était en pleine conversation avec le professeur.

— Je vous rejoins sous peu, répondit-il, délaissant brièvement l'italien pour l'anglais.

Alors qu'il ne lui avait même pas adressé un regard, elle avait bon espoir. Pourtant, épuisée par la chaleur, elle s'endormit en l'attendant.

Kitty se réveilla en sursaut, ne sachant pas combien de temps elle avait dormi. Il était presque minuit quand elle était montée, mais il n'y avait pas d'horloge dans sa chambre et elle ne possédait pas de montre. Pleinement réveillée, elle eut une idée charmante. Elle se leva, enfila sa chemise de nuit et pénétra discrètement dans la chambre de Giles. Le lit était vide. Le cartel sur la cheminée indiquait 1 h 45. Où pouvait-il se trouver ? Elle ouvrit la porte du couloir et tendit l'oreille. La maison était silencieuse. Gagnée par l'inquiétude, elle descendit au rez-de-chaussée. Le clair de lune qui s'infiltrait par les étroites fenêtres lui suffisait pour se diriger. Les pièces étaient désertes, les serviteurs partis se coucher. Elle perçut un murmure. Elle s'en approcha à pas de loup, traversa le vestibule et l'antichambre, en direction bien évidemment du jardin intérieur. Avant même de l'avoir atteint, elle put distinguer par l'embrasure la silhouette de Giles, accoudé à la table. Éclairé par un rayon de lune, il s'adressait à quelqu'un dissimulé dans la pénombre. Kitty écouta les chuchotements de son mari, cette voix qui l'avait séduite dès leur première rencontre, et perçut à ses inflexions qu'il s'exprimait en italien. Il se tut, peut-être en attente d'une réponse, et l'autre personne se pencha en avant, dans la lueur argentée. Une voix féminine se fit entendre, douce et légère. C'était Giulia.

Kitty se figea. À condition de ne pas bouger, sa présence passerait inaperçue. Elle n'aurait su dire pourquoi elle ne voulait pas se montrer. Elle resta longtemps à écouter cette conversation tranquille et décontractée des gens qui se connaissent bien et sont à l'aise l'un avec l'autre. Il n'y avait pas d'autre voix. Rien que Giles et Giulia. Deux prénoms qui sonnaient affreusement bien ensemble. Alors que Giles et Kitty, ça ne s'accordait pas. Eux ne faisaient pas la paire. Jamais ils ne se parlaient avec une telle complicité. Son estomac se contracta, comme si ce moment-là du mois approchait. Elle se sentait vide et inutile. Elle recula doucement sur le sol en pierre, fit demi-tour et regagna précipitamment sa chambre. Allongée dans son lit, elle guetta le moindre bruit indiquant que Giles montait à son tour. Les murs étaient épais, le plus souvent elle ne l'entendait qu'au moment où il franchissait la porte de communication. Elle espéra longtemps, en proie à l'angoisse, puis finit par s'endormir. Elle ne saurait jamais s'il était finalement venu mais s'était éclipsé pour ne pas la réveiller.

*
**

Le couronnement eut enfin lieu le 9 août. La plupart des invités étrangers étaient rentrés chez eux après le report, mais les représentants des colonies britanniques avaient choisi de patienter. Ainsi, à en croire les journaux, les célébrations se dérouleraient dans une ambiance de convivialité familiale. Entièrement remis de son opération, le souverain avait l'air en pleine forme. La reine, svelte et ravissante dans sa robe de lamé, semblait d'une jeunesse éthérée. Et parfaitement sereine, alors même qu'un banc avait été réservé en l'abbaye de Westminster pour les favorites de son époux, dont Mme Keppel et Sarah Bernhardt. Le roi jouissait d'une popularité immense, on l'acclama à pleins poumons. La foule dans les rues était comparable à celle du jubilé de la reine Victoria cinq ans auparavant.

Les grandes familles ayant déserté la capitale en août, elles organisèrent des réceptions pour marquer l'événement dans leurs propriétés de campagne. Les vrais Londoniens profitaient pleinement de la ville, plus paisible au cours des semaines estivales.

Tante Schofield, conviée à une fête dans un collège d'Oxford, autorisa Nina à accepter l'invitation à la soirée des Morris. Afin de recevoir un maximum de personnes, ils avaient opté pour un buffet plutôt qu'un dîner assis. Et Mawes décréta que tout le monde devait venir déguisé.

— Que de sottises ! jugea sévèrement tante Schofield. C'est fâcheux en pareille occasion, sans compter qu'on est mal à l'aise dans un costume. De plus, tout le monde étant debout et parlant en même temps, aucune conversation sérieuse ne sera possible.

— Je doute que Mawes ait en tête des conversations sérieuses, dit Nina. On devrait bien s'amuser.

— Nous n'avons pas la même conception de ce qui est amusant, ma chère nièce.

Malgré tout, sa tante aida Nina à confectionner un casque et un bouclier en carton doré pour compléter son costume de déesse Britannia, une robe blanche et une écharpe aux couleurs de l'Union Jack qui ne devraient pas être trop incommodantes.

— Il me faudrait aussi un trident, dit Nina.

— Dans l'espoir de passer un moment agréable à une soirée déguisée, ma chérie, mieux vaut viser la plus grande simplicité. Un casque et un bouclier, c'est déjà beaucoup. Tu aurais tort de t'encombrer en plus d'une fourchette démesurée. Dès que tout le monde t'aura admirée, trouve un endroit où tout entreposer.

Chez les Morris, Nina constata bientôt qu'il s'agissait là d'un conseil avisé. Bien des personnes s'étaient donné beaucoup de mal pour élaborer des déguisements peu commodes, qu'ils eussent choisi d'incarner Elizabeth d'Angleterre, Marie Tudor, Guillaume le Conquérant ou saint Georges.

Lepida était une Ophélie dans la veine des tableaux de Millais, avec une ample tunique et des fleurs dans les cheveux. Mawes était M. Pickwick, auquel se prêtait son embonpoint. Quant à Isabel, elle incarnait l'héroïque gardienne de phare Grace Darling, avec un châle écossais pour unique accessoire. Il y avait trois autres Britannia, ce qui n'avait rien d'étonnant étant donné le couronnement, toutes affublées de boucliers et de tridents fort gênants. Mais l'ambiance était formidable et tout le monde s'en donnait à cœur joie.

Quand Nina fut accostée par un maharadjah vêtu d'une tunique et d'un pantalon dorés, coiffé d'un turban à plume, elle ne fut pas surprise de ne pas le reconnaître. Après tout, comme le leur avait enseigné Mlle Thornton, la soirée déguisée n'était ni plus ni moins que la version contemporaine du *ballo in maschera*, dont le but était de permettre aux gens d'agir incognito. Toutefois, elle le reconnut à son accent et à sa voix dès qu'il s'exprima.

— Monsieur Cowling ! Mon Dieu, quelle surprise ! Vous êtes méconnaissable !

— Je ne sais pas ce qui m'a pris de me déguiser, maugréa-t-il en sortant un mouchoir pour s'éponger le front. J'étais déjà circonspect quand j'ai reçu l'invitation et je suis maintenant convaincu que c'est une idée idiote en plein mois d'août !

— Vous êtes magnifique !

— Ah oui ? Vous êtes bien gentille. En tout cas, il n'était pas question de me ridiculiser. Certains costumes dans le magasin, je ne vous dis pas… Un avec des bas et une perruque très longue, Louis Machin Chose, un des rois de France. J'aurais vraiment eu l'air grotesque. Le vendeur était persuadé qu'un turban m'irait bien. Je ne sais pas ce qui m'a pris de l'écouter. J'étouffe là-dessous !

— Il avait raison, dit Nina. Vous le portez très bien, Je ne sais pas pourquoi mais vous…

— Encore une amabilité ! dit-il en souriant. Vous savez, il a commencé par me proposer un déguisement de Sindbad le marin. Il y avait bien un turban, mais aussi une culotte bouffante et des souliers pointus du dernier grotesque. Je lui ai dit ce que j'en pensais !

Il eut une mimique de dégoût.

— Ces chaussures sont une monstruosité. Quel homme sensé les porterait ?

— Je suis certaine que vous en verrez beaucoup de bizarres ce soir.

— En effet. J'y ai prêté attention.

— J'imagine qu'autrefois les techniques de fabrication étaient moins évoluées, souligna-t-elle. Peut-être doit-on se montrer indulgent.

— Oui, vous avez sans doute raison. Malgré tout, c'est non pour les souliers pointus. Il y a quand même des limites.

Il secoua la tête, puis parut se ressaisir.

— Non mais, quel rustre je fais ! C'est encore votre faute, mademoiselle Sanderton : je me sens tellement à l'aise avec vous que je n'arrête pas de parler de moi sans m'intéresser à vous une seconde. Dites-moi, vous êtes censée être qui ?

— Britannia, répondit-elle en déployant son écharpe.

— Parfait. C'est très patriote. Mais ne vous manque-t-il pas un... ? dit-il en décrivant un cercle autour de sa tête.

— Un casque ? Si, ainsi qu'un bouclier. Je les ai laissés au vestiaire il y a un certain temps.

— Très futé ! Je pense que je vais me débarrasser de ce turban.

— Gardez-le encore un peu. Vous avez fière allure.

Il la dévisagea, méfiant.

— Voilà que vous vous moquez.

Nina, effectivement d'humeur taquine, redevint sérieuse.

— Racontez-moi : étiez-vous présent au couronnement dans l'abbaye de Westminster ?

M. Cowling retrouva sa mine enchantée.

— Oui. Sa Majesté a eu la bonté de m'adresser une invitation, une place sur le côté. Je n'ai pas tout vu à cause des piliers, mais j'ai la fierté de pouvoir dire que j'y étais.

— Vous n'étiez pas invité au banquet ?

— Non, non, je ne suis pas suffisamment important. Cela dit, quand j'ai expliqué au roi que je passerais la soirée ici, il m'a confié qu'il regrettait de ne pouvoir en être, certain que nous nous amuserions nettement plus que lui à son repas de vingt plats. Il connaît très bien Mawes Morris. Sa Majesté apprécie l'humour, et ses dessins le font toujours rire.

Mawes les rejoignit à cet instant et prit Nina par le bras.

— Viens avec moi, Nina. Je veux te croquer en Britannia, j'ai une idée pour le dessin de la semaine prochaine. N'avais-tu pas un casque ?

— Et un bouclier, mais pas de trident. Je les ai laissés en bas.

— Parfait, j'envoie quelqu'un pour les récupérer. Allons-y, tant que l'inspiration est là. Enchanté, Cowling. Vous ne m'en voulez pas trop de vous l'emprunter ?

Sans attendre la réponse, il entraîna Nina à travers les pièces bondées.

— Vous savez, dit-elle, il y a d'autres Britannia au déguisement plus réussi.

— Mais tu as le bon visage, surtout de profil. Non, c'est toi qu'il me faut.

— J'ai été un peu étonnée que vous ayez invité M. Cowling, lui confia-t-elle en le suivant vers son atelier à l'étage. Il ne semble pas... dans son élément.

Quand Mawes tourna à l'angle de l'escalier, elle put voir son air narquois.

— L'idée n'est pas venue de moi. Il s'est invité... avec une telle insistance que je n'ai pas pu refuser. Je n'imaginais pas qu'il appréciait ce genre de soirée costumée. Comme quoi. Je m'attendais presque à ce que le roi l'accompagne, trop heureux d'échapper au repas officiel du palais.

Nina sourit à cette idée.

— Je me demande quel déguisement il aurait choisi.

— Certainement celui de roi d'Angleterre ! répondit Mawes du tac au tac.

*
**

Un soir qu'ils dînaient sous la tonnelle parfumée où voletaient quelques papillons, Lucia dit :

— La chaleur est vraiment difficile à supporter à Florence. Regardez votre pauvre épouse qui se fane, Giles ! On dirait une fleur qui manque d'eau.

— C'est vrai, renchérit le professeur. Quels sont vos plans, Giles ?

Il maîtrisait moins bien l'anglais que son épouse qui avait été la secrétaire d'un égyptologue d'Oxford.

— Vous êtes les bienvenus chez nous aussi longtemps que vous le souhaitez, mais d'habitude nous passons le mois d'août ailleurs.

— Je suis désolé. Nous perturbons vos projets ? Enchanté de mes occupations, je n'ai pas réfléchi plus loin. Où avait-je la tête ? Après Florence, je projetais une étape à Naples. J'aimerais montrer à Kitty les ruines de Pompéi.

Flavio et Lucia objectèrent vivement, et Giulia marqua de l'étonnement.

— Napoli ? Impossible. C'est invivable l'été.

— Giles, vous ne pouvez pas la traîner à Pompéi en plein mois d'août. Ce serait trop cruel !

— À cette saison, toute personne raisonnable se réfugie en bord de mer.

— C'est là que vous devez vous rendre ? s'enquit Giles.

Le mari et la femme échangèrent un regard.

— Nous louons toujours une villa à Capri, dit Lucia. Mais c'est un immense plaisir de rester ici avec vous.

— Nous ne devons plus vous retenir, dit Giles. Vous êtes trop bien élevés. Je suis sûr que vous n'en pouvez plus de nous avoir.

Lucia lui flanqua une petite tape sur la main.

— *Cattivo !* Jamais nous n'en aurons assez de vous. Nous serions même ravis que vous nous suiviez à Capri. La villa est assez grande pour nous tous.

— Oh, dis oui, Giles ! s'exclama joyeusement Giulia. Capri est magnifique !

— Et il y a des ruines, ajouta Lucia, malicieuse. Si la perspective de pareil régal ne vous effraie pas ! De nombreuses ruines. Pour mémoire, Tibère a fait construire douze villas sur l'île.

Giles se tourna vers Kitty, qui poussait distraitement avec sa fourchette les aliments dans son assiette.

— Qu'en dites-vous, Kitty ? Cela vous ferait plaisir d'aller à Capri ?

— Je ne sais pas ce que c'est, répondit-elle d'une voix maussade.

— Une île, dit Lucia. Dans la baie de Naples. Des falaises abruptes, des paysages superbes, l'air marin, l'ombre des arbres, et la plus belle mer dans laquelle se baigner.

— Je ne me suis jamais baignée dans la mer, dit Kitty en relevant la tête.

— Raison de plus pour venir ! C'est l'un des grands plaisirs de la vie. N'est-ce-pas, Giles ?

— En effet. Alors, avez-vous envie d'y aller ?

Émue de son ton prévenant, elle le regarda, pleine d'espoir.

— Et vous ?

— Je crois que les vestiges ont été entièrement déterrés, mais j'aimerais tout de même les voir. Je n'en ai jamais eu l'occasion. Vous pourriez profiter de la fraîcheur des jardins, vous promener en bateau et nager. Qu'en dites-vous ?

— J'aimerais bien, dit Kitty.

Elle eût préféré se rendre en un lieu où ils seraient seuls tous les deux, où Giulia ne serait pas, mais s'il fallait choisir entre le bord de mer ou mourir de chaud ici, le choix était vite fait.

*
**

Quand le télégramme de Giles lui parvint, Lady Stainton déclara :

— Dans ce cas, puisque mon fils ne compte pas rentrer dans l'immédiat, rien ne nous retient au Château.

— Merveilleux ! se réjouit Sebastian en détachant les yeux de son journal. Nous serons en Écosse à temps pour l'ouverture de la chasse le 12.

Rachel et Alice se regardèrent, consternées.

— Sommes-nous vraiment obligées de venir, Mère ?

La comtesse arqua un sourcil.

— Bien évidemment. Nous irons tous ensemble à Kincraig. Que croyez-vous ?

— Mais il n'y a rien à faire là-bas ! protesta Rachel. Nous n'aimons ni pêcher ni chasser, on ne peut pas monter à cheval, et les moucherons sont insupportables.

— Rachel et moi pourrions rester ici, proposa Alice.

— Impossible, rétorqua Lady Stainton en dévisageant Rachel d'un air méfiant. Rester seules ici ? Sottises.

Alors que les deux sœurs remontaient dans leur chambre après le petit-déjeuner, Rachel grommela :

— Je ne vois pas quel mal il y aurait à nous laisser ici au mois d'août. En Écosse, personne ne nous prête attention. Pour Mère, c'est à peine si nous existons. Et Mme Webster pourrait s'occuper de nous.

— Je pense qu'elle se méfie, dit Alice. Tu as vu son expression ? À mon avis, elle devine ce qui te retient ici.

— De toute façon, maintenant qu'elle a refusé, elle ne changera pas d'avis. On va s'ennuyer à cent sous de l'heure à Kincraig, lâcha Rachel d'un air abattu.

— Ton cher Victor peut se passer de toi quelques semaines.

— C'est bien ce qui m'inquiète !

Richard renonça au voyage en Écosse.

— Avec un seul bras, je ne peux ni tirer au fusil ni lancer une ligne. Et puis, je ne suis pas en état de gambader dans la bruyère. Je vais prendre mon mal en patience.

— Veux-tu nous accompagner à Biarritz, Bonne-maman et moi ? proposa gentiment tante Caroline.

— Parader sur le front de mer est tentant, admit-il. Pour que tout un chacun puisse admirer mes tenues. Mais je vous ralentirais.

— Inutile de persifler. Tu sais qu'il y a bien d'autres activités.

— Pas tant que ça, voyons.

— Il y a les jardins, les galeries d'art, la plage.

— J'oubliais la plage. Je donnerais une fortune pour vous voir, vous et Bonne-maman, en train de folâtrer en tenue de bain.

Sa tante ne releva pas.

— Nous serons invitées à de nombreuses fêtes, et sir Thomas dirige une série de concerts dans la villa royale.

— Ah, tout s'éclaire. Vous me recrutez pour faire la claque.

Elle l'admonesta d'un regard sévère.

— Si tu ne souhaites pas venir, dis-le. Sans te moquer. Je pense simplement que l'air marin te ferait grand bien.

Il se pencha pour l'embrasser, repentant.

— Vous êtes la plus généreuse des tantes. Je me joindrai à vous avec plaisir.

Il rendit visite aux Sands pour les prévenir qu'il s'absentait. Malgré la chaleur étouffante, la solide demeure conservait une certaine fraîcheur. Il se culpabilisait néanmoins de les abandonner à leur appartement alors que lui partait en vacances.

— Je suis heureuse pour vous, dit Mme Sands. J'imagine que ça n'a pas dû être facile de rester immobile depuis votre accident.

— Oh, je suis un oisif. Ne rien faire est mon état naturel. J'aimerais tellement que vous puissiez partir quelques jours, Chloé et vous. Londres est irrespirable en août.

— Il y a les parcs et les jardins, dit-elle avec philosophie. Et je pense que nous irons passer une journée à la mer. C'est toujours agréable de prendre le vapeur pour Southend. Enfin, à condition que je puisse convaincre ma fille. Vous savez quoi ? Nous avons reçu un mot de votre généreuse grand-mère, nous informant que Chloé pouvait continuer d'aller jouer chez elle pendant son absence. Le concierge a pour instruction de lui ouvrir. N'est-ce pas adorable de sa part ?

Richard était surtout surpris que Bonne-maman y eût pensé.

— Elle a la plus haute estime pour les musiciens, dit-il. La musique est sa passion.

— Mais je soupçonne que vous y êtes pour quelque chose.

— Pas du tout. Je suis même confus de ne pas y avoir songé moi-même. C'est vraiment ce que vous souhaitez ? demanda-t-il à Chloé. Rester à Londres pour pratiquer le piano ? Si vous pouviez aller n'importe où sur terre, quel endroit choisiriez-vous ?

La jeune fille marqua une légère surprise.

— J'ai tout ce qu'il me faut ici. Pourquoi irais-je ailleurs ?

Richard était bien incapable de juger si elle était sincère.

18

Située au sommet d'une falaise dans un écrin de végétation luxuriante, la villa Isabella disposait d'une terrasse avec une vue à couper le souffle sur la baie de Naples. Kitty n'aurait jamais imaginé que la mer pût être d'un bleu aussi intense. C'était presque douloureux à regarder, tant le soleil de milieu d'après-midi brillait fort. Les pins et les myrtes embaumaient l'air de leur parfum. Les bougainvillées et les hibiscus apportaient des touches de couleur dans la verdure, sans compter les fleurs blanches étoilées des jasmins. Le paradis sur terre.

La maison était ancienne, les pièces étaient meublées avec goût et simplicité. On vivait principalement dans la véranda et sur la terrasse. On y prenait les repas et l'on s'y réfugiait à l'ombre au plus fort de la chaleur, pour profiter de la brise rafraîchissante. Les occupations ne manquaient pas : promenades sur les sentiers côtiers, visite des ruines romaines, excursion en bateau autour de l'île jusqu'à la grotte bleue... Pour Kitty, rien n'égalait les bains de mer. La villa jouissait d'une plage abritée au pied de la falaise, accessible depuis la terrasse par un chemin tortueux entrecoupé de volées de marches creusées dans la pierre. Nerveuse la première fois qu'elle s'était aventurée dans l'eau, Kitty y avait pris goût au point de ne plus vouloir en sortir. Elle se baignait tous les matins, descendant à la fraîche entre les arbres parfumés, pressée de retrouver l'eau comme elle aurait rejoint un amant. S'abandonner à l'étreinte des flots était un plaisir d'une volupté inouïe, que surpassaient seulement ses nuits avec Giles.

La demeure voisine, la villa Caprini, était occupée par lord et lady Latham, leur fils David, vingt-cinq ans, leur fille Louisa, vingt-trois ans, et Matteo, un ami de David qui l'avait connu à Oxford pendant ses études. Les Latham et les Lombardi se fréquentaient beaucoup, habitués à se retrouver l'été. La conversation se déroulant le plus souvent en anglais, Kitty ne se sentait plus exclue. Ce qui, outre le soulagement de ne plus subir la fournaise, contribuait à lui remonter le moral.

Alors que Matteo se débrouillait parfaitement en anglais, aussi bien que Lucia, il lui arrivait de s'adresser en italien à Giulia. De longs tête-à-tête qui comblaient Kitty. Très beau garçon, il avait le type méditerranéen. Si l'intérêt qu'il témoignait à Giulia ne l'éloignait pas complètement de Giles, cela les détachait un peu l'un de l'autre. Maintenant qu'elle reprenait goût aux choses, Kitty débordait encore plus de désir pour son mari.

Au début du séjour, Giles se montra attentionné. Il l'emmena voir les principaux vestiges romains et lui fournit quelques repères historiques sur Capri. Il lui indiquait le nom des plantes et des oiseaux. Quand tout le monde se retrouvait sur la terrasse, il s'asseyait toujours à côté d'elle. Il ne semblait pas avoir d'affinité particulière pour les Latham, dont la conversation restait légère et superficielle. Kitty, elle, y prenait plaisir. On bavardait de façon détendue, ce qui lui rappelait les menus propos autour d'une tasse de thé lors de ses premières sorties informelles dans le monde. Giles restait le plus souvent silencieux dans ces moments, sauf quand on sollicitait son avis.

Les chambres de Kitty et Giles n'étaient pas attenantes, situées en face l'une de l'autre dans le couloir. Les premiers soirs, ils montèrent se coucher en même temps et elle parvint, par des regards et quelques mots hésitants, à lui faire comprendre qu'une visite serait la bienvenue. Il ne tarda pas à la rejoindre, pour son plus grand bonheur. Kitty avait le sentiment d'une harmonie retrouvée, et Florence n'était plus qu'un mauvais rêve.

Cependant, un jour, Giles et Flavio visitèrent un site archéologique sans lui proposer de les accompagner. Au moment de partir, Giles déposa un rapide baiser sur sa joue en disant :

— Cela ne vous passionnerait guère.

Peut-être bien, en effet. Mais son absence lui pesa. Et ce soir-là, quand les deux hommes racontèrent leur expédition, Giles semblait s'adresser en particulier à Giulia. Alors que la discussion se déroulait en anglais afin que tout le monde pût en profiter, Matteo vint s'asseoir près de Giulia pour échanger avec elle des messes basses en italien. Giles se rembrunit et le tança :

— En anglais, je vous prie. Je vous rappelle que certaines personnes présentes ici ne parlent pas italien.

— Merci ! approuva lady Latham, qui était concernée. Faites-nous participer !

Giulia confia, l'air gêné et avec son accent charmant :

— Nous parlions de passages secrets.

— Est-il vrai, s'enquit Louisa, qu'il existe un passage jusqu'à la grotte bleue qui permettait à l'empereur de s'y baigner en cachette ?

— Oui. N'est-ce-pas, Giles ?

Kitty n'y prêtait qu'une oreille distraite, occupée à observer les uns et les autres. Giulia n'avait d'yeux que pour Giles, tandis que ceux de Matteo demeuraient rivés sur elle. Et Giles ? Qui occupait son esprit ? Il parlait des passages secrets, regardant tour à tour lady Latham et Louisa, mais où avait-il la tête ? Kitty, qui connaissait la voix de son mari dans ses moindres inflexions, avait la nette impression que son attention n'était pas entièrement fixée sur le sujet, même quand on en vint à évoquer les catacombes étrusques. Toutefois, si elle ignorait à quoi il pensait, elle savait que ce n'était pas à son épouse.

David se rapprocha d'elle et chuchota :

— Vous avez l'air ailleurs, lady Stainton. Les vestiges archéologiques ne vous captivent pas ce soir ?

Elle fit l'effort de sourire.

— On peut se lasser des ruines.

— Certes, surtout par une aussi belle soirée… Avez-vous déjà vu pareille lune ? Comment ne pas penser qu'il serait plus agréable d'écouter un rossignol plutôt que des palabres…

— Je n'ai jamais entendu le chant du rossignol.

— Ah bon ? Demandez à lord Stainton de vous emmener un soir dans les jardins de San Michele. Il y a toujours des rossignols.

Ils se turent un moment, observant Giulia.

— Vous ne trouvez pas que les Italiens et les Italiennes sont injustement avantagés ? Leurs magnifiques chevelures d'un noir lustré, leur... Je vous demande pardon, balbutia-t-il. Je ne fais pas de comparaison. Ce que je peux être maladroit.

— Inutile de vous excuser, dit-elle à voix basse. Toute personne rationnelle conviendrait que Giulia est belle.

— Je ne suis pas certain, objecta David en regardant Matteo d'un air morose, que la raison y soit pour quelque chose.

Ce soir-là, quand Kitty monta se coucher après le départ des Latham, Giles ne la suivit pas et dit, avec un sourire distrait :

— Je ne vais pas tarder moi aussi...

Mais il ne vint pas la retrouver.

Kitty avait passé une mauvaise nuit. Quand Marie se présenta, elle lui demanda :

— Quelle heure est-il ?

— 9 h 30, madame. J'ai préféré ne pas vous réveiller quand je suis venue une première fois, vous aviez l'air de dormir si profondément.

Kitty s'assit dans son lit, encore dans le brouillard. La forte luminosité derrière les stores indiquait que la chaleur était déjà élevée à l'extérieur. Même à l'intérieur, Kitty se sentait toute moite et poisseuse.

— Monsieur le comte est debout ? s'enquit-elle.

— Il est sorti, madame. Il est allé voir des vestiges. Il a préféré partir de bonne heure, à la fraîche. Il a indiqué, me semble-t-il, qu'il serait de retour à la mi-journée.

— Je vais me baigner.

Les Lombardi lisaient, à l'ombre sous la véranda. Étonnée de la présence du professeur, Kitty dit :

— Vous n'êtes pas parti en excursion avec Giles ?

Il lui sourit.

— Non, il fait trop chaud pour moi ce matin. Vous allez nager ?

— Il pourrait bien y avoir de l'orage plus tard, dit Lucia.

— Giulia accompagne Giles, indiqua Flavio. Elle sait comment s'y rendre et en connaît autant que moi sur le sujet. Ce sont des vestiges entièrement enfouis, avec quelques *tesseræ* intéressants, rien de complet, bien évidemment, de simples fragments...

— Flavio, *caro*, l'interrompit aimablement Lucia, Kitty n'a pas besoin d'entendre un cours sur le sujet. Je leur ai recommandé d'être de retour à midi, ils ne risquent rien. L'orage n'arrivera qu'en fin de journée, au coucher du soleil. Voulez-vous prendre un petit-déjeuner, chère Kitty ?

Ils semblaient trouver normal que Giles et Giulia fussent partis ensemble, si bien que Kitty eut honte de s'être sentie furieuse et prise de court. Mais peut-être ses parents n'avaient-ils pas remarqué, contrairement à elle, les regards admiratifs de Giulia pour Giles. Elle était incapable d'avaler quoi que ce fût.

— Non, merci. Je vais d'abord me baigner. Je n'ai pas faim.

— Vous voulez que je vienne avec vous ? proposa Lucia.

— Ce n'est pas nécessaire. La mer est calme et je compte simplement barboter. Je ne vais pas nager vers le large.

— Soyez prudente, conseilla Lucia, qui n'avait aucune envie de quitter sa chaise longue, surtout pas pour descendre le chemin escarpé sous les rayons implacables, sans parler de le remonter.

Kitty se prélassait sur un canapé sur la véranda quand Giles et Giulia revinrent. David et Louisa étaient présents, sans Matteo, parti retrouver des amis italiens ailleurs sur l'île. On échangeait des propos décousus. Le temps était de plus en plus lourd, le ciel couvert au loin et l'horizon barré de nuages gris acier. Malgré leurs traits rougis, les deux promeneurs paraissaient enchantés d'une matinée bien remplie.

— Comme promis, Lucia, lança gaiment Giles en arrivant sur la véranda, nous voici de retour avant l'orage. C'est de la citronnade dans ce pichet ? Je meurs de soif !

— Vous avez vu la mosaïque de la tête de cheval ? s'enquit Flavio. Elle proviendrait d'une représentation de Tibère à cheval. C'était un militaire accompli, précisa-t-il à l'intention de Kitty. Avant de mal tourner.

— Un général réputé, ajouta Giulia. Il a participé aux campagnes militaires de son frère Drusus.

— Encore une leçon d'histoire ! protesta David. Pas dans cette fournaise, *madame* !

Giulia l'ignora.

— Nous n'avons trouvé aucun fossile, dit-elle à son père. Même pas d'ossements d'animaux. Je suis sûre qu'il y avait autrefois des chèvres sauvages.

Giles, qui s'était servi un verre de citronnade, vint s'asseoir pesamment à côté de Kitty. Il sentait la sueur et la poussière.

— Il y a débat quant à l'origine du nom de Capri, dit-il. Cela viendrait soit du terme latin pour « chèvre », soit du terme étrusque pour « rocailleux ».

Au lieu de nourrir sa culture générale, Kitty eût préféré un regard de sa part.

— Voyons Giles, le reprit Giulia avec une sévérité feinte. Tu sais pertinemment qu'il n'existe aucune preuve d'une présence étrusque sur l'île.

Visiblement, ils en avaient déjà débattu.

— Si je pouvais prolonger mon séjour ici, insista Giles, je te garantis que j'en dénicherais, des traces. Le style du fragment d'oiseau que nous avons vu, et même la tête de cheval, la manière de représenter la bride.

— Tout de même, Giles ! lança Giulia avec une exaspération empreinte de tendresse.

— C'est bon ! intervint plaisamment David. Les vestiges, ça suffit. Nous discutions agréablement de sujets ordinaires.

— Vous devez avoir faim, dit Lucia à Giles et Giulia. Il faudrait que je me secoue pour m'occuper du déjeuner, mais je suis tellement bien ici !

— J'aimerais piquer une tête d'abord, dit Giles.

— Bonne idée ! renchérit Giulia. Par cette chaleur, ça nous rafraîchira.

— Nous avons nos tenues, dit Louisa.

— Parfait, dit Lucia. Commencez par vous baigner, le déjeuner sera prêt quand vous remonterez. Louisa, vous n'avez qu'à vous changer dans ma chambre. David, utilisez la remise à bois.

Les jeunes se levèrent, enthousiastes.

— Je me sens vieux quand je vous vois si énergiques ! lança le professeur. Si seulement la mer pouvait venir jusqu'à moi, monter et avoir l'obligeance de me cueillir ! Je suis fatigué rien qu'à l'idée de descendre la falaise dans une telle fournaise.

Giles était sur le point de disparaître à l'intérieur quand il parut se rappeler la présence de Kitty. Il se retourna et demanda :

— Vous venez ?

Elle releva la tête, mais il ne la regarda même pas dans les yeux. *Quand Giulia est dans les parages,* songea-t-elle, *je passe au deuxième plan.*

— Je me suis déjà baignée ce matin.

Eût-il insisté en disant « Et alors ? allez, venez avec nous » ou « On a le droit de se baigner plus d'une fois, vous savez », qu'elle aurait bondi sur ses pieds. Même un simple sourire aurait suffi. Il se contenta de lâcher, d'un ton indifférent :

— Très bien.

Et il alla se mettre en maillot.

Lucia s'arracha à son siège pour donner les instructions concernant le repas, et Flavio se replongea dans sa lecture, luttant contre la somnolence. Kitty ouvrit elle aussi un livre. Elle entendit Giles lancer aux autres « Prêts ? », puis les quatre jeunes gens défilèrent devant elle, descendirent joyeusement les marches de la véranda et traversèrent la terrasse en direction du recoin sombre entre les arbres d'où partait le sentier tortueux et inégal menant à la crique battue par les flots bleus. Aucun d'entre eux ne se soucia d'elle avant de s'engouffrer dans la pénombre. Elle se sentait amère et abandonnée.

On mangeait léger le midi : viandes froides, fromages, salades et fruits. Tout le monde prit place autour de la grande table de la véranda. Dans une ambiance détendue, on bavardait tranquillement et on plaisantait. Dehors, la luminosité était dense et inhabituelle, la chaleur si intense qu'on étouffait même à l'ombre. La conversation s'étiola au bout d'un moment, sauf entre Giles et Giulia qui continuaient de parler des ruines qu'ils avaient visitées, et en particulier des mosaïques, une discussion qui portait souvent sur l'histoire et basculait parfois en italien, comme si peu importait la langue. Kitty, qui avait tiré sa chaise le plus à l'abri possible, broyait du noir en les observant. La douleur à l'estomac était de retour, si vive qu'elle crispait tous les muscles de son corps.

— L'orage approche, nota Louisa à un moment. Il faut qu'on rentre, David. Maman va s'inquiéter.

— Il se peut qu'on soit épargnés, dit Lucia. Parfois, les orages passent plus au sud.

— C'est quand même l'heure qu'on y aille, dit David. Encore merci pour votre hospitalité.

— Vous verrons-nous ce soir ? demanda Lucia.

— Désolés, nous sommes invités chez les amis de Matteo. Les Moretti.

Après leur départ, Flavio se leva mollement, réprima un bâillement et dit :

— Un *sonnellino*, une sieste, voilà le remède quand ça tape fort.

— Oui, acquiesça Lucia. Nous devrions nous allonger en attendant que l'orage se décide ou non à éclater. Qu'en dites-vous, mes amis ?

— Bonne idée, dit Giles. Je peine à garder les yeux ouverts.

Ils montèrent tous, Kitty emboîtant le pas à Giles. Sur le palier, les Lombardi partirent d'un côté et eux de l'autre. Arrivé à sa porte, Giles se retourna et dévisagea Kitty, l'air perplexe.

— Tout va bien ? Vous êtes très silencieuse.

Ses yeux s'emplirent de larmes. Était-ce tout ce qu'elle méritait ? De la part de l'homme qui pouvait discuter avec Giulia, semblait-il, pendant des heures et des heures. Qui se montrait capable d'ignorer son existence quand bon lui semblait.

— Qu'est-ce que ça peut vous faire ? rétorqua-t-elle en un murmure furieux.

— Pourquoi dites-vous cela ? demanda-t-il, stupéfait.

Elle se détourna.

— Qu'est-ce qu'il y a, Kitty ?

Sans répondre, elle se réfugia dans sa chambre et voulut claquer la porte, mais il réagit à temps pour freiner le battant, s'introduisit derrière elle et referma doucement.

— Bon. Expliquez-moi ce qui se passe, dit-il du ton ferme et raisonnable que l'on prend avec une enfant rebelle.

— Vous devriez le savoir ! s'emporta-t-elle. Vous le sauriez si vous faisiez un tant soit peu attention à moi ! Mais je n'existe plus dès qu'elle est là !

— De quoi parlez-vous ?

Giles paraissait sincèrement déconcerté, ce qui la mit hors d'elle.

— Vous partez en vadrouille ce matin avec Giulia, rien que vous deux, et je suis censée ne rien y trouver à redire ! Vous parlez avec elle comme si vous étiez seuls au monde. Moi, je n'ai qu'à subir en souriant. Je sais bien qu'elle est belle, comment l'ignorer quand tout le monde s'en extasie ? Je sais aussi qu'elle est nettement plus intelligente que moi. Mais c'est moi que vous avez épousée. Que ça vous plaise ou non, je suis votre femme !

Il s'avança d'un pas.

— Parlez moins fort, par pitié ! On va nous entendre.

Elle continua comme si de rien n'était :

— Vous m'avez épousée. Je sais que c'est pour ma fortune, je l'ai toujours su, je ne suis pas idiote, mais ça ne vous donne pas le droit de me mépriser. Je mérite mieux, je mérite d'être traitée avec respect.

— Voyons, je vous res...

— Vous ne me regardez même pas. Vous ne m'adressez pas un mot. Au déjeuner, un témoin extérieur m'aurait prise pour une servante. Vous ne pouvez pas me traiter de la sorte, Giles. Je ne l'accepte pas. J'exige... j'exige...

Kitty tremblait de rage.

Mais voilà qu'elle venait, tardivement, de s'entendre, et elle en éprouva un embarras paralysant qui la laissa sans voix. Quelle impudence d'oser lui parler sur ce ton ! Une scène à l'encontre des habitudes d'une vie. Toute sa colère contre Giles se mua en stupeur d'avoir agi ainsi. La fureur envolée, il ne lui restait que la crainte effroyable d'avoir cassé quelque chose. *Qu'ai-je fait ? Il ne m'aimera plus jamais. J'ai tout gâché.* Les larmes jaillirent, déluge affligeant.

— Voyons, Kitty. Ne pleurez pas ! Dites-moi ce que vous voulez. Je ne comprends pas.

Il ne comprenait pas ? L'avait-il seulement écoutée ? C'était la dernière goutte d'eau. Pour lui, elle n'était qu'une femme hystérique, une créature aux humeurs imprévisibles, pareille à une bête sauvage que l'on ne pouvait raisonner. Il fallait l'apaiser, telle une folle, sans la prendre au sérieux.

— Je suis votre femme ! sanglotait-elle.

— Kitty...

Il avança d'un pas prudent, la main tendue, comme face à un chien qui grogne. *Je ne suis pas un chien !* s'insurgea-t-elle dans sa tête.

— Laissez-moi ! Allez-vous-en !

Il ne se le fit pas dire deux fois.

Allongé sur son lit, Giles n'en revenait pas. Qu'était-il advenu de la jeune fille timide qu'il avait épousée ? D'où avait surgi pareille furie ? La Kitty passionnée de leurs ébats l'avait surpris, agréablement surpris. Cependant, cela restait cantonné pour lui à un compartiment distinct dans sa tête. Il avait eu très peu affaire aux femmes dans sa vie. Il se comportait avec elles de la même façon qu'avec les hommes, et cela avait fonctionné car il n'avait jamais eu de relation intime. L'idée ne l'avait pas effleuré qu'il fallût, après ce qu'ils partageaient la nuit dans l'obscurité, changer d'attitude le jour.

Elle était jalouse de Giulia, avait-il cru comprendre d'après ses divagations incohérentes. Giles était sincèrement surpris. Jamais il n'avait éprouvé la moindre attirance pour Giulia. Elle était une sœur pour lui, ou plus exactement un frère. Il la connaissait depuis des années et avait pour ainsi dire mûri à ses côtés, si l'on considérait qu'il s'était vraiment épanoui seulement après être parti de chez lui. Il admirait son intelligence et appréciait leurs conversations, mais l'idée de flirter avec elle – s'il avait su s'y prendre, ce dont Richard l'eût détrompé dans un fou rire – lui donnait la nausée. Comment Kitty pouvait-elle s'imaginer ça ? C'était la preuve qu'elle était dérangée dans sa tête. Lui et Giulia ? On frôlerait l'inceste.

Pourtant, tandis qu'il contemplait un rai de lumière échappé du store qui traversait le plafond d'un bout de la chambre à l'autre, un brin de culpabilité germait au fond de son esprit, difficile à admettre. Dire qu'aucune individualité féminine n'avait jamais compté dans sa vie n'était plus entièrement vrai. Bien qu'il les eût délibérément écartés et enfouis, ses sentiments pour Nina avaient existé, alors même qu'il courtisait Kitty. Giles les exhuma pour les analyser. Il aimait parler avec Nina, mais ce n'était pas du tout la même chose qu'avec Giulia. Avec Giulia, il éprouvait un plaisir purement intellectuel, comme avec Lucia ou Flavio. Avec Nina, en revanche, chaque rencontre avait été un pur bonheur, chaque parole lui paraissant imprégnée d'une profondeur supplémentaire. Il avait ressenti entre elle et lui un lien d'une force inimaginable, un cordon qui les relierait, aussi vital et nourrissant que le cordon ombilical. Elle avait occupé une place toute particulière, comme aucune femme auparavant, et surtout pas Giulia. Alors qu'il avait épousé Kitty, Giles avait déjà offert à une autre ce qui, en vertu des engagements du mariage, aurait dû être réservé à elle et elle seule. D'une certaine façon, il l'avait trompée, et une petite part de lui-même continuait de la tromper. Il lui avait été infidèle et elle le savait – seulement, elle s'était méprise quant au nom de sa rivale.

Giles se promit de se racheter. Repensant à la tigresse qui s'était dressée devant lui, si différente du petit chaton auquel il s'était habitué, il ressentit du désir. Était-ce le signe qu'il l'aimait ? Ou pouvait-il éprouver de l'attirance pour une femme alors qu'il en aimait une autre ? Lui avait-il manqué d'égards ? Avait-il mal agi ? Était-il le seul fautif ? En proie à ces pensées confuses et néanmoins lucides, il finit par sombrer dans le sommeil, épuisé.

L'orage passa effectivement au sud de l'île. Une barrière de nuages d'un noir violacé se dressa au large, tel un poing menaçant, avant de s'éloigner pour laisser derrière elle un ciel bleu pâle et une atmosphère rafraîchie, l'épaisse moiteur dissipée par une brise légère. Les oiseaux, après s'être tus un moment, se remirent à chanter avec une énergie redoublée. La maisonnée se réveilla, s'étira et se retrouva au rez-de-chaussée, tournée vers les plaisirs de la soirée. Giles lança un regard à la ronde.

— Où est Kitty ?

Lucia interrogea les autres visages.

— Je ne sais pas. Elle n'est pas dans sa chambre ?

— Il y a une demi-heure que je suis descendue, dit Giulia. Je ne l'ai pas vue.

— Elle est peut-être allée se promener, suggéra Flavio.

— Certainement, dit Lucia. Il fait si bon maintenant. Elle ne devrait pas tarder à revenir.

Ils patientèrent, bavardant distraitement, mais Kitty ne réapparaissait toujours pas. Giulia alla interroger les domestiques. James vint trouver Giles.

— J'ai cru comprendre que monsieur se demandait où était madame la comtesse. Je suis sorti il y a une heure, pour profiter de la fraîcheur, et je l'ai aperçue qui empruntait l'escalier de la plage. Je pense qu'elle comptait nager, elle avait une serviette au bras.

— Merci, fit Giles.

Tout le monde semblait rassuré, mais une heure, ça paraissait long pour une baignade en solitaire.

— Je vais aller à sa rencontre. Kitty n'était pas dans son état habituel avant la sieste. À cause de la chaleur, vous savez.

— Elle s'est déjà baignée ce matin, dit Lucia. Elle adore vraiment ça. Je ne suis pas surprise qu'elle y soit retournée.

— Malgré tout, dit Giles en se levant.

James le regarda qui s'éloignait. Dès que la conversation reprit, il le suivit discrètement à une distance raisonnable. Son maître paraissait soucieux et, selon Marie, la jeune comtesse était fort contrariée en début d'après-midi. Si elle se trouvait effectivement sur la plage, il pourrait y avoir une scène de ménage. James ne voulait pas laisser passer l'occasion. On pouvait toujours espérer tirer profit de propos entendus subrepticement. « Le savoir, c'est le pouvoir », avait dit un philosophe.

La crique était déserte, mais une serviette, un peignoir et des sandales reposaient soigneusement sur un rocher. Giles parcourait la mer du regard et appelait Kitty, quand James émergea des arbres et comprit immédiatement la situation. On voyait distinctement que personne ne se baignait dans l'eau transparente. Giles se retourna et le fixa comme s'il ne le reconnaissait pas.

— Elle ne va jamais très loin, dit-il. Elle aime faire la planche, elle ne nage pas beaucoup. Jamais elle ne dépasse les récifs.

La calanque, bordée de falaises escarpées, était délimitée par des écueils. Après une étroite grève de galets, on perdait vite pied pour se retrouver en un profond bassin, idéal pour une baignade tranquille. Au-delà des rochers, l'eau était sombre et agitée par la brise qui avait succédé à l'orage.

— Madame est peut-être remontée, suggéra James.

— Sans ses affaires ?

— Si elle voulait juste se sécher au soleil... Je retourne sur le sentier, chercher à droite et à gauche.

— Moi aussi.

Ils gravirent le chemin en inspectant chaque endroit où l'on pouvait s'en écarter, partout où une trouée dans les arbres offrait la possibilité d'un bain de soleil. Giles appelait sa femme avec une angoisse croissante. Arrivé au sommet, il repartit en sens inverse, tel un animal prisonnier se ruant d'un point à un autre. *Qu'ai-je fait ? Bon sang, qu'ai-je fait ?* Il était assailli de remords.

James devina les idées qui lui traversaient l'esprit.

— Monsieur, je suis sûr que ça n'est pas ce que vous croyez... Elle n'a pas pu... Elle doit se promener quelque part, nous finirons bien par la retrouver, saine et sauve...

Giles lui fit face et prit enfin conscience qu'il s'agissait de James.

— Nous nous sommes disputés, dit-il sombrement.

James détourna le regard. Il ne voulait surtout pas être le témoin d'une pareille détresse chez son maître. Mieux valait ignorer certaines choses, sous peine de compliquer la relation. Cela dit, il craignait le pire. Il y avait peu d'endroits où aurait pu s'aventurer une dame en petite tenue. La comtesse était allée sur la plage et ne semblait pas être remontée.

Il redescendirent, se focalisant à nouveau sur les deux côtés du sentier. Giles continuait d'appeler son nom, et James s'y mit aussi. Il se rappela avoir remarqué, pendant sa promenade, un petit promontoire qui pourrait bien être accessible depuis le chemin. L'endroit parfait pour bronzer ou admirer la vue. Il n'avait aperçu personne quand il était repassé devant, mais la comtesse aurait pu s'y rendre plus tard. *Ou bien,* songea-t-il en son for intérieur, *elle s'y trouvait et n'y est plus.* Il se souvenait d'avoir ressenti, un jour au bord d'un ravin, l'appel du vide. Alors qu'il n'était pas du tout malheureux à l'époque. Il laissa le comte poursuivre la descente, et sa voix lui parvint bientôt depuis la crique, le prénom de la comtesse répété en écho par la falaise. James repéra une sente qui lui semblait partir dans la bonne direction, mais celle-ci s'interrompait après une certaine distance et il dut se frayer un passage parmi la végétation. Au bout d'un moment, il émergea sur le promontoire. Manifestement, personne n'était venu ici ce jour-là. Il se tint là un instant, parcourant les environs du regard, entendant les cris lointains du comte… et une voix de femme, à peine distincte, qui répondait !

— Ohé ! s'écria James.

Un appel étouffé lui parvint.

— À l'aide !

Cela semblait venir d'en bas. Il se mit à plat ventre sur la courte bande de terre et s'avança prudemment, centimètre par centimètre, sur la partie rocailleuse qui montrait des signes inquiétants d'érosion. Il parvint à scruter le précipice.

Il y a quelqu'un ? cria-t-il.

— Au secours ! Aidez-moi !

Pas de doute, une personne se trouvait là. L'avancée rocheuse lui dissimulait en partie la vue. Il se risqua un peu plus en avant.

— C'est bien vous, madame ?

— Oui ! Oui ! Qui êtes-vous ?

— C'est moi, James.

— J'ai tellement froid ! J'ai fait le tour à la nage et je n'arrive pas à remonter.

— Êtes-vous blessée ?

— Non. Je suis sur un rocher, mais les vagues... Mon Dieu, il faut que vous m'aidiez ! J'ai peur de glisser.

— N'ayez crainte ! la rassura-t-il, surpris de l'émotion qui l'étreignait. J'arrive ! Ne bougez surtout pas ! N'essayez pas de nager ! Je viens vous chercher !

Dans son empressement à reculer, il délogea un morceau de pierre qu'il entendit dégringoler. Pourvu que la comtesse ne l'ait pas pris sur la tête ! Il se releva et repartit par le même chemin qu'à l'aller, luttant contre les branchages au prix de quelques égratignures. De retour sur le sentier, il rejoignit le comte qui s'apprêtait à remonter.

— La comtesse est là-bas ! Je l'ai entendue ! Au pied de la falaise, monsieur ! Elle a nagé jusque-là. Elle s'est réfugiée sur un rocher, elle n'arrive pas à revenir !

— Mon Dieu ! dit Giles, blêmissant de stupeur et de soulagement. Comment l'atteindre ? Il nous faut un bateau.

— En bateau, ce sera trop long. Elle a froid. Elle risque de glisser à tout moment. Le vent pourrait se lever.

— Vous avez raison.

Pour une fois, le bon sens désertait Giles. Il ne voyait pas de solution.

— Monsieur le comte sait-il nager ?

— Oui, bien sûr.

— Si elle a pu arriver jusqu'ici, vous devriez être capable de la rejoindre. Je...

James déglutit.

— J'irais bien moi-même, mais je suis très mauvais nageur. Je...

Tiré de sa paralysie, Giles se rua sur la plage et arracha ses vêtements.

— Restez ici. Au cas où j'aie besoin de vous !

Et il plongea.

James se déshabilla à son tour et s'engagea dans la mer. Il ne quitta pas l'anse et resta au niveau des rochers auxquels il pouvait s'agripper en flottant. Au bout de ce qui lui parut une éternité, il entendit des clapotis, et deux silhouettes apparurent à l'angle de la falaise. La comtesse nageait difficilement, sa figure éprouvée, recouverte de temps en temps par une vague. Le comte la soutenait d'un bras et avançait de l'autre, le souffle court. James lâcha son rocher et effectua quelques mouvements de brasse, atteignant la jeune femme au moment où elle coulait. Il enlaça le corps inerte et se sentit entraîné vers le fond. Refoulant la panique, il ressortit la tête hors de l'eau, toussa et agrippa mieux la peau mouillée et glissante.

— Sur le dos ! ahana Giles. Retournez-la sur le dos !

Ils y parvinrent à eux deux, maintenant le visage en surface, et la tirèrent jusqu'à un endroit où ils avaient pied. Giles étant à bout de forces, ce fut James qui la souleva par les épaules et les genoux et la porta tant bien que mal jusqu'à la plage où il la posa avant de se laisser tomber à genoux, essoufflé. Giles eut enfin l'énergie de s'extraire de l'eau et s'arrêta devant elle.

— Ma Kitty... Oh ma Kitty..., balbutiait-il.

James n'avait jamais entendu aucun homme s'exprimer avec autant de tendresse. Il se détourna, gêné.

Kitty ouvrit les yeux pour découvrir les traits qu'elle chérissait. *Je suis encore vivante !* fut sa première pensée. Le retour à la nage avait été une épreuve effroyable, elle avait cru ne pas y arriver.

— Ma Kitty... Oh ma Kitty...

— Pardon, murmura-t-elle.

Elle était descendue à la crique, en proie à la colère, à la frustration et au désespoir. Se disant que ça lui était égal de vivre ou de mourir, elle s'était jetée à l'eau. Elle avait franchi à la nage les écueils, puis le courant l'avait emportée au-delà de l'anse. Quand elle avait compris que rebrousser chemin était au-dessus de ses forces, la peur l'avait saisie et elle avait su qu'elle n'avait pas envie de mourir, pas tout de suite. Elle avait résisté et lutté, s'était retrouvée à portée d'un rocher auquel elle avait pu s'accrocher avant d'arriver à se hisser dessus. Coincée au pied d'une falaise impossible à gravir, elle était incapable de se remettre à l'eau.

Au début, elle était plutôt confiante, certaine qu'on remarquerait son absence. Puis le soleil avait disparu et l'ombre de la falaise l'avait enveloppée. Elle grelottait de froid, la mer paraissait de plus en plus sombre et menaçante, et l'on ne venait toujours pas la secourir. Elle désirait retrouver Giles plus que tout, mais était persuadée de l'avoir perdu à jamais. Proche du désespoir, elle avait soudain entendu qu'on l'appelait.

Sauf que la voix s'était tue. Elle avait encore attendu, si longtemps qu'elle s'était crue oubliée. Ou bien elle avait tout imaginé. Non, Giles était vraiment venu la sauver, et voilà qu'il la regardait avec une expression qu'elle s'était souvent représentée, dans l'obscurité quand ils faisaient l'amour, sans jamais la voir.

— Pardon, dit-elle.

— Non, c'est à moi de vous demander pardon. Oh, ma Kitty. Vous n'avez quand même pas...

Elle ne pouvait répondre à l'interrogation esquissée, pas sincèrement. Un soupir lui échappa, étranglé et pathétique.

— Je n'aime pas Giulia, reprit Giles. Pas de cette façon. Jamais. Il faut me croire, je vous en conjure. Elle est comme une sœur pour moi.

— Ce n'est pas important, dit-elle d'une voix épuisée.

— Si. Vous aviez raison. Vous êtes mon épouse et je vous ai négligée. Les choses vont changer, je vous le promets.

Elle perdait connaissance.

— J'ai froid, dit-elle.

Il l'enveloppa dans les vêtements qu'il avait sous la main et, avec l'aide de James, la porta jusqu'à la villa.

Kitty se réveilla plusieurs fois, toujours dans ses bras. Giles ne lui avait pas déclaré son amour, mais il y avait eu son expression, et sa promesse, une vraie promesse.

Giles se poserait toujours la question : s'agissait-il d'une simple imprudence ou bien du geste désespéré d'une femme si malheureuse qu'elle avait voulu mettre fin à ses jours ? Bizarrement, ce n'était pas cela qui l'avait touché au plus profond de son être. C'était la fureur avec laquelle Kitty s'en était prise à lui, exigeant d'être mieux traitée parce qu'elle était son épouse. Où avait-elle puisé ce courage ? Il ne doutait pas qu'il lui en eût fallu une bonne dose pour s'exprimer ainsi, elle qui avait toujours été si timide et docile. Il était admiratif, plein de tendresse pour elle et d'une curiosité nouvelle. Il espérait qu'elle se remettrait vite, pressé de retrouver son amante fougueuse de la nuit, fort d'une meilleure compréhension et d'une plus grande complicité.

Il existait, derrière l'enfant sage, une autre femme, une Kitty volontaire et passionnée. En épousant Catherine Bayfield, Giles avait obtenu bien plus qu'il n'escomptait.

19

Tante Schofield reçut une invitation à dîner de lady Manningtree. Pas un simple carton, une vraie lettre évoquant l'école qu'elles avaient fréquentée à la même époque et mentionnant Nina en des termes affectueux. Sans cela, tante Schofield eut sans doute décliné poliment, ayant peu d'attirance pour les mondanités. Mais quand on vous invitait de manière personnalisée et si cordiale... Qui plus est, Nina ne cacha pas son enthousiasme quand elle lui en parla, aussi accepta-t-elle pour elles deux.

Lady Manningtree entama d'emblée une conversation avec tante Schofield, passant en revue les souvenirs en commun et les camarades d'autrefois. Quant à Nina, elle fut immédiatement approchée par Richard.

— Il y a une éternité qu'on ne s'est pas croisés ! Avez-vous des nouvelles des jeunes mariés ?

— Kitty m'a écrit une fois, répondit-elle.

Une lettre peu détaillée, simple liste des sites qu'elle et Giles avaient visités. Seule la conclusion était plus emphatique, Kitty exprimant combien elle lui manquait. « J'ai tellement de choses à te raconter qui sont impossibles à écrire. Dès notre retour, il faut absolument que tu nous rendes visite au Château. »

Nina était curieuse de découvrir Ashmore, bien évidemment, et l'amie dont elle avait été si proche pendant trois ans lui manquait aussi. Toutefois, elle n'était pas pressée de recevoir une invitation en bonne et due forme. Se retrouver sous le même toit qu'une Kitty mariée à Giles Stainton, les voir ensemble, supporter d'être en sa présence… Non, ce n'était pas une bonne idée. Mieux valait pour elle que leur amitié prît fin et qu'elle ne les revît jamais. De toute manière, elle n'était pas du même monde. Quand ils l'inviteraient, avec un peu de chance Nina enseignerait quelque part et ne pourrait pas se libérer.

— Ils semblent heureux, dit-elle à Richard.

— Vraiment ? J'en suis ravi, quoique surpris. Dans la lettre que j'ai reçue de Giles, il n'était question que d'incendies, de mosaïques, de pilastres et de frontons. À croire qu'il a épousé les ruines de Pompéi plutôt qu'une femme en chair et en os !

— Le ton de cette lettre était-il très différent de celles qu'il vous envoie d'ordinaire ? s'enquit-elle judicieusement.

— Je crois bien que c'est la première fois qu'il m'écrit. Cela dit, je vois où vous voulez en venir. En effet, Giles n'est pas du genre à s'épancher. Il n'y a guère que les fragments de colonnes pour l'émouvoir. Un garçon assez rasoir. Bon, fit-il en se frottant les mains, voilà pour nos amis communs. Nous pouvons passer à un sujet autrement plus passionnant, nous-mêmes !

— Vous pensez vraiment nous captiver ?

— Bien sûr ! lança-t-il avec une surprise feinte. Je commence. Qu'est-ce que je deviens ? Je rentre tout juste de Biarritz où j'accompagnais ma tante et ma grand-mère. Rien de très palpitant, quand on sait que le reste de la famille chassait la grouse en Écosse. Je n'étais pas en état, précisa-t-il en montrant son bras. Mon oncle a une propriété au bord de la Spey. Des paysages magnifiques, pour qui apprécie.

— Pas vous ?

— Enfin, je ne suis pas complètement insensible à de vastes étendues de collines violettes et de forêts mélancoliques. J'y ai toujours vu une terre d'épopées. Et au petit matin, les reflets sur les eaux immobiles d'un loch me donneraient envie de sortir mon chevalet, si seulement j'avais appris à peindre.

— Quel poète vous faites !

Il plissa les paupières.

— Vous vous gaussez, mademoiselle Sanderton ?

— Je vous prenais pour un oiseau des villes. Je m'excuse platement pour avoir méjugé de vous.

— Vous vous gaussez de moi. Merveilleux. Notre relation ne peut qu'en être simplifiée. Je suis un oiseau des villes dès que je me trouve à Londres, bien entendu, ce qui m'arrive fréquemment. Toutefois, j'ai grandi à la campagne, et celle-ci a le pouvoir de m'émouvoir, surtout quand elle me prend au dépourvu.

— Par exemple, quand vous tuez de pauvres bêtes sans défense.

— Je suis chasseur, mademoiselle Sanderton, comme mes aïeux depuis la nuit des temps. Je mange ce que je tue, petits volatiles et gros poissons. Et ne me regardez pas avec cet air. Vous aussi en mangez, mais vous laissez à d'autres le soin de les tuer. Comment pensez-vous que le saumon arrive sur l'étal du poissonnier ?

— Je n'ai que rarement l'occasion de goûter au saumon, objecta-t-elle d'une petite voix modeste. Tout juste quelques miettes de cabillaud, à la rigueur.

— Oh, la taquine ! Vous m'avez l'air de manger à votre faim. À votre tour. À quoi avez-vous occupé votre été ?

— À part me faire tirer le portrait ?

— Juste ciel, bien sûr ! J'ai vu votre joli minois dans *Harlequinade*. Les périodiques mettent un certain temps à arriver en France, mais j'ai pu vous voir en Britannia avec un lion très docile à vos pieds. S'agissait-il d'un animal empaillé ? Ou bien Mawes a-t-il importé une bête bien vivante pour vous rendre justice ?

Nina rit de bon cœur.

— Ni l'un ni l'autre ! Il a pris pour modèle un lion du Museum d'histoire naturelle.

— Me voilà soulagé. Quoi d'autre ?

— Pas grand-chose. J'ai surtout lu et étudié. Et je cherche une place d'enseignante.

— Des pistes ?

— J'ai vu une annonce pour une école rurale du Berkshire. Ma tante estime que ce serait dommage, avec mon bagage, de me contenter d'apprendre à lire et à écrire à des enfants de fermiers. J'ai entendu parler d'un autre poste en Écosse, encore pour des tout-petits. J'aimerais enseigner à des filles plus âgées.

— Oui, je me souviens que vous aviez parlé de ce projet. J'espérais que vous n'étiez pas sérieuse.

— Si. Il faut que je gagne ma vie. Et vous ?

— Je n'ai aucun souhait de devenir enseignant.

— Vous savez parfaitement de quoi je parle. N'allez-vous pas devoir gagner votre vie ?

— J'imagine que la question se posera au retour de mon frère. Je savoure mes derniers instants de liberté. C'est une sorte de rêve merveilleux, ne me réveillez surtout pas !

— Il faut affronter la réalité. Que savez-vous faire ? Quelles sont vos compétences ?

— Je n'ai connu que l'armée. Par tradition, les cadets optent pour une profession libérale, mais on exige des années de formation et j'ai passé l'âge. Quant à entrer dans les ordres, cela supposerait un sacrifice d'un autre genre auquel je me refuse.

— Non, je ne vous vois pas en homme d'Église. Que reste-t-il ?

— Je n'en sais rien. Mon Dieu, quelle conversation épouvantablement sérieuse ! Parlons d'autre chose.

Nina ne saisit pas la perche.

— Vous pourriez épouser une riche héritière, comme votre frère.

— Vous n'êtes pas loin de persifler, mademoiselle Sanderton ! Le problème, c'est que lui avait un titre à troquer, moi pas. Non, si quiconque choisit de m'épouser, ce sera par amour. Or je ne me trouve pas très aimable.

— Si vous allez à la pêche aux compliments…

— Vous êtes vraiment d'une franchise rafraîchissante, s'amusa-t-il. Si seulement je pouvais vous épouser ! Il faudrait que l'un de nous deux dispose d'une fortune… Je vous épargnerais alors l'enseignement.

— Si j'avais une fortune, fit-elle remarquer, je n'aurais pas besoin de vous épouser.

Richard fit la lippe.

— Vous me blessez ! Vous n'accepteriez pas de vous marier avec moi ?

— Rassurez-vous, vous seriez en très bonne place sur ma liste.

— Si vous aviez une liste !

*
**

Giles récompensa James d'une gratification et lui recommanda de taire l'incident.

— Bien entendu, monsieur le comte, répondit le valet de son air le plus loyal.

Naturellement, on ne parlait que de ça chez les domestiques de la villa, dans un mélange d'italien et d'anglais. Seul témoin oculaire et héros du moment, James eut droit à son heure de gloire. Personne ne pouvant le contredire, il eut tout loisir de s'attribuer le beau rôle dans l'histoire, expliquant que monsieur le comte avait assisté passivement à ses exploits. Le personnel des Lombardi s'émerveilla du courage et de l'endurance de James, qui n'avait pas hésité à nager très loin, bravant le danger, pour sauver la petite comtesse. Qui plus est, il restait modeste et prétendait que ce n'était rien du tout. Tellement anglais ! On ne se lassait pas d'écouter et de réécouter son récit.

Un jour qu'ils ciraient des chaussures, Marie lui décocha un regard cynique.

— Tu finiras par te trahir, à force de raconter des bobards.

— Quels bobards ? grogna-t-il, sur la défensive.

— Tu m'avais dit que tu ne savais pas nager.

— Je sais un peu. Et puis, quand il y a péril en la demeure... Eh bien, on se découvre des ressources intérieures.

— Des ressources intérieures ? D'où tires-tu pareils boniments ?

— La comtesse t'a parlé de ce qui est arrivé ? s'enquit-il, inquiet.

— Bien sûr que non. Une vraie huître, pour tout ce qui touche à son mari. Je te connais, c'est tout. T'as pas l'étoffe d'un héros.

— M. le comte est d'un autre avis. T'as vu la récompense à laquelle j'ai eu droit ?

— Pour service rendu, voilà tout. Peu importe. Raconte les salades que tu veux, je m'en fiche. Et vivement qu'on se tire d'ici ! Ce matin, dit-elle en réprimant un frisson, j'ai encore vu un de ces lézards monstrueux au plafond.

— Ils sont inoffensifs. Jacopo, le jardinier, prétend que c'est utile parce que ça bouffe les scorpions.

— Les scorpions aussi, je m'en passe très bien !

— Tu as changé d'avis, alors ? Tu ne veux plus chercher une place par ici ?

— J'en ai ma claque d'être domestique. Si j'ai bien compris, nos maîtres prévoient de séjourner en grande partie à la campagne. Ça ne me convient pas du tout.

— T'aimes pas la campagne ?

Elle fit la moue.

— Tu pourrais toujours chercher une place ailleurs.

— Mlle Latham a laissé entendre qu'elle voudrait une bonne française, mais je serais toujours chambrière et, vu qu'elle n'est même pas comtesse, j'y perdrais. Non, j'ai besoin d'un vrai changement.

— Écoute-moi, pourquoi on ne s'associerait pas ? Moi aussi, j'en ai assez d'être larbin. Avec la somme que vient de me donner le comte, j'ai suffisamment de côté. Je suis certain que tu as toi aussi des économies.

— Peut-être bien. Et alors ? dit-elle d'un ton méfiant.

— On devrait tout mettre en commun, ce que je t'ai proposé en arrivant en France. Pour monter une affaire.

Elle le toisa d'un air tout sauf admiratif.

— Ouais, et je devine qu'il faudrait aussi partager autre chose. Merci bien.

James en resta comme deux ronds de flan.

— Tu ne me trouves pas séduisant ?

— Nettement moins que tu crois l'être !

— Je parie que tu ne l'as jamais fait ! riposta-t-il pour la blesser.

Marie lui rit au nez.

— Non, et ce n'est pas demain la veille. Je ne suis pas si stupide. Tout le plaisir est pour les hommes, et nous autres femmes, on se tape les corvées et les marmots. J'ai un plan et tu n'en fais pas partie.

— Quel plan ? Je parie que tu bluffes !

— Je vais m'esquiver à Paris sur le chemin du retour. Je me ferai engager dans une maison de haute couture, j'apprendrai les ficelles puis je me mettrai à mon compte. Je sais ce qui plaît aux ladies et en plus je parle anglais. J'amasserai une fortune en quelques années.

— Je pourrais t'aider, dit-il d'un ton implorant.

— Comme videur ?

Il prit la mouche.

— Je te dénoncerai ! Je vais leur dire que tu comptes filer !

— Fais ça et tu retrouveras un scorpion dans ton lit !

Heureusement, songea James en reprenant sans enthousiasme sa brosse à reluire, qu'il avait d'autres perspectives. Avec Marie, ça semblait mal engagé. Mais il y avait Ignazia, la fille de cuisine rondelette, qu'il entreprenait et avait même pu embrasser derrière les plantations d'aromates. Il devait rester prudent car c'était une fervente catholique et il subodorait que Jacopo était son père. Somme toute, James ne serait pas déçu de rentrer en Angleterre où il avait aussi des fers au feu. Il espérait que Dory se languissait de lui.

Au Château, l'absence de la famille était le moment idéal pour ramoner les cheminées, une entreprise trop considérable pour s'y livrer quand le service habituel devait être assuré. Malgré tout, il fallait impérativement s'y soumettre une fois par an. On parlait encore, d'un bout à l'autre de la vallée de l'Ash, du feu de cheminée qui avait provoqué l'incendie à Priestwood Hall vingt ans auparavant. Le manoir de style Tudor avait entièrement brûlé, coûtant la vie à deux bonnes et à la vieille lady Dunsmore, surprises dans leur lit avant que l'on pût donner l'alarme.

Les domestiques du Château dormant sous les toits et ayant donc la plus longue distance à parcourir pour se sauver en cas d'incendie, ce récit édifiant était fort utile pour couper court aux récriminations quant à la surcharge de travail. Mme Webster préférait largement cet effort ponctuel et extraordinaire aux corvées du quotidien. Elle s'y donnait entièrement, tel un général en campagne. M. Crooks, M. Moss et Mlle Taylor étaient partis en Écosse, mais tous les autres devaient mettre la main à la pâte. Y compris les garçons d'écurie, priés de se laver les mains et de décrotter leurs souliers ; ils n'avaient aucun prétexte pour se défiler, les chevaux étant au repos.

Dans chaque pièce, il fallait rouler les tapis, déplacer les meubles et les couvrir de toile de Hollande, enlever les décorations et les emballer individuellement. Les petits miroirs et les tableaux étaient décrochés pour un décrassage, les volumineux, soigneusement protégés. On pouvait alors étendre des toiles sur le parquet et laisser entrer les ramoneurs. Une fois leur besogne accomplie, restait à évacuer la suie, épousseter et tout remettre en place.

Les ramoneurs étaient noirs de la tête aux pieds, inévitablement, et ce n'était pas de porter des sarraus et des charlottes qui empêchait les serviteurs de se salir. À cheval sur la propreté, Mme Webster organisait une toilette collective chaque soir avant le souper. Les hommes se lavaient dans la cour à l'eau froide – ça s'aspergeait, ça plaisantait et ça abusait d'un langage peu châtié –, tandis que les femmes avaient droit à l'eau chaude, se baignant à deux dans une bassine installée dans un garde-manger ; elles se lavaient mutuellement les cheveux et se récuraient le dos.

En temps normal, on déjeunait à midi, mais en période de ramonage on se contentait d'un morceau de pain et de fromage, et le vrai repas se prenait le soir, quand on en avait terminé pour la journée. Mme Oxlea se surpassait autant que Mme Webster, stimulée par le défi qui la tirait de sa mélancolie coutumière. En l'absence du majordome, on abandonnait le protocole, et tout le monde mangeait ensemble, le personnel de maison mêlé à celui des écuries, les chefs domestiques avec les débutants. On servait des marmites de soupe, de magnifiques gigots, des montagnes de pommes de terre, des torrents de riz au lait, des tartes à la mélasse et des gâteaux aux pommes de la taille d'une table de bridge. Tout ça dans une ambiance de franche rigolade et de badinerie.

Le conduit de la cuisine était toujours ramoné en dernier car il fallait éteindre le feu et se priver de cuisinière pendant deux jours. Ce soir-là, les jardiniers préparaient un feu de camp pour faire griller de la viande sur les flammes et rôtir des pommes de terre dans les braises. Tout le monde mangeait dehors sur des tréteaux. Une ration de bière était offerte. C'était une soirée joyeuse en récompense du travail supplémentaire occasionné – un moment aussi merveilleux, de l'avis de tous, que les fêtes des moissons d'autrefois.

L'ennui était la hantise des serviteurs. Aussi, bien qu'il fallût travailler dur, tous appréciaient cette rupture dans la routine.

Dory y mit toute son énergie. Si James avait su à quel point il ne lui manquait pas, il n'en serait pas revenu. La seule fois où elle pensa à lui, ce fut quand elle pénétra dans une pièce pour s'assurer que le ramoneur pouvait s'y attaquer et qu'elle découvrit la femme de chambre Mabel sur un canapé avec un des grooms. Les fesses nues du garçon s'agitaient vigoureusement. Tigre, qui avait suivi Dory, dressa ses oreilles et s'approcha pour inspecter ce machin pâle et luisant qui gigotait. *Il doit croire que c'est une bestiole*, pensa-t-elle en l'attrapant à temps par le collier.

Les jeunes sœurs de monsieur le comte s'occupaient des chiens pendant ses absences, mais elles-mêmes se trouvant en Écosse, c'était devenu un problème dont chacun se lavait les mains. Au début, ils erraient dans la demeure, tristes à mourir. Un jour qu'elle avait trébuché sur eux, Mme Webster les relégua aux écuries. Ils y étaient encore plus malheureux, et Giddins protesta qu'ils geignaient à longueur de journée, que ce serait à la gouvernante d'annoncer au maître qu'on avait laissé dépérir ses chiens. La scène s'était déroulée au moment du souper, alors qu'ils étaient tous réunis autour de la grande table dans le réfectoire du personnel, les femmes d'un côté et les hommes de l'autre, William à une extrémité et Mme Webster en face. Tout le monde avait entendu l'échange. Dory était d'avis que M. le comte n'en ferait pas tout un plat vu que les chiens l'avaient adopté plutôt que l'inverse et qu'il était parti sans un regard pour les bêtes. Pourtant, quand Mme Webster avait soumis la question à la tablée, elle seule avait rompu le silence. Sans se l'expliquer, Dory avait proposé de les prendre avec elle dans la pièce de couture et s'était engagée à les sortir matin et soir.

La gouvernante était surtout soulagée que les fichus cabots ne fussent plus son problème. Dory les trouvait faciles. Ils n'aboyaient pas et, après une bonne promenade, dormaient tranquillement à ses pieds pendant qu'elle cousait ou la suivaient dans ses déambulations à travers le Château.

Si quelqu'un occupait ses pensées durant le chambardement du ramonage, ce n'était vraiment pas James. Peu avant le départ de la famille pour l'Écosse, elle avait rendu visite à M. Sebastian dans son appartement, munie d'un panier d'ouvrages.

— Entrez ! Entrez ! Je vois que vous avez apporté du travail. Parfait. Asseyez-vous. Aujourd'hui, nous allons jouer du Brahms.

Il s'était mis au piano et elle avait cousu, ses doigts agissant seuls, son esprit transporté par la musique, telle une barque vide entraînée par un ruisseau. Un rayon de soleil, infiltré par la fenêtre, éclairait les volutes de fumée. M. Sebastian mordait son cigare à la commissure des lèvres pour ne pas être gêné, bien qu'il gardât les yeux fermés la plupart du temps. Dory l'observait par moments. Sa folle tignasse grise lui évoquait de la végétation recouverte de givre, poussant sur un caillou. Ses traits semblaient taillés dans le granit. Pour autant, il n'était pas vilain. Elle aimait le regarder à son insu, car transparaissait sur son visage une qualité allant de pair avec son talent de musicien, une bonté et une délicatesse bien au-delà de la simple amabilité. Si elle n'avait pas été occupée du matin au soir, ces moments lui auraient beaucoup manqué.

Le jour du ramonage de la cuisine, après le souper sur les tables à tréteaux, un garçon d'écurie sortit son harmonica et le vieux Frewing, portier principal, alla chercher son précieux violon. À eux deux, ils produisirent de quoi danser quelques gigues campagnardes. Les chiens, sagement couchés sous la table, sortirent en se dandinant, étonnés, et se mêlèrent aux danseurs en croyant à un jeu. Une brillante fontaine d'étincelles jaillit dans l'obscurité quand le feu de camp s'affaissa sur lui-même. Les bonnes virevoltaient au bras des lads, frappaient dans leurs mains et s'esclaffaient, tandis que Dory, qui avait Joe le cocher pour partenaire, n'entendait pas les couinements du crincrin et de l'harmonica, mais les danses hongroises de Brahms que M. Sebastian lui avait interprétées.

*
**

D'après le carton, Mlle Sands jouerait pour lady Stainton, douairière, et ses invités, en son domicile de Bruton Street. Le programme était à la discrétion de la pianiste qui recevrait un cachet dont le montant sidéra Mme Sands.

— C'est vous qui avez tout manigancé, dit-elle à Richard en lui montrant la lettre. Je sais que c'est votre bonté à l'œuvre.

— Pas du tout. Je vous promets que j'en ignorais tout avant de recevoir le bristol. Bonne-maman y a ajouté, de sa main, *en ta présence*, souligné deux fois. Quand elle le précise, on n'a pas le choix. Je me demande bien pourquoi elle tient à m'y voir, surtout que je n'ai pas du tout la fibre musicale.

— Ce n'est pas vrai et vous le savez parfaitement. Même si la musique vous laissait indifférent avant, vous vous êtes rendu compte que ce n'est plus le cas, n'est-ce-pas ?

— Certains morceaux, reconnut-il en souriant, et en compagnie de certaines personnes. Ce que je ne peux nier, c'est que je deviens quelqu'un de meilleur grâce à vous.

Elle changea de sujet.

— Chloé aura besoin d'une robe du soir. Tout le cachet y passera, mais c'est ainsi. Si des personnes influentes sont présentes, cela pourrait déboucher sur d'autres engagements. Savez-vous qui est invité ?

— Aucune idée. Allez savoir, je suis peut-être le seul !

Mme Sands était trop soucieuse pour goûter ce trait d'humour.

— Il n'y aurait pas de carton si c'était uniquement pour vous. Chloé est très tendue. J'aimerais pouvoir être présente pour la soutenir.

— Je ne vois aucune objection à ce que vous assistiez au concert. Une pianiste a besoin de quelqu'un pour tourner les pages des partitions, non ?

— Oui, c'est généralement le cas pour un récital dans une salle de concert. Il s'agit souvent d'un étudiant. Cela dit, son mari s'en charge pour Alicia Ferrari.

— Dans ce cas, la mère de Chloé Sands peut bien tourner les pages pour sa fille.

— Vous croyez ? Votre grand-mère ne jugera pas que nous prenons nos aises ?

— Bonne-maman ne remarque rien de ce qui ne la dérange pas. Tant que vous vous fondez dans le décor, elle ne saura même pas que vous êtes présente. Au fait, dit-il pour lui changer les idées, si la jeune Mlle Sands devient une pianiste de renommée internationale, il faudra qu'elle change de nom. Alicia Ferrari, ça en jette plus que Chloé Sands. D'ailleurs, il faut impérativement un nom italien. Que diriez-vous de Chiara Sabbia ?

Elle ne put que rire.

— Quel garçon extravagant vous êtes !

L'entendre rire était agréable, être traité de garçon nettement moins.

Richard rendit visite à sa grand-mère.

— Vous ne m'aviez pas dit que Mlle Sands allait donner un récital chez vous.

Elle arqua un sourcil.

— Et depuis quand je te consulte au sujet des soirées que j'organise ? Tu voudrais peut-être que je te soumette aussi la liste des rafraîchissements ?

— Voyons, *bellissima*, ne soyez pas facétieuse. Vous savez bien que je prête un intérêt particulier à Mlle Sands.

— Oui, j'ai remarqué.

Plus que jamais, elle était persuadée qu'il était amoureux de la jeune pianiste. Sinon, comment expliquer qu'il eût accouru dès son invitation reçue ?

— Et qu'est-ce qui te prend de parler en italien ?

— J'ai cette langue à l'esprit car j'évoquais à l'instant Alicia Ferrari.

— Hum, une pianiste plutôt douée, mais je n'aime pas trop son style de jeu. Sir Thomas a eu une amourette avec elle il y a des années.

— Donc lui, au moins, n'est pas resté insensible à son jeu.

— Épargne-moi tes vulgarités. Alors, ma soirée ? Tu seras présent. Je ne tolérerais aucune excuse.

— Je serai là, soyez-en sûre. Jamais je n'oserais vous défier quand vous recourez à un mot écrit de votre main. Je suppose, dit-il en s'efforçant de prendre un ton nonchalant, que vous ne voyez pas d'objection à ce qu'elle vienne accompagnée de quelqu'un pour tourner les pages des partitions ?

Elle vrilla son regard dans le sien.

— Je connais ce ton. Quelle tracasserie mijotes-tu ? Si tu penses à toi, tu es déjà invité. Si tu souhaites t'en charger, dis-le.

— Je ne déchiffre pas la musique assez bien. Je pense qu'elle aimerait que ce soit sa mère.

Alors qu'il s'attendait à un refus catégorique, elle prit l'air pensif et dit :

— Je ne vois aucune raison de m'y opposer. D'ailleurs, cela servira parfaitement mes desseins.

— Quels desseins ? demanda Richard nerveusement. Que tramez-vous, Bonne-maman ?

— Ce ne sont pas tes affaires, lança-t-elle sèchement. Sa mère peut venir. C'est tout.

*
**

— Si madame et mademoiselle veulent bien me suivre, pria le majordome.

Mme Sands et Chloé attendaient au rez-de-chaussée, dans un petit salon tapissé de livres. Quelques notes de musique leur étaient parvenues depuis l'étage. Une sonate pour flûte traversière et piano. Un long silence avait suivi. Et voilà que ce majordome, dont les manières distinguées n'eussent pas dépareillé à la Cour de Versailles, venait les chercher.

Chloé lança un regard paniqué à sa mère en lui emboîtant le pas. Au pied de l'escalier, il fallut s'arrêter pour laisser passer une frêle demoiselle, encore plus jeune que Chloé, qui portait un étui à flûte et était précédée d'un homme aux cheveux foncés et en tenue de soirée. Au passage, elle adressa un regard à Chloé, mélange de désespoir, de soulagement et de compassion.

La mère et la fille gravirent les marches en direction d'un murmure de voix, semblable au chuintement d'une mer lointaine. Le majordome ouvrit les portes et elles pénétrèrent dans le grand salon. On avait rabattu les portes de séparation de façon à créer un vaste espace. Le piano trônait d'un côté, face à plusieurs rangées de sièges dorés sur lesquels patientait un auditoire qui brillait de mille feux. Sans avoir d'idée précise, Chloé s'attendait néanmoins à une ambiance plus décontractée, des gens assis dans des fauteuils ou des canapés, bavardant tout en sirotant un café ou une coupe de champagne pendant qu'elle jouait. En fait, ce n'était ni plus ni moins qu'un récital. Elle en avait les jambes flageolantes.

Il n'y eut pas d'applaudissements à son apparition, mais les voix se turent et des regards sérieux l'examinèrent, parfois avec l'aide d'un lorgnon. Rien que des personnes très riches et importantes, et ce n'étaient pas les diamants qui manquaient dans l'assistance. Seulement deux visages lui étaient familiers. D'abord Richard, assis au centre du premier rang avec une vieille dame qui devait être sa grand-mère. Selon les termes de leur arrangement, Chloé ne l'avait jamais rencontrée bien qu'elle jouât chez elle depuis des mois. Richard semblait nerveux, ce qui ne fut pas pour la rassurer. Il lui adressa un clin d'œil et une mimique de la bouche pouvant signifier « Ça va aller » aussi bien que « Prends tes jambes à ton cou ! ».

Le second visage connu était l'autre voisin de la vieille dame, qui la déstabilisa encore plus. Attentif, le soupçon d'un sourire aux lèvres, très élégant dans sa queue-de-pie soyeuse et immaculée, ce n'était autre que sir Thomas Burton, pianiste, chef d'orchestre et imprésario. Fort heureusement, Chloé avança quand sa mère la pinça à la taille, sans quoi peut-être serait-elle restée figée au milieu du tapis. Elle se sentit mieux dès qu'elle fut installée au piano. D'abord, le public ne lui était pas visible, sauf à se pencher délibérément. Ensuite, l'instrument était une vieille connaissance, un ami fidèle. Elle en connaissait la voix et les possibilités. Enfin, elle avait souvent joué cette musique.

Sa mère posa les partitions et s'apprêtait à placer la première sur le pupitre quand Chloé lui prit le poignet et lui tendit la deuxième. Elles avaient discuté au préalable de l'ordre des pièces et opté pour quelque chose de doux en ouverture, supposant que les gens seraient encore en train de bavarder au début. Étant donné les circonstances et avec sir Thomas au premier rang, Chloé préférait marquer les esprits et capter l'attention d'entrée de jeu. Elle sourit à sa mère, hocha la tête et, dès que la partition fut ouverte devant elle, se lança dans le *Capriccio* de Dvořák.

On l'applaudit à la fin. Chloé, qui avait oublié la présence du public, en fut légèrement surprise. À l'invite de sa mère, qui lui prit délicatement le coude, elle se leva et salua, souriant timidement à l'assemblée scintillante. Dès que les applaudissements s'estompèrent et que les gens se levèrent, Richard bondit de sa chaise pour venir la féliciter.

— Vous avez été fantastique ! lui chuchota-t-il. Tout le monde vous a écoutée religieusement, y compris lord Strathmore qui s'endort d'ordinaire à ce genre de soirée. Bonne-maman est très impressionnée. Elle n'a pas cessé de froncer les sourcils, ce qui est bon signe. Quand elle sourit, c'est pour dissimuler de la fureur ou de la déception.

— Arrêtez, Richard, dit Mme Sands qui rassemblait les partitions. Vous la rendez nerveuse. Nous allons nous éclipser rapidement pour ne pas gêner.

— Pas du tout. Bonne-maman m'a chargé de vous demander de rester ici jusqu'à ce que tout le monde soit parti. Elle souhaite vous parler.

Il les gratifia d'un sourire rassurant et retourna auprès de sa grand-mère pour dire au revoir aux invités.

Mme Sands et Chloé s'assirent ensemble sur le banc du piano, cherchant à se faire le plus discrètes possible. Quand Chloé se mit à trembler légèrement, la fibre maternelle de Mme Sands s'irrita de ce qu'on les fît attendre alors qu'elle aurait préféré ramener sa fille à la maison et la réconforter avec une tasse de chocolat chaud. Sans doute la vieille dame voulait-elle remercier Chloé de vive voix. On pouvait tout au plus espérer qu'elle lui proposât un autre récital.

Richard ne tarda pas à revenir en compagnie de la dame élégante et de la figure intimidante de sir Thomas Burton. Il ne restait personne d'autre, si ce n'est deux domestiques qui enlevaient discrètement les chaises. La vieille femme en vint droit au but.

— Mademoiselle Sands, je suis lady Stainton. Et vous devez être madame Sands ? Enchantée. Merci d'avoir joué devant nous, mademoiselle. Ce fut très agréable. Naturellement, il y a longtemps que je vous écoute jouer. Je tenais à vous entendre correctement, non plus à un étage de distance, et à voir de quelle prestation vous seriez capable devant un public. Je n'ai pas été déçue.

— Merci..., commença à dire Chloé.

Une main aux doigts effilés et chargés de bagues lui intima de se taire.

— J'ai une proposition à vous faire. Ou plutôt, sir Thomas a une proposition. Vous connaissez sir Thomas Burton ?

— Nous avons entendu parler de sir Thomas, bien évidemment, dit Molly Sands. Monsieur, je vous ai reconnu pour avoir vu votre photo dans le journal.

Sir Thomas lui adressa un sourire affable et, après un court temps de réflexion, lui tendit la main.

— Enchanté.

Puis il se tourna vers Chloé, en la « dévorant des yeux », commenterait sa mère par la suite.

— Mademoiselle Sands, j'ai été impressionné par ce que j'ai entendu ce soir. Lady Stainton, dit-il en la désignant d'un signe de tête, m'avait parlé de vous, mais il faut écouter soi-même pour être sûr. Vous avez un talent remarquable.

— Merci, monsieur, dit Chloé d'une toute petite voix.

Elle tremblait comme une feuille, et sa mère n'aurait su dire si c'était de froid ou pour une autre raison.

— J'aime m'intéresser à de jeunes musiciens prometteurs, reprit-il. Les accompagner et les aider à réaliser leur potentiel. Je souhaiterais vous parrainer pour que vous entriez à la Royal Academy. Je prendrai tous les frais à ma charge, précisa-t-il à l'intention de Mme Sands, vous n'avez aucun souci à vous faire. Vous étudierez la composition et la théorie musicale avec les autres élèves, et je me chargerai personnellement des cours de piano, avec l'objectif, si vous progressez comme voulu... rien n'est garanti, naturellement... avec l'espoir, mettons, d'une carrière de soliste. J'ai des relations et un réseau d'influence partout dans le monde. Si vous étiez ma protégée, vous pourriez viser haut, vraiment très haut.

Resté seul avec sa grand-mère, Richard s'apprêtait à prendre congé à son tour quand elle lui demanda :

— Aide-moi à monter dans ma chambre, mon enfant. Simone a dû s'endormir dans un fauteuil, elle mettra longtemps à venir si je la sonne, autant que tu me donnes le bras.

Il ralentit l'allure pour caler son pas sur le sien. Sa main lui semblait toute légère sur son avant-bras. Il s'étonna qu'elle fût si fatiguée après une simple soirée musicale.

— Vous êtes vraiment adorable d'avoir organisé ce récital pour Chloé, dit-il.

— Ce n'était pas pour elle, petit sot. Ni pour toi. Je l'ai fait pour la musique. Les personnes, je n'en ai que faire. Seule compte la musique.

— Soit.

Ils gravissaient les marches très lentement, dans un silence qui lui semblait embarrassé. Richard se sentit obligé de relancer la conversation :

— Sir Thomas semblait sincèrement impressionné.

— Il couchera avec elle, dit sa grand-mère d'un air indifférent. Je l'ai lu dans son regard. Mais elle a suffisamment de talent pour survivre. Contrairement à cette petite idiote de flûtiste. J'espère que ça ne te froissera pas trop, mon petit.

Choqué de ce qu'il venait d'entendre, Richard se ressaisit pour ne pas paraître mesquin à ses yeux. Il peinait à croire qu'elle l'eût dit sérieusement.

— Pourquoi je me froisserais ? dit-il, l'air de rien.

— N'es-tu pas amoureux d'elle ? dit-elle en lui décochant un regard en coin.

— Juste ciel ! Non ! Je la trouve bigrement douée, c'est tout. J'aime l'écouter.

— Bigrement douée, répéta-t-elle d'un ton pensif.

Pas la louange d'un amoureux, jugea-t-elle. À quel jeu jouait-il, alors ? Agissait-il simplement par altruisme ?

— Je crois que tu mûris, *chéri*.

— Moi ? Pourvu que non, Granny ! J'ai bien l'intention d'avoir toujours vingt-cinq ans !

Richard était heureux pour Chloé et ne prit pas vraiment au sérieux l'avertissement au sujet de sir Thomas. Surtout, la jeune fille passant ses journées au conservatoire, il se réjouit à l'idée de longs tête-à-tête avec Mme Sands.

20

Tante Schofield avait invité à prendre le thé Mary Caldecott et une certaine Octavia Liston, jeune femme au visage fin. Cette dernière s'enflamma au sujet du projet de loi sur l'instruction défendu par Arthur Balfour, lequel avait succédé, au poste de Premier Ministre, à son oncle lord Salisbury, contraint de démissionner pour raison de santé. Son débit était tel que Nina peinait à comprendre quelle position elle soutenait. Quant à Mme Caldecott, son élocution plus mesurée paraissait presque léthargique par comparaison.

— Bien entendu, les nouvelles dispositions mécontenteront ceux qui payent des impôts locaux. Certains ne voient pas la nécessité pour les enfants d'aller à l'école, encore moins après douze ans. Si les nouvelles autorités locales en matière d'éducation décident d'investir dans des établissements du secondaire, cela déclenchera des émeutes.

— J'en doute fort, objecta tante Schofield. Les personnes raisonnables comprendront l'importance d'ouvrir davantage d'établissements techniques.

— Et de développer l'enseignement général, avança Mlle Liston avec enthousiasme. Ces autorités auront pour mission de s'assurer que les enseignants ont les compétences requises, ce qui implique sûrement d'avoir étudié au-delà de l'école élémentaire.

Prenant conscience de sa posture avachie, Nina s'empressa de redresser le dos. Alors que ces questions qui touchaient de près ses projets professionnels auraient dû la passionner, son esprit ne cessait de s'évader. Mme Caldecott profita de ce que Mlle Liston reprenait son souffle pour s'adresser à elle :

— Où en sont vos recherches d'une place d'enseignante, mademoiselle Sanderton ?

— Vous avez la vocation ? interrogea Mlle Liston avec un regain d'intérêt.

— Je n'ai rien trouvé pour l'instant, répondit Nina. Mais Mlle Thornton m'assure qu'il n'est pas trop tard. Dans les établissements comme le sien, la nouvelle année scolaire commence en janvier. Elle reste à l'affût pour moi. Puis-je vous resservir du thé ?

Comprenant qu'elle ne souhaitait pas s'étendre sur le sujet, Mme Caldecott s'enquit de la bibliothèque pour tous.

— Comment avancent les choses ? Y a-t-il du nouveau ?

— Oui, dit tante Schofield. Je crois vous avoir informée que nous avions repéré un local idéalement situé. Et voici que quelqu'un se propose, non seulement d'en acquérir la propriété pour notre compte, mais aussi de financer les aménagements nécessaires.

— Merveilleux ! Qui est ce philanthrope ?

— Je ne pense pas que vous le connaissiez. C'est un industriel, comme on dit aujourd'hui. Il appartient au nouvel entourage du roi. Nina a fait sa connaissance pendant la saison des bals et il se trouve que c'est un ami de Mawes Morris.

— Mawes Morris est irremplaçable ! s'exclama Mme Caldecott. Qui ne connaît-il pas ?

— Apparemment, continua tante Schofield, ce monsieur dînait l'autre soir chez les Morris, et Lepida lui a parlé de la bibliothèque. Il a posé de nombreuses questions et le projet semble l'avoir séduit, car sa lettre m'est parvenue hier.

— Bravo à lui. Ma chère Alexandra, vous devez impérativement inviter ce parangon à dîner, avec Quin et moi. Je tâcherai qu'il se passionne pareillement pour une de mes œuvres.

Tante Schofield eut un sourire indulgent.

— Inviter quelqu'un pour lui faire les poches ? Mesquin ! Mais excellente idée que celle d'un dîner. Je serai heureuse de pouvoir le remercier en personne.

— Dites-m'en plus sur le local.

— Une visite est prévue demain matin. Vous êtes la bienvenue si vous voulez vous joindre à nous.

— Malheureusement, j'ai déjà un engagement. Une autre fois, peut-être.

Il s'agissait d'un ancien entrepôt au cœur d'un quartier sordide, succession de rues misérables et d'immeubles surpeuplés. Tante Schofield, Nina et Lepida prirent un cab depuis la gare ; c'était serré à trois, heureusement que toutes étaient sveltes. L'agent immobilier les attendait sous la pluie dans Commercial Road, une artère passante bordée d'ateliers et de petites fabriques recrachant une fumée d'un gris jaunâtre. Le bâtiment lui-même, en brique rouge avec un toit d'ardoise, semblait en bon état. De la taille d'une petite maison, il ne disposait de fenêtres qu'à l'étage.

— Ça me plaît, dit Nina en descendant. La brique rouge apporte une note de gaieté.

— À condition de ravaler la façade ! tempéra Lepida.

La suie imprégnant l'air ambiant noircissait tout.

— En revanche, ça risque d'être sombre, vu qu'il n'y a pas d'ouverture au rez-de-chaussée.

— Pourrait-on percer une rangée de fenêtres ? suggéra Nina.

— Je le déconseille, mesdames, dit l'agent. Il est plus compliqué d'entrer par effraction avec des vitres en hauteur.

À l'intérieur régnait une odeur de poussière qui n'avait rien de désagréable. C'était un espace en longueur au sol cimenté, entièrement vide.

— On y entreposait des aliments secs et des caisses de thé destinés à être transportés par bateau, expliqua l'agent.

— Je ne décèle aucune flaque par terre, nota Nina. J'en déduis que le toit est en bon état ?

— Il peut manquer quelques ardoises, dit l'agent, mais c'est facile à réparer. Le bâtiment a été bien entretenu. S'il n'a pas trouvé preneur, c'est qu'il est un peu petit pour un usage commercial.

La porte derrière eux s'assombrit et une voix lança :

— J'espère ne pas vous importuner. Je peux entrer ?

Tous se retournèrent pour découvrir une silhouette masculine dégoulinante de pluie qui, son chapeau retiré, se révéla être M. Cowling.

— Bonjour ! dit Nina. Comment avez-vous su que nous étions ici ?

— Je l'ai appris de Mawes, chez qui je suis passé à l'improviste. Je me suis dépêché en espérant ne pas vous rater.

Nina songea soudain que sa tante, si elle pouvait deviner qui était le nouveau-venu, ne l'avait jamais rencontré.

— Ma tante, permettez-moi de vous présenter monsieur Cowling. Monsieur Cowling, voici ma tante, Mme Schofield.

— Honoré de faire votre connaissance, madame, dit-il en lui serrant vigoureusement la main.

Une fois qu'il l'eut relâchée, elle la massa discrètement.

— Tout le plaisir est pour moi, monsieur Cowling. Votre offre généreuse nous permet de concrétiser ce projet qui me tient à cœur depuis des années.

— Une bibliothèque pour tous, dit-il. Belle idée, à condition d'y proposer des ouvrages sérieux et éducatifs, et surtout pas trop de romans vulgaires.

— L'objectif principal est de permettre aux gens de se former, convint tante Schofield, mais la lecture des classiques ne peut qu'enrichir l'esprit. Nous avons besoin autant de jardins que d'usines, monsieur Cowling. L'humanité se nourrit à la fois des fruits de la pensée et des fruits du labeur.

L'idée parut enchanter l'industriel.

— Oui, je n'avais jamais envisagé les choses sous cet angle. Le bâtiment m'a l'air robuste, jugea-t-il en embrassant les lieux d'un œil critique. Qu'en dites-vous, mademoiselle Sanderton ?

Sa voix avait changé de registre pour s'adresser à elle, devenant presque tendre.

— Je m'interroge sur le faible nombre de fenêtres, dit-elle. Il faut un lieu accueillant. Les gens seront déjà intimidés avant d'entrer, si en plus c'est sombre et oppressant...

— C'est vrai que la plupart des habitants de ce quartier seront dans leurs petits souliers à la seule idée de devoir lire un livre ! convint spontanément M. Cowling.

— Des fenêtres réduiraient la place pour les ouvrages, souligna tante Schofield. Plus on a de murs nus, plus on peut mettre de rayonnages. La hauteur sous plafond est suffisante pour disposer d'un étage. Mon idée serait d'aménager une galerie au niveau des fenêtres pour profiter de la lumière du jour et d'y installer l'espace de lecture.

— Mais comment feront les gens pour distinguer quoi que ce soit au rez-de-chaussée ? objecta Lepida.

— Une galerie en métal ajouré laisserait passer une partie de la lumière, répondit tante Schofield. Un éclairage artificiel sera malgré tout nécessaire.

C'était la principale difficulté. Il faudrait trouver une solution car on projetait d'ouvrir en soirée, le seul moment où les gens qui travaillaient seraient susceptibles de trouver le temps de venir. Dans un entrepôt utilisé à des seules fins de stockage, on n'avait pas jugé utile d'installer l'éclairage au gaz. Combien leur bienfaiteur serait-il disposé à dépenser ?

M. Cowling ne parut pas alarmé.

— L'éclairage électrique, voilà la solution. De nos jours, inutile d'aller s'embêter avec du gaz, surtout en présence d'une grande quantité de papier. Autant minimiser les risques d'incendie, non ?

— Très juste, dit tante Schofield. Mais ça ne sera pas trop cher ?

— Le coût est le même que pour le gaz. Il y a déjà les câbles dans Commercial Road. Ne reste plus qu'à se relier au réseau. Je peux vous dire qu'il est plus simple d'installer des câbles électriques que des canalisations pour le gaz. Mais laissez-moi gérer tout ça. Ne vous souciez pas des détails. À vous de choisir, à moi de me débrouiller avec les complications.

— C'est très généreux de votre part, monsieur Cowling, dit tante Schofield.

— Pas du tout. Je me suis engagé, voilà tout. J'ai horreur des économies de bouts de chandelle. J'imagine que vous aurez besoin d'un architecte pour dessiner les plans.

— Je peux vous recommander un bon cabinet, commença à dire l'agent.

M. Cowling fit volte-face, tel un chat bondissant sur sa proie.

— Je n'en doute pas une seconde, jeune homme ! Et aussi une entreprise pour les travaux ? Rien que des relations qui vous graissent la patte pour décrocher les contrats ? Je ne suis pas né de la dernière pluie ! Nous allons discuter argent très bientôt, vous et moi, mais pas devant les dames. Patience, je suis à vous dans un instant.

Ayant réglé son compte à l'agent, il joignit les mains dans son dos et contempla les lieux d'un air satisfait, en se balançant légèrement sur ses talons.

— Oui, pas mal, pas mal du tout. Je vois ce que ça pourrait donner. La galerie et la salle de lecture à l'étage, ça permet de surveiller les livres, qu'ils ne disparaissent pas dans la nature. L'ouvrage de fer ajouré, c'est idéal pour avoir à l'œil les lecteurs. Vous ne voudriez pas que l'établissement se retrouve avec une réputation olé olé. Il faut que les honnêtes gens permettent à leurs fils et à leurs filles de le fréquenter.

— Vous semblez avoir pensé à bien des aspects qui nous avaient échappé, dit tante Schofield.

Il sourit fièrement.

— Vous autres dames n'êtes pas les mieux placées pour envisager toutes les embûches, contrairement à moi qui suis dans les affaires depuis toujours. Aux femmes les belles et grandes idées. Elles savent réfléchir à la dimension artistique et c'est parfait ainsi. Les êtres vulgaires comme moi n'ont plus qu'à gérer les détails sordides. Ça me va bien d'être terre à terre, comme qui dirait.

— Vous n'avez rien de vulgaire, dit fermement tante Schofield. Votre volonté de soutenir la bibliothèque pour tous démontre que vous êtes un être exceptionnel.

— Mais non, bafouilla-t-il, confus. Vous êtes trop aimable. Je sais ce que je suis. Cela dit, je sais aussi reconnaître l'exceptionnel.

Nina eut l'impression qu'il rougissait. Puis il se ressaisit.

— Bien, ce jeune homme et moi allons discuter de l'aspect financier, ce dont vous n'avez pas à vous soucier. En avez-vous terminé ici, mesdames ? Peut-on vous commander un cab ?

— Oui, convint tante Schofield, je pense que nous avons abordé tous les points. Monsieur Cowling, accepteriez-vous de dîner chez nous demain soir ? J'aimerais vous présenter aux autres soutiens du projet.

— Chez vous ? Ce serait un honneur.

Il semblait sincèrement touché.

— Disons 19 heures ? En tenue de soirée.

*
**

À son retour d'Écosse, M. Sebastian s'arrêta quelques jours dans sa maison de Henley, accompagné de Crooks. Une atmosphère paisible régnait dans le village après la fin des régates royales, un repos agréable après le séjour épuisant à Kincraig. Malgré tout, le serviteur se sentait quelque peu désœuvré et fut content de rentrer au Château. À peine arrivé, il se rendit au hameau d'Ashmore Carr. Il trouva Axe installé sur un tabouret dans la cour de son cottage, occupé à tailler un bout de bois. Couchée à ses pieds et les pattes avant croisées, Dolly paraissait soulagée d'être débarrassée de ses chiots. Un chat s'étira et s'approcha gracieusement d'un copeau de bois qui venait de chuter, pour le déplacer d'un coup de patte. Quand Dolly poussa son habituel aboiement d'avertissement, le matou s'envola comme si le vent l'avait emporté.

Axe releva la tête et sourit. Crooks ne connaissait pas plus belle création divine que ce sourire.

— J'ai su que vous étiez de retour, dit Axe. Josh a reçu la consigne de rapatrier les chevaux parce que Mme la comtesse est attendue aujourd'hui. Mais je pensais pas vous voir aussi tôt. Je me disais que vous seriez bien occupé à rouvrir le Château.

— Moi, je n'ai eu qu'à défaire les bagages de M. Sebastian. Mais nous allons bientôt être accaparés. Le comte et sa jeune épouse arrivent après-demain. J'ai décidé de passer vous voir tant que j'avais encore un peu de temps. Qu'est-ce que vous sculptez ?

— Rien d'extraordinaire. J'aime bien travailler avec mes mains. À force de forger, j'ai les doigts raides et maladroits.

— Je peux voir ?

— Si vous voulez. Je vous sors un siège, sauf si vous préférez qu'on se mette à l'intérieur.

— Non, restons dehors. J'ai trop peu l'occasion de prendre l'air.

Axe lui tendit le morceau de bois avant de disparaître dans le cottage. Fasciné, Crooks retourna l'objet dans sa main. Il s'agissait d'une poupée ou d'une figurine quelconque, d'une vingtaine de centimètres et d'un seul bloc, sans jambes ni bras. Des entailles formaient le cou et une chevelure frisée, et les traits du visage s'ébauchaient.

Crooks s'assit sur la chaise qu'apporta Axe et continua d'examiner le personnage. L'apprenti l'observa un moment et finit par dire :

— C'était le pied d'une vieille chaise, en trop mauvais état pour être réparée. J'ai gardé les pieds pour les sculpter, le reste ira au feu. Je brûlerai ça aussi, précisa-t-il en pointant la figurine du menton. C'est juste pour m'entraîner.

— Non, ce serait dommage, dit Crooks en relevant la tête. C'est de la belle ouvrage. Le rendu des cheveux. Certains bustes en marbre du Château n'ont pas la même finesse.

— Pas facile d'obtenir des détails si fins, admit Axe. Un coup de traviole et tout est fichu. Une fois, j'avais bien réussi le visage, sauf que j'ai dérapé. Plus de nez !

Crooks lui rendit le bout de bois et observa les grosses mains qui s'emparaient du couteau et reprenaient leur travail minutieux. Axe se pencha en avant, très concentré, l'ombre de ses longs cils blonds palpitant sur ses joues. Crooks trouvait ce beau visage digne de servir de modèle à un artiste. *Avec son nez droit, son menton arrondi et ses lèvres charnues, il serait parfait en héros grec.* Crooks regrettait de ne pas savoir dessiner ou peindre. La beauté était tellement évanescente que l'être humain aspirait toujours à la préserver sous une forme ou une autre, aquarelle, fusain, marbre ou bois. Axe avait beau prétendre que c'était simplement pour s'occuper les mains, lui-même ne cherchait-il pas à capturer l'indicible, une part de beauté que son âme percevait, même si les mots lui manquaient pour formuler l'idée ?

Le jeune homme releva soudain la tête, et ses yeux bleus le fixèrent, légèrement interrogateurs. Crooks fut mortifié d'avoir été surpris. Par chance, le prétexte était tout trouvé pour passer à autre chose.

— Je... euh... je vous ai apporté un nouveau livre dans lequel vous lancer.

— C'est très gentil à vous, monsieur.

— Vous n'êtes pas obligé de me donner du monsieur, dit Crooks – et ce n'était pas la première fois.

Il sortit le livre de sa poche.

— Il a été écrit par H.G. Wells. Avez-vous entendu parler de lui ?

Axe secoua la tête.

— Il écrit beaucoup de textes scientifiques, mais c'est là une œuvre de fiction, très différente. Je me suis dit que ça pourrait vous plaire.

Il lui tendit l'ouvrage. Axe posa la sculpture et le couteau, s'essuya les mains sur son pantalon. Il manipulait toujours les livres avec le plus grand soin, tels des objets consacrés par un prêtre.

— Pour donner le goût de la lecture à un adulte, reprit Crooks, je pense que c'est un texte intéressant. À votre âge, vous n'allez pas apprendre avec une méthode pour enfant.

Axe lut le titre *La Machine à explorer le temps*.

— C'est quoi, cette machine ?

— Une machine qui permet aux gens de voyager dans le passé pour découvrir à quoi ressemblaient vraiment les choses.

— De l'histoire ?

Il l'ouvrit et lut quelques mots.

— Ça a l'air compliqué.

— Nous l'entamerons ensemble. Une fois que vous serez captivé, je suis certain que vous le dévorerez. C'est mon but. L'intrigue est tellement passionnante que vous en oublierez que vous êtes en train de lire.

— Ce serait bien, dit Axe timidement. Je crois que je comprends ce que vous voulez dire. Avec ce brave Gulliver, des fois j'avais l'impression de le voir devant moi, d'être là avec lui.

— Oui, exactement. Voulez-vous que nous commencions maintenant ?

— Vous avez le temps ?

— Nous pouvons en lire un peu, pour vous mettre le pied à l'étrier, et vous continuerez seul à vos heures perdues.

— Vaut mieux s'installer à l'intérieur, dit Axe. Pour pas abîmer le livre. L'a l'air tout neuf.

Il l'était. Crooks avait profité d'une après-midi de liberté à Henley pour entrer dans une librairie. Il n'en dit rien à Axe.

— On va prendre une tasse de thé. Ça a dû vous donner soif de marcher depuis le Château. Je mets la bouilloire sur le feu.

Crooks prit place à table et remarqua aussitôt un autre livre posé là.

— C'est quoi ? Ah, ce brave Sindbad. Vous l'avez terminé ?

Axe fit volte-face.

— Je me suis juste un peu entraîné pendant votre absence.

— Où vous l'êtes-vous procuré ? s'enquit Crooks en prenant l'ouvrage.

— Je l'ai emprunté, répondit Axe qui le lui prit des mains et le posa sur la commode, hors de portée.

— Nous avons *Sindbad* dans la bibliothèque du Château, nota Crooks. La même édition, il me semble. Étonnant. Qui vous l'a prêté ?

Axe, qui sortait bruyamment des tasses, ne parut pas entendre la question.

— Cette machine à explorer le temps, monsieur, elle fonctionne comment ? Enfin, si on retournait dans le passé, les gens de maintenant se rendraient bien compte qu'on est plus là, non ? Et si on se retrouvait dans le même lieu qu'on était autrefois, on s'y rencontrerait soi-même ?

— Ah, vous posez là des questions fort intéressantes. Les gens ont toujours été fascinés par l'idée de voyager dans le passé, mais il y a de bonnes raisons pour penser que cela ne sera jamais possible.

Lancé sur le sujet, Crooks en oublia complètement *Sindbad*.

*
**

— Merci d'être venue, ma chère Nina, dit Mlle Thornton.

Le salon où Nina avait passé tant d'heures à étudier ou à converser n'avait pas changé. Elle repensa avec nostalgie à cette période de sa vie où les choses étaient si simples, quand l'avenir immédiat ne réservait que le plaisir d'apprendre et le bonheur de l'amitié. Mlle Thornton la détaillait.

— Vous avez mûri. La demoiselle enthousiaste que vous étiez en quittant cette école s'est pleinement muée en jeune femme. Et dire que notre Kitty est mariée. Que de changements ! L'avez-vous revue ?

— Pas depuis son mariage.

Nina chercha une remarque à faire sur le sujet, mais rien ne lui vint. Elle craignait de se trahir sous le regard perspicace de l'enseignante.

Mlle Thornton remarqua sa légère gêne, en prit note.

— Bien, venons-en à la raison de votre présence ici. Si je vous ai convoquée, sans doute aurez-vous deviné que j'ai entendu parler d'une place pour vous.

Rasselas, le chat roux, entra à pattes de velours et sollicita les hommages de Nina. Il sauta sur ses genoux et s'y lova. Elle le caressa. Après une virée à l'extérieur, son pelage était frais et imprégné d'une odeur de feuillage.

— Oui, je m'en doutais.

— Vous n'avez pas l'air enthousiaste. Avez-vous changé d'avis pour l'enseignement ?

— Oh non, s'empressa de répondre Nina. Il faut que je gagne ma vie et j'espère me rendre utile. Être pour quelqu'un ce que vous avez été pour moi.

— Je ne veux pas que vous ayez des attentes démesurées. Sans fausse modestie, je peux affirmer que peu d'écoles ressemblent à la mienne. Je ne demanderais pas mieux que de vous engager, mais je n'ai pas de poste d'enseignante qui se libère.

— L'établissement que vous avez en tête n'a rien d'extraordinaire ?

— Ne soyez pas découragée. Je pense que c'est un très bon endroit où commencer votre carrière. L'école Allely pour jeunes filles recherche une débutante. Une de leurs enseignantes doit remplacer la directrice, qui prend sa retraite pour raisons de santé. C'est à York, une ville très agréable et qui compte bon nombre de familles aisées. La plupart ont des attentes limitées pour leurs filles, en gros l'apprentissage des bonnes manières, mais Mlle Allely m'assure qu'une partie de la haute société de York, favorable à l'instruction des jeunes filles, attache beaucoup d'importance à la formation intellectuelle.

— York, fit Nina. Je… je ne connais pas le nord de l'Angleterre.

— À vous entendre, ma chère Nina, on croirait que c'est à l'autre bout du monde ! Ce n'est qu'à quatre heures par le train et, comme je disais, c'est une ville très agréable. Il y a des théâtres, une salle où sont régulièrement organisés des concerts, plusieurs bibliothèques et des boutiques de qualité, même si le choix ne peut pas rivaliser avec Londres, bien évidemment. Le gîte – vous partageriez une chambre avec l'autre enseignante – et le couvert sont fournis. Bien que le salaire soit modeste, vos seules dépenses seraient pour vos vêtements.

Nina continuait de caresser le chat, sans rien dire. Le ronronnement de Rasselas était l'unique bruit.

— Alors, Nina ? Pensiez-vous débuter dans le poste idéal ? Dans tout métier, il faut gravir les échelons. Vous apprendrez beaucoup chez Mlle Allely, et les filles que vous accompagnerez, comme j'espère avoir pu vous accompagner, vous apporteront la satisfaction et le sentiment d'accomplissement auquel vous aspirez, selon moi.

Nina s'obligea à dire quelque chose.

— Oui, vous avez certainement raison. Merci. Je vous en suis très reconnaissante. Quand devrais-je commencer ?

— Au mois de janvier, en début d'année scolaire. Normalement, Mlle Allely voudrait vous rencontrer afin de s'assurer que vous convenez pour le poste mais, connaissant la réputation de mon établissement et de mes pensionnaires, elle est disposée à s'en remettre à mon jugement. Il vous suffit d'accepter.

Maintenant que cela allait devenir réalité, Nina se rendait compte avec stupeur qu'elle ne voulait pas, en fait, être enseignante. Mais quel choix avait-elle ? Mlle Thornton s'était donné beaucoup de mal, elle l'avait recommandée à Mlle Allely. Impossible de la décevoir.

— C'est oui, dit-elle en s'efforçant de paraître contente. Et, encore une fois, merci !

— Parfait, dit Mlle Thornton sans cesser de la dévisager. Je vais en informer Mlle Allely qui vous fournira de plus amples détails, à n'en pas douter. Bien. Racontez-moi à quoi vous avez consacré votre temps ces derniers mois. Avez-vous continué à vous instruire ? Ou bien êtes-vous trop occupée à danser ?

— Danser ? s'esclaffa Nina. Non, pas depuis le mariage de Kitty. J'ai suivi des enseignements passionnants.

Elle lui parla des conférences au British Museum et des cours d'été suivis avec Lepida, gagnée par un enthousiasme qui se communiquait à sa voix et à ses traits.

*
**

De retour en gare de Canons Ashmore, Kitty songea que cet arrêt lui deviendrait aussi familier que l'avait été la gare de Hampstead au fil de son enfance. Elle s'imprégna des lieux dans leurs moindres détails. Le toit en bois et son auvent ouvragé, le cerisier aux feuilles brunies à l'approche de l'automne, la clôture de piquets blancs…

Dehors les attendait la voiture attelée des magnifiques gris pommelés. Cette fois-ci, le valet en livrée inclina le torse et murmura « madame la comtesse » en tendant sa main gantée de blanc pour l'aider à monter. *Madame la comtesse…*, se répéta-t-elle dans sa tête. *Je suis la comtesse de Stainton.* Curieusement, cela ne lui avait pas paru réel, ni important, à l'étranger. Le retour au domaine la ramenait à cette réalité.

Kitty n'était plus la même depuis cette terrible journée où elle s'en était prise à Giles, brisant les entraves de toute une vie. Elle ne se serait jamais crue capable de s'adresser à quiconque sur ce ton, surtout pas à l'homme pour qui elle brûlait d'une passion ardente. Et pourtant, la sensation de lâcher prise avait été quelque chose d'extraordinaire, de terrifiant et d'euphorisant à la fois.

Quant à ce qui était arrivé ensuite… Les circonstances précises s'embrouillaient dans sa tête et elle ne savait plus vraiment ce qui l'avait poussée à s'éloigner à la nage. Kitty se rappelait juste qu'elle avait eu épouvantablement peur, certaine de mourir, et que Giles avait bravé les vagues pour venir la sauver. Les deux incidents étaient entremêlés dans sa mémoire. Sans se le formuler, elle avait la conviction, dans un recoin de son esprit, qu'il n'aurait pas tenté de la secourir si la dispute n'avait pas eu lieu. La Kitty que Giles avait ramenée sur la plage n'était plus la même. Elle avait agi, elle qui depuis toujours se contentait de subir. Elle se sentait changée intérieurement, plus forte, plus en accord avec sa vraie nature.

Lors de sa première visite au Château, Kitty tremblait d'appréhension, redoutait toutes les situations et toutes les rencontres, espérant simplement passer inaperçue. Ne pas se faire remarquer, ne pas froisser, ne pas être admonestée – voilà à quoi s'étaient limitées ses ambitions. Maintenant, elle était capable d'observer le paysage avec curiosité pendant que la calèche traversait le village coquet puis gravissait la colline verdoyante. Comme dans son souvenir, le Château était négligé et mal entretenu. Elle espérait pouvoir y apporter des améliorations. *Je ferai en sorte que Giles s'y sente chez lui*, se promit-elle. Il y aurait aussi les bonnes œuvres sur le domaine et dans le village. Kitty gagnerait le respect et l'affection des gens. À ceux qui lui soumettraient leurs problèmes, elle apporterait son aide. Elle existerait.

Giles gardait le regard rivé sur la vitre. À quoi pensait-il ? À quoi pensaient les hommes en général ? Aux yeux de Kitty, il avait la beauté et l'exotisme d'un tigre, et son imprévisibilité. Malgré tout, elle s'était imposée et avait revendiqué sa place. « Je suis votre épouse », avait-elle affirmé et il l'avait accepté. Quoi qu'il advînt à l'avenir, cela ne changerait pas. Pour la première fois de sa vie, Kitty abordait le lendemain avec curiosité, toujours craintive, oui, mais avec la capacité intérieure d'affronter les difficultés et de profiter des bons côtés.

Les serviteurs étaient alignés sur les marches du perron, déployés en V, comme à son retour d'Égypte. *À croire que je suis un cerf que l'on prend en tenaille pour l'empêcher de fuir*, songea Giles en descendant de la voiture. Comparé aux demeures où ils avaient été reçus en Europe, le Château lui parut gigantesque. Avec le nombreux personnel et le domaine, cela représentait un lourd fardeau sur ses épaules. Fini, les vacances, il fallait se mettre au travail. Il y avait également ce petit bout de femme à ses côtés, son épouse, dont le bien-être et le bonheur dépendaient exclusivement de lui. Giles soupira et contempla un instant le ciel indifférent, avant de s'engager à l'intérieur d'un pas soumis.

— La chambrière de Kitty nous a quittés à Paris, indiqua Giles à sa mère.

Lady Stainton décocha un regard à sa bru, sans doute tentée de lui demander : « Comment vous êtes-vous débrouillée pour la faire fuir ? »

— Ma mère ne l'avait engagée que pour l'été, eut le courage d'expliquer Kitty.

Manifestement, sa belle-mère serait le plus gros obstacle à surmonter.

— Quand elle a accepté de nous suivre en voyage, j'ai cru…

— Nous pensions qu'elle resterait de façon permanente, dit Giles, venant à son secours. Mais elle avait visiblement d'autres idées.

— Rose peut s'occuper d'elle dans l'immédiat, dit lady Stainton. Rose a l'habitude de servir les hôtes de passage qui viennent sans leur domestique.

Giles jugea la remarque désobligeante, mais ce n'était pas le moment de critiquer l'attitude de sa mère. Fort heureusement, d'autres personnes étaient présentes pour faire diversion : oncle Sebastian, tante Caroline, Bonne-maman, Linda et Cordwell. Sans oublier Richard, toujours prêt à désamorcer les moments de tension par un trait d'humour ou une facétie. Ses deux jeunes sœurs, en retrait comme à leur habitude, semblaient heureuses de le revoir et lançaient des regards admiratifs à Kitty, sans doute désireuses de l'accaparer dans la nursery. Enfin, il y avait les chiens qui l'assaillirent de leur adoration démesurée – battements de queue, coups de tête et de langue.

— Qu'avez-vous infligé à ces pauvres bêtes ? demanda-t-il, taquin. Vous les avez battues et affamées ?

— Nous avons essayé de nous en occuper, dit Alice, mais tu es le nouveau maître qu'ils se sont choisi et personne d'autre ne leur convient.

Les bagages de Giles avaient été montés dans la « chambre bleue ». Il avait tenu bon jusqu'à son mariage, refusant d'être installé dans la « chambre de la reine », et n'aurait été qu'à moitié surpris si sa mère avait profité de son absence pour organiser le transfert, mais elle s'était visiblement consacrée à d'autres sujets de préoccupation.

Kitty eut droit à la « chambre des tapisseries ». C'était l'une des chambres d'apparat au premier étage, et Giles n'y avait donc jamais dormi, sinon il se serait sans doute opposé à ce choix au nom de sa femme.

Précédée par Rose, Kitty déchanta quand elle découvrit l'endroit. Comme son nom l'indiquait, les murs étaient décorés d'une série de vieilles tapisseries figurant une chasse à courre. Seuls les bleus et les verts avaient résisté au passage du temps, ce qui créait un effet des plus lugubres. Il y avait d'épais rideaux du même bleu foncé que le dessus-de-lit, du mobilier en chêne foncé et des peintures à l'huile dans des tons sombres et représentant pour la plupart des prises de chasse ou de pêche : oiseaux sans vie, lièvres ensanglantés, saumons éventrés. Celle en face du lit représentait un cerf à terre, les yeux roulés de désespoir tandis que la meute lui déchiquetait le poitrail.

Rose, qui se tenait derrière sa maîtresse temporaire, se demanda à qui pourrait venir l'idée de peindre pareille scène, sans parler de l'accrocher dans une chambre pour la voir chaque matin en ouvrant les yeux. Elle savait aussi, d'après les confidences de serviteurs d'invités ayant dormi ici, que c'était le pire matelas de la maison. S'agissant de la plus grande chambre après celle « de la reine », on pouvait supposer que la comtesse douairière avait choisi d'y mettre sa belle-fille pour cette raison. Mais Rose était loin d'en être certaine.

— C'est... plutôt sombre, dit Kitty.

— Oui, madame.

Plus grande de plusieurs centimètres que la jeune comtesse, Rose fut soudain prise d'un élan protecteur.

— Il y a d'autres chambres.

— Vous voulez dire que je pourrais en changer ? s'enquit Kitty, incertaine.

Rose la regarda avec une expression de bon sens, manière de lui signifier qu'elle était libre d'agir à sa guise.

— Je comparerai peut-être demain, dit Kitty en déglutissant. Je préfère ne pas faire des complications alors que je viens à peine d'arriver.

— Certes, madame.

Si la jeune comtesse s'opposait de front à la comtesse douairière, cela déboucherait soit sur une lutte au sommet, soit sur une capitulation immédiate dans les larmes. N'ayant aucun moyen d'évaluer le tempérament de la jeune femme, Rose était incapable de préjuger du résultat. Pour sa part, elle ne dormirait pas ici pour une rente.

— La chambre chinoise est agréable, quoique plus petite.

Kitty sentait de la sympathie émaner de cette grande bonne un peu maigre.

— Vous avez une tenue à me conseiller pour ce soir ? J'ignore s'il faut être très habillée au dîner.

— Avec plaisir, madame.

Rose appréciait cette délicatesse. Cette nouvelle venue ne cherchait pas tout de suite à vous mener à la baguette. C'était de bon augure pour une adaptation en douceur.

— Je peux aussi vous coiffer, si vous voulez. Je m'occupe souvent des cheveux de ces dames.

*
**

Pressé de régler certaines choses avec Crooks, James le prit à part dans la salle des valets.

— Ne vous imaginez pas que vous allez reprendre votre place de valet de chambre de M. le comte ! lança-t-il de but en blanc.

Crooks détacha les yeux du smoking de M. Sebastian, qu'il repassait.

— Je vous saurai gré de ne pas me parler sur ce ton, temporisa-t-il.

Voilà deux jours qu'il y réfléchissait, pas du tout certain de vouloir reprendre ses anciennes fonctions. Il se plaisait auprès de M. Sebastian, qui avait peu d'exigences, ce qui signifiait qu'il avait davantage de temps libre. Et moins de responsabilités. En même temps, il y avait la question du statut. Crooks redoutait que James le prît de haut. Et à se soumettre docilement, il baisserait dans l'estime des autres domestiques.

— J'adopterai le ton que je veux, rétorqua James. Je suis le valet de M. le comte et c'est comme ça.

— Temporairement. Le temps du voyage à l'étranger, c'est tout.

— Que vous dites. Vous angoissiez. Vous commettiez bourde sur bourde. Heureusement que j'étais là pour vous sauver la mise. Dieu sait ce qui serait arrivé si vous l'aviez accompagné en Europe. Vous n'auriez pas été à la hauteur.

— Je m'acquitte toujours de mon devoir, objecta Crooks en s'efforçant de rester digne.

James afficha son rictus le plus méprisant.

— Ah oui ? Et que serait-il arrivé, à Capri, si je n'avais pas été là ? Ce n'est pas vous qui seriez intervenu.

— Je ne vois pas de quoi vous parlez.

— Bien sûr, mais je vais vous expliquer. J'ai sauvé la vie à Mme la comtesse. Rien que ça. Sans moi, elle se serait noyée. Alors, vous pensez que vous auriez pu vous jeter à la mer pour nager jusqu'à elle ? Je ne crois pas. Si je ne vous avais pas remplacé, M. le comte serait veuf à l'heure qu'il est. Alors n'imaginez pas qu'il vous reprendra comme si de rien n'était. Estimez-vous heureux d'avoir encore une place.

— Voyons, je ne... je n'étais..., balbutia Crooks.

James l'avait quasiment persuadé qu'il avait une part de responsabilité dans la presque noyade de la comtesse, alors qu'il n'était même pas présent !

— Comment est-ce arrivé ? Comment a-t-elle… ?

— Peu importe. Vous le saurez bientôt. Je raconterai ça ce soir au repas. N'essayez pas de me mettre des bâtons dans les roues et tout ira bien pour vous. M. Sebastian m'a à la bonne, je lui ferai votre éloge.

— Merci, répondit Crooks machinalement.

Ce fut seulement quand James eut pivoté et disparu qu'il retrouva ses esprits.

— Mais je n'ai pas besoin de votre recommandation ! lança-t-il.

Comment expliquer que James le mît chaque fois dans tous ses états ? Alerté par l'odeur, il se rendit compte à temps que le fer était toujours posé sur la veste. Maudit James !

Dory préparait son panier d'ouvrages pour le lendemain.

— Je suis de retour, lança James depuis le seuil.

— Je vois ça, fit-elle sans le regarder.

— On a vu du pays. J'ai un tas de trucs à te raconter, insista-t-il d'un ton qui se voulait aguicheur.

— J'imagine que j'en entendrai parler tôt ou tard, lâcha-t-elle avec indifférence.

Il avança d'un ou deux pas.

— Je t'ai manqué ?

Dory releva enfin la tête. Par chance, le panier formait un barrage entre eux.

— Bien sûr que non. Pourquoi diable m'aurais-tu manqué ?

— Je pensais que tu en pinçais pour moi.

Il tendit la main pour lui caresser le bras, mais elle se déroba, et ses doigts n'effleurèrent que le bois de la table.

— Pas du tout, dit-elle sans emphase ni méchanceté.

Elle ne semblait pas vouloir le blesser, ce qui était encore pire. James se drapa dans sa dignité.

— Dommage pour toi, répliqua-t-il avant de s'en aller.

— J'en doute, murmura-t-elle en sortant une chemise qu'elle retourna pour repérer l'accroc.

Pour la première fois, James remarqua que Tilda avait de la moustache. Un fin duvet roux, comme ses cheveux, visible seulement en pleine lumière. Mais il n'allait pas faire le difficile.

— Alors, je t'ai manqué ? dit-il d'un ton de sous-entendu.

Elle rougit et en resta bouche bée.

— J'ai vu du pays. Ça te dit que je te raconte ?

Elle fit oui de la tête.

— Allez, je veux l'entendre, dis : « S'il te plaît. »

— S'il te plaît, parvint-elle tout juste à susurrer, les yeux aimantés sur sa figure.

— Dehors, du côté des poubelles. J'ai même un petit cadeau pour toi, si t'es sage.

Elle était sur le point de lui demander ce que c'était, mais crut l'avoir deviné – rien à voir avec une récompense pour petite fille modèle. Chaque fois qu'elle se trouvait en présence de James, elle en perdait toute volonté, telle une lapine face à une hermine.

La chambre chinoise avait des boiseries claires ornées de dorures, une cheminée de marbre vert surmontée d'un énorme miroir au cadre ouvragé, un tapis d'Orient blanc et céladon, et un lit à baldaquin damassé écru à pompons de fil d'or. Des figurines en jade reposaient sur la cheminée, et le mobilier était en bambou, de style chinois façon Regency. Une décoration franchement hideuse au goût de Giles, mais préférable à celle de la chambre des tapisseries.

— C'est plus petit, souligna-t-il.

— Mais plus lumineux, se pressa de répliquer Kitty. Et ces tableaux d'animaux morts...

— Il suffirait de les décrocher.

— Je préférerais cette chambre, insista-t-elle. Si vous pensez que c'est possible.

— Très chère, choisissez celle que vous voulez.

— Hum... et votre mère ? Elle m'a attribué la chambre des tapisseries.

— N'est-ce pas celle avec un matelas épouvantable ?

Cela évoquait à Giles un vague souvenir. Richard n'y avait-il pas dormi une fois ? Kitty comprima les lèvres. S'il était venu la retrouver, il l'aurait su. Lui dormait au bout du couloir et ne l'avait pas rejointe une seule fois, alors qu'ils étaient au Château depuis déjà cinq jours.

— C'est vraiment très inconfortable, se contenta-t-elle de dire. J'ai l'impression de dormir sur des cailloux.

— Dans ce cas, chargez Rose d'informer Mme Webster que vous souhaitez changer.

Devant la mine peu convaincue de son épouse, il ajouta, exaspéré :

— C'est égal pour ma mère, Kitty. Elle a choisi de vous mettre dans la chambre des tapisseries parce que c'est la plus grande. Comment ça se passe avec Rose ?

— Très bien. Elle me convient.

— Si vous voulez chercher une nouvelle chambrière, je vous suggère de faire appel à une agence londonienne.

— Oh non, Rose me va parfaitement. Pour l'instant, en tout cas.

— Tant mieux.

Il se dirigea vers la porte. Markham et Adeane l'attendaient dans la bibliothèque. Les dossiers à traiter s'étaient accumulés pendant son absence.

— Un instant, Giles. J'ai autre chose à vous demander.

Il se retourna, peinant à contenir son agacement.

— Quoi, maintenant ?

— Cette chambre. J'ai remarqué qu'elle est adjacente à votre dressing-room.

La chambre chinoise, elle, ne disposait pas d'un dressing.

— Vous voulez échanger avec moi ? Ça m'est indifférent. Je vous laisse la bleue si vous préférez.

— Non, je n'ai pas envie d'échanger. J'ai pensé qu'en déplaçant cette console on pourrait percer une porte pour accéder à votre dressing. Comme ça, vous n'auriez plus à passer par le couloir pour venir dans ma chambre.

Elle scruta ses traits, pleine d'espoir, et vit qu'il comprenait où elle voulait en venir.

Giles sentit son pouls s'accélérer. Depuis leur retour, il avait été trop débordé pour songer à la chose, sans compter que le cadre du Château le replongeait dans un état d'esprit de célibataire. Cela tenait à la présence autoritaire de sa mère qui rendait impensable le moindre changement, y compris de son statut à lui. Maintenant que Kitty lui avait mis l'idée en tête, il sentait une poussée de désir. Merci à sa petite diablesse ! Depuis la scène à Capri, il savait qu'une rebelle vivait à l'intérieur de cette créature timide. Oui, ce serait agréable de la retrouver, et sans risquer de croiser le regard indiscret d'un serviteur.

— C'est une bonne idée, convint-il. Je ne me rends pas compte si cela exigerait de gros travaux, ces vieilles demeures sont des constructions robustes. Le menuisier du domaine pourrait y jeter un coup d'œil. Oui, la proposition me plaît. Mais mieux vaut la soumettre à ma mère.

Sur ce, il pivota et quitta la chambre. Le regardant s'éloigner, Kitty songea que sa dernière recommandation condamnait le projet.

Mlle Taylor croisa James dans l'escalier. Celui-ci gravissait les marches quatre à quatre, une chemise repassée sur le bras, et fut surpris quand une petite main à la poigne de fer l'intercepta.

— Quoi ? grommela-t-il.

Elle fixa sur lui un regard de chouette maléfique.

— Vous avez une haute opinion de vous-même, n'est-ce-pas ?

— Je suis très futé.

— Aux dernières nouvelles, vous n'êtes toujours que James, pas M. Hook. M. le comte n'a pas entériné le changement, que je sache ?

James s'apprêtait à rétorquer qu'un nom n'avait guère d'importance, mais c'était tout le contraire. Il incurva ses lèvres en une mimique narquoise. La meilleure défense est toujours l'attaque.

— On regrette son vieux Crooky ? M'est avis qu'il y a une histoire entre vous...

— M. Crooks est un parfait gentleman. Contrairement à vous. J'en ai connu d'autres de votre espèce, dit-elle en le détaillant comme un bas morceau de viande. On peut mettre une cravate à un cochon et lui donner du « monsieur », ça reste un cochon.

— Faites attention à qui vous insultez ! grogna-t-il, vexé. Les gens qui m'offensent finissent toujours par le regretter.

Mlle Taylor n'était pas impressionnée.

— Des ambitieux de votre espèce, j'en ai vu passer un certain nombre, mais je suis encore là. Je connais vos manigances. N'oubliez pas, James-le-simple-valet-de-pied, que je vous ai à l'œil. Toujours.

Et elle se remit à descendre.

James eut très envie de la pousser pour la voir dégringoler. *Qu'elle se brise le cou, la vieille peau !* Elle avait osé le menacer. Le traiter de cochon. Si elle se croyait la plus forte, elle ne perdait rien pour attendre. Il avait plus d'un tour dans son sac. Non mais, le traiter de cochon ! Elle lui payerait ça. Patience. Choisir le moment opportun. Elle ne verrait rien venir. Il savait attendre. « La vengeance est un plat qui se mange froid. » Réconforté par la formule, James monta à l'étage.

21

— Je compte assister ce soir à une réunion politique au Kingsway Hall, annonça Mawes Morris au déjeuner. Je veux réaliser des caricatures. Souhaitez-vous m'accompagner, les filles ?

— Suis-je incluse dans « les filles » ? interrogea Isabel.

— Bien entendu. Que ferais-je sans toi ?

— Tu t'ennuierais, pouffa Isabel. Ne vous y trompez pas, mesdemoiselles : Mawes ne pense pas une seconde que cela vous intéressera, mais il en profitera mieux s'il est accompagné.

— Vraiment, papa ? s'enquit Lepida.

— Il y aura deux orateurs talentueux, dit-il d'un ton engageant. Vous savez que le gouvernement est divisé sur la question du libre-échange ? Chamberlain et ses partisans voudraient imposer des tarifs punitifs aux pays qui taxent nos exportations, alors que Churchill et sa bande prônent le libre-échange pour toutes nos importations, sans discriminer. Le match promet d'être serré.

— Et lequel souhaitez-vous dessiner ? demanda Nina.

Elle était restée déjeuner après avoir consacré la matinée au projet de bibliothèque.

— Surtout Churchill. Ses traits distinctifs se prêtent bien à la caricature, mieux que Chamberlain, mais il me faudra les deux pour le numéro de la semaine prochaine.

Nina serait ravie de voir Winston Churchill en personne, un « sacré bonhomme », selon Richard Tallant. Il lui avait raconté que Churchill, correspondant de guerre en Afrique du Sud, avait réussi à s'évader par une fenêtre après avoir été capturé par les Boers, avant d'adresser une lettre effrontée aux chefs ennemis pour les remercier de leur hospitalité. Récemment élu à la Chambre des communes, il s'était déjà taillé une belle réputation d'orateur.

La salle étant pleine à craquer, ils durent se contenter de places dans le fond, pas l'idéal pour Mawes. Nina constata qu'il y avait très peu de femmes, deux tout devant et deux dans la même rangée qu'eux. Quelques hommes à la mine patibulaire, sans doute arrivés au dernier moment, se tenaient debout à l'arrière.

— On dirait que le sujet du libre-échange passionne les foules, dit-elle à Mawes.

Il lança un regard aux gaillards derrière eux.

— À mon avis, ils ne sont pas là pour le débat. Certains types aiment surtout l'invective. La politique est un sport de combat.

— C'est-à-dire, l'invective ?

— Tu verras.

Il ouvrit son carnet sur ses genoux et croqua quelques-uns des visages autour d'eux.

Les orateurs s'exprimèrent avec sérieux et passion. Nina fut convaincue dans un sens puis dans l'autre. Les deux camps avançaient des arguments logiques qui se tenaient parfaitement. Elle ne voyait pas comment choisir, objectivement, entre les deux positions. Enfin, le modérateur proposa à l'auditoire de poser des questions. Un homme se leva et en soumit une première, à laquelle les personnes présentes sur l'estrade tentèrent de répondre, tandis que les gaillards du fond criaient quelques commentaires et que certains spectateurs se retournaient sur leur chaise pour réagir. C'était plus animé, quoique moins informatif, que les discours. On semblait être arrivé au bout des questions quand une des femmes de leur rangée se leva. Un grand silence se fit dans la salle. Vêtue simplement et coiffée d'un chapeau fort quelconque, elle s'exprima d'une voix claire et distinguée, avec l'assurance d'une personne habituée à prendre la parole en public.

— M. Chamberlain peut-il nous dire si le gouvernement compte accorder le droit de vote aux femmes ?

Un soupir s'échappa du premier rang, suivi d'une remarque que Nina ne parvint pas à entendre et qui suscita quelques ricanements. Le modérateur parcourut l'assistance du regard.

— Y a-t-il d'autres questions ?

— Je viens d'en poser une, insista la femme.

— Rasseyez-vous ! cria quelqu'un au dernier rang.

L'homme derrière la femme l'empoigna par le bras et l'obligea à se rasseoir.

— Si c'est tout, déclara le modérateur, je propose qu'on en vienne aux discours de conclusion.

La femme se leva à nouveau et l'interpella :

— Pourquoi ne répondez-vous pas à ma question ? Le gouvernement va-t-il accorder le droit de vote aux femmes ?

Les cris se multipliaient :

— Taisez-vous !

— Asseyez-vous !

— Sottises ! Rentrez chez vous !

Les gaillards du fond ne s'embarrassaient pas de politesses – « Dehors, sale garce ! », « Retourne en cuisine, pétasse ! » –, et prononcèrent d'autres amabilités trop grossières pour être répétées. Mawes crayonnait comme si sa vie en dépendait.

— Pourquoi ne répond-on pas à sa question ? s'enquit Nina d'un ton pressant.

— Les femmes n'ont pas le droit de s'exprimer dans les réunions politiques, répondit-il, jetant un rapide coup d'œil à l'estrade, ses doigts griffonnant sans relâche.

Nina vit qu'il dessinait M. Churchill, lequel avait le menton planté dans sa main et affichait une expression de bouledogue renfrogné.

Des cris, des rires et des insultes fusaient dans tous les sens. Quand une deuxième femme voulut se lever, on la retint violemment. Quelqu'un lui lança un papier roulé en boule, un tract semblait-il, et le projectile heurta son chapeau qui se retrouva légèrement de travers. La première femme se leva encore une fois, mais le brouhaha couvrait sa voix. Nina crut lire sur ses lèvres qu'elle répétait la même question.

— C'est tellement injuste, dit Nina. Pourquoi les femmes n'ont-elles pas le droit à la parole ?

— Parce que nous ne votons pas, dit Isabel.

— Mais c'est justement ce qu'elles réclament ! rétorqua Nina. Comment les femmes pourront-elles l'obtenir si on leur interdit de le demander ?

Isabel haussa les épaules.

— La politique, c'est l'affaire des hommes. Tu vois à quel point c'est violent, trop violent pour les femmes.

Il se passait quelque chose. Un homme trapu avait remonté l'allée centrale et s'adressait maintenant aux deux femmes. L'explication parcourut la rangée, chuchotée d'une personne à une autre.

— Apparemment, dit Mawes, le modérateur a exigé qu'elles soumettent leur question par écrit.

Les conversations résonnaient partout dans la salle, entrecoupées d'éclats de rire. Nina vit l'homme trapu prendre le papier que lui tendait une femme et retourner à l'estrade où il le remit au modérateur. Celui-ci déplia la feuille, la lut, la froissa et la lança derrière lui. Ce fut un déchaînement de cris et de rires.

— Bonne leçon ! Retournez à vos fourneaux !

Les deux femmes se levèrent d'un même mouvement et se mirent à marteler en chœur :

— Le droit de vote aux femmes !

S'ensuivit une bousculade dans le fond de la salle. Des hommes se saisirent d'elles. Elles se débattirent pendant que, derrière, volaient coups de poing et chapelets d'injures. Des appariteurs accoururent, on alla chercher le policier posté à l'extérieur, et les deux révoltées ne cessèrent de s'époumoner alors qu'on les traînait dehors *manu militari*, leurs voix à peine audibles dans le vacarme. L'une perdit son chapeau et se retrouva à moitié décoiffée, l'autre avait une manche de manteau déchirée ; Nina parvint même à distinguer, malgré la distance, qu'elle avait reçu un coup au visage.

— Que va-t-il leur arriver ? demanda-t-elle à Mawes, inquiète. Ces hommes les violentent. Ne devrait-on pas intervenir ?

— Il y a certainement d'autres policiers dehors, répondit Mawes qui croquait de plus belle. Ils veilleront à ce que ça ne dégénère pas. Elles vont être arrêtées et emmenées au poste.

— Pour quel motif ? s'indigna Nina. Ce ne sont pas elles qui ont semé la zizanie !

— Probablement pour trouble à l'ordre public, dit Mawes. Ou entrave à une réunion publique. En général, ce sont les charges retenues.

— Mais c'est injuste ! s'écria Nina. Elles voulaient seulement poser une question.

Il la regarda en esquissant un vague sourire.

— Peu de choses en ce bas monde sont justes, ma chère Nina.

Il ferma son carnet.

— Et si on y allait, avant que la foule ne se mette en mouvement ?

— Mais pourquoi refuse-t-on le droit de vote aux femmes ? protesta Nina.

— Mon Dieu, vaste sujet ! dit Isabel. La plupart des femmes ne veulent pas voter, tu sais. Elles ne comprennent rien à la politique et sont ravies de laisser ça à leur mari.

— Dites plutôt, intervint Lepida, que la politique est un club réservé aux hommes et que les hommes refusent d'y laisser entrer les femmes. Ils veulent s'amuser entre eux.

— Je ne vois pas trop le côté amusant de cette réunion, objecta Nina.

— Exactement, dit Mawes. La politique, c'est violent. Aucun homme raisonnable ne voudrait que les femmes chères à son cœur y soient mêlées. Et il existe une autre raison, naturellement.

— Laquelle ? demanda Nina.

— En fait, dit Mawes, les femmes sont plus nombreuses dans le pays que les hommes. Si elles avaient le droit de vote, elles seraient toujours majoritaires. Quel homme l'accepterait ?

*
**

Lady Stainton tressaillit et foudroya sa bru du regard.

— Il n'en est pas question ! dit-elle d'un ton tranchant.

Kitty se sentit fléchir. Il lui avait fallu un certain temps pour trouver le courage d'aborder avec sa belle-mère le sujet de l'aménagement d'une porte de communication. Sa bravoure était trop récente pour résister à une opposition, d'autant plus quand celle-ci s'appuyait sur des siècles de privilèges et une vie pétrie de certitudes.

— Je suis désolée, balbutia-t-elle.

— Les Stainton habitent ici depuis des centaines d'années, dit lady Stainton, glaciale. Pourtant, vous avez l'effronterie de critiquer ce dont ils se sont toujours satisfaits. Une gamine à peine sortie de l'école ! Il n'y a pas cinq minutes que vous êtes ici et déjà vous voulez démanteler la maison sous nos yeux.

— Mais non, c'est une belle demeure, bafouilla Kitty. J'ai simplement réfléchi et…

— Dites plutôt que vous n'avez pas réfléchi ! Tout le problème est là. Je vous suggère d'attendre quelques années avant de vouloir commander à vos aînés et supérieurs.

— Mais…

— Je ne veux plus en entendre parler, la coupa lady Stainton, qui quitta la pièce, mettant un terme à toute discussion.

*
**

Il y avait une grange abandonnée au-delà du sommet de la colline, derrière le bois. Plus rien n'y était entreposé à cause du toit éventré. Victor sortit à l'arrivée de Rachel. Quand il attrapa les rênes de Comète, le cheval releva la tête, flairant qu'il avait affaire à une main inexpérimentée. Il cherchait à se montrer serviable, mais Rachel eût préféré qu'il la laissât se débrouiller. Elle immobilisa sa monture, libéra sa jambe et sauta à terre avec son aide.

— Personne dans les parages, l'informa-t-il. Je n'ai pas aperçu âme qui vive depuis que j'ai entamé la montée.

Elle mena Comète à l'intérieur de la grange où la bicyclette de Victor était posée contre un mur. Il y avait un anneau et une vieille corde. Une fois son cheval attaché et les sangles desserrées, elle fut libre de consacrer pleinement son attention à Victor. Elle commença par l'embrasser. C'était tout nouveau pour elle, ils avaient échangé leur premier baiser une semaine auparavant, lors de leur rencontre précédente. Rachel n'avait jamais rien connu de si fabuleux. Ils restèrent là une éternité, bouches collées, tandis que Comète grattait le sol avec son sabot, s'ébrouait et éternuait, son harnais produisant divers cliquetis. Quand ils s'interrompirent enfin pour reprendre leur souffle, Victor dit :

— J'ai apporté un tapis pour s'asseoir.

Il l'entraîna dans le fond de la grange où quelqu'un avait entassé autrefois des pierres, peut-être en vue de réparer le bâtiment. Ils les disposèrent au hasard pour déployer le tapis par-dessus, de manière à créer une espèce de canapé avec un pan de mur en guise de dossier. Ils s'y installèrent et Victor prit ses mains dans les siennes.

— Tu as pu t'échapper sans problème ?

— Oui, dit Rachel. Il a fallu patienter un moment. Cet horrible James traînait dehors. J'ai dû attendre qu'il rentre.

— Qui est James ?

— Le nouveau valet de chambre de mon frère. Avant, il était premier valet.

— Il se doute de quelque chose ?

Victor raffolait d'histoires palpitantes. Un complot n'aurait pas été pour lui déplaire.

— Je ne crois pas. James se fiche éperdument d'Alice et de moi. Je pense qu'il fumait ou attendait quelqu'un. Mais il me met mal à l'aise, dit-elle en réprimant un frisson. Ses yeux sont répugnants. Quand il te regarde, tu as l'impression... qu'il sait ce que tu portes en dessous.

— Je vais le tabasser ! lâcha Victor. Je croyais qu'il ne s'intéressait pas à toi ?

— Je ne dis pas que James me regarde comme ça, moi, mais je l'ai vu en présence des bonnes. Et Daisy, notre femme de chambre, nous a raconté qu'une fois... il a essayé de toucher sa poitrine.

— S'il essaie un jour avec toi, préviens-moi et je le lui ferai payer, dit-il d'un ton féroce.

Ses élans protecteurs enchantaient Rachel.

— Tu lui ferais quoi ?

— Je lui démonterais le crâne ! Je l'enverrais valser jusqu'à Aylesbury !

— Oh, Victor ! se pâma-t-elle. Tu ferais vraiment ça ?

La conversation se poursuivit un moment sur ce ton. Puis Victor exigea qu'elle lui racontât dans les moindres détails comment elle s'était échappée. Ensuite, lui-même narra par le menu son propre périple pour atteindre la grange. Après, ils s'embrassèrent encore. Enfin, comme toujours, il soupira et dit :

— Si seulement on pouvait se rencontrer ouvertement ! J'aimerais tellement passer te prendre au Château.

Elle adorait ce jeu.

— Que m'apporterais-tu ?

— Des fleurs. Des roses, gage de mon amour.

— Les roses sont rares à cette époque de l'année, fit remarquer Rachel.

Victor trouvait parfois qu'elle prenait les choses un peu trop au pied de la lettre.

— Pour toi, je me débrouillerais pour en trouver.

— Tant que tu ne m'offres pas des chrysanthèmes. Je déteste leur odeur. Et tu t'habillerais comment ? Tu mettrais ta cravate bleue, qui met en valeur tes yeux ?

— Je porterais ce que tu voudrais. Je me présenterais au Château où tu m'attendrais et, devant tout le monde, nous nous déclarerions notre amour, au grand jour.

— J'imagine que Giles n'y trouverait rien à redire, maintenant qu'il est marié. Mais ma mère soutiendrait certainement que je suis trop jeune.

— On n'est jamais trop jeune pour être amoureux.

— Ma mère est trop vieille pour se rappeler ce qu'est l'amour. Jamais elle n'accepterait que je te voie.

— Alors nous nous enfuirions. Nous irions nous marier en Écosse.

— Mais je ne pense pas que ça me plairait..., dit-elle, inquiète.

Rachel rêvait d'un vrai mariage avec toute sa famille, une belle robe de mariée, des demoiselles d'honneur et un carrosse orné de rubans et de fleurs.

— As-tu pu découvrir pourquoi ma mère n'aime pas ta tante ?

— Non. Je ne peux pas vraiment lui poser la question directement. J'y ai fait allusion, mais elle serre les lèvres et change de sujet. Je pense que c'est à cause de quelque chose qui a dû arriver il y a longtemps, je ne vois pas d'autre explication.

— Il n'y a rien à faire, soupira Rachel.

— N'en parlons plus. Parlons plutôt de nous.

Ils évoquèrent le jour de leur première rencontre, ce que chacun avait pensé de l'autre, et ces mille détails qui ne manquent jamais de captiver les amoureux. Une conversation entrecoupée de baisers supplémentaires. Ils ne voyaient pas le temps passer. Quand Comète se mit à ruer d'impatience, ils jugèrent que le moment était venu de se séparer.

Alors qu'ils montaient après le dîner, Giles dit à Kitty :

— Vous êtes particulièrement ravissante ce soir. C'est la première fois que je vous vois dans cette robe.

— Je l'ai achetée à Florence. Sur les conseils de Lucia.

— Son regard est sûr. Cette couleur vous va bien. Comment s'appelle ce bleu ?

— Du bleu lavande, répondit Kitty.

L'expression et les paroles de Giles lui faisaient chaud au cœur.

Le repas avait été d'un ennui mortel, comme les précédents organisés par lady Stainton pour présenter sa bru aux personnes des environs. Le rôle de Kitty était toujours minime. Sa belle-mère décidait de tout, elle choisissait les invités et menait la soirée, à la façon d'un général livrant bataille. Giles le vivait mieux que Kitty car lui connaissait ces gens, ou du moins savait qui ils étaient, puisqu'ils avaient toujours fait partie du décor de sa vie. Qui plus est, la conversation était plus aisée entre hommes ; eux pouvaient toujours se rabattre sur la politique et les activités de plein air. Tous lui avaient posé la même question : « Comptez-vous participer à des chasses à courre cette année, Stainton ? » Puis on avait parlé chevaux, chiens et fusils. On décrivait et on comparait, on se racontait de fameuses traques et battues, on évoquait le souvenir d'un cheval ou d'un chien particulièrement attachant... Bien qu'il s'exprimât peu sur ces sujets – Kitty le savait pour avoir pu l'observer –, Giles avait écouté les messieurs avec un semblant d'intérêt et sans avoir l'air de trouver le temps long.

Kitty, elle, avait toujours droit à l'examen de passage : qui était-elle ? D'où venait-elle ? Qui était sa famille ? Et quand ses réponses ne donnaient pas satisfaction, ce qui était invariablement le cas, on passait à autre chose. Ces dames parlaient de personnes qui lui étaient inconnues, de leurs enfants et de maladies. Kitty manquait trop de confiance pour initier une discussion ou la diriger. Quand on l'interrogeait, elle était capable de répondre, mais cela s'arrêtait là. Et les choses ne s'amélioraient pas quand hommes et femmes se retrouvaient ensemble au salon. Chaque camp s'en tenait à ses propres centres d'intérêt, sans rien s'apporter mutuellement. Kitty ne pouvait compter sur l'aide et le soutien de Richard, qui était retourné à Londres. Les Cordwell, eux, étaient rentrés dans le Dorset ; Linda l'intimidait presque autant que sa belle-mère, mais elle aurait pu détourner une partie de l'attention. L'oncle Sebastian était gentil et tentait parfois de l'inclure dans la conversation, mais il avait tendance à s'endormir après le dîner.

Et que dire des mets ! La nourriture, dont elle avait remarqué lors de sa première visite qu'elle n'était pas très bonne, ne s'améliorait pas. Elle-même y touchait à peine, et les invités se répartissaient en deux catégories : ceux qui engouffraient n'importe quoi et ceux qui s'abstenaient, l'air résigné. Manifestement, personne ne s'attendait à bien manger au Château. Elle ne pouvait s'empêcher de faire la comparaison avec la cuisine italienne, simple et tellement savoureuse. Ça la dépassait qu'on ne sût produire, dans un grand domaine, de la viande de qualité et des fruits et légumes de saison. À Hampstead, ils avaient leur propre serre, certes modeste. À Ashmore, ce n'étaient pas les hectares qui manquaient. C'était l'un des nombreux sujets qu'elle comptait aborder avec Giles, dès qu'il aurait le temps. Pour l'instant, il s'enfermait jour après jour dans la bibliothèque afin de traiter des affaires urgentes. Sa dot n'avait-elle pas suffi à régler les problèmes d'argent ? Ne pourrait-on maintenant réaliser certaines des améliorations dont elle rêvait ? Elle y viendrait en temps voulu.

Ils avaient atteint la porte de sa chambre.

— Bonsoir, ma chère, dit-il en déposant un baiser chaste sur sa joue.

Kitty le fixa d'un regard empreint de désir. Oserait-elle lui demander de lui rendre visite ? Giles ne resta pas insensible à son expression sensuelle. Il posa une main sur son bras et riva ses yeux aux siens. Le contact de cette paume tiède sur sa peau nue la fit frissonner. Il murmura, son souffle lui faisant l'effet d'une douce caresse sur sa joue :

— Je peux vous rejoindre d'ici un quart d'heure.

Dans la chambre, Rose se leva du fauteuil dans lequel elle s'était assoupie et l'aida à défaire boutons et crochets. Kitty s'agitait pour être prête à temps – s'il tombait sur Rose, il risquait de repartir. Elle se retenait tout juste de crier : « Plus vite ! plus vite ! » Peut-être Rose percevait-elle son impatience car ses doigts agissaient prestement et elle ne perdait pas de temps à bavarder. Quand Kitty fut assise dans son lit, elle se retira avec un simple : « Bonne nuit, madame. » À peine Rose était-elle sortie que Kitty enleva sa chemise de nuit, s'allongea et remonta le drap jusqu'à son menton.

Un coup discret fut frappé à sa porte. Giles entra précipitamment. Il se débarrassa aussitôt de sa robe de chambre et elle ne put qu'entrevoir son corps magnifique avant qu'il se jetât dans le lit. Quand elle enlaça son cou, elle le sentit tressaillir de passion. Avec un soupir de contentement, ils s'abandonnèrent l'un à l'autre. Pas le temps de parler. Tant qu'elle était encore capable de penser, Kitty songea que la vie serait merveilleuse s'ils la passaient entièrement au lit.

Au matin, il l'embrassa et, avant de s'éclipser, lui demanda :

— Où en est-on concernant la porte de communication ?

— Votre mère a refusé, répondit-elle d'une voix endormie.

*
**

— Giles, puis-je vous parler une seconde ?

Il releva la tête et contint son irritation initiale d'être interrompu, se rappelant le bonheur de la nuit précédente. Kitty sentit malgré tout la froideur de son regard et en eut un pincement au cœur.

— Laissez-nous un instant, Markham.

Le régisseur salua et sortit. Kitty croisa les mains, telle une fillette convoquée devant un père sévère.

— Alors ? fit Giles.

Nul besoin d'ajouter « Dépêchez-vous ! », le ton suffisait.

Elle s'arma de courage.

— Le dîner d'hier soir. Tous les repas, d'ailleurs. J'ai remarqué que vous mangez peu.

— Je n'ai pas grand appétit.

— En Italie, vous mangiez avec plaisir. Vous avez même pris du poids. Maintenant, vous maigrissez à nouveau. Nos invités touchent à peine à leur assiette. Les personnes que nous recevons n'arrivent pas à avaler quoi que ce soit. C'est humiliant.

— J'ai toujours connu la même nourriture au Château, dit Giles qui faisait tourner un stylo entre ses doigts. Mon père…

— Mais vous êtes le comte, dorénavant. Il faut des plats que vous aimiez et qui fassent plaisir aux invités. La cuisinière doit être remplacée. L'actuelle est une incapable.

— C'est à vous de régler le problème. Moi, je ne m'occupe pas de gérer l'intérieur.

— Mais comment voulez-vous que je m'y prenne ? Votre mère régente tout.

— Je refuse d'être mêlé à un différend entre vous et ma mère, s'impatienta-t-il. Vous devez vous débrouiller sans m'en référer pour tout et n'importe quoi.

Kitty refoula ses larmes qui montaient, consciente que Giles serait encore plus agacé si elle se mettait à pleurer.

— Je ne cherche pas à vous impliquer, mais elle refuse de m'écouter. Quand j'ai évoqué la porte de communication, elle s'y est opposée tout net.

— Dans ce cas, ne lui demandez pas son avis, contentez-vous de l'informer. Vous êtes la maîtresse de maison.

— C'est vous qui m'avez dit de lui en parler. Et vous savez parfaitement que je ne suis pas la maîtresse de maison. Votre mère ne veut surtout pas que « j'interfère », pour reprendre son expression.

— Je suis sûr qu'elle cherche simplement à vous aider.

— Vous savez bien que non. Elle dirige les choses et rien ne changera tant que vous ne lui parlerez pas.

Giles se crispa.

— Avez-vous seulement idée de ce que représente la gestion d'une demeure de cette taille ? Vous êtes très jeune, vous n'avez jamais eu de responsabilités comparables.

Kitty planta ses ongles dans ses paumes pour retenir les larmes.

— Comment apprendrai-je si personne ne veut m'expliquer la façon de m'y prendre ? Je ne cherche pas à tout modifier immédiatement, mais je veux commencer quelque part. Certaines améliorations sont nécessaires, vous le savez, seulement votre mère refusera tout changement tant que vous ne lui aurez pas expliqué que j'ai mon mot à dire.

Giles se prit le visage à deux mains et pesta intérieurement. *Bon sang, je n'en peux plus !* Il était tenté de s'emporter, de la chasser de la bibliothèque, de lui dire de se débrouiller seule et d'arrêter de l'embêter. Malgré tout, l'arrogance glaciale de sa mère n'était pas rien. Cela aurait été injuste de laisser la jeune Kitty, si désarmée, affronter le dragon seule et à mains nues.

— Je lui demanderai de recruter une nouvelle cuisinière, soupira-t-il. Maintenant, j'ai vraiment du travail. Vous voulez bien dire à Markham qu'il peut revenir ?

Ainsi congédiée, Kitty s'éclipsa.

— Il n'en est pas question, riposta lady Stainton.

Adossé à la cheminée, Giles tripotait une figurine en porcelaine.

— Je ne suis pas de cet avis. L'actuelle... Comment s'appelle-t-elle, déjà ? Oxhey ?

— Oxlea.

— Vous devez admettre, Mère, qu'elle n'est pas très douée. Si nous devons recevoir du monde, comme vous le souhaitez j'imagine, il nous faut quelqu'un de plus compétent. Tout de même, la table d'un comte ! La nourriture servie ici devrait être excellente. Pensez, si nous recevions Sa Majesté ?

— Le roi accorde trop d'importance à la bonne chère. C'est d'un vulgaire !

— Je ne parle pas de repas à vingt services, de langues de flamand rose ou de cuissots de licorne, s'agaça-t-il. Simplement d'une cuisine anglaise mangeable.

— Tu es devenu bien délicat à force de voyager à l'étranger. Personne d'autre que toi ne s'en plaint.

— Eh bien, je suis le comte. Peu importent les autres.

— Oui, je m'y attendais, lâcha-t-elle, furieuse. Quelle arrogance, Giles. Tu bafoues la mémoire de ton père. Tu mets à bas tout ce qui lui était cher. Tu piétines mes sentiments de veuve.

— Je ne fais rien de la sorte, objecta-t-il, exaspéré. Je veux simplement une nouvelle cuisinière.

— La nourriture servie au Château a toujours contenté ton père.

— Bonté divine, Mère !

— Il n'est pas question de remercier Mme Oxlea, déclara lady Stainton avec une détermination implacable. Pas question ! Tu m'entends ?

Elle tremblait de colère. À son corps défendant, Giles éprouva un élan de compassion. Elle s'était retrouvée à devoir gérer un intérieur quand sa propre mère était morte, alors qu'elle était encore adolescente et l'oncle Glouton un jeune garçonnet. Elle avait dirigé en autocrate d'abord Cawburn Castle et ensuite Ashmore Castle. Autant dire qu'il devait être très difficile pour elle d'envisager qu'une femme beaucoup plus jeune prît sa place. Il s'efforça de lui parler doucement, d'un ton raisonnable.

— Je cherche simplement à rendre ma vie plus confortable. Après tout, je suis ici chez moi.

— Chez toi ! fulmina-t-elle avant de poursuivre d'un calme impérieux : Je suppose que tu projettes de me reléguer à la maison douairière ?

Il fut pris de court. Le sous-entendu était clair. La maison douairière, cela signifiait qu'il devrait lui verser son douaire, or réunir la somme serait compliqué dans l'immédiat. Elle pourrait brandir cette menace dès qu'ils auraient un désaccord. C'était ni plus ni moins du chantage. Il bouillait de rage.

— Je compte être le maître chez moi.

Sa mère lui lança un regard noir.

— Mets le feu au Château, si tu veux. Comme tu me le rappelles avec tant d'élégance, tu es le maître. Je n'ai plus aucun droit ici.

Sur ce, elle s'en alla d'un pas hautain. Il poussa un soupir de lassitude et se frotta les tempes. Combien de scènes de ce genre lui faudrait-il subir ?

*
**

Après avoir passé la matinée à l'entrepôt de Commercial Road pour examiner les plans de l'architecte, ils étaient rentrés déjeuner chez tante Schofield. Le repas terminé, tous continuaient de discuter du projet autour d'une tasse de thé. En jeune fille bien élevée, Nina assura le service avec Haydock et Minny. Puis elle se retrouva assise dans un canapé à côté de M. Cowling. Elle lui trouvait un air changé ces derniers temps. Ses cheveux étaient coiffés différemment, il portait un costume neuf et une cravate plutôt coquette. Son implication dans le projet de bibliothèque pour tous semblait lui réussir.

— Si vous permettez, mademoiselle Sanderton, votre robe est très jolie. Ma remarque ne vous paraît pas déplacée ?

— Mais pas du tout !

Elle le trouvait plutôt touchant, si soucieux de ne pas l'offenser.

— Comme vous le savez sans doute, monsieur, les femmes raffolent des compliments comme les lapins du trèfle.

Il sourit.

— Vous vous exprimez d'une façon tellement originale ! Vous êtes follement distrayante. Si seulement l'on pouvait converser aussi agréablement avec toutes les femmes !

— Certains gentlemen n'apprécient pas que les femmes prennent la parole, dit-elle. J'ai assisté à une réunion politique, il y a quelque temps.

— Oui, je sais. Mawes m'en a parlé. Pour ma part, je ne vous aurais jamais emmenée là, ce n'est pas la place d'une femme. Mais bon, loin de moi l'envie de le critiquer, c'est vraiment un type formidable. Non, la politique n'est vraiment pas l'affaire des femmes.

— Pourtant, insista-t-elle, la politique décide de tous les aspects de notre vie. Ne serait-il pas normal que nous ayons notre mot à dire ?

Il y réfléchit.

— Je comprends que vous ayez ce point de vue, vous qui êtes intelligente et mesurée, mais il faut que quelqu'un soit aux commandes. Je n'aimerais pas que mes ouvriers aient leur mot à dire sur la façon de diriger mon usine. Je les traite correctement, les gens mécontents ne fournissent pas du bon travail, mais ce que je décide ne se discute pas. Ce n'est pas possible autrement.

Nina ne voulait pas le contrarier, alors qu'elle voyait plusieurs failles à son raisonnement.

— Je suis certaine que vous avez raison. Sortez-vous beaucoup de nouveaux modèles pour la collection d'automne ?

— Vous préférez changer de sujet, si je comprends bien ! dit-il plaisamment. Vous ne voyez pas l'intérêt de débattre avec un vieux monsieur comme moi, c'est ça ?

— Mais pas du tout ! Je ne voulais pas donner dans l'esprit de contradiction. Et je ne vous considère pas comme un vieux monsieur. Qu'est-ce qui vous a mis cette idée dans la tête ?

— Oh, je suis veuf et, pour la plupart des gens, quiconque a enterré sa femme ne peut plus connaître l'amour. Je suis sûr que votre brave tante se heurte aux mêmes préjugés.

Se pourrait-il que M. Cowling ait des vues sur sa tante ? Nina n'y avait pas songé. L'idée était saugrenue : à ses yeux, il n'y avait pas deux personnes plus incompatibles. Qui plus est, elle doutait fort que sa tante eût envie de se remarier, rien ne l'y contraignant. Elle s'efforça de le ménager.

— Je pense que le cœur de ma tante appartient toujours à mon oncle. J'imagine que vous aussi, votre épouse vous manque ?

— Avant, oui. Beaucoup. Mon Emma était une brave femme et je la révérerai toujours. Mais je pense à elle moins souvent que par le passé. Ce qui ne veut pas dire que je ne souffre pas de la solitude. Le travail occupe son homme, mais quand on se pose en fin de journée, eh bien, il y a un vide à combler devant la cheminée… Je m'explique mal, soupira-t-il en secouant la tête.

— Non, je vous comprends très bien. Le travail est important, la vie ne serait rien sans lui, mais une vie qui n'est que travail…

L'image de Giles Stainton lui vint brièvement, malgré elle.

— Le cœur a ses propres exigences, murmura-t-elle. Et l'on ne peut le raisonner.

M. Cowling resta silencieux un moment, puis dit, hésitant :

— J'ai appris qu'on vous avait proposé une place d'enseignante. Quelque part dans le Nord, c'est ça ?

— À York. Une ville charmante, paraît-il.

— Oui, et huppée. Il y a beaucoup de gens chics. J'imagine que c'est une école très coûteuse pour jeunes filles ?

— En effet. On les y envoie pour apprendre à mettre le grappin sur un mari fortuné.

Elle regretta aussitôt cette remarque. Elle n'avait pas à dévoiler en public ses réticences concernant l'école Allely, et M. Cowling n'était pas la bonne personne à qui se confier. Elle fut étonnée du regard de commisération dont il la gratifia.

— J'ai comme l'impression que vous n'avez pas envie d'y aller. J'ai raison ?

Elle ne répondit pas.

— C'est le fait de vous installer dans le Nord ?

— Oh, je n'ai rien contre la région en particulier.

— Alors c'est le fait d'enseigner en général ? Vous ne voulez pas être enseignante ?

Après une vaine résistance, cela lui échappa.

— Je pensais avoir la vocation, mais plus je m'en approche et moins je suis enthousiaste. Malgré tout, il faut que je trouve quelque chose.

— Vous ne pouvez pas rester chez votre tante ?

— N'allez surtout pas imaginer qu'elle cherche à se débarrasser de moi, mais elle ne peut pas m'héberger éternellement. Il faut que je gagne ma vie.

Elle fit la moue.

— Une jeune fille de bonne famille n'a pas beaucoup de possibilités.

— Et vous, de quoi avez-vous envie ? Si vous étiez libre de choisir n'importe quoi, sans vous soucier de l'argent ?

Nina sourit.

— Comme dans un conte de fées ? Et vous, auriez-vous choisi de fabriquer des chaussures, si vous aviez eu le choix ?

— Bien sûr ! répondit-il, surpris. J'ai toujours aimé ça. Mais je n'ai pas choisi d'être seul, sans fils pour me succéder. Au début, c'est la chaussure qui m'a choisi, mais ç'a été tout de suite réciproque. Je suis très heureux sur ce plan-là. À votre tour, mademoiselle Sanderton. Que choisiriez-vous ?

Elle y réfléchit.

— Je ne sais pas vraiment, pour l'instant. J'aimerais aller à l'université.

— Bigre ! Pardon, ça m'a échappé. Vous voulez étudier, vraiment ?

— Oui. Je crois que oui. J'aime lire et apprendre.

— Vous ressemblez à mon secrétaire, le jeune Decius. Decius Blake. Vous ne l'avez pas rencontré. Il ne laisse passer aucune occasion d'apprendre quelque chose de nouveau. Pour ça, ce garçon m'est très précieux. Mais ça ne remplit pas une vie. L'université ne dure que quelques années, non ?

— Oui, et c'est pour cela que je ne sais pas encore ce que je voudrais faire après. Tôt ou tard, j'aimerais me mettre au service des autres, améliorer la vie des gens.

— Des pauvres ?

— Oui, en particulier celle des jeunes filles. Je suis bien placée pour en connaître les désavantages.

— C'est un point de vue. Moi, j'apprécie que les filles soient différentes des garçons. Autrement, le monde serait diablement moins agréable !

Je ne suis pas étonnée que vous voyiez les choses ainsi, pensa-t-elle. Elle se garda de le dire à voix haute.

— Je suppose que vous avez raison, convint-elle, souriante. La jeune fille que je suis peut-elle vous resservir du thé ?

22

Installée au secrétaire du petit salon, Nina peinait à rédiger une lettre. Kitty lui avait enfin écrit. De retour en Angleterre, elle laissait entendre que l'adaptation à sa nouvelle vie n'était pas simple et disait combien elle lui manquait. Si aucune invitation n'était expressément formulée, Nina devinait que cela viendrait tôt ou tard. Comment trouver des mots d'encouragement tout en décourageant Kitty de l'inviter ? Malgré tout, elle aurait aimé voir le Château. Kitty évoquait la possibilité de balades à cheval dans le domaine. C'était tentant. Sans parler de revoir Giles. Mais non, elle ne devait jamais le revoir. Ce serait du poison. Pour elle comme pour Kitty. À Nina de se débrouiller pour ne pas mettre les pieds à Ashmore Castle.

Minny, la bonne, vint la trouver.

— Il y a un visiteur, mademoiselle.

Nina avait bien entendu la sonnette, sans que cela atteignît son cerveau.

— Vous l'avez informé que ma tante est absente ?

— Oui, mademoiselle, mais c'est à vous qu'il souhaite parler. À vous précisément.

— D'accord, faites-le entrer.

M. Cowling portait encore un nouveau costume. Rasé de près, il dégageait un léger parfum d'eau de Cologne. Il semblait nerveux, et même agité.

— Asseyez-vous, je vous en prie. Malheureusement, ma tante est sortie.

Il resta debout, s'approcha de la cheminée, puis revint vers elle.

— Il y a un problème ?

Cette question le libéra.

— Non, aucun problème, dit-il en s'asseyant en diagonale par rapport à elle. Il faut que je vous parle, mademoiselle Sanderton. Vous voulez bien m'écouter ?

— Naturellement. Vous avez un souci ?

— Oui, mais pas comme vous pensez. Je n'ai pas d'ennuis. N'allez pas croire ça. J'ai une demande à vous soumettre.

Elle l'observa attentivement pendant qu'il rassemblait ses pensées. Lui qui était d'ordinaire si calme, c'était déconcertant de le voir se frotter nerveusement les mains. Elle était sur le point de le relancer quand il reprit :

— Quand nous nous sommes parlé hier, je vous ai confié que je me sentais souvent seul. Au début, ma femme me manquait, mais depuis le temps qu'elle est dans sa tombe, paix à son âme, je peux l'évacuer de mes pensées sans me sentir coupable. Et, ayant fait comme qui dirait de la place dans ma tête, j'en suis arrivé à la conclusion que je voudrais me remarier.

Juste ciel ! pensa Nina. *Il compte donc demander ma tante en mariage.* Comment épargner à cet homme sympathique un refus cruel ? Elle devait le décourager le plus délicatement possible.

— Monsieur Cowling, je dois dire que…

Il l'interrompit d'un geste.

— S'il vous plaît, attentionnée comme vous l'êtes, vous comprendrez qu'il me faut aller au bout de ce que j'ai à dire, maintenant que je me suis lancé, sinon je perdrai mes moyens. Laissez-moi parler d'une traite, puis ce sera à vous.

— Je suis tout ouïe.

Nina soupira en elle-même et croisa les mains sur ses genoux pour signifier qu'elle ne l'interrompait plus. Sa posture sembla troubler son interlocuteur. Il contempla longuement ses propres mains avant de poursuivre :

— Mademoiselle Sanderton, dès notre première rencontre à Dene Park, j'ai été frappé par votre gentillesse. Il est très facile de discuter avec vous, vous prenez le temps d'écouter l'homme d'origine modeste que je suis, sans faire la fière. Étant si jeune, vous pourriez battre froid quelqu'un de mon âge. Nous avons eu de longues conversations, n'est-ce-pas, mademoiselle Sanderton ?

— En effet, convint-elle, interdite.

— Et vous ne paraissiez pas vous ennuyer, ou bien c'était simplement parce que vous êtes si bien élevée.

Comme il attendait visiblement une réaction de sa part, elle dit :

— Je ne m'ennuyais pas du tout. J'étais ravie de discuter avec vous.

— Je suis touché de vous l'entendre dire. Voyez-vous, je suis on ne peut plus conscient de la différence d'âge entre nous. Même si je n'étais pas si vilain dans ma jeunesse, mon apparence n'a vraiment rien d'extraordinaire aujourd'hui. Mais je suis un homme honnête, mademoiselle Sanderton, et travailleur. J'ai aussi bon cœur. Et, si vous voulez bien me pardonner de le mentionner, j'ai de gros moyens. Largement assez d'argent pour satisfaire un homme raisonnable. Seulement, je n'ai que peu de motifs de le dépenser. J'ai bien deux maisons, à Northampton et à Market Harborough, mais ce ne sont que des foyers solitaires sans épouse à retrouver le soir. Je n'ai pas non plus de fils à qui transmettre ma fortune. Ma chère femme n'a jamais pu me donner un héritier, une grande tristesse pour elle et moi.

— Je compatis.

Il n'espérait quand même pas avoir un enfant avec sa tante ? Quand bien même elle n'aurait pas été trop âgée, ce dont Nina n'était pas certaine, elle aurait refusé. Nina avait souvent entendu sa tante dire combien elle n'aimait pas les bébés, qu'elle n'avait jamais voulu avoir d'enfant, et son mari le professeur non plus.

— Voilà, fit-il en se calant contre son dossier. Je vous ai présenté les choses le plus franchement possible. Je suis tombé sous votre charme ce soir-là à Dene Park, mademoiselle Sanderton, et mes sentiments se sont raffermis à chaque nouvelle rencontre. Si vous pouviez vous résoudre à épouser un homme plus âgé, je vous promets que je vous aimerais aussi bien qu'un homme jeune, voire mieux. Et avec ma fortune, je pourrais vous offrir une vie agréable et vous faciliter l'existence. Quant aux bonnes œuvres, elles ne sont rien sans moyens, hein ? Vous seriez libre de dépenser mon argent à votre guise, car je sais que je peux vous faire entièrement confiance. Jamais je ne trouverai jeune fille plus honnête et bienveillante. Et si vous aviez l'obligeance de m'offrir un fils... Eh bien, je ne vous refuserais rien, à vous comme à lui.

Le doute n'était plus possible.

— Vous voulez m'épouser, moi ?

Il hocha la tête, les yeux emplis d'un espoir insoutenable.

— Si ce n'est pas trop demander. Mais vous m'avez écouté avec tant de bonté... Vous aviez deviné, n'est-ce-pas ? Puisque vous ne m'avez pas ri au nez, ni repoussé, je me dis que peut-être ma personne ne vous répugne pas.

— Non, bien sûr que non, dit-elle en essayant de cacher son désarroi.

Pas tante Schofield, idiote que tu es !

— Enfin, je n'ai pas besoin de vous dire combien je vous trouve ravissante. Bien trop ravissante pour moi. Surtout, je vous aime, mademoiselle Sanderton. De tout mon cœur. Je n'arrête pas de penser à vous. Et n'allez pas croire que je pose la question à n'importe qui, dans l'espoir que quelqu'un voudra bien de moi. C'est vous ou personne, je peux vous le garantir. Ma main, mon cœur et ma fortune, voilà ce que je propose, en toute franchise et honnêteté, à vous et à vous seule.

Il fixa sur elle un regard implorant.

— Alors, vous en dites quoi ?

Bonne question.

— Je ne peux pas vous répondre sur-le-champ. Je dois avouer que c'est une surprise pour moi. Je ne m'y attendais pas.

— C'est votre côté modeste. Moi, je pensais vous avoir clairement montré mes sentiments. Mawes Morris m'a laissé entendre l'autre jour qu'il l'avait remarqué. Une simple allusion, c'est un parfait gentleman.

Il aurait pu m'avertir ! songea Nina amèrement. Elle avait beaucoup d'estime pour M. Cowling, voulait à tout prix éviter de le blesser. Impossible de refuser immédiatement comme elle en avait envie.

— Vous voulez bien me permettre d'y réfléchir ? Il faudrait que j'en parle à ma tante.

— Oui, naturellement. Je sais que vous êtes mineure. J'aurais dû la consulter d'abord, mais je ne voulais pas vous donner l'impression que je venais conclure un marché. Si je l'avais consultée dans votre dos, vous auriez pu le penser. Mettez-la au courant, expliquez que je n'ai pas voulu lui manquer de respect et que je viendrai lui faire ma demande dans les formes dès que vous vous serez décidée. Maintenant, déclara-t-il en se levant, je vous laisse réfléchir en paix. Mais vous ne me ferez pas attendre trop longtemps, hein ? lança-t-il avec un sourire nerveux. C'est sans doute normal de se sentir fébrile quand on est amoureux. Je vous rappelle que tout ça est nouveau pour moi, n'ayant pas eu à courtiser ma première femme, qui avait grandi dans le même village que moi. Et puis, ce que je ressentais pour elle était différent. Vous, ce n'est pas la même chose... Inutile de sonner la bonne, je connais le chemin.

Dès qu'il fut parti, Nina se rassit un peu brusquement. Les mains tremblantes, elle ne savait si elle devait rire ou pleurer. Non, il n'y avait pas de quoi rire – M. Cowling n'avait rien de ridicule, ni sa proposition. D'ailleurs, plus elle y réfléchissait et moins elle inclinait à suivre son réflexe initial de refuser. À vrai dire, c'était pour elle une porte de sortie. La réponse à plus d'une question, non ?

*
**

C'était la première fois que Richard mettait les pieds dans un hôpital. Intimidé par l'odeur médicamenteuse, l'atmosphère feutrée et les malades que l'on croisait partout, il peinait à conserver sa désinvolture coutumière, même devant son médecin à la mine détendue. Le Dr Dangerfield l'avait convaincu de soumettre ses os à un examen selon le procédé mis au point par Röntgen. L'hôpital du Middlesex était l'un des premiers à disposer de l'appareil nécessaire, lequel était installé dans une petite salle à l'étage du service des consultations externes.

Dangerfield était d'humeur joyeuse.

— Vous est-il arrivé, quand vous étiez enfant, d'observer votre main en la tendant au soleil ? Vous vous souvenez que vos doigts étaient d'un rouge lumineux ? C'est parce que la peau est translucide, autrement dit elle laisse passer la lumière.

— Oui, sans doute, maugréa Richard.

Il ne se sentait pas dans son élément, et cette sensation lui était pénible.

— Bien. Un physicien allemand du nom de Röntgen a découvert une sorte de lumière particulière et très puissante qui traverse le corps humain, y compris les organes, et n'est bloquée que par les os.

— Très astucieux. À quoi ça sert ?

— Cela signifie, monsieur Tallant, que nous pouvons voir à l'intérieur de votre corps et prendre une photographie de vos os, déclara le docteur, ravi. Cela permet de repérer les fractures, et donc de vérifier si tout est bien ressoudé. Les rayons sont également arrêtés par les corps étrangers, ajouta-t-il en croyant intéresser Richard. Si quelqu'un a été victime d'un tir par arme à feu, par exemple, nous pouvons voir où se trouve la balle, ce qui simplifie grandement les choses pour la retirer. Croyez-moi, cet appareil va bouleverser la médecine. Nous commençons à peine à en entrevoir toutes les applications.

— Vous voulez donc que je joue les cobayes.

— Vous avez subi des fractures graves, dit Dangerfield, et vous êtes un patient impatient. Je tiens à m'assurer que vous êtes réparé avant de vous laisser gambader. L'autre solution, ajouta-t-il l'air de rien, serait de vous enfermer encore pendant quelques mois pour vous empêcher de solliciter votre bras et votre jambe.

— Je ne suis pas dupe, lança Richard. Dites plutôt que vous voulez à tout prix vous servir de ce machin tout nouveau.

— C'est vrai, reconnut Dangerfield en souriant. Un petit bijou. Et vous, vous ne seriez pas fier d'entrer dans l'histoire de la médecine ?

— Vous voulez dire que je serai le premier sur qui on l'essaie ? demanda Richard, partagé entre l'enthousiasme et la consternation.

— En fait, non, admit le médecin. L'hôpital en dispose depuis 1896. Mais vous serez le premier de mes patients, précisa-t-il d'un ton prometteur.

Après l'examen, Dangerfield confirma que sa convalescence était terminée.

— Vous êtes comme neuf, ou presque ! Vous pouvez vous servir de votre jambe et de votre bras, mais il faudra consolider la musculature.

Richard testa son épaule, très raide suite à l'immobilisation prolongée ; il ressentait une douleur quand il levait le bras ou s'essayait à un mouvement de rotation. Le médecin lui confia qu'il ne récupérerait peut-être jamais la flexibilité d'avant l'accident.

— Des exercices légers apporteront une amélioration, dans une certaine mesure. Plus vous vous en servirez et mieux ce sera, sans surmenage non plus. Et, ajouta-t-il sévèrement, je vous conseille d'éviter toute nouvelle fracture. Tâchez de ne pas subir d'accident, surtout les chocs puissants où votre corps heurte une masse fixe.

— Sage conseil, grommela Richard. Combien dois-je vous payer ?

*
**

Giles était rarement présent au petit-déjeuner, qu'il prenait plus tôt que les femmes de la maison pour se mettre au travail de bonne heure. Kitty fut donc obligée d'aller le trouver dans la bibliothèque, même si elle n'aimait pas le déranger. Il semblait de meilleure humeur que d'ordinaire. Avant qu'elle pût s'exprimer, il dit :

— Adeane m'a proposé de me montrer quels travaux il envisage dans le domaine. Il était question de prendre la carriole, mais j'ai décidé de monter à cheval. Il y a si longtemps que je n'ai pas eu ce plaisir. Voulez-vous vous joindre à nous ?

Le cœur de Kitty s'emplit de joie. Giles recherchait sa compagnie !

— Oh oui ! Oui ! Vous avez une monture pour moi ?

— Vous prendrez Reine-des-abeilles, la jument de ma mère. J'ai déjà vérifié, elle ne prévoit pas de sortir aujourd'hui. Vous pouvez êtes prête dans une demi-heure ?

— Bien sûr. Giles, j'avais une question à vous soumettre.

— Je vous écoute.

— Je devrais rendre visite à mes parents. Je n'y suis pas encore allée depuis notre retour. Et j'ai l'idée, si vous êtes d'accord, d'emmener vos sœurs. Pas tellement pour qu'elles voient mes parents, chez qui je ne compte pas rester longtemps, mais pour passer la journée à Londres, les changer d'air. Nous pourrions regarder les vitrines et déjeuner quelque part. Maintenant que je suis une femme mariée, précisa-t-elle timidement, je peux les chaperonner. Ce serait tout à fait respectable.

Il sourit à l'idée de Kitty jouant les chaperons. Avec sa mine enthousiaste, elle paraissait une adolescente de l'âge d'Alice.

— Elles qui restent enfermées ici la plupart du temps, je trouve que ça leur ferait le plus grand bien. Qu'en pensez-vous ?

— Vous devriez demander à...

Le regard de Kitty se voila.

— Vous allez me dire de consulter votre mère. Qui refusera forcément.

— Je ne crois pas. Peu lui importe ce que font les filles, tant qu'on les tient à l'écart des garçons. Si vous voulez, je veux bien lui en parler moi-même aujourd'hui. Vous pouvez lancer les préparatifs, il n'y aura pas de problème.

— Merci !

Il la dévisagea, interloqué.

— Vous vous réjouissez tant que ça de leur compagnie ?

— Je les aime beaucoup.

Elle ne comprenait pas le sens de sa question. Giles balaya le malentendu d'un geste.

— J'allais vous suggérer, à Londres, de faire un saut chez ma tante Caroline. Cela fera plaisir aux filles et c'est en partie grâce à elle que nous nous sommes mariés. Nous lui devons beaucoup, vous et moi.

— Je serai enchantée de lui rendre visite. Je préviens immédiatement vos sœurs et Rose, qui aidera Daisy à leur trouver quelque chose à se mettre...

Elle marqua une hésitation.

— Alice et Rachel auraient besoin de nouvelles robes. Quand nous regarderons les vitrines, pensez-vous que...

Giles anticipa la question.

— Mais oui, achetez-leur ce que vous voulez. Ouvrez un compte dans les boutiques et faites envoyer les factures ici.

Il aurait pu ajouter « C'est votre argent, après tout » ; qu'elle se montrât si timorée pour le dépenser l'étonnait. Cela dit, tout s'expliquait quand on songeait qu'elle avait grandi sous la férule d'une lady Bayfield.

*
**

Nina n'ouvrit pas la bouche du déjeuner. Après plusieurs tentatives infructueuses pour lancer la conversation, sa tante abandonna et se réfugia dans ses pensées, retraite jamais déplaisante. À la fin du repas, elle nota :

— Tu n'as pas l'air en forme, Nina. Ça va ?

La jeune fille n'était pas encore prête à se confier.

— Très bien. Je crois que je suis restée enfermée trop longtemps. Si vous n'avez pas besoin de moi cet après-midi, je vais aller me promener.

Nina marcha jusqu'à Embankment, puis le long de la Tamise sous les arbres aux couleurs automnales. Sur les eaux brunâtres, des péniches chargées profitaient de la marée montante. Elle poursuivit sa balade jusqu'à en avoir mal aux pieds. Alors que les réverbères s'allumaient, elle prit l'omnibus pour rentrer, en veillant à en choisir un dont les chevaux semblaient frais - sotte habitude, comme si son poids supplémentaire allait faire la moindre différence ! Les vitrines s'illuminaient dans le crépuscule, ce qui lui évoquait toujours Noël. Nina imagina les fêtes si elle avait un chez-soi. Elle avait toujours rêvé d'un sapin, mais sa tante y était opposée. Autre point positif, elle serait libre de choisir les décorations à sa fantaisie. C'était là un détail sans importance, mais cela lui fit comprendre qu'elle avait pris sa décision. La promenade avait porté ses fruits.

Elles étaient invitées à dîner ce soir-là chez des amis universitaires de sa tante. Nina devait donc lui parler dès son retour, avant de monter se changer. Elle eut soudain la gorge sèche.

— J'ai quelque chose à vous dire, ma tante.

Tante Schofield détacha les yeux de son courrier.

— Je m'en doutais. Y a-t-il un problème ?

— Non, pas un problème...

Nina plissa le front. Pas d'autre solution que d'en venir droit au but.

— M. Cowling est passé ce matin.

— Oui, Haydock me l'a dit. Que voulait-il ?

— Il m'a demandée en mariage.

Sa tante reçut cette nouvelle en silence. Jamais elle ne se laissait aller à une réaction précipitée.

— Et qu'as-tu répondu ?

Elle se doutait que Nina n'avait pas décliné la proposition, auquel cas elle le lui aurait dit d'emblée. Quoi, alors ?

— J'ai répondu que je devais y réfléchir et en discuter avec vous. Il m'a expliqué que, s'il ne vous avait pas consultée d'abord, ce n'était pas par manque de respect... Il ne voulait pas que je croie qu'il était là pour... « conclure un marché », c'est l'expression qu'il a employée, si je me souviens bien. Il est vraiment amoureux.

Elle scrutait les traits de sa tante, soulagée de ne pas y déceler le moindre sourire. Il lui importait de plus en plus que M. Cowling ne fût pas tourné en ridicule.

— Très bien, dit sa tante. Je n'ai pas besoin de te demander si tu as réfléchi, étant donné que tu t'es promenée jusqu'à percer les semelles de tes chaussures. À quelle conclusion es-tu arrivée ?

Nina déglutit.

— Je veux accepter.

Sa tante posa les lettres, se redressa et croisa les mains sur ses genoux.

— Tu as mon entière attention. Explique-moi ta logique.

Nina soutint son regard et répondit :

— Faut-il que j'aie une logique ? Quand une jeune fille est demandée en mariage par un homme...

— Un homme plus âgé qu'elle, d'une classe sociale différente, dont je n'ai aucune raison de penser qu'elle l'aime...

Nina sourit tant bien que mal.

— Vous n'avez jamais eu que du dédain pour l'amour, rappela-t-elle à sa tante.

— Pour le fait de tomber amoureuse, pas pour l'amour. Tu te dis que j'ai moi-même épousé un homme plus âgé et que je ne l'aimais pas. Mais j'aimais son esprit. Aimes-tu l'esprit de M. Cowling ?

— Lui aime mon esprit. Il me le répète tout le temps.

Sa tante attendit, implacable.

— C'est un homme bon, généreux et honnête. Je crois à la profondeur de son affection pour moi. Il m'apportera une belle demeure, une position. Je serai à l'abri du besoin.

— Donc tu l'épouses pour son argent.

Nina fut piquée, comme sa tante en avait l'intention.

— N'est-ce pas le fondement de tout mariage ? Du moins, tout mariage susceptible de vous convenir. Je sais que vous ne seriez pas favorable à ce que deux jeunes gens sans le sou se marient simplement par amour. L'homme offre à la femme un toit et de l'argent.

Elle songea soudain au cas de Kitty.

— Sauf quand c'est l'inverse.

Sa tante hocha la tête posément.

— Et tu penses que c'est là ta meilleure chance d'être heureuse ? Tu es si jeune, tu as fait peu de rencontres. C'est très tôt pour prendre ce genre de décision irrévocable.

Nina fronça les sourcils.

— Vous auriez un avis différent si je vous disais que je l'aime ?

Sa tante resta muette.

— Vous êtes contre juste à cause de la différence d'âge ?

— Je n'ai pas dit que j'étais contre. Je cherche simplement à comprendre ton raisonnement, pour m'assurer que tu as pesé toutes les implications. M. Cowling n'est pas si âgé, vous pourriez avoir vingt ou trente ans de vie commune. Y as-tu réfléchi ?

— J'ai réfléchi. Je dois me trouver une occupation, mais je ne veux pas être enseignante.

Voilà, c'était dit. Tremblant comme une feuille, Nina serra fort ses mains.

— Je suis sincèrement désolée, mais j'ai compris que je n'avais pas du tout la vocation. Enseigner ou me marier, voilà mon choix, non ? Je sais que je représente un poids financier. J'ai vu que vous étiez soucieuse en faisant les comptes. La saison des bals vous a coûté cher. J'aurai beau être très frugale, vous n'avez pas les moyens de m'héberger éternellement.

Sa tante semblait mal à l'aise.

— Tu n'as pas à te soucier de ma situation financière. Et sache que jamais je ne te refuserai un toit. Mieux vaut que nous vivions ensemble frugalement plutôt que tu fasses un mariage hâtif et mal avisé.

— Mais mieux vaut que nous menions chacune une existence confortable plutôt que je sois un boulet pour vous et que vous deviez compter chaque sou.

Nina se sentait maintenant parfaitement calme. Les paroles de sa tante avaient achevé de la convaincre.

— Je ne pense pas que ce soit un mariage mal avisé. Je crois que M. Cowling sera un mari attentionné et je sais que je ne manquerai de rien. Et songez au bien que je pourrai accomplir : il est très riche et m'a promis que je serai libre de dépenser tout ce que je veux pour des bonnes œuvres.

Sa tante eut un hochement de tête approbateur.

— Ce sont là des points positifs. Je suis aussi rassurée que tu le défendes avec acharnement. C'est la preuve que tu as de l'affection pour lui. Mais rien ne t'oblige à prendre une décision rapidement. Accorde-toi quelques semaines, voire quelques mois. S'il veut vraiment t'épouser, il patientera.

— Le temps presse, objecta Nina. Si je dois refuser le poste à l'école Allely, il faut que je les prévienne au plus vite.

Sa tante resta silencieuse un moment.

— C'est là ta motivation principale ? L'idée d'enseigner te rebute à ce point ?

— Non, ce n'est pas ça. Si j'étais obligée, j'enseignerais. Mais je n'en ai pas besoin. Vous comprenez ? Je peux devenir l'épouse d'un grand monsieur, une dame patronnesse. Dans une école pour jeunes filles de bonne famille, mon esprit se flétrirait, et moi aussi. Je n'ai pas envie d'une vie étriquée, ma tante, conclut-elle avec passion. Tout sauf ça !

Sa tante y réfléchit.

— Eh bien, Nina, tu es une jeune fille intelligente et tu as le droit de choisir le chemin que tu veux suivre dans la vie. Veux-tu bien attendre un jour de plus ? La nuit porte conseil, nous en reparlerons demain. Et surtout, sache que tu ne seras jamais à la rue. Je ne te mets pas à la porte et jamais je ne le ferai.

Nina lui sourit affectueusement.

— Je sais. Vous avez toujours été si bonne pour moi !

*
**

Rachel et Alice passèrent une journée fabuleuse. Une escapade londonienne avec Kitty était très différente de celles avec leur mère. Elles s'amusèrent à chaque instant, y compris durant le trajet en train. Kitty ne les obligea pas à rester assises et silencieuses : elles étaient libres de s'agiter, de regarder par la fenêtre autant qu'elles voulaient et de s'écrier : « Regarde, là ! » La visite chez les parents de Kitty à Hampstead les intéressa aussi. Elles étaient toujours curieuses de découvrir comment c'était chez les autres, même une maison sombre et lugubre qui sentait le moisi.

Lady Bayfield était manifestement une harpie, mais elles avaient l'habitude de ce genre d'oiseau avec leur mère, et sir John était très sympathique. Souriant, il déclara qu'elles étaient fort jolies et leur demanda ce qu'elles prévoyaient de voir à Londres, puis s'excusa et les laissa seules – ce qu'un adulte pouvait faire de mieux à leurs yeux ! On leur servit du café et de délicieux biscuits, bien meilleurs que ceux du Château. La visite fut de courte durée – il ne leur échappa pas que Kitty n'était guère enthousiaste ; elle retrouva d'ailleurs sa vivacité dès la porte refermée.

Alors que leur mère les emmenait en général dans un restaurant chic franchement ennuyeux, elles déjeunèrent chez Gunter's, où Kitty leur permit de commander des œufs pochés et une crème glacée délicieuse. En sortant, Alice geignit de plaisir et dit :

— Quel moment formidable ! Je ne sais pas si j'ai encore de la place pour plus de merveilles !

Kitty rit.

— Et nous n'avons pas encore mis les pieds dans une boutique, ma chérie ! dit-elle.

— Mon Dieu ! soupira Rachel. Je suis comme Alice, je vais éclater de bonheur !

Elles survécurent à la joie supplémentaire d'une virée dans les magasins, leur passe-temps favori même à Canons Ashmore où elles connaissaient les vitrines par cœur. À Londres, c'était l'extase de la démesure, tel un banquet comparé au goûter dans la nursery. Elles allèrent à Kensington, un quartier que les filles avaient entendu leur mère dénigrer. Il y avait deux grands magasins l'un à côté de l'autre, Barker's et Derry & Tom's, avec un rayon d'habillement pour dames qui proposait un choix au-delà de tous leurs rêves.

En général, c'était la couturière qui confectionnait leurs tenues à partir de patrons sélectionnés par leur mère. Kitty les laissa choisir elles-mêmes, elles essayèrent toutes sortes de robes et, mieux encore, purent les emporter immédiatement au lieu de devoir attendre qu'elles fussent confectionnées et envoyées au Château. Elles supplièrent leur belle-sœur de ne pas les faire livrer et celle-ci comprit tout de suite l'intérêt. Seul inconvénient, chargées de paquets, elles durent prendre un cab au lieu de l'omnibus dont elles rêvaient.

Ensuite, direction Berkeley Square. Tante Caroline était toujours adorable et ce fut une véritable petite fête, car Richard et Bonne-maman étaient présents. Sir Thomas fit une apparition et leur parla d'une façon assez pontifiante. Il leur demanda si elles travaillaient leurs gammes tous les jours – très gênant ! – et – encore plus embarrassant ! – pria Rachel de leur jouer un morceau. Heureusement, il l'interrompit rapidement en disant que c'était suffisant, et prit congé peu de temps après. Il leur donna à chacune une demi-couronne, ce dont Rachel fut mortifiée car cela signifiait qu'il la prenait pour une enfant, mais Alice la pinça fort et se répandit en compliments pour elles deux. Après tout, une demi-couronne, ça n'était pas rien, surtout quand on avait rarement de l'argent de poche à dépenser.

Enfin, elles se régalèrent au goûter, toujours délicieux chez tante Caroline, sans compter que leur déjeuner léger n'était qu'un lointain souvenir. Il y avait des muffins avec de la confiture de fraise, des sandwichs à l'œuf et au cresson, d'autres à la pâte d'anchois – les préférés de Richard, mais qu'on ne proposait jamais aux filles au Château –, du cake et même un gâteau au chocolat ! Quelle journée !

— Comment s'est passée votre première visite à vos parents en tant que lady Stainton ? demanda Richard à Kitty, qui lui apportait une tasse de thé.

Il tapota le fauteuil à côté de lui.

— C'était assez bizarre, dit-elle en s'asseyant, l'air perplexe. Père était presque timide avec moi. Il s'est montré excessivement jovial, à croire que j'étais une inconnue pour qui il faisait des frais, puis s'est éclipsé à la première occasion.

— Vous n'êtes plus sa petite fille effacée. Vous êtes une femme. Je peux concevoir qu'il soit déconcerté. Et votre belle-mère ? Elle était heureuse de vous voir, j'imagine ?

— C'est difficile à dire. Elle m'a beaucoup parlé du mariage. Elle m'a interrogée sur les endroits que nous avons visités au cours de notre voyage de noces, sans écouter mes réponses. Elle préférait me décrire les nombreuses fêtes auxquelles ils avaient assisté. On dirait qu'ils s'amusent follement depuis que je suis partie, dit-elle avec une note de tristesse.

— Je suis certain que votre belle-mère est comblée de parler à ses amies de sa fille la comtesse, dit Richard, qui avait vite percé à jour les ressorts psychologiques de lady Bayfield. Vous lui avez procuré une grande joie.

— Oui, sans doute, soupira Kitty.

Elle marqua une pause.

— J'ai évoqué la possibilité qu'ils viennent au Château pour Noël, mais ça n'a pas semblé l'enchanter. Elle a répondu qu'il faudrait voir, qu'ils avaient déjà beaucoup d'invitations pour la période des fêtes.

— Voyons, fit-il. Est-ce que vos parents vous manquent épouvantablement ?

— Eh bien, pas vraiment, reconnut-elle, honteuse. C'est abominable, non ? Je ne pense presque jamais à eux. Quand j'étais encore à la maison, je les voyais très rarement. C'est seulement pendant la saison des bals que nous étions plus souvent ensemble. Je suis une fille indigne, n'est-ce-pas ?

— Pas du tout, la détrompa Richard, léger. Croyez-moi, ne pas être attaché à ses parents est plus la règle que l'exception. Plus que ma propre mère, ma tante Caroline a été une mère pour moi, et Bonne-maman encore davantage. Quant à mon père, mon seul souvenir est quand il me fouettait en répétant que ça ferait de moi un homme.

— Oh mon Dieu ! lâcha Kitty, compatissante.

Richard se pencha vers elle, comme pour mieux s'imprégner de sa sympathie.

— Je dois dire que si j'ai un fils un jour, je le laisserai libre de faire les pires bêtises. Jamais je ne battrais un chien comme mon père me battait, et j'étais son chouchou ! Je ne sais pas comment

Giles a pu survivre. Pas étonnant qu'il soit un peu étrange.

Elle allait protester, fixa sur lui un regard perspicace.

— Vous me faites marcher, c'est ça ?

— Un peu. Malgré tout, quand vous aurez un fils, souvenez-vous de mes paroles et persuadez Giles de laisser les verges de côté. Je le verrais bien être un père strict et sévère.

Kitty rougit à l'idée d'avoir un fils avec Giles, puis sourit au souvenir de leurs nuits passionnées. Aucune des deux réactions n'échappa à Richard.

— Vous avez mûri. Vous n'êtes plus la petite souris craintive que je croisais dans le beau monde.

— C'est un progrès, non ?

— Certainement. À propos des bals, avez-vous revu Mlle Sanderton ?

— Pas depuis notre retour. Elle me manque. J'espérais trouver le temps aujourd'hui, mais le programme était trop chargé. Je tenais à effectuer quelques achats avec les filles, elles ont vraiment besoin d'une nouvelle garde-robe. Je reviendrai rien que pour Nina. On aura tellement de choses à se raconter.

— Sans doute trouverez-vous qu'elle aussi a changé.

Richard se demanda si leur amitié survivrait aux bouleversements de leurs existences.

— J'imagine que c'est un passage obligé, nota Kitty avec une touche de nostalgie. Les gens changent.

— Sauf moi ! Je reste résolument le même, en toutes circonstances.

Bonne-maman, comme l'appelait Richard, fit signe à Kitty de venir s'asseoir à côté d'elle. Kitty n'avait cessé d'admirer sa mise depuis l'autre bout du salon de tante Caroline. Cette femme était l'élégance incarnée, vêtue dans des coloris parfaitement accordés à son teint, parée de bijoux sobres et discrets. Kitty lui aurait volontiers demandé des conseils vestimentaires. Elle qui avait toujours cru appartenir à une classe sociale homogène, celle des gens riches dont les filles étaient destinées à faire de beaux mariages, découvrait qu'il existait des strates au sein de ce monde. Lady Stainton, sa belle-mère, estimait occuper une position supérieure à celle de lady Bayfield et c'était la stricte vérité. Kitty avait le sentiment d'avoir épousé Giles sous un faux prétexte et que jamais elle ne serait vraiment comtesse.

Bonne-maman dégageait toujours les mêmes senteurs agréables, mélange de poudre de riz et d'eau de toilette à la verveine.

— Comment se passe votre installation au Château ? s'enquit-elle.

Kitty marqua une hésitation, si bien que l'aïeule la fixa d'un regard perçant et ajouta :

— Il était prévisible que ça ne serait pas simple. Ces adaptations prennent du temps, d'autant que votre belle-mère n'est pas facile.

— Oh, non, dit timidement Kitty. Je suis sûre que…

— Vous tenez à être bienveillante avec tout le monde. *Parfait*, c'est une qualité qui ne s'apprend pas. Mais il arrive un moment où cela dessert. Il ne saurait y avoir deux maîtresses sous le même toit.

— Mais je n'ai jamais pensé…

— Que vous seriez la maîtresse de maison ? Pourtant il le faut. Vous n'avez pas le choix. Écoutez, dans les familles aristocratiques, il est de coutume de construire une maison douairière pour l'exil de la veuve à l'arrivée de la nouvelle comtesse. Sinon, ce serait un vrai *cafouillage*, intolérable. Mais Maud, votre belle-mère, n'aime pas celle de Canons Ashmore. Moi non plus, et j'ai choisi de vivre à Londres. Maud, elle, ne se plaît pas à Londres. Donc elle s'attarde.

— Je ne pourrai jamais lui demander de partir, murmura Kitty en se recroquevillant sur elle-même.

— Non, bien évidemment.

— Et puis, je ne sais pas gérer la maison.

— *Entendu*.

— Que dois-je faire, alors ? demanda Kitty, désemparée.

— Invitez-moi à séjourner au Château. Il m'en coûte beaucoup de vous le proposer car je déteste la campagne. Je viendrai pour quelques semaines, je vous apprendrai les rudiments. La façon de s'habiller, dit-elle en jetant un regard éloquent à la tenue de Kitty. Et je veillerai à ce que Maud ne vous écrase pas comme un éléphant déchaîné.

— Mais elle n'est pas grosse ! protesta Kitty, un rien choquée.

— Les éléphants ne sont pas gros, seulement on peut difficilement les ignorer. Maud ne voudra jamais reconnaître qu'elle est maintenant la douairière, tant que quelqu'un ne l'y obligera pas, et ça ne peut pas venir de vous. Manifestement.

— Puis-je vous poser une question ? Si ma belle-mère est la douairière, qu'êtes-vous ?

— Je suis aussi une douairière. La douairière *bis*, si vous voulez !

Kitty rit.

— D'ordinaire, il n'y en a pas deux car les comtesses font beaucoup d'enfants et meurent jeunes, épuisées par les couches à répétition. N'ayant eu qu'un seul fils, je fais de vieux os ! Je vous souhaite d'en avoir plus que moi, mais pas autant que Maud. La pauvre, soupira-t-elle. Il faut avoir pitié d'elle. Elle a eu une vie compliquée.

Elle regarda Kitty avec franchise.

— Un jour, je vous raconterai son histoire et vous compatirez, mais ce n'est pas le moment. Pour l'instant, vous devez vous montrer sans pitié, sinon elle vous broiera. Alors ?

Elle arqua un sourcil interrogateur.

— Oui, madame... la comtesse ?

Kitty était perdue.

— Invitez-moi au Château, s'impatienta l'aïeule. Et appelez-moi « Bonne-maman ».

— Voudriez-vous nous rendre visite au Château, Bonne-maman ? demanda obligeamment Kitty.

— Je vais y réfléchir. Je ne me plais guère à la campagne et j'ai beaucoup d'engagements.

Richard les rejoignit.

— Vous m'avez l'air éberluée, Kitty. Ma diabolique grand-mère vous aurait-elle emprisonnée dans sa toile ?

— Je lui ai proposé de passer quelque temps avec nous au Château, dit Kitty, perplexe. Je ne sais pas trop si elle a accepté.

Richard vit le sourire taquin de sa grand-mère et se pencha pour l'embrasser.

— Cruelle créature ! Vous n'avez pas honte de tourmenter les petits chatons ? N'oubliez pas que notre minouchette n'est pas encore habituée à vos façons.

Sa grand-mère fut intriguée par ce sobriquet affectueux. Son regard fit la navette entre Kitty et Richard.

— *La crois-tu capable de sortir ses griffes ?* demanda-t-elle à son petit-fils.

— *Bien sûr,* répondit-il avec un haussement d'épaules. *Oui, en plus d'être vertueuse et agréable.*

— Hum, fit-elle.

*
**

— Mon épouse a beaucoup apprécié notre sortie à cheval, dit Giles. Il faut qu'elle puisse monter quand elle en a envie. Quelles montures a-t-on qui soient habituées à la selle d'amazone ?

Archer adressa un coup d'œil à Giddins et demanda :

— Ça ne s'est pas bien passé avec Reine, monsieur ?

— Si, mon épouse l'a bien menée, mais ma mère monte presque tous les jours. D'autres possibilités ?

— Pas grand-chose, en vérité, monsieur, dit Giddins. Kestrel a porté des selles d'amazone par le passé, mais il a l'allure étriquée et la bouche dure. Je préfère ne pas le confier à madame, elle risque de ne pas pouvoir le tenir.

— Alors il faut lui acheter un cheval. Je vous laisse le soin de prospecter. Je suis débordé en ce moment. Tâchez d'en trouver un le plus vite possible.

Giles allait s'éloigner, mais il se retourna et ajouta :

— Pourquoi conserve-t-on Kestrel, s'il a l'allure étriquée et la bouche dure ?

— Feu votre père l'appréciait pour se promener, monsieur, dit Archer. Ils s'entendaient bien, si j'ose dire.

— Vous n'avez qu'à le vendre. Je ne le monterai pas.

— Très bien, monsieur, dit Archer. Euh... est-ce que monsieur le comte prévoit de participer à des chasses à courre cet hiver ? Si oui, il faudrait songer à acquérir deux hunters, étant donné que vous avez vendu ceux de votre père.

— Oui, soupira Giles. La saison n'est pas si loin. Vous pouvez en parler autour de vous ?

Les deux hommes se détendirent.

— Rien de plus simple, monsieur, dit Giddins. D'ailleurs, j'ai appris que lord Shacklock vendait deux solides hunters. Je peux les essayer et, s'ils me paraissent convenables, vous pourriez les voir plus tard, à votre convenance.

— Si ce sont de bons chevaux, pourquoi s'en sépare-t-il ? interrogea Giles, l'air méfiant.

Les deux hommes parurent gênés. Ce fut Giddins qui répondit, à contrecœur :

— C'étaient les montures de son benjamin, monsieur. M. Crispian a fait une mauvaise chute cet été, pendant un cross-country. L'est mort.

— Ah, fit Giles.

Sujet sensible, à l'évidence.

*
**

Quand Nina descendit pour le petit-déjeuner, sa tante s'était absentée.

— Elle est sortie de bonne heure, l'informa Haydock. Elle n'en a pas pour longtemps, mais elle a dit de ne pas l'attendre.

Nina mangea en silence. Après une nuit agitée, elle avait maintenant l'esprit serein. N'ayant cessé de retourner les arguments, elle était convaincue d'avoir fait le bon choix. Elle sirotait une deuxième tasse de thé quand sa tante revint. Elle parla à Haydock qui la débarrassait de son manteau et de son chapeau, puis la rejoignit, un paquet sous le bras. Elle referma la porte du petit salon derrière elle, ce qui n'était pas dans ses habitudes.

— J'ai quelque chose à te montrer, Nina.

Elle avait les traits tendus de celle qui a dû se résoudre à une entreprise délicate.

— Libère de la place en bout de table.

Nina obéit. Sa tante posa le paquet, défit l'emballage et sortit un grand livre.

— Ça n'a pas été simple de l'emprunter, il est interdit aux femmes de le consulter. J'ai dû solliciter M. Carnoustie qui lui-même s'est tourné vers son ami le professeur McLaren du Royal Free Hospital. Il enseigne l'anatomie.

— L'anatomie ? fit Nina, surprise.

— Oui, mon enfant. Il y a certaines choses que les jeunes filles ignorent avant de se marier, malheureusement, mais je refuse que ce soit ton cas. Que tu épouses M. Cowling ou quelqu'un d'autre, tu sauras de quoi il est question. Viens à côté de moi.

Nina s'approcha, mal à l'aise. Des signets marquaient différents endroits du gros volume relié en toile. L'anatomie… Le corps humain, donc. Allait-elle être choquée ?

Sa tante ouvrit l'ouvrage au croquis d'une femme nue avec une représentation des organes.

— Tout d'abord, il existe un tube dans ton corps pour évacuer le liquide en excédent, ici.

— Oui, dit Nina.

C'était embarrassant mais très intéressant.

— Tu sais peut-être, ou pas, que chez les mâles, ce tube se prolonge en dehors du corps par une sorte de tuyau.

C'est donc ça, songea Nina.

— Quand j'étais petite, aux Indes, je voyais parfois les jardiniers qui… euh… se soulageaient dans les buissons. Ils avaient…

— Bien. Ce tuyau masculin s'appelle « le pénis ». En plus du tube pour l'eau en trop, il contient un autre tube connecté à la partie de leur corps qui fabrique la semence de la vie. De même que se trouve dans ton corps un autre tube, une sorte de passage, ici…

Elle lui montra sur le schéma.

— … relié à la matrice, l'endroit où se développe une nouvelle vie.

— J'ai entendu parler de la matrice, dit Nina. Et je sais que c'est là que les bébés se développent, mais je ne savais pas… Je n'étais pas sûre…

— Forcément. Les filles ne sont pas censées savoir. L'idée même d'en parler comme nous le faisons en ce moment est jugée choquante, et c'est la principale raison pour laquelle les hommes ont toujours rechigné à ce qu'une femme puisse être médecin. Par chance, j'ai épousé un homme des plus éclairés qui a emprunté un livre semblable à celui-ci afin que je puisse comprendre ce phénomène essentiel pour la propagation de la vie. Et je t'éclaire à mon tour.

— Merci, dit Nina, hésitante.

Elle ne savait pas si elle devait en être reconnaissante à sa tante.

— Très bien. Continuons. Quand un homme et une femme sont mariés, dans les moments de passion, le tuyau de l'homme, le pénis, devient rigide, ce qui permet de l'introduire dans le passage de la femme pour lui transmettre la semence. La semence gagne la matrice et s'y implante.

— Ah, fit Nina.

Ses joues étaient brûlantes et ses paumes glaciales. Sa tante poursuivit, implacable :

— En temps voulu, quand le bébé est prêt à naître, il sort du corps de la femme par le même passage, qui est très élastique et peut s'ouvrir suffisamment. Tu comprends ?

— Oui, je crois.

Nina supposait qu'il était préférable de le savoir plutôt que de l'ignorer. Malgré tout, cela faisait beaucoup à digérer d'un coup.

— Je veux dire, comprends-tu pourquoi je t'explique cela ? insista sa tante.

Nina la fixa, et détourna vite le regard.

— Ah…

Maintenant, elle comprenait.

— Si tu épouses M. Cowling, tu feras l'expérience de ce processus avec lui. Il attendra cela de toi et tu auras pour devoir de coopérer. Bien que les hommes soient différents les uns des autres, en général ils en tirent beaucoup de plaisir, ce qui leur donne envie d'entreprendre souvent ce processus, parfois tous les soirs.

— Je vois.

— C'est un sujet à méditer avant de prendre ta décision.

Sa tante referma le livre, se dirigea vers la porte et se ravisa.

— As-tu des questions ? demanda-t-elle d'un ton adouci.

— Oui…

Nina ne savait comment formuler la chose. Elle chercha les mots dans sa tête, c'était vraiment compliqué.

— Avez-vous connu...

Non, le formuler autrement. Elle s'éclaircit la gorge.

— Vous dites que c'est agréable pour l'homme. Et pour la femme ? Quand vous étiez mariée, était-ce... difficile à supporter ?

Sa tante resta silencieuse un long moment, à tel point que Nina crut qu'elle n'allait pas répondre.

— Ce n'était pas désagréable. Pas difficile à supporter. Je dirais que, la plupart du temps, c'était une corvée inévitable. Toutefois, à l'occasion...

Nouvelle pause.

— ... il y avait une sensation de bien-être. Et puis, si l'on a de l'affection pour son mari, on est heureuse de lui faire plaisir.

Elle pivota d'un air décidé.

— Je n'ai rien à ajouter. Réfléchis bien.

Sur ce, elle s'empara du livre et quitta la pièce. Nina comprenait mieux pourquoi elle avait fermé la porte du petit salon ; imaginez la tête de Minny si elle était entrée par hasard et avait vu ça !

23

Dès que la concierge lui eut ouvert, Richard gravit les marches quatre à quatre. À l'étage, un élève s'appliquait à ses gammes. Richard frappa par politesse, mais entra sans attendre. Le garçonnet installé au piano, dont les pieds n'atteignaient pas les pédales, gardait les yeux rivés sur ses mains comme s'il craignait de les voir se détacher et s'envoler. Mme Sands, qui battait la mesure sur sa paume avec une baguette de chef, releva la tête. L'élève regarda lui aussi : ses doigts s'affaissèrent et la musique s'interrompit.

— Je vous dérange ? lança gaiement Richard en brandissant un sachet. J'ai apporté des offrandes pour apaiser les dieux !

— Je suis en pleine leçon, dit Mme Sands. C'est toujours un plaisir de vous voir, mais vous ne pouvez pas m'interrompre n'importe quand. Je dois gagner ma vie.

— Je suis navré, s'excusa-t-il, penaud. Je vais m'asseoir dans l'angle et attendre sagement que vous ayez terminé.

— Pas question. Je n'arriverais pas à me concentrer en sachant que vous êtes là à m'observer dans mon dos. Il faut vous en aller et revenir plus tard.

Au moins, elle avait dit qu'il pouvait revenir. Il saisit l'occasion.

— À quelle heure ?

— Midi.

— Je vous emmènerai déjeuner au restaurant.

— J'ai une leçon à 12 h 45.

— Dans ce cas, le déjeuner vous sera livré à demeure. Je vous laisse ça, dit-il en posant le sachet sur la table. Au cas où vous auriez un petit creux entre deux élèves.

Il adressa un clin d'œil au garçonnet médusé et s'éclipsa avant que Mme Sands pût le réprimander.

À midi, il croisa un autre garçon dans l'escalier, tout maigrelet et au long cou ; ses poignets dépassaient de sa chemise et ses chevilles de son pantalon, comme s'il était monté en graine au cours de l'heure écoulée. Il remarqua que le sachet n'avait pas bougé. Il en posa un second.

— Des tourtes chaudes. Deux assiettes, je vous prie. Et des verres. J'ai apporté une bouteille.

Mme Sands, occupée à ranger des partitions, s'interrompit pour dire :

— Je ne peux pas boire, petit galopin. Que penseraient mes élèves ?

— Ils ne savent même pas ce qu'est une haleine de vin.

— Ma prochaine élève vient accompagnée de sa mère.

— De toute façon, ce n'est pas du vin, mais de la *ginger beer*. Je commence à vous connaître ! Nous imaginerons que c'est du champagne.

— C'est incroyable ce que vous pouvez être insistant ! Aussi enquiquinant qu'une mouche à un pique-nique.

— Vu que j'ai apporté le pique-nique, je vous trouve bien ingrate !

Il disposa les assiettes et les couverts qu'elle avait sortis du placard près de la cheminée.

— Mais vous êtes pardonnée. Qu'auriez-vous mangé si je n'étais pas venu ?

— Je crois qu'il reste du pain et du fromage, dit-elle d'un ton détaché. Je ne m'embête pas trop pour le déjeuner quand Chloé n'est pas là.

— C'est ce que je pensais. Vous vous négligez. Ce n'est pas bien, vous savez ?

— Hum, ça sent bon.

— J'ai pris les tourtes à l'échoppe à l'angle de Green Park.

Il remarqua qu'elle dévorait la sienne avec appétit. Sans doute peinait-elle à boucler les fins de mois. Même si Chloé n'avait aucun frais de scolarité à payer, il restait des dépenses : vêtements et partitions, repas à l'extérieur. Et ce n'était pas Richard qui pouvait lui venir en aide, étant sans le sou lui aussi. Il s'efforça de la distraire avec ses bavardages pendant qu'elle mangeait, puis attrapa le premier sachet.

— Des tartes à la crème. Je sais que vous en raffolez.

— Tourte et tartelette ? Quelle alimentation déplorable !

— Vous auriez dû accepter mon invitation au restaurant.

La plupart des établissements acceptaient de lui faire crédit.

— Pourquoi persistez-vous à venir me voir ? s'enquit Mme Sands en penchant la tête. Je pensais que…

— « Penser », vous dites ? J'ai essayé, une fois. Pas du tout mon truc.

Elle pouffa.

— Vous cherchez à vous faire passer pour quelqu'un de frivole et d'insouciant, mais je sais que vous êtes sensible et généreux.

— Si vous saviez ! Je n'ai rien de bon et je suis rarement généreux. C'est seulement que vous faites ressortir mon bon côté.

— Je pensais, poursuivit-elle avec une certaine détermination, que vous veniez ici pour Chloé. Vous sembliez être sous le charme. Il est vrai qu'elle est très belle. Je peux me permettre de le dire, bien qu'étant sa mère, car sa beauté est vraiment singulière.

— C'est l'une des plus belles jeunes filles que j'aie jamais vues.

— Sans parler de son talent exceptionnel.

— Oui. Je suis très admiratif. Et ravi qu'elle suive des cours au Royal College, ce qui me permet de vous avoir rien que pour moi.

Mme Sands rougit et détourna le regard.

— Il ne faut pas dire des choses pareilles, Richard, murmura-t-elle.

— Et pourquoi pas, Molly ?

— Ce n'est pas drôle. Il m'est arrivé de penser... Vous qui vous êtes montré si généreux, je sais que c'est ridicule... mais j'ai eu l'impression...

— Que je venais ici pour vous et non pour votre beauté de fille ? Oui, c'est assez ridicule, mais il se trouve que c'est la vérité.

Elle porta ses mains à son visage.

— Arrêtez !

— Pourquoi ? Chloé a beau être adorable, elle n'est qu'une enfant, or j'ai quitté l'enfance depuis belle lurette. Depuis mon séjour en Afrique, les demoiselles innocentes et naïves ne m'attirent plus. J'ai passé l'âge des mouillettes et du chocolat chaud, Molly Sands. Je veux une femme qui ait de l'intellect et du caractère, une femme avec qui je puisse discuter d'égal à égal.

Il se mit à genoux devant elle et prit ses mains dans les siennes.

— Une femme qui ébranle mes sens au plus profond.

Elle essaya de dégager ses mains.

— Non, non. Vous m'avez conviée dans votre salon, vous vous souvenez ? Je suis prisonnier de votre toile. C'est vous l'araignée et moi la mouche impuissante.

Il porta ses mains à ses lèvres et les baisa.

Elle se libéra d'un geste décidé et dit sévèrement :

— Levez-vous, Richard. Tout de suite.

C'était un ordre auquel il se devait d'obéir. Il se rassit et la regarda en haussant un sourcil, nullement contrarié, pas encore résigné à essuyer un refus. Elle avait les joues écarlates.

— Cette couleur vous va à merveille, dit-il, badin. Vous devriez la porter plus souvent.

— Richard, implora-t-elle. Il ne faut pas.

— Mes facéties vous déplaisent ?

— Vous ne comprenez pas ? J'étais la maîtresse de votre père. J'ai couché avec votre père. Votre père.

Lui qui n'avait pas vraiment envisagé les choses sous cet angle fut pris de court. Elle vit la pensée faire son chemin, aussi clairement qu'on voit un filet d'eau dégoulinant le long d'un verre. Et voilà qu'il eut l'effronterie de sourire !

— Après tout, lança-t-il. C'est quoi déjà, le joyeux numéro que chante Vesta Tilley ? « Suivre les traces de son père » !

— Richard !

— Ne vous tracassez pas, chère Molly. Où est le problème ? Ce n'est pas de l'inceste. Nous ne sommes pas parents par le sang. Vous avez couché avec mon père, mais vous n'êtes pas ma mère, que diable ! Si peu m'importe, pourquoi vous en faire ? Je ne vous plais pas ? J'avais l'impression que si. Je me suis mis le doigt dans l'œil ? En général, je suis plutôt perspicace, mais si je me suis mépris sur vos sentiments, alors je m'excuserai platement et je disparaîtrai.

— Je...

Elle se tut et détourna le regard.

— Ha ! Je m'en doutais ! lâcha-t-il, triomphal.

— Je pense qu'il vaut mieux que vous partiez, murmura-t-elle.

Il la dévisagea, puis se leva.

— D'accord. Mais ne croyez pas que vous soyez débarrassée de moi. Je suis venu vous prévenir que je vais m'absenter quelques semaines. Je dois rentrer à Ashmore, mon frère veut voir en quoi je pourrais me rendre utile, puisque je suis à sa charge. Je tenais à vous saluer et à vous dire combien vous me manquerez. Mais je reviendrai. En attendant, si vous avez besoin de quelque chose, n'importe quoi, envoyez-moi un mot et j'accourrai aussi vite que le train le permet.

— Vous êtes trop bon, soupira-t-elle d'une voix éteinte. Soyez tranquille pour nous.

Elle se leva et se dirigea vers la porte. Il la rejoignit et plaça sa main sur la sienne pour l'empêcher de tourner la poignée. Elle leva les yeux vers lui. Leurs visages étaient tout proches. Ils échangèrent un regard qui en disait long, indépendamment de leur volonté. Il ferma les yeux. Elle observa ses cils, très épais et foncés. Il posa ses lèvres sur les siennes. Elle les trouva tièdes et fermes, pareilles à un fruit mûri au soleil. Ce fut un baiser léger comme une plume, qui ne dura qu'un instant fugace, après quoi Richard souleva son chapeau et disparut. Elle effleura ses lèvres de ses doigts, sidérée. *Mon Dieu, quoi ensuite ?* songea-t-elle. La réponse lui vint sous la forme de pas dans l'escalier – l'élève suivante, accompagnée de sa mère.

*
**

Arrivée dans la cour, Alice trouva la porte du cottage ouverte. Aucun signe d'Axe aux alentours. Dolly sortit précipitamment en aboyant. La chienne s'assit dès qu'elle la reconnut, le regard pétillant et sa courte queue balayant la poussière. Alice immobilisa Pharaon et sauta à terre, étonnée qu'Axe n'apparût pas à son tour. Peut-être était-il à l'arrière, ou dans les bois. Il pouvait se permettre de ne pas fermer à clé, personne ne risquait de l'importuner par ici.

Rachel et Alice étaient parties ensemble à cheval, mais sa sœur lui avait bientôt confié qu'elle avait rendez-vous avec Victor Lattery. « Tu peux venir », avait-elle proposé. Il semblait évident qu'elle le disait simplement pour la forme et, de toute façon, Alice n'avait aucune envie de rester assise à écouter leurs niaiseries. « Je reviendrai te chercher », avait-elle suggéré. Si elles rentraient séparément à la maison, on risquait de leur poser des questions.

Naturellement, Alice avait eu l'idée d'une visite à l'improviste chez Axe. La porte ouverte était une bonne surprise car il aurait pu être absent.

— C'est moi ! annonça-t-elle en menant son cheval vers l'anneau.

Maintenant habitué, Pharaon cherchait des brins de paille au sol tandis qu'elle passait la corde autour de son encolure. Alors qu'elle s'approchait du seuil, Axe émergea enfin, l'air contrarié. Il avait les joues rouges et les cheveux ébouriffés.

— J'étais dans le coin, l'occasion de m'arrêter pour dire bonjour.

Un bruit se fit entendre à l'intérieur, un toussotement contenu.

— Ah, vous avez de la visite ?

— Oui.

Curieusement, il ne s'écarta pas pour la laisser entrer.

— Ah. Tant mieux pour vous. Quelqu'un de votre famille ?

Elle savait qu'il avait tout un éventail de frères et sœurs.

— J'aimerais beaucoup faire sa connaissance.

— Non, pas de..., commença-t-il à dire.

Il y eut du mouvement derrière lui, un peu comme si on déguerpissait furtivement. Alice ne fit qu'entrevoir la personne, mais suffisamment pour la reconnaître.

— C'est M. Crooks ? fit-elle, surprise. Je ne savais pas que vous vous connaissiez.

Axe fixa ses chaussures, puis la regarda à nouveau, les joues rosies.

— Il m'aide à progresser en lecture. Il me donne des leçons.

— J'aurais bien voulu vous en donner, moi ! s'exclama-t-elle, déçue. Je vous ai apporté des livres, non ?

Axe était mal à l'aise.

— Il a proposé en premier, marmonna-t-il. Vous êtes tous les deux de bonnes personnes.

Alice comprit que la situation le gênait et que c'était à elle d'y couper court.

— Peu importe. Je dois y aller. Je n'ai pas envie que Pharaon prenne froid.

Elle pivota. Il avança d'un pas.

— Je vais vous aider, proposa-t-il d'un air embarrassé.

— Pas besoin, répondit-elle sèchement, un peu blessée.

Cela dit, incapable de monter seule, elle serait obligée de marcher le temps de trouver une barrière ou une souche d'arbre. Elle se laissa donc hisser.

Une fois qu'Alice fut en selle, il la contempla d'un air pensif, tenant délicatement les rênes. Quand elle les lui prit, il dit :

— Ça me plaît quand vous passez. M. Crooks... Enfin, c'est gentil à lui de m'aider, mais... ça me plaît quand vous passez, acheva-t-il, désarmé.

Ne sachant quoi répondre, Alice fit pivoter Pharaon et partit.

*
**

Convié par un billet adressé à l'hôtel Brown où il descendait durant ses passages à Londres, M. Cowling se présenta à Draycott Place, l'air anxieux. Haydock lui ouvrit, le visage vierge de toute expression, en parfait majordome, ne lui fournissant pas la moindre indication de l'accueil qui l'attendait. On le mena au salon où il n'eut à patienter que quelques minutes. Il commençait à peine de feuilleter le journal posé sur une table à son intention que Nina le rejoignit. Sa robe bleu-gris convenait parfaitement à son teint et mettait en valeur ses yeux foncés. Une fois de plus,

M. Cowling s'émerveilla de sa beauté et s'étonna que les jeunes gens de Londres fussent aveugles au point de la laisser échapper. Par réflexe, il regarda ce qu'elle portait aux pieds. Un choix judicieux : des Cowling & Kempson en chevreau à lacets, montantes avec talons. Une chaussure *smart* et pratique. Il s'empressa de parler le premier :

— Vous qui êtes quelqu'un de bienveillant, mademoiselle Sanderton, ne me tenez pas sur des charbons ardents. Dites-moi tout de suite si c'est non.

— Ce n'est pas non.

Lui qui s'attendait à essuyer un refus ne comprit pas immédiatement. Puis un large sourire se dessina sur son visage.

— Vous voulez dire que vous acceptez de m'épouser ?

Nina ne put s'empêcher de sourire à son tour.

— Oui, je vais vous épouser. Merci de m'avoir choisie.

— Mais non, mais non, c'est moi qui vous remercie ! Grâce à vous, je suis l'homme le plus heureux du monde !

Il s'avança et prit ses mains dans les siennes. Elle se laissa faire. Il avait une poigne ferme de travailleur manuel, mais sa peau était sèche et lisse. Rien à voir avec les paumes moites et flasques de certains jeunes hommes avec qui elle avait dansé. Des mains fermes et sèches qui l'accompagneraient pour le restant de ses jours. Brièvement prise d'un doute, Nina déglutit. Non, elle avait soupesé sa décision avec soin et ne s'en repentait pas. C'était la voie de la raison et sa meilleure chance de bonheur.

— Je ferai tout ce qui est en mon pouvoir pour vous rendre heureuse, mademoiselle Sanderton. Je vous le promets. Tout ce que vous désirez, vous n'avez qu'à le demander. Je le dis sérieusement. Oh, qu'ai-je fait pour vous mériter ?

Il tenait ses mains, radieux.

— Puis-je... Vous permettez que je vous embrasse ?

Elle acquiesça. M. Cowling l'attira vers lui, pencha son visage et l'embrassa sur la bouche. Un baiser ferme et chaste, bref et inoffensif. Son haleine fleurait la menthe poivrée. Après, il s'écarta d'un pas, toujours aux anges.

— Il vaut mieux que j'aille parler à votre tante, hein ? Respectons les règles.

— Elle doit nous rejoindre pour s'entretenir avec vous.

— Ah, très bien. Et quand voulez-vous qu'on se passe la bague au doigt ? Je vous préviens, précisa-t-il en souriant, que je ne suis pas partisan des longues fiançailles.

— Moi non plus.

Maintenant qu'elle s'était engagée, Nina préférait aller de l'avant.

— Je pense qu'on devrait se marier au plus vite. Avant Noël.

— Oui, ça me plairait bien d'être avec vous à Noël. Sauf que...

Il afficha une mine soucieuse.

— Je ne suis pas certain que ma maison vous convienne. J'ai une gouvernante, Mme Mitchell, qui fait le ménage et aère les pièces. C'est confortable, dans un style simple, mais je ne dirais pas que c'est chic et à la mode. Une fois qu'on y sera installés, vous pourrez tout redécorer à votre goût, changer le papier peint et les meubles, tout ce que vous voudrez. Decius y veillera. Il choisira de bons artisans. Un garçon précieux, le jeune Decius Blake. Il faut absolument que vous le rencontriez. Il vous plaira.

⁂

Mawes accueillit Nina avec un baiser sonore sur la joue.

— Félicitations !

— Vous êtes déjà au courant ?

— Cowling est passé ce matin. Trop pressé d'annoncer la bonne nouvelle. Heureux comme un roi. Au fait, quand vous aurez fini de parler à mes femmes, je veux bien vous attirer dans mon studio, si ça ne vous dérange pas. L'affaire d'une demi-heure, vous figurerez une sculptrice, la suffragette Edith Downing. Ces femmes militantes, j'en fais mon miel ! se réjouit-il. Une ruche inépuisable. Que de situations formidables !

— Pas si formidables pour elles, objecta Nina. Par exemple quand les policiers les embarquent.

— Certes, mais il y a un comique irrésistible à voir un bobby costaud au teint rougeaud qui se retrouve avec le casque de travers parce qu'il est aux prises avec une petite vieille coiffée d'un bonnet.

— Vous êtes incorrigible ! lança Nina avant de se diriger vers le salon.

Isabel l'y attendait, la mine grave.

— J'imagine qu'il me faut te féliciter, Nina.

— Vous n'êtes pas favorable à mon mariage ? Je pensais que vous appréciiez M. Cowling.

— Beaucoup, mais tu es si jeune, Nina. Je ne peux pas m'empêcher de penser que c'est précipité et que tu le regretteras dans un an ou deux.

— De nombreuses filles se marient à dix-sept ans.

— Oui, parce qu'elles tombent amoureuses.

— Mais l'amour ne dure pas. Ma tante n'a cessé de me le répéter. Moi qui n'ai ni l'esprit exalté, ni les sens en émoi, ni le cœur qui palpite, j'ai certainement plus de chances qu'une autre d'être heureuse.

Isabel serra fort sa main.

— Je me tais et je forme pour toi tous les vœux de bonheur. Si notre amitié peut y contribuer d'une manière ou d'une autre, nous n'y manquerons pas.

— Il existe déjà une façon : assistez à mon mariage et dansez le cœur léger. Autre chose, vous pensez que Mawes serait disposé à me mener à l'autel ? Il y a pénurie d'hommes dans mon entourage.

Nina et Lepida décidèrent de prendre l'omnibus pour se rendre au University College. Elles espéraient convaincre le bibliothécaire de leur consentir un don d'ouvrages. Un relieur avait accepté de réparer pour la bibliothèque pour tous, à un tarif modique, les livres abîmés que l'on récupérerait. Les deux amies marchèrent en silence. Quand elles eurent atteint l'arrêt, Nina interrogea son amie :

— Tu n'as rien à me dire ? Ne serait-ce que me demander pourquoi ?

Lepida la détailla.

— Non. Je comprends tes motivations. Maman n'a pas conscience que ta tante… enfin, qu'elle ne pourra pas t'avoir à charge éternellement. Tu ne veux pas être un fardeau pour elle.

— Mais tu penses que j'aurais dû opter pour l'enseignement ?

— Non. Je n'y ai jamais cru. Tu es faite pour le mariage, même si tu n'y avais pas pensé. La vie de célibataire d'une enseignante ne t'épanouirait pas. Sincèrement, si un M. Cowling se présentait à moi, je ferais le même choix.

— J'avais l'impression que tu étais satisfaite de ton sort.

— Oh, je le suis. La plupart du temps, papa et maman ne se comportent pas en parents. Nous sommes comme des amis. Malgré tout, il y a des moments où j'aimerais avoir un chez-moi, ma propre maison. Sans compter la liberté. Une femme mariée a des possibilités que n'a pas une femme célibataire. Tu le découvriras. Non, je n'ai aucun reproche à te faire. En plus, tu es suffisamment raisonnable pour tirer le meilleur parti de la situation. Je suis certaine que tu seras heureuse. Mais n'oublie pas tes vieilles amies.

Nina sourit.

— Tu seras la première invitée de Mme Cowling.

*
**

— Il va y avoir de la poussière partout ! se plaignit Mme Webster.

— Ce ne sera pas à vous de la nettoyer, la rassura Rose.

— Je suis responsable du ménage, rétorqua Mme Webster. Et je préfère ne pas penser au vacarme des coups de marteau !

Elles venaient d'apprendre que la jeune comtesse souhaitait ajouter une porte entre la chambre chinoise et le dressing-room, et que l'ancienne comtesse douairière avait su convaincre lady Stainton.

— Puis on aura droit au bruit de scie et à l'odeur de peinture !

— Je suis certain que le résultat justifiera ces nuisances, dit Moss, apaisant. Qu'en dites-vous, monsieur Crooks ? Vous avez toujours souligné l'importance du dressing-room.

— Pourquoi vous lui posez la question à lui ? grogna James. Il n'est pas le valet de M. le comte.

Crooks l'ignora.

— Un dressing-room est indispensable à une existence élégante, mais il serait loisible que la comtesse ait le sien. Dans une suite digne de ce nom, le dressing-room et la penderie de madame seraient situés à l'opposé de la chambre de M. le comte.

— Moi, dit Rose, je trouve ça malheureux de démolir des pièces convenables telles quelles. Il y a fort à parier que, d'ici quelques années, ils voudront tout remettre comme avant.

Moss se tourna avec prévenance vers la nouvelle venue à table, la chambrière que l'on avait recrutée pour la jeune comtesse.

— Qu'en pensez-vous, mademoiselle Hatto ? Une dame élégante se doit-elle d'avoir un dressing-room ?

Mlle Hatto était assez jeune et toujours tirée à quatre épingles, avec une figure et des manières plaisantes, bien qu'elle s'exprimât peu. Mais là où les silences de Mlle Taylor étaient dus à son caractère taciturne, ceux de Mlle Hatto provenaient d'une sorte d'autonomie parfaite. Mme Webster était très intriguée par le personnage. Impossible d'imaginer Mlle Hatto émettant le moindre son, bavardant ou riant d'une plaisanterie, et pourtant elle ne donnait pas l'impression d'être prude. On sentait simplement qu'elle n'avait rien à demander à personne, voilà tout. William, dont la fixation sur Milly s'estompait, avait déjà transféré sur elle sa dévotion muette de brave chien.

— C'est pratique, dit-elle, mais il faut respecter les demeures historiques.

Rose se tourna vers Mme Webster et leva les yeux au ciel, mais la gouvernante se contenta d'une légère moue – à ses yeux, moins on se chamaillait entre domestiques et plus facile était sa tâche. Le terme « historique » n'était pas pour déplaire à Moss.

— Vous intéressez-vous à l'histoire, mademoiselle Hatto ? J'ai un ouvrage passionnant, *Le Savoir universel de A à Z*. Un fabuleux outil pour s'élargir l'esprit. J'y apprends quelque chose de nouveau chaque jour. Il y a de nombreux articles sur l'histoire. En ce moment, je lis celui sur les Indes.

— Déjà à Noël dernier ! maugréa Mme Webster.

Moss ne l'entendit pas.

— La mutinerie indienne, par exemple. Fort intéressant. Les soldats indiens, que l'on appelle des « sépias » dans leur langue…

— Des cipayes, corrigea Mme Webster, agacée.

— … refusaient de mordre les cartouches de leurs fusils car celles-ci étaient enduites de graisse de porc.

— De la graisse de vache. N'avez-vous jamais entendu l'expression « vache sacrée », monsieur Moss ? D'où pensez-vous qu'elle vienne ?

Simone, la chambrière de Bonne-maman – qui avait dû reculer d'une place vers le bout de la table au profit de Mlle Hatto, dont la maîtresse précédait la sienne dans le protocole –, brandit ses mains en un geste d'exaspération des plus français.

— On est chez les fous ! Décidément, les Anglais sont tous fous ! Heureusement que nous rentrons demain à Londres !

— Je serais ravi de vous prêter mon livre, mademoiselle Hatto, poursuivit Moss, imperturbable. Il y a un article édifiant sur l'architecture, un sujet qui semble vous intéresser. Bien évidemment, pour ma part, j'en suis bien au-delà de la lettre « A ».

— Vous apprenez dans l'ordre alphabétique ? s'enquit Mlle Hatto.

L'intérêt de Mme Webster fut piqué. N'y avait-il pas une pointe d'ironie dans la question ?

— Les connaissances sont présentées dans l'ordre alphabétique, expliqua patiemment M. Moss. D'où le titre, *Le Savoir universel de A à Z*.

Giles fut très surpris en apercevant sa grand-mère dans la cour des écuries. Il se précipita vers elle, craignant pour ses escarpins gris perle en chevreau glacé.

— Que faites-vous là ? Vous allez vous salir.

Elle l'écarta d'un geste.

— Pas de panique, mon garçon. Crois-tu que ce soit la première fois que je m'aventure dans une écurie ?

Un groom accourut et disposa à ses pieds un sac vide, tel sir Walter Raleigh déployant son manteau pour la reine Elizabeth. Elle le gratifia d'un sourire qu'il n'oublierait sans doute jamais et elle avança sur le sac.

— Je suis venue voir le nouveau cheval, indiqua-t-elle à Giles. Vous pouvez l'approcher davantage, Giddins. Un hongre, je vois. Parfait.

Quelle sottise de soutenir que seules les juments conviennent aux femmes ! Les hongres sont plus fiables, moins caractériels. J'ai toujours monté des hongres.

— Je n'ai aucun souvenir de vous à cheval, Bonne-maman, dit Giles.

— Tu m'as seulement connue vivant à Londres, où l'on ne peut pas monter, déclara-t-elle d'un ton d'évidence. Mais il fut un temps où j'étais la maîtresse d'Ashmore Castle. N'est-ce-pas, Giddins ? Il était un jeune garçon d'écurie quand il a fallu abattre mon pauvre Rose-des-vents qui s'était cassé la patte. Vous avez beaucoup pleuré.

— Oui, madame. Je m'en souviens, dit Giddins, fier qu'elle se souvînt de lui.

Voilà comment elle s'y prend pour faire des serviteurs ses esclaves, songea Giles. *Avec de l'affection.*

— Faites-le marcher un peu, ordonna-t-elle.

Giddins s'exécuta. C'était un alezan d'un mètre soixante au garrot, avec un paturon blanc et une petite étoile blanche sur le front.

— Il appartenait à lady Bexley, du manoir de La Grange, expliqua Giles. Elle ne compte plus monter à cheval, et Giddins a pensé qu'il conviendrait à Kitty.

— Pourquoi arrête-t-elle de monter ? demanda sa grand-mère.

Giddins et Archer échangèrent un regard, embarrassés. Lady Bexley avait tellement grossi qu'elle n'arrivait plus à monter en selle, le cheval ne supportant plus son poids. C'était impensable d'expliquer cela aux maîtres.

— J'en sais rien, madame, dit Giddins.

Il chercha à détourner son attention.

— Que pense madame de la robe ? Archer et moi la trouvons un peu trop vive...

— Un bon cheval est toujours de la bonne robe, décréta-t-elle. Le seul critère, c'est l'allure.

— La jeune Mlle Eveline l'a monté devant nous à La Grange, madame. L'allure est régulière, il a un joli port de tête et ne tire pas.

— J'ai pu le tester rapidement après Mlle Eveline, sans selle, madame, ajouta Archer. J'ai trouvé qu'il avait une bonne mise sur la main, mais on ne peut pas savoir comment un cheval réagira à une selle en amazone quand on le monte à califourchon.

— Si seulement je pouvais l'essayer pour vous, dit-elle d'un air nostalgique. Quand je vois un si bel animal, cela me crève le cœur de ne plus monter.

— Je suis sûr que… commença à dire Giddins, désireux de donner satisfaction.

— Merci, Giddins, intervint Giles avant qu'il puisse proposer de l'emmener en sortie.

À son âge ! Sa grand-mère le regarda droit dans les yeux, devinant ses pensées.

— Approchez-le encore, Giddins, dit-elle.

Elle retira un gant et caressa le cheval sur la tête et l'encolure. La bête était douce et ne fuyait pas le contact de la main, preuve qu'on ne l'avait jamais maltraitée. Giddins offrit timidement à la vieille dame des châtaignes qu'elle accepta de donner à l'animal. Il les prit délicatement, nouveau signe positif.

— Il devrait convenir, dit-elle. Qu'en pense Kitty ?

— Elle ne l'a pas encore vu. C'est une surprise.

— Dans ce cas, j'espère qu'il lui plaira.

— C'est mon cadeau de mariage, expliqua Giles.

Elle haussa un sourcil étonné.

— Je ne savais pas quoi lui offrir, se justifia-t-il. Les gens me conseillaient de choisir un bijou, mais mère m'a confié qu'elle-même rêvait d'un chien alors que père lui a donné des tableaux.

— Ah, les Corot, soupira-t-elle. Des œuvres mineures. Très bien. Un cheval est un cadeau plus personnel, si ça lui fait plaisir.

— Je pense qu'elle sera contente. Elle adore les chevaux. Ils...

Il marqua une hésitation.

— Elle n'est jamais craintive avec eux, alors qu'elle l'est avec les humains.

Sa grand-mère hocha la tête, caressa le museau de l'alezan qui ferma à moitié les paupières.

— Quel est son nom ? demanda-t-elle à Giddins.

— Apollon, madame.

— Parfait. Giles, veux-tu me donner le bras jusqu'à la maison ? Merci, Giddins.

Quand ils se furent éloigné des oreilles indiscrètes, Giles demanda :

— C'est vraiment pour voir le cheval que vous êtes venue aux écuries ?

— Pourquoi en doutes-tu ? J'aime les chevaux. Simone a appris de Moss que l'animal était arrivé et j'ai décidé de venir le voir. Comme je pars demain, c'était aujourd'hui ou jamais.

— Hum, fit-il. Vous n'avez donc rien à me confier en privé ?

— J'ai envie de passer par la terrasse. Fais-moi le plaisir de m'accompagner.

Jamais on ne pouvait la presser. Giles cala son pas sur le sien et patienta. Sa main était d'une légèreté de plume sur son avant-bras. Elle le mena vers la balustrade en pierre avec une vue plongeante jusqu'au fond de la vallée où coulait l'Ash. Ashmore Carr se trouvait sur la gauche et Cannons Ashmore au centre, lové dans un lacet de la rivière, le clocher de St Peter émergeant des feuillages d'automne embrasés.

— Parfois le Château me manque, murmura-t-elle. Cet endroit, la vue dégagée. À Londres, il n'y a pas d'horizon.

— Vous pourriez revenir ici.

— Pour y habiter ? dit-elle, espiègle. Et amplifier tes problèmes ? Maud et moi ne pourrions jamais cohabiter sous le même toit. Mais c'est gentil de proposer. J'aurais aimé mieux te connaître, Giles. Seulement, tu n'étais jamais là. Toujours en fuite.

— Pas du tout.

— Bien sûr que si. Mais il n'est pas possible de se fuir soi-même, car tu auras beau atteindre le bout du monde, tu y retrouveras toujours tes démons. Et il existe une chose qui te fera toujours revenir, aussi loin que tu partes, sans que tu puisses y résister plus qu'un poisson hameçonné que la ligne ramène sur le rivage.

— Mes terres ? suggéra Giles, amusé de ces considérations philosophiques.

— Le devoir. Ah, tu te moques intérieurement. La vieille a ses lubies, tu te dis. Je le vois dans ton regard. Mais dans toutes les familles, il y a toujours une personne à qui échoit le devoir, comme le cadeau empoisonné de la méchante fée. Ne lutte pas contre, *mon garçon*. Sinon, tu seras malheureux. Maintenant, va trouver Kitty pour lui faire la surprise, avant qu'elle entende parler du cheval par quelqu'un d'autre et se demande pourquoi elle est la dernière à être au courant. Mon pauvre Giles, ajouta-t-elle alors qu'ils pivotaient pour regagner la maison, tu n'y connais rien aux femmes, n'est-ce pas ?

— Je n'en ai jamais eu besoin, dit-il, un peu vexé.

— Ça se voit, mais il n'est jamais trop tard pour apprendre, lança-t-elle gaiement.

24

Le vent et la pluie dépouillaient les arbres de leurs feuilles, peu à peu l'automne cédait place à l'hiver. Plusieurs jours durant, il fut impossible de sortir à cheval. À la première journée plus clémente, Rachel espéra que Victor, après une si longue séparation imposée par la météo, se rendrait à la vieille grange sans qu'ils fussent convenus expressément d'un rendez-vous.

Le sentier était glissant par endroits, imposant une allure prudente qui contrariait Étoile-du-jour. Las d'être resté enfermé à l'écurie, l'animal voulait galoper. Il était nerveux et Rachel avait mal au dos à force de le contenir. Dès qu'ils eurent atteint le sommet de la colline, elle décida de relâcher les rênes – ou plus exactement l'animal décida et elle le laissa faire. Il franchit son mors, allongea l'encolure et déploya toute son énergie en grognant de bonheur. Rachel, elle, était tiraillée entre exaltation et frayeur. Comme toujours. Les rencontres secrètes avec Victor ne lui étaient qu'en partie agréables car le danger et la nécessité d'agir en cachette l'angoissaient autant qu'ils l'excitaient.

Ironie du sort, ce ne fut pas du galop qu'elle eut à se mordre les doigts. Elle tira sur les rênes au bout d'une longue course et fit demi-tour pour revenir au pas vers la grange. Le cheval, distrait par les corbeaux freux qui volaient au-dessus des arbres en croassant, prit peur quand Victor sortit de la vieille bâtisse en agitant le bras. L'animal fit un écart. Ses sabots dérapèrent sur le sol humide dont une bande de terre se détacha tel un lambeau de peau. Étoile-du-jour tomba lourdement sur le flanc. Rachel en eut le souffle coupé et entendit Victor pousser un cri d'inquiétude. Le poids de l'animal pesa un moment sur les jambes de la jeune fille, puis il parvint à se redresser. Heureusement, il était trop surpris pour détaler, ce qui laissa le temps à Victor de s'emparer des rênes. Par chance, le pied de Rachel s'était libéré de l'étrier, sans quoi sa cheville se serait peut-être cassée quand sa monture s'était rétablie.

— Ça va ? s'enquit fébrilement Victor.

Il aurait voulu se précipiter vers elle, mais eut la présence d'esprit de ne pas lâcher le cheval.

— Tu es blessée, Rachel ?

Elle avait perdu son chapeau, ses cheveux pendaient n'importe comment, et sa veste était trempée de boue à l'épaule et dans le dos. Elle s'assit, tentée de pousser un juron de palefrenier.

— Ça va, lança-t-elle d'une voix tremblante. Attache-le.

Après une hésitation, il comprit et mena le cheval dans la grange. Le temps qu'il revînt, elle s'était relevée et inspectait sa tenue abîmée.

— Tu es blessée ? répéta-t-il. Quand je l'ai vu basculer sur toi...

— Quelques bleus. Rien de grave. Aïe !

Elle tenta de poser le pied droit, remonta aussitôt le genou.

— J'ai dû me fouler la cheville.

Celle-ci s'était sans doute retrouvée coincée entre le sol et la selle.

— Elle n'est pas cassée ? Laisse-moi regarder.

— Non, rien de cassé.

Elle essaya de faire quelques pas et constata qu'elle pouvait marcher en boitillant.

— Je dois avoir un air épouvantable.

— Tu as de la boue sur le visage.

Elle jugea cette remarque peu galante. Il aurait pu dire : « Je te trouve toujours ravissante. »

— Tu aurais un mouchoir ? demanda-t-elle, un rien agacée.

Il en sortit un et nettoya ses joues en douceur, assez maladroitement, tandis qu'elle se débrouillait pour réintroduire ses cheveux dans le filet.

— Mon chapeau ?

Il gisait par terre, marqué d'une empreinte semi-circulaire de sabot. Elle lui redonna sa forme et s'en coiffa.

— Tu es quand même jolie, dit-il tardivement. Jolie malgré les taches.

Avec l'aide de Victor, elle pénétra dans la grange. Étoile-du-jour dressait fièrement la tête, nullement perturbé par son flanc crotté. La saleté du cheval était autrement plus embêtante que la sienne.

— Josh va me tuer ! s'alarma-t-elle.

— C'est son jour de repos, non ? Ce n'est pas lui qui devra le brosser.

— Oui, c'est vrai, dit-elle, soulagée. Mais Josh l'apprendra forcément. Il trouvera qu'on l'a mal nettoyé et fera tout un foin. C'est le problème avec les gris. La moindre tache se voit.

On avait atteint la limite de l'intérêt que Victor portait aux chevaux.

— Viens t'asseoir. J'ai une nouvelle à t'annoncer.

— Quoi donc ?

— Assieds-toi d'abord. C'est quelque chose de vraiment chouette.

Quand ils furent installés sur le tapis par-dessus les pierres, elle se tourna vers lui, désireuse d'être embrassée. Il lui donna un baiser qu'elle jugea timide.

— Tu as encore beaucoup de boue sur le visage, nota-t-il. Sans eau, je ne peux pas la retirer.

— Peu importe. Ce n'est pas un peu de boue qui va nous tuer.

Au bout d'un moment, comme ils reprenaient leur souffle, elle demanda :

— Alors, c'est quoi cette nouvelle excitante ?

Victor lui fit face, le regard pétillant, et prit ses mains dans les siennes. Le cœur de Rachel battait la chamade ; elle était certaine que ça la concernait, qu'il allait lui déclarer sa flamme et envisager leur mariage.

— Je pars, annonça-t-il.

Elle eut l'impression d'avoir reçu une gifle.

— Tu pars ? Comment ça ? Où ?

— En Amérique.

Il guettait sa réaction.

Elle était sidérée.

— Mais pourquoi ?

— Un cousin de ma tante a une entreprise de commerce maritime à New York. Il m'embauche comme commis. Une fois que j'aurai appris le métier, je gravirai les échelons. Tous les espoirs sont permis. Il y a beaucoup d'argent à gagner dans le transport maritime et l'on peut voyager aux quatre coins du globe. Le cousin de ma tante a des bureaux à Singapour, Hong Kong, Alexandrie… un peu partout, en fait.

Il scruta les traits de Rachel.

— C'est fabuleux, non ? Tu n'es pas heureuse pour moi ?

— Je pensais que tu étais installé à Ashmore pour de bon. Je croyais que tu allais toujours habiter ici.

— Eh bien, il me faut un métier. Je cherchais un emploi dans les environs, ou même à Londres en faisant les trajets matin et soir. Mais là, c'est bien mieux. Ma tante a pensé que ce cousin pourrait m'aider, elle lui a écrit et sa réponse est arrivée avant-hier. Je pars mercredi. Inutile d'attendre, surtout que plus on va vers l'hiver, plus la traversée est agitée.

— Mercredi ? balbutia Rachel, incrédule.

— Je suis tellement heureux de te voir. J'avais peur de ne pas pouvoir te dire adieu avant de partir. Je me demandais comment te faire parvenir une lettre sans t'attirer d'ennuis. J'ai l'impression que tu trembles, dit-il, plein de sollicitude.

— Mes vêtements sont trempés, murmura-t-elle, au désespoir. Il faut que je rentre.

— Je ne voudrais pas que tu prennes froid.

Il l'aida à se relever et la contempla tendrement.

— Oh, Rachel. Ces dernières semaines ont été merveilleuses. Tu es une fille sensationnelle. J'ai eu beaucoup de chance de te connaître.

Elle le dévisageait, triste et sans voix.

— Je te serrerais volontiers dans mes bras, mais ma tante me poserait des questions si je rentrais couvert de boue.

Il se pencha précautionneusement et l'embrassa. Elle colla ses lèvres aux siennes, mais il s'écarta aussitôt.

— Je vais t'aider à monter en selle.

Irritable après sa chute, Étoile-du-jour bougeait sans cesse, ce qui compliquait la manœuvre pour Rachel. De plus, Victor n'était pas très doué pour la hisser. Quand elle eut enfin réussi à s'installer, il posa la main sur son genou et dit :

— Sois prudente, d'accord ? Rentre lentement pour éviter une nouvelle chute.

— Alors c'est un adieu ? dit-elle, la gorge nouée.

— Je serai très pris jusqu'à mercredi. Il y a tant de choses à préparer. En plus, ma tante voudra qu'on passe du temps ensemble. Mais je ne t'oublierai jamais, Rachel.

Incapable de parler, elle partit sans un regard en arrière. Les larmes ruisselaient sur son visage, formant des coulures plus claires sur les traces de boue.

— J'ai toujours dit que les chevaux étaient rien que des bêtes sales et mauvaises ! ronchonna Daisy en aidant Rachel à s'asseoir dans le tub.

— Ce n'était pas sa faute, bredouilla Rachel, au bord des larmes.

Sa sœur vint à son secours.

— Vous voulez bien vous occuper de ses vêtements ? demanda-t-elle à Daisy. Je vais la laver.

— Il faudrait aussi appliquer de l'arnica sur ses bleus, conseilla la bonne.

— Je m'en charge, dit Alice. Et s'il vous plaît, ce serait préférable que personne ne sache rien.

— Ça, tout le monde sera vite au courant ! lança Daisy. Pobbo, le garçon d'écurie, va tout raconter à Aggie, et ça aura bientôt fait le tour du Château. Je suppose que vous galopiez comme une petite folle, oubliant les bonnes manières.

Elle ramassa enfin la pile de linge et s'en alla.

Rachel put laisser libre cours aux larmes qu'elle retenait depuis si longtemps.

— Je ne galopais pas ! sanglota-t-elle. Nous allions au pas quand il a dérapé.

— Daisy ne connaît rien aux chevaux, dit Alice. Qu'est-ce qui t'est arrivé ?

Rachel lui raconta.

— Je croyais qu'il m'aimait ! Je pensais que nous serions heureux jusqu'à la fin des temps. J'espérais l'épouser.

— Voyons, Rachel, dit Alice, désemparée. Je suis certaine qu'il n'en valait pas la peine. S'il était vraiment amoureux, il t'emmènerait avec lui.

— Mais je l'aime !

— De toute manière, j'imagine que maman ne t'aurait pas permis de l'épouser. Tu sais comment elle est.

— Elle ne voudra jamais que nous nous mariions. Nous allons rester enfermées ici toute notre vie, condamnées à devenir vieilles filles.

Alice ne réagit pas ; cette perspective lui semblait en effet on ne peut plus probable. Elle passait l'éponge sur le dos menu de sa sœur en des gestes circulaires doux et réconfortants, tandis que Rachel s'abandonnait aux affres du premier chagrin d'amour.

*
**

Par une journée brumeuse de novembre, James et Speen sortaient ensemble de l'église. Apercevant Crooks un peu plus loin dans la foule, Speen demanda à James :

— Comment ça se fait qu'on t'appelle toujours simplement James ? Le comte ne t'a pas confirmé dans ta place ? T'es son valet ou pas ?

— Bien sûr que je suis son valet. Qui prétend le contraire ?

— Personne en particulier. On s'interroge, c'est tout.

Speen haussa les épaules et enfonça les mains dans ses poches.

— À ta place, j'en toucherais un mot à M. le comte. Faut qu'il l'annonce, pour que tu sois tranquille.

— Écoute, je n'ai rien à craindre, dit James avec aplomb. Ils ont recruté une nouvelle chambrière pour la jeune comtesse, non ?

— Hatto ? Un drôle d'oiseau, celle-là. J'arrive pas à la cerner. En tout cas, elle manque de classe pour être femme de chambre, d'une comtesse du moins. Faut se donner des airs. M'est avis qu'elle a jamais servi une dame titrée. Je la verrais bien travailler chez des bourgeois. J'en mettrais même ma main à couper.

— Là où je veux en venir, s'impatienta James, c'est qu'on l'a engagée pour remplacer Rose, qui n'était que temporaire. D'accord ? Donc, si j'étais moi aussi temporaire, on m'aurait remplacé en même temps. Non, M. le comte sait qu'il a dégotté un bon valet. En plus, j'ai sauvé la vie à la comtesse. Ça compte, non ? Je suis tranquille comme Baptiste. Jamais le comte ne se débarrassera de moi.

Les fidèles se dispersaient lentement. Ils virent Crooks coiffer son chapeau et s'éloigner vers la droite en dodelinant de la tête.

— Ben, pourquoi il part dans cette direction ? s'étonna Speen. Le break est là-bas...

— Oh, il ne prend jamais la voiture. Il préfère rentrer à pied.

— Ah bon ? Un peu bizarre, non ? M'a pas l'air du genre marcheur. Une vraie chiffe molle.

— Il est toujours bizarre, dit James.

— Je t'ai jamais raconté ce qui est arrivé à Londres ?

— Non. Je suis tout ouïe.

— Suivons-le pour voir où il va, proposa Speen.

Ils contournèrent l'église, à temps pour apercevoir Crooks qui se tenait devant le porche du cimetière, en pleine conversation avec Axe Brandom. L'apprenti avait retiré son chapeau : sa tignasse blonde était comme un étendard lumineux dans la grisaille ambiante.

— Qui est ce joli garçon ? s'enquit Speen.

— L'apprenti du maréchal-ferrant. Joli garçon, n'est-ce pas ? Il pourrait t'écarteler à mains nues.

— Ouais, mais il n'en ferait rien. Les gars de ce genre-là, sous des dehors costauds, de vraies mauviettes. Allez, dit-il en faisant demi-tour.

— Je croyais que tu voulais le suivre.

— Je sais tout ce qu'il y a à savoir. Vite, faut pas rater le break. J'ai pas envie de me taper la colline à pied !

— Alors, raconte-moi ce qui est arrivé à Londres avec Crooky.

— Plus tard. Pas devant les dames. Mais tout s'explique, maintenant. Un rendez-vous secret avec un joli garçon, voilà qui en dit long.

— Je ne comprends pas de quoi tu parles.

— Forcément. Tous de parfaits innocents, vous autres gens de la campagne.

— Je ne suis pas moins futé qu'un valet de ville, s'énerva James. Jamais tu ne survivrais à la campagne.

— Dieu m'en garde ! Si monsieur Richard choisit de rester ici, il devra se trouver un nouveau valet.

*
**

— Puis-je vous parler, monsieur ? demanda James en tendant un gilet à son maître.

— Oui. Qu'y a-t-il ?

Giles ne lui prêtait pas vraiment attention, l'esprit accaparé par la liste des travaux à entreprendre sur des fermes et des cottages que Markham lui avait transmise. Que de toits et que de pluie !

— Est-ce que je donne satisfaction à M. le comte ?

Giles revint brusquement à la situation présente.

— De quoi parlez-vous ?

— Eh bien, monsieur m'a proposé de l'accompagner pendant son voyage de noces en lieu et place de M. Crooks, qui était trop âgé et sans doute un peu fragile pour ce périple à l'étranger. Je me demandais si vous étiez satisfait de la manière dont je me suis occupé de vous.

— Je ne me serais pas privé de vous le faire savoir si j'avais été mécontent, rétorqua Giles, agacé. Qu'est-ce que vous voulez ? Dites-le franchement. Je n'ai pas de temps à perdre avec des chattemites à la Uriah Heep.

James n'avait jamais entendu parler de ce Uriah Heep. Et que pouvait bien être une chattemite ? Un genre d'animal ? Ce n'était pas le moment de poser la question.

— J'aimerais savoir si j'occupe cette place de façon permanente, monsieur.

— Bien sûr. Pourquoi abordez-vous le sujet maintenant ?

— C'est juste que le valet de chambre d'un gentleman doit être appelé par son nom de famille, alors qu'on continue de m'appeler James, ce qui est un nom de valet de pied.

À deux doigts de l'éconduire sèchement, Giles songea que ces histoires de statut importaient beaucoup aux domestiques.

— J'ignorais que vous aviez un nom de famille, lâcha-t-il d'un ton amusé pour alléger l'atmosphère.

Le regard implacable de James lui signifia qu'il ne s'agissait pas d'un sujet de plaisanterie.

— Si, monsieur le comte. C'est Hook. Si cela n'est pas trop demander, pourriez-vous dire à M. Moss que dorénavant il doit s'adresser à moi comme M. Hook ?

— Très bien, James… Hook, je veux dire. J'en parlerai à Moss. Autre chose ?

— Non, monsieur le comte. Et merci.

Au moment où James quittait la chambre bleue, une chemise sale au bras, il aperçut Mlle Taylor qui descendait l'escalier.

— Voilà qui t'apprendra, vieille conne ! marmonna-t-il dans sa barbe.

Il aurait sa revanche. Elle avait osé le traiter de cochon ! James n'était pas près de l'oublier. Jamais il n'oubliait un affront. Il savait se montrer patient et attendre le moment opportun. « *La vengeance est un plat qui se mange froid.* » Quant à Speen, il faudrait qu'il se montre un peu plus respectueux.

*
**

Giles et Richard descendaient la colline à cheval, au pas.

— Tu le trouves comment ? s'enquit Giles.

Richard tapota l'encolure noire de Lucifer.

— Une bonne monture. Il te portera une journée entière, pour autant que je sache en juger. Et le tien ?

Giles montait Zelos, un bai foncé. C'étaient là les deux hunters des écuries de lord Shacklock qu'il avait pris à l'essai.

— Vif et rapide. Il me plaît.

— Tu comptes donc chasser cet hiver ?

— À l'occasion. Je n'aurai pas le temps de chasser trois fois par semaine comme notre père. Et toi ?

— Je ne suis pas sûr que mon épaule me le permette. Même le meilleur des chevaux tire quand il s'excite. Et si je chutais...

Giles le regarda, l'air soucieux.

— Je ne me rendais pas compte que c'était si grave. Ça veut dire que tu ne chasseras plus jamais ?

— Je n'espère pas. D'après le charcutier, l'os devrait se consolider avec le temps. Là, c'est encore sensible.

Richard s'efforça de sourire.

— C'est ma deuxième blessure, tu sais.

— Tu parles de la balle que tu as prise en Afrique du Sud ? Oui, quelle malchance que tu te sois cassé le même bras.

— Mais bon, je ne sais pas encore où je vais passer l'hiver.

— Je croyais que tu resterais ici, dit Giles en fronçant les sourcils.

— Cher frère, tu ne m'as pas informé de ta décision concernant mon sort. C'est le problème avec les gens de ton espèce qui cogitent beaucoup : ça travaille tellement dans votre crâne que vous en oubliez que les autres n'en savent rien, à moins de vous exprimer à voix haute.

— Nous avions évoqué la possibilité que tu assistes Markham...

— Nous en avons discuté, mais tu ne me l'as pas demandé expressément. Dois-je comprendre qu'il s'agit d'une proposition en bonne et due forme ? Te rejoindre au Château pour devenir ton régisseur ?

— Régisseur adjoint au début. À terme, j'aimerais que Markham devienne davantage une sorte de secrétaire pour moi, surtout si j'occupe mon siège à la Chambre des lords dès la prochaine session. Tu en viendrais donc à le remplacer. Pour les aspects financiers, tu agirais de conserve avec Vogel.

Giles plissa le front.

— C'est un poste de taille, avec une grosse charge de travail. Si tu acceptes, il faudra t'y consacrer sérieusement.

— Et tu penses que je suis l'homme de la situation ? Je suis flatté. Surpris, mais flatté.

— Je ne sais pas si tu l'es, dit Giles avec franchise. Tu tournes tout à la plaisanterie.

— Ce qui ne signifie pas que je ne suis pas sérieux dans le fond.

— De toute façon, je préférerais que ce soit toi plutôt qu'un étranger. Et puis, si tu refuses, il faudra te trouver une occupation.

— Ah, le cadet ! Que faire du bougre si l'on n'a pas besoin de lui pour hériter du titre ? Je n'ai pas la fibre religieuse.

Giles éclata de rire.

— Merci ! poursuivit Richard. Et il faudrait un sacré coup de chance pour dénicher à mon tour une riche héritière à épouser. Que me reste-t-il ? La politique ?

— Il faut de l'argent pour entrer aux Communes. Et quitte à te financer, je préfère que ce soit pour le poste que je te propose.

— Donc, à moins de me dégotter une planque dans les affaires, je dois retourner au Château.

— Cache ton enthousiasme. Et ta gratitude.

— Oh, je t'en suis reconnaissant.

Richard l'était sincèrement, jusqu'à un certain point. Il eût préféré ne pas devoir travailler du tout. Mais Giles, tout idéaliste qu'il était, pouvait se montrer d'une dureté implacable. Il avait mis fin à la pension que leur père versait à Linda et serait peu enclin à soutenir son frère *ad infinitum*. Si seulement Richard avait été rentier ! Il songea brièvement à Mme Sands. S'il avait des revenus, il pourrait lui offrir un peu de confort, l'installer dans une vraie maison... peut-être verrait-elle alors ses avances d'un autre œil. La possibilité d'un mariage traversa son esprit telle une comète.

— Je me verrais bien entrer dans la banque...

C'est seulement en entendant Giles piquer un fou rire que Richard se rendit compte qu'il s'était exprimé à voix haute.

*
**

Quand Nina pénétra dans le restaurant, Kitty se leva et un sourire illumina ses traits. Malgré elle, Nina se jeta dans ses bras, songeant que son amie lui avait manqué au-delà de ce qu'elle imaginait.

— J'ai l'impression qu'on ne s'est pas vues depuis des siècles ! s'écria Kitty. Mon Dieu, quelle joie !

— Tu as l'air en forme.

Kitty était changée. Elle avait un fier port de tête et n'avait plus la mine de chaton apeuré d'autrefois. Son visage avait gagné en maturité. Ses cheveux étaient coiffés en une natte épinglée dont l'extrémité était dissimulée sous un petit chapeau pimpant avec un bord relevé et des plumes maintenues par une broche. Avait-elle choisi elle-même cette coiffure ? Un choix audacieux. Nina sourit intérieurement quand elle se surprit à regarder par réflexe ce que Kitty portait aux pieds – des escarpins de chevreau noir ornés de perles de jais à l'extrémité. Kitty avait tout d'une jeune épouse prospère. Le mariage semblait lui réussir.

— Tu as pris un peu de poids et ça te va bien.

— On se demande comment ! La nourriture chez moi est de pire en pire. J'ai même été malade une ou deux fois.

— Tu as dit « chez moi », releva Nina.

— C'est bien possible. Je me considère presque chez moi au Château. Après tout, je ne me suis jamais plu à Hampstead, et je n'ai pas d'autre chez-moi. Mais nous ne sommes pas là pour parler de moi. C'est toi qui as une merveilleuse nouvelle. Raconte-moi !

— Dès que nous serons installées, dit Nina en voyant qu'un serviteur attendait pour les mener à la salle à manger.

Quand elles furent assises, Kitty embrassa les lieux d'un regard ravi.

— J'adore ce restaurant. Et n'est-ce pas follement amusant de pouvoir manger à l'extérieur sans chaperon ?

— C'est toi qui me chaperonnes, rappela Nina. Une femme mariée des plus respectables.

— Oui, sans doute. J'ai peine à y croire. À te retrouver, j'ai l'impression d'être encore une écolière.

— C'est du passé pour toi comme pour moi, dit Nina avec une pointe de tristesse. Est-ce que les choses vont mieux avec ta belle-mère ?

— Je ne sais pas trop. Je pense qu'elle ne m'apprécie guère, mais elle apprend à m'ignorer, à condition que je ne cherche pas à tout chambouler. La grand-mère est intervenue pour qu'on perce une porte de communication entre ma chambre et le dressing de Giles. Au fait, il m'a offert un cheval !

Elle parla d'Apollon, des longues balades avec ses jeunes belles-sœurs, des travaux plus que nécessaires que Giles avait entrepris pour remettre en état les chemins et les routes du domaine. Nina l'écoutait, plaçait une remarque ici et là pour la relancer. Elle se fit la réflexion que, pour se montrer si loquace, Kitty ne devait pas avoir grand monde à qui se confier. Elle imaginait un Giles occupé ailleurs, une lady Stainton distante et froide, deux belles-sœurs qui se suffisaient à elles-mêmes, toujours à échanger des messes basses. Pauvre Kitty, toute riche qu'elle était. Pourtant, elle avait épousé l'homme qu'elle aimait et, à l'entendre parler de Giles, elle semblait toujours l'idéaliser. Pourquoi la prendre en pitié, alors ? Plongée dans ses pensées, Nina perdit un instant le fil de la conversation.

Kitty se tut et la dévisagea, préoccupée.

— Je continue à m'épancher et tu m'y encourages, nota-t-elle avec une perspicacité inhabituelle. Quelque chose ne va pas ? Ne me dis pas que tes fiançailles sont rompues ? C'est pour ça que tu es si fuyante ? Tu as le cœur brisé ?

— Non, non, se pressa de répondre Nina. Je dois toujours me marier. J'étais juste curieuse de tout ce que tu avais à me raconter.

— Mais ce qui t'arrive est tellement plus important, dit Kitty, pas entièrement rassurée. Tu ne m'as même pas dit son nom. C'est quelqu'un que je connais ? Où vous êtes-vous connus ? Comment t'a-t-il demandé en mariage ? Raconte-moi tout !

Plus possible de se défiler.

— Tu l'as déjà rencontré, en même temps que moi. À Dene Park. J'ai dansé avec lui. Il faisait partie de l'entourage du roi.

Kitty plissa le front, fouillant dans ses souvenirs.

— Mais les amis du roi étaient tous très âgés, non ? Je ne me souviens pas avec qui tu as dansé... Si, il y a eu ce drôle de monsieur qui ne t'a parlé que de chaussures.

— Il n'est pas si vieux et n'a rien d'un « drôle ». Il sait me faire rire à l'occasion, mais volontairement. Il aime me voir rire. Ne fais pas cette tête, Kitty, sinon je vais regretter de m'être confiée. Il s'appelle Joseph Cowling et il m'aime beaucoup. Il sera un bon mari et m'assurera une existence confortable.

— Mais tu ne peux pas être amoureuse de lui..., balbutia Kitty. L'es-tu ?

— Tu te souviens, à l'école, quand tu parlais de tomber amoureuse ? Et que je disais toujours que, moi, ça ne m'arriverait jamais ?

— Je ne te croyais pas vraiment.

— Je n'y accorde pas la même importance que toi.

Ce n'était plus le cas, bien évidemment, mais elle ne pouvait pas parler d'amour à Kitty, elle qui avait épousé précisément l'homme qu'elle...

— Et n'oublie pas que je n'ai pas d'argent. Mon seul espoir d'être heureuse, c'est d'épouser un homme riche, or M. Cowling a une grosse fortune.

— Je pensais que tu allais enseigner.

— Moi aussi, mais je me suis rendu compte que ça ne me conviendrait pas. M. Cowling est généreux, il comblera tous mes désirs.

Kitty y réfléchit. Elle était heureuse pour Nina, qui pourrait se payer toutes les tenues de ses rêves. Elle n'avait pas oublié les problèmes de garde-robe de son amie pendant la saison des bals. Et s'acheter aussi... des livres. Beaucoup de livres. Toutefois, comparé à ses nuits passionnées avec Giles, coucher avec un homme que l'on n'aime pas devait être épouvantable. Faire ça avec un vieillard, sans ressentir la flamme au ventre qui rend la chose tellement facile et enivrante. Mais le tabou qui empêchait une femme mariée d'aborder ces sujets avec une jeune célibataire lui fit avaler sa langue. C'était malheureux. Nina s'imaginait sans doute qu'être mariés se résumait à être assis l'un en face de l'autre au petit-déjeuner. Elle ne serait pas du tout préparée pour ce qui l'attendait. Mais Kitty ne pouvait pas lui en parler. Elle en était tout bonnement incapable.

Nina lui sourit.

— Ne sois pas inquiète, Kitty. J'y ai réfléchi avec soin et je suis certaine que c'est la meilleure solution pour moi.

Kitty chercha une remarque positive.

— S'il est très riche, il aura les moyens de t'offrir un cheval. Tu en as toujours rêvé.

Nina rit.

— Oui ! En plus, il a une maison à Market Harborough. Je pourrai chasser. Et toi, tu comptes chasser cet hiver ?

— Sans doute. Il faut que je m'habitue à Apollon et que je prenne le temps de découvrir la campagne autour d'Ashmore. J'espère participer à une ou deux chasses. Mais dis-moi, Nina, insista Kitty qui était décidée à ne pas lâcher l'affaire, tu es vraiment sûre de ta décision ?

— Sûre à cent pour cent. Sois heureuse pour moi, chère Kitty.

— Dans ce cas, je le suis. Quand aura lieu le mariage ?

— Le 6 décembre.

— Et sommes-nous invités ?

Nina savait que la question se poserait. Elle eût préféré que Giles ne fût pas présent le jour de son mariage. Elle ne voulait pas s'infliger pareille souffrance. Mais elle ne pouvait rien y faire.

— Bien sûr que vous êtes invités.

Nina passa ensuite voir Mlle Thornton pour la prévenir en personne ; c'était le minimum qu'elle lui devait après les efforts qu'avait déployés son ancienne enseignante pour lui obtenir une place à l'école Allely. Alors qu'elle s'attendait à un nouvel interrogatoire sur son choix, Mlle Thornton accueillit la nouvelle de bonne grâce.

— Je ne suis pas entièrement surprise. Vous auriez fait une bonne enseignante, mais d'autres chemins s'ouvrent à vous. Avec de l'argent, vous pourrez entreprendre beaucoup de bonnes actions.

— C'est mon espoir.

— Comme fonder votre propre école. C'est bien plus gratifiant que d'enseigner dans l'établissement de quelqu'un d'autre. Si vous décidez de vous lancer un jour, venez me voir. J'aurai d'utiles conseils à vous donner.

— Merci. Ce n'est pas exclu. Surtout, merci de vous montrer si compréhensive.

— Vous avez toujours été l'une de mes élèves préférées. Je pense que vous avez des aptitudes remarquables. Mais au-delà de ça, ajouta-t-elle en affichant un large sourire, je vous ai toujours appréciée. Vous n'imaginez pas à quel point c'est rare.

Après le déjeuner avec Nina, Kitty prit un cab. Elle n'avait pas envie de rentrer immédiatement. Elle était agitée, en proie à un tourbillon de pensées et à des aigreurs d'estomac. Vraiment, la nourriture au Château l'empoisonnait peu à peu. Voilà qu'elle ne pouvait plus profiter d'un délicieux déjeuner au Savoy sans avoir mal au ventre. Se pourrait-il qu'elle fût malade ? Nina lui avait trouvé une bonne mine, mais elle ne se sentait pas dans son état normal, sans pouvoir mettre le doigt sur ce qui n'allait pas. C'était pour elle un sujet d'inquiétude.

En chemin vers la gare, elle frappa sur le toit et, quand le cocher ouvrit la trappe, elle lança :

— J'ai changé d'avis. Bruton Street, je vous prie.

— Bien, mademoiselle.

Elle s'étonna de ne pas être appelée « madame ». Ai-je l'air d'une demoiselle ? Et que ferait une jeune fille sans chaperon dans un cab ?

Par chance, Bonne-maman était seule. Enfin presque : elle prenait le thé avec sir Thomas. Elle lui désigna un fauteuil, sonna pour qu'on apportât une tasse supplémentaire et se remit à parler musique avec son vieil amant. L'eût-elle souhaité que Kitty eût été incapable de participer à la conversation. Sa tasse et sa soucoupe appuyées sur une cuisse dodue, sir Thomas gesticulait de son autre main, et sa barbichette s'agitait au rythme des mouvements de sa tête. Kitty avait les paupières lourdes. Soudain, il se leva et lui fit un baise-main.

— Deux lady Stainton réunies dans la même pièce ! Quel petit chanceux je suis !

Sur ce, il prit congé.

Bonne-maman se leva, débarrassa Kitty de la tasse à laquelle elle n'avait pas touché, la posa sur un guéridon et dit :

— *Eh bien*, qu'est-ce qu'il y a ? Et ne me faites pas perdre mon temps, ajouta-t-elle alors que Kitty ouvrait déjà la bouche, en me disant qu'il n'y a rien. Vous n'êtes pas passée sans raison.

— Je ne savais pas à qui d'autre parler...

Kitty fut incapable de poursuivre.

Bonne-maman comprit qu'il fallait la prendre par la main.

— Qu'est-ce qui vous amène à Londres ? Quelques achats dans les boutiques ?

— Non, je suis venue voir mon amie Nina, mon témoin de mariage. Elle est fiancée.

— Oui, Richard m'a appris la nouvelle. C'est une fille sensée, elle a fait un bon choix.

— Vous pensez ?

— *Bien sûr*. Elle agit raisonnablement, elle s'assure une belle situation. C'est donc ça qui vous met dans cet état ?

— Non, pas du tout. Nina dit qu'elle est heureuse et je la crois. Ça m'a quand même un peu secouée, mais il y a déjà quelques jours... que je ne me sens pas dans mon assiette. Je me demande si je ne suis pas malade.

La vieille femme marqua de l'étonnement.

— Et vous venez m'en parler alors que je ne suis pas médecin ? Je comprends tout à fait, les médecins ne sont que des sots et des brutes. Quel est le problème ?

— Je... je me sens bizarre.

L'ancienne comtesse douairière fit claquer sa langue.

— J'ai besoin de davantage de précisions.

— J'ai été malade plusieurs fois au Château, mais ça ne peut pas être la nourriture car je viens de manger au Savoy et je me sens écœurée. Parfois, quand je me lève de ma chaise, j'ai le vertige. Et aussi...

Elle se tut et rougit, du cou jusqu'aux joues.

— Parlez, s'impatienta Bonne-maman. À mon âge, plus rien ne me choque.

— Euh... je n'ai pas... Enfin, vous savez, périodiquement on...

Kitty prit son courage à deux mains et lâcha tout de go :

— Je n'ai pas eu besoin de mettre ma ceinture sanitaire depuis longtemps...

Elle détourna aussitôt le regard. Comment avait-elle pu oser parler de cela à l'aïeule ? Quelle honte !

Bonne-maman ravala un sourire.

— Quand l'avez-vous mise pour la dernière fois ?

— En Italie, répondit Kitty, toujours incapable d'affronter son regard. Pendant notre voyage de noces, au mois d'août. Pas depuis. Une fois, j'ai entendu une bonne qui parlait d'une femme qui serait morte parce que tout serait resté bloqué à l'intérieur. Est-ce que je vais mourir ?

— Non, vous n'êtes pas malade. C'est bien ce que j'ai pensé en vous voyant entrer dans le salon, on développe une certaine intuition pour ces choses-là. Vous êtes *enceinte*, mon enfant. Vous allez avoir un bébé.

Kitty releva la tête, blêmissant.

— Un bébé ? fit-elle en un filet de voix.

— Et pourquoi pas ? C'est à cela que sert la lune de miel. Giles est venu vous retrouver dans votre lit, non ? C'est ainsi que ça arrive, petite innocente. Voyons... août...

Elle compta sur ses doigts.

— Un bébé de mai. Vous avez parfaitement choisi votre moment. Mieux vaut en terminer avant la saison chaude. Une grossesse qui a son terme en juillet ou août, c'est à éviter.

— Je vais avoir un bébé ? murmura Kitty, ébahie.

— Ce que vous êtes lente, ma pauvre fille. Oui, un bébé. Que devez-vous faire, alors ? Rien. Rentrez au Château, annoncez la nouvelle à Giles, réjouissez-vous. Surtout, ne vous laissez pas traiter en invalide. Accordez-vous une promenade quotidienne, mangez à votre faim mais sans excès. Et priez pour que ce soit un garçon. Il est toujours préférable de commencer par un garçon.

— Merci ! dit Kitty, radieuse. Merci !

— Vous remerciez la mauvaise personne.

Bonne-maman sourit.

— N'ayez crainte. Le monde est plein de femmes qui ont accouché. Je vous rendrai visite de temps à autre, pour m'assurer qu'on ne vous abîme pas par excès de négligence ou de gâterie. Soyez tranquille, mon enfant. Vous accomplissez votre devoir et c'est une bonne chose.

25

Quand parler à Giles ? Il était très occupé, comme à son habitude, et ce n'était pas une nouvelle que Kitty souhaitait lui annoncer devant d'autres personnes, au dîner ou dans le salon. Elle estimait que la primeur lui était réservée. Il fallait qu'il l'apprît en premier et dans l'intimité. Le soir dans la chambre, alors. Mais il ne la rejoignait pas systématiquement et, après l'escapade londonienne, plusieurs jours s'écoulèrent sans que ce fût le cas. Le secret enflait en elle, un peu comme grossissait le bébé, imaginait-elle. Elle n'était pas tentée de se confier à Hatto. En revanche, un jour qu'elle gagna sa chambre et y trouva Rose qui replaçait les figurines de jade après les avoir époussetées, elle fut à deux doigts de lui en parler.

— Oui, madame ? dit Rose en se retournant et en notant son regard appuyé et sa bouche entrouverte.

Kitty restant silencieuse, elle insista :

— Vous voulez quelque chose ?

Non, Giles devait être le premier.

— Non, rien...

— Madame a les joues un peu rouges. Vous êtes sûre que ça va ?

— Oui, tout va très bien.

Alors qu'elle redescendait par l'escalier de service, Rose repensa aux quelques semaines durant lesquelles elle s'était occupée de la jeune comtesse. Elle sourit, ayant vite remarqué ce qui n'était pas survenu. C'était un secret pour l'instant, mais ne le resterait pas longtemps, car tôt ou tard Hatto se poserait elle aussi des questions. La chambrière était toujours la première au courant.

Nauséeuse, Kitty ne parvenait pas à trouver le sommeil. Mille pensées se bousculaient dans sa tête. Comment Giles réagirait-il à la nouvelle ? Qu'est-ce que cela faisait d'accoucher ? Était-ce douloureux ? Et Nina, que donnerait son mariage avec ce curieux vieillard ? Elle ne conservait de lui qu'un vague souvenir, peut-être était-il plus sympathique qu'elle ne se le rappelait.

Kitty s'assit et but un peu d'eau. Elle se sentait un peu moins écœurée. La solitude lui pesait. Quel bonheur de revoir Nina ! Si seulement elle avait quelqu'un à qui parler. Elle aimait Giles à la folie, lui était entièrement dévouée, mais il ne lui apportait pas la même compagnie que Nina autrefois. Les choses changeraient peut-être quand elle aurait mis au monde son enfant. Cela les rapprocherait certainement, non ? Soudain, elle n'en put plus d'attendre de lui annoncer la nouvelle. Après tout, la porte de communication était faite pour ça ! Elle s'en approcha et y plaqua son oreille. Aucun bruit. Soit il n'était pas encore monté, soit il dormait. Kitty l'ouvrit délicatement et aperçut un fin rai de lumière sous l'autre porte. Elle avança à pas de loup, se figea, ne décela aucun mouvement ni murmure de voix. James

– « l'horrible James », comme elle le désignait toujours dans sa tête – s'était retiré. Elle entra.

Giles lisait au lit. Il releva les yeux et plissa le front.

— Kitty ? Qu'est-ce que vous faites ici ?

Cette question plutôt sotte balaya sa nervosité et lui donna envie de pouffer. Elle traversa précipitamment la chambre et le rejoignit dans le lit. Une initiative contraire à l'étiquette. Il flottait dans cette pièce une odeur différente. Le matelas était plus dur que le sien, et bosselé. Kitty en fut désolée pour lui. Il fallait en changer. Puisque lui-même ne se souciait pas de son propre confort, elle en commanderait un pour lui. Ne l'avait-il pas épousée pour qu'Ashmore fût ressuscité grâce à sa fortune ? Devant sa mine interloquée, elle ne put s'empêcher de rire.

— Vous m'avez manqué. Vous n'êtes pas venu me voir hier soir. Ni avant-hier, ni…

— J'étais fatigué, l'interrompit-il.

À peine les mots furent-ils lâchés que Giles prit conscience de son ton revêche. Malgré tout, Kitty n'avait pas à se trouver là. Imaginez si James – Hook, plutôt – revenait pour une raison ou une autre. Enfin, il devait se montrer gentil avec elle.

— Désolé. J'ai tellement de travail.

— Je sais, mais rien ne vous oblige à tout entreprendre en même temps. Ce n'est pas raisonnable de s'épuiser ainsi, jour après jour.

C'était là une Kitty différente, ni l'ingénue timide de la journée, ni sa petite diablesse de la nuit. Une Kitty en épouse attentionnée, qu'il découvrait.

— Je ne vous reconnais plus ! dit-il. À quoi doit-on ce changement ?

— Laissez de côté ces documents barbants. J'ai quelque chose à vous dire.

Giles les posa sur la table de chevet.

— Oui ?

Kitty le contemplait comme pour la première fois, ses yeux suivant les contours de son visage. Puis elle laissa courir son index sur ses sourcils, son nez, ses lèvres. Il se laissa faire patiemment. *J'espère que ce sera un garçon et qu'il vous ressemblera*, songeait-elle. Elle se mit à respirer plus profondément, les sens en émoi.

— Oh, Giles..., susurra-t-elle.

Il s'embrasa à la manière d'un fagot sur lequel on jette une allumette. Oubliant qu'il n'avait pas fermé sa porte à clé, il l'attira contre lui et l'embrassa, excité par ce corps ardent. Il la pénétra avec empressement et volupté, les tracas des derniers jours s'évacuant, comme les fois précédentes, dans l'assouvissement charnel. À la fin, il était essoufflé, réchauffé, détendu et épanoui.

Lovée dans ses bras, Kitty avait le visage enfoui dans son cou. Elle humait cette senteur particulière à l'arrière de son oreille, telle une qualité secrète qu'elle aurait été seule à connaître de lui. Lui donnant l'impression qu'il lui appartenait presque autant qu'elle à lui.

— Qu'aviez-vous à me dire ? murmura-t-il.

Elle connaissait cette voix, il n'allait pas tarder à s'endormir. Elle déplaça légèrement sa tête pour approcher ses lèvres de son oreille, dont elle avait tant de fois admiré les belles et délicates courbes.

— Je suis venue vous dire que j'attends un bébé.

Elle sentit son bras se raidir de stupeur, puis il écarta son visage, tout à fait réveillé, pour la fixer d'un air incrédule. Elle sourit, pleinement heureuse.

— C'est la vérité, Giles. J'attends un enfant. Notre enfant. J'espère que ce sera un garçon.

Il resta muet et l'étreignit. Il déposa des baisers sur son front, ses cheveux et ses paupières, puis à nouveau sur ses cheveux. C'était agréable, mais elle eût apprécié quelques mots.

Giles la serra fort comme s'il craignait de tomber. Qu'avait-il fait ? Plus possible de revenir en arrière. C'était absurde de penser cela, bien évidemment, vu que le sort était jeté depuis longtemps. Dès le jour où son père avait disparu, sa voie était tracée. Il comprenait néanmoins que c'était là un moment décisif. Il sentait les mâchoires du piège se refermer sur lui.

*
**

M. Cowling invita Nina à Northampton afin d'inspecter la demeure qu'il y possédait.

— Je ne sais pas ce que vous en penserez, dit-il. Moi, elle me convient. Mais je n'accorde pas grande importance à ces choses-là.

— C'est tout de même là que vous habitez, non ?

— Oui, si tant est que j'habite quelque part. Je n'y passe guère de temps depuis la mort d'Emma. Je me déplace beaucoup pour le travail. Quand je suis à Leicester, je loue un meublé. À Londres, j'ai tout le confort nécessaire à l'hôtel Brown. Mais je conserve mes affaires à Beechcroft House. J'ai pensé que c'est là que vous préféreriez vous installer, pas trop loin de Londres. Le trajet en train jusqu'à Northampton n'est pas si long.

— Que je préférerais ça à quoi ? s'enquit Nina.

— J'ai aussi une maison à Market Harborough, je crois que je vous en ai déjà parlé. Plus grande, mais ancienne et quelconque. Je l'ai achetée parce que c'était une aubaine. Le type qui vendait était dans l'embarras, il lui fallait de l'argent rapidement. Inutile d'entrer dans les détails. Mon idée initiale était d'y inviter des gens pour des parties de chasse à courre. Parfait pour conclure des affaires. Mais c'est resté à l'état de projet. Mon Emma… Disons qu'elle n'aimait pas trop recevoir. Et cette demeure ne lui a jamais plu. Elle la trouvait triste. Elle se plaisait à Northampton.

— Dans ce cas, je suis sûre que ce sera aussi mon cas, dit Nina qui ne voulait surtout pas lui causer du souci.

— Attendez de l'avoir vue pour vous prononcer. Peut-être ne sera-t-elle pas à votre goût. Je n'ai pas envie que vous ayez l'impression d'hériter d'une paire de chaussures déjà portées. Pour tout ce que vous voudrez changer, il ne faudra pas hésiter. N'allez pas imaginer que c'est sacré pour moi parce que Emma l'avait choisi. Et même, si vous ne vous y plaisez pas du tout, je vous en achèterai une autre. Ou bien on la rasera pour construire quelque chose de mieux. Je veux que vous soyez heureuse.

M. Cowling tenait à agir respectablement. Il invita Lepida Morris à se joindre à eux au cas où quiconque trouverait inconvenant que Nina vînt seule. Elles prirent le train jusqu'à Northampton. M. Cowling était parti en éclaireur pour « veiller au grain, avait-il dit. Decius vous attendra à la gare pour vous escorter. »

La ville de Northampton, telle qu'elles la découvrirent depuis le train, semblait compter beaucoup d'usines dont les rues environnantes étaient bordées de pavillons mitoyens en brique rouge de l'époque victorienne. Le train franchit une rivière.

— La Nene, dit Lepida. Je me suis renseignée. Dans les usines, on fabrique des chaussures, des bottes, des bas, des bicyclettes et des meubles.

De l'autre côté du portillon, elles furent abordées par un jeune homme vêtu d'un costume simple et impeccable, qui retira son chapeau d'un ample geste et s'inclina.

— Mademoiselle Sanderton, c'est bien ça ? Et mademoiselle Morris ? Je suis Decius Blake, le secrétaire de M. Cowling.

— Enchantée, dit Nina en lui serrant la main.

Elle était amusée de voir Lepida un rien décontenancée devant la beauté insensée du jeune homme. Sa magnifique chevelure noire ondulée produisait un contraste saisissant avec ses yeux d'un bleu éclatant.

— Un cab nous attend, dit-il. Vous avez fait bon voyage ?

— Oui, merci, dit Nina.

Visiblement, il ne fallait pas compter sur Lepida.

— J'espère que vous ne trouverez pas ma question indiscrète, mais Decius est un prénom très original. Seriez-vous… ?

— Le dixième ? dit-il avec un sourire charmant. Je crains que oui ! Je viens d'une famille nombreuse.

— Et vos frères et sœurs sont aussi nommés d'après l'ordre numérique ? s'enquit Lepida qui avait retrouvé ses esprits.

— Non, fort heureusement pour eux. J'ai un frère qui s'appelle Sextus et un autre Octavius, mais les autres sont des filles et mes parents les ont épargnées.

Il les aida à s'installer dans le cabriolet.

— Ce n'est pas loin, précisa-t-il en prenant place en face d'elles.

Après avoir emprunté des rues bordées de maisonnettes de brique rouges en enfilade, semblables à celles aperçues depuis le train, le véhicule tourna dans une avenue plus large et bordée de platanes.

— Comment avez-vous connu M. Cowling ? demanda Nina.

— Mon père était le pasteur du village où il est né.

Puisqu'elle hochait la tête, intéressée, il poursuivit :

— Après avoir fait fortune… une première fois, je devrais dire, M. Cowling est retourné sur place pour voir quels bienfaits il pourrait accomplir. L'église de Tous-les-Saints étant en mauvais état, il a généreusement financé des travaux de réparation et de rénovation.

— Quel geste admirable ! dit Lepida.

Decius Blake la regarda. Nina eut la nette impression qu'elle avait été parcourue d'un frisson quand ces beaux yeux s'étaient posés sur elle.

— M. Cowling est quelqu'un de bien, dit le jeune homme. Un homme bon et généreux.

— J'imagine, dit Nina, que tout est parti de ce premier lien.

— En effet. Constatant que notre père avait peu de moyens, comme souvent les pasteurs à la tête d'une famille nombreuse, M. Cowling a envoyé les trois garçons à l'école à ses frais. Ensuite, il m'a proposé d'être son secrétaire. Vous imaginez quelle reconnaissance les Blake vouent à M. Cowling. Nous prions tous les jours pour sa bonne santé et son bonheur.

Il gratifia Nina d'un sourire enfantin.

— On dirait bien que nous avons été exaucés.

Il leur fournit quelques repères.

— La rivière se trouve par là-bas. L'espace vert que vous apercevez à droite, c'est le champ de courses. Nous y voici, Beechcroft House.

C'était un édifice de brique rouge dans le goût victorien, avec vitraux, pinacles, pignons et autres fioritures. Une allée circulaire contournait un massif d'arbustes. Nina remarqua l'arbre imposant qui poussait sur la gauche, un if et non un hêtre[1]. Notant la direction de son regard, Decius dit :

— On suppose qu'une église devait se tenir là autrefois.

— Oui, dit Lepida. Il y a souvent un if dans l'enclos des églises.

— En effet, confirma le jeune homme. L'if est censé avoir des pouvoirs magiques pour refouler les mauvais esprits. Il ne reste aucun vestige de l'église. Beechcroft House n'est pas du tout ancienne, elle date de 1870 environ. L'arbre doit avoir entre six et sept cents ans.

— Espérons qu'il conserve ses pouvoirs ! dit Lepida.

M. Cowling apparut sur le perron ; il se précipita pour ouvrir la portière de la voiture et déplier le marchepied. Sorti de l'autre côté, Decius Blake se chargea de régler la course.

M. Cowling serra la main des deux jeunes filles, et Nina eut droit en plus à un chaste baiser sur la joue.

1. *Beechcroft* signifie littéralement « Fermette du hêtre ». *(N.d.T.)*

— Entrez, entrez. Bienvenue à Northampton. Le déjeuner est prêt, vous devez avoir faim après le voyage. Nous allons vous débarrasser de vos affaires. Decius, prenez les manteaux de ces demoiselles. Et aussi les chapeaux. Je tiens à ce que vous soyez à l'aise. Vous êtes ici chez vous. Ça vaut pour vous, mademoiselle Morris. J'espère que vous nous rendrez visite quand vous voudrez. Vous serez toujours la bienvenue. Je vous présente Mme Mitchell, ma gouvernante. Elle prend soin de moi depuis des années. Voici Mlle Sanderton et son amie, Mlle Morris.

La gouvernante s'acquitta d'un petit salut de la tête, laissa glisser ses yeux sur Lepida puis les posa sur Nina, qui fut certaine d'y déceler une hostilité fugace, vite remplacée par un masque d'indifférence.

*
**

— Alors, es-tu satisfaite de ton nouveau logis ? s'enquit Lepida dans le train qui les ramenait à Londres.

— Ce n'est pas ce à quoi je m'attendais, répondit Nina.

Il faudrait s'habituer au style gothique. D'une taille raisonnable avec ses six chambres, la demeure se donnait pourtant des airs de manoir moyenâgeux. Les lourdes portes en chêne, les vitraux, le carrelage coloré, les cheminées gigantesques, les boiseries ouvragées, les lustres au gaz en fer forgé – un peu excessif pour ce qui n'était, après tout, qu'une maison de ville. M. Cowling n'avait visiblement que faire du style architectural et, de toute manière, il y passait très peu de temps. Mais, pour un œil moderne avisé, le style gothique était un sujet de plaisanterie, et saurait-on être heureuse à vivre dans un cadre risible ? Malgré tout, Nina aurait une belle situation, ce qui était inouï pour une fille sans dot. Elle devrait être reconnaissante. Elle le serait.

L'habitation ne venait pas seule. Il y avait aussi les domestiques. Le vieux Moxton, grand échalas à l'épaisse chevelure blanche, remplissait les rôles de valet et de majordome. Quand il s'était penché vers Nina pour lui servir de la soupe, elle avait flairé une odeur prononcée de naphtaline.

Nellie, la bonne grassouillette aux joues luisantes, donnait un coup de main à table, et l'on prenait une cuisinière extérieure lors des rares séjours de M. Cowling. Le reste du temps, Mme Mitchell et Nellie se relayaient aux fourneaux.

— Quelles sont tes impressions sur Mme Mitchell ? demanda-t-elle à Lepida. Tu ne l'as pas trouvée… un peu bizarre ?

Lepida comprit immédiatement l'allusion.

— J'ai eu l'impression qu'elle ne t'appréciait pas franchement.

— Ce n'est donc pas mon imagination. Mais pourquoi ?

— Sans doute parce qu'elle s'occupe de M. Cowling depuis des années et voit ton arrivée d'un mauvais œil.

— Pourtant je ne lui ai rien fait.

— Elle est jalouse. C'est fréquent chez les vieilles servantes. Elles deviennent possessives. Ne t'en fais pas, elle s'habituera à la situation.

Elle se garda d'ajouter, pour ne pas angoisser Nina davantage, que Mme Mitchell pourrait bien être amoureuse de son maître. M. Cowling n'était pas vilain et avait certainement été fort bel homme. Et il était veuf depuis déjà cinq ans. Cela aussi s'aplanirait. Inutile de semer le trouble.

— Les choses s'amélioreront quand tu recruteras davantage de personnel, dit Lepida. Elle aura d'autres chats à fouetter.

— Je ne suis pas certaine qu'on en aura besoin.

— M. Cowling a parlé de recevoir du monde, auquel cas tu seras bien obligée. Au fait, enchaîna-t-elle alors que Nina s'apprêtait à objecter, tu comptes l'appeler M. Cowling ?

— Au moins jusqu'au mariage.

Nina songea qu'il lui faudrait s'habituer à l'idée d'être mariée à cet homme.

*
**

Quand Giles annonça la nouvelle au dîner, Richard se leva et contourna la table pour embrasser Kitty ; Rachel et Alice frappèrent dans leurs mains, et oncle Sebastian marmonna son approbation. La comtesse douairière, en revanche, plissa les paupières, regarda Kitty comme si elle venait d'agir sournoisement et dit :

— Vous ne monterez plus à cheval, bien entendu.

— Ne plus monter à cheval ? balbutia Kitty.

— Jusqu'à la naissance.

— Oui, bien sûr, dit Giles. Je n'y avais pas pensé. Les femmes enceintes doivent s'en abstenir. C'est dangereux.

— Mais vous venez de m'offrir Apollon…

— Je le sortirai pour qu'il ait de l'exercice, proposa Richard.

— Ton épaule supportera l'effort ? demanda Giles.

— Tu ne l'aurais pas acheté s'il tirait, souligna Richard. J'irai tranquillement au pas. Ce sera parfait pour m'y remettre.

— À condition qu'il accepte une selle standard.

— À nous deux, Giddins et moi saurons le persuader.

Quelle déveine ! songea Kitty.

— Y a-t-il autre chose dont je doive m'abstenir ? demanda-t-elle, légèrement renfrognée.

Personne ne réagit. Son regard croisa celui de Giles, tous deux se posant la même question. Impossible d'aborder le sujet avec sa belle-mère. Ils se détournèrent, embarrassés.

Pour marquer le premier anniversaire de la disparition du comte, un office fut célébré en l'église St Peter. Tout le voisinage était présent, et la chorale interpréta un très beau chant. Dès le lendemain, la comtesse douairière, dont le deuil prenait officiellement fin, partit pour Londres où elle comptait passer une semaine pour y rencontrer des amis et effectuer quelques emplettes vestimentaires.

— Pressée de filer, fit remarquer oncle Sebastian à Giles. Une hâte inconvenante ?

— Je ne peux pas lui en vouloir, dit Giles. Malgré le peu d'éléments dont je dispose, je sais que mon père n'était pas très facile à vivre.

— Le deuil n'est pas une affaire de sentiments, insista Sebastian. C'est une affaire d'apparence. Mais bon, il n'y a sans doute aucun mal. Tu as toi-même dérogé au principe en te mariant. Et, enchaîna-t-il avant que Giles se justifie, tu as bien agi pour Ashmore.

Giles supposa qu'il faisait allusion à la fortune de Kitty. Sebastian sourit, parfaitement conscient de ce que supposait son neveu, et monta à l'étage pour s'installer au piano, en espérant que la couturière le rejoindrait. Il jouait mieux avec un public. En fait, il avait en tête bien d'autres effets positifs que la jeune Kitty aurait sur Ashmore, dès que Maud pourrait être persuadée de lâcher les rênes.

Le banquet annuel des fermiers fut organisé au Crown, à Canons Ashmore. L'ancien relais de poste se diversifiait depuis que le chemin de fer avait évincé le cheval. Les Londoniens raffolaient d'escapades dans la proche campagne, friands d'histoires, d'insolite et de pittoresque, sans renoncer par ailleurs à leurs exigences de citadins en matière d'hôtellerie et de restauration. Ce dîner était réservé aux hommes et offert par Giles, assisté de Richard. Un copieux repas agrémenté de porto et de cigares à volonté, et l'occasion d'aborder quelques sujets d'intérêt avec les fermiers du coin – mettre les problèmes sur le tapis, débattre des améliorations possibles et s'assurer de leur soutien renouvelé à la chasse à courre. Giles avait accompagné son père une fois et s'était réveillé le lendemain avec la tête farcie comme une citrouille à cause de l'alcool, et la gorge comme une râpe à fromage à cause de la fumée de cigare. La perspective de devoir s'y coller chaque année ne l'enchantait pas.

Dans la calèche qui les ramenait au Château, il dit à Richard :

— Tu es bien fringant. Comment fais-tu pour supporter ce genre de soirée ?

— L'entraînement, répondit Richard.

Giles était bien avancé !

Il y eut quelques jours où la température fut douce pour décembre et où le soleil daigna se montrer après la dissipation des brumes matinales. Kitty supplia Giles de se promener avec elle dans les jardins. Surpris par cette demande inhabituelle, il se laissa convaincre à la vue de la luminosité vaporeuse par la fenêtre. En plus, il fallait sortir les chiens.

Dehors, la température était presque clémente. À l'horizon, les branches nues des arbres formaient comme un grillage noir sur le bleu délavé du ciel. L'air embaumait le feu de bois et les feuilles en décomposition. Enchantés de cette virée, les chiens filaient, la truffe au sol, revenant périodiquement vers les humains pour les inciter joyeusement à accélérer le pas. Tant d'odeurs à flairer et si peu de temps ! Muni d'une canne, Giles s'en servait à l'occasion pour fouetter les mauvaises herbes ou retourner une motte avec la pointe. Focalisé sur le domaine, il observait les lieux d'un œil vif. C'est seulement quand Kitty trébucha qu'il se rappela sa présence et lui proposa son bras.

— Comment vous sentez-vous ? s'enquit-il en mari attentionné.

— Très bien. Je n'ai plus de nausées. Où en est la mise en place des changements ?

— C'est lent. Il y a tant à faire. Et les frais s'accumulent, ajouta-t-il, mal à l'aise. Markham et Adeane ont tendance à voir les choses en grand, mais je discute chaque devis pour m'assurer que c'est vraiment nécessaire.

— Ne soyez pas gêné de dépenser mon argent, dit-elle avec sincérité. Il est à vous, maintenant. Jamais je ne remettrai en cause ce que vous décidez.

Il la regarda. Le soleil bas éclairait son visage, faisant ressortir son extrême jeunesse. Dire qu'elle était enceinte, qu'elle portait son enfant ! Cette pensée lui noua le ventre. Ce n'était pas du dégoût, seulement la crainte de ne pas être à la hauteur.

— Si vous vous soumettez à toutes mes volontés, vous allez faire de moi un tyran !

— Jamais vous ne serez tyrannique, objecta-t-elle sereinement.

Ils pénétrèrent dans le jardin clos.

— Voici ce dont je souhaitais vous parler, dit Kitty. J'y réfléchis depuis que je vis à Ashmore. Nous devrions produire davantage de légumes et de fruits pour le Château. Mme Oxlea ne jure que par les pommes de terre et le chou, mais il y a largement la place pour une plus grande variété.

Giles sourit.

— Voilà à quoi une jeune femme bien élevée occupe ses pensées à longueur de journée ? Les pommes de terre et les choux ?

— Ces légumes sont utiles, continua-t-elle. Comme les carottes, les navets et le reste. Pour l'instant, on ne fait pousser que ça dans le potager. Si l'on aménageait un second jardin clos, on pourrait y planter des épinards, des blettes, des petits pois et toutes sortes d'autres choses.

— Original. Et pour les fruits ?

— Nous avons déjà bien assez de pommiers et de poiriers. Je verrais bien des pêches et des abricots. Des groseilles à maquereau et du cassis. Des fraisiers. Vous imaginez, des fraises du jardin en été ?

— Je préfère les framboises.

— Des framboisiers, alors. Et puis, Giles, si nous installions des serres le long d'un mur, nous aurions des fruits hors saison. Et une tonnelle pour le raisin.

— Qu'est-ce qui a suscité ces réflexions ?

— Je me souviens que vous mangiez avec appétit en Italie, alors qu'ici vous touchez à peine à votre assiette. Je sais que Mme Oxlea n'est pas... très imaginative.

— Quel bel euphémisme, ma chère !

— Si elle avait un plus grand choix d'aliments, sans doute saurait-elle apprendre. Il doit bien exister des recettes quelque part, elle n'aurait qu'à les suivre. S'il n'est pas possible de la remplacer, ajouta-t-elle à mi-voix.

Un bref silence embarrassé s'ensuivit. Giles ne voulait pas affronter à nouveau sa mère sur le sujet. Il n'allait pas participer à une guerre civile sous son propre toit. Peut-être Kitty avait-elle raison, les nouveaux ingrédients auraient l'effet souhaité. De toute façon, la diversité serait bénéfique en elle-même.

— Très bien. Vous aurez votre jardin clos et vos serres. Conformément à vos souhaits. Mais il faudra soumettre le projet au jardinier en chef. Je ne pense pas qu'il s'y opposera.

— Je lui en ai déjà parlé, admit-elle timidement. Il a paru enthousiaste. Mais il aura besoin d'assistants supplémentaires à cause de la surcharge de travail.

Ils continuèrent de discuter du projet en marchant, repérant les bons endroits où planter tel ou tel délice. Ce fut un moment de parfaite harmonie, Giles rêvait de figues gorgées de jus et de pêches mûres à souhait, Kitty d'un mari moins maigre et moins hanté. Les chiens couraient, des choucas jacassaient dans les arbres nus, un rouge-gorge se posa sur un muret et pépia.

Et, alors qu'ils tournaient à un angle de l'allée, Giles prit la main de Kitty en un geste d'affection spontané.

*
**

— Vous êtes sûr que c'est moi qu'il souhaite voir et non Mlle Nina ? s'étonna tante Schofield.

— Tout à fait sûr, madame, répondit Haydock.

Tante Schofield soupira et se rendit dans le petit salon. M. Cowling l'y attendait, se réchauffant les mains devant la cheminée.

— Bonjour, monsieur Cowling. En quoi puis-je vous être utile ? s'enquit-elle sans attendre.

Les préparatifs du mariage la tenaient très occupée. Elle voulait que tout fût parfait pour Nina. Ce serait un mariage nettement moins fastueux que celui de Kitty Bayfield, bien évidemment, mais il n'était pas question de faire les choses à l'économie, et cela n'allait pas sans difficultés. Elle disposait d'un revenu fixe et avait entièrement dépensé son pécule pour habiller Nina pendant la saison des bals. Elle n'en voulait pas à sa nièce de se marier, mais elle devrait vendre des titres pour financer la noce, et sa rente en serait diminuée d'autant.

Nina s'était absentée pour une séance d'essayage. Elle avait choisi une simple tunique ajustée en soie ivoire sous une robe en gaze de coton rebrodé avec des manches amples et une courte traîne. Isabel Morris, douée pour la couture, l'avait confectionnée avec l'aide de sa femme de chambre, Sarah. Elle fabriquait depuis toujours des vêtements pour Lepida et, faute de marier sa propre fille, était ravie de s'y employer pour Nina. Après avoir étudié quantité de revues et de patrons, elles avaient opté pour un modèle simple aux lignes élégantes.

M. Cowling semblait très mal à l'aise, avec un air de chien battu pour ainsi dire. Tante Schofield en éprouva une crainte passagère : serait-il venu pour tout annuler ? Elle écarta aussitôt cette idée. Si elle regrettait que Nina eût choisi un homme à l'intellect inférieur au sien – ce qui était sans doute plus fréquent qu'on ne le supposait –, elle était convaincue de sa parfaite sincérité de gentleman. Voyant qu'il peinait à en venir au but, elle l'y incita :

— Avez-vous quelque chose à me demander ?

— Oui, madame. Je suis venu quémander une faveur.

— Une faveur ?

— Une très grosse faveur et, croyez-moi, je ne me permettrais pas, sauf que je trouve que c'est là une question de justice, et que je sais que vous êtes une femme... pardon, une personne... Enfin, une dame...

Elle lui fit signe que peu lui importait le terme.

— Exprimez-vous librement, monsieur.

— Vous êtes une dame éprise d'équité. Voyez-vous, madame, je sais parfaitement que c'est à la famille de la mariée d'assumer le coût du mariage, et je sais que vous ferez ça bien et avec bon goût, mais je compte inviter beaucoup de gens, et ça ne me semble pas juste de vous laisser régler la note. Je voulais donc vous demander si vous accepteriez de me faire la grande faveur de me laisser payer le repas du mariage. Même si ce n'est pas dans les habitudes, personne d'autre que vous et moi ne le saura. Comme ça, je pourrai inviter qui je veux sans me sentir affreusement coupable de vous imposer toutes ces bouches à nourrir. Alors, qu'en dites-vous ? Seriez-vous prête, madame, à me suivre sur ce point ? J'en serais vraiment touché.

Mme Schofield resta silencieuse un long moment, et le front de M. Cowling se creusa de plus en plus, convaincu qu'il était d'essuyer un refus.

— Je vous ai offensée, se lamenta-t-il. Ce n'était pas du tout mon intention. Je voulais juste...

En fait, elle se retenait d'éclater de rire. Une fois qu'elle fut certaine de se maîtriser, elle put dire :

— Vous ne m'avez pas offensée. C'est même une proposition fort généreuse et je l'accepte volontiers.

Stupéfait, M. Cowling peina à s'en réjouir.

— Vraiment ? Vous dites cela sérieusement ?

— Monsieur Cowling, organisez ce repas à votre guise et invitez qui vous voulez. Je ne suis que trop heureuse de vous en transmettre l'entière responsabilité.

— C'est trop aimable à vous, madame ! dit-il radieux. Je m'occupe de tout. Vous n'aurez pas à lever le petit doigt. Mon secrétaire Decius se chargera de tout ; c'est un garçon pointilleux. Ce sera réglé comme du papier à musique. Vous me donnerez la liste des personnes que vous souhaitez inviter. Et ne cherchez pas à me ménager, conviez qui vous voulez. Nous aurons un festin, je vous le garantis. Pas de demi-mesure. Ce sera... Enfin, rien ne sera jamais suffisamment magnifique pour Nina... mais je mettrai les moyens pour que ce soit le plus beau mariage possible.

— Je n'en doute pas, monsieur Cowling.

— Et n'hésitez surtout pas à solliciter Decius pour les préparatifs. Il peut s'occuper de tout.

La seule chose que vous ayez à faire, c'est vous présenter à l'église le jour J avec Nina. Mon Dieu, dit-il en se frottant les mains, ça va être quelque chose ! Je vous enverrai Decius, si vous permettez. Chargez-le de tous vos tracas, tel un baudet !

Mme Schofield sourit et le remercia à nouveau. Elle lui était reconnaissante de lui retirer une sacrée épine du pied. Decius Blake, au sujet duquel Nina n'avait pas tari d'éloges, saurait peut-être trouver le bon compromis entre quantité et qualité. Qui plus est, M. Cowling devait bien avoir quelques notions de distinction, lui qui dînait avec le roi. Et de toute façon, quand bien même cela tournerait à un étalage de richesse des plus vulgaires, c'était aussi son mariage, non ?

26

Le jour du grand saut était arrivé. Nina se laissait habiller en mariée par Minny, la bonne de sa tante, et par celle d'Isabel Morris, Sarah, jalousement attachée à la robe qu'elle avait en grande partie confectionnée. Nina se tenait devant la psyché, déplacée pour l'occasion depuis la chambre de sa tante, et observait la métamorphose avec un intérêt quasi scientifique. Cette jeune femme ne lui ressemblait pas. Ce n'était pas elle. Ce devait être un rêve. Cette jeune femme que l'on préparait pour son mariage ne pouvait pas être la Nina Sanderton dans laquelle logeait son esprit.

La robe était magnifique, l'étoffe d'une douceur délicate sur sa peau, le drapé élégant et la traîne si souple qu'elle épousait ses mouvements. Quel n'avait pas été son étonnement quand sa tante avait sorti un voile de mariée.

— C'est celui de ta mère. Elle me l'a confié pour que tu le portes à ton mariage.

Plusieurs lavages précautionneux ne purent qu'atténuer en partie le jaunissement de la dentelle. Par chance, la robe était ivoire et la différence était donc moins criante qu'elle aurait pu l'être. En plus, Nina préférait porter ce voile jauni plutôt que n'importe quel vêtement neuf et immaculé. Avec son collier de perles, c'était tout ce qui lui restait de sa mère. Elle avait cru devoir se contenter du collier, n'ayant pas d'autre bijou à porter. Mais, la semaine précédente, M. Cowling était venu lui offrir, timidement, un écrin en cuir. Celui-ci contenait une rivière de diamants. Décontenancée, elle avait d'abord voulu refuser. Le prix, qu'elle était incapable de se figurer, était forcément démesuré. Par chance, sa tante était présente et avait su décrypter son expression. Nina n'avait eu que le temps de dire « Je ne... » avant qu'elle l'interrompît.

— Le fiancé fait toujours un cadeau à sa future épouse, avait-elle indiqué fermement à sa nièce. C'est la tradition. Des diamants, c'est approprié. Cela ira parfaitement avec ta robe.

Sa mine déconcertée n'avait pas échappé à M. Cowling.

— Sauf si ça ne lui plaît pas, avait-il précisé, anxieux. Je peux l'échanger en un clin d'œil.

Nina était au bord des larmes.

— C'est magnifique. Je n'ai jamais rien possédé de si beau. Merci.

On aurait dit un collier de gouttes de pluie.

Sarah attacha donc, en ce jour de mariage, la rivière de diamants autour de son cou, et Nina ne parvenait pas à croire qu'elle et cette inconnue vêtue de blanc, scintillant de mille feux, ne faisaient qu'une.

— Ah non, mademoiselle Nina, ce n'est pas le moment de tourner de l'œil ! dit sévèrement Sarah.

— Faut lui pincer le lobe de l'oreille, suggéra Minny. Pour qu'elle revienne à elle.

— Je ne vais pas m'évanouir, se pressa de les rassurer Nina.

On alla chercher Lepida, qui était l'unique demoiselle d'honneur. Fort jolie dans sa robe en soie couleur campanule qui seyait à son teint, elle portait au cou le présent du fiancé au témoin de sa promise, un pendentif en saphir sur une chaîne en or. Lepida avait été époustouflée elle aussi, sans pour autant envisager une seule seconde de refuser. Le moment était venu d'y aller. Nina prit la main de son amie dans les siennes, gelées.

— Tu nous rendras visite ?

— Bien sûr, Nina. Souris un peu ! C'est le jour de ton mariage. On ne t'emmène pas au bûcher !

— Mais je suis souriante.

— Souris un peu plus, alors.

Au rez-de-chaussée, Mawes attendait de l'escorter, très distingué et plus soigné qu'à son habitude dans son costume de matinée. Il fit mine de siffler quand Nina apparut.

— Quel dommage que je n'aie pas mon carnet de croquis ! Tu es digne d'un tableau !

Il lui proposa son coude.

— Votre carrosse vous attend, Cendrillon !

Tout se déroula comme dans un brouillard : le trajet jusqu'à l'église, la lente remontée de l'allée centrale entre des rangées remplies de personnes qu'elle ne connaissait pas – tante Schofield avait invité bon nombre de ses connaissances pour atténuer le déséquilibre –, les paroles familières de l'office qui semblaient insolites et saisissantes maintenant qu'elles s'appliquaient à elle…

M. Cowling était le plus flou de tous – elle ne distinguait rien de ses traits et se souvenait seulement qu'il portait un bouton de rose blanche à sa boutonnière, détail qui lui resta car elle passa toute la célébration à se demander où il avait pu se le procurer au mois de décembre. Il devint brièvement réel au moment où il prit sa main dans la sienne, qu'elle sentit ferme et sèche, froide, sensation qui l'amena à réaliser avec stupeur qu'elle était en train de l'épouser, à cet instant ! Puis tout redevint irréel.

M. Cowling avait pour témoin Decius Blake, particulièrement séduisant dans sa belle tenue. Nina avait souvent eu affaire à lui pendant les préparatifs du mariage. Son efficacité discrète avait plu à sa tante. Il posait une ou deux questions judicieuses, puis s'attelait à la tâche. À force de le côtoyer, Lepida était mieux armée face à sa beauté à couper le souffle. Quand il tendit les alliances à M. Cowling, son regard croisa brièvement celui de Nina et il lui adressa un sourire d'encouragement.

La réception se tint à l'hôtel Palace, situé non loin de l'église. C'était un établissement chic qui donnait sur Hyde Park, avec un personnel nombreux en livrée. Nina et M. Cowling se postèrent à l'entrée pour accueillir les invités et, bien que sa tante se tînt aussi à côté d'elle pour lui souffler le nom des personnes, cela entrait par une oreille et ressortait par l'autre. Des visages familiers émergeaient sporadiquement de la brume pour y replonger aussitôt. Mlle Thornton, des jeunes filles qu'elle avait connues pendant la saison des bals, des amis universitaires de sa tante, la joyeuse bande d'artistes que fréquentaient les Morris…

Et, soudain, ce fut Kitty qui se trouva devant elle. Vêtue d'une robe de taffetas vieux rose, d'un manteau de velours coupé gris et rose et d'un chapeau assorti. Kitty affichait un large sourire, mais ses joues ruisselaient de larmes.

— Oh, Nina ! Très chère Nina !

Elle appuya un instant son visage humide contre le sien.

— Je te souhaite d'être très, très heureuse.

Elle tendit ensuite sa main à M. Cowling.

— Prenez bien soin de notre Nina.

Nina fut soudain tirée du brouillard et projetée dans la vie réelle. Elle prit conscience de l'endroit où elle se trouvait car Giles se dressait devant elle, élégant et lumineux, un soleil dans la grisaille ambiante. Son regard se vrilla dans le sien comme s'il avait désiré plonger en elle. Giles s'apprêtait à la toucher. Il prit sa main, se pencha et posa les lèvres sur sa joue. Il ne prononça aucun mot. Elle savait qu'il en était incapable. Elle aussi resta muette, la gorge nouée. La douleur était insoutenable. Et ne fit qu'empirer quand il relâcha sa main. Elle aurait voulu la reprendre vivement et s'écrier : « Non ! » Mais il devait saluer M. Cowling. À cet instant, elle les détesta l'un et l'autre, d'être si différents et d'occuper la mauvaise place.

M. Cowling serra la main de Giles et dit :

— Nous sommes honorés de votre présence, monsieur le comte. J'espère que vous nous rendrez visite à Beechcroft House, nos épouses étant les meilleures amies. Ou peut-être à Market Harborough où j'ai une maison agréable pour la chasse. Vous chassez à courre, bien naturellement ?

Giles marmonna quelque chose. M. Cowling relâcha sa main. Le moment était venu d'avancer pour laisser la place aux suivants. Giles adressa un dernier regard à Nina qui conserva longtemps l'image de ce visage. Elle songeait qu'un homme en train de se noyer jetterait le même regard vers la surface, juste avant d'être englouti pour de bon. *Un cœur ne se brise pas vraiment,* songea-t-elle, *sinon, au moins, ce serait terminé.*

Aucun séjour à l'étranger n'était prévu. Nina n'aurait pas droit à un voyage de noces comme Kitty, car M. Cowling n'avait pas le temps, étant débordé de travail en pleine période de Noël. Il promit de l'emmener où elle voudrait au printemps, si tel était son désir.

— Une fois que la nouvelle collection sera lancée, je pourrai prendre deux ou trois semaines. Nous irons en France ou en Italie, où vous voulez.

Il fit cette promesse à Nina dans le train qui les menait à Northampton. Elle était épuisée, mais M. Cowling avait insisté pour partir malgré l'heure tardive.

— Ce serait dommage de passer notre première nuit à l'hôtel, non ? Rien ne vaut son propre lit, d'après moi. Nous sommes attendus. Il y aura un dîner léger, si vous avez faim. Mes gens auront allumé un feu dans les cheminées et mis des bassinoires dans les lits. Ce n'est pas le grand luxe, mais c'est confortable.

Notant son mutisme, il se tourna vers elle.

— Je vois que vous êtes fatiguée. Vous avez le temps de faire un petit somme avant que l'on arrive. Tenez, appuyez votre tête sur mon épaule. Très bien, fermez les yeux et laissez-vous aller.

Sa gentillesse la transperçait. Il était tellement plus attentionné avec elle qu'elle ne l'était avec lui. Elle somnola sans s'endormir complètement, suspendue en un lieu étrange entre rêve et réalité. Le roulement du train devint le bruit d'une cascade, puis le rugissement d'une bête sauvage, et le contrôleur lui-même, quand il fit coulisser la porte du compartiment et annonça « contrôle des billets, s'il vous plaît », se mua en un chevalier perché sur une monture trop petite, sa lance traînant au sol, et s'écriant : « Des dragons ! Gare aux dragons ! »

Quand on eut débarrassé Nina de son manteau et de son chapeau, M. Cowling lui dit :

— J'ai un cadeau pour vous.

Il la mena dans le séjour où brûlait une belle flambée. Il faisait malgré tout assez frais dans la vaste pièce, surtout pour qui portait une élégante et légère tenue de mariage. Avec son costume et son gilet, M. Cowling était mieux couvert.

— Voici, dit-il. Qu'en pensez-vous ?

Au-dessus de la cheminée était accroché, en place de choix, le portrait de Nina réalisé par Mawes Morris. L'artiste avait été très satisfait du résultat – assise sur un tabouret haut, les mains sagement croisées sur les genoux, Nina regardait par la fenêtre d'un air pensif, une lueur diffuse dessinant des ombres discrètes sur son visage.

— Il ne voulait pas s'en séparer, l'informa M. Cowling qui guettait sa réaction, mais dès que je l'ai vu, j'ai su qu'il me le fallait. Je l'ai payé une coquette somme, je peux vous dire. Sous son apparente mollesse, Mawes sait parfaitement ce qu'il vaut.

— Je pensais qu'il voulait le présenter l'an prochain, parvint tout juste à articuler Nina.

— Oui, je lui ai promis qu'il pourrait le récupérer le temps du Salon de la Royal Academy. Je suis fier de ma femme et je tiens à ce que tout le monde puisse l'admirer. C'est très ressemblant, même si l'original est encore plus beau !

Elle fut bien obligée de regarder son mari. Tout sourires, il attendait qu'elle s'exprimât. Elle ne se sentait pas plus capable de le décevoir que de gifler un enfant.

— Vous êtes adorable de l'avoir acquis. Je suis touchée que vous souhaitiez m'accrocher au-dessus de la cheminée.

— Vous êtes déjà accrochée dans mon cœur !

Lui-même parut sidéré de son élan poétique et Nina en fut attendrie.

— Ça vous dirait de manger un bout ? proposa-t-il.

Oui, elle avait un petit creux. Faute de se parler, restait les repas à partager.

Ensuite, il fallut bien se coucher. Parfaitement éveillée, Nina était allongée dans le grand lit. Grelottant de froid, elle s'était glissée avec bonheur sous les draps que l'on avait réchauffés. Elle n'attendait plus que l'homme qui allait émerger du dressing-room pour la rejoindre en vue de l'acte final. Elle repensait au schéma dans l'ouvrage que lui avait montré sa tante et songeait à ce qui l'attendait, ne sachant pas si elle était heureuse ou non d'être avertie. À moins d'être follement amoureuse, peut-être était-il préférable d'aborder cela dans l'ignorance, car il y avait là… enfin, quelque chose de franchement peu extatique.

Une seule lampe était allumée, à un niveau très faible et sur la table de chevet opposée, mais Nina eût préféré l'obscurité totale.

Quand la porte s'ouvrit et que M. Cowling entra dans sa chambre, elle ferma les yeux pour ne pas le voir dans sa tenue de nuit. Il éteignit et se mit au lit. Elle entendait sa respiration, très distincte du fait de l'absence d'autres sons.

Il se rapprocha doucement d'elle, lui caressa le visage, l'embrassa sur le front, sur la joue, puis sur les lèvres. Quelque chose se métamorphosait en lui. Ses baisers devenaient plus insistants, son souffle plus prononcé. Il releva sa chemise de nuit et elle sentit sa peau sur la sienne. *M. Cowling a déjà été marié*, songea-t-elle. *Il sait comment s'y prendre*. Elle s'efforça de se détendre. « Les hommes en tirent beaucoup de plaisir », avait dit sa tante. Nina ne devait pas lui gâcher la chose. Quand il lui caressa les seins, elle réprima un frisson. Sa tante n'avait rien dit de cela. Elle tenta de se rappeler les explications concernant le tuyau, mais c'était peu ragoûtant d'envisager la situation sous cet angle, aussi préféra-t-elle faire le vide dans sa tête. M. Cowling ahanait comme un homme en pleine course et elle s'efforça de ne pas résister quand il la tripota et s'affaira plus bas...

Puis il dégagea son poids d'elle, bascula et resta allongé à ses côtés dans l'obscurité, sa respiration ralentissant progressivement. Était-ce tout ? Cela ne semblait pas correspondre à la description de sa tante. Mais bon, ignorant ce qu'elle devait ressentir, sans doute se méprenait-elle. Elle se demandait si elle était censée faire quelque chose, lui parler ou le toucher. Était-il sur le point de s'endormir ?

M. Cowling se tourna alors vers elle, l'enlaça d'un bras et dit doucement :

— Je suis désolé.

Prise de court, Nina fut tentée de demander « Pourquoi ? » mais ravala sa question au dernier moment. Ignorante qu'elle était, malgré les efforts de sa tante, il lui semblait que le sujet était parsemé d'écueils potentiels. Elle attendit en silence une indication.

— Rapprochez-vous, finit-il par dire. Vous êtes gelée.

C'était vrai. Il l'attira vers lui, se plaça contre son dos et l'entoura de ses bras. Elle se réchauffa immédiatement. C'était plutôt agréable. Gagnée par la somnolence, Nina ne tarda pas à s'endormir.

*
**

Kitty ayant envie d'assister à une chasse à courre, Giles l'emmena dans la carriole. Archer et Timmy, un garçon d'écurie, se chargèrent des montures.

— Timmy pourra vous conduire jusqu'au premier rassemblement, dit Giles, et vous raccompagner ensuite au Château.

— Je peux me débrouiller toute seule, objecta Kitty.

Alice lui avait donné quelques leçons.

— Et Biscuit connaît le chemin, ajouta-t-elle.

— Je préfère que vous ne conduisiez pas, insista Giles. On ne sait jamais ce qui peut arriver.

Il se félicitait d'avoir entrepris la réparation des chemins. Les cahots étaient déconseillés aux femmes enceintes. Obligé de ralentir pour franchir prudemment un nid de poule, il précisa :

— Nous ne sommes plus ici sur mes terres. L'entretien est la responsabilité de Shacklock. Il faudra que je lui en touche un mot.

Il retint Biscuit à l'approche d'un virage.

— Regardez en arrière, ma chère. Vous voyez le bosquet de trois arbres ?

— Sur une petite colline ? dit-elle.

— Oui. Sur cette butte se trouvait l'ancienne motte féodale.

— Il y était fait allusion dans le guide que j'ai lu, confia fièrement Kitty.

— C'est d'ici qu'on en a la meilleure vue.

— D'après le guide, il ne reste rien du château lui-même.

— En effet. Aucune trace des murs. Mais peut-être y a-t-il quelques vestiges des fondations sous terre.

— Vous devriez creuser un jour, suggéra-t-elle. Pour garder un pied dans l'archéologie.

Cette remarque provoqua chez lui un accès de nostalgie pour le monde qu'il avait perdu. Il fut brièvement transporté sur le chantier des fouilles à Thèbes – le soleil implacable, le ciel d'un bleu délavé, le sable aveuglant, les tentes, les chameaux et les mules… Un soubresaut le ramena à la réalité de l'Angleterre, grise et verte et humide. Pourtant, tandis qu'il embrassait le paysage du regard à la manière d'un homme tiré d'un rêve, Giles s'aperçut qu'il n'avait plus ce monde-ci en horreur. Il existait certes le fardeau, le poids des responsabilités, le lien qui l'unissait à cette terre et l'empêcherait à jamais de s'en affranchir. Un poids qu'il supporterait pour le restant de ses jours, mais sans rancœur, l'acceptant comme il accepterait la main d'un enfant qui se glisserait en toute confiance dans la sienne. À lui de veiller sur le domaine dont il avait la charge, ainsi que sur la famille, sur Kitty et sur l'héritier qu'elle portait. Cette pensée l'enthousiasmait. Il l'avait déjà compris avec son cerveau, mais voilà qu'il comprenait dans ses tripes, au plus profond de son être, pourquoi il fallait prendre soin du domaine et le transmettre aux générations futures.

Des claquements de sabots leur parvenaient.

— Voilà les filles ! s'exclama Kitty. Et Richard ! Apollon a fière allure, nota-t-elle avec une pointe de regret.

Richard le montait pour l'habituer à la présence de la meute. Giles adressa un regard compatissant à sa femme.

— Quel dommage que vous ne soyez pas en état de monter alors que débute la saison de la chasse.

— Mieux vaut en avoir terminé avant les grosses chaleurs, dit-elle. Être enceinte en juillet et en août, ce n'est pas l'idéal.

Une fois encore, il fut surpris de cette Kitty aux accents d'épouse expérimentée. Il ne pouvait se douter qu'elle citait Bonne-maman. Il attribua cette sagesse à la grossesse.

*
**

La première semaine de mariage de Nina fut moins éprouvante qu'elle ne s'y attendait. M. Cowling s'absentait toute la journée pour gérer son entreprise, et elle-même ne manquait pas d'occupations. Elle devait se familiariser avec la maison et la routine de son fonctionnement. Bien que M. Cowling lui eût assuré qu'elle pouvait changer ce qu'elle souhaitait, elle savait que Mme Mitchell résisterait, même passivement. Faire les boutiques était un plaisir, surtout quand vous n'étiez pas obligée de compter. Il y avait aussi la ville et les environs à découvrir. Et de nombreux voisins effectuaient une première visite de courtoisie qu'elle leur rendait à ses moments de disponibilité. Elle voyait Decius Blake chaque matin quand il passait prendre

M. Cowling. Le soir, quand il déposait son patron et que le programme du lendemain avait été arrêté, M. Cowling lui proposait le plus souvent : « Restez manger avec nous, mon garçon. Vous serez mieux ici que dans votre garni. Il y a bien assez pour trois. » Nina appréciait sa compagnie et sa conversation, et le pont qu'il créait entre elle et l'inconnu que représentait son mari.

Donc, somme toute, l'adaptation à la vie en ménage se révélait moins difficile que prévu. C'était seulement dans l'intimité de la chambre que persistaient de sérieuses interrogations. Elle savait que Kitty et Giles faisaient chambre à part, alors que M. Cowling et elle partageaient le même lit. La plupart des nuits se répétait le corps à corps silencieux sous les couvertures. Elle était maintenant à peu près certaine que cela ne se déroulait pas normalement, sans pouvoir aborder le sujet avec son mari, bien évidemment.

Un soir au dîner, ils évoquèrent Noël qui approchait. M. Cowling s'enthousiasma comme un enfant à l'idée de décorer les pièces.

— Mme Mitchell a toujours été contre, confia-t-il, et de toute façon ça semblait un peu bête, vu que j'étais seul. Cette année, nous allons sortir le grand jeu, hein ?

Ils recevraient trente personnes pour le réveillon du 24.

— Nous ferons un buffet à la russe, dit-il. J'ai vu ça à Moscou où j'étais en voyage d'affaires. On peut recevoir beaucoup plus de monde, et les gens ne s'en offusquent pas pendant les fêtes. Mais l'an prochain, nous prévoirons un vrai service à table.

Decius confia à Nina que M. Cowling finançait des bonnes œuvres à Noël, précisant que son employeur était trop modeste pour évoquer lui-même le sujet. M. Cowling lui adressa un regard sévère et se fit néanmoins un plaisir d'en parler. Chaque année, il prenait à sa charge une fête avec distribution de cadeaux à l'école élémentaire du quartier. Il offrait des dindes à l'hôpital pour les patients séparés de leur famille.

— On les fait rôtir dans les cuisines de l'hôpital, et les chirurgiens les découpent dans les différents services, comme au bloc opératoire. Je peux vous dire que ça donne lieu à pas mal de plaisanteries !

Decius évoqua les festivités dans sa famille, à Wigston.

— Tout le monde se débrouille pour rentrer, où que l'on se trouve, ce qui fait une maison bien pleine, croyez-moi ! Il faut être un Blake pour supporter autant de Blake dans si peu d'espace ! Nous, c'est notre plaisir.

— Ça doit être formidable d'avoir autant de frères et sœurs, dit Nina, envieuse.

Elle imaginait que cela devait ressembler à son enfance aux Indes, une atmosphère aimante, insouciante et chaleureuse, mais partagée à plusieurs.

Après le départ de Decius, quand Moxton les eut enfin laissés seuls dans le salon où ils prenaient une boisson chaude, M. Cowling vint s'asseoir à côté d'elle sur le canapé, prit sa main dans les siennes et la regarda fixement, avec un air de tristesse, sembla-t-il à Nina. Mal à l'aise de se sentir observée, elle finit par demander :

— Qu'y a-t-il ? Ai-je fait quelque chose de mal ?

Il marqua de la stupeur.

— Mais non ! Au contraire, c'est moi.

— Je ne vois pas de quoi vous parlez.

— Vous êtes merveilleuse et je ne vous mérite pas.

— Je ne suis pas merveilleuse et vous me méritez parfaitement, objecta-t-elle.

— Non, je sais ce que je suis, dit-il d'un ton catégorique, coupant court à toute discussion. Je voudrais que vous ne manquiez de rien. Quand vous avez parlé d'avoir des frères et sœurs, j'ai deviné à votre ton que c'était un vrai regret. Il est trop tard pour ça, mais vous pourriez avoir beaucoup d'enfants. Eh bien, vous les aurez.

Il fixait un point dans le vide, la mine introspective.

Nina ne savait pas trop si les derniers mots s'adressaient à elle ou à lui-même. Jugeant préférable de réagir, elle dit, affable :

— Ce serait formidable.

— Je ne m'avoue pas vaincu, marmonna-t-il.

Puis, au prix d'un effort visible, il se ressaisit et sourit.

— Vous appréciez Decius, hein ?

— Beaucoup.

— C'est un garçon remarquable. En plus, un sacré comédien amateur. Dès que les Blake se retrouvent en famille, ils jouent aux charades mimées. Faut les voir ! Le jeune Decius, donnez-lui un bout de tissu ou un rien de maquillage, et le voilà transformé en pirate, en sultan ou Dieu sait quoi encore, et tellement crédible qu'on en oublie qu'il joue la comédie. Il aurait pu briller sur les planches, celui-là ! Alors que moi… Une fois, je devais simplement faire un discours au Free Trade Hall, j'avais tellement le trac que j'étais incapable de prononcer un seul mot. Il a fallu que Decius me souffle les premières phrases, jusqu'à ce que je sois lancé. Après, ça a été.

Il hocha la tête, et elle eut de nouveau l'impression qu'il ne s'adressait plus à elle.

— J'ai le trac... voilà tout.

*
**

Au Château, on jouait aussi aux charades mimées en famille à Noël. Linda et Cordwell étaient présents avec leurs enfants, ainsi que tante Caroline et Bonne-maman. Oncle Glouton n'arriverait que le 25, après avoir passé quelques jours chez des amis à Asham Bois. On attendait aussi sir John et lady Bayfield.

Les talents culinaires de Mme Oxlea s'exprimaient mieux pendant les fêtes de fin d'année. Rôtir dindes, oies et côtes de bœuf, voilà qui était tout à fait dans ses cordes. Pour les puddings, on suivait une vieille recette de famille inratable, et Mme Webster sut persuader la cuisinière de confier les pâtisseries à Ida, la première fille de cuisine, qui était capable de confectionner des gâteaux sur lesquels on ne se cassait pas les dents. Sage décision, car la chasse traditionnelle du 26 devait avoir lieu au Château et il faudrait fournir les feuilletés proposés aux chasseurs lors des haltes.

Moss, lui, testait diverses recettes de vin chaud pour le verre de l'amitié que l'on servait de coutume au départ.

— Il y a trois ans que la chasse n'a pas eu lieu au Château, expliquait-il à quiconque voulait bien l'écouter. Tout doit être absolument parfait pour le nouveau comte.

Il y aurait aussi les parties de chasse traditionnelles et diverses fêtes organisées dans les grandes demeures des environs. Le clou des festivités serait, bien entendu, le bal des domestiques au soir du douzième jour. Au grand soulagement de Kitty, ses parents prévoyaient de repartir avant. Voir son père danser avec une femme de chambre était tout juste concevable, mais une valse entre sa belle-mère et un valet de pied était franchement inimaginable.

Son moment préféré eut lieu la veille de Noël quand la chorale du village se présenta au Château et fut conviée dans la grande salle, où tout le monde se réunit pour écouter les chants traditionnels. Dans une ambiance joyeuse et détendue, on servit du vin chaud et des tartelettes aux fruits secs. On avait apporté un grand sapin ce matin-là, que les enfants avaient décoré. Brillant de mille feux, il répandait son délicieux parfum.

Kitty repensait à Nina, dont la tante ne voulait pas entendre parler de sapin, et elle aurait voulu que son amie fût là pour en profiter. Elle se demandait ce que Nina faisait pour les fêtes et comment se déroulaient les débuts de son mariage. Alors qu'elles s'étaient juré de toujours rester amies, se reverraient-elles un jour ? Elles menaient à présent des existences si différentes.

Giles vint la chercher et lui souffla :

— Suivez-moi dehors. J'ai quelque chose à vous montrer.

— Dehors ?

— Oui. J'ai un manteau pour vous. N'en soufflez mot à personne, je ne veux que vous.

Ces mots firent chaud au cœur de Kitty. Elle s'éclipsa discrètement à sa suite, enfila l'épaisse gabardine dont elle ignorait la provenance et sortit avec lui sur la terrasse.

— Il neige ! s'émerveilla-t-elle.

— C'est ce que je voulais vous montrer.

Ils s'approchèrent de la balustrade qui offrait une vue plongeante sur la vallée. Le paysage enneigé était déjà méconnaissable, les silhouettes familières paraissaient comme des spectres dans le jour déclinant. La rivière était un ruban noir entre les berges blanchies et, au-delà, les premières lueurs jaunes illuminaient le village.

— C'est féerique ! murmura-t-elle.

— Une image de carte de vœux ? Il n'y manque qu'une calèche tirée par un attelage de six sur le pont.

— Exactement. Et tant pis, si vous vous moquez de moi !

— Pas du tout.

Giles l'enlaça d'un bras. Elle se blottit contre lui et ferma les yeux un instant, aux anges. Elle s'estimait tellement chanceuse de l'avoir pour époux.

— L'an prochain à la même époque, dit-il, notre fils sera là. Cela paraît incroyable, n'est-ce-pas ?

Elle acquiesça. Il s'était passé tellement de choses en si peu de temps. Un an auparavant, elle n'était qu'une enfant qui terminait à peine l'école. Dans un an, elle serait mère.

— Je vous suis tellement reconnaissant, Kitty.

Elle eut préféré l'entendre dire « Je vous aime », mais elle devait se contenter de ce qui lui était donné. Giles la serrait tendrement et était venu la chercher pour lui montrer cette scène féerique.

— Mieux vaut rentrer, dit-il en essuyant les flocons sur ses cheveux. La neige commence à tomber dru.

*
**

Nina et M. Cowling échangèrent leurs cadeaux au petit-déjeuner le matin de Noël. Elle avait choisi pour lui des boutons de manchette en or et en ambre. Elle avait un peu honte de lui avoir acheté un cadeau avec son argent à lui. Ne sachant comment s'y prendre, elle avait consulté Decius. Le jeune homme avait été confus pour son employeur qui prévoyait, savait-il, d'ouvrir un compte en banque à sa femme.

— Il ne veut pas que vous soyez obligée de quémander. En attendant, vous pouvez me faire adresser la facture.

M. Cowling parut ravi et tint à les mettre immédiatement. Puis il donna son cadeau à Nina, une grosse boîte dans laquelle quelque chose se mit à bouger de manière inquiétante quand elle voulut la déplacer.

— Mieux vaut l'ouvrir là où elle est, lui conseilla-t-il.

Elle s'agenouilla par terre et souleva le couvercle. À l'intérieur gigotait un petit chien blanc.

— Un Jack Russell, dit-il en guettant sur son visage un signe de joie. Ce sont des chiens très loyaux, et vraiment intelligents.

Nina le prit dans ses bras. L'animal se tortilla et lui lécha le visage. Son cœur fondit en voyant la mine anxieuse de son mari.

— J'ai toujours voulu avoir un chien.

Les traits de M. Cowling se détendirent.

— Je me suis dit, comme vous êtes souvent seule, que ça vous ferait de la compagnie. J'ai d'abord pensé à un chat, mais comme vous aimez faire de longues promenades, un chien peut vous accompagner, contrairement à un chat.

— Vous avez entièrement raison. C'est le cadeau parfait. Je craque déjà.

— Il s'appelle Trump. C'était le nom du tout premier Jack Russell, celui du pasteur Russell, sauf que le sien était une femelle. Mais je trouve que ça passe bien pour un mâle, non ? Enfin, vous pouvez le baptiser autrement si vous voulez.

— Non, ce nom me plaît. Trump.

Elle posa le chiot qui se mit à courir partout et à tout renifler, sous le regard fier de M. Cowling. Nina avait envie de pleurer, sans pouvoir s'en expliquer la raison.

— J'aime beaucoup votre cadeau, dit M. Cowling en relevant sa manche pour exhiber le nouveau bouton de manchette. Mais il y a autre chose qui me ferait plaisir.

À entendre son ton timide, elle crut un instant qu'il faisait allusion à ce qui se passait le soir dans la chambre, mais ça ne pouvait pas être le cas. Elle n'y était pour rien. Quoique…

— Tout ce que vous voudrez, dit-elle, gênée.

— J'aimerais que vous m'appeliez Joseph. Vous ne m'appelez jamais par mon prénom.

En effet. Dans l'intimité, elle évitait de l'appeler de quelque manière que ce fût. Dans sa tête, c'était toujours « M. Cowling ».

Trump revint vers elle après avoir fait le tour du salon. Elle le prit à nouveau dans ses bras. Il lui lécha l'oreille et se cala confortablement contre son épaule. Nina s'approcha de son mari, se pencha et déposa un baiser sur ses lèvres.

— Merci pour ce beau cadeau, Joseph. Je suis enchantée.

C'était aussi la première fois qu'elle l'embrassait de sa propre initiative. M. Cowling songea que ça promettait d'être un merveilleux Noël.